本书获国家社科基金项目
"中国式当代文学性理论创新研究"资助

否定主义文艺学

吴炫 著

北京大学出版社

图书在版编目(CIP)数据

否定主义文艺学/吴炫著. —北京:北京大学出版社,2020.10
(博雅文学论丛)
ISBN 978-7-301-31458-6

Ⅰ.①否… Ⅱ.①吴… Ⅲ.①中国文学—当代文学—文学研究 Ⅳ.①I206.7

中国版本图书馆 CIP 数据核字(2020)第 126754 号

书　　名	否定主义文艺学 FOUDING ZHUYI WENYIXUE
著作责任者	吴　炫　著
责任编辑	延城城　李学宜
标准书号	ISBN 978-7-301-31458-6
出版发行	北京大学出版社
地　　址	北京市海淀区成府路 205 号　100871
网　　址	http://www.pup.cn　新浪微博:@北京大学出版社
电子信箱	pkuwsz@126.com
电　　话	邮购部 010-62752015　发行部 010-62750672 编辑部 010-62756467
印　刷　者	三河市北燕印装有限公司
经　销　者	新华书店
	965 毫米×1300 毫米　16 开本　29 印张　418 千字 2020 年 10 月第 1 版　2020 年 10 月第 1 次印刷
定　　价	88.00 元

未经许可,不得以任何方式复制或抄袭本书之部分或全部内容。
版权所有,侵权必究
举报电话: 010-62752024　电子信箱: fd@pup.pku.edu.cn
图书如有印装质量问题,请与出版部联系,电话: 010-62756370

目 录

导论　论文学的"中国式现代理解" ············· 1
　一　文学：从"承载"走向"穿越" ············· 2
　二　文学性：从"本质性"走向"程度性" ············· 9
　三　文学作品：从"意识形态"走向"体验形态" ············· 16
　四　文学发展：从"成为"走向"成为什么" ············· 23

上编　"文学穿越现实"的提出

第一章　中国当代文论的若干问题及理论期待 ············· 33
　一　理论的"中国问题意识" ············· 33
　二　准文学性的文化批评 ············· 38
　三　弱创造性的整合思维 ············· 46
　四　去批判性的理论阐释 ············· 54
　五　非程度性的文学观念 ············· 63

第二章　中国文艺学史局限分析 ············· 76
　一　局限分析的史观 ············· 76
　二　从《文心雕龙》的问题入手 ············· 78
　三　言志说 ············· 83
　四　载道说 ············· 88
　五　缘情说 ············· 93
　六　人学说 ············· 98
　七　反映论 ············· 104
　八　活动论 ············· 110

第三章　西方文艺学史局限分析 ············· 117
　一　局限分析的尺度 ············· 117

二　艺术即摹仿···120
　　三　艺术即表现···126
　　四　艺术即形式···130
　　五　艺术符号说···135
　　六　艺术批判说···140
　　七　艺术复调说···145
　　八　艺术格式塔与艺术存在论·································150
　　九　反本质主义···155
第四章　文学穿越论的中国文化经验·························163
　　一　尊重现实又改造现实的文化创造经验····················164
　　二　尊重生命和生命力的文化经验·····························170
　　三　一元内的多元对等的文化经验·····························175
　　四　超越·超脱·穿越···180

中编　"文学穿越现实"的基本内容

第五章　论"穿越"··189
　　一　"穿越"的哲学含义·······································189
　　二　"穿越"的中国性：对等性、不纯粹性、渗透性··········193
　　三　"穿越"的现代性：尊重政治文化现实和独特思现实·····196
　　四　"穿越"的结果：非对抗性的个体化世界··················202
　　五　文学的穿越与文化的穿越··································207
　　六　"穿越"的中国式现代文化意义·····························213
第六章　文学对观念现实的穿越································218
　　一　文与道：百年中国文论的流变及问题······················218
　　二　为何是"文以穿道"？······································223
　　三　"穿道"之初：突破现有文化观念后的个体化意蕴敞开··227
　　四　"穿道"之后：作品文化表象后的个体化理解建立······232
　　五　穿道张力为什么会消解观念？·····························237
　　六　穿越观念现实的文学意义··································245

第七章　文学对生活现实的穿越 …………………………… 249
　一　如何理解"生活现实"？ ………………………………… 249
　二　如何理解"尊重生活现实"？ …………………………… 254
　三　如何理解"改变生活现实的结构"？ …………………… 258
　四　文学对欲望性生活的穿越 ……………………………… 262
　五　文学对感觉性生活的穿越 ……………………………… 267
　六　文学对情感化生活的穿越 ……………………………… 272
　七　"穿越生活现实"的中国意义 …………………………… 277

第八章　文学穿越文学现实 …………………………………… 283
　一　为什么提出"文学现实"？ ……………………………… 283
　二　穿越文学观念现实 ……………………………………… 288
　三　穿越文学创作现实 ……………………………………… 292
　四　穿越文学思潮现实 ……………………………………… 298
　五　文学与文学：中国式的文学本体论 …………………… 304

第九章　文学穿越现实的结果 ………………………………… 310
　一　"独创性文学"的提出 …………………………………… 310
　二　"独创性文学"是"根与叶"的有机生命体 ……………… 312
　三　"独创性文学"的"根"是哲学性理解而不是观念 ……… 315
　四　"独创性文学"让文学批评尴尬 ………………………… 318
　五　"独创性文学"对等、平衡于现实的文化功能 ………… 321
　六　独创性作品作为"文学的个体化世界" ………………… 324

下编　"文学穿越现实的程度"及实践

第十章　论中国式当代文学性观念 …………………………… 333
　一　"中国式文学性"出发：从"生生"到"境界" …………… 333
　二　"中国式文学性"审视：
　　　"生生""境界"对"独创"的遮蔽 ………………………… 339
　三　"中国式文学性"观念：
　　　文学穿越现实的"生生/独创"之程度 ………………… 346

四 "中国式文学性"提问：
准文学、差文学、常态文学、好文学 ………………… 352
五 结语 ………………………………………………… 360

第十一章 文学穿越现实的程度 …………………………… 362
一 文学性与穿越性 …………………………………… 362
二 形象世界：对生存形状和概念现实的穿越 ……… 365
三 个象世界：对趋同的艺术表现现实的穿越 ……… 370
四 独象世界：对理解世界的"共性"和"他性"的穿越 … 374
五 在文学性的金字塔面前 …………………………… 380

第十二章 文学穿越现实的创作方法 ……………………… 383
一 文学经典启示怎样的独创方法 …………………… 383
二 突破阶层和时代提出个体化问题 ………………… 387
三 改造宗教与文化建立个体化理解 ………………… 392
四 利用艺术资源创造个体化结构 …………………… 398
五 穿越现实的方法与直觉、想象 …………………… 402

第十三章 文学穿越现实的批评方法 ……………………… 409
一 文学批评独创性尺度的提出 ……………………… 409
二 独创性文学批评面对的中国文学问题 …………… 414
三 理解作品：完整的结构性把握 …………………… 419
四 分析作品：文学要素如何促发了结构的生成 …… 424
五 评价作品：全球视野中的个体化理解诊断 ……… 429

第十四章 文学穿越论视角下的中国文学创造史观 ……… 435
一 中国文学史写作的"文学性自觉"之问题 ……… 435
二 穿越文化、时代、思潮、地域制约的文学创造史思维 … 439
三 中国文学创造史的"大分期"和"小分期" …… 444
四 独创、潜创、依创、弱创的文学创造史分类 …… 450
五 结语 ………………………………………………… 457

导论　论文学的"中国式现代理解"

中国现代文学、现代文论与中国传统文学和文论相比,确实已经有了明显的发展变化,简单地说今天已经是"各种文学观杂陈",呼应着我们这个同样文化观念杂乱的时代,这多少证明了刘勰的"文变染乎世情"的看法。正如魏晋文学有"文的自觉"、明清文学有"心的自觉"一样,由时代变化产生的文学变化从来都是文学的常态而没有停止过。

我们之所以没有把古代文学的发展变化称为"文学现代化",主要的理由就在于五四新文学运动吸收的是"异域文化"的东西并产生了巨大的文化震荡。所以把"现代化"与"西方化"等同起来,从一开始就使中国现代文学和文学理论发展踏上了一条或"被传统文学的思维方式决定"寻找民族优越感,或"被西方文化决定的文学理解"寻找现代化的歧途。这一歧途表现在:在"中国文学的现代生存性质"上,我们依然在延续文学的"承载"性而没有"尊重承载又不限于承载"的观念突破,在"中国文学文学性的思维方式"上,我们至今受制于西方的"本质思维"或"反本质思维",而没能从中国文化出发发现自己的文学性思路,在"中国文学作品的本体"上,我们依然徘徊在"意识形态"或"审美意识形态"之间,不能根据作品之间的文学价值差异问题突破"意识形态思维"⋯⋯

因此我认为,"中国式现代文学理解"还未完成,"中国式现代文学理论范式和思维方式"还没有建立起来,所以现在根本谈不上旨在针对这种"理解"和"范式"产生的"反本质理解""后现代转换"的问题。换句话说,近年兴起的"反本质主义"思潮在中国所做的,除了可能纠正"权力"对某种文学观"中心化"干预带来的"本质化"[①]问题以外,很可能有"堂吉诃德大战风车"的效果——用"反本质主义"对待本来就有

[①] 参见拙文《当前文艺学论争的若干理论问题》,《文学评论》2008年第4期。

问题的"中国各种现代文学观",在负面功能上,很可能会使不少学者因"回避本质理解"进而放弃建立"中国自己的现代文学理解"之努力。

一 文学:从"承载"走向"穿越"

我首先想说明的一点是,百年来中国文艺理论界流行的各种现代文学观,其中最具有现代性的,多数是从文学的"表现内容"上来展示和中国传统文学观之区别的,而没有结合"中国现代文学独创经验"来突破传统"文以载道"这种"文学的工具化生存性质"。如果只是所载之"道"发生变化,而"载"的方法并没有根本改变,中国古代文学的生存性质就不可能完成现代转化,中国式现代文学理解也就不可能落在实处。打个简单的比方,一个人不可能因为说现代人的话、穿现代服装、享用现代生活用品就成为现代人,如果他不懂得尊重这个世界,不懂得在中国语境下去如何创造自我,他自然也就不能说是"中国现代人"。

以"文学生命说"和"文学是人学说"这两个最为代表性的文学观为例。"生命"和"人学"明显是以西方现代生命哲学和人道主义哲学为依托,五四新文学的"新"在于表现这些异于中国传统哲学的生命之内容、人性之内容,或以此为尺度去看待中国问题。郁达夫式的"苦闷"是中西生命观冲突后的典型体现,而周作人针对《水浒》做出的"非人文学"之判断,依据的也是西方人道主义观念。更有"山林文学""鬼神文学""贵族文学"被新文化运动列入可淘汰之列,依据的也是西方的生命观和人文观。于是,一个让人尴尬的事实就产生了:宣传西方人的观念的文学似乎是"现代的文学",但是不是就是"深刻和丰富的现代文学"从而超越传统文学之"教化"呢?现代中国文学究竟是否需要突破传统"教化"之窠臼,还是重新用西方观念来进行"教化"?文学是表现现代人的生命状态,还是自身要像有生命状态的现代人那样生存?这些都是关系到"文学生存性质"的问题,而不是"文学表现内容"和"文学用什么来表现"的重大问题。

比如,巴金的《家》的主旨可以视为西方个性解放的中国翻版,但获得的影响主要是意识形态化的,在国内是影响了更多的青年走上革命的道路,只是这样的影响显然主要不是文学自身的影响,倒是鲁迅的《伤逝》和《在酒楼上》这些对启蒙观念持怀疑态度的作品,反而因为内容更深刻更丰富而有了影响东亚各国的艺术效果——这同样也是与新文化运动没有多少关系的张爱玲更富有个体艺术魅力的原因之所在,当然同样也是川端康成、村上春树这些日本优秀作家不能用西方的现代文化内容去概括的原因。原因在哪里呢?那就是文学"装载什么"是一件与"文学本体""文学性""文学魅力"基本无关的事情,而"文学本体"或"文学性"则要求对任何"装载的内容"持怀疑、模糊其观念化内容的"穿越性使命",如此才能突破文学从属于观念化的意识形态的"工具性生存性质"。

换句话说,文学表现现代生命内容和人道主义内容,可以作为"文化的现代化"要求去干预文学,但却不能作为我们对文学性质上的"现代理解"去对待,所以"文化的现代化"与"文学的现代化"应该是不同的。这种不同,在习惯"文学从属于文化要求"的中国,一直没有被中国作家和文学理论工作者充分注意。如果说,中国文学有一个现代化的使命的话,如果我们把这个现代化大致理解为"生命意识的觉醒""个体自由的展现"的话,那么中国现代文艺理论家从周作人到梁实秋等一批学人的一个共同局限,皆在于把这个"现代化"理解为"表现人生命状态的文学",而没有考虑到"文学如何像现代人那样生存"这一更关键的"文学本体"问题。结果,中国新文学虽然承载西方现代人文观念和生命观念,虽然受启发于西方吸收了许多西方文学形式,但文学的生存性质基本上还是"文以载道"的延续,并直接造成后来的"文学为抗战服务""文学为政治服务"等工具性文学现象,从而暴露出五四新文化运动在"文学革命""文学现代化"问题上思考的肤浅性。

而像鲁迅那样同时批判和怀疑中西方现成的文化观念的实践,倒使鲁迅有可能突破"载道"的束缚,守住文学"模糊任何意识形态"之本体。更重要的是,鲁迅没有采取西方形式主义文论的"超越社会化内容"来寻求文学的独立,虽然赞赏过尼采和施蒂纳,但终于没有完全采取尼采和施蒂纳颠覆破坏一切传统价值的"超人精神""自我扩张",这就使得鲁迅通过"既怀疑西方离家出走的个性解放","也怀疑中国文化是吃人的文化"这种"双重批判",将自己放逐到"中国的新人是什么"的"体验性拷问世界"中去了。这种拷问的文学意义在于:在中国,"反叛一个压抑个性的家庭"只不过是"又进入另一个压抑个性的家庭"而已,因为家庭内外在中国构不成根本区别,正如中国个体之间因为理解世界大致相同而从未形成根本区别一样;同时,因为中国吃人的文化竟然让许多人快乐,那么不吃人的人是怎样的"中国人"呢——这才是一个唤起读者的体验性拷问的文学意味世界。以此类推,如果文学本体建立在作家自己的对世界的独特理解上,写山林文学、写鬼神文学,照样可以写出鲁迅《铸剑》《采薇》这样的"故事新编",它们何尝不能成为"现代的优秀文学"?

所以,当梁实秋把文学的本质理解为"表示出普遍固定之人性"[①]时,就不可能有卡夫卡那样的对人性"孱弱惶恐"的新理解。由于任何人性都受文化的制约,即便"尊重人"这一基本的人性要求,在不同文化中理解也会有差异(在中国文化语境中,"尊重"必然与"亲疏远近""做人""膜拜""等级"混杂在一起),那么,当我们要求文学还要突破文化性理解、传达作家自己独特的理解时,就是"差异中的差异"了。也就是说,只有突破西方理性主义和人道主义对人的理解,才会有陀思妥耶夫斯基、卡夫卡这样的优秀作家诞生,只有突破儒家和道家哲学,才会有苏轼、曹雪芹这样的作家诞生。所以"文学之道"除了要尊重人类历史上所有珍贵的对人性之理解,更重要的是通过作家个体发现、建立新的人性理解,与既定的"人性理解"构成"穿越关系",这才属于"文学本体之道"。由于中国文化讲究整体性,所以我把这个"文学本体之道"与"文化要求文学去表现的道"之关系,初步概括为"文以穿道""文以化道"——即文学必须以作家的个体之道穿越群体之道,必须以文学体验化解观念化的道——这才是对传统的"文以载道"的文学生存性质的现代突破和改造。要不然,尽管"文言文"变"白话文"了、"戏曲"变"话剧"了、"情节"变"意识流"了,中国当代文学的"生存性质"依然还会是"工具主义"的,也就依然还是"旧"的。所谓文学的"封建

[①] 梁实秋:《浪漫的与古典的:文学的纪律》,人民文学出版社1988年版,第116页。

性"和"旧",不是表现在文学"表现什么内容"和"用什么容器"来表现上,而是中国作家、批评家和理论家"自觉通过选择什么来完成对某种意识形态观念的从属","自觉地放弃建立自己的对世界的独特理解"这一"个体化的道"的努力而心安理得,从而呈现为"文化的观念要求"对"文学突破文化要求"的专制而不警觉。所以,走向"现代化"的中国文学基本上没有影响全球的优秀作品,中国现代文学理论对现代文学创作的关系,要么就是政治化的"干预",要么就是与其无关的"自娱",从而呈现出理论与创作关系的"双重异化",当代中国文学作品基本立意之"大同小异",所谓"身体化写作"没有对身体的中国独特发现,而只能依托西方"身体哲学"来说事,概在于我们忽略了上述"中国问题"。①

另一方面,20世纪中国文论,从王国维开始,确实已经有突破"文以载道"之努力,但从一开始就走上了"西方式突破"之误区。所谓"美之性质,一言以蔽之,曰:可爱玩而不可利用者是已"②,"一切之美,皆形式之美"③,表达的都是王国维的"审美超功利"观。这种"审美超功利观",和现代文学史上的"为艺术而艺术"④主张,是相辅相成的,和当代新潮文学倡导的"艺术即形式",也有血脉关系。但一个最为突出的

---

① 在《论苏轼的"中国式独立品格"》(《文艺理论研究》2008年第4期)一文中,曾经将苏轼的《大江东去》《琴诗》理解为"穿越儒道哲学"的优秀作品,这与鲁迅的《伤逝》和《在酒楼上》怀疑个性解放和启蒙思潮在中国文化语境下的廉价性,有相通之处。否定主义文艺学的解释是:中国现代文学理解必须建立在传统优秀文学的独创性经验上,从而将传统作家"不自觉地突破载道"化为"现代自觉"以形成"中国式文学本体之自觉的理论",如此,中国现代文学理解以"文以穿道"这种可再探讨的文学观为主流规定,才能和传统的"文以载道"形成"不同并立"状态。这种"文学作为工具从属文化要求"与"文学作为本体穿越文化要求"并立对等的状态,才是中国文学的"现代生存性质"。
② 王国维:《王国维文集》第3卷,中国文史出版社1997年版,第31页。
③ 同上书,第32页。
④ 高唱"为艺术而艺术"的浪漫主义诗人戈蒂耶,1832年在他的长诗《阿贝杜斯》的序言中宣称:"一件东西一成了有用的东西,它立刻成为不美的东西。它进入了实际生活,它从诗变成了散文,从自由变成了奴隶。"后来戈蒂耶又在他的小说《莫班小姐》的序中称:"只有毫无用处的东西才是真正美的;一切有用的东西都是丑的,因为那是某种实际需要的表现,而人的实际需要,正如人的可怜的畸形的天性一样,是卑污的、可厌的。"这篇序文成为"为艺术而艺术"的旗帜。中国现代文学史上成仿吾、郁达夫都是这种观念的倡导者。

问题是：中国作家和文艺理论家从未对这个"独立的艺术"究竟是指什么产生"中国作家自己的现代性理解"，也没有就"形式"在中国生存的"非纯粹性"做过深入探讨，其结果，便只能在"形式"问题上依附包括康德美学在内的西方美学，在"爱玩"问题上依附于与儒家功利观有区别的中国道家美学，走上了新的"儒道循环"之模式。中国传统美学未能在根本上说清楚"无用之艺术"在中国究竟是怎么回事。一方面，王国维对"爱玩"这个词并未做过详细分析，没有意识到它很可能被道家美学的"闲适玩赏"钻空子。事实上，周作人、林语堂的小品文正是这种"闲适玩赏"的典范。因为"玩""游戏"在不同的哲学中可做不同的解释；比如，"游戏"这个词在席勒那里，有"感性冲动和理性冲动统一"的含义，也有摆脱一切强制性的"自由"之意，我们不能笼统地说审美是"超功利的游戏"，也不能简单说周作人、林语堂的小品文是"超功利"的。"功利"一词，从来与人的"生存快乐""生存需求"有关，而这种快乐需求又是多方面的。甚至我们也不能笼统地说哲学是"无使用价值"的"用"——马克思主义成为无产阶级战斗的武器后，就已经具有了"使用"的价值。儒家的"读书做官"是一种生存快乐，道家的"闲适人生"同样是一种生存快乐，文学为这两种快乐服务，其区别只在于一是"工具"、一是"玩具"而已。因为这两种艺术都不可能让人"短暂离开现实世界"，产生"心灵沉醉和震动"这一《红楼梦》所体现的"心灵依托之用"。所以道家哲学的"把玩人生和艺术"同样是一种现实生存之用。这种"玩具"文学同样不具备突破道家文化观念、模糊道家文化观念之功能，因此也就是"文以载道"的另一种表现形式。苏轼与陶渊明艺术境界的差异，正在于陶渊明的作品可被道家"恬淡"美学所解释，而苏轼的《念奴娇·赤壁怀古》这样的优秀作品，则很难被道家文化所解释。苏轼面对险恶的官场，依然坚持和实行自己的政治理念，他没有绝望于官场，而是"穿越了官场"；陶渊明的"目倦山川异，心念山泽居"，思维方式上则是把官场看黑了，这是"太在意官场"从而"回避于官场"所致。苏轼在哪里都做自己想做的事，这种"事"既不是儒家的"功利"可概括的，也不是道家的"爱玩"可概括的，而是建立在作家自己对世界的"天人对等"的理解之上，从而具备突破儒家之道、道家之道的文学品格,这才是苏轼作品给人"心灵启示震撼"而不是"游戏玩赏"的艺术效果之原因。① 可惜的是,以王国维为代表的"为艺术而艺术"的中国理论家,基本上没有将"独立的艺术""独立的美"这些概念与道家美学相区别,其结果,便或者容易混同于道家美学的"超脱",或者只能依附在康德的"美在形式"上,这样,中国现代美学和艺术的"超功利"问题是否还有新的思路可探求,自然就被放逐了。

这就是说,既需要批判美的依附性,也需要批判脱离社会文化内容的"形式美",才能发现"中国式现代美学理解"的契机。在这个问题上,对以康德为代表的西方形式美学的批判尤为重要。这种批判至少应该考虑以下三个方面的问题:一是美不独在形式,也在思想、语言、行为、体验和生活中。尼采可以为自己发现"超人"理论而激动,恋人可以通过日常语言交流而爱上对方,科学家可以为符号和数字的发现而陷入审美沉醉,追星女所说的"我爱他的与众不同"也同样蕴含着一定的审美体验……说明的都是"审美符号无处不在"的道理。反过来,因为不是所有艺术都能唤起人的审美体验,比如"公式化、概念化作品",比如"毕加索的作品",比如文学青年初学写作时的作品,都不能与审美直接画上等号。所以"艺术只有在产生艺术美的时候",才是美学研究的一个方面,美学研究的"对象"同样可包括思想、观念、情感、情绪、符号乃至生活本身,所以"艺术"不能与"审美"画等号,审美远远大于艺术,这是一个基本事实。二是对立于社会文化内容的西方"形式"观,既不能作为中国美学的规定,也不能作为中国现代美学的规定。即便王国维所说的钟鼎、碑帖、古籍这些文物,对其的欣赏也与社会文化内容息息相关——它们不可能只是诉诸视觉效果的装饰画——所以用中国概念"象""意象"或"形象"这些具有内容含量的概念来称谓更合适。中国文化中所有的"独立形象"是在"整体"中来显现的,如"个体是整体中的个体","精确是不精确中的精确",这是由《易经》六十四卦所奠定的整体性思维方式决定的文化宿命。不仅贾宝玉的"女儿都是水做的清纯"是混迹于有些污浊的"大观园"中的,苏轼的《琴诗》也是

---

① 参见拙文《什么是真正的好作品》,《文艺争鸣》2007 年第 5 期。

混迹于苏轼自己的"细捻轻拢,醉脸春融,斜照江天一抹红"这样接近艳情的诗中的,即便少数民族的抽象艺术,也多是用具象材料做成的,所以中国文学的"本体"和"独立"性,只能在这种整体中用新的思维方式才能发现。纯粹抽象的形式,像纯粹抽象的概念一样,不可能作为"中国现代艺术和理论的努力方向"。三是王国维的"古雅"说固然体现出他不同于康德"优美"和"壮美"之外的美学贡献,但这种贡献也主要是在"审美风格"层面上的贡献,而并不牵涉"美的有无"这种"审美本体"的中国式理解。如此一来,就像《琴诗》很难被"婉约"与"豪放"归类一样,茨威格的《世间最美的坟墓》让人震撼的"朴素",米勒的《北回归线》让人"燃烧"的性爱,都不是"优美"和"壮美"所能涵盖的,更不是"古雅"所能涵盖的。因为审美的创造性和独特性是很难被"风格"概念进行类型化归类的,所以中国现代美学的当务之急不是用"古雅"去增添西方理性主义美学的"中国元素",而是针对中国美学用"风格""个性"来笼而统之把握作家创造性这一"中国问题",将"创造性程度"①问题引入美学和文艺理论,群体化的"道"才有被作家"个体化理解""穿越"的可能,美学才能恢复其"审美独创"的功能。

由于上述问题被遮蔽,中国现代美学和文论随着市场经济和商品文化的兴起逐渐被"边缘化",失去其影响中国文学创作和中国文化现代发展的功能,就是理所当然的了。中国现代美学和现代文论,一直没有就"文学如何自觉独立生存""美如何自觉独立存在"这些根本问题产生与中国文化特点息息相关的、区别于西方的"形式""自律"论的解答,而在寻求中国文化特性上,也过于依赖"儒道互补"的思维模式,没有注意到以《易传》为代表的儒家经典只是对《易经》的一种解释,《易经》还有《道德经》那样的解释,更有柳宗元、刘禹锡那样的既不同于《易传》、也不同于《道德经》的解释,所以儒家观念和道家观念都是可以在今天进行"再批判而改造"的。关键是,这样的批判不能脱离《易

---

① "创造性程度"是《否定主义文艺学》对"文学性"基本理解的一个方面。详见《论文学对现实的穿越》,《文艺理论研究》2004年第1期;《艺术性:对现实本体性否定的程度》,《文艺研究》2000年第6期。

经》中所传达的中国文化整体性、和谐性、现实性的精神特点,所以这样的批判不能以《圣经》二元对立的思维方式建立的各种美学观、艺术观为理论坐标,当然同样也不能简单地用消解二元对立的西方后现代理论为价值坐标,而必须挑明中国问题的复杂性和特殊性,用原创性思维和方法去解决。至少,这应该成为所有中国现代文艺理论家和美学家的共同期待。

二 文学性:从"本质性"走向"程度性"

因为受西方本质主义、反本质主义文学理解之束缚,国内一些学者习惯把中国现代文艺理论的发展描述为从"本质主义"走向"反本质主义"的过程,并习惯设置"从本质论到反本体论追问""文艺理论范式的后现代转换""从文字化时代到图像化时代"这样的与"五四"学者相同思维方式的研究论题,而在对文学的理解上,也多半以西方的"文学与非文学是否有明确的边界"来"认识论""对象化""精确性"地讨论问题,这就使得如下问题被想当然地忽略了:中国现在是否需要建立自己的、区别于西方的"本质和反本质"的"文学性思维"方式,来体现对文学问题的"中国关怀"?基于这种关怀,中国现代文论是否需要建立在中国文学自己的独创性经验上来讨论"文学性"问题?

大家知道,马克思的"实践论"、胡塞尔的"现象学"以及海德格尔的"诗性存在",之所以在中国能够产生大面积的、深远的影响,是与他们能够突破二元对立的认识论思维模式去看待世界分不开的,所以与中国文化的"整体性追求"更为接近。而伊格尔顿在《理论之后》中说,"艺术被界定为殊异,是十八世纪末叶的事情"①,也说明西方反本质主义文论的兴起,其实是衔接着区别于笛卡儿认识论思维模式的另一种人文哲学传统,并且与康德、维特根斯坦的"物自体""对不可说的保持沉默"的哲学有血脉关系。然而,中国现代文论的发展,除了"文学活

---

① 〔英〕特里·伊格尔顿:《理论之后》,李尚远译,台湾商周出版公司2005年版,第101页。

动说""文学存在论""文学生产论"等具有超越认识论本质思维的倾向外，更多的文学理论工作者，一直在为"文学独立——文学边界"这样的西方"自律论"问题而争论，也同时为"文学如何独立于政治"这样的问题困扰，许多文艺理论教材将"文学与生活""文学与政治""文学与文化""文学与伦理"作为天然的二元关系来对待，却不去论证"文学靠什么"能够与现实、政治和文化构成二元关系。似乎仅凭"形象塑造""情感表达"以及感觉有一个叫做"文学"的东西存在，二元关系就能建立起来了。所以伊格尔顿抓住文学作品中的观念化内容，认为文学无法区别于以观念为基础的意识形态，这确乎是一个有力的质疑——文学如果传达的内容很容易被观念化把握，文学区别于意识形态的特性，自然就不会是清晰的。然而，形式主义文论在中国响应者不多，不见得中国学者不用形式主义的思维方式去寻求文学的"确定性特质"，好像这种"特质"是对象性地存在于那里似的，并且好像可以成为我们判定文学与非文学的分水岭。这直接造成了诸如"形象思维""情感认识和表达""审美反映"和"审美意识形态"这类以寻求"文学确定性特质"为目的的"文学本质"界说。

我不想就上述界说既无法真正区别西方文学观、也无法真正区别中国传统文学观展开具体辨析，因为简单地说，"情感表达"无法真正区别中国古典的"缘情说"，"形象思维"无法真正区别中国传统的"象"思维，而"审美反映"无法真正区别由列宁最终确定并使用的"反映论"，"审美意识形态"无法真正区别黑格尔的"意识的许多具体形态，如道德、伦理、艺术、宗教"①，我只想说，中国文艺理论家试图厘清文学与政治的边界，从中国文学现代化需要突破传统印象感悟式地把握两者的含混关系的角度说，是值得鼓励的，但失误在于这种厘定的思维方式没有"中国特性"。即，上述文学本质观均没有从中国文化的"生化""言不尽意"和中国文学的独创性作品的"经验"处，去发现既亲和"言志""载道""缘情"又能穿越之的张力，建立有中国"化生"特点的"文学新理解"。这种努力是基于"中国有没有独创性文学"的问

---

① 〔德〕黑格尔：《小逻辑》，贺麟译，商务印书馆2009年版，第94页。

题,具体地说,是由苏轼、曹雪芹、鲁迅等在文学独创性上的"中国经验"引发的。这是一种由自己对世界的独特理解来渗透、穿过儒道哲学和西方人文观念的"创造性化生"之张力,而不是实体化存在在那里的"文学特质"。这种张力不是借助"象",也不是以"象"为"器",而是"穿越象"并且可以在读者的体验中"生化"出越来越"有独特意味的象世界"的"程度"概念。"程度"属于"创造性生化"之范畴,远则可以和儒家"修身程度"相关联,近则可以和中国古代文论中的"象外之象""言外之意"相关联。但"象外之象""言外之意"受自然性的"生生"和"变器不变道"之制约,并不包含能"创造独特的世界观"之意,所以"千山鸟飞绝,万径人踪灭"的象外之"意",还是在禅宗给定的意蕴之中。中国古代文论过于偏重"风格""个性"而不谈"世界观之不同",因此古代文学研究只能在给定的"意"的范围内谈苏轼"集儒、道、释之大成"的丰富特点,却说不清楚苏轼的丰富建立在"什么独创性"上。因为没有"创造性程度"这个概念,《念奴娇·赤壁怀古》中的"表层之象"——"江山如画,一时多少豪杰"和"浪淘尽,千古风流人物",便只能像叶嘉莹教授那样解释为苏轼有"政治理想落空的悲哀",又有"悲哀之中的一种超脱"①,却说不清在其"悲哀"和"超脱"后面的"深层之象"是苏轼"天人分离而对等"之哲学:人类命运与自然律令、男人英雄与女人本色,其实都是"对等"的一种"张力",各有自己的优势,没有高低、主从之别,这才是突破个人命运的哲学之思,也是苏轼既区别李清照"凄凄惨惨戚戚"之感伤,也区别于李白"两岸猿声啼不住,轻舟已过万重山"之潇洒,而显得"从容、平静、大气"的根本原因。但使用"创造性程度",你就不会排斥儒家、道家给定的解释,而是"不限于"这种解释——这就是中国式独创性作品与现实化的观念、事物、作品的亲和关系。基于这样的亲和关系,"象"或"形象"在我的"否定主义文艺学"中就不是一个对象化的、特质化的静态存在物,而是在读者的艺术体验中被不断扩展为有独特意味的"象世界"之"建构过程"。这种"建构过程",就是"象之创造性化生"的过程。由于用"生化"可能更符合艺术

---

① 叶嘉莹:《唐宋词十七讲》,北京大学出版社2007年版,第269页。

体验的特点,用"生化程度"更符合"文学性有高低"这一艺术事实,这就使得"象之创造性生化程度"因为人的努力的介入,既改造了没有独特世界观创造含义的传统"生生""化生",也改造了西方对象化存在、对抗现实存在、纯粹化存在的"形式",所以可以视为我对传统"生生"思维和西方"本质"思维的"双重穿越"之努力。这种努力,我认为才是向"中国式现代文学理解"的接近。

重要的是,"文学性是一种独特形象世界生成的程度"的看法,在突破西方文论就"文学"与"非文学"探讨"文学边界"的本质性思维方式后,已把"好文学"这个命题引入"文学性"理论视域,不仅形成"低文学性作品—高文学性作品"的新的思维方式,而且提出了一个未来文学可以去努力的空间——"是不是文学"这个问题,已被是不是"好的文学"之问题所统摄。这意味着"中国式现代文艺理论"也要完成文学理论基本问题的"创造性转换"。伊格尔顿在他的《二十世纪西方文学理论》中所设想的如果我们都像莎士比亚剧中的人物那样说话、会不会把黑格尔的著作当作"艺术"去对待等问题,并没有得到有力的论证。即他既不可能论证人们在现实中不主要靠理性和观念就可以生存发展的可能性,也不能论证那一天即便来临人类是否需要把哲学当艺术的问题——因为那意味着人类"还需要什么"会成为一个今天人类未知的问题。如此一来,"象""形象"或形象世界作为文学区别理性化现实的一个基本特征,迄今没有一个文艺理论家能够真正证伪。这种"未能证伪",意味着历史发展有其承传的一面,也意味着伊格尔顿没有注意到"象"作为"世界结构"存在,与"象"作为现实中人们是否会说"莎士比亚式的语言"的根本差异:"文学性语言"进入理性化现实中只是作为"材料"存在,依然属于"非文学",而"文学性语言"(象)作为世界的基本结构(如故事、情节)存在,就可谓是文学,但这个"文学",却可能是"低文学性的作品",其简单例证就是浩然的《金光大道》也有故事、情节,但却受制于"阶级斗争"观念。由于中国人从来没有把毛泽东充满"文学性语言材料"的哲学著作当作艺术来对待,所以伊格尔顿论证的问题在中国是不重要的。重要的文艺理论问题在中国就成为:《金光大道》与《红楼梦》在同是形象世界的基础上"文学性区别"

在哪里？中国新潮小说的形式探索与博尔赫斯、格里耶的形式小说的"文学性区别"在哪里？同是写流水账，贾平凹的《秦腔》与普鲁斯特的《追忆似水年华》的"文学性区别"在哪里？这种区别究竟是作家"独创性之间的区别"，还是"无独创性""弱独创性"和"独创性强"之间的区别？文艺理论和文艺批评理论关注这样一个问题的意义在于：如果中国读者有很多时候其实并不需要"文学性阅读"，那么中国作家写的任何作品，都可以找到不同读者圈产生的情感共鸣和生存认同。只是这种共鸣和认同，可能像当年成千上万读者认同浩然的《艳阳天》和刘心武的《班主任》一样，很大程度上不是在"高文学性"意义上的认同，而是在"时代思潮"和"文化需要"意义上的认同。这种认同像很多读者欣赏《家》中的觉慧反叛封建性家庭走上革命道路一样，从来没有真正体现出"文学性"的需要——即便讲"文学性需要"，大部分读者也容易停留在"感动我就是好作品"的层次，而根本不会去想"感动"有时候也是"观念教化"的一种方式。所以，文艺理论和文学批评以读者的认同为文学认同，自然就不可能面对"中国现代那么多轰动性作品为什么放在世界一流作品的平台上，就感觉自愧不如了呢"之问题。所以中国现代文艺理论和文学批评，很多时候将"文学性"混同于"现代性"或"反现代性"，怎么可能引导中国读者走上"穿越文化和时代需要的阅读"这种"文学性阅读和批评"之正常轨道上来呢？也正是在这个意义上，"否定主义文艺学"提出"什么是真正的好文学"之问题，是明显针对"文学是什么"这一文艺理论问题所不能面对的"中国文学创作之问题"的死角的。

事实上，从王国维在《人间词话》中提出"境界"说开始，中国现代文学理解并没有完全走西方"本质论"之道路，因为"境界"具有生成之张力，不是固定的特质。但遗憾的是"境界"说虽然涉及"境界"的高低问题，所谓"有境界则自成高格"，但由于没有与"境界之创造性程度"相关联，致使王国维受西方主客体思维所限，谈"境界"一方面过于沉湎"有我之境"与"无我之境"、"造境"与"写境"之探讨，没有注意到以"独创性"来穿越"有我"和"无我"、"造境"和"写境"之问题。因为"有我"和"无我"都可以体现出独创，也都可以丧失独创。丧失独创性的

"有我"和"无我",可以呈现"意境类型化"这一中国文学"文学性虚弱"之最大弊端。所以"千山鸟飞绝,万径人踪灭"与"野渡无人舟自横",尽管"境"和"景"不一样,但"意"则相似,都不脱禅宗"死寂"之窠臼,所以恐难成为"境界之高格"。另外,如果存在"有境无意"或"有意无境"的文学,王国维说"意与境二者""能有所偏重,而不能有所偏废",当然就是必要的,但如果找不到"纯粹的意"和"纯粹的境"之文学,这个问题就不是一个问题。关键是,王国维虽然将"境界"分为"上焉者意与境浑,其次或以境深,或以意浑",即"意"与"境"完美融合、浑然一体似为"高境界",但他举的"红杏枝头春意闹"之"闹"字,却不可被"意"与"境"浑然一体、不宜偏重所解释,而是多少包含了"别具一格的意"之意。所以"最高境界"的作品应该是"独意"生成"独境",而不是"意"和"境"不各有所偏废这种唐代《文镜秘府论》就提出过的"意与境相兼始好"之老生常谈;"最高境界"的作品也不是"故能写真景物、真感情也,谓之有境界",因为"感情"从来是受"理性"制约,"人同此心,心同此理"说的就是这个道理。中性的"心"和"感情"从来找不到存在的例证。对一个没有自己头脑的人来说,真诚地相信一亩田经过人的努力可以生产出万斤粮,这不能说是"伪感情",何况相信的人多了,那就更不是"伪感情"了。也因为,"真"与"假"、"有我"与"无我",都不是与"文学性"的高低密切相关的问题,所以这可以视为王国维虽然"融会中西"但没有突破"中西思路"之遗憾。另一方面,王国维谈"境界"多从古代文学作品出发,没有充分面对中国现代文化和现代文学"意境早已破碎"之问题,从这里可以看出王国维和陈寅恪一样,总体上坚持的是传统文化中所显示的他们认为应该坚守的立场。然而中国现代文学的状况是:传统文化价值被西方文化价值冲击后导致的中国现代知识分子的思想破碎和心灵破碎,必然催生朱自清《荷塘月色》中主人公内心深处的惆怅:面对清朗荷叶与周围鬼魆般阴森的灌木丛,和谐的意境已不在眼前的景色中,何来"境界"去把握?这已不是一个"有我之境"和"无我之境"的问题,也不是"真情景"和"假情景"的问题,而是根本就没有意境生成的前提——"整一性世界存在"的问题。如果王国维将"独创性境界的程度"引入他的"境界"理论,也不过多依赖传统经典作品来做他的理论支撑,本来可以走到"如何建立新的整一浑成的中国新文化"之创造的审美思考上来,那样一来,王国维就有可能突破解释传统文学作品比较有效的"境界"说,创造出新的具有中国文化整体性、和谐性特点的,同时又是可以面对现代中国文学创作问题的"新观念"。如此一来,王国维的"境界"说就不会被后人轻易归入"传统批评形态"了。①

同样,"文学活动说"和"文学生成论"不能等同于西方的"文学本质论",而与中国文化的"生生"更为接近。问题是,"文学活动说"是由"世界—作者—作品—读者"②的构成展开的,但实际上一切意识形态都脱离不了这一框架,任何文化、任何时代的文学都是在这一框架中,所以"活动说"要面对什么"文学问题"是不明确的——诸如"有作品但无读者"这样的问题,对文学来说可能重要也可能不重要,因为这不能说明作品有无文学价值,也不能说明读者有无鉴赏水平。特别是,如果我们不能论证文学活动与其他文化活动在"活动性质"上的差异,而不是简单加一个"审美的"就完结的话,那么"文学活动说"存在的理由,就可能被传统的"作家论—作品论—鉴赏论"所代替。与研究"网络文学"是"如何被制造出来的"这种接近"文化研究"的"生成说"一样,"活动说"可以考察出作家被各种文化力量和权力制约的复杂艺术生产机制,但不可能针对中国艺术生产在世界艺术生产平台上所暴露的"低程度创造"之问题给予有力的揭示,于是这样的文学观就会与对文学作品的具体评价相分离,成为与文学判断没有多少关系的文学观。而文学理论如果不能完成这种揭示,那么知道文学是如何被生产出来的和不知道文学是如何被生产出来的,其实都与"有没有文学自身的意义"这个问题无关。因为文学可以造假,也可以不造假,可以是集体创作,也可以是个人创作,可以顺从这种权力和文化,也可以顺从另一种权力和文化,这些都不可能影响和制约作家突破各种文化力量所能

---

① 见敏泽《中国文学理论批评史》,人民文学出版社1981年版。
② 参见童庆炳主编《文学理论教程·第二编"文学活动"》(修订本),高等教育出版社1998年版。

达到的创造性自我实现的程度。亦即文学是否能通过作家完成这样的突破,完全是作家"文学性程度实现是否自觉"的问题。所以在我来看,研究文学是如何被制造和生产出来的,不涉及"文学性"问题,只有关注这种生产的作品"怎么样",作家才能在"怎么样"之自觉的基础上"换一种生产方式"或"调整成有文学性的生产方式"。也因为此,"文学生产的怎么样"或"文学程度论",就成为"否定主义文艺学"突破受"实践论"制约的"文学活动说"、受西方"文化研究"制约的"生成论"的"中国式现代文学性思维方式"之努力。

三 文学作品:从"意识形态"走向"体验形态"

在《二十世纪西方文学理论》中,伊格尔顿反复强调,"文学理论实在不过是种种社会意识形态的一个分支,根本没有任何统一性或同一性而使它可以充分地区别于哲学、语言学、心理学或文化和社会思想"①,因此,"首先要问的并非对象是什么或我们应该如何接近它,而是我们为何应该要研究它"②,因为,"我们对其重要性的评价是由深深植根于我们的社会生活的种种实际形式之中的种种利益框架所制约的"③,这些"利益框架"显然"与社会权力的维持和再生产有某种关系"的"感觉、评价、认识和信仰模式"④的"意识形态"密切相关,所以伊格尔顿干脆说,"文学理论是具有政治性的"⑤。从理解的角度,我愿意说伊格尔顿阐明的是一个"事实":无论是西方近代的"艺术即直觉、表现",还是中国现代的"文学是人学",它们的提出,都受制于特定时期的文化性要求并与提出者捍卫自身的"权力"有关。直觉的、抒情的文学被强调,肯定与反抗漠视它们存在的意识形态有关,而"载道""遵

---

① 〔英〕特里·伊格尔顿:《二十世纪西方文学理论》,伍晓明译,北京大学出版社2007年版,第175页。
② 同上书,第184页。
③ 同上书,第185页。
④ 同上书,第14页。
⑤ 同上书,第171页。

命"的文学观的提出,也必然与中国文人将"形象作为手段服务于主流意识形态"这种意识形态"自觉"有关。如果伊格尔顿所说的"意识形态"更接近我们习惯用的"文化观念"的话,那么,一切文学或文学理论的产生都受制于一种历史性、地方性的文化制约,从而形成"文学观念演变史",在文艺理论史上其实并没有多少争议。但问题在于伊格尔顿将这种"文学被制约性"夸大了,从而带来了如下盲视:

首先,伊格尔顿认为包括文学在内的哲学、心理学等既然都是不同的意识形态权力运作的结果,所以"英国文学"就可以被伊格尔顿理解为日渐衰落的宗教的"替代",去"完成宗教留下的意识形态任务",但他忽略了文学在履行宗教功能的时候,其中最优秀的文学已具有突破宗教的功能,并使得宗教教义与信念因为这种突破而感到尴尬。这里,重要的不是伊格尔顿所说的文学的"情感经验"与"宗教热情"有相通之处,而是因为文学体验性产生的丰富意味,不仅能产生"反宗教"的功能,而且也具有模糊宗教信念的功能。但丁的《神曲》已赋予上帝的感召以人文主义的内涵,这是教会的宗教难以接受的;伊格尔顿说人文主义也是一种由新的意识形态所支配的,我则可以说维吉尔的矛盾又常常在消解自己的信念。因为把维吉尔解读为"使人的生活的社会性从属于孤独的个人事业的政治制度、种种价值信念"[①]的时候,伊格尔顿也许只会看到主人公是"英雄主义意识形态"的体现,却没有看到《神曲》的真正文学努力在于展示主人公在教会和人文之间的矛盾体验。这种体验,能被什么样的意识形态解释和归类呢?也因此,文学作品的真正奥妙,不在于伊格尔顿从文化的"所指面"去进行任何内容的揭示,而在于文学对"所指面"的怀疑所产生的"复杂面"。这种"复杂面"是不能简单被单向度的文化观念进行"内容切割"的。人类之所以需要这种体验性的复杂世界,在于人类自从理性产生以后,连试图反抗理性的文化也可以作为制度被理性收编,这就为文学在由任何意识形态所支配的理性文化和感性文化空间中保留了自己存在的空间——她

[①] 〔英〕特里·伊格尔顿:《二十世纪西方文学理论》,伍晓明译,北京大学出版社2007年版,第172页。

是一种由复杂意味构成的"体验形态",从而既不能被主流意识形态、也不能被"认识、评价、信仰模式"的意识形态所收编。

伊格尔顿也注意到文艺理论常常使用的"诗意"概念,但一直没有对此正面进行过细致解释。他说:"如果把一篇作品作为文学阅读意味着'非实用地'阅读,那么任何一篇作品都可以被'非实用地'阅读,这正如任何作品都可以被'诗意地'阅读一样。如果我研究铁路时刻表不是为了发现一次列车,而是为了刺激我对于现代生活的速度和复杂性的一般思考,那么就可以说,我在将其读作文学。"①在这里,伊格尔顿没有对"非实用地"和"诗意地"这两个概念进行区分,大概认为"非实用"差不多就是"诗意"的意思。而我认为,"非实用""非功利"这些概念,并不与文学或诗意画等号。一方面,文学对人肯定是有用的,尤其对人的心灵依托有用,所以"非实用""非功利"这些概念在不能清楚解释之前应该慎用。另一方面,伊格尔顿把列车时刻表作为"现代生活速度和复杂性"的"思考对象",我认为他是把文学阅读与社会学阅读混淆了——社会学阅读可以是"非实用地""思考复杂",却不一定是"诗意地""体验复杂"。因为诗意阅读、文学阅读与"思考"没有直接关系,而是"穿越思考"的一种体验性活动。比如,如果一个人能把列车表的无数时刻幻化为无数小列车站,这才与文学阅读更为接近——这就跟杜尚通过"泉"的体验对抽水马桶进行艺术性阅读一样。文学阅读是丰富而难以言说的具象体验,而不是"对复杂性的思考"或"思考的复杂性",是"体验形态"而不是"意识形态"。伊格尔顿有一个看法是对的:任何作品和事物都有可能进行文学阅读。但由于文学阅读是具象性的"体验形态",所以生活中肯定有不少事物和作品"不是那么容易进行文学阅读"的。这种状况,同样适合于我们质疑伊格尔顿所说的假如"社会状况可以产生人的全面丰富",那么我们将"完全不能从莎士比亚那里获得任何东西"②。伊格尔顿没有解释"人的全

---

① 〔英〕特里·伊格尔顿:《二十世纪西方文学理论》,伍晓明译,北京大学出版社2007年版,第9页。

② 同上书,第11页。

面丰富"的社会是什么意思,但如果"丰富"是指当代人已经全部成了丰富智慧的人,那这也是与莎士比亚完全不同的丰富和智慧。人的现实的丰富,之所以永远不能替代艺术的丰富,是因为现实的丰富是由意识和理性组成的(如后现代的"多元文化");而艺术的丰富则是意识和理性难以概括的"内在的、整体的、体验性丰富"——所以莎士比亚的丰富不能被以认识活动为单位的不同文化之"元"进行"切割"。这样,艺术的奥妙就不主要在于"复杂"与"丰富",而在于是在什么性质上展现的"复杂"和"丰富"。文学区别于宗教、哲学、心理学的对待意识形态的特殊方式——是"本体论"的、"方法论"的,还是伊格尔顿说的仅仅是"策略性"的,其实并不重要,重要的是:正是通过这种"体验形态的丰富和复杂",文学可以"模糊掉"伊格尔顿所说的由"评价、认识、信仰模式"构成的日常意识形态,从而构筑起其他文化现象所不能替代的"相对自足的世界"。这实在不是因为文学自身有这样的特点,而且我们面对意识形态问题时有这样"特殊的要求"。正如我们需要婚姻繁殖和培养后代,也需要爱情一样——美丽和性感是被什么社会意识形态所支配呢?而"蒙娜丽莎的微笑"迄今依然楚楚动人,又是被什么意识形态所制约呢?

其次,伊格尔顿认为:很多文艺理论家都认为文学可以"疏离"意识形态获得"独立",但"应该谴责的是它对自己的政治性的掩盖和无知"[1]。在谈论俄国形式主义对日常语言的"疏离"问题时,伊格尔顿认为:"疏离性仅仅相对于某种标准的语言背景而言;如果这一背景改变,那么那件作品也许就不再被感受为文学。"[2]伊格尔顿一方面始终没有阐明使我们不再把莎士比亚和普希金感受为文学的"语言背景"是什么,也没有说清楚形式主义和结构主义通过"语言结构"与现实世界分离,是不是受科学意识形态支配,于是他也就回避了一个关键问题:为什么在所有文化现象中,只有文学具备使人"淡忘""遗忘"现实

---

[1] 〔英〕特里·伊格尔顿:《二十世纪西方文学理论》,伍晓明译,北京大学出版社2007年版,第197页。

[2] 同上书,第5页。

的功能？这种功能是"意识形态需要"还是"缓解意识形态"的需要？

　　应该说，无论是古代神话通过奇异的想象来展现现实不可能存在的世界，还是结构主义剔除"写什么"而住进纯粹的"叙事结构"世界，抑或中国古代诗人"孤舟蓑笠翁，独钓寒江雪"的意境展现，虽然它们受不同的文化制约而在形态和方式上有差异，但它们对读者而言，均具有一种通过短暂的专注于这种世界而离开现实世界的功能。在"否定主义文艺学"看来，按照宗教教义与世俗现实发生的关系，已经是"用离开现实的方式与现实打交道"了；人类已经认定自身受现实制约是与生俱来的"宿命"，所以才需要"短暂离开现实世界"以获得对现实世界的"平衡感"，否则就难以承受这"被制约"的命运之重。当原始人通过使用工具的劳动体验着可以"离开自然性生存"的喜悦时，虽然还是不得不在很多方面过着动物性的生活，但劳动创造出一种与自然性现实可以"疏离"的张力关系，人类由此就可以突破被自然界制约的沉重约束展开自己的历史；而当劳动创造的文化形成的理性文化成为人类现实世界的性质的时候，艺术必然要通过"再造一个世界"疏离出理性文化现实，以延续这种张力。这就像生命只有通过睡眠才能继续白天的活动一样，文学和艺术的存在就可以理解为人类文化活动的"睡眠"。在睡眠中人可以做以现实为材料的梦，但这时候肯定对白天的现实性生活是遗忘的，但"遗忘"又是从事白天活动所必需的。传统文论家之所以习惯将文学理解为可以"疏离"或"独立"于现实的一种存在，并不是他们不知道文学受意识形态制约，而是只有通过遗忘这种制约得到短暂"睡眠"，他们才能继续"被理性文化制约"的现实生活。艺术家们之所以特别钟情于自然美和生命欲望在文艺作品中的展现，是因为这样的展现容易体现人类与理性文化现实的"疏离"关系。所以伊格尔顿可以在根本上将文学艺术对现实的"疏离"看作一种"生存的意识形态"，但这种理解无法解释人们面对意识形态化现实的不同抉择：是将艺术符号作为工具从属主流意识形态要求，还是同样将艺术符号作为工具以另一种理性文化对抗现行主流意识形态，抑或将形象符号作为本体消解人们从作品中直接接受某种意识形态观念的可能？我认为，像《红楼梦》《哈姆雷特》这样的传统经典和《生命中不能承受之轻》《挪威的森林》这样的现代经典,正是持后一种抉择的结果。所以贾宝玉这个"只喜欢清纯的女孩儿"的、不具备现实生活能力的"玩童",在现实生活中是不可能受到认同的,但由于放在人们的"精神睡眠世界"中,就可以具备某种启示性。这种启示虽然不具备现实的操作性,但却对人们的现实观念具有"疏离"性反观作用,从而使人们在现实生活中放松对各种意识形态的紧张感并因此可以从文学视角审视意识形态的局限。也正是在这个意义上,李安导演的以抗战为背景的《色·戒》,就具有"疏离意识形态"并且培养中国观众把艺术作为与意识形态不同性质的"存在"的现代意义。该电影突破伦理和美学禁区但依然受欢迎的程度已经说明:最好的艺术,就是能够让人"疏离"现实存在从而让心灵可以居住的世界。如果说文学艺术具有不同于其他上层建筑的对现实的批判性,那么这种"非观念化"的启示性批判,才是真正的艺术性批判。所以,五四新文学借文学艺术这个符号来进行以人道主义、现代主义、后现代主义为依托的"可观念化"批判,也许可被伊格尔顿的"政治批评"所解释,但其实却不一定是以"体验形态"为内容、以"可疏离现实"为效果的文学性批判①。

　　就国内一些学者赞同的"文学是审美意识形态"来说,拙文《当前文艺学论争的若干理论问题》对"审美意识形态"之文学观持"尊重而保留"的看法。尊重之,是因为这样的文学观对消解主流意识形态对文学的制约起过特定时期的作用。保留之的原因有三:一是审美在这样的文学观中对观念化的"意识形态"只具有修饰作用,容易与传统的"寓教于乐"混同,审美对意识形态的依附性明显。二是艺术不能等同于审美。因为审美现象在科学发现、理论创造和日常生活中都有所体现,艺术中的审美现象只是审美之一种,艺术观不能独占审美一词,而且在语言形态上艺术语言是"说不尽",审美语言是"不可说"的。三是

---

① 20世纪中国的文化启蒙文学之所以某种程度可以被伊格尔顿的"政治批评"理论所解释,是因为其中以认识、评价出场的各种意识形态对文学作品的渗透,已经影响了文学对各种意识形态保持"疏离"性的独立品格。文学担当文化救亡以及文化现代化工作,一定程度上是伊格尔顿所描述的"英国文学"担当宗教责任的同一性质的工作。这种"满足于担当各种意识形态的启蒙"的文学,是20世纪中国文学的"文学性病症"之所在。

艺术是以非观念化的"体验形态"对观念化的"意识形态"的突破,在艺术中,审美的创造性要求与意识形态的普遍性要求的冲突,使之不能兼容为一个整体的文学观。国内文论界围绕"审美意识形态"展开的讨论,对于"意识形态"是否是"观念化的意识形态"的问题有不同看法。"审美意识形态"的倡导者之一钱中文先生曾做过如下解释,即"意识形态"是一个历史生成过程,在其起源时主要体现为一种"审美意识",这种"审美意识"很大程度上是"人的感觉、知觉、记忆、想象等心理活动的表现"①,这种解释当然是可以成立的。但这样一来就导致以下问题:一、"意识形态"就其历史化演变过程来说是一个无所不包的概念,是一个与文化起源、语言起源没有多少分别的"元文化"概念,既然感觉、知觉、记忆、想象、思维、理性都包括在内,就不能前缀"审美"的,因为一方面"审美"也包括其中,另一方面我们似乎很难找出"非审美"又无所不包的"意识形态"。二、用"历史化演变的意识形态"来解释"意识形态",容易遮蔽"意识形态"在相当长历史时期内的"观念化、理性化"性质,而只有这样的意识形态的性质,才是中国当代文艺理论所要面对的"制约文学创作的中国问题",所以"意识形态"一旦无所不包,就容易降低其问题的针对性。三、由"感觉、记忆、想象"所构成的"意识形态",自身就可能是艺术的,何须"审美"来强调?而这样的"意识形态性质"一旦被强调,理性化的意识形态倒成了其"对立面的意识形态"了,这显然将"意识形态"做了偏重于艺术的夸张处理。但这样的处理,一方面与马克思、黑格尔关于"意识"的经典论述有出入,另一方面也与伊格尔顿对"意识形态"的基本理解有出入,更重要的是与人们约定俗成的理解有出入。所以我认为,马克思所说的"意识的存在方式,以及对意识来说某个东西的存在发生,就是知识"②是一个重要的立论,而任何"知识",没有思维和理性的参与,是不可能完成的。所以艺术成为艺术,必须从它对其他意识形态的"突破"中去考察,即从理

---

① 钱中文:《论文学审美意识形态的逻辑起点及其历史生成》,《文学评论》2007年第1期。

② 中共中央马克思恩格斯列宁斯大林著作编译局:《马克思恩格斯全集》第20卷,人民出版社1979年版,第170页。

性化、观念化、知识化的"意识形态"的"突破"中才能发现"艺术",而不能从史前文化与艺术合为一体的"劳动"中去谈我们今天所要谈的"艺术"。伊格尔顿所说的任何文学都脱离不了"意识形态",也主要是指这种"可观念化"的意识形态。所以我强调艺术作品的"体验形态",无非是要说明:无论"意识形态"是指观念,还是包含感觉、想象、理性的"综合性概念",作为"体验形态"的艺术,都需要有模糊他们的使命。其实践效果就可能是:文学批评家从文学作品中提炼出"观念化内容"是一回事,因为这是意识形态活动,而艺术作品的魅力拒绝批评家的提炼、或者这种提炼有可能破坏艺术作品的模糊复杂的魅力,又是另一回事,因为这是"体验形态"活动。

这并不是说我在给"意识形态"和"体验形态"划界,而是说,文学在作为"服务意识形态"的"承载"性质存在时,总体是从属"意识形态"的,而在文学达到了较高的"文学性"的时候,就"穿越了意识形态"进入难以观念化把握的"体验形态",这样就既可以解释创造程度很弱的、平庸的、工具化的文学作品,也可以解释创造程度很高的经典文学作品。于是,文学作品的生存形态,也同样体现出"穿越现实"的一种"文学性张力"。这种张力,同样既不是"本质论"可以解释的,也不是"反本质主义"可以解释的。

四 文学发展:从"成为"走向"成为什么"

在《理论之后》这本书中伊格尔顿说:"由于我们是历史的动物,所以我们永远处于'成为'的过程中……因为我们的生命是一个计划,而不是一连串的当下片刻,所以我们永远无法获致像一只蚊子或一把耙子一样的稳定同一性……诸如'把握现在''打铁趁热''活在当下''有花堪折直须折'之类的劝告注定是不成熟的看法。"①伊格尔顿还援引诸多哲人来证明他的看法:"就黑格尔看来,纯粹的存有是全然不确

---

① 〔英〕特里·伊格尔顿:《理论之后》,李尚远译,台湾商周出版公司2005年版,第258页。

定的,因而几乎无法将它与空无区别开来。就叔本华看来,自我是一个'无止境的虚空'……对弗洛伊德而言,无意识的否定性渗透了我们的一言一行。"①就此而言,伊格尔顿依然坚持他在《二十世纪文学理论》中的基本看法:文学因为始终在"成为"之中,所以不可确定其稳定的特征,所以文学的特异性、本质性之类提法,都是"反历史"的提法,是以虚假的当下换取了"生命是一个计划"。受伊格尔顿看法的影响,陶东风主编的教材《文学理论基本问题》中所说的"受本质主义思维方式的影响,学科体制化的文艺学知识生产与传授体系……总是把文学视为一种具有'普遍规律''固定本质'的实体,不是在特定的语境中提出并讨论文学理论的具体问题……"②,基本上可以视为伊格尔顿观念在中国的延伸,而南帆依据罗蒂的看法,认为文学应该放弃本质言说,只把文学放在"同时期的文化网络之中,和其他文化样式进行比较——文学与新闻、哲学、历史学或者自然科学有什么不同"③,也可以视为中国学者对正面理解文学的犹豫。我在前面阐述过用西方对象化的、固定的"本质思维"理解文学的"非中国性"问题,在《当前文艺学论争的若干理论问题》一文中也辨析过"本质主义"(观念成为一种理论,理论具有普遍影响)与"本质化"(权力对一种观念的中心化、现实化干预)的不同性问题,更涉及在"文学有没有普遍的基本特征"和"超历史的稳定性"问题上,我们应该持慎重态度的看法——因为无论是伊格尔顿还是文学现实,现在都没有证伪"文学是一种形象化世界",中国文学迄今仍然存在的"承载性"和"工具性",也没有证伪"文以载道"的"超历史性"。更重要的是,由于国内的"反本质主义"思潮对伊格尔顿的总体认同的态度,就不可能产生对伊格尔顿理论哲学层面上的反思与批判,自然也就难以产生"中国式的文学发展"的现代观念,从而与伊格尔顿构成"可对话关系"。

---

① 〔英〕特里·伊格尔顿:《理论之后》,李尚远译,台湾商周出版社2005年版,第260页。
② 陶东风主编:《文学理论基本问题》,北京大学出版社2004年版,第3页。
③ 南帆:《文学性以及文化研究》,《本土的话语》,山东友谊出版社2006年版,第165页。

首先,伊格尔顿认为历史是在"成为"中显现的,这在总体上没有错。强调"成为"的历史观,针对有"延续文化""捍卫经典"的中国文化传统的现代发展,当然是有积极意义的。我所建立的"本体性否定"观念也是认为"历史是人的批判与创造在时间中的显现"。关键是对"成为什么"和"成为何以可能"的理解与追问:"成为"是落实在"基本观念"上(创造新的"道")?还是落实在"方式方法"(变器不变道)上?抑或落实在"生命感受和体验"上?这既是一个普遍问题,更是一个"中国问题"。对于"中国问题"来说,如果"成为"是继续落实在"技术""方法""文体"的变革上,那么这"成为"很大程度上是鲁迅所说的"圆圈",引进再多的西方文学观念来装扮我们的"成为",我们也只会工具化、功利化地对待它们。这"成为"是落实在每个人的感受和经验上,虽然"尊重每个人的生命状态的差异性"是现代"尊重人"的观念的内容之一,但在中国这样的"意识形态教化"和"以欲望冲动反抗教化"之逆反以及"参照他人设计自己的人生"的文化中,"个人感受和经验"的"成为性""敞开性"尤其是"创造性"是很虚弱的。一方面,"以主流和他人的'成为'作为自己的'成为'","成为"就不可能落实在"成为自己的'成为'"上,这就是"思潮"和"时尚"制约着中国20世纪50年代直到80年代后出生的人的共同特征——如果说50年代出生的学者冷落张爱玲、歧视王朔和韩寒的"另类成为",是依托主流文化对个人的"成为之要求"的话,那么80年代后出生的一代追求快感和身体体验的人生设计,同样是依附"大众时尚"的另一种"成为",这暴露出中国人似乎是在自由的选择中的"集体依附性",很少有中国人能做属于自己的甘于寂寞的人生设计。另一方面,时代思潮、文化时尚的成分剔除之后,中国个体的"生命感受和体验"又很容易受制于欲望、利益、本能的钳制,从而过一种"不需要成为什么"的生活,更不会考虑通过自己的"成为设计"参与历史的推动。这种"活着就好"的生存意念,与"平安即福"的文化引导相辅相成,会同文学创作上的"能写就好、不需要考虑写得怎样",会使伊格尔顿的"成为说"如"泥牛入海"。即"成为"落实在纯粹的个体生命感受上,中国很多老百姓就会选择"成为一个与世无争"的"过日子"的人——如果这也是一种"成为"的话,这种

"成为"能展开"什么样的历史"呢？又能消解掉什么样的"传统本质观"从而"又成为什么"呢？也可以说,如果前人说文学有确定的边界,伊格尔顿说没有边界,那么在这两种看法面前中国学者能"成为什么"呢？这种追问自然使得中国个体的生命状态既要警惕"成为主流""成为他者"的"成为",又要防止"什么也不成为的过日子人生","成为"问题自然就转化为"成为什么"的观念性追问。即：历史不是无任何规定的"成为"就能展开的,而必须在"成为什么"的努力中才能看出来。"什么"就是符号化、观念化的意思,只有"又成为什么"这一新的观念和符号出场,既定的"什么"才能把新的"成为"衬托出来。换句话说,"成为"必然是文化性的,"虚无"这个问题同样是文化性的,纯粹的生命存在是没有"虚无"的。既然"成为"是文化性的,"成为什么"就是一种以理解为基础、以观念和符号为标志的文化形态,否则我们就很难说这个人是否在"成为"。在此意义上,所有的生命感受和体验,如果不借助观念和符号表达出来,我们就无法判别他的感受和体验是否具有"成为"性。所以我认为伊格尔顿的"成为"的"历史和人生设计",具有很大的"空洞"性,类似于说：既然人生是不断地在做各种事,认真地做某件事就是没有多大意义的。

除此以外,伊格尔顿的理论还暴露出如下局限：不断"成为"的历史固然使人类任何确定性的"成为什么"虚无化,但"成为什么"的文化性理解又是人类摆脱虚无的唯一方式,尽管这种摆脱虚无的方式有些可怜。但我们如果设计不出人类"不可怜"的生活,就只能在"可怜"的前提下来选择我们过怎样的生活,从而暂时摆脱虚无化。换句话说,想永久摆脱虚无化的历史命运,其实与想把"暂时的摆脱"进行"超历史"的凝固,是同一种性质的肤浅,或者是同一种人性贪婪的显示。所以人不可能过得特别糟糕,也不可能过得特别满意。最重要的是,只能活在当下的人,除了通过当下的努力建立一种文化理解,使当下的生活过得相对充实,不可能代替下一代去设计可以安身立命的生活。一个人通过今天的创造性理解使今天的生活过得充实,不意味着明天或明年也应该享受今天的创造果实——"人应该完成自己的当代创造"对后来人的责任就在于：暂时摆脱虚无的工作只能通过自己的创造性努力来获得,所以当代人不能给未来设计自以为是的答案。这就是"成为什么"在历史中的"结构"。另一方面,你明天的创造性努力展开后,不意味着今天的创造就没有意义了。因为你明天的"成为"或你明天的"创造",只能在今天的基础上进行,甚至只能是对今天创造的略微改动。所以一百多年的西方哲学也只是把"两个字"换成了"一个字"——把"上帝死了"换成"人死了"。在此意义上,"成为什么"其实是一件很困难的事。多数人只是在想着"我应该成为什么"但还没有结果的路途上就死了。这样的状况,必然使得过去的文化观念、符号具有相对的稳定性和"超历史"性,至少是,你不得不在过去的文化观念和符号的影响下生活。这既是理性的"相对稳定性"的特点,也是人想在这理性上"多待一会儿从而有些依靠"的本能所致。因为面对终极之虚无,不想做"和尚"与"尼姑"的人,实在没有除文化观念和符号以外可以依托的选择。这也就是中国人为什么总是喜欢在各种场合展示中国古代的"琴棋书画"以及面对西方学界喜欢说《论语》和《道德经》的道理——这些文化观念符号的超历史性,是不是就使得中国人"不是人"了呢——即伊格尔顿意义上的"'成为'之人"?是不是就使中国的历史"不是历史"了呢——即伊格尔顿意义上的"'成为'的历史"?如果依据伊格尔顿的看法,回答自然是"不是人"和"不是历史",但这样的回答,中国人能接受吗?

所以我认为,笼统地说"一切建构都只能是历史的建构,没有固定不变的文学观和文学本质",不能对"历史""非历史""历史作用""历史影响"进行中国文化历史意义上的辨析[①],是没有多少意义的。因为文学观不仅仅是文学观,也辐射出各种世界观、价值观在当代的生存状态。当一个学者一方面批判"文以载道",另一方面又以自己的创作去"承载各种西方观念"时,当一个文艺理论家一方面要消解以往的文学观,另一方面又坚定地用自己的实践去捍卫与这样的文学观相辅相成的哲学观、道德观和思维方式时,这种"无意义"就会立即显现。特别是,当一个学者批判既定文学观因为权力和永恒本质的追求的"超稳

---

① 参见拙文《当前文艺学论争的若干理论问题》,《文学评论》2008年第4期。

定性"后,又提不出自己对文学的"当代理解",作为"成为什么"的"未完成",文学观念的历史就不可能在这样的"批判"中展开。如果我们满足于"推倒既定文学观之墙",兴奋于我们可在文学观的残砖碎瓦上手舞足蹈,但每个舞蹈者又说不出自己对文学的理解是怎样的,而且这种"不知道该怎么理解文学"的状况也不能催生优秀文学的产生,那么,被推倒的文学观就会卷土重来,成为"既说不清楚、又无法交流的"文学界状况的新的"权力者",这就是传统文学观为什么会"超稳定"的另一种原因。因此在某种意义上,只有建立起新的能面对当代文学状况的文学观,既定的文学观才会慢慢退出中心地位,成为人们可自由选择的文学观之一种。那个时候,"历史"才会因为有既定的"什么"与新的"什么"构成"不同而并立"的"本体性否定"关系而"成为事实"。

所以,在"成为"的意义上,我认为伊格尔顿受制于"本质"和"反本质"思维,把"文学"与"文学性"混为一谈的思路是不可取的,而把两者区分开来,就是"否定主义文艺学"在"成为什么"这一维度上所进行的理论努力。这表现在:在使用"文学"这个概念时,我们不能像伊格尔顿那样仅仅看到俄国形式主义的文学观,也不能仅仅就"文学性语言"来谈问题,如果我们不能把"艺术即模仿""艺术即直觉""艺术移情说"和其他文化的文学观都作为"不同的文学观"来尊重和理解的话,使用"文学"这个概念就难免轻率。如果伊格尔顿也能注意到中国的"言志说""缘情说""神韵说""境界说"都是中国古代文学家对文学的理解的话,他还会不会坚持说迄今为止的文学理解"没有体现出历史性和地方性"呢?如果他仍然坚持说"NO",我们就有理由追问其"历史性"和"地方性"究竟应该落实在什么上面。就文学发展而言,历史可以以"文明变迁"为单位,这样就有与"古代文明"对应的"艺术即模仿"、与"近代文明"对应的"艺术即表现"、与"现代文明"对应的"艺术即形式"或"艺术即存在"出场,这种对应说明以往的文学观或文学本质理解恰恰是"历史性"的,而不是"超历史"的,这使得文学观在过去并没有体现出固定不变的稳定性,今天坚信"艺术即纯粹形式"的文艺理论家,已经被"文化研究"的热衷者所替代,也说明事实上从来不存在"超历史"的文学观,也从来不存在横穿古今的"文学边界"。因为社会的变化、时代的发展、文化的差异,必然使得文学观是复杂的、非稳定性的,所以他就不可能看到受制于历史和地方限定的"文学观的不稳定"和超越历史和地方的"文学性的相对稳定"之区别。这种区别是基于以下思考:为什么古今中外的优秀作品可以跨越文化、民族和时代,引起古今中外读者的共鸣和欣赏呢?为什么伊格尔顿要针对莎士比亚讨论问题而不能遗忘莎士比亚呢?为什么各种据古典名著改编的影视剧的收视率依然很高而这可能仅仅意味着今天读者只是不再喜欢看"文字的名著"了呢?为什么昆德拉、村上春树、奈保尔、帕慕克的作品——这些现代经典中让人感动、兴奋、启示的内容,能与读莎士比亚、陀思妥耶夫斯基产生相似的文学效果呢?它们是否说明"文学性"是一种不同于"文学"的稳定的存在形态呢?以此类推,我之所以认为中国当代文学的问题,不是我们的作家用什么文学方式写作、接受什么文学观的问题,而是在作品深层意味上难以给人震撼和启示的问题。这样的问题不是一个"文学的问题"而是"借形象创造独特世界的程度不高"的"文学性问题"。这样的问题之所以有"稳定性",是因为哪怕作家们以后都不写作了,没有文学阅读了,所有人在生活中都是"行为艺术者"了,当你经过一个小区偶然看见一座别具意味的"小区雕塑"时,只要有所惊叹,那个让你惊叹的问题其实就是"文学性"问题。因为"形象"和"别具一格之程度"并未改变,那时候我们就可能会说:"文学"虽然死了,但"文学性"只是换了一种方式活着——这就是文学的"历史"和"超历史"的关系。①

---

① 参见拙文《伊格尔顿批判——兼谈否定主义的文学观》,《学术月刊》2008 年第 7 期。

上 编
"文学穿越现实"的提出

第一章 中国当代文论的若干问题及理论期待

一 理论的"中国问题意识"

按理说,有什么样的问题,便会有什么样的理论,但什么样的问题是属于文学本身的问题,什么样的问题是文学和非文学共同的问题,文学又如何以自己的立场面对这些共同的问题,对这些的思考我们可能并不自觉。

我把中国当代现有的文艺理论分为四种类型:

第一种是继续按照传统的"文以载道"思维,依附于主流意识形态,提出文艺为时代、为现实(被主流意识形态所解释的时代与现实)服务的主张,进而衍化为一种具有政治性质的文艺理论体系。当年的"反映论"文艺观、现行的"主旋律"文艺观就是一例。虽然在21世纪的中国,这种文艺理论已经不具主导性,但只要中国以政治为中心的社会结构不改变,这样的文艺创作和文艺观,就会依然成为主流或准主流话语。与这种文论相配套的,则是以"兴会""神思""气韵""意境"等为范畴的中国传统文艺理论。这种文艺理论看似比政治化的文论更贴近艺术的特性,并通过离开政治从而有消解政治的倾向,但由于中国传统艺术意味的核心"道",常常自觉地被主流意识形态及其基础——传统道德所规定,这就使得中国传统文论,虽具备解释文艺的模糊性之特征,但并不具备阐释艺术内核之独特性的要旨(这种要旨是常常突破现行道德的),更与中国当代艺术形态的多元化与个体化取向有所脱节。所以,中国传统文论就始终解决不好离开"理"的"情"过于轻飘、而只要一谈"理"就缺乏作家自己的思想之问题。于是在客观效果上,中国传统文论就是辅助和弥补"文以载道"的文论,而不是"区别"或"不同"于"文以载道"的文论。至少,中国传统文论及上述范畴,与主流意识形态文艺理论是有同构性的,其生命力也是由这种合谋性显现的。

第二种是以西方理论为依附对象的经院式理论研究。这种研究因为区别于中国传统文论而具有"现代化"的倾向,但也因为与中国人的思维方式、中国文艺现状及问题有不同程度的错位,而难以有力地引导和影响中国当代文艺创作和文学批评,从而使得我们不得不对这种"现代化"打上折扣。比如弗洛伊德、尼采、萨特、海德格尔、德里达的理论引进,只是对松动既定的文化现实和理论状态有作用,但解决不了中国作家在无意识的自由状态和自觉的遵命创作状态下的"独创性"贫困问题,比如"形式论"的自我封闭性和抽象性,便与中国文学经典鲜明的世俗性和具象性相脱节。"解构论"在中国更多的是完成了道德消解和价值关怀消解的功能,而不能触及中国当代人心灵空虚以及文学内虚化、平面化之问题。"活动论"因为其大而无当,既不能触及作家如何创作的价值论问题,也不能触及读者如何阅读等价值论问题,更难以触及文艺批评的价值坐标重建和方法论等问题,而当代流行的西方化的文化研究,则似乎更视文学为已经过去了的时代,不再关心作为独立存在样式的文学中的问题,而这种"不关心",必然也影响到对"艺术生活化"等当代审美现象的描述与评价……令人担忧的是:这种不能面对中国当代文艺问题的理论,正在以"知识化的形态""学术化的面目"和"现代化的理由",在各大专院校中培养着一批同样很难发现当代文艺问题的"理论自娱化"学子。

第三种是主张中国传统文论的现代转化。这种主张的初衷和愿望是值得肯定的。但由于现代转化的参照系多半是西方的,而倡导者又主张根基必须是中国传统的,这样就缺乏对理论根基的创造性设计。因此,在"如何转化""转化成什么"乃至"转化何以成为可能"等方面,"现代转化者"不是处于失语状态,就是落入传统的"变器不变道"和五四以来"中体西用"的窠臼,很少产生有成效的实践成果,其结局也就使"现代化"成为传统文论的装饰品。因为很显然,西方现代文论的根

第一章　中国当代文论的若干问题及理论期待

基并不在西方古代文论中——不用说克罗齐的"艺术即直觉"具有原创性,即便贝尔的"有意味的形式",也对亚里士多德的"形式"进行了创造性改造,脱离了亚里士多德的"四因说"。中国当代文论建设也应该如此,如何对中国传统文论中的"道与器""情与理"等命题进行创造性改造,才是问题之关键。而其核心问题是,中国传统文论是中国传统哲学派生的,比如"意境"理论离开了道家和禅宗哲学便不可能产生。如此,不从建立中国当代哲学入手,而只是在"意境"和"典型"如何"整合"上做文章,我以为是不可能诞生中国当代文论的。所以,停留在文艺理论层面上的"现代转化"说,在我看来是很难成立的。

于是,这就将第四种文艺理论建构的形态衬托出来了:面对中国当代文学创作问题的理论。比如"人学说",由于是面对中国当代文艺很长一段时期写神不写人、写思想观念不写基本人性人情、写道德教化不写欲望世俗等问题提出的,因而也就比上述三种文艺理论建构形态,对文学具有更为广泛和深刻的影响力。也因为人性、人情、人欲在中国当代社会仍具有恢复正常状况的现代意义,"文学是人学"的文艺理论就迄今尚未过时。虽然在我看来,"人学说"对创作的文学性、艺术性的触及还是远远不够的,但这种面对中国当代文艺创作具体问题的理论建设思路,显然不仅是沟通理论与创作的有效途径,而且是将中国文论现代化落在中国现实中的有效途径。虽然"文学是人学"在文学观上基本上是西方人提出的,但是由于西人对"人学"没有特别西方化的规定,进一步说,这也是中西方一切有价值文论建设的有效途径。比如,"艺术即形式"如果不是面对西方现代人厌倦主客体现实的莫名性问题,形式的抽象和变形又如何成为可能呢?

言下之意,否定主义文艺学与"文学是人学"一样,是以中国当代文艺现实问题为研究对象,并以解决这些问题为目的来建立自己的理论体系的。然而,否定主义文艺学对待"人学说",也像对待其他三种类型文艺理论一样,依然持反思、穿越的态度。因为否定主义文艺学所面对的文艺现实问题,既不是"形式""解构""活动""文化批判"等西方文论所能解决的,也不是"神韵""神思""意境"这些中国传统文论所能解决的,同时也不是人性、人情、人格尊严这些人道主义文论范畴

所能解决的,而是**作家穿越各种现实的意识与能力、建立自己对世界的基本理解之贫困**的问题。这大致表现在这样三个方面:

1. 由于中国当代文学(尤其是新时期文学)无论在意识形态统摄下,还是在现代化的感召下,均没有产生比古代文学经典(如四大名著)更为优秀的长篇作品,一定程度上也没有产生比鲁迅的《孔乙己》《阿Q正传》更为优秀的短篇作品,所以我们有理由怀疑文学现代化与文学的繁荣有必然的关系——无论这"现代化"是指近代大写的人还是现代小写的人,也无论这"现代化"是指平民通俗文学还是精英启蒙文学,抑或这"现代化"是形式本体论、存在主义写作、解构主义的写作或欲望化、私人化写作……它们都不可能规定文学艺术的质量,也不能引导文学艺术提高自己的质量,更不可能启迪当代作家穿越既定的中西方创作方法与叙述模式。因此中国当代文学突出的问题,就是我们无论用什么现成的文学观念和方法,均难以写出可以与世界一流作品相媲美的作品。也就是说,模仿性、参照性、依附性、趋同性,始终是中国作家穿越不了的生存惯性。而如果文艺理论和文学批评不能有助于文学产生穿越时代的精品,它们存在的必要性,就是十分有限的。在这一点上,我以为文艺批评不仅是阐释作品,更重要的是引导文学创作。如果说在"文学为政治服务"的时期,文学理论曾经对创作有错误的引导,那么今天文学理论放弃对创作的引导,就不可能真正解决"什么是文学性引导"之问题。

2. 好作品与差作品以及不好不坏的平庸作品的并存,是在各个历史时期均存在的创作现象,它们之间的关系本来并不值得在今天作为一个文艺问题被提出。如果不是各种文学艺术模式的探索在今天已经有走投无路之感,如果不是新的时代性文学观念的提出在今天已经被作家各自对文学的理解所取代,如果不是中心化的文、史、哲价值依托今天已很难再建立,从而使"神性"问题已经提交给个人来处理,如果不是文化性的"现代化"课题已经遮蔽了文学本身的"文学性"问题,等等,否定主义文艺学恐怕没有必要提出"个体化世界"作为当代文论的基本命题,也没有必要设置文学"穿越"各种文化与文学观念束缚、建立"个体化世界"的"本体性否定"之张力。或者说,当代文艺创作和当

第一章 中国当代文论的若干问题及理论期待

代文论,今天面临着的已不是靠哪位先哲去建立一个区别于传统的时代性命题的问题,也不是靠"现代化"来拯救中国文学的问题(传统文化没有阻碍中国产生古代优秀作品,现代文化也不一定能给中国带来优秀作品),而是靠每个作家、批评家和理论家自己去穿越既定文学观念和作品的束缚、建立自己对文学世界理解的问题。即便21世纪的中国文学可以建成一个新的群体化的文艺观念,那么这也取决于每个作家、批评家的"个体化理解"积累之努力。因此,否定主义文艺学所面对的问题,不仅是现有西方文论难以解决的问题,也是中国当代文论基本忽略的问题。我就将这一问题归结为"非文学性问题""非创造性问题""非批判性问题",等等。

3. 就中西方既定文论来看,很少有理论家将经典、好作品、一般作品与差作品的价值关系,以及古今中外经典的共同规律,作为文艺理论的核心内容来研究,这就使"经典何以成为可能"的问题,处在人们的经验与感受的层次而莫衷一是。虽然"创造性"已经被人们约定俗成地作为好作品的基本标志,但是这个概念对大多数作家来说,不仅内涵依然是模糊的,而且也是没有方法可寻的。很少有作家承认自己没有创造性,也很少有作家认为自己真的就有创造性。评论界也同样如此。当20世纪一些有影响的作品(如无名氏的《塔里的女人》)被一些评论家也作为经典作品来编选时,就与每个作家选一部代表作差不多了,也与我们评奖时每个单位分派一个"一等奖"差不多了。确实,如果我们说不出《水浒》与《西游记》的文学差异,当然也就说不好《塔里的女人》与《北极风情画》的文学差异,自然也就会将《孔乙己》与《塔里的女人》等量齐观。这种状况,不仅使中国文艺理论处在传统经验论的水准,而且也影响到中国当代有重要影响的作家,与世界一流作家对话的整体水平,如果有人说,20世纪中国作家写作的历史太短,不好与有几千年的中国古代文学相比,那么,20世纪的西方文学为什么有卡夫卡、博尔赫斯、昆德拉这样一批我们承认的经典作家?而今天科技时代的100年又怎么能等同于古代农业文明的100年?如果有人说现代汉语写作的时间还太短,那么,找不到真正属于自己语言的殖民作家奈保尔等优秀作家,又该如何解释呢?

因此，由对这些问题的思考，本章所要谈的，是当代文论在生存性质、思维方式、批评方法等方面存在的各种局限。这些局限不仅在客观上阻碍着当代文学对文学性理论的自觉探求，而且也同样制约着文艺理论自身的创造性突破与发展，并造成中国文学理论与创作难以相互影响、只能跟着西方亦步亦趋的尴尬格局。

二 准文学性的文化批评

应该说，文化批评是近年被众多学者看好、追随、使用的一种批评方法。尽管文化批评应该只是各种文学批评方法中的一种，但由于它的涵盖面较大，也由于当代文化发展面临的困境，已经是一个全球性问题，所以文学批评让位给文化批评，似乎是理所当然的。这里，我更愿意从中国文人"文学从属于文化与政治"的血缘传统来理解文化批评为什么这么容易替代过去的社会学批评而成为今天的时尚，从中国人的文化性依附来理解文学对文化的依附，从中国学者喜欢一些"大而空"的范畴（如"现实主义""现代性""人文精神"等）之定式，来理解同样大而空的文化批评之兴起。这意味着，今天文化批评中所蕴含的问题，不仅在过去的社会学批评中存在，而且在20世纪80年代纯文学的批评中，也没有被触及。**这个问题突出地表现为：我们从来没有真正解决从文学的文学性角度来切入文化的问题，因此也不能区分文学中的文化与文化视野中的文学之不同质。**于是我们一直误以为文学的独立，是建立在与文化政治"无关"或"对抗"的基础上。

这当然首先牵涉到如何理解一般文学批评与文化批评关系的问题。从表面上看，文学批评当然不仅仅是以文学为对象的批评，还应该是把对文学作品的鉴赏、阐释、评价作为目的，并且是为了催生好的文学作品的批评，而文化批评则只把文学作品作为验证和说明其文化意图（如"反封建"）的工具，甚至干脆离开文学作品去直接诉诸文化与社会问题，因此它很类似于我们过去的讲"是"与"非"的意识形态批评、"讽谏性"的道德化批评等非文学性批评。在这一点上，法兰克福学派的文化批评也可谓之典范——阿多诺肯定卡夫卡，其目的在于其反理性的文化目的,所以阿多诺对传统理性主义艺术不屑一顾,显然不是尊重文学的态度,也不是在谈文学性问题。美国学者约翰·罗所说的"我们现在进行的文化批评,其最终目的是希望实现一个在教育、就业和文化表现方面提倡机会均等和包容差异的多元文化社会"[①],则是对文化批评性质的更直露的描述。也正因为此,像赛义德、米勒这样的西方文化批评家,均不同程度流露出对文学轻视和漠视的态度——他们或许也细读文本,但读的、谈的已不是文学文本。当代之所以流行文化批评而文学批评淡出,一方面在于现实已经充分艺术化,现实本身充满诸多不确定因素、模糊因素和复杂意味,再将非现实的文学作为目的已不太重要;另一方面则在于,能让人们摆脱现实紧张、无聊、迷乱,给人新的心灵依托的艺术,已经越来越少。相反,更多的艺术是在加剧人们的这种现实感受,甚至已多少被现实所同化。因此,人们对文学的需要已让位给"对某一种现实生活的需要"。米勒多少有些悲观地说:"文学研究的时代已经过去了。"[②]然而,从深层上看,文学批评之所以与文化批评又是有关系的,不少学者之所以在竭力打通文学批评与文化批评的界限,以往的社会学批评、原型批评、道德批评、弗洛伊德主义批评等,之所以也不能算作纯粹的文学批评,原因就在于文学批评除了以文学形象形式为目的外,必然要触及文学中所蕴含的丰富的文化性内涵——注意,我之所以说文学中有丰富的"文化性内涵",而没有说文学中有丰富的"文化内涵",是因为文学中的文化性内涵不等于文学以外的文化内涵,是因为文学中的文化性内涵,均从属于文学性质而不是脱离这种性质,所以这种内涵不是文化内涵,而是"有文化性的文学内涵";同样也是因为:运用文化批评方法,无论是借作品验证其文化要求,还是从作品中"盲人摸象"似地挖掘符合自己要求的文化性材料,都属于文学批评的变异,属于"准文学性的文化批评"——它们只是在谈论文学这一点上,算是广义的文学批评。

---

① 〔美〕约翰·罗:《关于文化研究的对话——约翰·罗访谈录》,《文艺研究》2001年第1期。
② 〔美〕J.希利斯·米勒:《全球化时代文学研究还会继续存在吗?》,《文学评论》2001年第1期。

我的意思是说,具有文学性的文化批评,既不等于西方新批评那样的对文学的细读,也不等于西方结构主义式的对文学作品的纯形式把握。前者将文学语言肢解为文学语句,热衷于分析修辞、象征、语词的功用,虽然也注重它们相互的关系,但这种关系容易脱离作品整体的文化性内涵,与作品整体的形象语言相分离,导致工匠化批评、材料化批评和平面化批评;后者注意到作为文学整体存在的形式,但却抽离掉作品的具体内容,乃至与作品内容相对立——法国新小说派的主张、贝尔在他的《论艺术》中的主张,等等,均是一例。也就是说,西方意义上的纯文学批评,也不等于我所说的"具有文学性的文化批评"。作为把握作品整体特点的一种文学批评,"文学性的文化批评"倒是更与中国传统的整体感悟式批评比较接近。但感悟式批评更倾向于把握作家的创作个性,而不太涉及作品的内容以及文学性强弱。钟嵘说嵇康峻切露才、阮籍怨雅温柔、曹植骨气奇高,却不太好比较其高下,便是一个说明;而不少文学史说 90 年代是私人化,80 年代文学写作是社会化,也属于一种感悟化批评,因为这也不牵涉到文学性价值的高低和文学性内容的深浅——社会化写作和私人化写作,都可能有好作品,也都可能有差作品。这意味着中国传统点评式文学批评,或容易忽略对作品丰富的文化性内涵的多层次把握,或容易从时代、道德的角度将文化批评进行单一化概括——因为对作品内容的文化性把握,应该容纳不同角度、方法的切入而使阐释多元化。于是,如何使文学批评既涉及作品的整体特点,又使这种特点成为对其作品中丰富的文化性内涵的概括,便是"有文学性的文化批评"区别单纯的社会学、政治学、伦理学等文化批评的关键。这种区别主要体现在以下四个方面:

1. 我们应该充分认识到:文学中的文化内容与文学以外的文化内容,其性质和意味均是不同的。《红楼梦》里的林黛玉,不同于现实中的纯情弱女,《红楼梦》里的贾琏,也不同于现实中的花花公子,整个红楼世界,因此也不同于明清之际的现实世界,甚至也不是明清现实世界的象征。谁要将红楼世界与现实世界类比,或借红楼世界来考察明清社会,那就是不重视文学特性的文化批评。在此意义上,我以为陈寅恪的"以诗证史",不是文学研究方法,而是历史研究方法。这种方法的

第一章 中国当代文论的若干问题及理论期待

有效性,是在于对现实有依附性的文学作品上,因此能证史的"诗",就不一定是好作品,而是能反映现实的作品。按这个道理,曹雪芹写《红楼梦》,目的不是在反映明清文化,而是通过构筑一个自己的艺术性文化世界,与现实中的明清文化形成性质上的反差,寄托自己对世界的理解与理想。这种性质上的反差,用我的术语就是"本体性否定"关系,就是文学对文化的"穿越"关系。这种关系体现出作家对现实中的文化材料进行了文学性改造,而不是用形象的方法来"反映"明清现实社会。《红楼梦》中的贾宝玉,便是这种改造的杰出体现。贾宝玉既是一个女性般纯情、孱弱、愚朴的男子,也是一个现实中与既定的文学作品中我们均难以找到的男性形象,更是儒、道、释所难以涵盖和解释的文学形象,因而也成为曹雪芹创造的一个文学新人。《红楼梦》是第一次将女子和女性化的男性放在尊位上,与现实中轻视女性的文化和文学构成一种"本体性否定"关系。这种关系体现在文学的文化批评上,一方面是应该以艺术中的文化性内容,反观和暴露现实中的文化之问题,丰富和批判我们对现实文化的认识——《红楼梦》中女性的悲剧命运,正好可以反衬出明清之际男性文化的式微以及对女性的高压;另一方面,比较艺术文化与现实文化的不同性,也有助于我们甄别、确立艺术中的文化内容是否具有真正的艺术性。亦即越是好的文学,这种不同性越强,而艺术性贫乏的作品,这种不同性就越弱。也因此,我们无法借贾宝玉来印证明清现实社会的任何人与事。所以相比《红楼梦》,《西游记》的道德教化倾向和盲从意识,总体上就没有突破现实中儒、道文化的制约,给我们贡献一种新的艺术文化的可能性就较弱。尽管《西游记》构筑的是一个虚幻世界,但这虚幻世界并没有脱离现实世界的制约,所以就不能称之为与现实世界"性质完全不同"的世界。也即唐僧可以用来类比现实中不食人间烟火的圣人形象,猪八戒可以用来验证现实中的食色之徒,而孙悟空可以用来类比现实中的造反英雄,沙僧则可以用来验证现实中默默无闻的老黄牛,这四个人物的关系,以唐僧为核心,构成的也是教化性的关系。这使得《西游记》成为现实中男人世界的缩影,而不是"本体性否定"意义上的批判。而20世纪中国文学如果说在艺术文化上有什么局限,那也就是在其基本文化指向和价值观念上,没有突破西方文化的阈限。也因为此,20世纪中国文学在文化上准现代化、准西方化了,但在文学上却没有做到自成一个世界,这就必然会影响20世纪中国文学经典的数量与质量。如果我们用艺术文化与现实文化进行类比、验证的文化批评方法,就不可能暴露文学的这个问题,甚至我们还可以在艺术反映现实文化的意义上,糊里糊涂地肯定艺术性不强的艺术。遗憾的是,无论是中国当代文化批评还是文学批评,在区别"文学性文化"与"非文学性文化"这一点上,一直是不自觉的。其中"文学现代化"命题的提出,就是将符合现代化要求的作品作为好作品来认定的,这与我们以往将有高尚品格的作品定为好作品,是一样的非文学性思维。

2. 如鲁迅先生所说,从一部《红楼梦》中,道学家看到了淫,革命家看到了排满,阴谋家看到了母系党争,政治家看到了阶级压迫……如果这也算作文化批评,那么我以为这只能算作"对文学的文化批评",而不能算作"有文学性的文化批评"。"对文学的文化批评"古已有之,并构成任何一部作品的基本存在形式,不足为奇。即任何读者总是受他的身份、爱好、知识结构、需求的限制,用他能看见的、想看见的内容取向来肢解作品。这种广义的文化批评,对读者和批评家都是一样的。但由于这种文化批评,其目的在于确证读者和批评家自身,而且是以肢解文学整体内容的方式来确证自身,鉴赏、体验作品丰富的文化性内涵并不是这种批评的目的,所以严格说来不能算作"文学的文化批评"或"具有文学性的文化批评"。目前流行的文化批评,总体上就是这样的批评。因此,当德利谟以"新历史主义"的观念抽取莎士比亚《赏罚不爽》中的妓女形象,将之归纳为社会的不安宁因素时,确实如某学者所说的有"忽略了沙翁与剧场的关系"的倾向。[①] 这种忽略,就是对文学整体性的损害。因为这种抽取,可以从所有写到妓女的文学中抽取。所以这种抽取不可能关心文学文本本身。又比如有学者将"晚生代"作家朱文的《我爱美元》解读为"流氓小说",就是光看见小说中父子"想嫖娼"这件事,而没有看见这件事与作家的立意和作品的整体意蕴

---

① 转引自张京媛主编的《新历史主义与文学批评》,北京大学出版社1993年版,第262页。

第一章　中国当代文论的若干问题及理论期待

的文学性关系。即作者是借父子"嫖娼"以及由此产生的尴尬,来阐明一种在性面前父子是平等的意识,抒发性与人的经济实力有时候是成正比的人生慨叹,而不是乐道于所谓的"嫖娼"。而所谓的"非文学性的文化批评",就会对嫖娼本身的道德评价更感兴趣。当然,我们的困难在于:并没有一种大而全的方法可以把握一部作品的全部内容,我们也不能寄希望产生这样的大而全的方法,如果有的话,那也只能是高度抽象的、哲学性的把握(比如我们可以将昆德拉简化为对"存在的探索")。既如此,文学性的文化批评就必须从作品某材料与作品整体意蕴的"关系"出发,在作品的文学场中来阐发某文化材料的文学意义。如果建立起这样的关联,那么道德家在《红楼梦》中看到的就不仅仅是"淫",而是贾宝玉式的"意淫"对"淫"和"无淫"的双重消解,德利谟在《赏罚不爽》看到的妓女,也就不仅仅是性的意识形态化,还有作家对此的反讽,而我们从朱文的《我爱美元》中,体验到的也将是对中国人性的尴尬境遇的基本理解。这种由作家价值立场所显现的文学态度,对我们理解作品的整体内容之所以是至关重要的,是因为我们如果不注意这个问题,《水浒传》便会被理解为对忠、孝、节、义和替天行道的宣扬,而看不到作家通过"聚义堂"的解体而表现出的对此的怀疑。如此,作品"细节的意蕴"也就不等于作品"整体的意蕴"。因此,阐发像《百年孤独》中"坐毯升天"这个细节的意义,不等于阐发《百年孤独》的文学意义,这几乎也应该是一个文学常识。真正注意作品文学性的文化批评,不能无视这个常识。

3. 如果说文化批评更注重从作品中归纳出共同的内容,那么文学性的文化批评,应该从作品中归纳的是典型的文学意象,而不是普遍的文化意象。文学意象与文化意象的区别在于:文化意象常常是从时代的角度、文化特性的角度切入不同的作品,提炼出共同的文化特性,因而常常忽略文学与文化的差异,更不用说会忽略文学与文学的差异;而文学意象既要考虑到笼罩其上的文化意象,更要考虑到文学意象对文化意象的穿越,及其产生的区别。比如说鲁迅先生用"药"和"酒"来概括魏晋文学与魏晋文人,就属于一种文人的文化意象。因为"药"和"酒"属于对魏晋文人精神风貌的总体概括,而不能简单等同于对魏晋文学特性的概括。因此,像曹操诗的苍凉刚劲、陶渊明诗的悠然惬意,就很难被"药"与"酒"所概括。而建安风骨、魏晋田园,就更接近一种文学意象,这就属于文学性的文化批评了。只不过这种文学意象本身的特质还没有被突出出来,才需要加"建安"和"魏晋"来修饰。具有文学性的文化批评,既要注意到不同文学意象的共同特征,又要注意到不同文学意象的差异特征,进而通过对后者的强调,把握不同文学作品的不同的文学性内涵。因此,同样是田园诗,陶渊明和谢灵运作品中的文化内涵就应该是有差异的。如果差异甚微,那么它们可能就被共同的道家文化所统摄,影响其文学性,也影响其作品文化内涵的独特性。以此类推,"反封建"是20世纪中国文学的一个文化性课题,"个性独立"是由这一文化性课题派生出的共同的文化观念,而"离家出走"则可以成为一个"文化意象",并可以概括子君、觉慧等文学形象,也可以概括赵树理的《小二黑结婚》与张弦的《被爱情遗忘的角落》等相当一部分作品,更可以概括王朔的《顽主》,甚至可以概括《北京人在纽约》——中国在20世纪80年代的出国热,不是"离家出走"又是什么?但这种概括与我们把握作品丰富的文化性内容又有什么关系呢?与我们把握作品不同的文化性内容又有什么关系呢?所以,鲁迅的杰出就是以"圆圈"突破了单向的"出走"意象,从而具有启示作用。同样,因为"反封建"似乎也能概括《红楼梦》的基本文化内涵,概括杜十娘对夫权的反抗,"个性独立"也可以概括易卜生《玩偶之家》的文化主题,概括刘西鸿的《你不可改变我》,所以这样的文化批评与文学性的文化内容,就没有根本的关系。可惜的是,新时期的文学批评,就普遍存在着这种以文化批评代替文学性的文化批评的倾向,比如对《大腕》和《大话西游》都以"消解主义"来概括,就是同样的例子。

4. 为什么文化批评、政治批评、社会学批评、道德批评始终存在,但人们又始终不甚满意?为什么中国作家对西方纯粹形式意义上的文学批评始终难以有亲和感,但又呼唤独立的文学批评?原因就在于理论界长期没有区分出文学中的文化与文化中的文学的不同性,也就难以建立中国式的、既是文学的也是文化的独特批评视角。也就是说,对中国文学尤其是今天的中国文学而言,光用"文学批评"与"文化批评"这

第一章 中国当代文论的若干问题及理论期待

对范畴进行思维已经远远不够。文学的复杂性和深邃性,特别是中国文学的非抽象性,使得我们有必要对西方式的纯粹的文学批评保持审视的眼光,而中国文学受文化、政治制约的历史教训和当代苦难,也应该成为中国文学批评当代发展的一个永恒记忆,启示我们对轻视文学性的文化批评和政治批评保持警惕,但这种警惕,也不能是西方式的"对抗文化、超越文化"的思维。如此一来,建立"文学性的文化批评"与"非文学性的文化批评"之二元思维,与讨论大而无当的"文学批评"与"文化批评"之关系相比,就更为重要。这意味着,首先,中国文艺理论界关于文学和文学性的思维,只停留在"形象"和"形式"这些静态的文学水平上,是远远不够的。因为这些"形象""形式"一旦涉及文学丰富的内容,便可能失去其能指意义,逼迫我们只能借助文化、政治、社会、道德这些非文学范畴来思维和表达。**也因为此,我们一直误以为文学的表达和载体是属于文学性的,而文学的内容则是属于文化性的,却没有想到,所有文学中的文化内容,其实都是文学性的,关键在于如何找到一个视角和方法,让它们被文学性所统摄**。其次,除了非文学性的文化批评——如主流或反主流的意识形态批评、伦理批评、社会学批评、历史批评是文学以外的一种不以人的意志为转移的存在外,文学界应该讨论的问题,应该只是纯文学性的批评和文学性的文化批评之关系。纯文学性的批评既可以是西方形式主义和结构主义的批评,也可以是文本细读、字、词、句推敲的功夫,自然也可以是创作方法和技巧、个性和风格的研究。但这种研究更多的是作品外在形态的研究、静态的研究、对象化的研究、倒果为因的研究,而不同程度地与文学不同层次的内涵脱节。因此,"文学性的文化研究"正是弥补这样的脱节,将文学的外在形态看作进入文学内在文化性世界的门槛。为此,在否定主义文艺学眼里,只有"非文学性的文化批评"与"文学性的文化批评"之别。因为,作品的形式与技巧,只是文学内在世界派生出来的。静态的、分割式的研究文学的形式与技巧,无助于作家产生自己的形式与技巧。这种"长成树"的意识,其实早在陆机的《文赋》中就有"理扶质以立干,文垂条而结繁"的表述。虽然我所说的"内在世界",不是一个简单的"理"可以概括的。

三　弱创造性的整合思维

可以说，与大而无当的文化批评相关联的，是中国学者对整合思维的亲和。整合思维是中国学者的主导性思维方式，并构成理论界近年在东方与西方、全球与民族、传统与现代、理性与非理性、文学与文化、马克思主义与非马克思主义等命题上的基本思维方式。诸如我们常见的以"在中西交融中走向新的整合""立足对话，走向综合""在综合创新中寻求中国文论的跨世纪突破""融合：建构当代文论的策略"为论题的文章；在各种文艺理论教材中，整合思维则体现为对中西方各种文艺理论流派的介绍，其理由是中西方各种文论均有局限，只有通过整合与互补才能弥补这些局限，于是我们在这样的文艺理论著作中看不出其理论的逻辑起点与独创性，只看出整合思维对西方新的理论的等待；在各种理论命题的追踪中，中国学者也喜欢一些带有整合性质的概念，诸如"实践""活动""辩证法"和具有包罗万象性质的大概念如"生命""自由""可能"等等，喜欢在整合的意义上来谈概念的发展，如将"现实主义"理解为一种无所不包的精神，从而失去了自身的规定性，拿"现代性"囊括近代理性、现代非理性甚至后现代，等等。这种情况一方面与中国人求大、求全、求圆、求完美的美学理想相关，另一方面又与中国人重直观、重悟性、重印象的批评方法有关，更与中国人不偏不倚、过犹不及、温柔敦厚的伦理规范不可分离。

应该说，整合性思维摆脱了过去意识形态化的单一性与教条化思维模式，是20世纪80年代理论界在思维方式上健康化的标志。所谓健康化标志，就是恢复中国传统文化的正常思维。因为从意识形态化的一元思维到文化性的整合思维，不能理解为我们在理论思维方式上的现代发展，而只能说，单一化、专制化思维是中国传统文化思维的异化形态，而融会与整合思维则是中国传统文化思维的正常形态。因为中国的《易经》中的六十四卦就是一个整体。这种整合性思维模式与西方的逻辑思维和超越性思维的区别是明显的，其好处是：1.它对任何理论和事物均采取了兼收并蓄的态度，即司马迁在《史记·司马相如

第一章 中国当代文论的若干问题及理论期待

列传》中所说的"故驰骛乎兼容并包"也。兼收并蓄具有中国文化精神博大精深的特点,这种特点不仅对意识形态化和小生产者的排他思维是一种纠偏,而且使得中国人检验文化创造的尺度非常严格和慎重,暗含着任何文化创造都必须以整合各种对立的、冲突的思想为前提的思路。在中国当代文艺理论建设中,这意味着不仅我们要突破过去的意识形态束缚,对西方各种思想采取尊重汲取的态度,也要避免对西方思想的崇拜,同时尊重和汲取中国传统的各种文艺理论。以此标准来看,现在治中国古代文论者容易轻视或无视西方文论,治西方文论者容易轻视或无视中国古代文论(现代科学意义上的专业分工并不有利于整合),或者治现当代文论的与治古代文论的学者相隔阂,均不符合整合思维。更不要说文、史、哲意义上的整合,已经被我们所谓的科学化与专业化所打破。即研究文艺理论的学者,如果不注意汲取哲学理论和史学理论的成果,只是就文艺理论整合文艺理论,其理论根基和理论突破,就可能都是有限的。如果我们在理论思维方式上还没有做到健康性,就更难谈得上走向大气的中国当代文论之创造。在此意义上,理论整合还是我们的一个审美理想,还没有变成我们的现实。2.整合思维今天反而具有现代意义。这不仅表现在人类的思想果实已经堆积如山,令我们望之兴叹,而且表现在传统价值中心解体、西方平面化的后现代语境,已经使得新的思想整合迫在眉睫。如果说当代知识分子的心灵和价值依托问题,本身是由思想碎片导致的选择的迷乱、再由当代现实问题的特殊性所揭示出来的既定思想的局限,那么,建立能穿越各种思想的新的整体性思想,就是当代思想界和理论界的重大课题。如果说西方的古代文明、近代文明和现代文明,均是由整体性的、鲜明的思想和主义来支撑的,如果说中国古代知识分子是在儒、道、释这一整体性的思想循环中找到行为与价值依托的,那么,由于中西方思想的冲突,建立能穿越中西思想的整合性思想,就顺理成章。也就是说,否定主义哲学认为一种文明能成为文明,必须以鲜明的、没有内在冲突的整体性思想为标志。在此意义上,后现代如果能称之为一种文明,同样必须以平面化、个体化、多元化等没有重大冲突的思想为其集中体现,否则后现代便只能是文明的碎片。

然而我想说的是：整合思维、综合思维或融合思维，相对于我们想解决的思想创造和文明创造之问题，又是远远不够的。这特别表现在整合思维缺乏"以什么来整合""整合成什么"等更为内在的思维方法的深化。具体体现为：

1. 因为一种世界观是一个整体，一种文明是一个整体，但各种世界观和文明放在一起，却并不一定能成为新的整体。也就是说，中国当代文明建设如果成为可能，必须创造性地建立自己的内在思想相协调的世界观和价值观，必须以此为基础建立不同于"儒、道、释"的可循环性结构，并把既定的各种世界观化为从属于这个结构的材料，生发出不相冲突、而且能解决当代中国问题的新的性质与功能。因此，我们要注意"兼顾各方面"的整合思维与"结构化"的整合思维之区别。前一个"整合"是材料意义上的，后一个"整合"是结构上的、性质上的。这种结构、性质上的整体之所以有必要，即在于人如果要有心灵依托，其世界观必然是整一化的，而不可能是分裂的或内在冲突的。20世纪中国知识分子之所以处在困惑与茫然之状态，正在于这种整一化的价值系统被打破——我们可以不要传统文明之整一，也可以不要西方思想之整一，但这并不等于我们不需要整一的思想。关键是，当代性的整一可以不再做西方"中心主义和优越论"的理解，也可以不再做传统"思想统一和专制"的理解，但这并不等于整一不可做和谐或系统的理解。所以在中国古代文明中，儒、道、释虽然有内在差异，但相互间可以成为一个和谐的系统（虽然我不赞同这个系统由政治介入而将儒学作为中心）；西方的现代主义如果能成为一个整一，也正在于在肯定生命和人的非理性世界这一点上，柏格森、叔本华、尼采、萨特的思想也是和谐的系统；而中国当代文明建设的困难，就是我们无法将西方思想和中国思想构成一个系统。因此，在诸如"天"与"人"的关系上，我们不能用"天人对立"+"天人合一"来构成破碎的整一，因为"对立"与"合一"是相互冲突的；要让"天"与"人"形成新的整一，就要改变或"人优于天"或"天优于人"的天人"互克"的关系，建立新的天人关系理论。这样一来，现有的照顾到各种思想材料的"整体思维"，只具有"视阈"的意义，却不具有现代思维方式的意义。亦即现有的整合思维，只是在"感悟"

第一章　中国当代文论的若干问题及理论期待

"印象"的意义上可以作为传统的发散性思维和模糊性思维,但在现代中西方思想截然对立的状况下,它却完不成新的"整合"之使命:它涉及不到如何将各种截然对立的材料,从属于新的创造性整体的问题。即我们整合"天人对立"与"天人合一",并不必然就会得出我所说的"天人不同而对等"这一新的整体观念。为此,就必须引入否定主义文艺学所讲的"穿越思维"才能完成。

所谓"穿越思维",就是可以现有的整合思维为前提,照顾到各种中西方思想,但又必须穿越这些思想,使之材料化、因素化,来从属新的思想结构,从而突破现有的整合思维的限制。既然是"穿越",首先就有一个依据什么来进行穿越的问题,然后再有一个穿越的方法问题。否定主义文艺学认为:必须以中国当代现实的特殊问题以及我们的切身感受,来作为穿越的依据,而在方法上,必须以"双重局限分析"来发现中西方各种思想相对于我们现实感受的盲点与问题。所以我的"尊人,敬优,孝老,护幼"观念中有中国传统"尊老爱幼"之思想材料,也有西方"人人平等"之思想材料,但已不是它们本身。其穿越的方法就在于:我们应该相互尊重,这既是中国当代文化的问题,也是我们的共同期待,并由此构成我们的现实感受。但就"尊人"来说,它不等于西方以个人权利为单位的"人人平等",因为中国人从来不是将"个人权利"作为最高境界,而是以礼节和内心世界为衡量标准。既如此,礼节和内心的尊重就成为我们应该而且可以遵从的法则。这同时意味着我们不能仅仅"尊重老人"和"尊敬老人",也意味着我们必须改变"尊老爱幼"中的血缘等级观念。"尊人"是把男女老少首先都看作"人",但却不一定是"人人平等"的人——至少是否有创造性,是否有尊重任何人的意识,就不能完全平等。"尊人"也不等于"尊敬老人",一个老人能否被人们尊敬,同样要看他是否优秀——当然何为"优秀",不同的理论有不同的解答,这就为传统的和现代的对"优秀"的理解留下了可阐释的空间。但这属于另外一个问题。而"护幼",则是对西方式的"独立"与中国式的"爱幼"的双重改造与穿越:因为传统的"爱幼"无法与溺爱和把玩区分开来,而西方式的对孩子权利的尊重,也与中国人的文化依赖性相去甚远。"护幼"在此是呵护孩子成长的意思,这既有孩子成长对成人的某种依赖性,也不同于西方式的对孩子独立性的放纵。如此,"尊人,敬优,孝老,护幼"才能成为一个新的可循环性结构,也才能成为新的整一性思想。

2. 如果从中国传统不偏不倚的中庸立场出发,应该说"整合思维"在文化建设上,可以突破中西文化相互对立、冲突、统摄的思维模式,一定程度上是对"中体西用"或"西体中用"的纠偏。由于它不将新文化的价值立场放在或中国或西方的既定文化思想立场之上,这便有益于我们寻求文化的创造性价值指向。也就是说,"整合思维"不仅是充分重视各种文化思想资源的意思,而且还有不偏向任何一种文化思想的意思,所谓"执其两端用其中于民"(《礼记·中庸》)也。虽然"中庸"在道德论和生存论上有压抑生命意志的问题,在利益上也难以做到真正的"中立",但在处理不同的世界观问题上,尤其在处理中西二元世界观之问题上,它还是可以被我们今天的理论阐发和改造的。

这意味着,传统意义上的"整合思维"所讲的兼及两者的"中立",由于依附思维所致,常常是通过"或中或西"的思想徘徊来说自己的"不中不西"的,从而在效果上是取消了自己的独立价值判断的——荀子所说的"见其可欲也,则必前后虑其可恶也者;见其可利也,则必前后虑其可害也者"(《荀子·不苟》),在发现任何一方之局限的意义上是对的。但这种"兼听齐明则天下归之"(《荀子·君道》),谈的更多的是"兼听则明"的认识论和统治术,而与知识论意义上的创造无关。中国当代文论中一些学者喜欢用既要"天人对立"、又要"天人合一",既要"文学他律"、又要"文学自律"来思维,就是一例。因为"文学他律"和"文学自律"肯定是各有长处,也各有短处的,采取"不偏不倚"的态度,只能是"慎用"而不是尊重对立之双方。因此这种价值中立,既解释不了、也解决不了二者的冲突,最后还是要依赖既定的二元对立的理论,用"既……又……"的转折句来说话,其"中立"便只能是感觉性的而不是理论性的。所谓"感觉性"的"中立",是指这种"中立"并不生成理论新质,而是用"互补"的方式安于现状。也因此,整合思维的"中立",其本质就是调和而不是创造——这是中国印象式批评的局限所在,也是中庸思维的局限所在。所以在"天人对立"和"天人合一"之

第一章　中国当代文论的若干问题及理论期待

间保持"中立",就不会生成新的天人关系理论,也不会产生新的哲学范畴;在"文学他律"与"文学自律"之间保持"中立",也不会产生除"他律"和"自律"以外的新的概念范畴。更关键的是:这种不能生成理论新质的"中立",也就很难在理论的意义上发现既定二元对立理论的真正问题。比如我们会说"文学他律"容易忽略文学的形式,而"文学自律"则容易忽略文学丰富的内容,从而在结果上将上述二元对立理解为形式与内容的对立。但事实上,在文学创作和文学鉴赏中,这种对立是不存在的——**我们从未见过无内容的形式,也从未见过无形式的内容**。而且这种对立很容易将文学自律技术化、将文学他律材料化,文学内容与文学形式的关系,最后就成为"酒"与"瓶"之关系。

另一方面,现代整合思维引入黑格尔的辩证否定,对对立的双方也讲批判,但这批判是"取其精华,剔除糟粕"的"扬弃",从而与否定主义所讲的"批判与创造"之统一的"本体性否定",也不可同日而语。这是因为:"扬弃"的"完美主义"思维和材料性批判,与创造一个新的整体是两回事。就前者而言,古今中外历史上从来没有过一种无糟粕的"完美文化"或"完美事物"。亦即任何一种完整而独特的文化、思想或事物,无论是精神产品还是物质产品,都不是通过"取其精华,剔除糟粕"这种"扬弃"而成的,也不可能不蕴含着新的糟粕和问题——《圣经》和《易经》是这样,柏拉图和孔子是这样,刀叉和筷子也是这样。马克思舍弃了黑格尔的概念辩证法,并建立起自己的物质的、历史的、辩证运动的实践理论,而实践,便也同时蕴含着价值取向上"大而空"的毛病——这里的"空",是价值论上因总体性从而缺乏具体规定所致。更重要的是,黑格尔的唯心论成分,并没有被马克思真正舍弃,而是被改造后纳入"实践"理论之中——谁能说"实践"不包含精神和思辨的运作呢? 马克思好像对黑格尔的辩证法是"扬"了,但实际上辩证法在马克思这里也做了改造:辩证法就是以实践为主体的历史发展过程,而不再是绝对精神的"正、反、合"之运动。因此在我的否定主义理论看来,马克思不是"扬弃"了黑格尔,而是"穿越"了黑格尔。"穿越"是"改造"而不是"弃什么"或"扬什么"——马克思将黑格尔的"概念辩证法"改造成为历史的、实践的辩证法,不能被解释为"扬",也不能被解释为"弃"。

3.如前所说,"整合"不是将中西方不同的思想人为地放在一起,这样的整合不能成为新的整体,而必须有"穿越思维"介入,并且突破黑格尔意义上的"扬弃"。另一方面,当代的整合思维容易出现的问题,就是在最抽象、最基本的层面去寻求中西融合的可能,其结果,常常是取一头一尾而舍其中。我们很难认识到:一种文化和文明是"有机体",没有中间之头尾,是很难成活的。这样的整合,同样是对文化思想创造的一种逃避,也是对中国文论创造的一种逃避。

前者之整合,是在抽象层面上寻找中西方思想的共同点,架空其具体的文化思想差异,以对同样命题的关心来代替对这个命题的不同解答。比如汤一介先生希望用抽象命题"爱"或"爱心"来找中西方文化的共同点①,实现中西方文化间的交流,这个愿望应该说是好的。因为它可以使中西方学者共同坐下来进行交流。但这种交流是对话。对话不是寻求共识,而是在共同问题或命题下明白对方何以不同于自己,亦即在"爱"之问题下,通过对话明白汤先生所归纳的西方文化讲"博爱",印度文化讲"慈悲",中国文化讲"泛爱众"等等。"天人关系"也是中西方共同的命题,但文化文明的关键却是对这个抽象命题的不同解答,即形成"天人对立"与"天人合一"等各种解答。这样的"对话"之所以不同于"整合",是因为抽象的命题不能形成文化与文明的差异,抽象的命题也不能给人心灵依托。抽象的共同命题只能用来说明人与动物的区别,所以我们对动物可以讲"人有爱","人会表达对世界的理解",但人与人、文化与文化之间也这样说话,大家就有些不知所以然。也即文化是对"爱"、对"人"、对"道德"乃至对"理解"的不同理解,我们也只能通过"博爱""慈悲"或者"泛爱众",而使心灵有所依托,行为有所依据,判断有所理由。这也就是"人是文化的符号"的根本含义。这个问题放在今天,那就是我们不能从抽象层面寻求融合,而要在较具体层面建立不同于既定文化理解之理解的问题。确切地说,就是可以在资源的意义上、材料的意义上汲取"博爱"和"慈悲"的有价

---

① 汤一介:《和而不同》,辽宁人民出版社2001年版,第70页。

第一章　中国当代文论的若干问题及理论期待

值因素，对儒学所说的"泛爱众"进行改造，但并不是把"泛爱众"改造成"博爱"和"慈悲"。这种改造的关键在于需要区分文化性理解的不可改变与文明性理解的可改变的不同①，但离开了我们今天具体的文化性理解，抽象的人类性命题是难以成活的，这应该成为我们的基本认识。

后者之整合，其代表性之一，则体现为学界近年所提出的是否有全球"底线伦理"之问题。汤一介先生说："在多次有关'伦理'问题的讨论中，不同国家的学者都承认'己所不欲，勿施于人'是作为不同文化传统的民族和国家所共同接受的伦理准则，并且认为这是'道德金律'"②，这个"金律"不会随着社会发展而改变。可惜正是这句话，在不同的文化视角和价值尺度下，依然是有差异的。汤一介先生说加拿大学者认为这句话不够积极，主张加上"己所欲，要施于人"。这就说明西方文化囿于人对世界的征服性态度，理性层面上可以做到"己所不欲，勿施于人"，但感性层面则还是会不自觉地"己所欲，要施与人"。所以这句话面对西方是有局限的。不仅面对西方有局限，面对今天的中国也有局限。因为"己所不欲，勿施于人"，并不能推导出汤先生所说的"不能把自己的要求强加于人"③的意思，而是说：自己不想要的，不必要求别人去接受。其潜台词是：只有自己想做和能做的事，才能要求别人去做。这也是儒家典型的"推己及人""内圣外王"的思路，也是封建统治者利用这种思路进行思想专制和道德教化的原因。因此，加拿大学者只不过是将"己所不欲，勿施于人"的潜台词说出来了而已。有意思的是，加拿大学者将孔子的潜台词放到了台面上，而汤先生根据自己的愿望对孔子的原话进行了额外的阐释，这正好说明，即便是"底线伦理"，也是在或误解或异化的状态中被传播、被运用的。因此，不用说"底线伦理"在今天也有个改造的问题——我的改造方式是"己所不欲，勿施于人，己之所欲，亦勿施于人，但可说于人"——即便这个

---

① 参见拙著《中国当代思想批判：穿越终极关怀》中"反传统·反文化·反文明：三个含混的否定观"一章，学林出版社2001年版。
② 汤一介：《和而不同》，辽宁人民出版社2001年版，第119页。
③ 同上书，第120页。

"底线伦理"不改造,它也会在不同文化与时代的不同理解下,被架空为抽象伦理。这种底线性的抽象伦理与形而上的抽象命题,在"非创造性"的意义上,是性质一致的。

四 去批判性的理论阐释

在根本上来说,人类以符号为标志的历史,特别是以思想为标志的历史,应该就是"阐释的历史"。如果西方哲学史可以说成对柏拉图哲学的注解,那么中国儒学史,也可以看成对孔子的注解。在这个意义上,能不能"阐释"所面对的世界,确实可以看作人与动物的重要区别。海德格尔和伽达默尔因此将"理解"与"阐释"作为人的本体性存在来对待,是很有道理的。而后人的阐释之所以离不开祖先提出的如"存在""道""是什么"这些基本命题和二元对立的思维方式,是因为这些命题是基于人与自然的最基本的分离关系提出的,并且在以后的历史发展中,人类会将这种关系演化为其他各种关系,如"人与社会""人与自我""大我与小我"等,都可以视为"人与世界"关系的不同转换。所以,只要这种基本关系对其他演化、异化性关系的决定与影响存在,这些基本命题就永远不会过时,人类就永远离不开自己的文化源头。但是,"非批判性阐释"之所以在本文中被提出,原因又在于:如果我们今天不能把问题放到"怎样阐释"上来,不去研究阐释之间的差异(性质差异和非性质差异),不但不同的文化之形成得不到深入的分析,而且不同的文明之兴衰也很难得到根本的说明,更不用说可以进一步解决文学阐释的价值论问题,解决中国当代文化的创造性阐释等问题了。

如果说,"去批判性阐释"在西方语境中还不是一个十分突出问题的话,那么在中国当代文化语境中,就十分严峻了。比如,同样是阐释,中西方文化就采取两种不同的阐释方法。有这样两个事实值得注意:第一,就对《圣经》和《易经》的阐释而言,中西方共同的地方是分别有两个开山鼻祖在思想源头坐镇:中国是老子和孔子,西方是柏拉图和亚里士多德。但不同的是,西方近现代思想史上出现的康德和黑格尔、尼采和海德格尔,是可以与他们的开山鼻祖并立的人物,而中国的近现代

第一章 中国当代文论的若干问题及理论期待

思想史,只有开山鼻祖的徒弟,而没有可以与之比肩的人物,原因即在于后人对孔子和老子的思想缺乏世界观意义上的批判,更缺乏创造自己世界观的努力;所以,中国儒学史某种程度上就成为儒学不断式微、不断被拯救的历史,儒学的基本思想始终没有得到根本的改变。而中国现代思想史对儒家学说构成了改变的态势,不过由于依附于西方世界观进行阐释,所以虽然依附的对象改变了,但依附的性质和阐释的方法并没有改变,这就是因为缺乏世界观的中国化创造,从而既不能区别儒学,也不能区别西学,所以就最终因为不能独立而不能成活,思想之贫困就成为逻辑推论。第二,就阐释马克思主义这一中国当代思想界最重要的阐释现象而言,西方法兰克福学派某种程度上改变了马克思的"实践本体论",这一点,阿多诺的"否定的辩证法"、哈贝马斯的"社会交往理论"、马尔库塞的"新感性"理论等就是例子。而中国的马克思主义研究则依附于马克思的"实践本体论"做技术性修补,因不同时代的话语权力而分别将"实践本体论"做"物质生产""主客体交融""主体性"和"存在论"等不同阐释,却没有人对"实践本体论"本身进行改造,也很少有学者能提出自己的本体论用于区别西方包括"实践"在内的各种本体论。这样的状况,就构成了中国马克思主义研究没有自己的"中国问题"的研究现状。比如马克思主义以"劳动异化"构成自己的问题,西方马克思主义以"理性异化"构成自己的问题,而中国马克思主义却在"劳动异化"和"理性异化"之间徘徊,始终提不出自己的"批判之问题"。这样的阐释,我就称之为"非批判性阐释"。我尤其想说的是,中国文化对世界影响力的式微,尤其是思想文化对世界影响力的近现代式微,均与这种"非批判性阐释"有关。

应该说,在对"阐释"的基本理解上,中西方学者已经分别做出了自己的努力,并且各有自己的长处,也各有自己的问题。就中国而言,古代学者所提出的思想上的"宗经"说、文学上的"知音"说,以及由此展开的"追本溯源""知人论世""以意逆志""见微知著""披文以入情、沿波以讨源"等把握事物和文学作品的方法,说明中国古代阐释学一是以延续传统而不是变革传统为目的的,这种性质决定了在中国即便谈"变",也是万变不离其宗的"变";二是为了把握传统经典的奥妙和内容,阐释方法的拓展是中国学者能接受的,"变"只能是方法的变,对阐释学而言,就是只能是阐释方法的改变,而且这种变是群体性的变而不是个体的创造性之变;三是这种把握不是以西方主客体对立为前提的理性认识,而是配以心的感应为基础的"入""讨""溯"等方法,当"人同此心,心同此理"时,阐释的大同小异就会发生。这种"大同小异",在古代文化语境中并不是贬义词。刘勰在《文心雕龙》中之所以说出六种"博观",袁枚在《随园诗话》中之所以强调"通观",苏轼在《既醉备五福论》中之所以强调"深观",以及谢榛在《四溟诗话》中所说的"诗有可解、不可解、不必解"之分,均说明中国古代的阐释学是将重心放在"如何阐释"对象真谛的"方法论"之拓展上。于是,当刘勰以"文变染乎世情"建立起"文化推动文学"的经典思维模式,曹丕改变儒学"立德、立功、立言"的顺序、将学术与文学提到"经国"之大业的时候,"经国"被"文化推动文学"的思维模式所制约,而文化又被统治者所掌握和解释,人类通过阐释对社会发展的推动作用和对文化的批判作用,自然就被遮蔽了。近现代以降,王国维引进叔本华哲学对《红楼梦》进行了截然不同于中国传统的解释,鲁迅对中国传统文化整体上进行了"吃人"的阐释,陈寅恪对柳如是进行了蕴含独立、自由之精神的"民族气节"的阐释,以及1985年方法论年引进西方各种科学的文学批评方法,及至近年时尚的以后现代为思潮的文化研究兴起,特别是海德格尔、伽达默尔、阿多诺、哈贝马斯等哲学思想的引进,虽然使中国文学批评染上了"现代化""科学化"和"全球化"之世情而发生了明显的变化,但有以下四点我以为与中国传统解释学没有根本区别,从而因阻碍中国阐释学的创造性建设而成为我视野中的"问题":

  首先,**阐释尺度的"既定性"没有改变,从而使"阐释"与"创造"脱节,"创造程度低"成为中国阐释学批评的顽症**。无论是刘勰阐释屈原的《离骚》依据儒学"温柔敦厚"的原则,还是王国维阐释贾宝玉依据叔本华的生命哲学,抑或陈寅恪在《赠蒋秉南序》中通过阐释欧阳修表现的对宋代纲常名教文化的依附,他们要么用的是现成的思想和理论,要么就是捍卫传统文化中已经存在的精神现象,即便有批判精神,但自己的思想尤其是自己创造而不是选择的思想、立场,都被不同程度地放逐了。所以弗洛伊德那样的以自己的理论解释莎士比亚的文学批评状况,在近现代中国文学批评史上没有出现过,法兰克福学派那样的以自己的理论来解释并超越马克思主义的文化批评,在中国的马克思主义研究和所谓的文化批判中也没有出现过。这就衬托出鲁迅依托"虚妄"(即"在没有路的地方走出路来")对中国文化进行批判性阐释之独特而稀有——依据现成思想、理论和精神从事的批判,是不同于依托创造前的"虚空"之状态的,所以我才把鲁迅式批判称为真正的审美批判。20世纪90年代初期,我与一些同道者提出"第三种批评"的用意,也在于开辟一条能真正走向创造、摆脱对既定理论根本依附的状况。由此可以类推,20世纪中国知识分子依托"西学"的阐释行为,与中国传统知识分子依托"经学"的阐释行为,均是导致20世纪中国思想史缺乏原创性的根本原因。可惜的是,20世纪八九十年代之后,中国当代青年学者的阐释性依附状况并没有改变。这段时期,阐释坐标的不断移动,相对于五四时期,又多了一层知识分子的迷乱和浮泛。比如从不算少数的学者的文集中,就可以看出从先前膜拜康德的"主体性"理论,到迷恋索绪尔的"结构主义"阐释学,再到伽达默尔的"哲学阐释学"之转向。这种转向虽然是从中心的、封闭的意义走向开放的、自由的意义,从所谓"主体论"走向"主体间性"理论,但由于这种"走向"遮蔽了我们在诸种阐释学中共同的思想创造贫困之问题,就使得这种"走向"并不具有个体的安身立命之意义,而只具有生存的功利意义和快感意义。因为我们的问题是:**只能进行一种结构式的封闭性阐释,与解构后七嘴八舌但又大同小异之阐释,即从依附一种阐释到不断选择各种现成的阐释,其实并没有多少区别**。后者体现的所谓的"阐释的意义",也就与建立在生存感受上的随意性说话是一样的。他们除了可以释放知识分子的精神快感和语言絮语以外,其"自由"或"解构"并不能给中国现代思想史增添什么。而中国当代文化建设的问题,固然包括对随意说话和阐释的"生存自由"的尊重,但更重要的,是没有自己的思想去说话和阐释的问题。这是建立中国阐释学的最大隐患。

其次,**由于阐释立场的不断移动,阐释学的"与时俱进"不但带有明显的"功利性",而且导致了"选择=批判"的观念误区**。从20世纪

80年代所谓的"反传统",到90年代的"西学反思",这样的阐释性转折,由于价值坐标包含内在冲突和矛盾,就具有中国传统人格"出尔反尔"之弊端,结果便只能是历史的循环——这种循环在我的理论中不是批判,而且基于功利考虑的生存运动——80年代的"反封建"和90年代之后的"全球化",意义多半在此。在理论上,比如说从"主体论"走向"主体间性",在中国文化语境中我看就并不具备什么批判意义。这倒不是因为中国没有西方意义上的主体论的前提——主客体认识论之传统,而是因为中国知识分子所说的"主体",一直无法与思想中心、话语专制和对抗性二元关系区别开来——对异己话语的排斥心理、对意识形态话语的对抗心理、对欲望和身体的鄙视心理,就是这种"有问题的主体"的显示。由此,我们既不能把握住西方"主体论"的功能主要在于"认识世界"之思想精髓,以及在此基础上形成马克思所说的"掌握世界"的"实践主体",也遮蔽了中国可能或需要建立什么样的"主体"的问题探讨。以此为前提的所谓"反传统",在西方的"主体论"不可能在中国建立的前提下,"反传统者"要建立什么样的"新传统",也就不得而知。从不得而知可以推想出"根本不想去知"作为一种可能,那么"反传统"作为一种"阐释主体",便只具有"摆脱压抑"的生命冲动之意义,其功能与舒展压抑的身心及个人欲望满足并无二致(既得利益者不再想"反什么",就是一个说明)。由于人永远具有"娜拉出走以后怎么办"的问题,鲁迅所说的"铁屋子"冲破以后有一个新的理性家园建设问题,这样一来,"感觉中蕴含浮躁""快感中蕴含无聊""选择中蕴含迷茫",便成为90年代之后中国知识界一个"很中国"的问题。这个问题不仅突出了中国的"主体"建设的未完成,也暴露了我们对这个问题不敢面对的"主体孱弱"。而回避这个问题的最便捷的方式,就是再进行新的选择,并误以为这种"选择"就是"批判"。由于这个问题最敏感地在学术界显现出来,于是,从80年代末期的"pass 刘再复、北岛"到90年代对中国文化传统资源的重新重视,对各种依托西方现成理论进行廉价创新的重新反思,对纠正印象和经验性的学术浮躁的"学术规范"的强调,才又重新成为新的"阐释主体"。但这样的"阐释主体"并不能解决在"主体论"时代就暴露的问题:学术规范无法制约学术结论的"大同小异",从而使话语单一以另一种形态表现出来;而学科的急于规模化建设与批量生产,无法避免严重的"假、大、空"之回潮和质量的粗糙,于是,后现代意义上的"主体间性",与建立在情感、经验和感觉上的传统"关系论""模糊论""个体虚弱"等文化传统中的问题,就很容易混同起来。比如,两个平庸的主体的相互间的平等对话,依然可能还是平庸的,而一个平庸的或人格与思想上均具有依附性的人,能否构成我们今天所需要的"中国主体",就成为一个新的问题。另一方面,如果我们对西方的主体论早就予以创造性改造——比如赋予"认识对象"以"人格主体"来尊重,也就没有必要步西方哲学家之后尘提什么"主体间性"理论。所以,一个缺乏由中国理论支撑的主体为前提的"主体间性",一个"主体论"提出还不到十年就匆忙转换的"主体间性",究竟能够说什么、又究竟能够解决怎样的问题呢?其间是在"批判什么"呢?

再次,**对走近阐释对象的"方法拓展"的兴趣和"个性差异"的观念没有改变,从而使得阐释者的自我价值始终带有"非整一性"和"造作性"而内虚**。这是因为,新方法、新技术就像新服饰、新包装那样,在中国文化发展中从来不是障碍,最大的障碍是"本体"的悬置造成本体与方法、内容与形式、躯壳与灵魂的冲突、分裂和造作,从而使"本体"与"方法"都受损而不自觉,其根源是传统"道"与"器"分离思维所致。这种"受损"体现为:在现代中国,我们思想上没有尼采哲学诞生的震撼,技术上也没有耐心和认真产生索尼品牌的精细,只有功夫学问的"通观"和智性"模仿"聊以自慰。对前者来说,由于传统"宗经"思维和意识形态对"经"的限定,悬置"本体"、选择"本体"而不是依靠自己的创造生产新的"本体论",已经成为中国学界的集体无意识。如此一来,所谓阐释的发展,只是拓展进入同一个"经"的方法,而阐释的现代化,只不过是选择西方的"经"去阐释,或依靠西方的方法去阐释中国的"经"。如此,本体与方法的"整一性"便受到破坏。王国维的"自杀"、朱自清《荷塘月色》中的"美的破碎",就是这种破坏的表征。日本学者丸山真男在他的《日本的思想》一文中也分析了在日本出现的相似情况:"只在思想和精神方面承认国民的或个人的特殊性,而政治和经济制度是'物质的',因而是普遍的东西,认为只存在普遍的'近代'和普遍的'封建';这种想法不仅存在于自然科学家和'唯物论者'之中,而且在那些标举'个性'和'精神'的文学家中也屡见不鲜。"[①]"普遍的制度"在这里类似于"经"和"世界观",而"精神"则可以与之分离成为"民族特色"的化身。中国学者中希望将西方的"民主"体制与中国传统文化的"温情"精神进行组合的,也大有人在,说明这是一个东方现代化过程中的"相似性问题"。这个"相似性问题"在中国造成的结果是:西方"民主"的核心所讲的"个人权利",是一个并不由个人利益所决定的人权文化,而中国人会根据个人利益与个人幸福随时将"个人权利"工具化,并导致后者的放弃。这种尴尬状况,会导致西方式的"民主"和中国传统"精神"的双重消失。余秋雨所形容的"文明的碎片",就是这种消失的写照。于是,一旦我们不能创造自己的"精神"与"制度"相统一的思想,最后就很可能选择历代中国学者曾经走过的道路:"通观"与"博学"。学术界多数人今天依然以"学术功底"作为治学之最高境界去追求,就是一个说明。由于"通观"和"博学"最后干什么并不清楚,更多的学者是满足于"通观"而不想再干什么,也不能再干什么,以"博学"为宗旨的传授性教育观念便与"问题成堆"的中国当代社会现实发生冲突,造成中国知识分子的整体疲软。可惜的是,这个问题没有在理论界上得到追问,是与阐释学界对"本体"与"方法"的分离不警觉相关的,也是与学界对哲学本体论与具体的人文社会科学理论的分离不警觉相关的。比如,文艺学界有人提出中国古代文论的现代转换命题之后,在我看来如果不从哲学本体论的创建入手,就是一个很难去深入的命题。因为无论是"气韵"也好,"意境"也好,"风骨"也好,离开了道家和禅宗作为哲学本体之"根",它们如何可能被"生长"出来?反之,20世纪80年代的科学方法论之所以成效甚微,也是因为脱离了中国的本体论和本体论建设所致。可以说,现代中国阐释者受西方理性思维和科学方法的影响是事实,但由于上述问题的存在,

---

① 〔日〕丸山真男:《日本的思想》,载《现代思想》杂志第11卷,日本岩波书店1957年版。

第一章 中国当代文论的若干问题及理论期待

理性思维和科学方法被技术化和功利化使用,而没有与中国当代本体论建设结合,这就使得理性思维不仅不可能生根、发芽,而且会因为建立在情感化、功利化的中国文化基础上,使现代中国的理性思维无法产生可以和西方进行平等对话的成果,而且作为一种逆反,理性思维在有些学者那里还会遭到嘲笑。而这样的学者,当年很可能也嘲笑过印象感悟式思维的表面化和粗陋性。中国文学批评在20世纪80年代和90年代如果说有什么区别的话,可以大致概括为80年代嘲笑理性思维的僵化、90年代嘲笑印象的肤浅。殊不知,本体问题没有解决,心灵空虚和虚无主义都会在两种类型的学者那里滋长。反之,本体与方法的统一,可以取黑格尔那样的理性思维方法,也可以取尼采那样的诗化思维之道路。真正的问题在哪里,答案应该是很清楚的。

最后,中国当代阐释性批评是将"准确理解"对象的内涵作为阐释宗旨,这就很难建立中国当代阐释学急需建立的批判性品格,更谈不上建立中国自己的批判性阐释的理论。这个问题可以包含这样三个方面:一是在"理解对象"问题上有没有准确或终极的理解?我的回答是没有,也不可能。我不想借伽达默尔的哲学阐释学和姚斯的接受美学来阐明不受时代左右的"终极理解"之不可能,也不想说每个人的经验、天性、爱好、立场都会不自觉地制约理解问题,使所谓的"准确理解"不太可能——即每个人在当下总觉得自己做了"准确理解",但以后又会反思自己的理解——我只想说,如果人类历史某种意义上就是阐释的历史,那么,因为"准确理解"的产生而使"再理解"显得没有必要,实际上就是在给人类的任何历史画上句号。而古今中外所有的阐释史都在说明一点:既然"上帝"的存在与否都可以怀疑,那么也就没有任何一种理解是不可能"再理解"的。在这一点上,我认为**历史本身就是对所谓"准确理解"的解构**。在中国当代学术界,强调"面对文本准确理解阐释对象",对于纠正意识形态化的共性理解和人云亦云的浮泛理解,我以为是有意义的——但这推导不出"准确理解"是阐释者追求的境界的结论。二是可以让他人承认自己理解的、并可以坐下来对话的是理解的"大致相似性"。所谓"大致相似性",是指理解对象区别前人和他人的思想基本特征,不应该有根本冲突。比如对马克思主义哲学以"实践"为标志的辩证的、历史的、社会现实劳动和发展的思想之理解,不应该有冲突性理解发生。也就是马克思区别康德、黑格尔、费希特、谢林等前人哲学的特征,不应该有相左甚至相反的理解。如果有,确立理解的"大致相似性"就成为必要。至于"实践"是否是唯物第一性、是否是本体论的或存在论的等争论,在我看来并不重要。因为一个思想文本或文学文本本身就是在有差异的阐发中存在的。只有一种阐发存在是阐释学的非正常状况。三是一个哲学家建立自己的哲学思想,是否以所谓的"准确理解前人哲学"为前提?我的回答是不一定。这不仅因为任何理解都受我们的文化性的"前理解"支配,"准确"只是大家不约而同认同一种"前理解"而已——比如将《人到中年》中的陆文婷理解为"忍辱负重的知识分子",而且因为理解的"有意义"是通过你的理解启发了别人,而不是让别人依附你的理解。要做到这一点,一个哲学家或思想者,会自觉地对自己与他人共同的"前理解"产生怀疑,并通过这种怀疑建立自己对世界的基本看法,然后再以这样的看法投入思想史之阐释和批判。所以,有意义的理解是发现了新的理解,而不是确立大家都承认的理解。海德格尔正是这样脱胎于胡塞尔和亚里士多德的"前理解"、确立自己对"存在"的理解,并投入对西方哲学史所谓"遗忘存在"的批判性阐释中的。我们不能说海德格尔对西方存在论的理解是"准确的",但我们可以说海德格尔的批判性理解是极具启发性的。如果我们认同理解的意义在于"启发性",我们当然就可以对海德格尔的理解进行"再理解"或"再批判"。由此,"批判性理解"应该就是理解和阐释的"本体"。

由此产生的追问就是:面对西方已经有"批判性阐释"的哲学史之实践,尤其是面对哈贝马斯那样的"批判阐释学",中国学者如何建立自己的"有启发性"的批判性再理解?我的看法是:哈贝马斯在反思阿多诺、波普、伽达默尔等人的批判理论和阐释学理论的基础上,通过改造弗洛伊德的精神分析学使之与马克思的社会批判理论相结合,建立起自己的社会总体性批判的"社会交往理论",他对各种思想资源的重视又改造的方法,是符合我的"批判与创造"统一的"本体性否定"的原则的。但需要警惕的是:哈贝马斯的具体的批判方法和实践,不能简单用于中国的批判阐释学实践。这不仅因为中国人的精神结构与西方人的精神结构因文化和社会问题有所不同,而且因为,从中国过去的"整体主义"到以个体和主体的独立存在为前提的"交往理论"与"主体间性"理论之间,如果缺少中介过程及其必要的限定,就很容易进入貌似有差异的历史循环。这就是:**有问题的交往主体,不可能建立有意义的现代交往关系,无论这关系是指经济关系、政治关系还是指社会与文化关系**。由此,从哈贝马斯的批判阐释实践中提炼出我们自己的方法论,并通过弥补其不足之处来"穿越"哈贝马斯,就是我们应该持有的态度。这种"穿越"的要点就是:从批判各种理论到建立自己的理论,哈贝马斯并没有提供一种离开他的具体实践也能够被广泛运用的方法论,更没有提供一种以特定文化和社会问题为出发点进行批判创造性阐释的方法论。而对离开理论参照物便不知道该怎样说话的中国学者来说,这种方法论的自我建设就是尤为重要的。因为在广义上,西方任何有重大创造的思想家,其实都是对前人思想和同代他人思想进行批判性阐释的结果:荣格对弗洛伊德是这样,海德格尔对胡塞尔也是这样;法兰克福学派对马克思主义是这样,哈贝马斯对法兰克福学派也是这样。所以我认为,中国当代阐释学或阐释批评建设的关键,应该一方面是对前人、特别是西方思想家批判性阐释的理论抽象与总结,对中国阐释性循环意义有限性的教训警醒,然后才可以正面展开中国阐释学的理论建设与实践。而中国文艺理论上的阐释性批评、特别是文学性的阐释批评,也只能在文化性的、哲学性的阐释批评建设有显著的成果的基础上,才能完成。哲学是文学理论的基础,在这一点上,我以为永远不会过时。

五 非程度性的文学观念

严格说来,中国现、当代文论还谈不上真正拥有自己的文学观,也没有生成由这种文学观派生的独创的文学概念、文学范畴和文学创作方法,是一个基本事实。正因为如此,20世纪以降的中国文学观念和文学现象,在改革开放的状态下,是十分混杂的。如果我们把这种"混杂"的状况当作"中国现代的文学观",显然是无可奈何的遁词。因为这不仅意味着每个"只要开放"的国家就有了自己的文学现代化,而且还很容易遮蔽中国文论家对西方文论"依赖、模仿、拼凑、抄袭"所带来的一系列问题。诚然,在不算少数的中国文论工作者看来,是否需要确立中国自己的当代文学观,似乎并不重要。这些学者的思维方式可能是:如果中国传统文论依然管用,如果西方文学观很有道理,我们为什么不能从"继承"到"捍卫"、从"借鉴"到"使用"呢?一方面,人类的知识遗产本来就是不应该分中西的,所以很难说海德格尔的哲学没有老子哲学的因素(尽管这种因素并不能造就海德格尔);另一方面,选择不同的文学观,似乎也并不影响作家的文学创作呀,比如认同过"苦闷的象征"和"抗战的文艺"的鲁迅,其创作并不一定与这种认同有必然的关系,所以文学观并非那么重要。任何文学观似乎都既会产生好文学,也会有坏的文学——就像"为人生"和"为艺术"的文学都有好坏一样——那么,迄今为止的文学观,只不过是理论家们从不同的文学作品中提炼出来的各种特征而已——这些提炼对作家创作和文学繁荣并不一定有直接的影响。所以,文学观的混杂也不一定就是不好。

当然,也有学者认为应该建立中国自己的当代文学观,因为文学观代表着一个民族在今天的社会与其他民族在文学上平等对话的权力,更是一个民族文学自信心的体现。但在"什么是自己的文学观"上,不少学者的理解也很容易浅尝辄止。最典型的,是周作人那样的选择西方的"文学是人学"作为自己的文学观,或者如中国当代新潮文学作家与诗人选择西方的"艺术即有意味的形式"来作为自己的文学观,于是"自己的文学观"就与"自己赞同的文学观"同义。虽然20世纪中国文学和文化都应该重新思考"人"的问题,但这个现代意义上的"人"是否能被西方人文主义定义,却很少有人深入思考。如此,20世纪中国文论发展至今,我们走的就是一条从选择一种文学观到认同另一种文学观的道路。从王国维借鉴西方的"生命意志"说冲击传统,到20世纪80年代的所谓"艺术即形式"对抗"文以载道",直到今天的"艺术生活化"这样的颠覆文学观的文学观念的出现,中间还穿插着"文学反映论""文学工具论""文学解构论"等中国传统文学观的变异性提出,当

第一章 中国当代文论的若干问题及理论期待

代文学观虽然在不断变化,但依附中、西方现成的文学观的状况并没有改变。"自己的文学观"最后就成为"自己赞同过很多文学观"的同义语,不仅"文学观的独创"成为不需要我们自己去努力的事情,而且还很容易知难而退消解这个命题。

今天,文论界似乎不再对探讨"中国当代文学观何以可能"发生兴趣,原因还在于我们虽然知道不同的文学观都与其时代息息相关,但选择现成的文学观,显然与我们提不出中国当代的"文学问题"有关——把西方的文学问题作为中国的文学问题,正是这种"提不出问题"的症结所在。诸如"解构主义"和"反理性",我以为就既不能切入中国的文化问题,也触及不到中国的文学问题。因为中国文化从来不缺少以情感和快感释放为基础的"消解""调侃"和"虚无",而是缺少以建立新的原理为基础的批判性理性;中国文化的现代化在根本上也不是"反中心"的问题,而是我们无论在中心还是边缘都是思想贫困的。从选择现成的文学观到放弃对文学观的探索,正好也可以回避这样的问题。但"提不出中国的文学问题"与"回避问题"之所以是一样的,还在于我们关于文学问题和文学观念的思维方式可能是封闭的。比如,不把文学作为一种"文学实现自身的程度"来考虑,就与我们忽略中国文学在生存功利制约下的文化中如何安身立命有关。而文学的"文学性程度"问题一旦解决,"好文学"一旦多起来,文学是否被"工具化"和"边缘化",也就都不成为问题了。这显然是一个"很中国的问题"。这个问题如果我们能有所解决,某种程度上也就为所有可能"把文学作为工具"的民族和国家的文学问题,提供了一种建设性的文学独立的思想方位。

于是,我想从"对象化""过程化""生活化"三个方面,来谈谈中国当代文学观所存在的问题。

首先,我们尽管选择了很多文学观,但这些文学观从来都是把文学作为一种"对象化存在"来理解的,并以"文学是什么"来解释这一对象。从"艺术即模仿"到"艺术即表现",再到"艺术即形式",从"文学载道说"到"文学缘情说"再到"文学反映说",等等,概莫能外。这既是西方认识论的追问文学问题的结果,也是"文"与"道"作为两个不对等范畴的中国式思维之必然。其共同点,在于只是把文学作为区别于文化的"实体性存在"来理解——无论这"实体性存在"是"对抗性"的还是"从属性"的。

"实体性存在"的文学当然有它存在的理由。如果我们是借文学来获得"摆脱文化制约的方式",虽然不同的文化、不同的时代对这个"方式"的要求和理解不一样,但人们通过这个"方式"来获得一种精神、心灵和情感上"依托"的愿望,则是一样的。当我们将现实性的精神文化(文化或意识形态)与非现实性的精神文化(文学艺术),通过两个似乎是"实体"性的东西区别开来的时候,我们想强调的是文化现象内部的"差异"与"不同",文学由此才能成为"独立的"文化现象。一般说来,不管中西方的文学观有什么差异,"文学是一个形象世界"却是基本共识——无论这"形象"是模仿的还是表现的,载道的还是言情的。也就是说,我们是通过文学这个形象世界来区别现实的、概念性的世界的。形象世界(或形式世界)在此就是另一种区别于现实世界的"实体化世界"的总称。作为与现实文化世界有差异的实体存在,形象世界是可以通过"差异"一定程度上释放文化对人的直接要求的。

然而,为什么不能说通过形象世界人类就可以获得一种心灵依托呢?因为如果有的形象世界建立起来,人们却始终不喜欢去欣赏,没有兴趣去关注她,或者人们虽然关注了她,却觉得她只是形象化地再现了现实性的世界,而且会用现实世界的标准来评价形象世界(比如是否"真实"),人们并不能在形象世界里面驻足停留,那么,文学和艺术区别于现实的功能,就都不能得到有效发挥。另一方面,孩子所想象的也是一种形象世界,我们为什么不认为那是文学呢?就因为孩子的"形象想象力",还不具备再造一个世界的功能——"形象"如果是稚嫩的,同样不可能让人把它当作"另一个世界"而获得心灵上的依托。而换一种历史观,那些被历史尘封的、当时没有被人注意的作品,也许可能会作为"文化遗迹"被后人所提及,但这种提及多半可能是作为一种文化现象来对待的——陈寅恪先生的"以诗证史"就是一例,所以也难以作为文学成就来让人们增添文学自豪感。所以,为什么不是所有的形象世界都能在历史上留下来?为什么我们只能将经典文学作为一个民

第一章　中国当代文论的若干问题及理论期待

族的"价值依托"呢？……这些疑问，都在昭示我们要深入形象世界内部去探索一种叫作"文学价值差异"的问题。这个差异将突破"文学是什么"的对象化思维，引入"好文学是什么"的我称之为"文学程度化"的思维。

这也就是说，人们并不一定知道：能真正获得一个民族心灵依托的，只能是"好文学"，这就是为什么我们只能通过经典文学找回文学的自我价值感——"差文学"尽管也符合这个"方式"，但是却不能承担心灵能获得依托的重任。比如《红楼梦》和《金光大道》，都可以说以"形象"的方式反映了某种现实，但它们给我们心灵依托的程度是有天壤之别的。"差文学"虽然也有形象性，但却因为其"文学性程度"很低而难以承担文学区别文化的重任。其原因即在于：文学可以作为工具服务文化，所以这样的文学不能真正区别文化。我们之所以把凡是模仿的、表现的、形式的、具象的、情感性表达的东西称为"文学"或"艺术"，并以"文学是什么"的思维方式来言说，其原因，在于我们摆脱文化束缚的要求，远远大于我们对艺术能否完成这样的摆脱的要求；而如果我们不能在某种程度上通过"好文学"的独立品格来完成这样的摆脱，这样的"要求"便只能成为"愿望"，文学便只能体现它的"抒情品格"，而难以体现它的"存在品格"。因为政治也可以通过形象化抒情实现自身，而文学则通过抒情建立"自己独特的世界"。文学形象在作为工具存在的时候虽然也有化解政治效应的功能，但只有"好文学"才能通过建立起自己的世界，完成这样的化解。为什么文学作为一种实体性的东西，只是艺术实现自身的"一般要求"，而文学作为一种"实现自身的程度"，才是"艺术的本真要求"呢？这是因为：当我们将"形象"作为表达、承担、抒发人们在虚构世界中对现实的描述和评价以及审美理想的时候，我们只是借形象世界这个似乎是实体性的事物，来体现文学"突破非文学要求"的一种审美张力；但这种"张力"虽然要借助实体化的形象世界来体现，却没有在形象世界这个"大概念所把握的实体性事物"面前止步，而是继续在形象世界内部做"穿越"性努力，以对"形象"的创造性要求、来使"形象"成为"独特的形象"，来体现一种"程度"意味的。在此意义上，实体化的形象世界，只是文学创造张力所借助的材料和媒介,而创造张力所体现出来的"努力程度",才是根本。特别是在今天,形象化的事物,已不独是艺术家和精英们才能做的事情,在网络和现实中我们随处可见形象化的文本和符号,所以透过形象本身来看这种"努力程度",就显得更为重要。也因为此,文学借形象所获得的"独立",还只是一种"低程度的文学独立",文学借形象所显现的"文学性",还只是文学区别非文学的"最一般的要求"。也因此,"文学是什么"的"实体化思维"已很不够,建立"文学何以实现自身"的"程度化思维",就十分重要了。

　　如果说,西方文学借助"此岸"和"彼岸"的二元对立,对文学获得独立或本体性地位,通过"纯粹形式"作过其文化性努力,那么,从来没有将文学与文化真正分离开来的中国文学,其现代独立的意味,我以为只能从突破实体化的文学存在,建立文学实现自己的"创造程度"来显现。如果说文学的独立品格或文学的存在性,在今天的中国不能做过去"文学精英"或西方"纯粹形式"的理解,那么,亲和文化又能分层次地"穿越"和"突破"现有文化要求、并借助形象世界来展示自身创造张力的这么一个"程度化"形象,是可以、也应该作为中国现代文学本体论来建设的。"中国化"的"文学性理解"以及"文学独立性"问题,就可能由这种建设来完成。

　　其次,与文学的"对象化"思维相关的,便是文学的"过程化"思维。这种思维把文学或者理解为一种由"创作—作品—接受"的"系统过程",或者就是把文学理解为一种由"世界—作家—作品—读者"一体化的"活动"[①],与此相适应的,国内的"文艺美学"研究者也把"审美"解释为"审美活动是一个过程。在这过程中,主体对客体的反映是通过客体对主体的作用进行的"[②],等等。这些关于文学和审美的解读方式,已经是不少文学理论、美学著作与教材在中国的一个普遍现象了。不言而喻,把文学作为"活动""特殊的意识形态活动""审美活动"去

[①] 参见童庆炳主编《文学理论教程》,高等教育出版社1998年版;杜书瀛主编《文艺美学原理》,社会科学文献出版社1992年版;彭吉象著《艺术学概论》,北京大学出版社1994年版。

[②] 参见胡经之《文艺美学》,北京大学出版社1999年版,第23页。

第一章 中国当代文论的若干问题及理论期待

理解,与马克思在《德意志意识形态》等著作中提出的"人的活动"这个命题密切相关。这个概念直接派生于马克思具有本体论性质的"实践""劳动",以至于在某种程度上我们可以把"活动"与"实践"和"劳动"兑换。实事求是地说,把文学作为一种"活动过程"去理解的长处是:它可以在人自己的生存论上将文学看作与非文学进行辩证运动的复杂关系,并且将因文学独立造成的困境通过生存与发展需求产生的自调节机制予以弥补,有利于整体的、历史的对文学"位置"的把握。所以无论是作品的生产与影响,还是文学思潮的产生与演变,文学总是需要通过时间来体现作为"运动"的过程意味的,这也有利于把握文学的"与时俱进"性。而且,通过"世界—作家—作品—读者"的互动关系,作为过程的文学观,和可以提供一种我们在把握文学时候不容易犯静态的、实体化、抽象化这些毛病的思维方式,特别有助于剖析各种社会和生活因素对文学产生的制约与影响这些容易被"文学形式主义"忽略的内容。

只是,也正因为"过程论"的文学观涵盖性太大,当它一旦与中国人喜欢的、建立在"印象式整体"[①]基础上的"大而全"思维合谋后,我以为相对于中国文化和文学在现阶段的问题,它的负面的问题可能比正面的意义更明显,解决它们也更为重要。这表现在:

M.H.艾布拉姆斯在他的《镜与灯》中所概括的"世界—作家—作品—读者"[②]这四个要素,作为一个循环性的结构所产生的"活动意味",某种意义上是一切人类精神活动的基本表征,而不是文学所独有。首先,社会生活与现实不但是"一切种类的文学艺术的源泉"(毛泽东语),而且也是包括哲学、科学等一切人类精神产品的源泉。因为人就是以"面对世界""研究世界"才成为其自身的。所以强调"世界"作为文学活动的首要因素,并没有把"世界"对文学家的特殊意义与一

[①] "印象式整体"是我对中国人的整体思维特点的一种把握,以修正以往学界所说的"印象式"或"整体思维"。这种把握不需要理性分析的过多介入,就可以大致把握对象的生存形态和生存性质。其局限是不能深入分析内在世界的结构和差异。

[②] 〔美〕M.H.艾布拉姆斯:《镜与灯——浪漫主义文论及批评传统》,郦稚牛译,北京大学出版社1989年版,第5页。

般知识分子的精神活动区别开来,而一旦如果我们说"世界"对文学家、科学家与哲学家的意义和作用是一样的话,强调"世界"作为"活动"的先决作用,就是没有多少意义的。在这里,"特殊"作为修饰并没有实际意义,因为科学家相对于文学家,也可以作为"特殊"去处理,所以关键在于说出"什么特殊";而一旦说出了"什么特殊",也就没有必要再用"特殊"去修饰,笼统的"世界"也就被"什么特殊"改造了。其次,"作家"在"四要素"构成的循环运动中似乎起了重要作用,并且也可以区别科学家。但对文学来说,关键不仅在于我们如何理解作家,更在于区别平庸作家和优秀作家的差异在文学上"究竟是怎么回事",否则,"作家"只是"形象性精神活动主体"的同义语,难以揭示出"形象作为工具存在"这个比较中国化的问题。如果我们说,作家是"审美的把握世界"、科学家是"求真的把握世界",问题依然存在。这不仅因为我们会遇到杨振宁先生所说的"物理学家首先发现的是美"[①]的问题,而且还因为一旦我们换一种思维方式,"真"其实就是科学领域里的美。美于是就还需要界定。通过这一界定,才可能把文学的"形象的美"和科学家的"符号的美"的区别揭示出来。但是,且不说形象不一定都是美的(如《变形记》中的格里高里),即便是美的,形象也区别不出"模仿的形象"和"独创的形象"。对于中国当代文学艺术来说,后者的缺乏就使得我们光说"形象"也没有多少意义。这样,文学对中国作家来说究竟意味着怎样的"把握世界",才作为一个比较中国化的问题提出。解答这个问题,无疑是对"形象把握世界""审美反映世界"这些笼统的对作家界定的一种"穿越"。再次,如果由"什么世界""什么作家"这样的追问才能体现出文学区别于其他精神生产的"特质",才能揭示作家形象创造的价值差异问题,那么,"什么作品"是"文学意义上的作品""什么读者才是文学的读者"这样的追问,才可以把"文学活动"的特殊性质落在实处。不少文学理论著作在接触"文学作品"这个命题时,可以从现实的、理想的、象征的、典型的、意境的、叙事的、抒情的、情感的、理性的这些不同的角度和内容去切入,这说明文学作品是一个

---

① 参见杨振宁先生 2001 年 4 月 26 日在清华大学发表的"美与物理学"的演讲。

第一章 中国当代文论的若干问题及理论期待

"丰富的、五花八门的文本世界",说明这种"文本世界"在向文艺理论研究者走近的时候,不仅要与宗教性的"虚构世界"相区别,而且要能揭示并警醒出"形象性说教"这一中国当代文学中普遍存在的问题。如果我们的文学理论不能在面对上述问题并予以"穿越"的情况下产生一个有概括性的"界定"或"组合性界定","作品"就不能区别"哲学文本"或"宗教文本",也不能揭示"教化性作品"与"启示性作品"、"单一意蕴作品"与"丰富意蕴作品"在文学价值上的重大差异。而一旦我们能有效解决这个难题,"作品"作为大概念的"形象文本"就被我们架空了,文学作品的"特征"和内在"结构""价值张力"也就出场了。

另一方面,西方的哲学解释学和文学上的"接受美学",之所以将读者的接受提高到近乎本体论的地位,关注当代读者尤其是青年读者对传统的经典文学的不再热衷,正说明读者的参与已经是"文学是否能完成自身"的一个至关重要的问题。在这一点上,作为"过程"的文学活动理论,把读者的接受问题看作文学活动的重要部分,是有道理的。而且,随着对市场、读者与个体的尊重,接受主体与作家处在平等对话的位置,也确乎可以看作时代与文学发展的一个基本走向。只是,读者的被尊重和被强调首先不是一个"文学问题",而是一个当代文化的问题,即读者作为接受的"主体",是今天几乎所有精神活动的共同特征。而文学问题在这一点上,除了有一个从"文学只是给懂文学的读者看的"向"不懂你的文学未必是不能接受文学的读者"的转化以外,更主要的,是对读者"接受能力"(比如是否是创造性接受)的强调,已经转化为"接受程度"的问题。即:"接受程度"将潜在地设定每一个读者都是"可进行文学接受的读者",并尊重读者的文化、时代和水平差异。但是这种尊重并不是目的,而是把读者看作"可进一步接受"的主体。这种接受主体一方面对作家的作品提出"创造程度"作为张力隐含在文本中,另一方面又对自身提出从一般性接受到深度接受或以后者为尺度去评价文学文本的"过程"。如此一来,作为"过程"的接受主体,也就被可进行"程度性接受"的主体架空了。如果"过程"对文学来说是一个"接受程度可深化"的问题,"活动"的社会学意义就让位给"文学性阐发"。正是这种"可不断阐发"的文学接受,使其区别于一般的接受活动的主体,也区别于一般的文学接受活动的读者。从而在"文学性"问题上,打通并穿越了"作家—作品—读者"。

"艺术生活化"是随着近年国内文化研究的兴起而产生的一个消解传统文学理论的提法。这一变化直接来自现实生活与文学艺术随着市场经济到来而产生的双重变化:网络、酒吧、歌厅、街头体操、小区雕塑、超女现象,等等,无不在说明人们艺术性地展示自己的空间有了很大拓展,人人在某种程度上都可以成为"行为艺术家",而现代科技手段的运用也可以使一个原来音质平平的歌手获得较好的歌唱效果。这些艺术泛化、制作现象一方面消解了艺术的"中心化"和"精英化",专业作家失去了往日的地位,另一方面,无处不在的艺术行为更贴近人的私人感受和本真欲望,这对于消解过去的中心化时代艺术所承担的"教化使命",改变大部分读者只能被动接受艺术的生存格局,恢复艺术的"首先是个人娱乐"的本来面目,无疑是有意义的。在理论上,"艺术生活化"更接近福柯所说的"对于自明性的突破……是'事件化'的首要的理论—政治功能"[1]和布尔迪厄所说的"为了把艺术品的经验变成普遍的本质,不惜付出双重的非历史化代价,即作品和作品评价的非历史化"[2]的意思。即艺术在根本上是历史过程中的"事件",我们不能把这种置于特定生活中的事件予以本质化、普遍化并因此确定为艺术的本质,艺术的本质不是外在于我们生活的"客体存在",而就是我们流动而变化的历史事件本身。

在我的理解中,"艺术生活化"首先不是今天才出现的文化现象。中外文学史上许多杰出的作品常常诞生于作家们还没有成名的时候,而那种"我得写一部最好的作品"的专业作家的典型心态,多半与真正优秀的艺术无缘。其间的奥妙或许在于:真正优秀的艺术品,可能本来就是以生活中无数事件中的"一个事件"出场的,而不是使传达"普遍的原理"成为可能。巴尔扎克的"为还债而写作"与今天一个晚报的专

---

[1] Michel Foucault, *Questions of Method*, *The Foucault Effect: Studies in Governmental Rationality*, Chicago: University of Chicago Press, 1991, p.76.
[2] 〔法〕皮埃尔·布尔迪厄:《艺术的法则:文学场的生成与结构》,刘晖译,中央编译出版社2001年版,第343页。

第一章　中国当代文论的若干问题及理论期待

栏作者的写作动机,可能真的没有质的差异;而专业作家、以宣传为目的的写作中存在的问题,可能正在于他们的写作远离"生活事件"本身,以"教化性""表演性"压倒"艺术性""本真性"。由于在中国文化语境中,意识形态化的、普遍道德化的写作已经是专业作家们自觉或不自觉的行为,这就使得"艺术生活化"在今天首先具有恢复艺术本身的存在形态的意义,因为在"艺术中心化"时代的边缘作家,只有少数像王小波那样的边缘作家,才具备像生活那样写作的状态。

所以,艺术生活化在今天的现实生活中"集中出现"是一回事,这种出现是否会呈现与"艺术中心化"时代貌似不同而根本相同的问题,则又是一回事。而要把握"艺术生活化"这样的提法中存在的问题,既存在"独立的艺术理论何以成为新的可能"这一纯理论问题,也有置身"中国文学问题语境"中才能发现的问题。从否定主义文艺学出发,这两个问题也可以合并成一个问题。那就是:艺术作为流动的历史事件也好,作为非历史的本质性存在也好,其实只与我们如何看待艺术有关,而与艺术和文学本身的问题无关,更不是中国文化语境中的艺术和文学本身的问题。这表现为:

一、在纯粹艺术论的意义上,莎士比亚、凡·高、毕加索如果有超历史性的本质,那并不是体现在"艺术即模仿""艺术即表现""艺术即形式"这些对艺术本质的概括上,也不是体现在所谓"典型""个性"或揭示了什么"普遍规律"上,而是体现在他们各自不同的通过对世界的理解所建构的艺术形象生发的魅力和启示上。换句话说,《哈姆雷特》《向日葵》《镜前的少女》只能在"类型"上被上述几种艺术观所归类,但其"启示和魅力"建构的"特质",却是这些观念不能概括的。如果艺术独特的魅力世界具有超历史的普遍性,那是因为"艺术启示"可以通过不断的历史性解读而给人以感染和震撼,而不是因为观念化的本质有"超历史性"。所以,由独特启示构成的艺术魅力,本身就具有"不断生成"的特点,永恒性、普遍性就是指这样的作品"可不断被生成"。在此意义上,福柯、布尔迪厄、雅各布森所说的"事件性""流动性""不确定性",只能面对观念化的文艺理论,但不能面对以"独特启示"为其生存方式的优秀的艺术作品。所以,这个问题既暴露出传统文学理论只能在"类型"上概括文学作品的局限,也暴露出当代"艺术生活化"的国内外倡导者在"历史"或"超历史"上的思维方式局限。这样,永恒就是以"独特事件(作品)"为基本存在形式的,而不是因为某种概念具有永恒性。另一方面,如果我们说柏拉图、亚里士多德的观念化的理论具有永恒的意义,那也不是说他们的理论具有可指导后人的"本质",而是说,他们的理论还可以以"不确定"或"半确定"的形态,"影响"或"启发"当代人的思想生活。所以,解决问题的关键是理解"永恒""普遍"的奥妙在于"启发性""启示性"的不断生成,而不是"指导性"和"规范性"的普遍制约。

二、如果上述分析可以成立,真正属于艺术本身的问题就容易出场了:艺术是人们供奉的客观存在也好,是特定历史状况下人的一个流动事件也好,这种区别只涉及人们"把事件普遍化"还是"把事件事件化"的观念问题,但涉及不到"作为本质存在的艺术品"与"作为事件存在的艺术行为"的"艺术品质"和"艺术质量"问题。因为作为"中心化""精英化"存在的艺术品,并不能保证其作品是"独创的有启示性"的艺术,很多专业作家写的作品同样会像生活事件本身一样烟消云散。因为艺术魅力存在的前提,并不是要求人们一定要把艺术或艺术家当作"中心"来看,更不是因为只有"专业作家"才能生产优秀的作品。反之,网络的作品和生活中的建筑艺术、行为艺术,并不一定就不能具有启示性和震撼性。如果说《我爱我家》这样的肥皂剧只是无聊的搞笑,"超女现象"只是今天少男少女们哗众取宠的行为,我想这依然是正襟危坐、煞有介事的道德化判断,而与艺术本身的问题无关。艺术本身的问题是:在似乎是"不断搞笑"的"笑"背后,作品是否还告诉我们什么;"超女比赛"作为每个女孩子只要想就可以成为"演员"的行为艺术,虽然演唱水平、歌曲内容并没有多少惊人之处,但它的艺术问题是:在那种表演其实就是每个人"卡拉OK"一下的艺术理解中,超女们可能比我们的专业演员,更易于展示被"专业化"所束缚的人的本真性情和个性,从而也容易远离"艺术教化"。所以在今天的中国语境中,艺术问题可能首先就是要"去专业和教化之蔽"。但"去蔽"只是艺术的第一步,就像艺术展示身体和欲望也只是"今天的艺术"的第一步一样。

所以,"艺术生活化"并没有将"你如何理解艺术化的生活行为"这一点揭示出来,从而与"艺术中心化"时代我们的文艺理论也不强调"你如何突破群体化的世界观和价值观"作为艺术性的较高要求,是一样的。这种"一样",使得"本质化、中心化的艺术"与"非本质、非中心化的艺术",在接触"文学性"问题上依然没有根本的区别。从否定主义文艺学视角去看,艺术是"展现观念"还是"展现身体",只是文学艺术所用的材料不同、方法不同而已,是把艺术"很当回事"还是"不当回事",那也只是对艺术的态度和重视程度——当生活多元化后,人们当然没有必要只通过艺术去找寻快乐与激荡。所以,"不再把艺术和文学作品当回事",其潜台词只是"人们以后只把最优秀的艺术当回事"。我想,这正是在所谓"艺术生活化"的时代,韩剧《大长今》这样的冗长但极富启示性的电视剧,能轰动整个亚洲的道理,也是以"利索、率性女孩"出场的李宇春能迷倒千万观众的缘由——后者的优秀不在于"让男性喜欢",而在赋予女孩以不同于传统女性的别一种理解给人带来的"惊奇感"。同样,在"艺术中心化"时代,好的艺术也只能来自像凡·高、苏轼那样的能突破群体化的对世界的理解、建立自己理解世界的立场和意味的艺术家,而不是抱着"历史是不断进步的""无产阶级必然战胜资产阶级""现代性是尊重个人的"这些共性观念从事文学和艺术创作的人。

第二章 中国文艺学史局限分析

一 局限分析的史观

在否定主义理论和实践中，局限分析是无处不在的。一旦它渗透到历史领域，便形成了不同于以往历史分析的方法。如果说，现有的历史分析或者从西方人的观念出发，将中国历史描绘为一种吃人或非人的历史，或者从西方的"艺术即形式"出发，将中国文学判断为一种本体性文学缺乏的文学史，或者从还原的角度，对中国文学史、文论史进行尽量客观的呈现——或因原来的主观评价有问题而放弃批判，或注意挖掘被主流文化所遮蔽了的边缘史料①，那么，我所说的局限分析的历史，就既是评价的、但并不以异己的观念进行评价，既是批判的、但并不采取居高临下的态度予以否决，既是描述的、但仅仅将描述作为发现问题的方式……一言以蔽之，在文艺学史的意义上，否定主义的局限分析，应以分析者自己的文学观念为尺度，以分析者自己所认为的文学现实问题为期待，来描述并剥离一切既定的文学观念之局限，从而形成自己的文学问题史。其中的关键在于：这"自己的文学观念"，不是自己认同的文学观念，而是自己产生的文学观念，因此这样的文艺学史分析，至少是以往我们没有面对过的、因此也是艰难的文艺学史。

这就是说，告别以西方文学观对中国文艺学史进行评价的模式，是对中国文艺理论进行有效批评的首要环节。这种告别并不是人为的，而是出自于对真正的中国文学问题的把握。虽然用西方文学观念也可以观照出中国文学和文论的问题，诸如说中国文学批评缺少西方意义

---

① 相关观点参见葛兆光《中国思想史：七世纪前中国的知识、思想与信仰世界》第一卷，复旦大学出版社1998年版。

第二章　中国文艺学史局限分析

上的科学方法,中国文学缺乏形式自足的传统,中国新潮作家是伪现代派,中国文学和文论均是依附于政治的,中国文论缺少严格的西方意义上的体系,等等,但由于20世纪80年代的方法论热并没有给中国文学批评带来实质性繁荣,由于新潮文学的纯粹形式探索本身既没有持之以恒,也没有产生超过写实文学的文学精品,更由于中国作家永远不可能做一个彻头彻尾的西方意义上的现代派作家,由于依附于政治的文学有好的文学,而脱离政治的文学也有好的文学,由于有体系的当代文论并不一定有自己的思想,而没有体系的文论也可能没有自己的思想,这样,问题的提出与问题的解决之差距,就使得我们有理由怀疑上述问题是中国文论的真正弊端,也有理由使我们必须重新思考中国文论的真正局限。

显然,要梳理中国文艺学史是一个浩大的工程,不是本书所及。要对林林总总的文学观进行具体的分析评价,在文学性质意义上也并不十分必要。这是因为:虽然诸如屈原的"发愤抒情"与司马迁的"发愤著书"更偏重于抒情的文学观,但由于二者并不否认将"言志"作为文学的目的,甚至就是以"志"不能得而"介眇志之所惑兮,窃赋诗之所明"(《九章·悲回风》)的,抒情既然只是一种方式,其文学观便顶多只能是"诗言志"的个性化表达。如此,凡以"言志"为宗旨而表达不同的文学观,在此就均不做专门分析。反之,明末公安派的"性灵说"、李贽的"童心说"等之所以可以作为一个相对独立的文学观,就是因为一定程度上摆脱了"言志"的工具性——虽然这种区别在"中书君"先生看来依然十分可疑①,但毕竟在一定程度上超越了刘勰在《文心雕龙》里对"综述性灵"的较为模糊的界说。同样,现当代文学虽然在提法上曾经经历"文学为人生"到"文学为政治服务"以及"文学为人民服务"的演变,但由于其"载道"的性质没有改变,也就难以作为一种独立的文学观在这里提及。而新潮文学倡导的"艺术即形式",由于是西方的文学观,并且在中国并没有取得实质性的文学成果,所以它也就很难在中国文艺学史的分析中占有突出的地位。这种情况,自然使得中国文艺

---

① 周作人:《中国新文学的源流》,华东师范大学出版社1995年版,第83页。

学史与西方文艺学史有着截然不同的运行势态,也使得中国文学的工具性质,成为贯穿古今的文化特色——我们只能以这种工具性的文学观作为文艺理论的文化底蕴,来看中国文艺学史上有重大影响的文学观的突破性努力。我在这里想提及的是:言志说、载道说、缘情说、反映说、人学说、活动说,等等。

二 从《文心雕龙》的问题入手

中国传统文论的现代发展与改造问题,是当前文艺理论界的热点话题之一。在如何改造与发展的问题上,学界有诸如"中国古代文论的现代转换"等提法。但如果在"转换成什么""怎样转换""对什么进行转换""转换的与不转换的关系"这些更为关键的问题上没有系统的理论阐述与实践,我以为这个提法是很难成立的。其中的关键在于:中国古代文论的现代化问题,既不等同于将中国古代文论与西方文论的"融汇",也不同于中国文学史上对"经"的不同时期的注解;因为前者不能融汇成一个完整而独特的理论体系(中西方理论逻辑起点的不同必然造成理论内在结构的破碎),后者则是延续古代文论基本概念的思维,其结果必然是"变器不变道",并与中国当代文化的创造性重建相脱节。也就是说,"转换"如果不能与"融汇说""延续说"区别开来,就只能是一个"感觉性提法"而不是"理论性提法"。因此从否定主义理论来看待,我以为对中国传统文论的反思,既不能以西方理论为价值坐标,也不能在不触及传统文论基本命题的情况下做"改头换面"的技术性改造,而应该以中国当代文学创作的"问题"为出发点,首先对中国古代文论的思维方式、基本观念和范畴做"根本性"的批判梳理,然后再提出既区别于传统、也区别于西方的基本命题、思维方式。以中国古代文论的瑰宝《文心雕龙》为例,那就是:中国文论的现代化,不是一个《文心雕龙》已不适应时代因而要抛弃之的问题,也不是一个《文心雕龙》的思维方式、各种基本概念可以继续使用、只不过要做"当代性注解"的问题,而是一个要尊重《文心雕龙》、但又必须对其基本原理进行改造、却又不是西方式的改造之问题。

第二章　中国文艺学史局限分析

这样的一个以当代文学问题为理论期待的"改造",我称之为"穿越《文心雕龙》的研究"。这种"穿越",我以为首先是对《文心雕龙》中蕴含着的中国古代文论基本思维方式的批判与改造。因为思维方式问题是一种理论的内在结构问题,理论的内在结构不改变,围绕着"意境""神韵""赋、比、兴"是否能解释中国当代文学进行讨论,依然属于传统"变器不变道"式的革命,这种"革命",谈不上中国文论的现代建设,更谈不上创造性建设。刘勰在理论思维方式上可能存在着三个方面局限,这才是制约中国古代文论现代发展的关键所在。

首先,由《原道》《征圣》《宗经》所体现的"依附性思维",不仅使中国文学总体上受儒家教义所统摄,而且也使得文学创作摆脱不了对各种经典的因袭、模仿,使得文学处在对文化、文章的从属状态,最终使得中国文学的个体品格、独立品格一直处在被遮蔽的状态,使得文学性一直被等同于辞章性和技术性。所谓"道沿圣以垂文,圣因文而明道"。一方面,"道""圣""经"在《文心雕龙》中体现为一体化的、现实化的过程,就跟"道""天""皇帝""忠君"是一体化、现实化之过程一样,所以"宗经"可以溯源为"原道",儒家经典就是"道"与"天"的完美体现。刘永济校《文心雕龙校释》说"圣人之心,合乎自然,圣心之文,明夫大道。事本同条,不容疑似。然圣心之道,虽不可见,而圣人之文尚可得闻"[1],这就把"道""圣""文"之源头与"自然"相接,更增加了其不容置疑的力量。这种打着"自然"的旗号但实际上是用儒家经典来"解释自然"并规范文学创作的思维方式,不仅要为中国大量的"教化文学""载道文学"负责,而且要为"文质彬彬""温柔敦厚"这种类型化的、从众化的文学风格负责("教化"之内容与"温柔敦厚"之风格是一致的),反过来,当然也就要为不太符合儒家经典、也不太符合"温柔敦厚"风范的文学创作的"被边缘化"状况负责。因为中国文学史的经典状况是能与《文心雕龙》所倡导的经典构成反讽效果的:无论是"四大名著",还是苏轼、李白、王国维、鲁迅这样的大家,其实都是不太符合儒家思想与儒家规范的大家,更不是"温柔敦厚"的典范。也就是说,文学史上

---

[1]　刘永济校释:《文心雕龙校释》,中华书局1962年版,第3页。

真正优秀的文学经典,恰恰是反刘勰其道而行之,一定程度上摆脱"宗经""征圣"这种依附性思维的结果。如此一来,刘勰在《文心雕龙》中所表现的"依附性思维",就是文化对文学的要求,而不是文学突破文化束缚的要求;说白了就是非文学对文学的要求,而不是文学"穿越"这种要求实现自己的文学性之努力。长此以往,文学的"个体性"和"独立性",文学家突破儒家之"道"、建立自己之"道"的努力,文学家由这种努力所体现的不符合"温柔敦厚"的个性化风格,也自然被遮蔽、被冷落。这种思维方式显然是"反文学性"的,也是不符合文学的现代化建设要求的。另一方面,如果我们仅仅在思维方式上理解刘勰的"宗经"思维,将"经"置换为其他经典,比如道家思想,或者西方思想,或许会产生"反叛"儒家思想的文学创作,造成"突破"儒家规范的格局,但我以为,这依然不是"文学性思维"。也就是说,无论是魏晋的嵇康、陶渊明、明代的李贽、现代的沈从文、当代的贾平凹,如果他们总体上是依附于道家哲学来突破儒家哲学,那么他们或可少了教化文学的压抑,添了些本真之性情,但依然可能因为少了一些自己的思想对"道家"的穿越,而影响作品的启迪功能。这个问题同样显现在20世纪的中国文学中:反传统、反儒学、反文言文,并不一定就能带来文学的真正繁荣,产生优秀的文学作品。如果作家们将"道""经"置换为西方的经典,并以西人为"圣",依附于西方文化,那么这同样是对以文学独立品格为标志的"文学性"之侵犯和遮蔽。20世纪中国文学的状况同样形成这样的反讽效果:符合西方人的解放(巴金的《家》)、历史进步(茅盾的《子夜》)、纯粹形式(马原的《虚构》)的作品,其文学价值,可能不一定超过对西方思想持怀疑和悬置态度的鲁迅的《伤逝》、金庸的《鹿鼎记》、余华的《许三观卖血记》,那么文学遵从西方的"经"与"文",究竟想干什么或能干什么呢?

其次,《文心雕龙》中所体现的"文"源"圣"、"圣"源"道"的"源流"性思维,应该是中国哲学"生生"思维与"源流合一"的现实化思维的典型体现,不仅迄今依然有生命力,而且对纠正西方人的各种二元对立思维是有意义的。《宗经》篇说"五经"是"根柢槃深,枝叶峻茂",一定程度上也是"生生"思维的另一种体现。这种"源"与"流"、"根"与

第二章 中国文艺学史局限分析

"叶"之和谐统一,在刘勰这里,既可以理解为一般文章"形立则章成""声发则文生"的"文质统一"的写作法则,也可以被阐发为具有文学创作规范意义的"志足言文""衔华佩实""情信辞巧"。前者是文章学意义上的"言意"关系,后者是文学创作意义上的"情采"关系。但无论是前者还是后者,其"声""志""情"尚未言及作家自己的世界观(道),其"文""辞""采",也主要并不是指文学作品的内在结构(象)。无论刘勰说儒家经典是"衔华佩实"之"正",还是说楚辞是"惊采绝艳"之"奇",抑或评价楚辞是"朗丽""绮靡""瑰诡",谈的都是文章的"表达"和文学的"风格"问题,而不是文学作品的意象、意境、结构、形象与作家的立意、思想、意味之"生生"的关系,更不是谈创造性的"立意""思想""意味"与创造性的"意象""意境""结构""形象"的"源流"关系。这种局限,来自于《文心雕龙》文章学意义上的"表达"与"被表达"的"可分离性"之思维局限。即刘勰所说的"好文学""好文章",是一种可以经过言语"修正"而达到儒家经典那样的"表达之雅"之楷模的文本,却没有想到即便是他所说的"诡异之辞""谲怪之谈""狷狭之志""荒淫之意"的作品,也可能有好文学的道理。

这就使我想到王弼释《周易·系辞》时所说过的一段话:"言生于象,故可寻言以观象;象生于意,故可寻象以观意。"(《周易略例·明象》)在文学的意义上,"言、象、意"不仅是对"言、意"关系的一个不可或缺的补充,更重要的是阐明了"言、象、意"之间不可分离的关系。但是对文学而言,强调先于"象"的"言",除了语辞的意义外,并不具有"文学语言"的意义。因为"文学的语言"就是"构象"。如果文学语言是像苏珊·朗格所说的具有"呈现"性质的,那么这个"呈现"便只能是"形象",而不是语词与语句,甚至也不是文学性的语词语句(抒情的、叙述的、描绘的语言)。换句话说,"言"在文学语言"象"中只是"材料",所以并不具备独立的意义;这样,"言"就不能作为先于"象"的一个范畴而存在。不仅如此,"言"在非文学语言(逻辑思维)中也是"材料",只是"概念",也同样不具备独立的意义。我们常说的文学语言是形象思维,非文学语言是逻辑思维,就是这个意思。推而论之,"言意"之所以作为古代文论的两个范畴贯穿始终,原因即在于"言"只是作为

"表意"的工具而存在的,从而忽略了:文学语言之所以只能是"象",是言意统一所建构出来的,言和意是不能分离的。中国的文学评论之所以关注文学的辞藻、技巧、文采,正是这种分离所导致的,而有人之所以将"白话文"革命等同于"文学革命",原因也在于此。因为用"白话文"写作,依然可以"宗经",也依然可以"文学为政治服务"。因此,当有学者说"白话文"可以传达现代人的感情时,我还是更相信鲁迅所说的"轮回"——现代中国人在价值观念和思维方式上真的与传统文化有区别吗?如果没有,所谓"现代"与"白话",也就只具有"修辞"的意义了。因此,如果算起责任来,一方面我以为刘勰是难辞其咎的,另一方面则是我们对《文心雕龙》的依附多于批判之所致。

再次,刘勰在对屈原、陶渊明、曹操、曹丕、乐府诗的评价中,无论是说屈原作品有"荒淫之意",还是说曹操《苦寒行》、曹丕《燕歌行》这类作品"志不出于淫荡",或是把《艳歌何尝行》斥为"淫辞",均流露出对人的欲望生活、男欢女爱等世俗化生活的轻视,从而在捍卫儒家的"雅、正"之审美尺度和道德尺度的同时,造成了中国文学批评以儒家道德化批评代替文学性批评之状况。当代文学批评对"晚生代"作家所谓"身体化写作"的轻视和指责,自然也是这一状况的延续。这并不是说文学性批评不应该有道德倾向,而是说文学性批评应该不限于对儒家道德"捍卫还是反对"这两种对抗性的状态,从而在穿越上述内容中体现出作家自己的"个体化理解"。所以,一方面,在道德化思维下,班固的《汉书》因为符合儒家"宗经矩正"的典雅风格,而受到刘勰的推崇;反之,司马迁的《史记》则受到刘勰"爱奇反经之尤"的轻视。但用文学性思维则正好相反,《史记》的"奇"因为对儒家的教义和风范有所突破,传达出作家对世界的某种自己的理解,而在中国文学史上的文学地位超过《汉书》。以此类推,刘勰对屈原不满意的地方,其实正是屈原的文学价值之所在。另一方面,这种"个体化理解"既可以突破儒家之"雅、正"之理解,也可以突破对欲望和男欢女爱的沉溺与展现,使作品更具有某种启迪功能。这意思是说,写艳情和男欢女爱有好作品,不写艳情与男欢女爱也有好作品,因为这只是作品不同的"表现内容",关键在于作家能否"穿越"这些内容,提供出作家自己的理解,并派生出作家自己的"表现方式"。所以作品好还是不好,就不在于是否是"淫辞",更不在于是否把男女之间的正常情感斥为"淫辞"。如果说,曹丕《燕歌行》中的"明月皎皎照我床,星汉西流夜未央,牵牛织女遥相望,尔独何辜限河梁",这种男女思春的正常之情,也被刘勰说成"志不出淫荡"的话,那么刘勰如果在世,看到《红楼梦》《金瓶梅》和《沉沦》的话,我就不知道他该做何评价了,更不知道他如果看到劳伦斯、纳博科夫、米勒之类的作品,是否依然会做"淫辞"之指斥。如果回答是肯定的,那么刘勰的思维就是道德化思维,而不是文学性思维。因为《红楼梦》尽管写了大量的男欢女爱与床帏之事,但曹雪芹用"纯情"穿越了性,传达出作家自己对"性"的某种理解,反之,《金瓶梅》则沉湎于"性"多于对"性"的体验与理解,所以文学价值就有差异,但是它们的"表现内容"都是"不雅"的。这"不雅",其实并不影响其文学价值。

所以,中国文学史上之所以教化性文学和教化性批评甚多,刘勰的道德化思维的影响是其中的重要方面。这种文学批评捍卫的,只能是传统的人文精神。它不仅远离尊重世俗的现代人文精神,更遮蔽了贯穿古今的真正的文学精神。

三 言志说

众所周知,"诗言志"因为出自《左传》和《尚书·尧典》,并经由《庄子·天下》的"诗以道志"和《荀子·儒效》的"《诗》言是其志也"等后来学人的阐发,而成为中国最早的文学观。虽然"诗"在此常常指的是《诗经》,但刘若愚所说的"古代中国原始主义的诗的观念"[1]、朱自清所说的"'诗言志'是开山的纲领"[2],及今天我们所谈的"诗言志",显然指的是作为文学观的"诗言志"。虽然今天的学人常常将其混淆为"文以载道",但作为中国最早的诗学理论,文化与艺术的一体化,文

---

[1] 刘若愚:《中国的文学理论》,广西师范大学出版社2004年版,"序"第3页。
[2] 朱自清:《诗言志辨》,华东师范大学出版社1996年版,第4页。

史哲的一体化，必然使这一文学观在表达方式与内容的统一、表达内容本身的多义性等方面，形成自己区别于后来文学观的模糊特性。这是因为"诗"作为复合形声字，是由"寺"和"之"所组成，从而使得"诗"和"志"成为同源字。卫宏的《毛诗序》的说法是"诗者，志之所也。在心为志，发言为诗"。诗在"诗言志"中并不具备"志"的工具之义。其次，由于"之""志""心"相通，所谓杨树达《释诗》中所说的"志之从心"、孔颖达在《毛诗序正义》中所说的"在己为情，情动为志，情、志一也"，外加《左传》中郑国七子赋诗所说的"武以观七子之志"的政治态度之"志"，这就使得"诗言志"中的"志"是"心情、心意、道德、政治志向"的综合体，蕴含着被后人各取所需的多种含义——就像《易经》中的六十四卦可被后人做多种阐释一样。于是，"诗言志"在统一的意义上可逆推为"志、言、诗"，即"志"为源，"诗"为流，但"源流"因为在性质上是合一的，所以不应该有根本分别；但因为我们先看见的是"流"，然后在读解中追溯到"源"，这样才形成一个表达和被表达的关系、形式与内容的关系。

应该说，"诗言志"在根本上与中国哲学的"源流"思维是大体一致的，并且某种意义上就是后者的体现。它的长处在于：一是将文学这种特殊的"结果"与其"何以成为可能"的"心"之展开活动力图结合起来，对于纠正现象学和直觉意义上的文学观，纠正技巧和辞藻意义上的文学观之偏颇，是有意义的，并容易拓展文学内在的丰富内容，逼现出文学的深度模式和启迪功能。所谓"在心为志，发言为诗"，不仅区别于西方最早的"模仿说"，而且也不等于今人"诗就是诗"之类看不到"心"的文学观。二是由于"心"和"志"所指内容的宽泛性，这更接近文学中的文化性内容之丰富性：好文学中的内容，不仅是观念的，也是情感的，不仅是思考的，也是抒情的，不仅有某种程度的教化性，也有一定的娱乐性，不仅具有可说性，也具有难以言说性……在更贴近文学奥妙的意义上，"诗言志"这种原初的文学观，倒是不同于后来的"载道说""缘情说"对观念与情感的偏执，而且也不等同于我们日常生活中所说的"志向""意志"和"思想"。由于中国古代文论中多词汇相同而意味不同（如道家的自然之"道"与儒家的教化之"道"），或意味相同但词汇不同(如儒家的"礼"与"理"),这使得我们不能简单地说"志"就是文学表达的内容,因此就是一个文学性范畴。但如果按照我们分析的意思,将"诗言志"放到中国文学批评史中去考察,比较"载道说"和"缘情说",比较"文学为政治服务",我们则可以说"诗言志"是比较接近文学的一个文学观。

然而,正因为后来的"载道说"和"缘情说"是从"诗言志"派生出来的,并衍生为20世纪中国的"为人生的艺术"和"为艺术的艺术",正因为我们在20世纪80年代、90年代曾经将西方的"大写的人""小写的人"以及"人死了"作为不同的"志"去言说、张扬,但并没有因此就使中国当代文学产生优于古代经典的作品,所以我们就有理由进一步分析"诗言志"在文学性上可能存在的盲点,也有理由澄清"诗言志"作为文学观,哪些是不必改变的,哪些是应该改变的等"批判与创造"的问题。

1."诗言志"的"志"尽管因为"心"之规定而内容丰富,但是因为首先缺乏"个体之志"的规定,所以它必然被包括孔子在内的后人做"兴于诗,立于礼"(《论语·泰伯》)的群体化解释,最终演变为"文以载道"及文学内容与形式的类型化、公式化。因为"心"所指的心情、心意、心愿,从来就是从属于文化规定的,这种规定在中国又是承传的,所以"心"不是被孟子做了"恻隐之心,仁也;羞恶之心,义也;恭敬之心,礼也;是非之心,智也"(《孟子·告子·章句上》)的道德化解释,就是分别被陆王学派和黄宗羲做了"心即理也"(陆九渊《与李宰书》)和"心即气也"(黄宗羲《孟子师说》卷二)的阐发。而这种阐发,由于均从属于儒家教义规定,心中的"情"和"愿"也就与被意识形态规定的"意"合谋了。这直接造成了中国文学明显的教化之状况,也造成了本来很个体化存在的"心"在中国的依附性历史。虽然"诗言志"之"志"也可以作"个体之志"的理解,但由于孔子将《诗经》作了"思无邪"的儒家之"志"的阐发,所以真正的"个体之志"是不被"诗言志"阐发者所认同的,而可能仅仅在少数不理睬"诗言志"的作家创作实践中存在。其次,"诗言志"也不可能突出文学家之"志"与非文学家之"志"的性质差异,将文学家的文学性之"志"混同于一般意识形态之"志",

终于导致文学之"器"与政治之"道"的工具性关系,以致使文学名存实亡,恶化为宣传机器。这是因为:诗作为形象形式是由作家对世界的基本理解派生出来的,这并没有错。但这种"理解"是抽象化的还是具象化的,将导致两种性质不同的艺术。前者是形象弱于思想的(如反思文学中人的主题),也是形象服务思想的(如阶级斗争文学中形象的道具化),更是有个性差异但基本结构相似的形象来表现异己的思想的(如中国新潮文学对西方哲学的阐释)。"理解"的观念化之所以难以产生好文学,一是因为古今中外的哲学家并不一定是好的文学家,二是因为观念与形象是两种性质不同的世界,两者因此不是源流关系——就像人和文化不是大自然"流"出来的一样。这意味着,一个优秀的作家,或者对其作品中的"志"是说不出来的,或者说也是说不清楚的,或者只能用概念语言进行哲学性的说,而不可能文学性地说。所以《红楼梦》中的那个文学性之"志",我们要么是说不清楚的,要么就是说不尽的——比如我们如果用一个"反封建"来概括,那其实说的是非文学性的"志",与文学性的"志"不是一回事——这一点,无疑是"诗言志"的重大盲点。

2. "诗言志"之"言"在《礼记·乐记》中是与歌之"咏"和舞之"动"相对而言的,所谓"诗,言其志也;歌,咏其声也;舞,动其容也"。这里的"言",显然主要是"文字表达"之意,文学语言的含义并不突出。到了钱谦益这里,"性不能不动而为情,情不能不感而缘物,故曰'情动于中而形于言'"(《陆敕先生诗稿序》),这里的"言",才包含情物互动的文学意味,所谓"心物交应,构而成象"(姚华《曲海一勺·述旨第一》)是也。虽然"诗言志"本身并不包含"言何以成为可能"的探讨,但我愿意将后人的看法看作对"诗言志"的有机补充。"言"作为"象"或"形象"的意思,在我看来并没有多大的争议。有问题的是:"心物交融"何以成为文学意义上的"象"?如果"物"在这里首先是指客观世界,而"心"作为人类主体对这个世界的把握,那么,无论这个把握是单向的还是双向的,在我看来都并不必然地形成文学意义上的"象"。因为"心物交融"是人类与世界打交道的普遍形式,思想家、科学家、政治家也都不外化于这种形式。我们不能说后者仅仅用思维而不是用心灵、心情与世界打交道,就像我们不能说文学家的"心物交融"不包含思维一样。因为"心"本身就是一个丰富的概念,也因为"心物"关系是每个人都有的和世界的基本认识关系,所以当文学家把形象定位在"心物交融"所致时,科学家又何尝不是"心物交流"所致?问题的关键在于:科学家是因为什么能将"心物"关系提升到概念上去,而文学家又因为是什么而能将"心物"关系提升到形象上去?在这里,刘熙载阐发杜甫、苏轼、黄庭坚诗所说的"要其胸中有炉锤,不是金银铜铁,强令混合也"(《艺概·诗概》)值得注意。也就是说,如果心中没有炉锤,那么心物即便交融也还是不能形成文学之象的。"炉锤"当然是一种比兴的说法,但是其"锻造"之意,却是对"心物交融"的一种价值提升。这样"锻造"也就不等于"交融",而是另一种性质的活动——"锻造"是"批判与创造"性的,而"交融"则是"否定之否定"性的。前者我称之为"本体性否定",后者则属于"辩证否定"。前者产生文学之象并且使文学世界不同于一般物象世界,后者可以产生形象世界但不一定能使其性质区别于物象世界——我们还是很容易以现实形象和现实规律来衡量文学形象的价值,诸如形象是否真实、逼真和传神,是否符合时代发展的客观规律,等等。

3. 在"诗言志"中,"诗"不仅是一个作品概念、文体概念,而且是一个固定的文学观念。当它只是如黄遵宪所说的"以言志为体"①时,虽然可以理解为"在心为志,发言为诗"的从心到诗的过程,但由于"诗"和"体"在这里是一个既定的、先验的存在,其职责似乎只是去"言志",这就将由"志"派生出来的"诗"在思维方式上颠倒了,从而为后人阐发出"文以载道"埋下了伏笔。如果说,西方的文学观因为"认识性"思维阈限了这个问题,导致"文学是什么"的对象化提问,那么,不受这种思维阈限的中国文论,则因为"依附性"意识与西方殊途同归——即"诗"在我们这里是一个可以通过学习而掌握的文体概念,然后再用这一形象载体去表达各种思想和情感,而难以强化出"情感和思想派生诗的问题",更难以突出"特定的情感思想派生特定的诗"的问题。即"诗"

---

① 《黄遵宪致梁启超书》,《中国哲学》第八辑,三联书店1982年版。

不是一个载体去表达各种思想情感,而是由作家对世界的独特理解与体验形成特定的形式和意味的问题。一方面,当一个人说"我写了一首诗"或"我写了一篇小说"时,这里的"诗"和"小说"的文学意味可能是很有限的——"诗"和"小说"在此可能只是一个形象性实体,并不能说明这一实体的含金量。这个实体性的"诗"要么是一个可能脱离"志"或脱离了有意义的"志"的文学技术范畴(新潮文学的文体实验有的便具有这样的倾向),要么就是一个有情节、形象、故事的作品,而这作品的内涵如何则不得而知(文学习作中常见这种情况);因此,要使"诗"和"小说"体现出充分的文学性,应改为"我正在做写诗和写小说的努力"。另一方面,如果用否定主义文艺学的眼光去解释"诗言志",那就应该是"志生诗",而不是"诗"去表达各种"志"。《金光大道》用形象载体去表达阶级斗争观念,是可以符合"诗言志"的,因为阶级斗争观念可以是"志"的一个方面,而且这个"志"还可以用其他形象去表达;但如果我们说曹雪芹也是用"红楼世界"这个意象去表达他的审美之"志",便很牵强。因为一方面这意味着曹雪芹还可能用其他意象来表达他的"志",另一方面则意味着我们没有将"红楼世界"看作由曹雪芹的"志"派生出来的。因此严格说来,"在心为志,发言为诗",是与"诗言志"不同的思维路向,并且比"诗言志"更为合理,也在一定程度上校正着后人对"诗言志"的理解,制约着"言志说"走向"载道说"。

四 载道说

应该说,自宋人周敦颐提出"文所以载道也"(《通书·文辞》)之后,"文"与"道"在中国文论中的关系,便发生了"文"为"道"之"载器"的转折。而韩愈的"文者贯道之器也",可视为这种转折的中介。但两者的共同点,除了逻辑起点的差异,均是对"文"之独立性的轻视。本来,刘勰在《文心雕龙·原道》中所说的"心生而立言,言立而文明,自然之道也",其"道"应该理解为非道德化的自然之道,但由于刘勰又说"玄圣创典,素王述训,莫不原道心以敷章",这就使得这个非道德化的"道",可做或道家、或儒家、或佛家等有具体道德含义的解释。就像

第二章 中国文艺学史局限分析

"诗言志"之"志"可做各种解释一样。也因为此,刘勰的"道"尽管可能区别于周敦颐的"道",但却可以通向周敦颐的"道",宛如"诗言志"之"志"可以通向"文以载道"之"道"一样。在这一点上,中国文学的依附性、工具性是源流关系,而不是断裂关系;"文以载道"的提出,也就有着较为深厚的文化渊源。至于"文以载道"这种道学家的文论为什么会在宋代出现,这应该与宋明理学的出现相关——当文明由盛及衰时,统治阶级常常会强化其"道"的意识形态性质,将古代可多解性的"道",赋予道德教化功能,儒学转变为理学,"诗言志"转变为"文以载道",便是自然的。更有甚者,程颐的"作文害道"说也由此出笼。

从"文以载道"始,一直到中国当代文学中的"文学为政治服务",文学工具化和教化的倡导,对文学的损害是不言自明的。但是,这并不意味着"文以载道"作为中国典型的文学观已经一无是处了——在我们对"载道说"的局限进行反思批判的时候,这一点应该尤为注意。这一是因为:中国文化精神不相信现实以外的现实,文学与政治和道德均在一个现实中,它们的密切关系也就不可避免——试图建立与政治和道德教化无关的"纯文学",在中国可能永远不切实际。所以批判"文以载道",不等于文学与道德等其他意识形态内容不发生关系。中国历代的所谓"象牙塔文学"便是病症之一,当代与政治现实无关,并且不讲任何现实功能的所谓"纯学术""纯理论",也可视为文学与学术的异化。这二是因为:由于没有任何一部作家不在其作品中传达他对世界的基本理解(世界观、价值观、道德观等),所以在"道"等于这个基本理解的意义上,"文"派生于"道",或"文"贯之于"道"是正常的。我们所要分析的只是什么"道"——是群体之道还是个体之道?是道德教化之道还是纯粹哲学之道?是文学意义上的道还是非文学意义上的道?不进行这样的甄别而笼统地反对"载道",同样会导致文学陷入技术化、自娱化的泥坑,使文学失去其丰富的意味,失去其启迪之功能。关键是,"文以载道"体现出政治和主流文化对文学的要求(这种要求在中国可能是宿命的),它不一定就成为文学家对文学的要求:将政治文化对文学的要求作为文学家自身的要求,问题出在文学家自身——文学家自觉放弃了文学性的努力。如果说"文以载道"并没有妨碍"四大名著"的诞生,那么中国当代文学没有产生新的"四大名著",就同样也不能归罪于"文以载道"——文学家其实可以通过"文以化道""文以穿道"来进行各种文学性之努力。

因此从否定主义文艺学的角度看,"文以载道"不应该被打倒和取消,而应该在具体分析其局限的基础上予以"本体性否定"意义上的改造。这种局限归纳起来,同样体现在以下三个:

1. "文以载道"一方面造成"非文学内容"占主导地位的文学现实,造成宋诗比之于唐诗艺术水准明显下降,使得梅尧臣写出"唯求先王法,好丑无使疑"(《寄滁州欧阳永叔》)这样的"教化"诗句,另一方面也养成了中国作家和批评家道德评判优于文学评判的思维习惯和价值取向,从而不仅对以"反道德"面目出现的文学会下意识地进行排斥,而且也会将文学性问题肤浅地等同于"生动、有趣、好看"等表达之妙——也就是周敦颐所讲的"美则爱,爱则传焉"(《通书·文辞第二十八》)等文辞性的修饰。更有甚者,诸如二程、刘敝等则主张取消文学的评判。尽管我们可以从原初的意义上将"道"做各种理解,但从"文以载道"倡导者和其实践效果上来看,"道"被主流意识形态规定,并被人们不自觉地认可,形成"文以载道"特定的群体化指向,可能已经是不争之事实。即还原的"道",已经不是"文以载道"的"道"。"道"既然是被主流意识形态规定好的,它对文学所要求的个体化之道,便是一种禁锢,即"文以载道"的问题首先不在于"道"的政治性、哲学性、道德性等文化性内容,而在于它的群体性、非个体性之规定,与文学是相悖的。我们之所以不说萨特和尼采的文学作品——他们的作品有显然的"思想大于形象"的倾向——是"文以载道"作品,原因即在于他们作品中的"道"首先是个体之道。可能这个体之道更多是概念性的、思辨性的,但是由于它们与文学的个体化要求一致,所以其"非文学性"问题,就没有"文以载道"的作品这么严重。换句话说,如果中国作家在世界观上不同程度地均有自己的"道",或有自己的"道"的追求,而"文以载道"的"道"指的也是这种追求,那么"文以载道"就会产生明显的反封建意义,也会使宋元明清以后的中国文学,产生更多有启迪而不是教化功效的作品。遗憾的是,"文以载道"毕竟不是"文载个道",相反的是摧残作家个体之道的文学观,这样文学的公式化、模式化、雷同化便不可避免。在我看来,五四的新文学运动虽然倡导白话文和小说革命,倡导写西方人道主义意义上的大写的人,呼唤个性解放和个人尊严,但就是没有将作家的"个体之道"的问题揭示出来,其隐患,也就必然会在当代"文革"文学、新时期文学、世纪末文学中不同程度地显示出来——作家的世界观要么是西方的,要么是传统的,要么是主流意识形态的,要么就是顺应普遍生存快感的,并已造成了中国文学依附共同性的顽症。

2. 造成中国文学尤其是"文革"文学概念化、公式化盛行的一个重要原因,除了"文以载道"之"道"的问题外,还在于"文以载道"的"载"字对文学的工具性强制,已经取消了文学对"道"的"本体性否定"功能,并最终使得文学形同虚设。本来,如果仅仅是"道"的群体性、文化政治观念性对文学提出了从属的要求,但文学并不是以"载"为使命,而是以"化道"来体现文学对文化政治观念的穿越功能,变"文以载道"为"文以化道",那么这种文学观对文学的损害程度,将降低许多。可惜的是,无论是唐代韩愈的"修其辞以明其道"(《争臣论》)的理论预设,还是南宋朱熹的"文所以载道,犹车所以载物""为文者,必善其词说"(《朱子语类》卷一三九)的添油加醋,抑或20世纪毛泽东所提出的"政治标准第一,艺术标准第二"(艺术标准即人民喜闻乐见,相当于韩愈的"修其词"),均是将文学放在一种特殊工具的位置上来理解的。这种将文学作为"器皿"的工具化理解如果贯穿中国晚近文学之始终,那就不能不与中国文化的特性相关了。我发现,中国最早的出土文物多以陶器为主,品种有瓮、罐、瓶、碗等多种,而代表中国古代科学技术水平的也是青铜器等器皿。这些器皿铸造的水平同时也是艺术水平,艺术在此便等于器皿制作的技艺。这样,器皿所装载的东西和内容便与艺术无关,而不装载内容的器皿因为无用,便或被人无视、或被人把玩……又由于器皿是生存工具,所装载之内容都与人的生存目的相关,这就决定了"文以载道"必然是为人们生存服务的功利性艺术。一旦人们取到了所载之物,便可以不要这所载之器皿。这就是中国文学多呐喊性主题、宣泄性感情、说教性议论的原因,也是中国当代文学十七年标语口号诗盛行、新时期反思文学"思想大于形象"的原因。要改变这一状况,彻底清除"器皿文化"对文学的侵袭可能是困难的,但强调文学形式与文学内容是一体化的文学观,用以摆脱文学的器皿功能,则是可能的。事实上,如果说1985年以后的中国文学有什么发展的话,那就是器皿性的文学已明显减少。尽管由于文化的惯性和思维的束缚,在中国任何历史时期我们都会看见"载道"性文学出现,但我们同时也会看见摆脱载道要求的文学出现。我们可能很难看见消除"载道"文学的完美,但我们可以实现"载道"与"非载道"文学并立的健康——我想,这大概就是中国文学的一种现代形态了。

这意思是说,"载道说"的局限在于其"载"其"道"均有违文学的本体要求,所以按照"文以载道"制作出来的文学,不是差文学,就是非文学。所谓差文学,是指其作品有故事、情节、人物,但均从属于主流意识形态。这样的作品不仅见之于像《金光大道》那样的作品,其实也不同程度地见之于像《伤痕》《乔厂长上任记》《抉择》这类穿越主流意识形态程度较弱的作品。即文以载道型作品不可能随着时代思潮的变化(所谓"新时期")而消失,而很可能只是所载的"道"发生了变化,所"载"的性质并没有改变。因此这类作品从意识形态角度可能是好作品,而从文学性角度却不尽然,或者截然相反。所谓非文学,是指其作品已经基本上丧失了文学的形象特征,其情感和思想已失去了形象的过滤所生成的丰富感,以概念化、议论化、口号化、宣泄化等形态出现。在这一点上,不仅"大跃进"民歌中的"人有多大胆,地有多大产"之类口号诗有这种倾向,而且,即便像白桦的《阳光,谁也不能垄断》这种政治议论诗,也不同程度地有这种倾向——因为两者中的具象,都是观念的化身和指代。所以情感不等于情感形象,议论不等于具象哲思,具象符号也不等于形象本身——文以载道正是在这一点上容易将两者混淆,乃至用前者取代后者。

我尤其想说的是:五四新文学运动触及"道"的变化(大写的人,生命的人、个性的人等)以及所载之"器"的变化(白话文、小说、话剧等),但由于"载道"的性质没有改变,甚至没有改变的努力,因此在严格的意义上,五四新文学运动只是文化运动,而不是文学运动——中国晚近文学充斥着的大量"文以载道"作品,五四新文学运动的倡导者、支持者和追随者,均应该负起自我批判的责任来。

五　缘情说

前面说过,由于"诗言志"之"志"在本义上是包含人的情感的,这就使得后人有时会将"言志说"与"缘情说"混同。如唐李善所注《文选》中说"诗以言志,故曰缘情"。如周作人在《中国新文学的源流》中所说的"诗言志"与"文以载道"的两大传统,其"诗言志"也就是指"缘情说"。但毕竟,由于"缘情说"以人的真情、性情、个性、欲望、机趣为旨归,在中国漫长的文艺思潮消长中,已经与理性化的"文以载道"形成明显的对立,并一定程度上超越了模糊的"诗言志",具有突破封建伦理限制的作用,所以它作为与魏晋、明清、五四文学乃至新时期文学密切相关的一种文学观,作为看上去与否定主义所讲的"对现实的本体性否定"有亲和力的文学观,确实有必要在此进行梳理、甄别和必要的局限分析。

可以说,出自西晋陆机《文赋》中的"诗缘情而绮靡",虽然谈及的是诗,偏重的是表达之妍丽和感情的色欲化,但因为前有道家和玄学所说的"任自然"作哲学性铺垫,后有李贽的"童心说"、公安三袁的"性灵说"以及明清诸家的"神韵说"作响应,且情、性、趣、心、韵往往不可分割,已经逐渐形成了内涵也许有差异、但总体价值取向大体一致的"缘情说"。由于这里的"情"如清代纪昀所说的"发乎情而不必止乎礼义"(《云林诗钞序》),所以"缘情说"可以理解为未受儒家文化过多浸染的原初之情、本真之情,并由此和道家的无为性自然相通。由于性欲本身就具有原初之情的意味,所以后人指责魏晋以降的诗词多"艳情",也就十分正常。本来,性和性情本身应该带有生机勃勃、千差万别的特点(这在中国传统艺术中十分鲜见),但由于儒家伦理作为文化氛围的抑制,也由于道家的清淡之气的浸润,所以才导致情的情趣化、欲的把玩化以及辞藻的典雅化,并由此形成中国传统文学在谈"情"问题上的轻飘性、封闭性以及自娱性。所以,虽然李贽的"童心说"更偏重于对人的欲望、人的平等、人的纯真的张扬，对道学和理学及其"止乎礼义"的抒情具有更为明显的对抗性，虽然公安三袁的"性灵说"推崇"独抒性灵，不拘格套"，主张文学在真性情基础上因时而变，虽然明清的胡应麟等人的"神韵说"更倡导难以言说、自然天成的文学意象，但他们推崇以道家文化为底蕴的真性情，追求道家意义上的自然境界、反人为境界，则是大体一致的。所以"缘情说"不是不要"理"，而只是不要儒家伦理意义上的"理"，而取道家自然意义上的"理"。只不过这个"理"从来没有以"理"的形态出现而已。

概括起来，"缘情说"在中国文论史上的贡献体现为：1. 在文化意义上具有反抗以儒家思想为底蕴的封建伦理的作用。虽然倡导抒真情、示个性、展人欲和应时而变，并不一定就是文学的最高境界，但它有利于形成文学的健康环境，表现被既定伦理要求遮蔽了的人性内容，促发文学走向以"个体化理解"为底蕴的创造境界。因此它与中国文学的经典作品（即能穿越主流文化意识形态束缚的作品）更为贴近，也更容易为有识作家所接受。尤其是在"艳情""淫靡"等道学家的指责下，"缘情说"能以魏晋文学、明清文学、五四文学等文学实绩获得阶段性发展，足以显示出人的本性是不可磨灭的力量。2. "缘情说"秉承刘勰《文心雕龙》之"通变"和白居易《与元九书》的"文章合为时而著"的精神，以"情以物迁""世道既变，文以因之"的思维方式，与中国历代的复古主义思潮和因循守旧的"宗经"思潮形成矛盾运动，促使中国文学不断发展变化。这种由时变引发心变、心变引发文变的"道"之动的发展观和运行观，虽然不能在根本上扭转儒家"文以载道"一统天下的格局，但在中国古代文化内部，却对"文以载道"和复古主义起着重要的牵制作用，并成为五四新文化运动得以产生的一种不可或缺的文化土壤。3. "缘情说"在反观念化、人为化的基础上提出的"神韵""气韵生动"，虽然并不直接等同于文学所要求的意蕴的丰富性，但在一定程度上触及了中国文学走向文学意味丰富性的某种文化特点，触及了"写意"在中国当代文学艺术中的改造和定位等问题。因此它与今人所说的"直觉"和"情感认识论"，有着文学内在规定性的关联，值得我们认真对待。

第二章 中国文艺学史局限分析

但是,"缘情说"之所以难以取代"文以载道",按照"缘情说"写作之所以不一定就是好的文学,"缘情说"之所以难以推动中国文学发生真正的革命,原因至少在于:

1. 汤显祖所说的"情在而理亡"的"情理冲突"观,确实能代表"缘情说"的价值取向,但其局限之一表现在:一个人在文化生活中仅仅依附在"情""个性"和"性"上,不是会出现杜十娘怒沉百宝箱之后的悲剧,就是会出现子君离家出走之后的茫然,要么就是朱文笔下小丁性追逐之后的无聊……因为文化本身就是由理性支撑的,人作为文化的动物,只能选择过怎样的文化生活,而很难在无文化支撑下生活。所以,当人选择自然性或任性的生活后,文化感的积淀就会使他(她)出现上述诸种问题。同样,反对封建伦理不等于不要"理",当道家文化只能用非文化或非理的形态来反文化时,当然也就不能真正抵挡住人的文化呼唤和理性期待。"情""个性"和"性"只是在与"理"打交道时才能显示出意义,一旦它们获得独立,就会暴露内在空虚的问题。这个空虚,正好被"文以载道"的理性之道填补了,并由此造成了"情胜理"与"理胜情"在中国文化中的悲剧性循环,这是"情"之所以软弱无力的原因。其局限之二表现在:对作家的创作而言,表现"性欲""性情""个性""享乐"等"情"的内容,在文学意义上其实既不优于"爱情""理性""群体""责任"等社会性内容,也不低于这些社会性内容。它们其实都是文学的材料,而并不牵涉文学价值的高低。如果说"文以载道"将文学所表现的社会内容作为文学价值来对待,有混淆文学和非文学之界线的问题,那么,在同样的思维方式下,将文学价值混同于文学所表现的非社会性内容,同样是一种非文学性思维。于是我们感到:像齐梁宫廷诗那样描写一个女子的睡态(如萧纲的《咏内人昼眠》),或者像郁达夫《沉沦》那样抒发自己的性苦闷,抑或像《金瓶梅》那样写男人的性放纵和性享乐,其实都不是文学的最终目的——如果一个作家不能通过这种描写,传达自己对所描写对象的理解,由此生发出特定的意味或意绪,那么他的创作与"文以载道"一样,同样不能说是成功的。所以,像萧纲的问题也就不在于"艳情",而在于作家没有通过对一个睡女的欣赏性描绘,传达出特定的意味——一如《蒙娜丽莎》绝不仅仅是画一个女子的微笑,也一如《洛丽塔》不仅仅是写一个四十多岁的男人对少女的引诱一样。所以在根本上,"情"不是从属于文化性的"理",当然也不是克服文化性的"理",而是等待"文学性的理"来"穿越"的。

2. 在此意义上,"情理平衡"或"情理统一"也同样是失之笼统的。"缘情说"的另一代表人物王夫之所阐发的"兴观群怨",以及评价李白等人诗作中所说的"艳极而有所止"(王夫之《夕堂永日绪论内编》),便可看作对公安派等"重情抑理"的纠正,也可看作对儒家"温柔敦厚"的一种重申,但又有所区别于叶燮偏重于"理"的"理、事、情"。尤为可贵的是,这种纠正同样使王夫之看到"经生之理,不关诗理"(王夫之《古诗评选》卷五)的区别。即文学不仅应该是情理统一的,而且其"理"也不应该是概念化的理。这对"文以载道"是一种消解,对"重情克理"也是一种纠偏,因此后人和今人谈及"情与理"或"形象思维"与"逻辑思维"之关系,在既定的思维方式上均没有超过王夫之。只是,仅仅注意到文学之理的非概念化是不够的,如果我们不能突出文学之理的"个体化"问题,所谓文学形象和情感所表达的作品意味,还是很容易出现雷同化问题。因此,"千山鸟飞绝"与"野渡无人舟自横"是两种文学形象,但我们却很难说它们是两种不同的文学意象。因为在其文学形象背后的"理",均与禅宗意境密切相关,且看出作家穿越群体化的"儒道释"哲学意识的贫弱。正像《木兰诗》之所以比《孔雀东南飞》文学价值高,在于《木兰诗》中的"理",已经不是类型化的"哀怨性控诉"所能涵盖,《红楼梦》中贾宝玉的出走,也不是一个"色空"所能了得的一样。也可以说,包括王夫之在内的中国古代和现当代文论,由于均没有突出文学之"理"的"个体化"实现的程度问题,也就不能甄别丰富的文学形象之间的价值差异。而不能突出这个问题,可能不会影响中国文学的形象性,但有可能影响中国文学的创造性,或使中国文学的创造性处在较低的层次,并迟早被群体化的"理"所统摄。

3. "缘情说"倡导"本性"和"真情",其意义是在相对于遮蔽"本性"和"真情"的儒家伦理中显现的,并且也仅仅是在这种"本体性否定"关系中显现。但由于无论是本性和真情,还是儒家的社会性内容,它们因为仅仅是文学所凭借并且需要"穿越"的材料,所以我们就不能

第二章　中国文艺学史局限分析

简单地说:写本性和真情的文学,一定优于被意识形态所制约的性情和感情,或者相反。因为这里既牵涉对意义问题的理解,也牵涉对文学性问题的理解。一般人只知道在反封建意义上倡导真性情是有意义的,殊不知道儒家伦理在超越人的原始无序的自然生命的过程中,也是有意义的。虽然儒、道两家都打着遵从自然的旗号,但实际上,人的文化产生以后,所有对"自然性"的理解,都已经是不自然的了。因为真正的自然其实是不必说、也不可说的。在此意义上,"缘情说"倡导"本性"与"真情",依然是一种文化倡导:它反对的是儒家文化,建立的其实更接近道家文化——怡情、纯真、为所欲为、享乐等内容,都已经不是纯粹的自然性可以解释的了。因此就像我们前面说过的:如果人的价值活动只能定位在文化上,那么"载道"和"缘情"只不过是文学的两种文化性倡导——它们都不能决定文学价值的高低。好的文学是作家能用自己的理解"穿越"群体之道的,好的文学也是作家能用自己的理解"穿越"性情、感情和欲望的。因为很明显,如果说《水浒》有载道性,那么"替天行道"和"孝忠节义"都可以算上,但使《水浒》意味深长的,却是作家对这两者的悲凉性怀疑;如果说《红楼梦》是"缘情"的,那么贾宝玉是否是一个真性情就可以说明的?他和孙悟空、梁山泊等其他真性情的男主人公们的区别又在哪里?在这一点上,真与假在文学中实在不是一个重要的范畴:这不仅在于所有的文学都是假的或虚构的,而且还在于:真性情的杜十娘只具有文化抗争意义,而一点也不本真的韦小宝,却具有更丰富的文学阐释意义。以此类推,阿Q和孔乙己的文学意义,究竟是在于其真性情,还是在于其独特而丰富的阐释意味呢?

4."缘情说"秉承《易传·系辞》"通其变遂成天下之文"的思想,经刘勰《文心雕龙》"文变染乎世情,兴废系乎时序"之阐述,在袁中郎的《时文序》中有所谓"同体的变"和"异体的变"之发扬,以至直通今人的"继承与发展"。虽然袁中郎的"然则古何必高,今何必卑哉"的历史观我深以为然,但时变引起的文变是否是文学观念的变,同体的变(即风格的变)和异体的变(即体制的变)是否也是文学观念的变,还疑问大存。一方面,汉赋、魏骈、唐诗、宋词这种"文体"之变,确实与时代的发展有密切关系,但"文以载道"的观念没有改变,则暴露出"变器不变道"之问题——即这里的"变"只是载体和表达方式的问题,而"不变"的却是文学观念这个"道"。另一方面,袁中郎所说的"至苏、李述别,《十九》等篇,骚之音节体制皆变矣,然不谓之真骚,不可也"(《袁中郎全集》一),也是说后人的文体改变了,但《骚》的精神并没有改变,这也是"变器不变道"的另一种形式——这里的"道"接近"缘情说"的"真性情"。及至袁中郎所说的"今之不必摹古",我们就释然了:袁中郎所说的"变",只是针对语言和形式上的摹古、仿古而言,并没有触及文学家的世界观和文学观之改变。这样,他说"张、左之赋,稍异扬、马,至江淹、庾信等人,抑又异也"(《袁中郎全集》二十二),其"异",也就停留在繁、简、晦、乱、艰等风格的层次,而没有触及世界观和文学观的层次。于是,我将这种"变"称为今天所谓的"辩证否定",而不是我所说的"本体性否定"。"辩证否定"是不可抑制的,所以虽然"宗经"和"载道"是主流意识形态,还是不可阻拦"缘情说"不断地出现,以致呈现周作人所描绘的"波浪形"演变轨迹。但"本体性否定"则不受"辩证否定"制约,其"变"则是文学观念、作品意味和创作方法的独创。袁中郎虽然也说荀子顶天立地,是因为"见从己出",然而如果"己"是被既定思想规范好了,"见从己出"又如何能有真正的创造呢?就像"我注六经"的"我",如果已经是被"六经"熏陶好了的,"六经注我"与"我注六经"又有何差异呢?所以对于一个作家而言,"不曾依傍半个古人"(《袁中郎全集》二十二)是一方面,不曾依傍半个今人,则是更重要的一个方面;而对于20世纪以降的中国文学而言,不肯依傍半个他人(即西人),则是重中之重——我们的困境和难度就体现在这里。只有在这"多重否定"基础上的"见从己出",才具有"本体性否定"之意。

六 人学说

显然,五四以降盛行的"人学说",应该视为中国文论告别传统的某种开始。"缘情说"所倡导的个性、平等、真情、欲望等内容,与"人学说"的内容有不同程度的联系,比如周作人认为在风格上两者基本相似:"胡适之、冰心和徐志摩的作品,很像公安派的"①,并认为民国是"缘情说"的新的轮回;而在反对封建伦理的意义上,五四的"个性解放"也与明清的人文思潮暗合,所以有学者将五四新文学运动溯源至晚明,并认为"《沉沦》可以说是《牡丹亭》的重复"②。五四新文化运动为什么能在中国产生如此巨大的影响?可以说没有传统相应土壤的孕育,确实难以奏效;在"个性解放"的意义上来理解五四运动,也可以说古已有之——只要有理性束缚存在,抒发生命自然状态的"个性解放"就是永恒的,尽管不同时代程度可能不同。然而,如果将魏晋的"文的自觉"、明清的"心的自觉"、五四的"人的自觉"看作一条有区别的发展线索,我们就会看出五四倡导"人的解放",在文化上的不寻常意义:

1. 传统的"缘情说"所倡导的个性解放,总体上是在封建文化格局内部的反抗,并在根柢上没有突破儒、道互补之模式,而五四以降的"人学说",却是建立在西方人道主义和现代主义理论基点上,带有明显的西方宗教文化对人的理解模式。所以五四"人的解放",有全面的反传统意义。鲁迅笔下的"狂人"和郁达夫笔下的"病态之人",皆由这种全面的反传统之冲动所导致,也可以看出西方文学对中国文学的明显影响。20世纪中国美学一直到90年代以前,所肯定的西方由"此岸和彼岸"奠定的"崇高"美学精神,并由此使中国启蒙知识分子形成与中国传统的紧张的冲突关系,以及由此产生的问题,原因也概在这里。

2. 与中国固有的个性解放注重"本性、真情、自然、情趣"相比,"人学说"更偏重于相对于群体的"个体",相对于依附的"独立",所谓"自由之得以力,而力即在乎个人"(鲁迅《文化偏至论》)。尽管这"个体"和"独立"的内涵存在诸多问题(比如在梁实秋那里,"独立"是打着白璧德幌子的复古主义,在胡适那里是在中国很难行得通的西方式的人权,在鲁迅这里则是为"别立新宗"而困惑和模糊的"立人"),但显然,无论

---

① 周作人:《中国新文学的源流》,华东师范大学出版社1995年版,第28页。
② 章培恒、骆玉明主编:《中国文学史》下册,复旦大学出版社1996年版,第625—635页。

是鲁迅所憧憬的尼采式的"天马行空",还是郭沫若笔下的"女神",抑或巴金笔下离家出走的觉慧,行为意义上的"独立"式形象,确实在五四文学中大量出现,宣告着人的现代化问题的提出。3. 五四的"人学"受叔本华等西方现代哲学观念的影响,以人的"绝望"意识穿越了传统人文主义的"忧患"和"感伤"的美学模式,在遮蔽了依托西学来反传统所暴露的问题之后,也为这个"问题"罩上了一层肯定性的面纱。从王国维自杀开始,意识到个体价值的中国学人,不是踏上西方国土一去不复返,就是做秋瑾式的孤独的抗争,不是以下海放弃文学或学术,就是以道德理想主义做声嘶力竭的呐喊;而鲁迅之所以长久获得中国学者的青睐,显然与鲁迅式的绝望很能反映中国知识分子启蒙的悲观情结有关。这种情况反映到文学作品中,我们就不仅从《孔乙己》《在酒楼上》中看到了中国知识分子希望的渺茫,而且也从《茶馆》和《天下第一楼》中看到了中国知识分子对社会发展看法的渺茫——这双重渺茫,更加深了中国知识分子对"人的"问题的绝望体验。

应该说,无论是周作人世纪初提出"人的文学",还是钱谷融于20世纪中叶重申"文学是人学",均派生于上述三个方面对人的文化性召唤。在文学上,周作人的"人学说"偏重于以西方人道主义观念来理解人,即人是灵与肉、利己与利他的统一。由此态度从事创作便是"人的文学",否则便是"非人的文学"。而中国文学由于缺乏这种态度,便"几乎都不合格"(周作人《人的文学》)。周作人的文学观建立了中国作家对人的理解的新的视角,无疑是值得肯定的,但对包括《水浒》在内的中国文学持偏颇的否决态度,就犯了和王国维、胡适生硬解剖中国文学之同样的错误——这个错误一直延续到80年代的所谓"纯形式批评"上也没有解决。于是,"好文学"是否就是"人的文学",而禁欲的、放纵的、迷信的、鬼怪的、强盗的这类作品是否也有"好文学",便成了一个盲点。这多少暴露了周作人文化功利主义的文学问题。而钱谷融的"人学说",由于强调以写人为文学的中心,强调通过写人来揭示社会而不是相反,强调对人的理解是写人的至关重要的命题,在20世纪80年代以前的中国,显然具有突破政治对人和文学的双重束缚的功能,并因此与周作人的文学观互补,至今尚未过时。然而文学是否仅仅

第二章 中国文艺学史局限分析

是写人的？在所谓"人死了"的今天，文学又该写什么？写人的积极向上该如何理解？文学家对人的怎样理解才是文学性要求？写人的目的究竟是反映社会还是建立一个独特的世界？这些都还是钱谷融的文学观尚未涉及的，并召唤着我们今天予以新的思考。在否定主义视角下，这种反思包含以下三个方面：

1. "人学说"试图突破儒道释对人的约束，无疑体现了人的现代化需求；但这种需求是否等于依托西方人道主义对人的理解，则值得深思。周作人说"灵、肉本是一物的两端，并非对抗的二元"（《人的文学》），这对纠正传统灵胜肉的禁欲和肉胜灵的纵欲，是有意义的。但问题并不在于承认灵肉统一、对等，而在于阐释在既定的思维方式下，这灵肉为什么会不对等，这是周作人以后的学者也一直没有完成的。西方人将肉解释为兽性，将灵解释为神性，因为神性先天地优于兽性，所以用神性和兽性来思维，也就永远不可能做到对等；中国素有"重义轻利"的传统，利己对于利他、个人对于群体，先天地处于"第二性"位置，所以以"利己"（利）和"利他"（义）来思维，也永远不可能做到"对等"——"利他便是利己"是对"利己"的统摄，"利己便是利他"则是对"利他"的统摄。之所以如此，是因为"利益"属于冲突性、相克性的否定运动——在利益问题上只能或以群体为本，或以个体为本。也由于中国文化一向以群体利益为本，一旦面临民族存亡等大利益问题，我们也就一下子把"肉"和"个人"的利益撇到一边。重要的是：中国现代人的灵，如果既不可能是西方的"神性"，也不是儒学的"礼"、道家的"道"，那么灵这种精神追求是什么，便成了一个悬置的问题。这个悬置起来的灵如果不被我们认真面对，其结果便是我们在传统的灵和西方的灵之间徘徊，因脱离当代中国文化语境（即传统的"道"不能依托，西方的"道"依托不了）而感到心灵空虚，灵肉统一也就名存实亡。这就提出了一个问题：中国现代的个人固然包含个性解放、个人利益和个人权利等问题，但这些东西与中国传统文化冲撞后会诞生出一个怎样的"新人"？特别是除了利益（无论是群体利益还是个人利益）满足以外，中国当代个人还应该信仰什么、追求什么？便是一个很沉的疑问。在这些疑问被解答之前，依据西方人道主义来对中国文学发言，必然出现周作人对中国文学几乎全盘否决的错误。这种错误与后来的全盘反传统之错误如出一辙。20世纪80年代中期的中国文学,人道主义之所以很快被置换成现代主义、后现代主义,也同样说明了人道主义意义上的"人",在中国是作为反封建的权宜之计使用的,而不能直接兑换成中国的现代人。而五四时期,周作人对人道主义的选择和放弃,与鲁迅对以尼采为代表的现代主义的选择和转换,也同样说明了中国真正的现代人之不在场所造成的困惑。

2. 如果我们承认古今中外均有优秀的文学作品,而体现"人学说"意义上的"人",也有并不一定优秀的文学作品,那么就带来两个问题:一是优秀的作品之所以优秀,是因为这些作品体现了作家人道主义或现代主义意义上对人的理解,还是因为它们体现了对人的"个体化理解"? 二是写人,写人的个性解放和独立,写人的灵肉统一和真善美之追求,是否就直接等于写出了好作品? 反之是否就一定是差作品? 对前一个问题而言,中国古代作家显然并没有受西方人道主义和现代主义之观念的影响,贾宝玉、孙悟空、花木兰、潘金莲等既不能算作灵肉统一的人,也不能算作独立自主的个人,贾宝玉的孱弱、孙悟空的造反、花木兰的孝敬、潘金莲的色欲,使得他们也不能算作"真善美"的化身,但他们作为文学形象为什么能受历代读者的青睐? 读者喜爱他们,是因为从中可以提升人格境界,还是因为他们独特的魅力和内涵? 我想,答案如果更偏向于后者的话,那就至少说明:优秀的作品和经典的形象,是因为作家有其对世界独特的理解和体验,用以穿越各种观念化的人文思想所致。所以上述形象,不是西方人道主义可以解释的,也不是儒家和道家的人的观念可以解释的。这种情况可以类推为:如果哈姆雷特与西西弗斯提供的文学性含量,已经远远超过了人道主义和现代主义思想本身,那么对文学来说,重要的也就不是人的观念,而是作家对各种人的观念的"穿越"。这样,人的观念的先进和落后,就并不直接影响文学作品的质量。由此便牵涉到对后一个问题的理解:个性解放和独立的主题,显然是20世纪中国文学一个恒定的反封建内容。但我们既不能说呼唤个性独立的《家》,其文学价值优于对个性解放持怀疑态度的《伤逝》,也不能说以反封建著称的《狂人日记》,其文学价值优

第二章 中国文艺学史局限分析

于对反封建持审视态度的《围城》。原因即在于：文学不是接受一种"人的解放与独立"这种观念的影响，而是以"本体性否定"的意识，"穿越"和"审视""人的解放与独立"，作品才会有作家的个体化意义，也才会有比观念化的人的解放之更丰富的意义。更重要的是：现代主义和后现代主义的很多优秀作品，如卡夫卡的《变形记》、博尔赫斯的《博尔赫斯和我》，已经不是面对人道主义意义上的"真、善、美"，也不是依据这种"真、善、美"对社会进行"假、恶、丑"之批判，而只是真实地表达自己对世界的领会与理解，并由此给人富有哲学意味的启迪——这种启迪是远远超越"善与恶"的。我们又如何能说：它们是"人学说"可以完整解释的作品呢？

3. "人学说"显然不是指文学是人写的，也不是说文学是抒发人的感受、体现人的想象、表达人的思想的——因为任何文学都是人的作为——而是说文学是"写人"的。周作人就是在写作对象的意义上将中国古代的神仙、妖怪、强盗、才子佳人类小说不算作人的文学，钱谷融也是在对象的意义上将概念化的"反映整体现实"的作品不算作人的文学，这些都大致不错。然而问题在于：很多文学、甚至很多优秀的文学，都不是写人的。李白的《望庐山瀑布》是写景的，但它是好的文学；施耐庵的《水浒》是写侠士和强盗的，但它是好的文学；贾平凹的《五味巷》是写风俗的，但它是一篇饶有情味的作品；而杜尚的《泉》放置的是一具便盆，但它同样是意味深长的艺术。这里面的关键问题在于：文学是面对生活现实然后穿越生活现实的。人虽然可以说是现实生活的重要内容，但习俗、观念、景物、器物以及人所产生的一切（包括妖魔、鬼怪、传说、色情等精神文化现象），都可以是文学所表现的主要内容，所以现实生活内容是丰富的。问题的关键在于作家如何写以及达到怎样的目的。一般说来，写人容易写出人性与人情，而写出人情、人性则容易感染人、打动人，这些对中国读者来说都是需要的。但感染人、打动人其实并不是文学的目的，而是走向文学目的地的方式。因为感染人、打动人在非文学的场合也存在（比如舍己救人的举动，比如动物界也存在着的母子亲情），因为生活本身就充满着各种喜怒哀乐、生离死别等感染人的内容，所以文学写出感染人的生活内容属于正常。当然生活中也存在着并不一定感染人的内容(比如我们从博尔赫斯与格里耶的作品中就很难找到打动人的东西),它们同样不影响文学的质量。特别是:感染人、打动人的人性内容,也可以像《天云山传奇》那样,在作品中承担"教化"的使命,这就使得以人、人性、人情作为文学目的的文学观,没有触及"文学性"问题,即文学的"个体化理解"之问题。另外,当我们说到古今中外的经典文学作品的时候,我们很难说像卡夫卡这样的作家是因为写人性而成为经典的,也很难回答《天云山传奇》这样的充满人情味的作品为什么不是经典的问题……这诸种复杂的情况,均使得我们有必要将文学的表现内容拓展到人道主义意义上的"人的文学"所不能涵盖的疆域,也使得我们有必要用一个更为丰富的概念来代替"人"。在否定主义文艺学中,这个概念就是"现实"。否定主义文艺学认为,在文学的表现内容上,应该用大概念,而在文学穿越这些内容的程度上,则应该用小概念。

七 反映论

"文学是现实生活的反映",曾经是中国当代的一种主导性文学观念,并与"文以载道""文学为政治服务"一起,体现着人们受外部力量支配的思维定式。"道""政治"常常以对现实规定的"现实真实""时代需要""客观规律"等观念形态出现的,"现实"也就经常成为"道"和"政治"制造出来的生活。这是"文学反映论"可以盛行于"阶级斗争"时代的原因。

自然,对"现实"作政治化的理解是一回事,"文学是对现实生活的反映"的原初含义又是另一回事。"反映论"的关键,不仅在于强调现实本身感性的、直观的内容(尽管这种内容在文学创作中具有重要的地位),只要承认文学和现实不是一回事、文学即便模仿现实也不是现实这一点,现实的原生性在文学中便肯定具有被改变的含义。这也是"新写实"小说强调"情感的零度"也不可能再现现实原生态的道理。再追本溯源,甚至可能也不存在一个外在于人的主观性处理过的"原生态":既然一切均与主体相关,问题的关键当然就在于"反映"本身,并由此派生出"反映论"的基本含义及其局限：

其一，"反映论"属于认识论地看待文学和现实的关系。无论是思想认识还是情感认识，抑或审美认识，最后都以强调作家对世界的基本看法为目的，以作家对现实的观念把握为其终极形态，这无疑属于认识论哲学对文学观念的巨大影响——从大量文学作品都回避不了对现实的基本理解这一创作实际来看，认识论的文学观确实接触到文学的某种本质方面。尽管哲学、科学、宗教等其他上层建筑都可以说是对现实的一种认识，但由于"反映生活"是一种笼统的、涵盖面颇大的提法，所以你既可以说"反映论"没能区别其他意识形态，也很难说"反映论"就等于其他意识形态对现实的"认识"。除非你说文学不是认识活动或文学中没有认识活动，除非你说"反映"就是"认识"，而不包括感觉、感受、内心活动、情感状态，和对现实的描述与评价。说反映论属于认识论，主要指反映者和反映对象（主客体）构成了基本的认识形态。尽管反映论不像哲学认识论那样更具逻辑形态，尽管文学反映论或许只是哲学认识论的基础形态。

20世纪80年代初，围绕"文学反映论"的讨论，已有一些学者意识到文学作为认识论应该具有特殊性，诸如形象认识论、情感认识论、审美认识论的提出①，确实在一定程度上揭示了文学认识的某种特性，也对哲学认识支配下的机械反映论具有一定的纠偏作用。但如果不是所有的作品都能达到审美状态，有相当一部分作品不是诉诸情感，而是诉诸情绪、观念，还有相当一部分作品也不是形象的，而是形式的，甚至"形象"如何"认识"，"情感"如何"认识"，"审美"是否是认识论这些问题，在理论上可能还悬而未决，如果认识论不是无所不包的，那么文学是否有超出认识论的内容？如果认识论是包罗万象的，那么"情感""审美""直觉"这些范畴是否又具有它的共同质？甚至文学创作也内含逻辑思维这种现象，更使我们不能采取以一斑窥全豹的办法，各取所需来把握文学认识论；也不能撷取文学创作中的某一方面内容来统揽全局。比如情感认识论，如果我们承认情感现象不独文学创作所有，而

---

① 参见韦实编《新十年文艺理论讨论概观》，漓江出版社1988年版。

现代派大量文学作品又并不一定诉诸情感,情感认识论能够说明的,可能只是文学认识论的某一方面。如果艺术体验内涵感觉、想象和理性因素等多种方面,艺术的丰富性就可以包含形象、直觉、情感等多种内容,以和逻辑认识论相对。这种"体验"在早期艺术那里就可以被解释为卡西尔所说的"神话思维",在近代艺术这里则可以被解释为形象和情感思维,而在现代艺术这里,则可以大致被解释为形式和意绪思维。但早期、中期和现代艺术,其共同质都是可以通过"体验"的丰富性和模糊性来说明的。而艺术的内涵在认识论上之所以难说清楚,同样是"体验"的丰富性和模糊性所致。以此来看,单纯的"反映论"接触不到"体验"的丰富内涵,而"情感认识""形象认识"等又肢解了"体验"的内涵。只有"审美认识"似接触到"体验"的模糊性。但是其一,审美不是认识论,而是认识论之前或之中的一种特殊状态,其特质是创造性的天人合一。所以审美的本质是不可言说,而不是艺术的难以言说。用一个"模糊性"将审美体验与艺术体验相混淆,不仅混淆了艺术与美的不同质,而且也解释不了大量的艺术现象和审美现象①。进而不仅造成了"反映论"之于文学创作的贫困,同样造成了"情感认识论""审美认识论"这些试图纠正反映论偏差的理论在认识上的局限,最终还是不能说清楚艺术与现实关系的基本特质。

不仅如此,认识论地把握艺术和现实的关系,还在于很难包揽艺术创作必备的创造性特质,造成价值本体论的缺失。关于这一点,80 年代中期已有人提出"文艺创作最终不是认识活动,艺术实质上是一种价值形态"②的观点。但创作离不开作家的认识活动,作品本身具有认识活动的特质——可言说性,又使我们不能认为艺术就"是"价值形态,而只能说,反映论和认识论地看待文学,可以解释作家产生了作品,甚至可以解释作家产生了生动形象的作品,但是假若作家用传统群体化的思想和西人的思想从事创作,并且也模仿前人和他人的创作形式,那么他可能写出了小说,甚至是很新潮的小说,但这样的作品就会因失

---

① 参见拙著《否定主义美学》,吉林教育出版社 1998 年版。
② 程麻:《仅凭反映论难说透文艺问题》,《当代文艺思潮》1986 年第 5 期。

去对现实的穿越性而影响其创造的质量。人们的认识活动在任何文化状况下都会存在,但是当文化处于衰落状态,后人只能消耗前人与他人的成果时,认识论就会因缺乏价值本体论的赋值而浮泛和无力。如此一来,用认识论、反映论的各项范畴来涵盖文学的特质,也就不能触及当代文学丧失"本体性否定"这一根本痼疾。这反映了用单纯认识论的视角看待文学与现实关系的简单性。与五六十年代相比,80年代对"反映论"的讨论虽然已注意到文学认识论的特性,但由于没有溢出认识论的框架,也就看不到认识论对全面解释文学特性的局限性。当代西方哲学之所以已超越认识论哲学,当代社会科学和自然科学之所以越来越重视"价值论"研究,正在于当代人在价值问题上已迷失了方位——技术化的生存和认识性地操作,已使当代人越发远离自己的本体——存在,远离自己的创造性体验。这个问题,必然会在文学理论上体现出来。

其二,由于反映论先天的认识论缺陷,它必然会分化出一个主客体来,或将源泉归之于客体(现实生活),或将源泉归之于主体(表现自我)。从"反映论"在中国的实践效果来看,我们很容易从"反映"二字,产生"现实第一性""文学第二性"、两者是反映与被反映的决定论思维,这就显示出"反映论"在逻辑起点上,没有突出过程及过程的创造性之局限。现实作为第一性,不仅因为"现实"(本质)有时就是"道"的化身,而且在于,它强调的只是文学不可须臾离开的"材料",而不是"源泉"。现实之所以不能决定"文学",其理由有三:一是"现实"本身是包罗万象的,大到重大的政治事件,小到个人的瞬间感觉,都属于"现实"的一部分。因此,"脱离现实"的创作,基本上是不存在的。充其量,它只能是指"脱离一种现实",或"脱离一种观念观照下的现实"。新潮小说在五六十年代,很可能被斥为"脱离现实"的作品,反之,新潮小说家看五六十年代的作品,也多会斥之为"浮浅现实的浮浅反映"。就连"无病呻吟"之作,可能也在一定程度上揭示一种无病呻吟的现实。格非的《褐色鸟群》、李准的《李双双小传》、陈染的《私人生活》可作为这三类小说的代表。这种状况只能说明"现实观"的不同对文学创作的影响,而不能说明有一个"不反映"现实的问题。二是现实再生动、再丰富,也不能决定文学的成功与否。所谓"文学≠现实",已能从当代文学的创作实践中得以说明。战争年代的现实生活不可能不火热、不丰富,但曲波、梁斌等军旅作家之所以创作生涯短暂,已能说明仅靠丰富的生活经历写作,很快可能会成为一口开掘完毕的矿井。其写作,也就难免没有"回忆录"的嫌疑。这与作家的终身写作天职无疑大相径庭。在这种状况下,靠生活和经历写成的作品,其艺术水准也就必然是有限的。《林海雪原》《红旗谱》之所以缺乏作家个人的对战争的体验和理解,其情节、故事、人物之所以受现实真实的局限,不能拓展作家的想象空间、理解空间,以致损害了作品的艺术性和生命力,其缘由也多半在此。这种状况,或许可以称之为"现实"阻塞了艺术,使艺术不能实现对现实的"本体性否定"张力。三是现实的任何内容(观念、习俗、知识、事件、故事、细节、人物、感受、景观),在艺术中只能受制于艺术结构处理的需求,像零件和材料一样服从艺术家的艺术构想。因此,重视艺术想象的作家,即便没有类似的现实体验,也可以从知识等间接环节吸取材料,进行艺术再造性想象,以收到阈限于现实的作家所达不到的效果。苏联作家瓦西里耶夫的《这里的黎明静悄悄》,中国作家苏童的《妻妾成群》,可谓较典型的范例。这种范例,正好说明作家的艺术体验和理解是文学创作的源泉,现实的材料是在这种体验和理解中被激活的,进而生发出艺术的意味;并且也说明,现实经验的丰富与单薄,从来不等于艺术经验的成熟和稚嫩,甚至现实经验越丰富,艺术经验也就越单一、僵化。尽管艺术家不能缺少现实经验,但现实经验永远也不能代替作品艺术境界和意味的生成、扩展。

其三,与此相似,"表现自我"论看起来似乎是强调了文学的主体性,与反映论相对立,抑或是能动的反映,并且作为一种美学原则在80年代初被一些学者提出,但这主体性,准确地说来应该是人的主体性,而不是文学的主体性。80年代朦胧诗的兴起,表现"自我"成为诗歌的主旋律,其背景应该来自极"左"路线对人、对个人、对自我意识从精神到肉体的双重摧残及由此产生的人道主义思潮。因此,文学这时候听的"将令",依然是非文学性的人的情感、欲望、自我的精神渴求等价值层面上的文化内容,根柢上,是对"群体之道""现实的本质"等思想束

第二章 中国文艺学史局限分析

缚逆反的结果。这样,文学听从自我的召唤,但自我一是不能赤裸裸地走向前台,二是"自我"只是一种呼唤,还没有真正诞生,这就必然造成"朦胧诗"晦涩难懂的艺术效果。这种效果根本上是"自我"的朦胧所致,而不是文学实现文学性后丰富的艺术效应——一方面错把"自我"的朦胧当作艺术的丰富性,另一方面部分朦胧诗之所以有明显的观念化倾向(如北岛的《回答》),使之读起来并不丰富,正来自于"表现自我"在理论上的误区。这个误区就在于:文学并不以抒发个人感情和欲望为终极目的,自然也不以表现对群体的道义和义务为目的。虽然文学需要表现自我的感情和感受,但正如苏珊·朗格所说:"纯粹的自我表现不需要艺术形式"①;正如伟大的艺术家,如陀思妥耶夫斯基的"自我",是在对人类的终极关怀中实现的一种理解一样,真正的艺术回避没有"自我"观照下的"人类",也回避没有人类关怀的"自我"的情感和感受,而将自身的特质规定在人类和自我的否定张力之间,将这种"张力"转化为一种独特的理解和艺术形式,从而穿越了"表现"的需求。"表现自我"在日常生活等各种非艺术的场合均有所体现,甚至可以说是人性的一个基本方面。而在文学中,它只能形成文学内容的一种材料,而不能成为文学创作的一种"源泉",尤其是当我们只有自己的情感、欲望、性格,而没有自己对世界的一种理解和观念时,所表现的"自我",就同样会落入群体的窠臼,成为人人可以重复的"呐喊"。这个缺陷,来自"表现自我"论文学价值思维上的空缺。当"自我"是什么、自我是"抒发"的还是"表现"的、文学是否以"自我"为中心、以"自我的表现"为终极目的是什么……这些问题在理论上还含混不清时,"表现自我"虽然会产生一种新的文学现象,但同样会有和旧的文学现象(反映生活)相似的弊端,并逼迫我们将文学的创作特质,放在一个既非客观、也非主观的新的视角下来观照。

---

① 〔美〕苏珊·朗格:《情感与形式》,刘大基、傅志强译,中国社会科学出版社1986年版,第9页。

八 活动论

比较起"反映论","审美活动论"则是 80 年代以后较能为人们接受的一种文学观。它的哲学依据来自马克思在《德意志意识形态》等书中提出的"人的活动",以及"揭示这一生活过程在意识形态上反射和回声的发展"[①]。而在文学上,则由列夫·托尔斯泰等阐明:"艺术是一项目的在于把人们所体验到的最崇高、最优越的感情传达给别人的人类活动。"[②] "审美",在此强调的是文学的特性,而"活动",则强调的是人类社会的特性,将逻辑起点从人以外的世界(工具论、反映论)移至人自身内部,这无疑具有人本哲学和人本主义文学观的倾向,初步显示出人的自觉。其基本内涵是:①强调人的活动与动物生存活动的区别,突出人的活动的"生活性";②强调人的生活活动的劳动性,突出人和自然的交换过程,而动物则不具备这种交换能力;③强调了人的活动是"人的本质力量的确证",揭示出人的本质的"自由"特性,并由此提示出审美产生的基础。这样,生活——劳动——自由——审美,在"活动"中就得到了内在的统一。

但由于"活动"是一个包容性很大的概念,特别是泛指"合规律性与合目的性的统一","自在与自为"的统一,我们就不好说人的哪类活动不是"活动",或者说不在"活动"这个范畴里面。由于"合规律性""自在"基本上可以涵盖动物的"种的延续"的生存性质,并且也可以涵盖人的活动的某方面内容,所以尽管"合目的性"可以解释为人按照自己的意志,"懂得"按照"规律"来进行设计,人可以不受生存规律的限制,我们还是不好说受"生存规律"的限制就不是"活动"。"活动"是指人的一切活动,只是其本质是指人的自由,可以超越"种的延续"的性质,而"非本质"的内容又不受这个"本质"的限制甚至反过来对"本

[①] 中共中央马克思恩格斯列宁斯大林著作编译局:《马克思恩格斯选集》第 1 卷,人民出版社 1972 年版,第 39 页。

[②] 〔俄〕列夫·托尔斯泰:《艺术论》,丰陈宝译,人民文学出版社 1958 年版,第 65 页。

质"进行潜在的限定。比如吃喝玩乐是一切生物的特性,任何人为的"道德"戒律都无法取消和限定它。按照奥修的说法,一个禁欲者很容易变成性放纵者,岂不是说人越强调道德性的"应该",越是容易显现反道德性的自然属性?另一方面,制造飞机似乎体现了人的主动性和创造性,但人只能制造像飞机一样的东西,不同样是受鸟儿在天空飞行的启示和限制吗?至于自然界蝴蝶的种类、颜色及其搭配的巧夺天工、精美绝伦,早已越过了任何人工的绘画、时装,则已成为不争之事实。它们除了说明人的活动包容自然规律外,还说明人的超自然属性(自为)也并不一定就比自然属性更优越,而只能说,"自为"是与"自在"不同的、只有人才具有的属性。但"活动"由于缺乏这种区分,所以它就不能将人的创造属性和模仿属性区分开来。比如发明飞机,人的创造性在于能使一件物飞起来,而模仿属性则只能使这件物像一只鸟。这样,"飞机"与飞机"飞"起来就是两种截然不同的属性。但"活动说"却将这两种属性都混同在一起,这样就不能使"飞机"这件事得以本质的说明,也不能将飞机生产与飞机发明予以很好的区分。这种局限,正好暴露出"活动论"在思维上的三个模糊点:一是人的活动包含自然性活动,所以就不宜用"活动"来称谓人的特性,而需要用更具体的范畴将这种特性揭示出来;二是用"合规律与合目的"来统称人的特性,就必然包含比较之意,但事实上人的"合目的性"并不比"合规律性"高明,人会发明创造也并不就比动物优越,而只能说,人有与动物"不同"的能力。既然"不同"的能力已能说明人的特性,也就不必要用"活动"去统称;三是人的活动的特性实际上在于他的创造性而不在模仿性,但由于模仿性、种的延续本能已融汇在人的一些创造的结果性活动之中(如飞机制造,如文学写作),所以我们就必须对人才具有的活动类型进行价值剥离。这种"剥离"的结果,同样会使"活动论"显得大而无当。

这种大而无当在称谓"文学"时就表现为:首先,不是一切与文学有关的"活动"都能指称"文学"。作品讨论会、文学期刊的编辑与发行、文学政策的新闻发布、文学家沙龙等,这些都可以统称为"文学活动",但由于这些活动不具备"审美活动论"所特指的审美性,也不一定具备文学与现实的体验性特质,所以它们就不能指代"活动论"意义上的那个"文学"的本质,也不能指代文学在实现自身时所达到的程度,甚至也不一定能体现为实现文学品性服务的宗旨。反过来,从事这类文学活动的人因为都与文学相关,都在与"审美"的事物打交道,都在或多或少影响作家的文学创作,我们又没有太多的理由说这些活动不属于"活动论"意义上的"审美活动",这就使"活动论"在人本哲学的意义上可以团结一切与文学打交道的人,但在中国文化语境中,它又使一些不将文学作为目的各种非文学动机、行为、人物混入"文学"中,损害文学的真正品位。其次,不是所有从事文学写作的作家都在实现文学的创造性,也不是想进行创造性写作的作家都能完成创造性行为,这就使"模仿性"写作——模仿经典作品的创作方法,模仿成功作品的成功规律,尤其是模仿西方新潮作品在国内文坛显示的"创新"——成为当代中国文学难以实现文学本性的真正阻碍。"活动"的文学观之所以包含人的模仿性写作,是因为"模仿"的背后正是"合规律性"的制约——根据"经典"的创作规律进行创作,将"创作"经验化,正好消解了"活动"所应倡导的创造性含义,使"自为"成为"自在"的繁衍,因而也解构了"自由"应有的筹划性、可能性。这个弊端,正是"活动"的认识论特性所造成。由于"劳动""实践"必然是由人和自然、主体与客体所构成,所以由"劳动""实践"支撑的"活动",因为可以包揽人的全部生活内容,在操作上就必然可能遮掩人的本质的价值性活动内容。这样,"怎样的活动"就是一个比"活动"本身更为深层的价值论追问,并且渴望新的范畴来实现这种追问——"活动"本身如果需要新的概念来限定和规范,岂不标示"活动"在揭示人的特性方面的模糊和无力么?

也许有人就会问:"审美"二字在此不是对"活动"的文学性的限定吗?强调"审美",不是对"自由"的创造性含义的呼唤吗?确实,艺术中存在很多审美现象,甚至高度集中了人的审美现象,但人的审美现象不限于艺术,而艺术品又不全是审美的这一事实,又使这个问题显得复杂起来。按照美学界近年的几种关于"美何以成为可能"的界定,"自由、生命、创造",以及我所说的"否定",都是指人的本体活动的类概念,其基本含义都具有对现实的超越性。这种超越性,在科学发明、生产活动和日常活动,以及一切意识形态领域里均有所体现,才呈现出人类是审美的创造自己的含义。所不同的,艺术只不过是在超越的方式上体现为"对现实"的否定,其结果是非现实形态(虚构的现实),而文化等非艺术范畴中的审美现象则体现为"在现实"中否定,其结果是新的现实形态(可实现的现实)。因为艺术"对现实否定"呈现出超越性强的特点。所以我们可以说艺术更为集中了人的审美现象,但却不能说审美现象就是艺术现象,也不能说艺术现象就是审美现象。科学家在探索中凭借符号,思想家在创造中凭借概念,日常生活中男女之间产生爱情,都会有令人沉醉的审美状态出现,更使得"审美无功利,审美即意象"等观念捉襟见肘——这种根据艺术现象得出的审美结论之所以有问题,首先在于人类的任何精神现象都是有功利的——精神得以产生的缘由即在于它有用。说审美无功利和艺术无功利,只不过说明审美和艺术的功利内容,不同于其他意识形态(如科学、教育、道德等),或者说它们不具备现实的功利性,其有用性不能立即转化为可看见的现实形态。但宗教、艺术之所以对现实的作用更为巨大和具有潜在性,正在于它们的有用性诉诸现实的别处——人的不满足于现实世界的超越张力,所以审美和非审美的"功利",区别只在于是在现实中讲功利还是对现实的离开性功利。其次,说"审美"只能从"意象和形象"中得到,或者像老黑格尔把"概念"理解为形象的幕后,同样标明了以往美学和艺术理论的误区。这不仅在于现实中的男女相爱不是凭借文学意义上的"意象和形象",科学家和思想家的审美现象借助的是符号和观念,已能说明审美的产生不独通过"意象和形象"才能得到;更重要的是,审美无论是通过意象和形象,还是通过符号和概念,甚至只是通过形状和形体,它最后达到的,根本不是一个认识的、概念的世界,而是一种认识论之前的、本体论的、天人合一的境界——审美的巨大功利性,正是通过这令人沉醉、忘我的境界生发出的一种潜在的、无形的力量导致的,并且校正、左右着一般意识形态的现实功用性。你看凡·高的绘画《向日葵》,读帕斯捷尔纳克的《日瓦戈医生》,追寻茨威格《世界最美的坟墓》的踪迹,这种审美体验就会异常清晰地被你所把握。

同样，你读尼采、奥修的一些理论著作，类似的体验依然会出现。一些教科书之所以出现"文学既是无功利的也是功利的"这样模棱两可的判断，在我看来，正是偷换或混淆了两种功利的不同质所致。

反之，如果以审美是体验的、愉悦的、沉醉的、激动的作为尺度，现代派的相当一部分作品就不能被称为是审美的。贝尔之所以提出"艺术是有意味的形式"，现代艺术之所以以意绪替代了传统以情感为特征的艺术，我们在毕加索、蒙德里安、埃舍尔的绘画前之所以会产生一种咀嚼、猜测乃至不舒服的意绪体验，正在于艺术的目的是创造一个独特的超现实世界，至于这个世界是让我们沉醉性的审美，还是让我们颇费踌躇的揣摩，只是艺术的不同功能而已。艺术有的时候能让你进入审美境界，有的时候又只能让你进入模糊的认识世界，这正是艺术与美的差异所在。我们当然也没必要因此就说上述艺术就是"审丑"的艺术——把达不到审美状态的艺术称呼为"审丑"或以形式变形带来的不一定舒服的体验称为"审丑"，可能还是"艺术即审美"的思维方式在作祟。准确的说法应该是：艺术中有审美或审丑的现象，艺术形式也可能会成为审美形式，但艺术的目的主要在于诉诸丰富的意味，审美现象的发生只是这丰富的意味达到一种极致状态的结果。还有些艺术，只是局部的细节会让读者产生审美体验，比如《百年孤独》中"奶奶坐毯升天"的想象，但这不等于整个作品就是审美的。《百年孤独》在形式上让我们体验出一种宿命般的孤独感和虚幻感，在何种意义上是"美感"抑或"丑感"呢？

不仅如此，"审美活动论"的过于宽泛性，还表现在它企图解释文学的一切，呈现出"作家论——作品论——读者论"整合的倾向。本来，作家论、作品论、读者论在西方是三种观照文学的视角，并体现为三种文学批评的方法，分别表现为"以作家及其所处时代来研究作品""作品自身是个独立的形式世界""作品的意义和解释只在于变幻不定的读者"三种批评观念，并且也相互显示出自身批评方法的局限性。其实，一种批评方法能否成立，本身就是以一定的局限性为前提的——特点因为包含缺点而成为自身。不仅中国传统的印象式批评是这样，马克思主义的美学和历史的批评也同样是这样；不仅外部的批评（社

第二章 中国文艺学史局限分析

会学、历史学、伦理学等)是这样,内部的批评(纯形式的批评)也同样是这样。由于文学是一个丰富的世界,又由于每个人只能从一个角度切入这个世界,这就造成了不可能有一个"全面"的视角完整地揭示出作品的全部内容,"审美活动论"正是这样企图完整揭示文学全部内容的一种大而全的眼光和意识。在理论上,活动论因为其全面而易于被中国学者接受,但在实践中,却会因多视角彼此冲突而无法操作。表现在认识论中,就是既强调客体,又强调主体,在主客体统一中不偏向于任何一方,看起来十分辩证,但也可能因什么也没能强调而无法进行明晰的价值判断。对于《红楼梦》,你可以从作品产生的背景,得出"红楼一梦"的幻灭,是封建社会濒临崩溃的象征,这是一种角度分析得出的评价性结论。但假如你此刻考证出曹雪芹写《红楼梦》的意图并不在这里,历代读者喜爱《红楼梦》的原因也不在这里,你的价值判断就显得很棘手。时代——作者——作品——读者,可以作为相互联系的环节来对待,但这种联系却常常是不平衡、不对等,乃至相互冲突的。一部艺术上没有什么创新、看上去也远离这个时代的作品,竟然可以获得轰动效应(《廊桥遗梦》),获得读者青睐,这在"活动论"的文艺理论系统中是难以解释的,但是在以读者为本体的今天却可以解释。一部作者的呕心沥血之作(贾平凹的《废都》),得到的是评论界的一片批评之声,而作品本身既没有凝结作者的呕心沥血,也不至于成为批评家所说的"一片废墟",这种作者——作品——读者根本无法统一的文学现象,也使得企图全面把握作品的研究困难重重。这就使得注重文学这四要素的理论,只能是一种文学现象的形而上解释,而很难成为一种文学批评方法。如果任何一部作品,都离不开这四要素,那么对此问题的强调也就失去根本的意义。摹仿论、表现论、作品形式论、读者接受论,是四种文学观、四种对文学的本质观照,我们可以对这四种文学观进行超越,但不能将其综合起来以体现"超越"。因为在思维方法上,"综合"依然是一种逻辑方法,它本身必须导向一种新的创造性的不全面的理论,来弥补上述文学观的局限,同时也必然会带来新的局限——文学观的科学性就体现在这不断的可证伪性,而"活动论"的文学观恰恰是不可证伪的,它的没有局限所造成的思维上的停滞,正是它的最大局限。它的"全面性"正好是老黑格尔的神性思维而不是科学思维在文艺理论上的体现。只不过无所不包的"绝对精神"消失了,代之的是另一种无所不包的"活动"。

第三章　西方文艺学史局限分析

一　局限分析的尺度

应该说,对西方文艺学发展史的梳理,学界已有整体的或断代的著作问世,同时也有一些外国学者的译著,在近年陆续推出①。这些著作所做的大量基础性工作是有目共睹的,但也留下了或与美学史相混淆、或与文学批评史相混淆的局限,从而反映出理论界在"美学""文学""文学批评学"等概念甄别上的模糊——尽管像西方的"结构主义",可能既是文学观也是文学批评观,甚至国内学者也有将其作为美学的,但文艺学、美学与文艺批评学在对其把握时,侧重点应该是不一样的——忽略这种不一样,多少反映出我们学科界线的不够清晰。更为重要的是:这些著作多半存在着以客观描述、分析、归纳为主的特征,但主观的尤其是不受时代所左右的个人评价特征则相对薄弱。比如像罗素《西方哲学史》那样的十分个人化的文艺学史著作,在国内还是空白,更不要说以批判方法撰写的西方文艺学史著作了。当然,对我今天所要谈的问题而言,关键之处自然还不仅在于是否有个人化的或批判性的文艺学史,而在于这种批判的立足点,究竟是比较诗学意义上的中国传统文论,还是中国当代文艺现实所暴露的问题,抑或是解决这些问题的理论预设——在此,学界近年曾流行一个笼统的"中国本位话语",好似可以用中国传统文论资源对西方文艺理论进行批判,但在我看来,这依

---

① 朱光潜:《西方美学史》,人民文学出版社1964年版;朱立元主编:《现代西方美学史》,上海文艺出版社1993年版;刘文孝:《外国文学的艺术发展史》,云南人民出版社1998年版;孙津:《西方文艺理论简史》,陕西人民出版社1986年版;周宪:《20世纪西方美学》,南京大学出版社1997年版;〔法〕让-伊夫·塔迪埃:《20世纪的文学批评》,百花文艺出版社1998年版。

然是一种非创造性、依附性的批判，并不是我所要进行的"本体性否定"意义上的批判。

　　言下之意，我在这里想勾勒的，就是一幅以"本体性否定"观念，对西方文艺学的几种重要观念，进行批判性分析的文艺学史剪影。所谓"本体性否定"，在文艺学意义上即是指：中国当代文化现实与文学现实所暴露的问题，是中西方现有的文学观和艺术观所陌生化的，因而也是解决不了的。这突出表现为：无论是传统现实主义文学，还是现代形式主义文学，无论是写改革等大叙事，还是写个人欲望等小叙事，抑或不在这二分法范围内的文学艺术（如"为人生"与"为艺术"这两种艺术），都不同程度地体现为受现有观念、群体意识、既定文学样式、生存快感所束缚的状况。这种束缚不仅阻碍着作家实现文学性所达到的程度，而且也制约着中国文学与世界经典文学对话的整体水平；不仅耽搁了作家的"个性"向"个体化世界"的展开，而且也阈限着作家自己的文学观念的诞生；更重要的是，这种束缚由此也阻碍了中国作家向世界贡献自己不同于传统的艺术形式与创作方法，并因此减弱了中国文学对西方文学的影响力。这就使得中国作家接受西方影响几乎成为我们的一种宿命，也使得中国作家（哪怕是优秀的作家）面对西方时总是在内心深处不太自信。如果说，文学观艺术观的提出，来源于作家对时代问题和文学问题的敏感——诸如西方的"艺术即表现"，与整个文艺复兴对感性生命的期待和重视有关，而"艺术即形式"，则与现代西方人摆脱主客体的理性生存困境密切相关，当代中国作家要建立自己的文学观，也必须面对中国当代文学与文化所暴露的问题——这个问题肯定不同于中西方文学曾经面对的问题，也不同于中西方文艺理论曾经面对的问题。尽管不同的作家和理论家所理解的问题可能会不一样，但"问题"的存在，至少可以暴露出既定中西方文艺学在解决这些问题上的无力性，进而逐渐产生解决这些问题的不同的理论设计。所以，否定主义文艺学是就解决上述文学问题而提出的，其分析西方文艺学史的局限，也是为了在知识上发现我们文学观、艺术观的逻辑起点而预备的。

第三章　西方文艺学史局限分析

这就意味着,与我在《否定主义美学》①中所持的立场一样,分析西方各种文学观的"局限",其"尺度"不能建立在中国传统文论上,也不能建立在五四新文化运动由中国人提出、但实际上是以异域文论为背景的各种文学观念上。比如我们不能以中国的"神韵论"来谈西方写实性文论的局限。因为中国当代文学不是一个缺乏古代"神韵"的问题(神已不在,韵之焉生?),而是很可能随着中国传统诗学和儒道释文明的改变,走向一个新的世界的问题。"气韵生动"便有可能不是评价当代优秀作品的一个最佳用语——无论是对鲁迅、金庸的小说还是对穆旦、北岛的诗歌,其他可以类推。同样,五四以降,周作人和钱谷融分别提出"人的文学"的观点。这个观点虽然不是西方文艺学的代表性文学观,而主要取之于苏俄,但也不宜用来进行对西方的批判。这不是因为西方已经有大量的"人的文学",而是中国当代文学的主要问题,今天已经不是写人不写人、写英雄还是写凡人的问题——尽管将人作为人来写还不是一个普遍现实,但更主要的是无论怎么写,中国作家对人的"理解",总是受西方人道主义或现代主义所阈限。就像"人文精神"的讨论之所以半途而废,也正因为中国学者拿不出自己的对"人文精神"的新的看法一样——如果我们承认中国古代人文精神与西方近现代人文精神不一样,那么我们也就有理由要求中国当代人文精神与中国古代人文精神和西方近现代人文精神都不一样。于是,在"人"的问题上,长此以往,我们就既塑造不出贾宝玉那样的很难被西方人文主义涵盖的新人,也鲜有"阿Q"那样的中国人特有的素质缺陷被新发现,而一旦写人的坚忍,我们总是容易从邓刚、王蒙、张承志的作品中看到共同的"九死而未悔"的一致性理解,一旦写人的绝望和冷漠,我们又总是容易从洪峰的《奔丧》想到加缪的《局外人》。再进一步说,20世纪中国文学产生了一批很像西方文学的作品与人物形象,并因此不能与西方文学构成"文学性差异"。其原因正在于我们无论从事文学创作,还是从事文学批评,其价值尺度总是选择现成的,因此就不属于"本体性否定"意义上的批判,也不属于"本体性否定"意义上的建设。

---

① 参见拙著《否定主义美学》,吉林教育出版社1998年版。

否定主义文艺学所要揭示的问题，就是这种批判尺度的现成化，否定主义文艺学所要从事的批判，就是西方诸种文艺学对这个问题的忽略，以及由这种忽略所带来的一系列文艺学上的盲点。这样，在否定主义文艺学看来，西方"艺术即摹仿"的局限，就不是西方"艺术即表现"倡导者眼里的"非主体化局限"，"艺术即表现"的局限，也不是西方"艺术即形式"倡导者眼里的"主观论局限"，而"艺术即形式"的局限，也就不是解构主义所说的"意义中心"之局限……如果说中国当代文学艺术"再现""表现""形式""解构"等各种作品均有，但经典或优秀的作品又十分或缺，那么我想阐明的西方文论的局限，可能就贯穿于西方各种文论始终。

二　艺术即摹仿

如果说，"艺术即摹仿"作为西方最早的文学观，因为涵盖了人的永恒的模仿和反映本能而具有生命力，并演化为"写实""再现""现实主义"和"超现实主义"等文学艺术类型，那么，承认这种文学观对20世纪中国文学的影响，应该是不争之事实。因此当陈独秀倡导"立诚的写实文学"来反对"陈腐的铺张的古典文学"①，并衍生为五四作家反映民生疾苦和现实问题的一系列小说后，一直到新时期文学和末期的"新写实"文学，应该说这是中国作家最有亲切感的西方文学观，鲁迅、茅盾、郁达夫这些最有成绩的写实派小说家所受的观念影响，就是"艺术即摹仿"。在更大的方面，如果说西方文学与文学观作为一种文化现实，那么20世纪中国文学，就可以定位在对这种现实的摹仿上。

当古希腊人认为雕塑摹仿人体，音乐摹仿自然的声音，舞蹈摹仿劳动时，柏拉图与亚里士多德除了在理论上赞同"摹仿说"外，还对这种摹仿进行了截然相反的解释。尽管柏拉图将"理式"作为本体论，将现实世界解释为对"理式"的摹仿，艺术则是对现实世界的摹仿，从而在"非本源"的意义上贬低艺术，在"理式"和"情感意志"二者的关系上

---

① 陈独秀：《文学革命论》，《新青年》1917年第2期。

贬低后者,也尽管亚里士多德在"本质融于现象"的意义上肯定现实世界,进而也肯定了艺术通过对现实摹仿能够把握事物规律——这种差异帮助了柏拉图和亚里士多德确立起他们各自的理论上的存在性,但他们的对立,却对后人理解"艺术即摹仿"产生了种种歧义。在中国,最明显的就是"文学反映现实状况"还是"文学反映现实规律"在当代文学界的争论,以及由此导致的"文学尊重现实"还是"文学从属政治"的思潮演变——因为政治在中国具有对"理式"和"规律"的解释权与裁判权。由于柏拉图和亚里士多德都将艺术的摹仿理解为主要是对在现实中存在的"观念"之摹仿(尽管对其信任度不同),因此艺术的这种摹仿性质,其积极意义在于肯定了艺术中的"意义、意味、倾向"等可被概念语言提升的内容,从而对"纯粹"的现实展示、描绘、抒发、宣泄持保留态度,但其消极性,却一是在于没有对"理式""客观规律"等共性范畴作艺术性意义上的限定,从而使得中国当代文学在表现所谓"思想性"上千篇一律;二是在于以摹仿作为作家掌握世界的规律,先天性地就注定了艺术家的被动性和非创造性,于是作家的主观性就很容易显现为对对象的依附与贴近——无论是贴近于现实生活,还是贴近于既定思想,抑或贴近于既定艺术。此外,由于摹仿被两位先哲定位在认识论上,因此尽管艺术的摹仿对象是生动的现实世界,但这"现实世界"是哲学家面对的现实世界,还是艺术家面对的现实世界？并没有得到清晰的阐明。这样,摹仿的性质与方式也就难以得到艺术意义上的凸现——这可能是古代艺术理论的初期性与模糊性在理论上必然显现的局限。

产生这样一些问题,固然有后人根据自己的文化意图来对一种理论"盲人摸象"的原因——任何有价值的理论均逃脱不了这样的宿命,但我以为,柏、亚的摹仿理论的先天性缺陷则是更为首要的。这具体表现在:

1. 在艺术作为"理式"的"摹本的摹本"之意义上,柏拉图说:"赋予认识的人以认识能力的东西,就是我要你们称之为善的理式的东西,而你们也将会把它认为是知识的原因"①,这个能"生产知识"的"理式",本来可以引发我们对"艺术品"和"艺术本体"关系的思考,这种思考可以提醒我们不要过于关注作为可感对象的艺术品,而忽略其不可见的"来源"对艺术品质量的影响——这一点,最应该引起只看重现实性事物的中国作家的警醒。因为西方的各种重大艺术革命与创新,都与这形而上的"来源"有关,因为从"知识"与"知识生产"是可以推导出"艺术"与"艺术生产"的。但柏拉图的失误:**一是在于没有将现实世界(生活现实与艺术品现实)作为亚里士多德与黑格尔意义上的"理式"的"呈现"或"运动"来对待,从而将现象与本质割裂开来了,将"艺术"对"本质"的特殊呈现方式的资格取消了**。这样就不仅在哲学上将"本源"实体化、对象化、孤立化了,而且也将艺术品作为不真实的、甚至是无意义的事物来对待了。本来,艺术品是否真实,是否能掌握理式那样的真理,并不牵涉到我所认为的艺术价值的判断,但是当柏拉图将价值放在"理式"上、而且"理式"只是一种概念化的存在的时候,艺术品便成了"理式"这个母亲的弃儿。在这一点上,可以说柏拉图不仅要为艺术史上艺术被奴仆般地用作各种观念的宣传工具负责,而且也要为任性地抛弃各种观念乃至意义的各种艺术创作负责。同时,柏拉图还要为艺术与理念的你死我活斗争的、不健康的艺术史与文学史负责,更要为用非文学性标准衡量文学的历史负责。**二是柏拉图只知道"理式"可以生产"知识",但却没有注意到有生产力的"理式"也可以生产"艺术"——因为"知识"与"艺术"在远古是不分的,使"知识"和"艺术"产生的人的创造力在史前也就是一致的**。当柏拉图用"床"这个理念来与现实中的床作区分的时候,柏拉图犯的一个错误是:"床"这个理念如果具有现实的形象性,理念的"床"与现实中的"床"其实也就没有什么差异(差异只在现实的床还没有制作);反之,没有形象性或者不能与现实事物打交道的"床"概念,是没有意义的。因此,"理式"如果是有生产力的运作,那么它就应该是先于形象性的"床"观念的。而柏拉图之所以将"知识"交给"理式",而将"艺术"交给"摹仿",在我看来,

---

① 参见〔古希腊〕柏拉图《理想国》卷七。

并不是柏拉图没有像卡西尔的符号学那样,认为艺术是先于概念的,而在于他没有将人所拥有的"艺术"和"理念",均放在与自然界的关系中,来把握其"何以成为可能",从而犯了用人类文明的"一种特征"克服"另一种特征"的错误。因为,如果用柏拉图的思路,我们承认只有人类有艺术,那就应该承认只有人类有"摹仿能力",那么,问"摹仿能力"怎么来的,就与问人的"思维能力"是怎么来的是一致的。这种可以产生人类第二天性的"一致",才是真正的"本体"。可惜的是:沉湎于人的理性思维并被其所统摄的柏拉图,既然注意不到人的理性思维和艺术摹仿的同步性,自然也不会注意到其实有两个"理式"——能"生产"知识的理式和"知识"本身作为理式,而前一种理式就是人的"本体性否定"之"冲动",后一种理式则是这种"本体性否定"之"完成"。这个局限,自然使得柏拉图的"摹仿说",成为一种与人的创造性本体活动有所脱节的艺术观。

  2. 柏拉图和亚里士多德都是在与现实的关系中来建立"摹仿说"的,这是二人在文艺理论上最具有文化意义的贡献。这个特点不仅影响着西方以后的文艺学发展,而且特别与中国当代文艺学的主导思维方式(如"反映论""现实主义""时代的真实")相契合。只是,柏拉图在艺术是现实的影子的意义上贬低艺术,认为"艺术低于现实",而亚里士多德则在艺术可以把握客观事物的规律、进而创造比自然界更高的"第二自然"的意义上肯定艺术,认为"艺术高于现实",表面上看似乎是对立的,但其共同点在于统一于西方"彼岸"优于"此岸"的宗教文化精神。在否定主义文艺学来看,这种"优于"的价值立场,则是局限之根本。**"优于"是一元化、中心化价值观以及"相克"的二元性自然和辩证否定观所导致,并直接通向一个最高目的。这个最高目的,必然包含着对其认识对象、批判对象的敬畏和轻视,因此也就不能公允地评价其所敬畏和轻视的对象。** 这样,在艺术与现实的关系上,如果不能真正尊重艺术的特性,自然也不会尊重现实区别于艺术的特性。所以,当柏拉图轻视摹仿"床"的艺术时,他不知道我们是不能以像不像、是不是现实中的床来衡量艺术的,而是应该以艺术自身的标准来衡量——即以区别于现实、创造作家自己的床的意蕴世界来衡量艺术。就像人类告别了自然,就不能以"不是自然界"来轻视这种告别,反之,也就不应以人类为中心,来轻视"没有成为人"的自然界。同样,亚里士多德认为:艺术借助于人的想象等主观能动性,"不在于描述已发生的事,而在于描述可能发生的事,即按照可然律或必然律可能发生的事",或者,"为了获得诗的效果,一桩不可能发生而可能成为可信的事,比一桩可能发生而不能成为可信的事更为可取"①,并由此肯定了具有拓展历史作用的艺术,言下之意,也就轻视了只与"已发生的事"打交道的历史学家和与"个别事物"打交道的政治家,简而言之也就是轻视了历史与自然,轻视了现实。亚里士多德不知道可以筹划历史的人主要不是艺术家,也不知道艺术家所揭示的历史可能性和可信性,只是再造了一个艺术家"自己的可能性世界",根本上与现实的发展或不发展无关。因此所谓摹仿,只不过是艺术家们借现实事物在干自己的事。这样,艺术发达,经济落后,或艺术发展,文化停滞,就是常有的事情。所以,当亚里士多德夸大了艺术对历史的可能性时,也就同时错误地判断了只与"已发生的事"打交道的现实的另一种可能性——现实与历史只不过是以一种不同于艺术的性质在进行自己的运转、变革。由此一来,亚里士多德想通过艺术摹仿弥补现实的"不足"时,就把艺术家和非艺术家都放在现实中的不同工作"岗位"来对待了,也就把现实与艺术的不同功能混在一起谈了,也就是在以现实的眼光来看待艺术了。他和柏拉图一样,也就与否定主义文艺学所认为的"艺术不同于现实"相距甚远。

3. 多数学者可能会接受亚里士多德的"摹仿说"对作家主体性的强调,并由此阐发出这个主体性至少包含"想象性、个性和创造性"、以及由此对事物规律的"认识能力"。一般说来,这也是亚里士多德摹仿说的主要价值所在。只是,有两个问题今天应该重新审视:一是亚里士多德认为"摹仿主体"可以把握事物发展的规律,这就在一定程度上凸现了作家对世界理解及其意义追求的必要性——如果艺术自己就是一个世界,那么也就应该有"意义"在。先不说这种"把握"是观念性的还

---

① 伍蠡甫主编:《西方古今文论选》,复旦大学出版社1984年版,第24—25页。

第三章　西方文艺学史局限分析

是具象性的(这个问题在通过具象性的摹仿中介时已经不重要了),关键是这个"规律"和"意义"是一种审美性存在还是现实性存在。如果是审美性存在,那就是悬置的、模糊的,强调这个问题就是要求艺术家去创造自己的世界观,这对作家的主体性就是一种符合艺术性要求的引导;如果是现实性存在,那就是已然的、异己的,强调这个问题就是要求艺术家去遵从一种既定观念,这对作家的主体性就是一种不符合艺术要求的引导。从亚里士多德的认识论来讲,从柏拉图的"理式"更多的是指一种概念实体来讲,二人所说的"摹仿"与"意义"问题,显然倾向的是后者。这一方面是指:亚里士多德所说的"应当如此"的艺术摹仿,主要指的是应当揭示事物发展的必然规律,但什么是必然规律?艺术品体现出必然规律是否就有艺术性?艺术符合伦理道德这个必然规律是否就是好作品,却都是疑问大存的。比如,莎士比亚和卡夫卡理解的"必然规律",在对"人"的认识上就是相冲突的。如果承认他们都是经典作家,那就等于承认他们有"自己的"必然规律。相反,如果将"必然规律"固定化,就不仅会束缚作家思想上的创造性,而且还会产生中国当代十七年意蕴千篇一律的作品;甚至,20世纪中国文学的文学性贫困,就是中国作家遵从西方哲学和文学所传达出的"必然规律"所致。因此,强权可能拥有对"必然规律"的解释权,但对文学自身的意义可能是无效的。谁不相信,就会付出文学贫困的代价。这另一方面是指:亚里士多德以及这以后的很多理论家所强调的作家的"主体性、能动性",在文学性、艺术性问题上,其实是一个大而无当的概念。因为作家的能动性,既可以体现出对既定观念的"积极遵从",也可以体现出对既定概念的"积极批判"。前者可以划分为"完全遵从""部分遵从"和"富有个性的遵从",后者也可以划分为"全盘否定""辩证否定"和"本体性否定"三种性质。在否定主义文艺学看来,除了"本体性否定"可以真正建立起作家自己的意义世界,其他作家之"能动性"与"想象力",则多半只能在性质上模仿与依附于既定观念与事物。所以,撇开"积极遵从"这种伪能动性不说,其中"扬弃"式的能动性,或许可以解释无名氏这样的作家对中西方思想精华的"汲取",但就是难以解释卡夫卡对人的渺小与软弱的全新理解——不能区分这两种"能动性",

也就不是在文学意义上谈"文学的能动性"。而文学的能动性,便只能是指有"个体化理解"的创造性。

三 艺术即表现

自浪漫的湖畔派诗人华兹华斯、田园牧歌作家乔治·桑,或感伤、或痛苦、或抒情的狄更斯、雨果、屠格涅夫等一批近代现实主义作家产生后,西方文学进入了一个以抒发个人感情,表现个人认识,揭示自我与社会、文明对立的"艺术即表现"时期;艺术上的代表人物则是凡·高、高更、贝多芬这些大师级画家和作曲家的出现。这样,作为以抒情为主的浪漫主义和以揭露现实为主的现实主义,最后便被统摄于以表现"主体"和"个体"内在世界为基本单位的文学艺术之中。因此,所谓"艺术即表现"与"艺术即摹仿"的区别,不是体现在是否反映和再现现实上,也不是体现在是否有作家感受的投入上,而是体现在是以客体(社会、理性)为写作立场,还是以主体(自我、感性)为写作立场之上。所谓"主体"性的"表现",就是说"自我"在写作中是一种中介或代言人,其对抗的是异化社会,其要实现的,也是一种社会化的审美理想——学界常说的"大写的人"或"大写的我",其含义就在这里。由此一来,"艺术即表现",在文艺理论上就代表性地体现为以立普斯的"审美移情说"和克罗齐的"艺术即直觉",并为西方现代"艺术即形式"理论的诞生奠定了良好的基础——苏珊·朗格的《情感与形式》、贝尔的《艺术》、沃林格的《抽象与移情》,均与"艺术即表现"存在着思想文化上的血缘性、批判性关联。

比较起来,"艺术即表现"与西方文艺复兴运动密切相关,并且就是这一运动的具体产物之一。当然,这更体现为文艺理论家们在这一文化背景下的"创造性自觉"——文艺复兴并不必然地就会产生具体的文艺理论。我之所以说"艺术即表现"是对"艺术即摹仿"的"本体性否定",是因为在认识论内部,"艺术即表现"一是将认识主体的作用凸现出来,从而在靠近"艺术性"问题上迈了可喜的一步。尽管"主体性"并不等于"艺术性",但"艺术性"借"主体性"之强调,较之"艺术即摹仿"更容易显示自身——西方近代文学经典繁多,与此有一定的关系;二是将这种作用具体化为"**主体——客体——主体**"的辩证回归——即所谓"**移情**"。这种"移情"被立普斯解释为"**在一个感官对象里所感觉到的自我价值感**"①,从而一定程度上化解了艺术与现实在柏拉图那里的紧张关系,并由此通过黑格尔,最后完成了认识论美学和文艺学的终结。三是"**艺术即表现**"不是对"**艺术即摹仿**"的"**取代**"(就像康德不是对柏拉图的取代一样),而是对"**艺术即摹仿**"忽略个性、感性和主体性之"**局限**"的弥补,也是对西方古典主义强调"**对客观世界的依附性**"的纠偏——这和我们借这一观念试图"打倒"传统的"文以载道"文学观是不太一样的。然而,"艺术即表现"在西方文艺学史上的存在性意义,不等于在中国文化语境中就会有同样的意义,更不等于对解决中国当代文学创作中的文学性问题会有直接的意义。具体说来,这些问题同样体现在以下三个方面:

1. 五四新文学与新时期文学对个性与主体的张扬,看似好像是对"艺术即表现"观念的中国化肯定和运用,但实际上却有着与西方完全不同的性质与功能。这表现为中国作家总是将这一文学观世俗化、工具化,用来反抗封建专制对个性与个体自由的束缚,从而与西方认识论意义上的"艺术即表现"相距甚远。这不是说中国作家应该在西方文艺学的意义上理解"艺术即表现",而是说"艺术即表现"不仅被中国作家进行了功利化的理解,而且也难以触及 20 世纪中国文学"究竟是不是表现"以及"如何表现"之问题。这意思是说:反封建确实是 20 世纪中国新文化运动的主要内容,但文学也从属于这个任务,那就与封建时代的"载道"性文学并无两样。这个问题进一步类推就是:反封建的文学,是否其文学价值就高于古代的文学或封建时代的文学?比如《诗经》,我们就很难说她是"封建的文学""封建时代的文学"抑或"反封建的文学"。如果说文学的价值不能简单用文化的价值来衡量,那么,"艺术即表现"其实"表现"的是中国人打碎锁链的"个性冲动",而不一定是表现中国人创造自己的现代文学观、文学形象和文学形式的

---

① 转引自朱光潜《西方美学史》(下卷),人民文学出版社 1980 年版,第 613 页。

"存在冲动"。这是因为,表现个性冲动还是不表现个性冲动,并不涉及文学价值高低的问题——因为古典主义和现代主义都有好作品,也都有坏作品。这样,对西方文学观和文学形式的"拿来",就属于文学领域里的"生命冲动",而不属于利用这种冲动,去创造不同于"文以载道"的中国人自己的现代文学。如果说20世纪中国文学艺术的"生命形象",从《黄河大合唱》到《义勇军进行曲》,多为生命的挣扎与呐喊,20世纪的中国文学的"自我形象",从《春风沉醉的晚上》到《奔丧》,总有几分神似歌德《少年维特之烦恼》和加缪《局外人》,这个问题便一目了然。这自然造成20世纪中国的表现性文学的另一种"非对象化",即只将中国传统文学"对象化",却没有将西方文学也"对象化",并予以"本体性否定"意义上的穿越。因此,中国作家和理论家们不感兴趣于立普斯和克罗齐的理论还在其次,关键是:中国新文学的问题并不是建立西方认识论意义上的"表现"和"移情"的问题,而是缺乏价值论意义上的"批判"与"创造"的问题——只有确立中国式的现代主体和个体,中国现代文学才可以获得超越文化使命的独立性力量,也才有真正属于自己的东西要去表现。因此,在否定主义文艺学看来,如果说"艺术即表现"和"文以载道"都是"本体性否定"的结果,那么,20世纪中国文学的问题,随着文化现代化对于价值重建的期盼,那就是如何造就一个新的"表现主体"的问题,用以告别我们对传统文论与对西方文论的移植。在这个问题未决之前,"艺术即表现"在中国就必然是工具性的而服务于中国人的生命压抑与宣泄。

2. 受中国传统文化对个性和自我的长期抑制所致,"自我"在中国文化状况中实际上是极其贫困的。"我所表现的就是我",其"我"或者只是翻身得解放的实体性的"我"用以获得快感,或者只是"有个性风格的我"而人格意志和思想依然是依附性的、寻找性的。这样的状况,其实一直延续到20世纪80年代所谓的"我所批评的就是我"的批评观讨论。由此,"艺术即表现"对还没有真正的自我(对世界有自己独特理解的我)可表现的中国文学,其功效就只能是错位的。我们只要注意到西方的卢梭、蒙田、霍夫曼等经典作家不仅是在表现自己的个性与风格,而且也在表现自己对世界的"个体化理解"从而每每"自成一个世界",就可以看出中国作家的症结,正在于对"自我何以可能"问题的遮蔽。比如,郭沫若在《女神》中所塑造的"自我",只是打碎锁链奔跑着的一个奴隶。这个奴隶不是向着真正的独立的人所构成的"自我世界"奔跑,而是向着神("我把月来吞了","我"创造日月星辰)或渴望成为新的完美的神之奴隶(一切的一,和谐)奔跑——这一点和无名氏的"全圆"式完美理想如出一辙。因此这样的"我"是不可能完成对世界的个体承担的,也是很难有真正属于个体的内容可供表现的——剥开各种"我"的面具,其实大家所要表现的,只不过是一种新的群体性的东西,那就是一种近于乌托邦的完美理想和一种十分夸张的神性人格。而后来的"大跃进"民歌,也就不能不与这种神性人格有着文化血脉上的关系。也因为此,凡是以"自我"出现的中国当代形象,无论是文学性的还是属于理论批评的,总是容易以"打倒地主"的破坏性、造反性形象出现,郭沫若《女神》中的"我"是这样,王朔及其笔下的"顽主"们,及至刘西鸿的《你不可改变我》中那个拒绝重塑的"我",也同样是这样。中国作家之所以对"艺术即表现"有亲和感,是因为"表现"是不需要讲"个体如何成为可能"的,"个体"于是就成为一种先验性存在,或如释重负般的存在——这种存在归根结底只能是一种实体性的、快感性存在。这直接使中国作家在对"文学"的理解上,以为抒发个人情感、强调作家的直觉与想象、或对现实进行个性化表现,就是文学艺术的全部目的。于是在"自我贫困"的状态下,"表现"出来的文学必然只能是同样贫困的、同质化的——这种贫困和同质化,其实是需要"产生自我"的问题,或"个体化理解的自我缺乏"的问题。也因为此,主要将自我作为已然存在去"表现"的西方文学观,其实是不合于中国现代文学问题之解决的。

3. 在理论上,由于克罗齐的"艺术即直觉"没有澄清"一般性直觉"与"创造性直觉",所以对有直觉而无创造的中国当代文学现实,只能是无力的。应该说,在艺术问题上,克罗齐通过"直觉"来解释"表现",进而触及"形式"问题,以消弭主客体思维的界线,比之立普斯、费肖尔等人的"移情说",是更为直接、深刻地触及了艺术把握世界的方式的,而对始终重观念、轻直觉的中国当代作家,克罗齐的理论对我们也不无提醒意义。因为依赖直觉来创作,不同于依赖观念而将形象道具化进行创作,这也正是20世纪80年代前后文学的差异所在,也是文化寻根文学与反思文学的价值差异所在。只是,克罗齐的"直觉"主要是相对"概念和逻辑"而言的,并因为人人均有直觉而得出"人是天生的诗人"等过于宽泛的结论,这就将"直觉力"的"差异"忽略了,因此也不能触及"好文学"与"坏文学"这个令中国当代文艺理论最棘手的问题。虽然克罗齐也说"丑现为杂多"和"丑就是不成功的表现"[1],从而推出"表现即美"的结论,但是假如只有小孩子的胡乱涂抹可以被称为"不成功的表现",或者言不达意的失误性作品可被称为"不成功的表现",那么,对有完整形象、情节、故事的平庸性作品与优秀作品的区别,克罗齐恐怕就无能为力了。因为它们都可以算作"表现",至少都在一定程度上"表现了什么"——只要我们不追问这种"表现"的"内容"是否独特、或者是独特在"个性风格"上还是独特在"世界观"层面上。这个问题,在立普斯的"移情说"中也同样存在。我们在对象中欣赏的是自己,这是不错的,但这自己是什么样的自己,是有创造力的自己还是创造力贫困的自己,对文学来说其价值是大不相同的。即便运用黑格尔的主客体辩证法,黑格尔也同样解释不了一般的认识性差异和创造性差异之性质的不同。我想,这个问题不能怪克罗齐、立普斯与黑格尔,而要怪西方近代认识论哲学对人们思维方式的统摄。因此,只有没有这种认识论传统束缚的中国学者,只有超越认识论的思维方式,只有面对属于我们自己的文学问题,"艺术即表现"的上述局限,才有可能被发现。

四 艺术即形式

比较起来,"艺术即形式"可谓西方现代艺术观的一个代表。这不仅因为它在理论上可以衔接克罗齐"表现说"中的"形式"观点,在内容上可以不同程度地涵盖俄国形式主义、朗格的符号学、阿恩海姆的格式塔心理学,而且在实践上可以解释由凡·高、塞尚、毕加索、蒙德里安等

---

[1] 〔意〕克罗齐:《美学原理》,朱光潜等译,商务印书馆2012年版,第92页。

第三章 西方文艺学史局限分析

开辟的现代色彩与形式的抽象艺术,阐释像《等待戈多》《第二十二条军规》《橡皮》《变形记》等一批现代主义经典文学作品。更为重要的是:中国20世纪80年代热闹一时的新潮文学与新潮美术,也直接受这一艺术观的影响,并且留下了诸多可待进一步研究的话题。

在思想上,"艺术即形式"对"艺术即表现"和"艺术即摹仿"的"本体性否定"是显然的。这表现在:1."艺术即形式"是面对西方"理性解体"的当代现实问题提出来的,因此,当其代表性观点"有意味的形式"由英国学者贝尔提出后,"形式"就成为当代作家不再依赖自然、社会、理性的依托方式,并因此具有不同于自然、社会、生活情感、日常形状的价值属性,成为当代作家安身立命的新的上帝,这应该是"艺术即形式"对西方文论最重要的贡献。也因此,"理性解体"不等于"意义缺失"。2."形式"既然可以脱离一般的理性和感性现实,自然也就可以脱离"主客体"认识论,进而也就区别于认识论意义上的"形式服务于内容",由此确立起"形式即内容"的本体论地位。"形式"由此从具象转化为抽象,"内容"由此从意义转化为意绪,"语言"由此从可说转化为难以言说,并由此宣告文学的现代转型的来临。而20世纪80年代的中国新潮作家之所以钟情于"艺术即形式",除了这个观念给人耳目一新的感觉以外,更主要的还是借此可以摆脱传统"文以载道"之文学观的束缚,企图在文学地位和文学形态上获得双重独立。这种初衷固然产生了冲击中国僵硬文坛的效果,但新潮文学和美术,在没有诞生足以和西方文学艺术经典媲美的作品之后便偃旗息鼓,又暴露出我们对"艺术即形式"缺乏理论审视的盲点。当然,问题的关键在于以什么样的立场来对此进行局限分析。在否定主义文艺学看来,这一艺术观主要存在以下三点局限:

1."艺术即形式"强调通过其自足性,用以区别现实社会、理性与情感等,在性质上是可取的,但是却忽略由"形式"所构成的艺术世界内部,也应该突出这种区别,才能将"形式"落实到"个体"这个单位上来,也才能将对艺术的本体思考深入到"每个作品"的特性上来。这样,"艺术即形式"在贝尔的意义上,就应该改造为"艺术即个体化形式"。贝尔虽然也意识到"每一件艺术品都引起不同的情感",但是却没有深入开掘这种不同的本质意义,而是又以"所有这些情感都可以看作同一类的",并用"'有意味的形式'就是一切视觉艺术的共同的性质"①来解释这"同一类",从而落入类型化思维的窠臼。就形式的超功利性、非现实性而言,贝尔的"艺术即形式"与康德的"审美无利害感"有着血脉上的关系(现实的形式无意味,艺术的形式有意味),而没有在这个问题上有根本的突破——只是将"超功利性"落实到"有意味"上来——这一点可以看作贝尔对康德的继承与发展。然而重要的是:当贝尔面对中国模仿西方"纯形式"的新潮小说,而这些小说均具有不同程度的"意味"时,"艺术即形式"在价值判断上就会十分尴尬、棘手。也可以说,艺术在性质上摹仿或依附现实固然不妥,但艺术在性质上摹仿或依附既定的艺术,也同样不妥。而后者,正是中国当代文学艺术的一个最大问题。因为中国的新潮小说也可谓与西方的"纯形式"小说,至少在个性与风格上不完全一样,但在对世界的基本理解上,总是有很多"共性"的东西,阻碍着作家真正建立属于自己的世界。当残雪的《突围表演》让人想起海勒的《第二十二条军规》时,当格非的《迷舟》让人想起格里耶的《橡皮》时,我们均可以说它们是一种与现实经验完全不同的艺术经验——中国作家几乎没有人在"窒息"和"迷宫"的意义上感受过自己的文化——因此用贝尔的"艺术即形式"作为尺度,它们已经可谓真正的艺术品。然而,如果艺术世界因此可以批量生产大同小异的《第二十二条军规》和《橡皮》——尽管它们可能五颜六色,但"艺术创造"依然还是异化为"艺术模仿"了。在此意义上,我以为光考虑"艺术与现实"的区别还不够,对今天深受模仿之苦的中国文学而言,更应该强调"艺术与艺术"的区别。由于既定的艺术也可以组成一种自然与现实,而且是对中国作家更可怕的自然与现实,所以,否定主义文艺学所提出的"艺术是对现实的本体性否定",其"现实"就包含了生活现实与艺术现实——这无疑是对贝尔的"艺术即形式"的深化与超越。这种超越,在理论上有助于将贝尔的"艺术即形式"拓展为"艺

---

① 〔英〕克莱夫·贝尔:《艺术》,周金环、马钟元译,滕守尧校,中国文艺联合出版公司1984年版,第10、16页。

第三章　西方文艺学史局限分析

术即个体化形式",在实践中可以对依附与模仿西方文艺作品的中国作家和艺术家,起到纠偏作用。

2. 由于"艺术即形式"的"形式",在贝尔这里,主要是指由"色彩与线条"所组成的只诉诸我们直观的"纯粹形式",而不包括写实与表现性艺术所呈现的"社会文化形式",这使得"艺术即形式"更多的具备西方意义,而不十分具备中国意义。这首先是因为,贝尔认为再现性、叙述性艺术"不能触动我们的审美情感",而是给我们"这些形式暗示和传达的思想和信息",因而"它们称不上艺术品"①。这就带来一个问题:贝尔所说的审美性和艺术性,不是指艺术的"个体性",而是指艺术的"抽象性";不是指不同时代好的艺术的共同特征,而是指现代艺术的基本特征,这就使"艺术即形式"陷入了一个狭窄的领地。而否定主义文艺学认为,"形式"不光可以指现代艺术之"抽象",也可以指传统艺术之"写实"——将故事、情节、内容也形式化、结构化,从而传达出能够穿越社会文化生活的、更为深邃复杂的内容。因为在艺术品中,思想性内容也可以多层次化、形式化。在此方面,莎士比亚的《哈姆雷特》与马尔克斯的《百年孤独》均是典范。对中国作家来说,对习惯于亲和现实、故事、情节的中国读者来说,后一种"形式"似乎更为重要,而20世纪中国文学的经典,多半是写实性作品,也可以说明这个问题。这其次是因为:贝尔通过"纯粹形式"(类似于装饰艺术给我们的直观),不仅想达到与现实相区别的效果,而且还想达到与现实相隔离的效果,从而具有脱离现实一切内容的倾向——这多少由西方冲突性的否定观所致。否定主义文艺学认为,"纯粹形式"在西方出现是自然的,因为这既与西方人厌倦主客体认识论思维相关(认识论在黑格尔那里已经终结),又与西方人对未来这个"彼岸"的当代性莫名体验密切相关。或者说,现实世界已经被西方人开掘穷尽,现实世界已经充分合理化,才可以走到以"莫名"为特征的"纯粹形式"这一步。"纯粹形式"之所以较难以言说,也一定程度上说明了这个问题。但"纯粹形

---

① 〔英〕克莱夫·贝尔:《艺术》,周金环、马钟元译,滕守尧校,中国文艺联合出版公司1984年版,第10页。

式"之所以不适应中国,一是因为中国文化就是"在现实中来谈论一切"的文化,所以即便难以言说的"道",在老庄那里也是可以通过"坐忘"来现实性地把握的。这就使得中国文学艺术具有明显的世俗化、可触摸化的特征。二是如此一来,中国的"形式"主要是"将现实形式化",而不是"离开现实的形式化";比如即便是民间的装饰艺术、剪纸艺术等,也是由象征世俗幸福含义的"囍"字或生活形象所组成,因此蒙德里安那种几何型抽象,在中国要找到为数众多的观众,是十分困难的。而20世纪80年代的中国新潮文学与美术的"小圈子性",其原因正在这里。反过来,近些年被文学界较为看好的,如莫言的《红高粱》、余华的《许三观卖血记》、张炜的《九月寓言》、阿来的《尘埃落定》、韩东的《在码头》等,虽然在将"现实形式化"方面还程度不一,但至少体现出了将现实来形式化的努力。这无疑预示着"中国形式"的文化性特点。

3. 最为重要的是,"艺术即形式"虽然告别了传统艺术观的"主客体"反映论思维,但在对"本体"的理解上,依然没有摆脱柏拉图、亚里士多德的"实体本体论"的思维模式,对作家和读者而言,也因此就容易被英国学者李斯托威尔纳入"客观的理论"[①]中去——后者认为弗莱和贝尔一样,均将"形式"理解为"平面艺术的最重要特征"[②]。这种实体的、客观的形式论倾向,其实依然是一种"对象化"思维,并且是"价值中心"和"理性中心"的另一种显现形态。这自然衬托出海德格尔存在论艺术观的划时代意义:先于主客体之前的"孕育性"之"在",已经被西方理性文明所遗忘。当然,这里引出海德格尔,并不是说我赞同海德格尔,而是说海德格尔的诗意存在论,可以暴露出"艺术即形式"的一种我们必须正视和重视的局限。这个局限就是"形式何以成为可能",或者更准确地说,"个体化形式何以成为可能"。在否定主义文艺学看来,海德格尔的存在论局限这里暂且不说,但"形式"如果不将其"何以成为可能"的无形价值张力一并考虑,可见的"流"如果不统一不

---

① 〔英〕李斯托威尔:《近代美学史评述》,蒋孔阳译,上海译文出版社1980年版,第172页。

② 同上书,第125页。

可见的"源"(即"源流合一"),那么这种艺术观就难以成为一种真正的中国式存在。这意味着,一方面我们不能将"艺术形式"作为一种物品来看,满足于对其进行艺术鉴赏,而应该将此"艺术形式"与"生活现实""艺术现实"的"关系",看作读解艺术形式意味的密码——好的艺术品,就使这种关系呈现为"本体性否定"关系——它能使我们看到此艺术形式与彼艺术形式的不同性;而一个优秀的作家,也是处于这种无形的否定关系中开始他的创作的——他只有在想创作一个不是一切现成的艺术形式的"形式"时,或者用这种意识来衡量他的作品时,才可能产生一种独特的形式。失去了这种"本体性否定"冲动,他就很可能产生与其他作品大同小异的"形式"。因此,艺术观如果不将艺术"自我优化的程度"显现出来,他就是不完整的。另一方面,"艺术形式"的"何以成为可能",也不能被看作作家"天赋"的产物,好像作家天赋的强弱,是决定艺术品价值的关键。而一旦"艺术形式何以成为可能"等于天赋,艺术理论对这个问题的讨论也就无意义了。虽然古今中外的经典作家及其作品,并不一定是在理论的指导下产生的,正好相反,由理论指导的创作常常造成不少赝品——"十七年中国当代文学"就是一例。但其中的原因,一是在于迄今为止的中西方文艺理论,都是以忽略"经典何以成为可能"的探讨为特征的,这就使得既定的文艺理论,探讨的都是艺术的普遍性,而不是探讨艺术的个体性,尤其是没有触及经典的个体性问题;二是理论也许不能指导创作,但没有一个作家敢说他不受某种理论的影响,也没有一个作家能够避免去用概念形态谈文学,这就使得作家的创作意识和创作观念对其作品来说至关重要。虽然每个作家因个性差异,对创作的体会可能都是各异的,但寻求不同性、寻求怎样的不同性、如何寻求这样的不同性,却可能是作家创作努力的一种不约而同的共性。而探讨艺术的写实的、个体化的形式的"何以成为可能",可能正是我们这个时代文艺理论的一种"共性"显现。

五 艺术符号说

一般说来,由于"艺术即形式"对中国85新潮文学的巨大影响,我们很容易忽略在西方同样影响卓著的"艺术符号说"。对中国当代文论建设而言,贝尔的"艺术即形式",与卡西尔和苏珊·朗格的"艺术符号学",均属于西方形式主义文艺理论的不同流派(还有一个流派是俄国的形式主义),并且在强调艺术的独立性意义上,是共同秉承西方自康德开辟的审美超功利之传统的,所以这种忽略,一定程度上是没有道理的。只是,我愿意理解这种忽略的功利性原因:比之卡西尔强调艺术与科学的区别,受艺术被现实和政治制约之苦的中国当代文学,更愿意衷情强调自足与封闭的"艺术即形式",用来摆脱现实中非文学因素的束缚——尽管这种亲和,看上去似乎总是与中国传统的"象牙塔文学"藕断丝连。

事实上,从否定主义文艺学视角看,"艺术符号说"对中国当代文学与文论的意义,比之"艺术即形式",可能是更为重要的。这首先是因为,当卡西尔说:"艺术家是自然的各种形式的发现者"[1]时,这里的"形式"并不是指贝尔意义上的和现实对立的"纯粹形式",而就是指现实形式。这使得卡西尔的"形式"具有明显的写实意味和对现实尊重的意味,很容易与中国传统文论中的"物象"相通,也与中国文化注重现实的精神相通。它反衬出"变形""夸张"等纯粹抽象的形式,在中国只具有生命冲动的试验意义,也反衬出以纯粹形式为依托的中国新潮文艺在中国"爆破"胜于"建设"的特性,其实是被文化错位性所注定了的。新潮文学与文论之所以不太关注卡西尔的艺术符号学,正说明新潮文论考虑的基本不是"中国形式"的问题,而是文学借"纯粹形式"翻身得解放的问题。所以贝尔可能会赞同"非自然形式"的毕加索,而卡西尔则可能会倾心于"自然形式"的凡·高和莫奈——后者无疑更对中国艺术家与观众有亲和力。这其次是因为,"发现"在卡西尔这里不是指现实性的、我们都容易看见的事物的形状、形式,而是一个艺术构造过程,并在其作品中达到"我们以前从未从这种特殊的方面来观察这个世界似的"[2]效果,这就将形式与符号的创新意味揭示出来了。虽

---

[1] 〔德〕恩斯特·卡西尔:《人论》,甘阳译,上海译文出版社1985年版,第183页。
[2] 同上书,第185页。

第三章 西方文艺学史局限分析

然这种"创新"在否定主义文艺学看来还存在着问题,但将艺术形式视之为一个发现与创造的过程,则至少一定程度上超越了"对象化思维"的西方认识论传统,而且对中国的新潮艺术也具有警醒作用——中国作家们是否创作出了给人"从未从这种特殊方面来观察世界"的"形式"与"符号"?还是看上去总像西方作家观察世界的"形式"与"符号"?恐怕就是意味深长的。更重要的是:"发现"在此是将作家的个体性努力凸现了出来,这就使得艺术符号具有摆脱既定现实文化符号的意味,从而使艺术家的符号生产,具有对现实符号的改造意味。所以,卡西尔所说的:"艺术家把事物的坚硬原料熔化在他的想象力的熔炉中,而这种过程就是发现了一个诗的、音乐的或造型的形式的新世界"①,我以为是迄今为止西方最为恰当地对艺术符号与现实符号关系的阐释。卡西尔强调人的本质在于"劳作",其意义也正在于此。

只是,从否定主义文艺学视角来看,"艺术符号说"的局限依然是显在的,这表现在以下三个方面:

1. 受西方现实与超现实二元对立的影响,与贝尔一样,卡西尔在考虑艺术特性时,只注意考察艺术符号与现实符号、科学符号的二元区别,却忽略了艺术与既定的艺术符号的区别,从而暴露出与贝尔同样的艺术论弊端,进而也暴露出西方二元对立的"非个体性"弊端。或者说,西方"此岸"与"彼岸"的二元对立,使得西方艺术家在考虑艺术与非艺术的区别上是周密的,但这种周密,突出的是艺术的"类特性",而还不是艺术的"个体特性"。即一个艺术家在从事创作时,其"艺术符号"不仅对现实形状有改造性,而且对既定的艺术符号也具有改造性,一部作品才能成为真正的艺术经典——而艺术的功能,就应该体现达到这"双重否定"的程度。这种"双重否定"就体现为"多元对立"。应该说,在突出艺术的"类特性"这一点上,卡西尔和贝尔是继承了康德美学的传统的,所以他们二人只是对艺术的"类特性"从"新形式"与"纯粹形式"方面做了深入的拓展,但在思维方式上却谈不上多少贡献与突破。卡西尔的这个局限之所以在这里被强调,是因为卡西尔的拓

---

① 〔德〕恩斯特·卡西尔:《人论》,甘阳译,上海译文出版社1985年版,第209页。

展者——苏珊·朗格,也同样以"情感形式"(艺术)与"情感"(现实)的区别,"符号"(艺术)与"信号"(现实)的区别,受这种局限所缚。所以这个局限基本上可以说是康德以来西方文论的局限。应该说,弥补这个局限已经不能指望受其宗教精神所缚的西方学者,而只能有待于旁观者或异域文化的学者。五四以降,由于中国文艺理论的现代化一直处于摸索状态,由于受"西学东渐"影响的中国当代文艺理论,也曾展开"形象思维"与"逻辑思维"之争,"艺术形式作为本体"还是"形式从属于内容"之争,更由于这种争论一直与中国当代文学创作处于游离的状态,所以这就有利于我们反观西方文论的这种局限。我想说的是,这种局限在根柢上其实是西方"艺术否定观"的局限——虽然西方的文学艺术创作,从莎士比亚到卡夫卡,一直是以"个体化"为单位的,并通过其作品体现出对既定艺术符号强烈的超越精神,但西方的文艺理论,却并没有做及时而充分的总结,并由这种总结,反思自身否定观念的局限。今天,艺术符号与科学符号的区别已被人们认可,艺术符号与现实符号的区别,也并没有多少分歧,但艺术符号的相互复制与模仿现象,却成为中西方共同的文学灾难。这个灾难提醒我们:艺术对艺术的否定,已经比任何时期都重要。今天的艺术否定,应该是发散性的;而艺术所否定的"现实",应该是指所有的"既定的"现实,才能突出艺术作品的独创性。

2. 卡西尔将艺术的构形过程解释为"发现",在对艺术符号之创造的理解上,显然还受认识论思维方式之阈限,甚至还没有在根本上摆脱科学与现实关系的思维模式,这显然与卡西尔的"符号学"首先是"文化符号学"的思想有关。既然是文化符号学,艺术符号便只是其中一种特殊的符号,既然是认识论,艺术符号便只是对"实在"世界的一种特殊的、夸张的、情感的把握。所以,卡西尔的艺术符号不脱离现实中的感性经验是其长处,但卡西尔的艺术符号之创造,便也因此受现实的感性经验和形式的束缚,又是其短处。这意思是说,"发现"意义上的创造,是以艺术家对世界的探求为思维方式的(科学家同样也是探求世界),而不是以艺术家的自我实现为思维方式的,这就使得卡西尔在解释"发现"时,得出"艺术图画并不反映感觉总体中的印象,而是选出某些'富有创造力'的因素,通过这些因素,把给予的印象扩大化"①的结论。其中,"选出""扩大化"与"发现"在此是同义语。但什么是扩大化?扩大是否允许创造现实感觉中本来没有的形式——比如毕加索抽象变形的绘画?如果允许的话,那么艺术符号是否还能被称为对现实符号与经验的"发现"?或者说,达·芬奇的写实性绘画与毕加索的非写实性绘画,是否都能解释为"发现"?如果答案是肯定的话,那么卡西尔的"艺术家的想象并不是任意地捏造事物的形式"②又该做何解?因为在一般的意义上可以说,毕加索的变形就是一种捏造。甚至可以进一步说,达·芬奇的《蒙娜丽莎》也是一种捏造——达·芬奇不是"发现"了现实中某个女孩的一刹那间的笑容,而是创造了一种自己所想象的一个女孩的笑容。尽管这个笑容不排除达·芬奇的现实印象,但达·芬奇已经完全改造了这种笑容,使之属于另一个意味深长的世界。而"筛选""扩大"和"发现"在此均没有涉及"改造"和"创造"之含义。准确地说,艺术家不是"自然的各种形式的发现者",而是"自然的各种形式的改造者"。经过这种"改造",艺术在性质上已经完全不同于任何现实符号和现实经验。所以,应该说毕加索的艺术符号是"改造"的结果,而达·芬奇的艺术符号同样是"改造"的结果。艺术在根本上不是"发现"一个世界,而是"改造"成"自己的世界"。

3. 苏珊·朗格著名的"艺术是人类情感符号的创造"的观点,虽然在艺术符号学上拓展了卡西尔的理论,而且在一定程度上超越了文艺复兴时期的"抒情艺术",但在艺术表现内容上,存在着挂一漏万的局限。这表现在:艺术固然不是抒发情感、宣泄情感(所谓纯粹的情感抒发不需要表现),而是将情感符号化,但艺术符号化的内容远远不仅仅是情感,事件、欲望、情绪乃至观念,实际上都可以成为艺术形式化、符号化的对象——事件在符号化中成为情节,欲望在符号化中成为对欲望的体验与思考,情绪在符号化中成为意绪,观念在符号化中成为生动的意味。比如叙事艺术,有时其情感可能是零度的,原生态小说便是一

---

① 〔德〕恩斯特·卡西尔:《语言与神话》,于晓等译,三联书店1988年版,第245页。
② 〔德〕恩斯特·卡西尔:《人论》,甘阳译,上海译文出版社1985年版,第185页。

例。刘震云《一地鸡毛》这样的小说，虽然不可能真正做到情感零度，但情感内容是远远低于叙事内容的。至于观念艺术，比如高更的《我们是谁？我们从哪里来？我们到哪里去》，其形象符号主要也是表达现代人思想层面上的困惑。而顾城的《一代人》，很可能就是在阐明某种哲理。米勒的《北回归线》，通过超越日常生活中宣泄的强度，使欲望宣泄成为某种艺术形式（欲望在反复的、有意识的宣泄中可能成为某种艺术形式，正如谎言在重复一千遍中便可能成为真理一样）。至于荒诞剧《等待戈多》，表现的基本上也不是情感，而是一种情绪，并在始终的等待中使这种情绪符号化为一种莫名意绪。由此类推，艺术符号化的力量是可以"穿越"一切现实生活的内容的，而现实生活内容则是无所不包的。既如此，说"艺术是人类情感符号的创造"就是不准确的，毋宁说艺术是现实生活的具象符号创造。

当然，我愿意在此将"情感符号"理解为一种广义的、建立在作家全部感受基础上的符号（以区别于思考活动），也愿意将苏珊·朗格的这一观念理解为一种与推理符号相区别的符号，更愿意认同这是作者对"形象符号"的一种"本体性否定"，并因此向西方文论史贡献了一种艺术观。然而，无论是将艺术符号理解为"情感性符号"还是"情感的符号化"，都存在着对艺术符号理解过于狭窄的弊端。因此，纠正这个弊端，我想应该是中国当代文艺理论工作者的使命。

六 艺术批判说

比较起来，法兰克福学派的艺术批判说，则是对中国近年的文艺和文化批评影响较大的一种西方艺术观，并且也是在20世纪的西方产生较大影响的一种艺术观。之所以如此，是因为艺术批判说既顺应了西方人对文明异化（物化、平面化等）的反思，也顺应了中国人对现阶段艺术依附性（依附于政治、文化、商品、快感等）的反拨。法兰克福学派虽然承接了西方艺术与现实二分法的思维，也体现出马克思主义的社会批判精神，但在思想上却明显具有自己的存在性。这表现在：一是艺术形式的自足，不是对现实的"逃避"而是"对抗"。自足的形式对人来

第三章　西方文艺学史局限分析

说,不是像贝尔所说的可以用来过两重性生活——通过想象的世界来逃避现实世界,而是因为形式的能量可以和现实意识形态构成否定的张力,因此它具有一种对抗现实痛苦而不是释放现实痛苦的功能,艺术的社会性于是就体现为这种对抗性,这就对艺术与现实的关系注入了新的解释。二是艺术对现实的批判性,也不同于马克思、萨特所说的艺术作为社会解放的工具这种"外在的批判"。这种"外在的批判"突出体现为对艺术的"观念性、教化性、主体性、倾向性"的强调,所以艺术这时候往往扮演了社会斗争之工具的角色,其批判本质上也是非艺术的批判——在我们这里就是艺术扮演文化的工具。所以马尔库塞以为艺术不能表现革命,它只能通过另一个媒质,即一种美学形式来召唤革命;在这种美学形式中,政治内容成为元政治的,由艺术的内在要求所决定,而这种内在要求,在本质上就与社会内容(无论是顺从还是反抗主流意识形态)无关,主体便只能成为艺术与现实的中介。这一点,十分接近我所说的艺术与现实"不同而分立"的观点。尽管在艺术功能的看法上,在对艺术的"内在性"认识上,以及在对"否定"的理解上,我与法兰克福学派有重要差异,但无疑,能在上述两个问题上有所突破,就足以奠定法兰克福学派在西方文艺学史上的重要地位。

只是,国内文学批评与文化批评界,并不是在上述两点上重视法兰克福学派的,所谓学界流行的所谓"新左派"与"自由派"之争(不管提法是否准确,但争论却是事实),在我看来只汲取了法兰克福学派的文化批判立场,并没有汲取法兰克福学派的精髓——以艺术作为批判的立足点;于是,批判便成了对法兰克福学派理论的横移,而我们对法兰克福学派却丧失了批判,从而也就没有我们自己的批判理论(开始移植可以,但长此以往便问题多多),这就导致所谓"新左派"和"自由派"都有捍卫既定思想系统的倾向,而既定思想所构成的理性现实,其实正是法兰克福学派颠覆的对象。另一方面,以张承志为代表的中国作家和学者的"道德理想主义批判",在批判的强烈性以及批判的对象(大众文化)上接近法兰克福学派,但在批判的尺度和批判的功能上,却与法兰克福学派大相径庭。这突出表现在以中国传统道德与西方近代人文主义道德作为批判立场,对当下现实问题(包括大众文化问题)思考的简单性，从而远离法兰克福学派的"反理性"之批判立场，也突出表现在我们试图通过批判来"改变"现实这一批判功能的曲解上，从而远离艺术的自律性影响。所以上述两种批判要么与法兰克福学派无关，要么就是对法兰克福学派的曲解——就像我们曾经曲解鲁迅的"战斗性"、曾经将马克思主义理论教条化、庸俗化一样。

我的意思是说，如果我们没有在本真的意义上使用法兰克福学派的批判理论，也就很难在本真的意义上发现这种理论的真正局限。正如我们不理解一个人就不能谈准一个人的问题一样。而不能抓准法兰克福学派的真正问题，也就谈不上对其理论的真正吸收。

首先，法兰克福学派强调艺术与现实之间的否定张力，但对这个"否定张力"的理解却存在着问题。法兰克福学派将这个"否定张力"理解为艺术的"社会性"，并使艺术发挥"对抗"现实的功能，而我以为艺术与现实的"否定张力"，只是艺术的艺术性之显现形式，体现出艺术实现自身的程度——它既不具备让人逃离现实的功能，也不具备影响和干预现实的功能，而只具有使人获得与现实"不同而平衡"的心灵依托功能。法兰克福学派说艺术不是人们现实的避难所，这是对的。因为"避难"同样是一种现实功能——使人们既放弃改变现实、也遮掩自己现实的无能；但在艺术性的意义上，艺术"对抗"现实并不优于艺术"逃避"现实，其原因在于它们都是以现实为出发点来衡量艺术，都是针对现实问题来要求艺术的。法兰克福学派之所以特别关注大众文化的批判，之所以将矛头主要针对西方理性文明，并称这个社会已变成由一群"单向度的人"组成，原因概在于此。诚然，艺术是一种社会存在，但这个社会存在的特殊性，却是一种可以让人"离开"现实社会的功能——离开现实社会不是因为现实社会"不好"，而是因为现实社会"不够"。人类不是因为现实社会"不好"而需要艺术，而是现实社会即便合理或很好也需要艺术，所以艺术与现实社会好不好无关。从我来看，人们需要艺术是因为光有现实社会会让人产生不平衡感，也会让人产生空虚感（因为现实社会总是在循环中走向死亡），所以人们需要再造一个虚拟的世界来消弭人们对现实社会的腻味、厌倦、不满足，以获得人生和世界的"完整感"——这是人已经成为人之后不满足于现实的本性之显现。所以好的艺术是能够让人们进入另一个世界的,而不好的艺术则是通过艺术来控诉、抨击现实社会,让人们始终在现实社会中挣扎。否定主义文艺学因此认为:现实社会的问题要靠现实社会中的力量来解决,艺术的存在并不具备解决现实异化等功能。事实上,真正经典的艺术从来没有影响和改变现实的功能。《红楼梦》是这样,《哈姆雷特》是这样,《尤利西斯》同样是这样——如果说艺术通过人对现实有影响,那也必须经过性质上的转换——谁要按照艺术的方式去改造世界,谁就必然失败,谁要用艺术的方式去"批判"现实,对现实世界而言也是无效的批判。《红楼梦》比鲁迅的《阿Q正传》在艺术性上更为纯粹,原因正在于此;《阿Q正传》比《女神》艺术价值要高,原因同样在此;而我们之所以没有听说哪部艺术品影响并改变了世界,原因还是在此。所以法兰克福学派在解读《等待戈多》时,主要看到的是对理性现实社会的拆解,而我却从作品中读到作家所发现和创造的一种意绪,并因此愿意沉湎其中。领略这样的作品,不是让我获得一种现实共鸣(我们总有等什么而不来的经验),也不是让我看到西方社会的问题(好像西方人都已经无所事事了),而是让我启迪于贝克特所提供的一种对世界的独特体验,并因此与所有的现实经验和现实的艺术经验构成区别。如果说,艺术要和现实打交道(利用现实作为材料),但性质与功能均不在现实,而只具有再造一个非现实世界的意义,那么,艺术对现实的否定张力就不是"对抗"现实社会,而是"不同于"现实社会。这个区别,其实也就是否定主义否定观与西方辩证否定观念(否定的辩证法)的重要区别。"对抗"无疑带有生存运动和具有非创造性差异的辩证运动的特点,而"不同"则具有离开现实生存运动世界的特点;"对抗"的目的在于现实生存,而"不同"的目的则在于获得一种不同于现实世界的心灵依托。所以在我看来,法兰克福学派还没有彻底避免卢卡奇意义上的艺术作为现实斗争工具的嫌疑。

其次,法兰克福学派强调艺术的"内在性""自律性",在强调艺术的特性、衔接西方艺术论传统上是没错的,一种文化艺术经典的多少,也是与这种艺术自律的自觉密切相关的,这一点,尤其值得普遍依附性的中国文学警醒。然而,法兰克福学派的"内在性"理论,却有一个问题值得注意:包括阿多诺、本雅明、马尔库塞在内,他们对"内在性"的解释,是建立在"非同一性思维"(阿多诺)、"矛盾性思维"(马尔库塞)的分裂的、零散的"反理性"内容基础上,即阿多诺的"不协和是和谐的真理"①,并将不协和的内容看作人的自由和解放的象征。这使得他们肯定的艺术,多是一些"游荡者""游戏者"为人物形象的艺术;即便诉诸形式和结构分析,他们称道的也是一些夸张的表情、扭曲的造型、歇斯底里的个性、片断化的情节组合这类"反艺术"(阿多诺语)的艺术,这样一来,所有的传统艺术、理性化艺术,便在他们的排斥之例。这种排斥,不仅使法兰克福学派的艺术论解释面狭窄,而且使得他们的艺术论,扮演的是一个反理性、反文化、反艺术的角色。解释面狭窄使得法兰克福学派不可能研究艺术的共同之"根",也就是很难真正成为所有艺术的本体论;反理性、反文化的角色又使得法兰克福学派要解放的只是人的"潜能",而不是要构筑新的艺术世界。换句话说,理性与反理性只是真正的艺术所要凭借的材料——好的艺术不是表现群体性的理性,也不是表现大家都潜藏着的非理性,而是如何穿越它们,构筑一个独一无二的艺术世界。因此,就现代艺术来说,它的目的也不是反理性(反理性只是一种文化性解读),而是不仅建立一个区别于传统理性艺术的世界,而且还建立一个区别于其他非理性艺术的世界。这样,说《等待戈多》是反理性的作品,就没有把握出它区别于其他反理性作品的艺术特性。这使得法兰克福学派所说的"内在性",就没有将艺术的"独特性"凸现出来。而一旦艺术形式及其意味被突出"独特"的内涵,在理性主义时代,艺术就可能突破理性的束缚(如莎士比亚),在非理性时代,艺术同样会突破非理性的束缚(如博尔赫斯),也就是真正的经典作家是不能以理性或反理性去把握的。所以我以为,法兰克福学派称道的作品,并不全是艺术的精品,而法兰克福学派轻视的传统理性艺术,也不乏经典作品。以此类推,法兰克福学派批判的"大众文化",并不一定像他们所说的那样糟(优秀的艺术可以突破雷同化束缚,影片《泰坦尼克号》就是一例),而法兰克福学派捍卫的所谓的"精英艺

---

① 〔德〕阿多诺:《美学理论》,王柯平译,四川人民出版社1998年版,第194页。

术",也存在艺术价值上的差异(波德莱尔与卡夫卡在文学性上就有差异——后者的冷漠在理解上胜于前者的诅咒),更不用说中国当代精英艺术和精英文学许多鱼龙混杂的现象了。

这也意味着,"内在性"强调的只是艺术与现实的对抗,对法兰克福学派而言,这个区别就是和理性现实与理性艺术的对抗,但对艺术来说,这是远远不够的——如果艺术不能与同类反理性的艺术构成区别,它们同样会形成新的模式、新的雷同。事实上我们已经感觉到:以颠覆和破坏为基本特征的后现代艺术,已开始滋生对自身的反叛力量——70年代美国影视的现实主义回潮就是一例。更重要的是:同样是反理性和不协和,我们如何将一个孩子的任性涂抹与毕加索的扭曲形式区别开来,就是现代艺术理论应该考虑的问题。而对这个问题的考虑,实际上就是对法兰克福学派艺术论的"本体性否定"。

七 艺术复调说

之所以将巴赫金的艺术复调说从众多的西方文艺观中提出来,一是因为这一理论是从作家作品中提炼出来的,从而不仅区别于前述几种从哲学、人类学和社会学理论出发的文论,而且可能更为贴近中国文论依赖作品的特点。二是艺术复调说近年在中国文论中逐渐被重视,不仅与后现代理论有合谋之处,而且也与国内的民间狂欢文学(如张炜的《九月寓言》)与理论有合谋之处,值得深入解剖。三是艺术复调说所强调的"对话原则"和"多元并立原则",不仅与文化多元、平等的现代走向相契合,而且也为阐释经典作品的模糊意味以及如何看待各种阐释,提供了一种方法论。四是这种艺术观已经对当代艺术产生了影响,如话剧《野人》的"多声部"艺术结构,就是"复调"的中国版。

应该说,"复调"以及"对话"之所以能成为一种艺术观,不在于巴赫金比较准确地把握了陀思妥耶夫斯基创作的艺术特质抑或存在性,而在于这种把握可以成为一种新的艺术模式和世界观。究其要点,"复调"和"对话"将世界看作无中心的、不同个体并存、交流的平等或平面世界。不仅陀思妥耶夫斯基小说中的人物关系是这样,作者与他的人物关系(作者设置的关系)是这样,作品与读者的关系是这样,而且价值上善与恶的道德评价也同样是这样。于是,英雄人物被解构,全知全能的叙述视角被改变,传统的意义中心以及作者的主观评价也被消解,由此,作品意味的非定论性和未完成性,就成为作品与读者对话的一种期待。这不仅使陀思妥耶夫斯基笔下的艺术现实接近拉伯雷笔下的"狂欢世界"——恢复到原始的、平等的、癫狂的状态,以和日常的、等级的、理性的世界相对立,而且也使陀思妥耶夫斯基的作品具有丰富的可解性。显然,这种艺术观对改变艺术创作中主观的、绝对的、中心的意义模式,尤其对纠正艺术世界不健康的、专制性的、教化性的等级关系和评价系统,是有积极意义的,然而这种理论与德里达的"艺术解构论"一道,其文论本身的局限及对中国当代现实而言的局限,在否定主义视角下也同样是明显的。这表现在:

1. 在阐释复调的对话原则时巴赫金说:"思想就其本质来说是对话性的"①,"是在两个和几个意识相遇的对话点上演出的生动的事件"②,这不仅道明了思想生存的真正语境,而且也是对思想是个人的思想、思想是个人的灵感之观念的一个突破。然而,思想的活动是对话性的,还是思想的产生是由对话而导致,抑或是由对话中的人的批判意识而导致,这在巴赫金的理论中却是模糊不清的,并构成"对话"与"思想"关系中的一个致命的盲点。按理说,陀思妥耶夫斯基的小说中人物之间的对话总是包含着反驳与争辩,应该规定出对话的批判本质,但在日常生活中我们会发现,平等的对话有的时候只是双方的独白或倾诉衷肠,就跟相互理解在中国常常成为相互安慰的代名词一样,所以仅仅强调平等的对话与交流,并不必然地与思想的诞生相关。更多的情况下我们看见,中国传统思想与西方思想之间的对话,虽然包含着孰优孰劣的争执,一个多世纪以来并没有导致中国当代思想的产生,倒只是两种既定思想碰撞的活动形态。而反观西方的情况则是:与其说尼采

---

① 〔苏〕巴赫金:《陀思妥耶夫斯基诗学问题》,三联书店1992年版,第133页。
② 同上书,第132页。

第三章　西方文艺学史局限分析

的思想是在与整个西方传统思想的对话中产生的,不如说是在对西方既定思想的批判中产生的,"重估一切价值"便成为尼采与传统对话的"本质"。以此类推,如果我们只是强调用中国传统文论与西方文论对话,或者是在当前思想多元的格局下各自选择认同的思想来展开对话,那么这同样只是中西方各种现成的思想的活动形态,而不一定能诞生我们自己的思想。在此意义上我说,不平等的对话或者平等的对话,只是既定思想之间不健康的抑或健康的活动形态,均与新的思想的诞生无关。又由于真正的批判总是与对象平等地打交道(思想的打交道总是平等的,不平等的只是人或思想的统治),所以对话即蕴含在批判的过程之中。这样来看巴赫金的艺术对话说,我们就会发现:陀思妥耶夫斯基笔下的人物之所以困惑或走投无路,就在于没有将思想的争论转化为思想的批判——争论是既定思想之间打交道的方式,而批判则是未诞生的思想者与既定思想打交道的方式;陀思妥耶夫斯基的复调世界观,是在对西方传统的价值中心主义的"批判性"对话中产生的,而他笔下的人物,只是他的这个世界观的艺术呈现——所以他们就不可能产生自己的思想的心灵依托。由此一来,巴赫金的艺术对话说,只是对陀思妥耶夫斯基艺术世界的发现,但却不是对陀思妥耶夫斯基"何以成为可能"的发现。批判,便成为巴赫金对话理论中一个有意无意被忽略的盲点。于是,今天的作家可以用巴赫金的对话理论写出类似陀思妥耶夫斯基的小说,但再也不可能成为陀思妥耶夫斯基。

2. 在巴赫金的理论中,"差异"是对话的前提,一般意义上这是对的。但什么是"差异"？由这种"差异"所形成的对话是普遍性的还是非普遍性的？在巴赫金这里并不十分清楚。巴赫金认为对话双方如果都是一种声音,那只能是独白而不是对话,这也是对的;但是如果不同种声音只能是"社会现实的多元性和矛盾性",只是"别人只看到一种品格的地方,他却从中揭示出另一种相反品格的存在"[①],那么这种由"矛盾"构成的差异,应该是无处不在的。这意味着,一个社会、一个人同时拥有几种思想,便可以相互之间展开平等对话。但由此一来却产

---

① 〔苏〕巴赫金:《陀思妥耶夫斯基诗学问题》,三联书店1992年版,第58、62页。

生一个问题：一个人创造了自己的思想，与一个人只是认同别人的思想，他们两者之间的对话是否是等值的？就像我们用老庄思想与尼采进行对话，究竟是老庄在与尼采对话，还是我们在与尼采对话？便成了一个疑问。如果我们选择的是前者，那么20世纪中国知识分子，就不是自己在和西方对话，而是用中国传统思想与西方对话，因为我们没有自己的思想与西方人和古人同时进行对话。如果我们选择的是后者，那么创造性思想与非创造性思想的区别就不存在，所谓有差异的"思想"也只是有差异的"发音"，我们与巴赫金之间就成为同样没有差异的对话者——我们就可以不考虑巴赫金创造了复调与对话理论这个问题，就像我们可以混淆"道可道，非常道"是老子的思想还是我们的思想一样。换句话说，对话的平等，只是人格上和思想本身之间的平等，而不能说创造性的思想与非创造性思想也是平等的。在今天，强调思想之间不存在优劣，对于纠正以往和现在的思想霸权现象是有益的，但如果忽略了思想是否是创造的这个问题，我们就不可能从一个"对话者"成为一个"独立的对话者"——前者是思想的奴仆，后者是思想的主人。巴赫金也注意到了思想的"独立性"问题，但他所说的"独立"只是思想的"独立存在"的意思；而我所讲的"独立"，还意味着思想的"独立创造"。只有思想的"独立创造"，才可以产生真正有意义的对话关系——一个产生了自己的思想的人，才会真正尊重别人的思想，也才会产生平等的、稳定的、坚实的对话关系；反之，一个丧失了产生自己思想之能力的群体，才会产生"批孔""批判资产阶级思想"的暴力运动。因为异己的思想是不牢靠的、不能真正解决自己问题的——就像陀思妥耶夫斯基笔下苦苦挣扎而摆脱不了心灵空虚的众生一样；而自己创造的思想是面对自己的问题而产生的，所以他会成为支撑我们心灵的依托——就像陀思妥耶夫斯坦然地面对这个世界一样。在严格的意义上，我以为真正平等的对话只是思想家之间的事情，而芸芸众生只不过是思想家们对话的道具。将"对话"混淆于"对话的道具"，正是巴赫金的局限所在；而我们没有意识到这个问题，则只不过再一次说明了：我们还不能成为巴赫金的对话者，而只能是追随者。

3. "未完成性"是巴赫金复调理论的又一特点，并构成陀思妥耶夫斯基小说的开放性特征,构成了作品由读者参与思考和解答的互动性对话特点。由于陀思妥耶夫斯基小说中的主人公不再是作者描写的对象,而是与作者有同样主体权力的思考者,这就使得陀思妥耶夫斯基笔下的人物一方面实际上是在表达自己的思想,另一方面又是在与他人的思想表达中交流与碰撞;关键是,这种交流与碰撞始终是一个"未完成"的过程,从而形成陀思妥耶夫斯基小说中众多对话者不断生成又紧张冲突的世界——这个世界无疑包含着丰富的可解性。然而,这种由人物紧张对话的未完成所产生的小说意味的丰富性,只是陀思妥耶夫斯基对小说意味丰富性的一种贡献,它不能反推为:小说意味的丰富性,便只能是陀思妥耶夫斯基这样的小说。否则,除了陀思妥耶夫斯基,文学史上便没有了有丰富意味的小说。毋如说,提供小说意味丰富性的方案,本身也是未决的。《哈姆雷特》是一种提供,《红楼梦》是一种提供,《生命中不能承受之轻》是一种提供,《变形记》自然也是一种提供。或者说,复调与对话,只是陀思妥耶夫斯基提供的小说意味丰富性的一种方式,而"全知全能"的小说叙事模式中,也未尝不可通过小说意味的多层次性来提供比较丰富的解读。关键是,如果把小说写成一个"世界",其意味肯定是丰富的,而把小说写成某种观念的图解,它就必然是不丰富的。所以我们总用"红楼世界""博尔赫斯式的世界"来称谓有丰富和独特意蕴的小说,这就意味着组合成"世界"的小说方式可以是不同的。对话的"未完成性",是陀思妥耶夫斯基提供给我们的组合世界的方式,因此"复调"在小说模式上也只能是其中一种。全知全能也好,作者与其主人公平等对话也好,这并不意味着小说模式已到此完结。对中国作家来说,如何既不受"全知全能"的束缚,又不受"复调"的非全知全能模式的束缚,从而诞生我们自己的小说模式,才是中国文学与中国文论的紧迫课题。所以我以为,艺术复调说,只是提供给我们一个新的理解世界的方式,以及由此派生的小说模式;"未完成性",也只是陀思妥耶夫斯基提供给我们的一种让读者可以参与小说解读的方式,它不可能代替我们对小说和世界的属于我们自己的理解——对习惯于依附的中国作家和学者,这个提醒十分必要。

八　艺术格式塔与艺术存在论

　　上述几种西方文艺学,应该说是对中国当代文论影响较大的理论,但这并不意味着它们可以涵盖西方全部文艺学,也并不意味着其他西方文艺学对中国当代文学与文论建设不重要。如果 21 世纪中国文艺学的生长形态应该是多元化的,那么西方林林总总的文艺学就都有值得我们认真对待的意义。关键是:一种文艺学虽然与其他文艺学是不同而并立的,但是当它所面对的文学问题是其他文艺学的盲点时,它便只能对其他文艺学采取批判的态度。在这里,我想提及的是格式塔心理学艺术论和存在主义艺术论。

　　应该说,"格式塔"艺术论是西方现代心理学艺术论的一个代表,并与中国当代文艺心理学建设存在着这样那样的联系。无论是考夫卡的"完形"理论,还是阿恩海姆的"力的结构",抑或埃伦茨韦格的"弥散"理论,虽然他们之间的理论内涵存在着差异,但是注重其整体性、结构性以及整体不等于部分之和的观念,则是基本上一致的。但"格式塔"并不是一种美学——将美学混淆于文艺学,将文艺学混淆为文艺美学,将艺术欣赏混淆于审美体验,在对格式塔的介绍、描述和研究中时有所见——所以不少学者谈论"格式塔"的基本内容,但并不一定在谈论"格式塔"是如何成为一种审美符号的,审美符号与整体性是否存在着必然的联系等。这个问题暂且不谈。关键是:整体性理论确实涉及艺术形式能否成为一个自足的世界的问题,成为艺术区别于现实的基本保障之一,并且也对中国当代支离破碎的艺术现实不无启示——中国当代文论不在于吸取西方各种文论之"部分",而在于产生不同于这些"部分"的整体性思想,中国当代文学也不在于汲取西方各种世界观、艺术形式与创作技巧,而在于我们应该有自己的"整体性"来统摄上述各种艺术之部分。尽管"格式塔"与早些年学界谈论的"系统论"有内在联系,但就中国当代文学与文论并没有实践这一理论的精髓而言,它的意义依然没有过时。

　　然而,"格式塔"理论的局限又是十分明显的,这表现在:1."整体"

只是艺术世界的一般特性,但并没有涉及艺术世界实现自身的程度——创造性整体。而不能接触到"创造性整体"之问题,"格式塔"对我们就是意义有限的。言下之意,中国当代文论与文学如果不强调"创造性整体"之问题,我们就会依附于既定的整体——无论是中国传统的还是西方的。就像我们不能说《废都》不是一个"格式塔"、但却不能说它是一个"创造性格式塔"一样。考夫卡虽然接触到艺术的创造性问题,突出艺术"主要是为了描述和表现他自己的世界的一隅"①,是为了实现艺术家的自我要求,并且讨论到古典主义与浪漫主义之区别,但在严格的意义上,"自我"在考夫卡的理论中并没有上升到世界观层面上,而只是一个天然性的存在,只是这种存在与世界比重关系的调整,不可能在根本上解决自我的创造性之问题,更不用说"艺术题材"之差异这类与创造性没有必然关系的命题了。在此意义上,可以推导出"格式塔"只是艺术的文化性理论、而不是艺术的存在性理论的局限。2.在《艺术与视知觉》②这本书中,阿恩海姆将艺术的"格式塔"的奥秘,归结为一种内含心理与物理运动的"张力",虽然比停留在感觉和经验层面上的"格式塔主义"深入了许多,但又导入了以普遍性概念来解决艺术特性问题的误区。因为,如果说"张力"与"整体"可作矛盾对立的统一体来解的话,如果阿恩海姆所说的"白色正方形中的黑色圆面"也可作为这种"张力"的解释的话,那么这种"张力"应该说是无处不在的,甚至在非艺术品中也存在(如人体),这样,艺术张力与非艺术张力的区别,就成了一个问题。虽然阿恩海姆列举了大量的艺术事实(如色彩、位置、形状等)来说明这种张力的复杂变化,但艺术的现象并不能推导出艺术的原因。就像人有五官,但并不能推导出五官就是人一样,也就像陀思妥耶夫斯基的小说是"复调"性艺术结构,但不能说"复调"就是陀思妥耶夫斯基的小说"张力"及其内涵一样。因为在这样的概括中,属于陀思妥耶夫斯基的小说意味也就消失了。反过来

---

① 参见〔美〕李普曼编《当代美学》,光明日报出版社1986年版,第415页。
② 〔美〕鲁道夫·阿恩海姆:《艺术与视知觉:视觉艺术心理学》,腾守尧、朱疆源译,中国社会科学出版社1984年版。

也可说,"复调"作为艺术技巧是可模仿的,而产生陀思妥耶夫斯基"复调"张力的创造性冲动及其对世界的独特理解,则是不可模仿的。换句话说,艺术谈"张力"不仅应该区别于非艺术结构之张力,而且也要区别于既定的艺术张力,要谈出一个作家是如何产生"自己的"艺术张力的。这样一来,艺术张力就不是心理学和物理学之力可以解释的,也不是阿恩海姆技术性的"力"的"不同配置"所能解释的——因为作家没有自己的对世界的独特理解与体验,"不同配置"就接近于魔方了。

3. 如果说阿恩海姆的"视知觉"之格式塔可以作为格式塔艺术论之代表,那么无论是视觉格式塔还是听觉格式塔,对艺术来说是远远不够的。我们或许可以说影视、绘画、雕塑的视觉性比较强,音乐、歌曲的听觉性比较强,但接触到文学,这个问题就比较复杂了。虽然我们可以勉强说,文学是可以通过想象在某种程度上进入视觉化和听觉化的艺术世界,但严格说来,这更是一个也包含知觉、感觉、体验和理解在内的综合化的艺术世界——这种综合性,已经使我们不能将文学定位在其视觉和听觉上,而应该定位在与现实世界不同的"另一个世界"上。即便我们承认阿恩海姆说的是艺术而不是文学,"视知觉"可能也是远远不够的。这一方面是因为,"视觉"以及"视知觉"的能力是我们与世界打交道的普遍方式,而不独是我们与艺术打交道的方式。比如我们凭直觉就可以判断进入视线的形状是否漂亮——这种"视知觉"在非艺术领域应该说是普遍存在的;另一方面,也许在阅读活动中确实存在着阿恩海姆所说的"从所见的事物外观中发现意义的能力也丧失了"[①]的情况,这使得我们容易迷恋语言和抽象思维的能力,但这并不等于我们领略艺术奥妙的能力与方式,就应该定位在"视知觉"上。毋宁说,我们只是通过"视觉"或"视知觉"走向属于艺术的世界,而在非艺术世界中,我们同样是通过"视觉"与"视知觉"走向一个不同于艺术的世界。因此,"视觉"与"视知觉"无论是在艺术中还是非艺术中,实际上都只是一种方式或媒介,而不能作为一种特质来对待。就像一个人的目的

[①] 〔美〕鲁道夫·阿恩海姆:《艺术与视知觉:视觉艺术心理学》,滕守尧、朱疆源译,中国社会科学出版社 1984 年版,引言第 1 页。

第三章　西方文艺学史局限分析

是去北极，我们却在他去北极的交通工具上做文章一样。

　　比较起来，西方存在主义艺术论，因为同用"存在"一词，也是容易与我的否定主义艺术论相混淆的。因此澄清存在主义艺术论的局限，也就阐明了否定主义艺术论所讲的"存在"的特殊意味——至少在我用另一个概念来表明我的"存在"含义之前。比较起来，存在主义艺术论的主要问题体现在：1. 雅斯贝尔斯也强调了艺术对现实的"超越性存在"和艺术家的"个性存在"等问题，但是由于雅斯贝尔斯将"存在"理解为难以言说的"上帝"，所以无论是在其理论形态上，还是在对达·芬奇、凡·高等艺术家的评论实践中，他都没有说清楚他的所谓"世界整体的统一秩序的密码"究竟是什么意思。雅斯贝尔斯注意到经典艺术家的不可重复性是对的，但是如果这种不可重复性只停留在"密码"的层面上，那么这就等于宗教观、审美观而不是艺术观了。我想，这也就是雅斯贝尔斯可以解释艺术区别于哲学、但难以解释艺术区别于宗教和美学的原因。雅斯贝尔斯虽然从"悲剧"的角度阐明了他对于"存在"的理解，但"悲剧"一方面只是一种类型化把握（比如它更适合把握现代主义作家对世界的普遍立场），而难以涵盖不是悲剧类型的经典作品（如《圣经》和《诗经》），另一方面，即便对现代主义或存在主义作家而言，按照"不可重复性"原则，艺术理论关键也不在于阐明以"斗争和绝望"为共同基本内容的悲剧，而在于揭示不同的作家是如何对"悲剧"进行自己的理解和思想穿越的，进而在悲剧问题上贡献出自己的存在性。这显然是雅斯贝尔斯存在主义艺术论的一个盲点。2. 在萨特的存在主义艺术论中，想象被理解为"意识使对象出现在自身之中的某种方法"①，并由此具备相似性、虚无性、自发性等基本特性。萨特强调艺术想象以现实为基础，但其性质又是非现实的，确实涉及艺术与现实的不同"质"，并由此和他的超验性的"自由"衔接起来。然而，由于萨特之"自由"的无所不包性，"想象"这种能够摆脱现实事物的人的价值活动，也就缺乏"创造性"规定。亦即能够摆脱现实事物

---

　　① 〔法〕让·保罗萨特：《想象心理学》，褚朔维译，光明日报出版社1988年版，第25页。

束缚的活动,并不一定就是能导向创造性的活动,而真正的创造性(包含"个体化理解")的想象性艺术活动,又不是"自发性"可以解释的。所以,当萨特举立方体在现实中不能有六个面同时呈现、而在想象活动中就可以做到时,他只是接触到"想象"改变现实的能力,接触到艺术之于现实的可能不可能之问题,却没有接触到把现实中不可能的事物想象在一起,也不等于"创造"之问题。这就是说,创造不是做不可能做的事,而是做只属于你做的事。所以,毕加索的《格尔尼卡》不是因为改变现实的形状而伟大,也不是因为体现了艺术家对现实屠杀的批判性而伟大,而是因为"如此理解和批判世界"而伟大。所以,关键在于"如此"中所显现出来的作家的个体性和创造性。尽管萨特可以从他的哲学出发,将这个"如此"解释为人类相互攻击的命运,但根本上说来,这种涵盖依然遗漏了使毕加索成为毕加索的东西,即属于毕加索的东西可供读者进行不同的阐释(萨特的阐释只是其中一种),但这种阐释不可能从任何其他现代派画家得到——只有后者,才是毕加索的阐释界线及其特质,也是毕加索的"不可重复性",这就牵涉毕加索"如此"变形中所蕴含的对世界的独到理解与体验之问题。而这个问题,囿于萨特的"自由"的普泛性局限,不可能被凸现出来。亦即"超验"和"想象"我以为应该进行"个体化理解"之规定,否则,就不可能接触到"文学性"实现的程度之问题。3. 对世界贡献出"荒谬"说及有相应文学作品支撑的加缪,对艺术提出了诸多真知灼见,诸如"伟大的小说家都是哲学小说家"①等。这意味着小说家不是仅仅会讲故事或将故事讲得生动的人,也是有自己的世界观的人。虽然这个几近常识的观点并没有阻止大批作家写出思想平庸的小说(这多少说明了常识的无用性),但却使加缪自己写出了不平庸的小说,那就是西西弗斯、局外人这样的经典人物的诞生。只是,在对"创造"的理解上加缪是以自己的荒谬哲学为准绳,从而犯了将伟大的文学等同于写荒谬的小说的错误,进而在效果上阻止了其他作家产生自己的世界观。这个局限使得加缪更偏向一个哲学家而不是文学家,或者说使加缪更偏向于一个存在主

---

① 〔法〕加缪:《西西弗的神话》,杜小真译,三联书店1987年版,第131—132页。

义哲学家,而不是否定主义意义上的哲学家。于是,加缪的荒谬主义文学理论之局限,就在于将文学性问题混同于哲学性问题,从而使他的文学理论只能解释他自己的作品,而不能有效地解释其他作家作品。如果说,加缪像西方许多文学理论家一样,均没有找到解释一切文学作品文学性的奥妙,那么他的文学理论也就不是真正的文学理论,而只是其哲学理论的载体。

九 反本质主义

近些年来,随着阿多诺、福柯、德里达的哲学理论与伊格尔顿、罗蒂的文学和文化理论陆续介绍到中国,国内文艺学界已经产生了一股"反本质主义"的旨在颠覆文学确定性理解的理论思潮。尤其是被国内学者引用较多的伊格尔顿的《二十世纪西方文学理论》,通过强调对文学的"历史性"和"地方性"理解,突出文学在根本上受制于各种意识形态的特点,以及以"表意实践"①代替"文学理论"的理论目的,对还没有确立起自己对文学的当代性理解的中国文艺理论界,带来了又一次思想上的冲击和理论上的迷茫。然而,正如当年中国文艺理论界引入弗莱、索绪尔、雅各布森的结构主义理论产生的"话语思潮",最终并没有对中国的文学理论建设与文学创作实践产生实际的影响和作用一样,今天的中国文论界,如果不能通过关于文学与现实、与文化关系的"中国式思考"来对包括伊格尔顿在内的西方理论保持尊重而批判的实践,从而参与关于文学理论后现代状况下的全球多元建构,那么,一方面再过十年我们未必不会还对今天的所谓"反本质主义"进行所谓"反思",另一方面,百年来中国文学理论思潮依附于西方理论的贫困状况,就依然不会得到改变。基于这样的原因,对伊格尔顿在《二十世纪西方文学理论》中的一些基本观点进行局限分析,就十分必要。

首先,伊格尔顿认为包括文学在内的哲学、心理学等既然都是不同

---

① 〔英〕特里·伊格尔顿:《二十世纪西方文学理论》,伍晓明译,北京大学出版社2007年版,第179页。

意识形态权力运作的结果,那么"英国文学"就可以被伊格尔顿理解为日渐衰落的宗教的"替代",去"完成宗教留下的意识形态任务",但他忽略了在履行宗教功能的时候,最优秀的文学已具有突破宗教的功能。这里,重要的不是伊格尔顿所说的文学的"情感经验"与"宗教热情"有相通之处,而是因为文学体验性产生的丰富意味,不仅能产生"反宗教"的功能,而且也具有模糊宗教信念的功能。但丁的《神曲》已赋予上帝的感召以人文主义的内涵,这是教会的宗教难以接受的;而当伊格尔顿说人文主义也是一种由新的意识形态所支配的话,我则可以说维吉尔的矛盾又常常在消解自己的信念。因为把维吉尔解读为"使人的生活的社会性从属于孤独的个人事业的政治制度、种种价值信念"①的时候,伊格尔顿也许只会看到主人公是"英雄主义意识形态"的体现,却没有看到《神曲》的真正文学努力在于展示主人公在教会和人文之间的矛盾体验。这种体验能被什么样的意识形态解释和归类呢?也因此,文学作品的真正奥妙,不在于伊格尔顿从文化的"所指面"去进行任何内容的揭示,而在于文学对"所指面"的怀疑所产生的"复杂面"。这种"复杂面"是不能简单被单向度的文化观念进行"内容切割"的。人类之所以需要这种体验性的复杂世界,在于人类自从理性产生以后,连试图反抗理性的文化也可以作为制度被理性收编,这就为文学在由任何意识形态所支配的理性文化和感性文化空间中保留了自己存在的空间——它是一种由复杂意味构成的"体验形态",从而既不能被主流意识形态、也不能被"认识、评价、信仰模式"的意识形态所收编。

其次,伊格尔顿认为:很多文艺理论家都认为文学可以"疏离"意识形态获得"独立",但"应该谴责的是它对自己的政治性的掩盖和无知"②。在谈论俄国形式主义对日常语言的"疏离"问题时,伊格尔顿认为:"疏离性仅仅相对于某种标准的语言背景而言;如果这一背景改变,那么那件作品也许就不再被感受为文学。"③伊格尔顿一方面始终

---

① 〔英〕特里·伊格尔顿:《二十世纪西方文学理论》,伍晓明译,北京大学出版社2007年版,第172页。
② 同上书,第197页。
③ 同上书,第5页。

第三章 西方文艺学史局限分析

没有阐明使我们不再把莎士比亚和普希金感受为文学的"语言背景"的是什么,也没有说清楚形式主义和结构主义通过"语言结构"与现实世界分离,是不是受科学意识形态支配,于是他也就回避了一个关键问题:为什么在所有文化现象中,只有文学具备使人"淡忘""遗忘"现实的功能?这种功能是"意识形态需要"还是"缓解意识形态的需要"?

应该说,无论是古代神话通过奇异的想象来展现现实不可能存在的世界,还是结构主义剔除"写什么"而住进纯粹的"叙事结构"世界,虽然它们受不同的文化制约在形态和方式上有差异,但它们对读者而言,均具有一种通过短暂的专注于这种世界而离开现实世界的功能。在否定主义文艺学看来,按照宗教教义与世俗现实发生的关系,已经是"用离开现实的方式与现实打交道"了;人类已经认定自身受现实制约是与生俱来的"宿命",所以才需要"短暂离开现实世界"以获得对现实世界的"平衡感",否则就难以承受这"被制约"的命运之重。当原始人通过使用工具的劳动体验着可以"离开自然性生存"的喜悦时,虽然还是不得不在很多方面过着动物性的生活,但通过劳动成就为一种与自然性现实可以"疏离"的张力关系,人类由此就可以突破自然界制约展开自己的历史;而当劳动创造形成的理性文化成为人类现实世界的性质时,艺术必然要通过"再造一个世界"疏离出理性文化现实,以延续这种张力。这就像生命只有通过睡眠才能继续白天的活动一样,文学和艺术的存在就可以理解为人类文化活动的"睡眠"。在睡眠中人可以做以现实为材料的梦,这时候肯定遗忘了白天的现实性生活,但"遗忘"又是从事白天活动所必需的。传统文论家之所以习惯将文学理解为可以"疏离"或"独立"于现实的一种存在,并不是因为他们不知道文学受意识形态制约,而是只有通过遗忘这种制约得到短暂"睡眠",他们才能继续"被理性文化制约"的现实生活。艺术家们之所以特别钟情于自然美和生命欲望在文艺作品中的展现,正因为这样的展现容易体现人类与理性文化现实的"疏离"关系。所以伊格尔顿可以在根本上将文学艺术对现实的"疏离"看作一种"生存的意识形态",但这种理解无法解释人们面对意识形态化现实的不同抉择:是将艺术符号作为工具从属主流意识形态要求,还是同样将艺术符号作为工具以另一种理性文化对抗现行主流意识形态,抑或将形象符号作为本体消解人们从作品中直接接受某种意识形态观念的可能?所以,五四新文学借文学艺术这个符号来进行以人道主义、现代主义、后现代主义为依托的"可观念化"批判,也许可被伊格尔顿的"政治批评"所解释,但其实却不一定是以"体验形态"为内容、以"可疏离现实"为效果的文学性批判①。

再次,由于形式主义和结构主义将文学的本质理解为可以脱离"写什么"的"叙事结构"和"元素关系",这就被伊格尔顿抓住了两个把柄:"那些并不在语言上关注自身的,也不以任何引人注目的方式自我炫耀的现实主义和自然主义的作品"②,对扩张的形式主义批评而言必然是牵强的,所以形式主义和结构主义很难解释注重现实性和体验性的中国文学,也就成为逻辑推论;同时,"只要由各单元之间的种种关系形成的结构被保持住,你就什么项目都可以选择",例如"用母亲和女儿、鸟和鼹鼠等等,去代替父亲和儿子、坑和太阳,却仍然保有同样的故事"③,这种把现实内容全部放入括号的做法,就被伊格尔顿认为是"非历史的"④。然而,伊格尔顿同样忽略了两个重要的问题:一是文学性的"语句"不等于文学用具象、日常和抽象语言共同建构起来的"世界"。伊格尔顿在多种场合抓住像"这糟糕的像虫子爬的书法"这样单独的句子是不是文学语言来做文章,这就把文学作为整体的形象世界的性质与功能忽略了。而事实是,文学语句是不是有"虫子爬"这样的修饰,其实并不直接影响文学世界的建构。比如我们要从海明威这样的作家作品中去找生动的、"有虫子爬"的句子,那多半会大失所

---

① 20世纪中国的文化启蒙文学之所以某种程度上可以被伊格尔顿的"政治批评"理论所解释,是因为其中以认识、评价出场的各种意识形态对文学作品的渗透,已经影响了文学对各种意识形态保持"疏离"性的独立品格。文学担当文化救亡以及文化现代化工作,一定程度上与伊格尔顿所描述的"英国文学"担当宗教责任是同一性质的工作。这种"满足于担当各种意识形态的启蒙"的文学,是20世纪中国文学的"文学性问题"之所在。

② 〔英〕特里·伊格尔顿:《二十世纪西方文学理论》,伍晓明译,北京大学出版社2007年版,第6页。

③ 同上书,第83页。

④ 同上书,第95页。

望,因为它们都像电报般文字那样简洁;而比较多愁善感的日本作家村上春树,你在他的长篇小说《舞!舞!舞!》中多半只能读到"店里很挤,人声嘈杂,看样子连一个航班都未准时起飞,人们无不显出疲惫的样子。我要了咖啡和三明治,算是午餐"①这样和日常语言没什么两样的句子,但这根本不影响作家建立自己的文学世界。反之,日常生活再使用修饰和隐喻,也不一定就是文学——这一点伊格尔顿倒是意识到了:"曼彻斯特人(Manchester)使用的隐喻比马威尔(Marvell)作品中的隐喻还多。没有任何一种'文学'手段……没有在日常生活中被广泛运用"②,说明"隐喻"是否大量使用与文学性也没有必然关系。这就像广告用形象语言说话但是在为解释产品的性质和功能服务因而不能算作文学一样。因为要在作品中的语句中去找文学性的语句,一个生性风趣的人在日常生活中会说满口"文学语句",毛泽东的哲学著作中也充满生动的文学性语言,但这些之所以都不能被称为文学,就是因为整体上它们不能算作形象世界。形象世界不是靠文学性的语句构建的,而是靠更大单位的情节、故事、意境这些充满复杂关系的虚拟生活构建的,它不说明和阐发任何直接的、单一的观念和理性内容,相反你可以从中用"好像是……"的评论语言挖掘出多种可能是矛盾的意味。"意味"之所以不等于"观念",是因为以"体验形态"出场的文学是以其丰富的意味在读者的直觉性心理活动中被保留的,即便评论家可以以理性分析进入,那也是以彼此冲突的、差异性的、可争议性的思想和抒情交织的形态显现的——而且这种显现会因为作家的"个体化理解"的制约,不同程度地区别于现实生活中的各种意识形态观念。

最后,在《二十世纪西方文艺理论》中,伊格尔顿几乎所有的立论都是建立在他提出的所谓"历史性"和"地方性"观念之上,但始终没有对"历史性"和"地方性"进行过深入的、跨文化性的分析,从而暴露出以下三个方面的问题。

---

① 村上春树:《舞!舞!舞·》,林少华译,上海译文出版社2002年版,第135页。
② 〔英〕特里·伊格尔顿:《二十世纪西方文学理论》,伍晓明译,北京大学出版社2007年版,第5—6页。

一是中西方历史观念、形态因为文化的差异而有明显区别,这就使得伊格尔顿所提出的"历史的"概念在面对中国历史时,意义是极其有限的。如果伊格尔顿的理论还勉强可以解释中国不同时代只能产生不同的文体(唐诗、宋词、元曲、明清小说)以及"地方戏"等问题的话,那么一旦涉及"诗言志"所分离出的"载道说"和"缘情说"这些文学观,是"历史的"还是"超历史的",就很难有什么区别了。这是因为,在以"天""道""经"为依附对象从而使得思想"万变不离其宗"的古代中国,世世代代的中国知识分子并没有因为时代的演变而产生改变以"儒""道"为基本世界观的欲求,也没有产生改变"文以载道"的文学观的欲求。这种"超稳定性"甚至到了20世纪"西学东渐"以后也没有改变:将西方理论作为新的"道"和"经"来"宗"的思维定式并没有得到改变,"文载新道"的状况也就没有根本改变。这种"没有改变"导致了以下两个问题:一是20世纪中国社会发生的不同于以往任何历史时期的巨大变化,按照伊格尔顿的理论,本来是可以产生只属于这个时代的"中国自己的现代文学理论"从而和传统文论构成相对并立的状态,但是我们不仅没有罗蒂在他的《后哲学文化》中所说的"哲学是'思想中对他自己的时代的把握'"[①]的原创性实践,而且还导致20世纪80年代以后中国学者对西方人道主义、现代主义、后现代主义哲学观和文学观"争相追逐"的功利主义现象,这就构成了一个奇特的"中国传统观念的超稳定性"和"西方异己观念被不断认同又抛弃"的"中国思想景观"。

二是伊格尔顿所代表的西方后现代的历史观,虽然可以说明西方观念不断发生重大变化的历史,但是它的盲点依然是明显的。因为文学观的"超稳定性"不仅缘于人们对原则、真理、终极关怀的追寻惯性,而且还缘于历史的"循环性""可重复性"使得一种特定时代的文学观被后人不断提起。在根本上,尽管人类历史千变万化,但人类与自然关系的永存,不仅会使得不同的历史时期总存在因为与自然的关系而带来的相似问题(如人类的危机和生存问题),而且人之初的历史形态也

---

① 〔美〕理查德·罗蒂:《后哲学文化》,黄勇译,上海译文出版社2004年版,第16页。

会因为多种原因而在后来的历史时期重复出现(如现实与艺术的一体化分别在史前和后现代重复出现),更不用说爱斯基摩人的历史是以重复性而始终保留其原始人的基本特性——而我们却不能说这是没有艺术的民族或没有历史的民族。就人类与自然的关系而言,劳动作为人类最原始的艺术与今天的所谓"生活艺术化"是可谓"异曲同构"的。这种"艺术很大程度就是人类现实生活本身"的现象,来自人类在和自然关系中的一种共同的意识形态动因:生活本身的审美化就是人类最基本的意识形态。当人类把区别于自然的一切作为艺术来对待的时候,生活本身的审美性使得人类不需要成为一个主体来反观自身,这个时候是不需要专门的"艺术理论""文学理论"的,所以伊格尔顿说的"文学不确定性",其实就是这种不需要的"循环"。所不同的是,史前人类的"不需要"是不自觉的,而后现代的今天则是自觉的——因为人类无法将自己的理性过滤干净。"文学是人学"和"文学的抒情性"在20世纪的中国是一个"稳定的观念",甚至可以与中国传统文论的"缘情说"构成稳定的状态,因为中国人始终存在一个挣脱不尊重人性的专制伦理的问题。五四新文学和新时期文学对"人学"和"人性""个性"的提倡与实践,在根本上不是文学理论企图将自己永恒化、稳定化,而实在是中国历史的性质本身所产生的循环性所致。

三是迄今为止在中西方历史上产生重大影响的文学观和艺术观,我认为既可以看作"历史的"和"地方的"建构,也可以看作具有"超历史的""超地方的"的文学观,关键是我们如何理解"历史的""地方的"和"超历史的""超地方的"这几个概念。就宏观方面而言,柏拉图、亚里士多德的"模仿说",显然是古代文明建构起来的文学观,它之所以被克罗齐为代表的"直觉说"所超越,正说明文学观的提出是受"历史"和"时代"制约的,而与这样的文学观相匹配的西方绘画《拾麦穗》,则不可能出现在古代中国从而体现出它的"文化地方性"。另一方面,我认为任何被"历史"和"地方"建构出来的有价值的文学观,其"超稳定性""超历史性"都不应该被理解为一种"现实性存在",而应该理解为一种"影响性存在"——"模仿说"对现实真实的强调,极大地影响了美国20世纪的"比真实还像真实"的"超现实主义雕塑",即便我们站在后现代的立场上,也不能说"艺术即模仿"对今天已经没有影响了,尽管你可能认为它已经过时了。不能区别"超历史的作用"和"超历史的影响",也没有就"历史"作"文明"和"文明内部的意识形态变迁"进行区别,无疑使得伊格尔顿的反本质主义究竟想说什么"模糊起来"。所以我认为,历史是由一种世界观起支配作用的时间进程以及在这个进程中的人类实践过程,而"超历史"则可以解释为一种特定历史时期产生的观念对后来的历史不间断或间断地产生思想性的影响。"超历史的作用"是主流意识形态或占主导地位的观念通过话语权力对已经发生重大变化的时代依然在起支配作用,并排斥新的生长性的、边缘性的观念的显现。

第四章　文学穿越论的中国文化经验

应该说，文艺理论界渴望构建中国现代文艺理论的主体性，以达到和西方文论与中国传统文论同时对话的境界，这是中国多数学者的共识和期待。然而，对这种主体性赖以立身的中国文化特性的理解以及基于这种理解产生中国自己的现代化问题，文艺理论界并没有充分的自觉。如果不能突破依托西方现代文论看中国的问题视域，如果不能从中国自己的文化经验中去发现可以和西方现代文化打通的文化经验，我们在文艺理论现代化的提问方式上就会发生问题错位。可惜的是，这样的错位构成了一百多年以来中国美学和文艺理论现代化的基本方位，致使中国现代美学和文艺理论始终难以解决"中西对立、融通"之问题。

究其原因在于，从王国维开始，中国学者对中国文化的理解，基本上是只注意到儒、释、道这些主导性内容，而忽略了异于儒、道、释的"中国式的现代性文化"。所谓"中国式的现代性文化"，是指这种文化在基本内容上与西方现代文化有相通的一面，但理论的意义上又是不健全的、甚至还需要现代改造和提升，以便成为中国真正的现代文化。中国主导性文化可以将生命纳入"温柔敦厚"和"淡泊明志"的文化框架中进行审美，但"中国式现代性文化"却直接可以对"生命""生命力""创造力"这些现代性的基本内容进行审美；中国主导性文化可以对"宗经""多元统一"审美，但"中国式现代性文化"却可以对"突破经典""多元并立""个体立场"进行审美。由于儒、道、释文化在根本上并不重视对自然世界的科学思考，也不重视个体的生命力和个体思想创造，这才导致中国现代美学只能把对个体、生命力、思想创造的审美放在西方文化符号中，为西方的科学、民主、自由、独立这些现代性思想如何与儒、道、释文化相融而焦虑。然而，由于避免不了中西方两种理论在生命、生命力和创造力方面的内在矛盾，以儒家哲学为本位的"中西融汇"，就会出现以中国儒道释美学为本体，西方理论和概念就不可能真正发生作用（如"主客体"概念在王国维的《人间词话》中）的状况，而如果以西方理论为本体，中国文化的内容就可能被架空（如康德的"美的超功利"难以描述中国的审美经验）。这是百年来基于对"中国文化"错位理解造成的必然结果。即便近20年来对"全盘西化"进行拨乱反正，由于对中国文化的基本认知没有改变，中国学者还是会再次回到儒、道文化之中，不是从儒学中去挖掘概念的相似性做牵强的现代解释，如将"以民为本"与西方以个体为单位的人本主义硬性打通，就是对儒家做抽象的现代阐发，将儒家"修齐治平"的改变现实的要求与西方的人文批判精神相提并论。其结果，便是只能用西方文化去理解"现代性"，而不是用中国自己的文化经验去发现"中国式现代文化"。这不仅决定了中国自己的现代文艺理论命题及其内容能否诞生，而且决定了我们对中国文化的理解是否具有"重新发现一个文化中国"的重大意义。

一 尊重现实又改造现实的文化创造经验

由于中国文学与中国文化彼此渗透的缠绕关系——这种关系是由"先天八卦"和"后天八卦"作为中国文化与文明的起源所规定的，也由于作为尚未独立的文学艺术的起源很大程度上与文化的起源有关，所以要阐述中国文学"穿越现实"的创造观念，首先就必须追问中国文化是否具有支撑这种观念的创造经验和创造智慧。

作为中国文化思想符号诞生的标志，伏羲的"先天八卦"的创造经验是什么，从"先天八卦"推衍出"后天八卦"的《易传》并没有展开论述。后人在说"先天八卦"的方法时只涉及圣人"观物取象"，但依然没有解决伏羲为什么取"--""—"两个数象制造八卦的问题，也没有真正解决伏羲为什么用"三重画"对这两个象数进行"八种组合"的问题。学界有"结绳记事""男女生殖器图"诸说来解释"--"和"—"这两个符号的成因，但这种解释如何对应"八卦"的形成依然是一个未解决的问题。老子以《道德经》的"道生一、生二、生三"的"生生"说来解释"八

第四章 文学穿越论的中国文化经验

卦"的形成,但也未解决"八卦"的对称性关系之问题。《易传》以"阴阳、男女、夫妇、君臣"说来解释"八卦"的产生及其含义,但《易传》过于看重"--""—"两个符号的叠加拓展实践,可能轻视了伏羲"先天八卦"的"无中生有"的创造意味。这种创造一是指伏羲用"--""—"两个符号表达自己对"天与地、昼与夜、水与火、冬与夏、男与女"等的理解,是一种对自然界和人类的共同的生命运动现象"对立和统一"的理解。这种"对立统一"并不一定就是指"阴"(--)、"阳"(—),也可以是朴素的"分"与"合"。分,在这种理解中并不具有孰高孰低之意,合,则是说两者均处在统一体内。"--""—"两个符号作为最直观、最本真的理解,其创造性在于伏羲对世界的作为整体性的生命运动每一方面的平衡性、对称性把握。

在此基础上,伏羲用"--"和"—"作四卦和八卦,这是结构性的对于世界各种事物性质不同的理解,是对"--"和"—"的再创造。之所以不是七卦和九卦,是因为只有四卦和八卦才能形成卦与卦之间分离而对应的格局,从而象征不同性质事物也是分离、并立、对等的关系,体现出象数"--"性质的连续性,这种关系,在现代科学发现中(如电子计算机二位进制的发明,将"—"解释成1,将"--"解释成0,在数学中八卦等于八阶矩阵)也得到初步验证,但与伦理化的解释无关。而八卦之所以是一个整一的八边圆形图,是因为只有如此才是"—"的放大,不同性质的事物就共同处在一个统一体内。由于伏羲只能从现实世界简化出"--""—"两种符号,所以只有是"三重画"叠加才可以保证每一卦是结构的不同,而"四重画"却不能。同时,用"--""—"来建构八卦,在于这两个象数符号是八卦建构所凭借的共同材料,材料不能决定结构,正好说明"八卦"是"创造的"而不是"阴阳演变"出来的,"阴阳演变"的事物远远超过"八卦"本身。伏羲之所以创造出不同于西方宗教文化的"先天八卦",其用意就在于解决作为性质不同事物象征的"八卦",应该怎样才能构成一个整体和谐的生命世界,而不是冲突的、主次的、等级性的世界。

简而言之,中国远古文化的创造是对自然界和人类世界构成的全部现实的一种整体性理解,而不是割裂人类与自然的理解,这使得中国文化不可能产生人类与自然具有冲突性的二元对立思维。当我们说"现实"这个概念时，既不仅仅指社会现实，也不仅仅指自然现实，其哲学观念应该是对这两个世界的共同概括，对人的理解也应该成为对自然的理解。另外，中国文化的创造是尊重和利用现实材料的创造，这也使得中国文化的创造不是超越、对立于现实的创造，不会走向一种形而上世界，而是"在整体中求创造"，在现象上是一种"隐性创造""内在创造"。而且，伏羲的"先天八卦"还是一种偏向于生命运动与不同性质事物关系的理解，理论上是"一元内的多元对等"的世界观，所以本身并不一定就是《易传》的"阳上阴下"之意，也不一定就是《道德经》的"负阴抱阳"之意，"先天八卦"作为中国文化源头并没有血缘等级关系，也没有"中心—边缘"的意识。这种一元内的多元并立的思想，在先秦时期和盛唐文明中均有所体现，并造就了中国文化史上两个对世界影响力巨大的、也具有现代意义的独特文明。

但是，"先天八卦"是先民占卜祭祀把握生存奥秘的文化符号，还不能以理论的形态作为文化的思想基础，因此我们只能以儒家的《易传》《论语》和道家的《道德经》《庄子》等来阐述中国文化的内容。由于我们没有注意到儒、道的创造经验及其与伏羲的创造区别，这就导致中国哲学史在儒家、道家之后缺乏不同于先秦诸子的重大哲学创造。儒家、道家哲学的产生当然与殷商"德""道"文化的兴起有关，但目的在于为男权秩序和文明理想的建立提供文化保护从而对"德""道"赋予了儒、道哲学的理解。由于儒家、道家哲学对殷儒的"柔"文化虽然认同但有不同理解，这就导致老子对"柔"的阴性理解与孔子对"柔"的温柔敦厚的理解存在差异。从简本《老子》"绝智弃辩"到通行本《老子》的"绝仁弃义"的演变，更能看出道家阴性之柔消解儒家阳性之柔的倾向，但这并不妨碍两种文化哲学在文化创造上的以下共同点：

一是从创造者关于文明的审美理想出发对"先天八卦"进行创造性的解释，并因此与社会现实形成不同的批判性关系，这应该是儒家和道家哲学在文化哲学创造上的一大贡献，弥补了伏羲创造"先天八卦"因为文化未成型期审美理想和创造方法不明确之局限。儒家的审美理想是差等仁爱秩序与圣性人格的建立，所以"后天八卦"必须把"--"

第四章 文学穿越论的中国文化经验

"一"解释为"阴、阳","阳刚阴柔"解释为"阳上阴下",从而回避了"先天八卦"的卦卦之间"并立"的结构,也舍弃了"阴柔"的主体性,最后建立起"君臣父子""男尊女卑"的文化理念。"后天八卦"通过象数叠加将八卦推衍为六十四卦,乃至将"马"区分为"瘠马""老马",其实是儒家为加强自己文化秩序的权威性借"天地""阴阳"来论证其合法性的方法,建立起"夫大人者,与天地合其德,与日月合其明,与四时合其序"(周易乾卦)的儒家"天人合一"思想,明确"仁爱天下"的审美理想。比较起来,老子的《道德经》与"太极八卦图"有直接的关系,虽然不是解释"先天八卦"的文本,但其著名的"道生万物"思想,也可以作为不同于儒家对"先天八卦"的一种解释。老子的"道"具有"生而不有,为而不恃,长而不宰"的含义,是对"负阴抱阳"(阴主内阳主外)的诠释。与儒家推崇"天、阳、男、刚"正好相反,道家是强调"地、阴、女、柔"的哲学。其审美理想是由"小国寡民"的政治理想、"夫唯不争"的处世方法、"恬淡静心"的美学境界所构成。这种与儒家"天下为仁"不同的美学理想,必然导致道家哲学不同于儒家的对伏羲八卦以及殷商儒文化的解释,也使得道家"天人合一"的具体内容区别于儒家。道家文化对"阴阳八卦"阐发的不同,加上"女娲造人"的传说,也证明了儒家《易传》并不是对"先天八卦"的唯一合法的解释,而是各自从自己的审美理想出发的解释。在思想的"无中生有"的意义上,儒、道两家哲学当然都是文化性的创造。

二是儒家的"太极生两仪、两仪生四象、四象生八卦"所展开的"多元统一"的思想,以及道家的"道生一、生二、生三、三万物"的思想,在人的创造性问题上是一种限制而不是敞开。亦即先秦诸子百家之后为什么没有区别于儒、道、法、墨等的重大哲学思想创造,而司马迁、苏轼、郭象、杨朱、戴震、陈亮等异于儒、道、法、墨的哲学思想为什么处在中国文化思想的边缘状态,除了政治化的儒家排斥异己之外,应该说这与儒、道等哲学所包容的"多样性"是一种"弱创造性"有直接关系。中国人越是认同儒、道哲学,也就越是认为这种"弱创造"是我们通常所说的"创造",除此之外,便很难理解不同于儒、道、法、墨等哲学的思想创造是什么,在文学批评上便也很难解释司马迁、苏轼、曹雪芹、鲁迅的独创性思想是什么。迄今为止的中国文学史之所以没有在独创性上梳理文学作品的文学性价值差异,原因之一就在于我们已经习惯在儒家、道家所规定的空间中谈创造。具体说来就是习惯在"多元统一"的思维方式下谈文学的创造性。由于万事万物和事物的多样性是由天道、阴阳派生出来的,而"天道"被儒家的"仁爱"所解释,"太极"被道家的"大道"所解释,由此拓展出来的事物多样性和文化多样性,自然就是"万变不离其宗"的。"万变不离其宗"的创新在思想上就是"宗经",即对经典的解释和理解可以多元化,风格、技巧、表达、文体可以多样化,但你不能不以认同某种经典思想为前提,否则就是"大逆不道"。如果不认同儒家经典,便只能认同道家经典;如果不认同中国经典,就必须认同西方经典。如果什么经典都不认同,就会被学术界认为是虚无主义、凭空创造、无所依凭、无从下手。在理论上就会把阐释性的"理论研究"当作"理论"本身。其结果,自然是中国学者的理论思维能力远远弱于理论知识的学习能力,也必然会导致不断学习新的理论知识的所谓"20世纪中国思潮迭起"的现象。正是在此意义上,才可以说儒家和道家的哲学是阻碍中国思想界理论原创、思想独创的文化力量,当然也就成为制约中国文学产生独创性的力量。

　　因为儒、道等哲学在中国汉代以后的文化中不再是一种个体化的思想存在,儒、道思想和先秦其他诸子思想也并不重视个体思想创造对经典化的思想("六经")的审视和突破,这就将中国文化中个体化思想文化创造的经验遮蔽了。这突出表现在司马迁和苏轼的哲学思想创造中。饶有意味的是,中国文化思想史一般并不主要论述这两位思想家,中国文学史一般也只是将他们作为杰出的文学家来对待。某种程度上,他们提供的创造经验,具有中国文化现代化将传统自在的创造提升为自为的创造的意义。

　　可以说,司马迁的《史记》和苏轼的《东坡易传》均体现出对既定文化思想的尊重,这是中国文化的整一性决定的,也是真正的中国创造者从来不是拒绝、打倒现实世界的创造特性决定的。五四新文化运动"打倒孔家店"之所以不是一种中国现代文化思想创造的运动,即是"宗西方的经"全盘打倒传统儒道文化思想的缘故。司马迁称孔子为

第四章　文学穿越论的中国文化经验

"至圣",并以《孔子世家》《儒林列传》记载孔子思想的发展轨迹,在《太史公自序》中称孔子学说是"为天下制仪法,垂六艺之统纪于后世",与此同时没有为老子和墨子等列传,这也是从历史性重大影响出发的选择;司马迁对儒家"三不朽"中的"立言"十分推崇,也可以作为一种尊重中的取舍。政治上他对儒家的"仁政"也持一定的肯定态度,把民心的向背看作历史进步的标准,从而使他的《史记》大气而从容。苏轼被学界认为融通三教,体现出苏轼对任何思想均十分尊重的创造者心态,仅此就比相互排斥的儒、道两家学者伟大得多。他的《东坡易传》像司马迁的《史记》一样在学术界鹤立鸡群,但依然体现出对《易传》"一阴一阳之谓道"、"道"为宇宙万物的本源的认同。他没有反对儒家仁义礼智等观念,并在自己的著作中承接了"卦、爻"等概念。这与苏轼在讨论文学时从未公开反对过"文以载道"的态度是一样的。这种尊重有思想的容纳,学术界以往只是从个人心胸、胸怀的角度予以解释,其实从创造的中国经验角度看就是:中国创造是要把既有世界化为材料和表现形式的创造,所以不能采取拒绝之然后另起炉灶的做法,那样就不再是一个整体世界,而是二元对立的世界了。与伏羲用"--""—"两个世界的对立统一符号作为"八卦"建构的材料一样,如果把儒、道、佛仅仅作为"--""—"这两个符号,司马迁和苏轼就可以去建立自己的"卦"了。

司马迁是从《史记》的人物选择和评价入手改造儒学的观念的,而不是正面批判性地评价儒学,这说明司马迁是抓住历史书写的核心要素来建构自己的历史观的,也使得《史记》的批判性似乎隐而不察。司马迁在尊重孔子的历史性影响的基础上,悄悄将儒家的"仁"改造为"人",变"一视同仁"为"一视同人",这就不仅突破了儒家如《汉书》《资治通鉴》的帝王将相的历史书写,将平民如妇女和商人也写入了历史,而且也注意到人的复杂性和局限性,项羽和刘邦的品质局限和性格缺点被突出地展示出来。在人与世界的关系上,司马迁将儒家的宏大叙事制约人改变为以写人为中心,这就将儒家的"立德"架空了,也赋予儒家的"立言"以"立一家之言"的含义,从而突破了"立圣人言"的"宗经"传统。实际上,司马迁就是以"一视同人"的理念完成"一家之言"的独创性历史建构的。这种建构,在中国文化思想史上应该是最早的人本主义或人道主义思想了。无独有偶,苏轼的《东坡易传》之所以在中国易学界独树一帜,就在于改造了《易传》"一阴一阳之谓道"的"道",赋予"道"以人的原始性情和"万物各有其志"的多元化含义。这就不仅改变了儒家以伦理化的"天命"为道,而且使人的欲望、性情和思想,不再统一于儒家之"大德"。苏轼认为:"天一于覆,地一于载,日月一于照,圣人一于仁,非有二事也"(苏轼《尚书解十首·始终惟一时乃日新》),这就将圣人之道与天道分离了,直接导致"天人分立"的哲学观。这样的哲学观直接导致苏轼对人性从属于儒学伦理的思维方式的批评。同时,苏轼认为:"中有主则物至而应,物至而应则日新矣。中无主则物为宰,凡喜怒哀乐皆物也,谁能使新之?"(苏轼《东坡书传》),我主宰物则能有所创新,反之则不可能。中者,心也,主者,我之主见也。这就赋予"多元之道"以独立的对世界的理解的意味,与西方的主体论和个体论可以打通对话。苏轼在文学创作上的杰出成就,应该说直接派生于苏轼对儒家哲学这样的个体化尊重、批判、改造。这样的个体化尊重、批判、改造,为中国文学的独创性经验奠定了具有示范性的文化基础,否定主义文艺学将其概括为"尊重思想现实又独特地改造思想现实"的文化思想创造方法。如果说"尊重"构成整体,独特构成个体,那么这种思想创造就不是"从属于群体的个体",而是"隐藏在群体中的个体"。

二 尊重生命和生命力的文化经验

在中国上古文化中,夏商文化由于缺乏直接的文字记录和描述,多半以传说的方式保留在《尚书》《山海经》等文本中,且《尚书》这样的官方文本如果是经过孔子的编纂,异于儒家伦理等级文化的内容可能就不会得到重视,或者不会得到肯定性的评述。这正是夏桀、汤帝、纣王等在国人眼里基本上是负面形象的缘由,也是纣王和妲己的爱情被描述成荒淫无道从而遮蔽了他们可能存在的生命真情的意义。《山海经》虽然被中国文学史的不少著作和教材所重视,其故事也是千古流

第四章 文学穿越论的中国文化经验

传,但对这些神话传说的认识,并没有上升到"尊重生命和生命力"的文化意义上来。而《山海经》文化与文学统一的性质,对其是完全可以做"中国现代性文化"发现的。重要的是,随着殷墟文化考古的推进,妇好墓中大量动植物玉器、铜器、甲骨文的发掘,夏商的物质文化已经传达出比周代以后的文字更为真实生动的尊重生命和生命力的文化信息。依托这些丰富的可言说信息,我们会产生周代以后的中国儒家伦理文化的建立是否就是中国文化发展的唯一可能的重新思考,也会产生中国文学经典中对柔弱生命的关怀、对创造生命的生命神力的审美、对性欲和爱欲所体现的生命力的礼赞,究竟是与殷商文化更为亲和、还是和周秦汉文化更为接近的疑问。

首先,《山海经》中"女娲补天"对"苍生"的关怀和对共工"争权"的批判,某种意义上已经突破了《尚书》的"民为邦本"以君权存在为前提的思维框架,为后世文学奠定了中国文学与主流文化相区别的价值取向。这种价值取向既具有中国文化现代化的意义,也具有中国文学如何在文学内容上完成现代化建设的意义。前者以国家和权力之上的神性关怀,既区别阮籍的"无君论"和黄宗羲的"抑君论",也不同于道家"无为而治"的自然哲学思想和现代性的"权力制衡"观念,而是在君权思想之外考虑另一种关怀生命作为文化的超越权力的信仰建设之可能——生命关怀由此能否成为高于国家利益和个人利益的信仰存在,是中国当代文化建设的思想创造问题。而后者,则可与中国文学经典的价值取向相一致,传达出一种文学性的思维方式:"天灾"的根本是在"人祸","人祸"的根本是权力者的争权夺利,所以理想化的审美政治不是以掌握权力为目的的对统治的维护,而是以呵护所有的生命安全与幸福为宗旨的责任,尤其是呵护弱势生命群体和个人,这些应该成为优秀的文学的基本表现内容。具体而言,"女娲补天"之"天",是"天为苍生"的"天",神者、英雄者,均具有呵护普天之下所有生命的神圣职责;而儒家文化的"君权天授"之"天",是"权力合法性"之"天",看护的是权力者的统治,强调的是"天命"而不是"生命",所以孟子的"民贵"是水能覆舟意义上的统治策略。这两种不同的文化价值和思维取向,必然会产生两种英雄观:儒家文化的英雄观是"舍生取义",但不会追问这"义"在根本上是否具有呵护生命、保卫每一个生命的生存权利的问题,也就是说不会对"什么样的国家""什么样的天下"进行进一步的追问;而西方的《血战钢锯岭》《生死时速》中的英雄观,只是拯救被伤害、被损害的生命,哪怕这生命是敌人的生命,所以这样的英雄也是拯救人类的英雄。女娲拯救苍生这一神圣的人类学意义的行为之所以与西方文化中的英雄观相通,是因为女娲作为英雄不是在共工、颛顼、蚩尤这些各部落首领之间产生的,而是超越政治、阶级、族群的立场以生命本身的关怀为目标而成为可能的。这样的拯救不仅具有补"权力争夺造成苍生灾难"的"残缺之天"的现代性意义,而且具有启示文学内容应该超越文化、政治、阶级、等级差异才能成为全人类共同审美对象的意义,所以必然成为文学穿越论最为重要的思想文化资源,并转化为文学在任何时代均应该尊重和表现的内容。

其次,殷商文化妇好墓等的发掘,为我们进一步了解夏商文化对生命力的崇拜,提供了重要的考古依据,这也许比《尚书》《山海经》这些后人的文字记载更能说明夏商文明区别于周代礼仪文明的内容。在殷墟考古妇好墓800多件玉器发掘中,蝉、鸟、虎、龙、凤、鹰、鸽的玉雕占了相当的比重,这是我们把握殷商文化的重要依据。从玉器渊源上,这些动物玉雕一定程度上是对夏代之前的湖北石家河东夷文化的继承,同时又有了多元化的发展。石家河文化有虎、鸟、蛇、龟四神崇拜,其中少昊是一只管护"生长"的神鸟,这与先民认为自己的祖先来源于鸟有关,以至于《诗经》说"天命玄鸟,降而生商"。但无论是石家河文化还是夏商文化,鸟、蛇、虎等崇拜意味着远古先民是将人类生命来源作为崇拜对象的,这意味着文化的崇拜对象是生命创造的力量,而不是后来规范生命力的皇权和圣人。商代妇好墓穴中发掘的龙玉佩,形态多样,片状、筒状、圆状且龙身短小,意味着龙作为自然性的生命创造之一是日常化的、丰富多彩的,有别于从黄帝开始象征权力、尊贵的呼风唤雨且有很长龙须装饰的"帝王之龙"。《说文》释龙为"龙,鳞虫之长,能幽能明,能细能巨,能短能长,春分而登天,秋分而潜渊"。闻一多在《伏羲考》中认为"龙崇拜"根本是一种图腾崇拜,是各种动物如马头、鹿角、狗爪、鱼鳞须等的综合体,具有明显的人文文化再造的性质,目的

第四章　文学穿越论的中国文化经验

是加强权力统治的权威性与合法性,平民百姓没有资格自诩为"龙",这就将突破权力崇拜的中国现代性文化内容凸显出来:龙、鸟、虎崇拜等原始宗教文化,是被儒家、道家和封建帝王所压抑和排斥的。生命神力主要是创造生命和呵护生命的力量。在上古时代,中国先人当然不会从今天意义上的"创造"观念来解释这种力量,但这样的神秘的力量至少可以在形态各异的动物身上获得某种解释和启悟,可以包含对人何以产生的创造性力量——"神奇而强大"——的朴素想象。依托这样的生命神力崇拜,才是殷商文化生命力崇拜的文化基础。遗憾的是,周代以后的祖先崇拜已经从动植物崇拜转化为皇权崇拜和圣人崇拜,这就堵塞了中国人发挥神奇的生命创造力想象的道路——生命力的神奇转化为权力的强大,要求于人的就是权力的膜拜和依附。饶有意味的是,这种远古文化反而在日本5—6世纪的文化发展中被保存和激发出来,演绎为自然精灵崇拜和太阳崇拜的神道教文化。这一定程度上可以解释在东方文化现代化方面日本为什么走在亚洲前列,也可以启示我们中国文化现代化首先要发扬的不是扼制生命力的儒道文化,也不是在没有生命创造力的前提下模仿移植西方的理性主义文化构成"言说的现实",而是通过挖掘夏商文化的生命力崇拜的精神,恢复中华民族关于自己的"远古文化祖先"的记忆,突破"中国文化——儒道文化"的思维和理解框架。

再次,性和爱欲崇拜是一种区别于儒家"生殖崇拜"和"婚姻崇拜"的文化,构成中国远古生命力崇拜的文化有机性内容。在新疆呼图壁县和内蒙古阴山所发掘的原始社会后期和新石器青铜器时代的岩石性交图腾中,考古学家发现大量的人和动物各自性交狂欢的图腾,这些图腾中男性的阳具往往奇大变形,女性宽胸细腰肥臀,动物的阳具也巨大勃起,说明这些图腾与后来的"生殖崇拜"并无多少关系,而只是性快感的释放。远古人无法解释生命快感产生的原因,自然会对这种快感何以产生进行魔力想象,这是性交崇拜的重要原因。中国古代建筑中经常可以看见一种叫"玄武"的图案,一般解说为"龟蛇",但据考证是一种"蛙蛇合体"的性交图案①,"蛙"是女阴的象征,"蛇"是男根的象征,所以这也是一种性崇拜的文化现象。不仅如此,《诗经·国风·郑风》中的《溱洧》,也描述了春秋时期的性狂欢文化:春暖花开的时节,姑娘问小伙:"我们做爱吧?"小伙子说:"我的用过了。""用过也没关系,我们做爱吧?"于是,男女双双步入洧河岸边花草深处纵情嬉乐。这种性爱的意义就在性爱快乐本身,且没有占有意识和婚姻意识支配,传达的是一种后来儒家男权和婚姻文化下难能可见"性本身之美"的文化,与印度的"爱神"崇拜、日本的阳物崇拜和西方罗马的性狂欢节,均有人类文化对生命力礼赞之共同性。只是,中国文化与印度、日本以及西方文化相区别的,在于儒家的"节制欲望"和道家的"淡泊欲望"逐渐抑制了这种文化,使得自秦汉以后的中国文化走向了远古性崇拜文化的"生殖"的一面,且通过《易传》和《道德经》的"生生"思维和思想将性交和性爱纳入婚姻承传后代的伦理次序之中,性本身之美就被性伦理之美和淡泊之美所取代,这才使得中国文化进入了一种表面的"性压抑、性淡泊"和暗地里的"性享乐、性沉迷"的逆反循环之中,性和性爱就成为"感官的控制"和"感官的享乐"的双重异化性文化。不是"性享乐、性沉迷"比"性压抑、性淡忘"好或者相反,而是两者都是生命力之美的异化形态——"节制"使人成为表面上的正人君子,而"享乐"使人成为内里猥琐的淫逸之辈。正是这种逆反性的异化文化,使得中国人从"遮蔽生命力"必然发展到"遗忘创造力"。因为生命力不能得到正常的展现,就谈不上超越生命的人类文化创造,人的生命状态就沉浸在如何满足生命欲望的空间之中,并进一步构成中国人全部幸福和不幸福的内容。这也是殷商文化、先秦文化、唐宋文化生命相对自由导致文化创造力勃发,不会被中国儒道文化肯定的原因。所以,遮蔽生命力和遗忘创造力,才是中国文化始终不能依靠自己完成现代思想创造的根本症结,也是中国文学始终不能突破儒、道伦理文化之教化的根本。在社会生活中,性爱独立的美不能被正视,就必然与占有性的爱情和婚姻捆绑在一起,一方面被拔高成为爱的符号,一方面被贬低成生殖

---

① 赵国华:《生殖崇拜文化论》,中国社会科学出版社1990年版,第289页。

后代的工具。前者弱化了爱情的无性、弱性和性的升华之品质,后者则使婚姻的责任、理解和宽容的属性得不到重视。其后果就是:只有婚姻才能成为性欲满足的合法平台,而性也只有成为夫妻才具有正当性——"不正当关系"成为贬低性爱之美的理由,性爱两相情愿的性质所体现的对人的自由和生命力的重视,自然受到贬抑。这正是鲁迅所说的中国传统文化"吃人"的一个方面,也是中国很多文学作品始终将"情欲"放在"百年好合"的大团圆框架中才具有伦理美之局限,就是戏曲《牡丹亭》也没有突破这个框架。而《红楼梦》的伟大意义,正好在于突破这样的文化框架将人性、人欲、爱情解放出来对之予以审美欣赏,但自然的、独立的人性和爱情,在中国传统伦理起支配作用的社会中必然是悲剧性的结局。

三 一元内的多元对等的文化经验

日本学者平势隆郎认为:"'天下'包括若干的新石器时代以来的文化地域。虽然每个文化地域的范围随着时代变化也多少有些扩大或缩小,但是基本的范围是固定的。并且这一文化地域从面积而言,基本相当于现在的日本那么大。"①这一见解对理解春秋战国至先秦为什么会形成思想上的百家争鸣状态,对审视秦王朝的大一统国家在文化和文学上带来的问题,应该都是有意义的。重要的是,平势隆郎的"天下"和"每个文化地域"关系的看法,有可能被阐发出中国文化早期就具有的一种具有现代性的"一元内的多元对等"的文化结构。

首先,春秋时期的五雄在周天子的家长领导下还具有文化的统一性。这种统一性是什么呢?那就是战争本质上是实力展示和武力交流的战争,而不是战国时期争权夺地的战争。尊民、尊生命、尊对方、尊英雄,是交战双方都愿意遵守的共同文化观念,这就是文化性的"一元",而其具体内容却有"多元对等"的意味。所谓尊民,就是老百姓不能直

---

① 〔日〕平势隆郎:《从城市国家到中华——殷商、春秋战国》,广西师范大学出版社2014年版,第11页。

接参加打仗,上战场是军队的事,这体现出军民有别、各司其职的分离对等意识,非全民皆兵;尊生命是指战斗只在战车之间进行,一旦有敌军负伤,战斗立即停止,让伤员回自己的军营,且老年俘虏也必须放回养老,所以战争的目的不是死人,而是竞技;尊对方是指战斗必须征得对方同意击鼓后方可进行,且双方战车数量必须相同,《史记》中说"君子不困人于厄,不鼓不成列"(《史记·宋徽子世家第八》),说的就是宋襄公与楚成王之战。战争决不能以强欺弱,更不能兵不厌诈;而尊英雄则是指春秋五霸本质上是"争英雄"的"霸",而不是"霸占""吞并"之"霸"。争英雄之"霸"是竞技比赛,而"吞并"之"霸"则是占领和统治。如果春秋五霸争的是冠军,那么我们就要将其与秦始皇吞并列国和七雄争霸区别开来。在争斗性竞技中体现对百姓、对生命和对对手的尊重,意味着战争的原本含义不是侵略,而是在战斗中自我价值的实现;国家与国家之间的竞争也就不是掠夺,而是生命天性的争强好胜——强和胜的意义不是权力性的而是美学性的;"强国"和"英雄"就是优秀的含义而不是要求他国及其百姓臣服的含义。这样一种军民之间、生命之间、敌我之间既相互区别又相互尊重之文化认同,构成了春秋时期"文化天下"的一元共识。这种文化不仅可以和西方中世纪的骑士与贵族精神打通,而且可以和西方现代平等、尊重、呵护生命的人文观念打通。如果将这种文化观念引申到文学与文化、精英与大众等关系上的话,我们就会发现:文学相对于文化和政治来说虽然是一种弱势存在,但依然应该因各司其职而受到尊重。文学可以参与对人类未来、国家和民族命运的思考,但不能用文化和政治的方式与内容来关怀天下。文学可以像平民那样上战场,但不打仗,由此成为文学区别于文化和政治的特质。具体而言就是,文学不是靠文化和政治的观念性质上战场,而是靠"去观念性"的体验性质关注战争;"去观念"虽然不如观念的关怀有现实性的力量,但却可以发挥超现实的想象、启示力量。以此类推:精英与大众、雅与俗的关系也不是高与低、指导与被指导的关系,而是应该进行这样的分类:精英是被尊敬的,大众是被尊重的;精英要做的是与其他精英公平竞技,去赢得天下人的尊敬和影响力,大众则是尊敬自己的民族英雄和所有的文化英雄的群体。这样,无论是文化精英

第四章　文学穿越论的中国文化经验

还是文学精英,都不是在大众面前居高临下的高贵者,而是为大众作出独特精神贡献的获奖者。为此,我们应该增加和调整关于春秋战国时期笼统的、政治化的"战乱"性理解,深入到这个时期的文化内部去发现一个具有现代意义的"文化春秋"。

其次,先秦诸子百家的产生是中国文化思想史和文学史上最为辉煌的创造性景观,它的不可重复性是历史的事实,但是这样的景观是否绝无仅有一去不复返,要看我们如何认知这样的思想创造产生的文化机制,并且在貌似不可能的情况下如何自觉实践这样的文化机制。吕思勉先生在《先秦学术概论》中认为:"历代学术,纯为我所自创者,实止先秦之学耳。"①大致不错,但先秦这种"纯为我所自创"的实践的普遍性,一个重要的文化基础就是"王官之学"式微后"学在民间""思在个体"。《论语》多半来自孔子在私塾内与学生的交流,老子"其学以自隐无名为务",应友人相约写《道德经》,庄子则"宁游戏污渎之中自快;无为有国者所羁",墨子则是中国历史上唯一的农民出身的哲学家,自称"布衣之士",自诩"上无君上之事,下无耕农之难"。如果我们说春秋的特殊性在于官方权力式微,所以孔子、老子、庄子和墨子只是特定时代的产物,那么我们依然无法解释成为农民后的苏轼,在黄州写出了哲学思想独特的《东坡易传》,"愤科举之学锢人,思所以变之"的明代黄宗羲,从入民间诗社到兵败隐居,以年老多病拒绝赴京修《明史》,他们是将"学在民间"由先秦的时代风气转化为后世的个体信仰,说明这种文化创造的基础也是可以潜在延续的。而民国学人章太炎以大勋章作扇坠、三次入狱也不改自己革命主张,鲁迅疏离旧日多已崇贵的同学,以"我为流人"的身份躲在上海公寓中写杂文进行战斗,正好也体现出纯粹个体立场的坚守对于成就他们独立思想者形象的重要。其实,不独是哲学家、思想家是在个体立场和民间空间创造自我的,中国伟大的作家如屈原、司马迁、苏轼、曹雪芹,哪一个不是沦落民间底层且在独处状态才写出人生最优秀的作品?如果说,依靠磨镜片为生的斯宾诺莎、卖掉议长职位的孟德斯鸠、终生隐居在小城哥尼斯堡的康德,

---

① 吕思勉:《先秦学术概论》,译林出版社2005年版,第2页。

与先秦诸子和历代杰出的思想家、作家思想创造的状况是一样的,那么"学在民间""思在个体"就是古今中外共同的文化经验,值得希望创作出好文学的中国文学界高度重视。只是,中国的这种文化经验,有一个从自在转化为相对自觉的发展历程。政治性的王朝文化处在宽松时期,这种民间和个体文化就处在自在自然的状态,实践起来比较轻松,与政治性文化总体上相辅相成,冲突不大,但王朝的政治伦理文化处在要求一切个体从属意识形态的时期,就需要思想家和作家的个体自觉才能自我实现。前者是形式化的一元、实质上的多元个体文化,后者是内容上统一、个体文化只能成为潜在的存在。先秦的显在多元和唐宋以后的潜在多元就构成中国多元文化的两种不同方式。同时,无论是"自在的多元"还是"潜在自觉的多元",个体与个体之间总体上是相互尊重、影响和促进的对等关系,性质上并无主和从、中心和边缘、主流和非主流之分,这就是百家争鸣实质性的多元并立的迷人之处,也是苏轼视王安石为政治主张不同的个体依然尊重之的原因。关键是,"学在民间"和"思在个体"是需要舍弃世俗利益的,但却可能通过思想和文学创造进入历史获得永恒的影响价值。仔细想想看,我们现在赖以自豪的、迄今还有影响力的文化思想和文学经典,哪一个是不产生于民间和个体的?中国当代作家要产生有历史性影响的文学作品,与中国当代文学理论要建构能够呵护个体思想创造的文学观念,是否应该从中获得某种启示呢?

再次,如果春秋五国和战国七国代表着某种不同的文化区域,形成先秦百家产生的不同文化土壤并且相对等的格局,那么,当秦始皇统一中国并且经过汉武帝的儒家政治强化,发展到唐宋"贞观"时期,"一元内的多元对等"又应该是怎样的变动呢?唐太宗的"自古皆贵中华,贱夷狄,朕独爱之如一"的平等的政治文化观念之所以值得高度重视,是因为唐代的文化对等已经突破了中国文化内部地域文化的对等格局,而将中华文化与世界文化放在一律平等的视野中去看待了。这是唐代文化和文学从容大气风格形成的重要原因。即"中华之大"并不是大在"唯我独尊"和"唯儒独尊"上,而是大在我中华文化与世界文化"对等"的胸怀之上,从而突破了专制性文化所依赖的"大小""优劣""非

第四章 文学穿越论的中国文化经验

此即彼"等文化思维定式,并让我们可以类比消除种族歧视后对世界各国文化开放造就的经济、文化、军事同步强大的美国。也就是说,唐代贞观文化建立起来的全面开放政策,不仅体现在大量外国思想引入,域外风俗习惯、生活习俗进入中国人的生活,而且体现在建立了对外输出、传播交流的文化机制,形成了东亚各国学习唐代政治和文化的风气。儒道佛并立最能体现思想文化对等的格局,并直接影响到男女文化平等、妇女地位提高等非等级性文化的建立,这就是武则天可以成为继殷商的妇好之后成为统治者的原因,同时,入士的多种途径,也为唐代建立起真正重视人才的文化机制。而安史之乱后,唐代的这种多元平等文化之所以没有保持下去,则是贞观文化过于依赖李世民的个人血统和见识,没有将司马迁的"一视同人"上升到一种不同于儒、道、佛的哲学上来建构的缘故。政治的基础在于文化,文化的基础在于哲学,一旦哲学上没有建立"多元对等"的世界观,文化和政治的多元就缺少了思想基础来保证其长期的或者可以回溯性出现的稳定。如同鲁迅所言,铁屋子打碎后不能盖起一座新屋子,原本冲破铁屋的人们只能再次回去,并且可能比原来的生活更糟。也就是说,唐代没有产生与孔子、老子、墨子媲美的哲学家,是因为唐代没有抓住机遇将"多元对等"的胸怀转化为"多元对等"的哲学探索,也可以说没有抓住机遇建立一套不同于《易传》和《道德经》的对伏羲"先天八卦"的释义学,也没有与此同时挖掘殷商文化对生命力、女性葆有的崇拜,建立一种男女平等、爱欲与婚姻平等、庶民与贵族平等的"多元对等"伦理思想,这是我们今天只能感叹"盛唐辉煌"一去不复返却不知道原因何在的问题节点。

这就找到了中国现当代文学整体成就不如古代文学特别是盛唐文学的原因了。因为这不是中国现当代文学只有一百多年的时间问题,也不是建国十七年文学为政治服务的问题——20世纪西方文学和日本文学同样是一百多年,清代文字狱同样是创作不自由问题,但这不影响卡夫卡、川端康成、曹雪芹的产生——而是20世纪中国文化现代化在"膜拜西方"和"回归传统"之间徘徊必然制约中国现当代作家的创造程度的问题,或者说,是文化上的非对等思维让中国现当代作家突破不了思想理论的依附状态的问题。中国现代作家之所以有一个鲁迅能让我们欣慰,是因为他同时对中西方思想采取了审视的态度从而把自己的创造指向放在"虚妄"处而形成了"三元鼎立"的状态。或者说,一个作家只有把自己对世界的理解放在批判改造既定的思想理论的"虚妄"处,自己的哲学理解、文学理解才能慢慢出场。这种三元并立既是唐代文学繁荣的原因,也是一个作家能释放自己的想象力和思想创造力的原因,当然也是中国式的文学性理论建立的基点所在。

四　超越·超脱·穿越

因此,我将尊重现实又能改造现实的创造张力概括为"穿越现实"。"现实"包括文化的观念现实,生活的生命、欲望现实,既定文学构成的文学现实等,"穿越现实"后的世界是一个不同的创造性存在组成的多元对等现实。这种"穿越"的文化特性,可以简单与西方基于二元对立思维的"超越"、道家回避政治文化现实的"超脱"做个比较。

首先,"超越"受西方宗教文化影响,讲"彼岸"对"此岸"的优越性,故"理想优于现状","艺术优于现实","美感优于快感",便成为合理推论。黑格尔"否定之否定"的螺旋式辩证运动、达尔文优胜劣汰的"进化论"、马克思"资本主义——社会主义——共产主义"的社会发展图式,也就成为理论上的逻辑展开,并形成西方"人"对"天"、"主体"对"客体"的主导地位。在文艺理论中,柏拉图重现实而轻艺术,黑格尔重哲学轻艺术,阿多诺重非理性艺术而轻理性化艺术,也都可以理解为是"超越现实"的各种存在形态。在文学创作中,因"超越"所形成的美学上的"崇高感",不仅显现在古希腊神话阿喀琉斯的英雄性和歌德笔下"浮士德炼狱"的苦难性中,而且显现在加缪笔下"对抗失败命运"的西西弗斯的荒诞性中,并构成西方文学对抗现实的价值张力。同时,在文学批评史和文学史中,从"艺术即模仿",到"艺术即表现",再到"艺术即形式",被西方文论家认为是文学"向本体优化"的过程,以致在形式主义、结构主义文论家眼里,以往的文学均有"非文学"之嫌;这种"优化",即是"超越""进步"之意。所以"超越现实"具有"优于现实"之意。中国人容易接受"艺术优于现实"和"历史进步论",也与中

第四章　文学穿越论的中国文化经验

国文化的圣人、君子、小人的等级和历史向善的理解有关。

比较起来,"穿越现实"讲的是艺术与现实的"对等"。由于中国传统文化一向注重和谐之精神,所以不仅艺术倡扬的是"中和""恬淡"的审美境界,而且作家借艺术对现实的反抗,也因此稀释成"悲凉""哀怨"。又由于这种和谐讲的不是中国文学与文化现实分离的意识,而是强调文学对文化现实的从属性,所以从中国传统文学中很难提炼出以艺术分离现实为前提的"艺术优于现实"的审美性命题。即便20世纪五六十年代由"典型"说阐发的"艺术高于现实",在艺术作为政治工具的时代,所说的也是"政治高于现实"——其"文革"时期的"高、大、全"式艺术形象,是因为政治和道德的要求而高于现实,文学并不具备独立的功能。我之所以不赞同西方"艺术优于现实"的"超越"说,而提出"艺术不同于现实"的"穿越"说,不仅是因为我们不能说唐诗比先秦散文优越、《哈姆雷特》比《红楼梦》优越,而且还因为:艺术作为作家虚构的一个非现实的世界,无论是审美性世界还是审丑性世界,与非艺术的文化现实世界相比其实也都是各有利弊的。从大的方面说,越是优秀的作品,越是没有现实功用,《哈姆雷特》是这样,《红楼梦》也是这样;而经典作家,多半不是现实中的无能者(凡·高),便是落魄者(曹雪芹)、残废者(博尔赫斯)和流放者(索尔仁尼琴),所以我们不能用文学之长来比现实之短、或用现实之长来比文学之短——亦即两种性质不同的事物,只能是"不同"的关系。这个世界既不服务于现实(比如为政治服务或抒发现实苦闷情绪)、也不优于现实(比如将艺术作为现实发展的理想)、也不对抗现实(比如将艺术作为反理性的一种对抗机制),当然也不低于现实(如艺术无用论等),而是给不得不生活在现实中的人类以不同于宗教的"心灵依托"。之所以如此,是由于否定主义哲学对《易经》八卦图的"乾、坤"关系所引发的"天人对称、对等"之理解。所谓"天人对等",是以承认"天"与"人"是性质不同的两种世界因而肯定了人的创造性为前提的,也是以承认《易经》和《圣经》是两种不同的对世界的理解为前提的。"天人对等"承认西方古典主义、现代主义和后现代主义是对西方的"彼岸"之"对等而不同"的理解,并推导出当代中国文化可以建立起与儒家《易传》"不同而对等"的对《易经》

的新的理解①。但这种"不同",既需要警惕由"天人对立"所展开的"人优于天"之关系,也需要警惕儒家"君子和小人"的等级性优越——前者不可能建立起人与世界的平等和谐关系,后者不可能建立起人与人的平等关系,所以"天人对等"所体现出的"对等和谐",就是中国现代文化对人与自然、个体与群体、文化与文化的新理解。这种理解吸取了荀子"明于天人之分"、西方"天人对立"中隐含着的人的创造性,也吸取了《易传》"天人合一"中隐含着的人的和谐性,但对"创造"与"和谐"均做了结构性改造。

其次,"超越"所讲的"彼岸",因对抗、分离于现实而导致"抽象世界"。在哲学上,这种抽象造成西方的形而上学和纯粹思辨的理论形态。柏拉图的"理念"、康德的"自在之物"、黑格尔的"绝对精神"、海德格尔的"在",均与这种抽象的难以具体把握有关。这种难以把握,根本上来自康德所说的认识的局限和维特根斯坦所说的语言的局限——由于"上帝的归上帝,恺撒的归恺撒",所以我们作为恺撒是难以明了上帝的事情的。"超越"的抽象性显现在西方文艺理论和文学创作中,最突出地莫过于西方现代"纯粹形式"文艺观的提出和超现实主义文艺流派的形成,以及毕加索、蒙德里安、博尔赫斯、格里耶的纯粹形式的绘画和小说。克莱夫·贝尔在《艺术》中提出的艺术即"有意味的形式",布列东在 1924 与 1929 年两次发表的《超现实主义宣言》②,分别将审美情感与现实情感、无意识现实和意识现实做了严格的区分。所谓"审美情感",就是非教育、非道德、非认识、非消遣的情感,并只能从纯粹色彩、线条等形式中才能得到,对其的把握是体验的而非语言的(蒙德里安的几何绘画可谓典范)。而"无意识现实",则只能在梦幻、变形的世界里才能出现,同样具有明显的反理性现实、反意识现实的特征(毕加索的恐怖、窒息的变形艺术可谓典范)。其艺术的抽象性,共

---

① 这方面,荀子有"明于天人之分"的提法,柳宗元有"天人不相预"的提法,刘禹锡有"天人交相胜"的提法。这些区别于"天人合一"的观念,均可以作为"天人对等"思想的资源。

② 〔法〕雷蒙·柯尼亚等合著:《现代绘画辞典》,人民美术出版社 1992 年版,第 43、307 页。

第四章 文学穿越论的中国文化经验

同表现为拒绝言说、拒绝意义、拒绝现实感,具有虚无主义的意绪和莫名特征。

而"穿越现实"并不具备西方"超越现实"的"抽象性"。由于《易经》的六十四卦构筑的是一个封闭的现实世界,这就使得中国人的艺术追求和审美追求都需具有"可触摸性",并由此使得中国文学具有"具象性"之特点——无论是写实性艺术还是写意性艺术,具象都应该是其基本形态。因此,"穿越现实"是在现实中来实现人的创造性努力——这应视之为中国文化和文学的特点而不是缺点。从文化方面来说,我们之所以不能说儒、道、释所说的"天""道""命""理""气"是超验的,就是因为它们是通过经验世界来把握的,所谓"天人合一",是由"圣人"来代"天"说话的,并由"君子"身体力行的。所以抽象的东西必须具备可说性、可把握性、可操作性,才容易被中国大多数人所接受,这是"穿越现实"的特点而不是"超越现实"的特点。所以具备"顿悟"而"立地成佛"的操作性,佛教才能被中国人所接受。而西方的"上帝""理念""自在之物"以及由于人与对象分离所产生的美学上的"崇高"和"荒诞",之所以与中国人很难产生亲和感,原因也正在于它们的难以触摸性。就文学来说,新潮文学在中国的冷遇以及先锋作家的创作转向,与中国文学经典的具象性和写实性特点,正好形成明显的反差:前者将文学在中国的"独立",误解为以西方式的"纯粹形式"来"超越"中国传统的"文以载道",其结果便是中国作家不仅找不到持续探索的艺术之源,而且也使其先锋作品丧失了打动、启迪、震撼中国读者的途径与功能。因此,当残雪将"纯文学"与"人类精神"联系起来时[①],我以为有一个关键问题亟待探讨:中国文学是通过世俗世界走向人类精神,还是通过个人的潜意识走向人类精神?《红楼梦》《阿Q正传》《鹿鼎记》的成功,便是一个很好的说明。在我眼里,这三部作品是展现世俗又穿越世俗的典范。而如果以西方结构主义的观点来看,它们都是"不纯"的文学。退一步说,即便文学可以从人的潜意识入手,我以为在中国也应该经过世俗生活层面,然后抵达对人性的深层理解

[①] 俞小石:《纯文学里有最深的世俗关怀——访作家残雪》,《文学报》2002年第8期。

与体验。

　　当然,"穿越"与"超越"也有共同点,那就是:"穿越"与"超越"都秉持人类告别自然界所依赖的"创造性"。"超越"与"穿越"都是人的创造精神使然。由于中国文化也是中国人自己创造的,《易经》《论语》《道德经》是中国哲人的创造,《诗经》《红楼梦》《孔乙己》则是中国作家的创造,所以我们不能说"超越"所蕴含的创造精神是西方人所独有,而只能说:西方文明的不断发展是因为西方人没有遗忘创造,而四大文明古国的衰落是东方人后来遗忘了创造[1],所以中国明清"四大名著"之后鲜有更著名的长篇小说,其中的一方面原因,就与20世纪中国作家迷恋"四大名著"、西方名著而遗忘"原创才会有好小说"有关。当然既是遗忘,便可以重新恢复记忆。所以人是否能创造,完全取决于人的自觉。这样,人的自觉的文化艺术创造,就不能被混同为大自然不自觉的变异以及人类社会的自然性变化发展——20世纪中国文化依托西方的自然性发展,也就不能轻易地说"超越"或"穿越"了中国古代文明,原创意义上的"创造",也就不能被混同于大概念的、以"生生"思维所制约的"创新"。

　　关键是,我所说的"穿越",也不同于中国道家文化中所讲的"超脱"。如果古人所说的"从今诗律应超脱,尽吸潇湘入肺肠"[2]是高蹈脱俗的代表,那么,"超脱"就与老子的"忘知""忘欲""忘利"和"见素抱朴,少私寡欲"(《道德经》十九章)的道家思想密切相关。这种思想不仅演化为伦理上"独善其身"的人格风范和"坐忘""惬意"的人生哲学,演变为绘画和诗歌中"超凡脱俗""仙风道骨"的写意传统,而且展现为陶渊明笔下远离世俗的具有乌托邦性的"桃花源",塑造成沈从文笔下那个远离污浊的纯情而孱弱的"翠翠"。在理论上,"超脱于现实"的本质是"避世",这个"世"主要是指政治文化现实或功利性现实,即

---

[1] 笔者不同意斯宾格勒在《西方的没落》中所说的任何文明都是"生长、成熟、衰落"的有机体观点。因为西方文明今天虽然问题众多,但其发展至今,已经说明了人的文化创造是可以超越有机体循环的这一事实。

[2] 刘克庄:《湖南江西道中》,陈增杰选注《宋代绝句六百首》,福建人民出版社1988年版,第313页。

第四章 文学穿越论的中国文化经验

刘勰所说的"夫道以无为化世""无为以清虚为心"①。这种逃避一方面是对政治权力所代表的官场现实的逃避,更重要的是逃避包括思想、欲望、情感在内的主体的内在生命力现实,于是逃避后的世界只剩下虚静、恬然、惬意的与世无争。儒、道之所以能互补,是因为这种虚静、恬然之体验,既不会妨害社会,也不会影响和改变社会,从而在外在功效上肯定了现实社会,内在功效上回避了痛苦。在文学上,"超脱"于是就形成了中国道家文学传统的三个基本特点:一是不要求作家自己的思想介入,从而使得道家文学内涵非启迪化和风格类型化。陶渊明的《桃花源记》、贾平凹的《静虚村记》和汪曾祺的《受戒》,其共同点在于前者将士大夫的田园野趣传达得淋漓尽致,而后者则将世外桃源的农家心灵描述得一尘不染。这种"夫唯不争,故天下莫能与之争"(《道德经》二十二章)的处世美学,固然区别于儒家的"六艺济俗""礼教为训"②,为世界文学贡献了一种"理解",但由于中国作家对这种理解的"批判性再理解"之遗忘,便使得这类文学因为"趋同化"而影响了艺术独创性。二是其笔下人物缺乏生命和欲望冲动,从而使得其审美人格脆弱化、虚幻化。在这一点上,《边城》中的翠翠可算典范。在这个由厚道的老人、和气的小伙、乖巧的少女组成的与世无争的茶峒社会里,翠翠过着的是一种"自在"而不"自为"的生活。"自为"的缺乏不仅体现在翠翠的无欲、无我、无不满、无抗争上,而且表现在她对爱情的糊涂与怯懦上。所以在我看来翠翠爱情悲剧的原因不主要在于礼教和贫困,也不主要是性格与宿命,而是翠翠缺少人应该有的自我实现的意志。三是追求"采奇于象外"(皎然《诗式》)的浑化无迹的意境之美、恍惚之美。由于这种文学创作主张"由实入虚"并最终"以虚化实",其现实的血肉感在其"无争"和"惬意"的"虚"中被化解,这就使得中国传统的人体艺术已被抽取血肉,成为仙风道骨的化身,也使得上述作品所构筑的意境美,因缺乏现实社会生活真实的矛盾和生命的痛苦体验,削弱了中国知识分子面对真实生活的勇气、胆识和思想批判的锋芒,反

---

① 陈凤金等:《刘子集校》,上海古籍出版社1985年版,第303页。
② 同上。

过来,也影响了作品打动人特别是启示人的力量。

因此,提出"穿越现实"之命题,大则是中国传统的"超脱"精神有一个现代重建之问题,即21世纪的中国文学既应该有勇气承担社会政治现实中的矛盾和问题,同时在文学内部又不回避、不轻视对人的生命欲望的再现与表现,小则是一方面要求中国作家不仅在作品意蕴上突破主流意识形态对文学的制约,将其意蕴从政治性伸展到文化性和人类性等领域,体现"切问远思"①的思维张力,另一方面又有勇气穿越道家思想对作家世界观、人生观和审美观的支配,对其无为和惬意的美学予以独特的理解和批判,最后达到儒、道、释思想均难以涵盖自己作品意蕴的程度。所以苏轼与陶渊明有相似的从官场隐退依托道、禅的人生经历,但比之于陶渊明明显的田园乐趣,苏轼则形成自己非儒、非道、非禅的达观而不失进取、进取又不失平和的精神指向。也因此,苏轼作为"中国式独立者",意味着他是一个不脱离儒、道、释,但又是儒、道、释难以把握的人,是一个不脱离"旧党"与"新党"、但又是"旧党"和"新党"都视之为异己的人,是一个深通佛性将皇帝和渔民"同等尊重"但又区别"众生皆可成佛之平等"的人,是一个退隐黄州但照样干预黄州溺死婴儿风俗因而儒家的"穷则独善其身"和道家的"淡然处世"均很难解释的人。也因此,我们读苏轼的诗与词,就常常会有别具一格之感:写庐山,他不仅与李白的《望庐山瀑布》的壮阔形成区别,而且以"高岩下赤日,深谷来悲风"(《开先漱玉亭》)的惊幻与"不识庐山真面目,只缘身在此山中"(《题西林壁》)的奇思,自己与自己形成区别。因此,我视苏轼为"依托道家"又能"穿越道家"的诗人。

---

① 否定主义哲学对孔子的"切问近思"做了"切问远思"的改造。孔子意指从切身近处去问去思,可免缥缈玄想,但由于儒学将"人无远虑"和"必有近忧"对立起来,要么过于狭窄实际,要么过于高蹈空虚,而不擅于通过"近忧"而"远虑",由切近之问推及长远之思,由中国之忧推及人类之虑,所以"近忧"与"远虑"可能最后都解决不了。

中　编
"文学穿越现实"的基本内容

第五章　论"穿越"

一　"穿越"的哲学含义

在否定主义文艺学中,"穿越"是哲学上"本体性否定"的具象性表达,意指"不满足于现实存在但尊重现实存在""带走现实材料但改造现实结构"的"批判与创造统一"的活动,"穿越"的目的是建立起与现实世界意味不同但材料和内容可能相似的"独创性世界",具有中国文化的"整体性""通透性"和"对称性"特点。

应该说,"穿越"缘起于原始人"不满足于自然生存性质"的"创造冲动"之萌生。当原始人尚未萌生这种冲动因而尚未从动物世界分离出来时,我们可把他们理解为是被"自然之道"所制约的存在。这种存在像所有的动植物一样,既没有文化也没有文学,在人本哲学上也可以理解为"非存在"。人如果像其他动物一样满足于受自然之道的规定,便不可能有人类的产生,更不可能有人类的今天。由此引申的否定主义哲学观念就是:被既定存在物的性质所规定的存在,不可能具有自身独特的存在性,而满足于受既定存在物的性质所规定,自身的特性也不可能得到新的挑明。所以,非洲食人族与文明人尽管在与自然界的关系中都可以称为"人",但在是否"满足于自我创造的成果"上,却有截然的"差异"。这种"差异",牵涉到我们理解"人如何再次或更加成为人"之问题。它在另一纬度可以说明:"不满足于现实的冲动"作为人类产生自身的原动力,是一种"可被意识"也"可被遗忘"的原动力,如果我们把这种原动力朝哲学本体论或本根论上去努力,它就是一种"或然的本体论、本根论"。这种"或然"可以理解为:一方面,由于人类突破既定现实所创造的存在物越来越多,现实世界越来越丰富,这就给"不满足于现实的冲动"增加了难度,这样,人可以理解为是"成为自身会越来越难"的存在物,并可能因为这样的难度而随时放弃自己的"再成为"。另一方面,今天的人类确实已经有一种"满足于自身所创造的文化果实"从而以"物化"体现出史前"自然化"的动物性生存性质。一旦进入这样的生存性质,人类的历史就会进入自然性循环。这就是文化和文学为什么在有的民族会"从繁盛到衰落"的原因,也是"文以载道"为什么会在中国延续几千年的原因。所以"人能否成为人"之原动力,是一种不确定性的存在、本体或本根,也就是或然性存在。也因为这不确定性,所以需要现代人文理论予以特别提醒和强调。

"尊重现实存在"之"尊重",是理解"穿越"的中国文化创造特性之关键。一方面,"不满足于"是以尊重既定现实存在并且延续这种存在为前提的,建立在"不满足于"意义上的"穿越现实",并不以"克服、拒绝现实对象"为其否定性质,而是在性质上"还要有自己的现实创造"的"离开既定现实"之意,所以"不满足于"不同于在现实之中寻弥的"不满足"。对原始人来说,"不满足于自然之道"不是自然现实"不好",也不是某种自然现实"不好",而是自然现实不能够体现出人类自身的存在特性而"不够"。所以"不满足于"推导不出"穿越者"对现实的"优越性"和"对抗性"价值取向、价值实践。由于人类即便通过文化创造来体现人类特性,他们大部分时间还是需要过自然化生活而且必须遵守自然律令来过这样的生活,这样,人就是在"既定的现实"和"自创的现实"之间的一种张力性生活,而且必须"平衡好这种张力"才可以很好地生活。这可以引申出中国文化意义上的"穿越者"必须对传统的一切采取尊重的态度,也可以引申出中国当代文艺学即便建立起自己的文学观,也必须对"文以载道"采取尊重的态度。在此方面最有说服力的事实是:中国古代最有独创性的作家苏轼,从来没有公开对抗"文以载道",而是以自己的创作实践"不限于文以载道",产生"儒、道、释"均很难概括的作品。所以,必须区别对待"创造"在哲学上是给既定的现实"增加了一种现实"与政治会不会将这"增加的现实"通过意识形态的力量将之普遍化、中心化。另一方面,"不满足于现实"之"穿越",由于是以改变既定现实结构为目的,这样就不会拒绝使用原来的现实材料作为自己世界的内容,反而可以利用原有现实之材料来呈现

第五章 论"穿越"

自己,只不过这个自己是藏在深层结构之中。这就是中国文化所讲的"在整体之中的独特存在"而不是"对立于整体的存在"的原因,也是中国艺术注重写实性、具象性但其深层意韵又可突破写实、具象的原因。所以我们解读《水浒传》就会发现这样的奥妙:梁山好汉的"替天行道""江湖义气"这些亲和主流意识形态的内容,并不妨碍小说在其深层意味上通过梁山泊解体给这内容打上一个很大的问号,"替天行道"等材料就决定不了小说的性质了。如此,人的本体通过"穿越",就不是西方式的只看重"超越之结果"的"实体性存在"——西方哲学将人界定在"理性的动物"和"文化的符号"上,正是因为"二元对立"思维所带来的只看重"超越的结果"所致。但这样的思维无法甄别人对理性和文化的是甘于还是不甘于受约束的问题,面对西方后现代"不用理性来超越现实"之状况也会十分尴尬,而强调人"不满足于现实"的"穿越张力",就可以有效避免以"理性""文化"这些可对象化的符号来界定人的本质之局限,人的本质就不能作"确定性的实体"来理解。

其次,如何理解"穿越"在"突破现实性质和结构"中"带走现实材料"和"改造现实结构"呢?在这一点上,"穿越"区别于辩证法在材料上所说的"扬弃",亦即区别于我们常说的"吸取精华"和"剔除糟粕"的方法。"带走现实材料"作为"穿越"建立自己世界的方法,不存在"继承什么材料""剔除什么材料"的问题,而是以结构的创造性重建为目的对所有材料的"重新分配、布局"从而完成原有现实结构和意味的改造,使材料产生在原有现实结构中所不具备的功能。比如从观念层面上而言:"屡败屡战"与"屡战屡败"意味虽然已完全不同,但所用词汇材料并没有进行任何"扬弃",而只是对之进行了重新布局,这就属于"带走现实全部材料而另建一个世界"的创造。"另一个世界"的"另"只是结构的改变。我们由此可获得的启发是:儒家的"修养""孝老""义气""温情"这些观念材料,本身并不能说明是否有现代意义,而要看是在什么样的思维结构和社会关系中体现其意义。具体地说就是能否在改变"修齐治平""亲疏远近""君臣父子"等社会关系结构中体现其当代意义。比如,"学而不思则罔,思而不学则殆"是从属于儒家"学与思互补"的思维方式的,"学与思"在哲学上又是从属于"阴阳"

互动的。对儒家这样的思想进行"穿越",就是针对这样的思想结构难以应对中国当代缺乏"世界观的批判和创造"之问题,将"批判性之思"引入原来的结构,使原来的"思"分化为"吸收、消化的思"与"批判、创造的思",就可以产生"学而不思则罔,思而不批则殆"这一新的观念,"学""思""批"就成为缺一不可的新的思想结构,而"批"也可以涵盖"批判性实践"这一"思"所难以涵盖的内容,"学与思"的互动性结构就得到了改造。同样,对"尊老爱幼"和"人人平等"这两种中西方思想精华而言,否定主义认为既需要针对中国传统的"尊之含混"的问题,使"尊重""尊敬"和"孝敬"有所区别,也需要改变西方文化"平等之绝对权利"的观念,让中国的"孝老、怜幼"秩序得以合理安排,同时还要应对中国人喜欢"趋同"所暴露的对"独创"有所轻视之问题,从而改造成"尊人(尊重每个人)、敬优(尊敬优秀的人)、孝老(孝敬每个老人)、护幼(呵护孩子成长)"的新的文化理念,"尊重""尊敬""孝敬"就成为有不同的针对对象的有机性思想,从而可以避免中西方思想精华在中国现实实践中可能产生的冲突,避免"平等地批评老人就是不尊敬老人"这样的实践效果,也避免把"个性解放"建立在"反叛家庭"从而不再体现"孝心"这一中国新文化启蒙运动之误区。而"尊重""尊敬""孝敬""呵护"之所以依然可以成为一个有机整体,是因为这些概念既具有自足性,又可以相互契合,弥补各自的盲点。最重要的是在实践效果上,可以陶冶和培养人的一种区别于传统单一性的以血缘、地位、等级来体现"尊、敬、孝"的现代复合性人格,现代中国人在伦理上就可以成为一种"理性化存在"而不再仅是"情感性存在"。这种"理性化存在"无疑可以应对这样比较特殊的"中国问题":中国当代人不是不懂得孝敬老人,也不是缺乏对所有人的尊重,而是不懂得把"尊敬优秀的人"与"孝敬老人""尊重所有人"区别开来,是把"尊敬"混同对人的地位、身份、权力的"依附"从而遮蔽"优秀的人"之问题。更重要的是,由于中国当代文化缺乏独创和原创性成果展示给世界,要解决这个问题,非对创造性的人持以尊敬的态度、将"优秀的人"与"创造性的人"画上等号不行,从而改变只尊敬圣人、君子和老人的中国传统文化。因为圣人、君子和老人只是道德性化身,并不是创造性努力的人格化身,所以已经很难承担中国现代文化创造自立于世界的"中国使命"。

二 "穿越"的中国性：对等性、不纯粹性、渗透性

在否定主义文艺学中，"穿越"的"中国性"主要体现为与西方基于宗教文化的"二元对立"之"超越"的区别，这种区别体现在"不对等"与"对等"、"纯粹"与"不纯粹"、"对抗"与"渗透"三个方面。

首先，从"超越结果"与"超越对象"的关系来看，"超越"受西方宗教文化"彼岸"和"此岸"的对立之制约，以"对立""冲突"为前提的各种二元范畴之关系均具有"不对等性"。"超越结果"对"超越对象"的优越性，体现为"人优于天""理想优于现状""艺术优于现实""美感优于快感"等各个方面。黑格尔"否定之否定"的螺旋式辩证运动、达尔文优胜劣汰的"进化论"、马克思"资本主义——社会主义——共产主义"的社会发展图式，也就成为这种"对立并优于"思维的哲学、人类学、历史学和社会学的逻辑展开，并形成西方"主体"对"客体"、"人"对"世界"的主导地位。在文艺理论中，柏拉图重现实而轻艺术，黑格尔重哲学而轻艺术，阿多诺重非理性艺术而轻理性化艺术，也都可以理解为是"超越现实"的各种存在形态。在文学创作中，因"超越"所形成的美学中人对世界的"崇高感"，不仅显现在古希腊神话阿喀琉斯的英雄传说中，歌德笔下"浮士德炼狱"的苦难、加缪笔下"对抗失败命运"的西西弗斯的荒诞，均构成西方不同时期"文学超越现实""文学人物优于现实人物"的审美符号。在文学理论和文学批评中，从"艺术即模仿"，到"艺术即表现"，再到"艺术即形式"，被西方文论家认为是"向文学本体优化"的过程，以致在形式主义、结构主义文论家眼里，以往的文学均有"非文学"之嫌；这种"优化"，即是基于"超越"之"进步"的含义。所以"超越现实"具有"优于现实"之意。

比较起来，"穿越现实"之所以讲的是艺术与现实的"对等关系"，是因为否定主义在哲学上认为人类世界与自然世界在其性质和功能上其实是各有利弊的，只不过我们容易从人类出发，看不到"自然之利"和"人类之弊"罢了。荀子虽然说"天人相分"，但他也认为"水火有气

而无生,草木有生而无知,禽兽有知而无义,人有气有生有知,且亦有义,故最为天下贵也"①,就是人类优越思维的一例。人类的文化创造确实可以作为事实说明"人优于动物",但这种事实也遮蔽了另一种"特殊事实":我们没有从动物与人类区别的角度理解动植物生存的"知"与"义"。动植物界的"自然性、有机性和循环性",是人类的文化创造越来越疏远的世界,也是动植物界自己无须言说的"知"和"义"之世界。动植物体验不到人类以利益获得为代表的生存快乐,但也体验不到人类因为这种快乐而产生的忧虑、痛苦和焦灼,更不会出现侵犯、奴役、破坏、残暴等人类文化的负面问题。这使得"依附自然性"的动植物界在总体生存质量上其实是"对等于人类"的世界。否定主义哲学还认为:《易经》八卦之间"对称、对等"之理解可做自然的"多样统一"关系解,也可做文化的"多样对等"关系解,可做金、木、水、火、土解,也可做文化和宗教多元性解。如果以前一种解,天人是合一的,而以后一种关系解,天人就是对等的。《易经》和《圣经》之关系,正是两种不同的以对世界的理解为前提的"对等"关系。由这样的"天人对等"之观念,也会推导出"艺术对等于现实"的观念。不仅在物理学上正电荷与负电荷是对等的,国际关系中"大国实力均衡"是对等的,而且文化上《圣经》与《易经》、文学上《哈姆雷特》与《红楼梦》,也同样是对等关系。从性质来看,西方"超越"的"结果"是"对立于现实"的。这种"对立"首先体现为"个体至上"文化形成的"个体"与"群体"的对立,并由此形成西方的古典自由主义强调个体权力与利益放任的思潮,而马克思主义则以强调人类的解放作为个人的最后解放为思维方式,边沁和密尔也将"最大多数人的最大幸福"的功利标准作为公共的价值标准,这就形成了西方政治哲学致力于人类幸福的不同价值取向和思路,形成自由主义与社会主义相互对立的理论思潮。实践上,这种个体为本还是群体为本的思想也渗透在西方文化的各个方面。在艺术理论中,以个体为本必然演化成西方艺术家在艺术上寻找与"个体"相匹配的存在符号——那就是"形式"。"形式"之所以是对立于内容的,首

---

① 《荀子集解》,《诸子集成》第二册,中华书局2006年版,第275—276页。

第五章 论"穿越"

先来自亚里士多德的理论思维。亚里士多德有的时候将"质料"(第一实体)作为存在的基础,有的时候又将"形式"(第二实体)作为某种动力因意义上的第一实体,同时又体现为真正的存在就是"质料与形式"融合的倾向,这就为后来的客体论、主体论的对立和主客体统一论进行了理论铺垫,形成艺术理论上的"他律论""自律论"的对立。而黑格尔的辩证法与韦勒克的"他律""自律"调和论之所以没有改变以"对立"为前提的思维方式,是因为"统一"只能建立在"对立"的基础上,而且也不可能改变事物间"对立"的基本性质。这与西方新自由主义虽然强调国家干预,但也只能建立在承认资本主义"个体至上"的文化基础上是一样的——新古典自由主义的代表性人物哈耶克重申"个体权力"的重要性,就是把"调和论"当作权宜之计。由于以对立为前提,黑格尔的辩证法和主客体的对立统一,与中国的"阴阳互渗"就是两种不同的"统一"——"阴阳"在中国文化整体思维中是内在的结构,但不是以分离、对立为前提的结构。

而"穿越"则立足于中国文化的整体性来看"独立性"和"个体性"之问题,并把"独立"和"个体"看成"非对立"的"渗透性"关系。这种"渗透性"关系首先来自于对"阴阳互渗"的利用。阴与阳在根本上之所以不是对立关系,是因为两者均属于自然有机性运动;而阴与阳之所以是两个不同的符号,是因为自然世界需要内部有差异的事物进行运动才能延续自身。差异性事物之所以是非对立的,是因为它们之间的矛盾运动不会改变事物的根本性质。所以生命再怎样进行阴阳互动的运动变化,蛋白质和DNA等均是稳定的、不变的,中国儒学史再怎样发展变化,均没有改变历代儒家对《论语》世界观伦理观的基本认同。反过来,世界为什么会形成以七大宗教为文明单位的世界?孔子与柏拉图是如何产生的?从牛顿到爱因斯坦的革命究竟意味着什么?这则是阴阳互动无法解释的——因为这属于不同民族文化改变自然性和世界观的人类创造活动。这就提出这样一个问题:以"阴阳互动"为思维方式的民族,很容易将《论语》的产生与解释《论语》的阐释性创新混为一谈,将《红楼梦》这样具有独创性品格的作品与对《红楼梦》的多样理解混为一谈,也就不可能清楚地解释《论语》和《红楼梦》是如何产生的。

所以,否定主义文艺学认为人类重大创造和独创是不同于"阴阳交融"的活动,而且也认为中国人的创造是"可以利用阴阳"但性质不在"阴阳"的活动,并以此区别西方"对立性"的、"革命性"的创造。在中国文化经验中,"阴阳互渗"可以演变为道家的以"游"为目的而不生产什么,并将"游"作为生命的最高智慧,也可以将"游"和"通变"作为生存方式,用"阴阳"和"游"之外的价值理念来渗透之,造成中国式独立和个体内在的、隐性的、深层的"不及物"位置,形成《红楼梦》中的贾宝玉这样的"不及阴阳之物"的独创形象,我们之所以在中国文化中找不到西方式的超越、对立于世界的上帝、对立于现实的纯粹理念、对立于社会内容的纯粹形式,就是因为即便"形而上者谓之道,形而下者谓之器",也是用"道本器末""源流合一"的方式产生关联的。这种关联,不仅造成中国文化在与时俱进中"万变不离其宗"从而对"宗"(如儒家的"仁"、道家的"道"以及不同时代的文化内容)产生依附,形成中国传统社会价值观念和思维方式的超稳定性,而且也形成了中国古代文学经典对文化要求的"穿越"关系;在作品表层内容载文化之道后面,是贾宝玉、韦小宝这样的很难被儒、道、释与民间文化概括的人物形象——正是这样的难以概括,将中国文化一种隐性的独立存在方式凸显出来,也由此引发出"穿越现实"与道家文化的"超脱现实"的基本性质的区别。如果说,在中国传统文化中这种穿越现实是一种自在存在,那么否定主义文艺学强调这个问题,就是随着中国现代理性文化的建立需要,将这样的"自在的存在"转化为"自为的存在",从而成为当代作家自觉的"独创性追求"和"如何进行独创性追求"统一的努力。

三 "穿越"的现代性:尊重政治文化现实和独特思现实

当然,仅仅注意到"穿越"与西方"超越"的区别还不够,还要注意到与中国传统自由精神的区别,并在这双重区别中突出"穿越"的原创品格。这种区别突出体现在"穿越现实"与中国道家文化中所讲的"超脱现实"的区别,体现在"回避政治文化现实"还是"尊重政治文化现实"、"放弃思现实"还是"独特思现实"这样两个方面。

第五章 论"穿越"

我想说的是,道家的"超脱现实"因为"游于现实"的性质从而具有"回避现实"的倾向,主要体现为回避矛盾现实的倾向。古人所说的"从今诗律应超脱,尽吸潇湘入肺肠"(刘克庄《湖南江西道中》),作为高蹈脱俗的代表,与老子的"坐忘"思想密切相关。这种思想不仅演化为伦理上"独善其身"的人格风范和"惬意自在"的人生哲学,演变为绘画和诗歌中"超凡脱俗""仙风道骨"的写意传统,而且也展现为陶渊明笔下远离世俗的具有乌托邦性的"桃花源",塑造成沈从文笔下那个远离污浊的纯情而孱弱的"翠翠"。在理论上,"超脱于现实"的本质是"避世"。首先,这个"世"是指政治文化现实。刘勰所说的"夫道以无为化世""无为以清虚为心"①的超脱态度,就是这种回避的体现。"避世"在中国社会现实中一方面是对政治权力所代表的官场现实的逃避,倾向于呈现虚静、恬然、惬意的、与世无争的人生,这一点在陶渊明的人生中体现得比较充分。陶渊明几次拒绝为官,视官场为污浊世俗之地,视"方宅十余亩,草屋八九间,榆柳荫后檐,桃李满堂前"为自己理想的、真正的生活,思维上是把官场看黑了。陶渊明在《始作镇军参军经曲阿作》这首诗中写的"目倦山川异,心念山泽居",则是他辞彭泽县令后不再为官的最好体现。如果因为万念俱灰不再介入官场之事,也不想通过自己的思想影响官场现实,那么这样的"儒道互补"或"弃儒择道",既不会妨害官场社会,也不会影响和改变现实社会,从而在外在功效上肯定了官场和现实社会,内在功效上则回避了面对现实的痛苦和知识分子影响与改造社会的现实承担,并因此使得道家的回避现实具有配合儒家介入现实的功效。回避现实还会造成回避生命现实、欲望现实从而呈现泯灭生命欲望和自我意识的漠然状态,即老子所说的"忘欲"。陶渊明的《桃花源记》、贾平凹的《静虚村记》和汪曾祺的《受戒》,其共同点在于将士大夫的田园野趣传达得淋漓尽致,将世外桃源的农家心灵描述得一尘不染。这种"夫唯不争,故天下莫能与之争"②

---

① 陈凤金等:《刘子集校》,上海古籍出版社1985年版,第303页。
② 《道德经》二十二章,三秦出版社1995年版,第64页。

的处世美学,固然区别于儒家的"六艺济俗""礼教为训"①,为中国文学向世界贡献了一种总体性的"生存理解",但由于回避生命和自我实现之冲动而难以与现代性对生命和欲望的重视接轨,从而使得其审美人格单一化、脆弱化、虚幻化而难以应对现代复杂的生命之问题。在《边城》中由厚道的老人、和气的小伙、乖巧的少女组成的与世无争的"茶峒"社会里,翠翠之所以过着一种"自在"而不"自为"的生活,是因为"自为"的缺乏不仅体现在翠翠的无欲、无我、无不满、无抗争,而且表现在她对爱情自我追求与创造的主动性不足。这样,翠翠爱情悲剧的主要原因就不主要在于社会封建礼教的束缚,而在于翠翠缺少人应该有的生命意志和自我实现的冲动。翠翠的悲剧意味着:总体生存态度如果受随遇而安的道家意念所支配,就会使得中国女性的纯朴总是与软弱相辅相成,并构成中国妇女虽然善良但只能逆来顺受的命运。如果我们满足于对这样的命运的同情而不诉诸理性分析去暴露和解决问题,就永远不可能改变中国女性这样的命运。

所以,否定主义文艺学提出"穿越现实"之命题,是因为中国文学如果不能从传统文学中提炼出勇于面对、尊重政治文化现实的作家和作品,不能在文学内部直面重视对人的世俗欲望、身体感受的再现与表现,就不能造就能够体现"丰富的现实内容"的文学。这意味着,对前者而言,中国作家不仅不能回避政治现实,而且在中国政治文化渗透在中国人生活的各个方面的情况下,尊重并表现政治文化现实内容就是文学表现现实内容的真实性之重要的方面,并因为文学的这种尊重使文学与政治文化现实构成一个大的家庭。在此方面,苏轼与陶渊明的异同比较或许可以说明这个问题。苏轼与陶渊明均有相似的从官场隐退的人生经历,也有比较相似的道家之超脱的文化风范。但比之于陶渊明明显的田园乐趣,苏轼则形成自己非儒、非道、非禅的达观而不失进取、进取又不失平和的精神和思想指向。也因此,苏轼作为"中国式独立者",意味着他是一个不脱离儒、道、释,但又是儒、道、释难以把握的人,是一个不脱离"旧党"与"新党",但又是"旧党"和"新党"都视之

---

① 陈凤金等:《刘子集校》,上海古籍出版社1985年版,第303页。

第五章 论"穿越"

为异己的人。落难黄州过着田园生活的苏轼,形态上虽然很类似"采菊东篱下的陶渊明",但苏轼的"天涯何处无芳草"与陶渊明的"性本爱丘山"有着"质的不同"——苏轼是政治落难到黄州,不是自己的刻意选择,这就形成了两人对充满世俗利益争夺的"官场"的不同理解:苏轼是"不怕官场",陶渊明是"惧怕官场"。苏轼虽然认为官场环境险恶,但依然坚持和实行自己的政治理念,所以没有绝望于官场;苏轼不在意官场从而"穿越了官场",而陶渊明是太在意官场从而"回避于官场"。陶渊明更接近道家的"超脱",而苏轼则是"超脱"很难概括的。超脱于官场的陶渊明,便只能安贫乐道于农耕生活本身,不会在农耕生活中去努力展现自己的独立人格并进行实践,而苏轼在黄州其实与他在宫廷任翰林并无二致:见溺杀婴儿事就挺身而出,与他在朝廷见王安石新法祸国殃民就挺身而出并无二致,所以苏轼无论在哪儿都会该怎样就怎样。正是在这里,我认为苏轼显示出与陶渊明不一样的对"官场世俗"的态度和理解:苏轼可以将道家式的"游"作为"工具"来完成属于自己的思想世界之创造,而不在意他是在官场还是在民间,不会使写政治还是不写政治这种儒道循环模式成为他思想创造的屏障。而对后者而言,晚年苏轼在《与苏辙书》中虽然以"深愧渊明,欲以晚节师范其万一"表达对陶渊明生活态度的赞赏,然综观陶渊明和苏轼的全部诗歌,在表现男性对女性的欲望和欣赏方面,陶渊明只有唯一被后人诟病的《闲情赋》①,而苏轼的《东坡乐府》三百四十首诗中,有许多是婉约类的写友情、爱情甚至欣赏艳情的诗,《江城子》《减字木兰花·得书》《蝶恋花·离别》《南歌子》等为其代表,这就说明在面对欲望和世俗化现实时,陶渊明的总体态度也是像回避官场一样回避的,而苏轼则以坦然面对甚至欣赏的态度来为他的"大气"获得基本的注解。尤其是,陶渊明写《闲情赋》,以"佩鸣玉以比洁,齐幽兰以争芬;淡柔情于俗内,负雅志于高云"之屈原风范而未脱离苏轼所言的"国风好色而不淫"之儒家审美格局,而苏轼不仅有直接赞美歌妓的"停杯且听琵琶

---

① 清人方东树说:"渊明《闲情赋》可以不作。后世循之,直是轻薄淫亵,最误子弟。"(《续昭昧詹言》)

语,细捻轻拢,醉脸春融,斜照江天一抹红",更有写给妓女的"溪女方偷眼,山僧莫皱眉"的调侃幽默小调,说明苏轼对女性及男女之欲望的日常化的坦然心态,不是一个"好色而不淫"就可概括的。更为紧要的是,尊重世俗欲望所构成的现实,不仅会形成"难以去欲"的健康人格,而且还会形成亲情、爱情、儿女私情、友情、民族和国家之情这些都是人的生命张力展开的不同感情空间的从容胸襟,只有这样的坦然和胸襟,才能使苏轼比陶渊明少了"超脱现实的空灵"而多了"亲和现实的朴质"。这样一种亲和世俗欲望的创作心态是陶渊明虽然直抒心意但却有些空灵的《闲情赋》所难以比拟的。

另外,《庄子内篇·大宗师第六》借颜回话说:"堕肢体,黜聪明,离形去知,同于大通,此谓坐忘。"又说:"知人之所为者,以其知之所知以养其知之所不知",这里的"知之所知"是指顺应自然之道和天道,而"马陆居则食草饮水,喜则交颈相靡,怒则分背相踢"的自然之态(《马蹄》)应该是任其性命之情的最好状态,所以人顺应这样的性命之情,可以理解为是"知之所知"。反过来,道家之所以不赞成儒家的"天道"观、礼义观,即因为儒家基于人性恶而强调后天道德改造与提升。由这样的反对,可以引申为道家不赞同人类出于给自己设计的理想蓝图而进行的各种人为努力,这些努力和设计自然包括以"思"为方式的对世界的探索,并形成"回避思之现实",即"黜聪明,离形去知"之"忘知"状态。简言之,道家不是反对一切知,而是反对除道家之知以外的一切"知之探索、知之筹划"。道家虽然一般以"无为"区别于儒家的"有为",但在对人要求遵守"天道之知"上与儒家则是不约而同的,并逐渐造成中国人"宗经""宗道"以及"变器不变道"的文化传统,逃避思之现实便成为逃避"思自己的天道"之文化现实。这种逃避一方面使儒、道之"道"始终处于稳定的中心化地位,另一方面也使得中国文化思想缺乏不同于儒、道哲学的重大思想原创,进而影响了现代化的中国在人类重大问题上创造不同于儒、道的现代原创思想和理论,当然同样也影响了中国现代、当代文学独创性作品的产生——那种远不同于《红楼梦》、近不同于《罪与罚》的独创性作品的产生。

这也意味着,否定主义文艺学是以"独特的思现实"来区别道家的

第五章 论"穿越"

"回避思现实"和儒家"大同小异的思现实"从而构成在"思"的问题上"穿越现实"的性质的。实际上,苏轼对中国文学的贡献主要不是在文体意义上"以诗入词",而是在一些作品的意蕴上体现出苏轼对世界的独特理解进而突破儒、道、佛的思维框架。我这样说的意思不是指苏轼的全部作品,而是他的最有独创性的作品。比如与温庭筠的"小山重叠金明灭,鬓云欲度香腮雪。懒起画蛾眉,弄妆梳洗迟。照花前后镜,花面交相映,新帖绣罗襦,双双金鹧鸪"(《菩萨蛮》)这种脂粉气过浓的艳情诗相比较,苏轼就不是就艳情写艳情,而是把人生况味与爱情的离愁别绪交织在一起,使得《蝶恋花·京口得乡书》这样的爱情诗传达出不限于爱情本身的人性苍茫和人生惆怅的意味:"雨后春容清更丽。只有离人,幽恨终难洗。北固山前三面水,碧琼梳拥青螺髻。一纸乡书来万里,问我何年,真个成归计?回首送春拼一醉,东风吹破千行泪。"这在很大程度上取决于苏轼独特的"爱情在人生之中、人生在历史之中"的理解对流行的就艳情写艳情的婉约词的"穿越"。

把视线投入中国当代文学,我们会发现像《金光大道》《艳阳天》这样的长篇小说也是如此,一般我们会认为这样的小说最大的文学问题就是表现了"农村的阶级斗争生活"从而具有依附政治写作的弊端,明显使作品遮蔽了农村真实的、日常化的、人性化的生活。但这样的看法之所以是浮泛的,是因为在那个时代,日常生活和人性生活均被阶级斗争意识渗透和支配着。这正如姑娘20世纪70年代爱军人,80年代爱大学生,90年代爱大款一样——离开意识形态所造就的内容,爱情的内容究竟是什么都会成为问题。如果说昆德拉写苏联入侵捷克斯洛伐克并没有影响其小说的优秀,那么对这个问题的理解就会转化为"写阶级斗争生活并不是优秀小说的障碍"之观念认同。反过来的推论就是,不写阶级斗争生活而写农村的民间生活习俗,或者像《小鲍庄》那样写一种被压抑的欲望,同样未必就能写出好小说。其实在文学虚构的意义上,政治、习俗和人性,均是作家写作随时可能用到的材料,而既然是材料,就意味着任何文学都是另造一个现实因而一定意义上也需要曲解现实——问题并不在于表现那个时代无处不在的"阶级斗争",而是作家如果只是按照主流意识形态的观念去表现"阶级斗争"而不是按照作家自己的政治观念去表现阶级斗争现实,那么中国作家就永远不可能达到索尔仁尼琴和昆德拉写政治的文学水平。在此意义上,写阶级斗争、写日常生活、写性,实在对文学来说没有任何区别——它们都是文学应该穿越的对象。或者说,如果中国作家能在作品意蕴上突破主流意识形态对文学的制约,就可以构成"文学穿越政治化现实"回归文学本体的格局。至少,中国作家可以像曹雪芹的《红楼梦》和鲁迅的《风波》那样,将政治虚化为背景而把重心放在"切问政治远思文化"①上,那么这就可以形成文学穿越政治也穿越文化的比较理想的文学格局,从而抵达人性和人类性思考的境界。

四 "穿越"的结果:非对抗性的个体化世界

综上,"穿越"的"中国性",保证了作家的"个体化理解"在材料和内容上与既定政治和文化的联系,也保证了"穿越"与既定世界的整体联系,意味着"穿越"是一种中国式的不对抗现实世界的个体存在方式;而"穿越"的"现代性"又强调中国作家独特的理解现实所隐含的创造性、独创性,尤其是在哲学世界观层面上的个体化理解,这就意味着"穿越"在创造性上是一种可以与西方"超越"的观念打通的超现实状态,所以在性质上又区别于既定的意识形态和文化观念、文学观念。如此就造成了"穿越"的一种表面上整体性存在、深层里个体性存在的文化结构。在个体的意义上,这是一种"亲和现实又通过个体独创内在对等于现实的"存在方式,其中"通透性的创造改变"为其内在结构。

"通透性改变"是指中国文化渊源在于"太极图"的"阴阳渗透"并衍化成中国"生生不息""源远流长"的创新性文化思维定式。但"个体化理解世界"与"依附儒家、道家哲学做生生不息的新阐释"之不同处在于:由"生生"所产生的"通透"可以不突破儒、道哲学而只是解释的创新,也可以突破儒、道哲学而体现观念和意味的创新。如果突破了

---

① 否定主义哲学对孔子的"切问近思"做了"切问远思"的改造之二,是指穿越政治之思走向文化之思。没有文化创造的政治变革是不可能产生积极的政治效果的。

儒、道哲学,"通透"就由"变器不变道"转化为"尊道也穿道",从而在性质和结构上对传统的哲学思维与观念有所改造,"通透"就转化为"依附观念进行新阐释——突破观念进行原创"的"穿越之程度"[①]。苏轼写过"我愿我儿愚且鲁,无灾无难到公卿"这类诗,明显与道家的超脱哲学水乳交融,这是苏轼小时学习道家哲学所致,并且构成苏轼全部作品可以用儒、道、佛哲学解释的基本方面,这反映出中国作家的独创性只是可以突破思想的从众性,而不是全部作品均有对世界的个体化理解。苏轼是靠这些作品建立起他与传统和其他诗人的共同性。但在他最具有独创性的作品中,读者虽然可以用"天""人"思维类比他的《琴诗》中的"琴"与"指",从而看出他的作品与儒家哲学命题"天与人"命题的亲和性,但"琴声"是"琴"与"指头"共同合作的产物的意味已突破了"万物皆备于我"的"天人合一"观和道家"道生一,一生二,二生三"的"道决定人"的思维,这是迥然区别于西方形式主义文学创作与后现代非理性哲学"反理性"之创作的。所以我认为这是中国个体"亲和现实又可以不限于现实"的"穿越现实"的品格所致——这种品格无疑具有改变现实性质但又尊重现实的功能,是中国文化的独特产物。另一方面,"通透性改变"所显示的"穿越"性,是通过"理解的层次"或"意味的张力"体现出来的,从而使得个体创作的文本、符号体现出"表层理解背后还有深层理解""时代性文化意味后面还有个体独特的意味"的中国独创性文化的特性。只要我们注意到故宫的建筑结构,就会发现领略故宫的审美奥妙是必须穿越天安门、太和殿、保和殿、乾清宫,最后到达御花园。在穿越故宫的过程中不同大殿的不同风格和内容进入眼帘自不待言,最后作为休闲游乐的御花园与前面处理公务的大殿比较起来,性质和功能明显是不同的。台面上的功名显赫其最终目的却在世俗享乐先不去说,关键是在这样的穿越过程中凸显出中国文化的"象后独象"[②],是明显区别于西方文化中直面自然现实和社会现实的"崇高""纯粹形式"和"反抗绝望"等艺术符号的。所以中

[①] 参见拙文《论中国式当代文学性观念》,《文学评论》2010年第1期。
[②] 参见拙文《什么是"中国形式"?》,《江苏社会科学》2010年第6期。

国的山水画常常有一孤舟一渔翁,暗示着读者可乘舟穿越山水才能领略到真正的审美情趣,而真正的审美境界却是在那看不见的空白处和虚无处。这使得中国个体独特理解是不对立、不破坏时代性、社会性、群体性的存在。这种存在在哲学上是一种"整体中的个体",宛如水慢慢溢出瓶外的那种个体。御花园的闲赏性质,是通过乾宁宫之寝房逐渐转折而来的,而不是唐突的、断裂的、革命的变革。因为这样的个体是不经意出现,所以我们常常也会不经意地遗忘。中国个体的"独特理解世界"看上去仿佛是与既定的文化理解水乳交融在一起的,很容易使得我们将真正的有自己理解世界的个体混同于没有自己理解世界的依附性个体。也因为如此,中国个体的"个体化理解世界"的存在方式不仅容易被中国思想史边缘化,而且在文化和文学批评中也常常被做如"现代——传统"这样的类型化解读。这就导致我们容易看到《水浒传》"替天行道""弃恶扬善"这些能被儒家文化解释的文学内容,而发现作品最后梁山好汉悲凉结局对"替天行道"质疑的独特理解却容易被忽略。过于看重一个人、一部作品"显在"的存在方式与内容,其后果就是中国现代文化和艺术失去了内在的独创性深度所显示的"通透性"。

　　能称之为"世界"的事物,已经具有"独特"与"丰富"的含义。对前者而言,我们如果说"地球"是一个"世界",那意味着地球在宇宙中是一个独一无二的存在。因为迄今为止未发现其他星球有动植物生存,更不用说有类似人类的高级动物生存的星球存在。虽然有迹象表明外星人和外星生命存在的可能,但到目前为止还没有被科学与我们的现实经验所充分证明。所以"地球"作为只有人类生活和各种生命活动的场所,被称为"世界"是成立的。"世界"就成为人类和各种生命活动场所的代名词。即便是外星人,也被人类想象为是一种近似人类的存在形态——这种有生命体的存在就成为一种独特的存在。对地球内部而言,人类的特殊标志,就是他们是一群可以建立起对宇宙和自然界的各种"理解"的动物群,以区别于其他所有的只能依据"本能"活动的动植物群体。我们可以把这种"理解"称为"文化";也可以说人类是一个与大自然"不同"的世界,而大自然同样是以"无理解"从而区别于

第五章 论"穿越"

人类的一个世界,人类与大自然就成为两种性质不同的世界。这种不同,还包括人应该区分自身的两种世界:一种是本能的、欲望的、循环的生命世界,一种是创造的、人为的、独特的世界。以此类推,人类产生以后,西方文化和东方文化之所以能称之为是不同的"世界",也是因为由《圣经》和《易经》所奠定的世界观和思维方式具有"独特性",世界七大宗教也就可以成为七大文化世界。而莎士比亚、陀思妥耶夫斯基、曹雪芹、鲁迅等之所以可以说他们建立起了自己的世界,也同样在于其对世界的理解具有独一无二性,是对文化和艺术之共同理解的穿越——这种理解不仅是思想性的,也同样是艺术形式的。这样,人类相对大自然是一个"个体化世界",某种文化相对于其他文化是一个"个体化世界",莎士比亚和曹雪芹也是因为穿越了既定文化的束缚而创造了各自的"个体化世界"。

对后者而言,能称之为"世界"的事物,又具有丰富性。地球作为"世界"的丰富性,不仅体现在它的自然物种的千奇百态,而且体现在人类文化的风情万种。而文化的丰富性又与自然界的丰富性交相辉映,让人流连忘返。文化的丰富性因为人的创造性与可能性介入,可能将比自然界的丰富性更具有审美意味。这一方面表现在:《圣经》和《易经》的丰富性,体现在被不同的文明进行不同的解说,所以西方古代文明的"教会"、近代文明的"理性"、现代文明的"生命",都可以理解为是《圣经》中"彼岸"的不同化身;而中国古代文明的儒、道、释思想,以及围绕"道""理""气""心"等中心范畴所做的成百上千种解释,则可以理解为对"八卦图"的再解释,从而形成了丰富的思想文化。由此,文化的丰富性就体现为它的不断展开性,体现在被后人进行的无穷解说,一如孔子的言论、莎士比亚的戏剧与曹雪芹的小说可被读者进行无穷解说一样。所以我们无论是进入中国文化,还是进入"红楼世界",都可能像刘姥姥那样被其丰富的内容所迷住。所以我们应该用"世界"来把握丰富的、可以不断展开的事物。而文学又是区别于其他文化丰富性事物的一种特殊的丰富事物,其特征不仅在于其多阐释性,而且在于其生动的具象性、可感性、可体验性。文化是因为包含各种可感的"物化形态"而成为"世界"的,而优秀的作品是因为有各种形象、形式而成为"世界"的。并且文学作品的形象和意象因为比现实中的文化物象更生动、更传神、更富有意味,从而更能体现"世界"之魅力。所以我们之所以不能说爱因斯坦的"相对论"是一个"世界",是因为"相对论"是一种原理和规则,而不是可触摸的现实世界本身,也不容许有各种解读。所以被抽象的事物主要是一种观念,只有当一种观念和现实事物的具象性与丰富性融会在一起,并被派生多种解释时,才具有"世界"之含义。

但是我之所以用"个体化"来修饰"世界",原因在于:一个作家可以依附既定的文化世界与文学世界来写作,也可以以突破既定文化世界与文学世界的态势来写作,从而呈现出学习经典、依附于既定世界观和疏离经典、穿越既定世界观这两种创作路向。前者可划分为基本依附和非基本依附两种情况:基本依附体现为对既定文学经典、文化思想从内容到形式的模仿,这不仅在初学创作者那里比较普遍,而且在中国作家中也比较普遍——初学写作者是模拟,为政治服务是载道,而依附西方文学与哲学则是膜拜;非基本依附者则较为普遍——它主要表现为在世界观、道德观和文学观上没有多少自己的看法,或依赖中国传统思想、或依赖西方各种人文主义,但在感受、体验和表达方式上有自己的个性特点——《边城》与《受戒》的异同即是一例;洪峰的《奔丧》与加缪的《局外人》之异同是又一例。如果说中国古代不少以"教化"为目的的文学虽然不乏个性风格,但宗旨在于传达正统儒、道、释思想,那么中国现代文学的问题,就表现在以文化思想启蒙为目的,传达西方人文主义、现代主义等思想观念。如此一来,不仅中国当代自己的思想和主义难以建设,文化创造始终难以落在实处,而且中国现代文学的经典作品,无论是在数量还是质量上,均难以与古代文学的辉煌相媲美。所以提出"个体化世界"这一命题,正是针对20世纪中国文学整体上是西方文学世界的"辐射"这一问题、从文学受各种现实制约太深的关系中提出的。其意义在于:一个作家受既定中西方文化世界和经典文学世界的制约与影响是必然的——无论你是自觉还是不自觉,也无论你是承认还是不承认,但是当你想摆脱这种制约与影响的时候,"个体化世界"的建立就成为你与既定世界穿越关系的审美依托,成为提醒你不断向着自己的文学创造而努力的终极目标。

五　文学的穿越与文化的穿越

　　简而言之,文学的穿越从根本上来讲是"对现实的穿越",它的结果形态是"非现实"的,而文化的穿越则是"在现实中的穿越",它的结果形态是"新现实"的。一个"对"一个"在",只是一字之差,却性质不同。"非现实"是指作家通过"虚构"和"非虚构"的方式构筑的形象世界,目的不是为了改变现实,而是为了弥补不能或无力改变现实的遗憾,或者说它是人们在改变世界的过程中通过疏导人们对现实的痛苦感、绝望感和软弱感来获得一种心灵上的慰藉。"新现实"却不同,它是包括所有非文学家们用来改变现实而批判现实的一种朝向未来现实文化图景的努力。

　　具体地说,文学家应是对现实从不抱希望,也不希望通过文学达到改变现实的效应的存在者。文学家自己的理想是现实无法实现或不能实现的,因此伟大文学家的创造力只能发挥在对现实的超越、穿越进而构筑"另一个世界"上从而让人们在想象的体验中居住。曹雪芹的杰出不是体现在对封建文化的具有现实功能的批判上,而是体现为以贾宝玉构筑的红楼世界展示自己独特的美丽,从而获得与现实世界不同而并立的"对等"。如果说优秀的作家是对现实的绝望者,那么这绝望不是不能改变现实的绝望,而是对现实无论是改变还是不改变都予以绝望的人。这种绝望不是一种廉价的悲观情绪和愤世嫉俗,而是对现实性功利和现实性幸福根本不在意的整体心情。文学的分量不在于文学家出于现实目的的情感性抗争,而在于以作家独特的对世界的理解穿越各种现实内容给读者的启示所达到的高度,从而使读者的心灵能够得到短暂居住。如果"红楼一梦"本身就是对现实的一种深刻否定,那么这种否定不是建立在企图以"红楼一梦"的美丽弥补现实的不足、抨击现实的弊端上,而是让读者离开现实的体验居住在"大观园"中获得像其中的人物一样的喜怒哀乐,并因此而沉醉其中获得审美享受。"红楼一梦"之所以是现实中根本不可能存在的世界因而也不可能对现实产生任何批判性弥补,是因为贾宝玉在现实生活中只能是个"无能儿",无能到在男人世界中一碰即碎,而《红楼梦》之所以立意不在于对现实的批判,是因为大观园以"贾母"为首的所有人几乎只能围着贾宝玉的女儿国忙碌,也因此这是个"不务正业"的世界并因此显得欢乐而美丽。同样,鲁迅笔下"哀其不幸,怒其不争"的众生世界,其文学意义不在于指明他们的命运应该改变或如何改变,而在于这种"既不幸、又不争"的生存状况是一种作家独特理解世界后的产物并让读者获得相应的启示。这种启示之所以不能替代我们对现实中的"祥林嫂"们的认识,是因为现实中的祥林嫂在这种不幸和不争中并不一定就过得不满足、不快乐——因为只能安于现状从而逐渐从现状中寻求安心,所以关于痛苦的麻木也可以转化为一种"被容许端菜上桌的满足"。也因此,"怒其不争"只能是鲁迅的和由鲁迅小说唤起来的读者的想法,与现实中的祥林嫂的生活其实并无直接的关系。"怒其不争"毫无疑问是鲁迅对现实绝望性理解的一种形象语言,作为对现实的一种"个体化理解",其性质是"非现实"的。

　　与此同时,文化的穿越虽然与文学的穿越在性质上都是"批判与创造的统一",但文化的"在现实中穿越"从来是离不开现实的,因此必须尊重现实的真实性与可能成为新现实的可能性。"新现实"在此是作为不满足于既定现实、通过发现现实问题并解决问题从而创造了新的现实来体现的。与文学的穿越相比,文化的穿越不是穿越者以对现实绝望的形态出现的,也不是以断裂于既定现实的方式出现的,而是通过改变现实的文化理念或文化结构并创造新的文化理念和结构来体现的。因此文化的穿越者对现实的心态更近似"失望",并隐藏着他们对新现实的希望。也因此,非文学家们必须考虑他们的希望是"可实现的"还是"空想的"。这种区别之所以十分重要,是因为文学家的审美理想因为"空想"而显现出非现实性的意义,而非文学家的审美理想就会因为"空想"而使其现实意义大打折扣。"非现实的现实"与"理想的现实"虽然同具有"超越现实"的特征,但后者是以"还没有实现的现实"区别于前者的"不可能实现的现实"的。"理想的现实"与"现在的现实"之间是以"可能性"构成关系,"虚构的现实"与"现在的现实"之间则是由"不可能性"维系的。在形而上的意义上,我们当然可以说深刻的绝望来自于深刻的希望。文学家如果说也有希望的话,这个希望是以彻底"更换"一个世界为代价的,但现实是不可能"更换"而只是逐步"改变"的。正是基于此,我才把有可能实现的希望称为"希望",而把不可能实现的希望称为"虚望"。这种状况毫无疑问也决定了非文学家与文学家否定性话语的不同。文学家用不同于日常语言的"形象话语"说话,而非文学家则用日常的"逻辑话语"说话。形象话语的产生,同样是文学家对日常现实语言的疏离,是与他们对现实世界的疏离同步的。在这里,要区别"句式的形象话语"与"结构的形象话语"。伊格尔顿之所以抓住日常生活中"这糟糕的像虫子爬的书法"的语言来质疑形式主义的文学观,正在于伊格尔顿没有注意区别"句式的语言"与"结构的语言"。后者不是一个说"这糟糕的像虫子爬的书法"的形象句式的问题,而是以"故事和情节"来说话的问题,并且本质上拒绝在故事和情节中通过议论点明作品意味。当然,否定主义文艺学之所以强调"个体化理解的形象世界",是因为形象世界或"形象语言"存在"用故事和情节阐明现实中的共同观念或主流意识形态"之问题,而这样的文学作品,区别于现实的程度就比较低。所以在此意义上,文学的"非现实性"也只能是一个"程度"概念而不是"边界"概念。准确地说,文学的穿越是脱离文化的穿越的一种程度。非文学家们对现实世界的希望也表现在对日常语言规则的信任,并且也只有靠日常语言才能达到改变和作用现实的目的。非文学家可以对日常语言法则产生怀疑和批判,但这种怀疑和批判只不过是日常语言内部的更新与发展,这本身就是与其在现实中突破和改造现实的行为一致的。非文学家们的日常语言中也可以包括形象话语,正如艺术家的形象语言中也可以包括逻辑话语,但这种囊括是一种对自身语言功能的丰富,而不是混淆和取代了自身的话语性质。

　　文学的穿越与文化的穿越的第二种区别,体现为文学的"心灵依托之功用"与文化的"现实之功利"的区别。由于文学穿越的结果是非现实世界,所以最好的文学作品自然不具备现实的功利作用,但却具有文学感召人们精神和心灵的"功用"。优秀的文学作品可以让一个民族在文化虚弱、文化认同危机的状况下获得"心灵的满足感"和"自我价值感",已经成为中外文化与文学史上一个较为普遍的状况。且不说像获诺贝尔奖的作家奈保尔在文化上是一个连"文化身份"都不明确的"文化流浪者"——如果他不从事文学写作,可能一辈子都不可能获得西方的承认与世界的尊敬——应该是一个典型的"文化虚弱、文学自信"的个案。即便就中国现代文化史上而言,中国人因国力虚弱、为西学是从而造成了文化自卑感,一旦将眼光放到文学上,便马上开始恢复一些自我感觉了。这不仅因为中国的古典诗词对世界的影响,已远胜于儒、道哲学,即便20世纪的鲁迅、张爱玲、金庸获得的世界承认度,可能也超过梁启超、胡适、金岳霖这些哲学上还缺乏原创品格的学者,更不用说近年中国的电影和小说在世界获得各种奖励的数量,已远超过中国的学术(尤其是人文社会科学)。虽然20世纪以降的中国文学,因为"文学依附文化、政治"的传统缘故,在"好文学"的质量和数量上还难以和中国古典文学相媲美,使得中国作家和评论家常把"文学危机"归罪为"文化危机",乃至越过文学问题去直接讨论"文化认同危机",却没有想到文学家的使命只是通过"好文学"的自信,给"文化不自信"的民族增加平衡感。因为文学的"另一个世界"的性质会常常顽强地、不自觉地突破文化经验的束缚,这就使得落后、不自信的民族,会与因优秀文学产生的自信并峙而立,从而证明了"文学依托感"与"文化功利感"是可以分离的。当然反过来也可以说明,文化和经济强大的民族,不一定就能在文学上找到自豪感与自信心,也不一定就能在文学上"保持"自豪感与自信心。加拿大、澳大利亚这些经济发达的国家,至今也没有产生对世界有重大影响的作家,"后现代状况下"的欧洲文学,也不能与20世纪以前的辉煌相比,都在说明一个道理:文学与文化,是性质不同,虽"相互影响"但并不"相互决定"的"两个世界"。既如此,作为中国搞文学的人,就没有理由因为中国现代文化影响力的式微而自卑,当然更没有理由因为文学接受了西方先进文化而自得。或者说,"自卑"与"自得"都是中国文学家习惯用现实文化功利性看待和要求文学的结果。

言下之意,非文学家或文化批评家们是用现实的方式来批判现实

第五章 论"穿越"

和改变现实,决定了他们基本上是以思想干预者和现实中的强者形象出现的,也决定了这种干预是最看重现实功利性的。一方面,非文学家基本上是以"说话"的方式干预现实和社会的,这种干预由于是直接的、非抒情、非形象的①、理性化的,所以这种干预会直接改变现实和人们的现实生活状态。由于现实在根本上是由观念支撑人们的一切行为的,所以一切以观念和理论对现实说话的社会科学研究者和批评家们,在现实中对现实的"穿越"主要是针对人们的观念现实的,因此改变人们的观念是文化穿越的直接目的。在一定意义上,如果我们把文学对现实的作用理解为影响现实甚至改变现实,实际上就会像"抗战文艺"和"改革文学"那样将文学作为文化的工具来对待,文学的性质就会异化为文化的性质。五四新文化运动和20世纪80年代的文学现代主义思潮,其突出的问题也正在于让文学充当使人们接受各种西方文化观念使命的工具从而使文学异化为文化。中国文学理论界之所以热衷"文学的现代化",中国文学批评界之所以很长时期内肯定五四新文化运动而冷落像张爱玲这样的"对现代化不以为然"的作家,大概在于中国文学理论界没有将文学自身存在的性质与文化的性质予以"中国式的区分",错位地将文学自身的性质理解为用西方的"纯粹形式"来冲击"文以载道",而中国文学批评由于过多以西方现代观念来看待中国作家的成就,自然也会将张爱玲这样的很难被"个性解放""人道主义"所概括的作家长时间边缘化,其根本原因即在于张爱玲很难对中国文化那种西方意义上的现代化产生直接作用——张爱玲那种在阐释学上难以观念化的"苍凉",其实正是文学穿越现实的功效而不是文化穿越现实的功效。另外,否定主义文艺学理解文化穿越对现实的作用,并不注重其"及时性效应"而更看重"预期性效应"。如果尼采的哲学和他所在的现实没有产生直接关系,那么这可能意味着文化的穿越对现实更大的"改变时代"的作用即将来临;反过来,无产阶级专政的理论在

---

① 非抒情和非形象不是指"说话"中没有抒情材料和形象表达,而是这种材料和表达总体上不会破坏"说话"的观念性质,也不会改变"说话"的目的是让人接受这种观念的性质。中国人习惯"象"思维,常常是借"形象"和"抒情"来加强理解从而更容易接受某种观念或道理,"形象"和"抒情"常常是工具化存在而已。

中国产生的作用可谓巨大,但由于它没有能改变现实的政治体制和人们的价值观念、思维方式,所以这样的政治对现实产生作用,意义就是极其有限的。这样的价值限定无疑使得我们对"现实功利"产生应该是"非短期效应"和"非眼前利益"的认定——这对改变中国人急功近利的"现实作用"观十分重要,对树立中国人的"暂时没有显著作用的观念有可能会创造性地改变现实"观念也十分重要。也就是"预期性效应"的必要性,使得我们不能只讲现实的功利性,而是要在"是否真正改变现实"的意义上来理解文化穿越的功利性。简单地说,用文化的穿越看待中国的改革现实,那就是不能仅仅看人的生活水平的提高,而是要看中国的改革开放是否给世界的现代化进程提供了独特的经验,是否在文化观念和政治观念以及生活观念上对世界产生不同于西方文化观念的重大影响,并根据这样的影响来判别这是否是"成功的文化穿越"。所以"本体性否定"之所以不看一种理论是中心的还是边缘的、轰动的还是沉寂的、追随者是多还是少,是因为中国现代进程中很多产生重大影响和作用的理论——如"个性解放""主体论"等,其实都是价值有限的,因为它们都没有能对"中国式独立的个体何以可能"这一问题产生真正的作用——"个性解放"但个体的思想还可能是依附的,"主体用什么来建立自身"的问题未解决,"主体"依然不可能成为能够自己站立的主体。所以"本体性否定"看待政治家在中国历史进程中的作用,就要注意这样的问题:政治家有时是独创性的理论家,有时只是捍卫传统思想或膜拜异域思想的政治家,判断政治家的功与过,不是看他推翻了什么,而是看他是否真正改变了现实体制,尤其是是否创造性地改变了现实体制从而给他的国家和人民带来了崭新的生活并增加了人民的文化自豪感。理解理论家和批评家的现实作用也是如此:理论的作用不是看现实中多少人认同,而是看理论是否改变了人们的观念和思维方式;改变人们的观念和思维方式,不是看中国人对西方现代文化观念的认同从而改变了中国传统观念和思维方式,而是看中国人改变了的观念和思维方式是否具有既区别传统也区别西方的创造性品格——这就是"现实作用"必须与人们的"现实创造"结合起来的道理。

六 "穿越"的中国式现代文化意义

　　20世纪中西方文化冲突的核心问题,就是如何解决中国文化的整体性、和谐性与西方文化的独立性、冲突性之关系。而以儒家文化所讲的个体人格、观念、思维方式、行为对群体伦理的依附性,又不可能解决与西方个体本位及自由主义的根本冲突。这就必然造成中国现代人因受传统文化的压抑而青睐西方文化,但一旦独立面对世界无所依靠时又觉得传统文化充满温情。这样的尴尬,本质上属于中国现代人没有创造自己的现代生活,而不能以"文化——经济——政治"有机结合的生活去重新影响世界的现代进程。因为"和谐性与独立性兼容"的问题,是一个既能诊治西方二元对立文化产生的主体与群体、个体与世界的不对等之冲突的问题,也是一个能诊治中国天人合一的文化不提倡对个体的独立性、自主性尊敬的问题。所以这既是一个中国文化的现代化问题,也是一个中国式的现代文化能否面对西方式现代化造成的文化生态与自然生态双重失衡的问题。

　　首先,"穿越"的观念可以启发中国现代知识分子对中国传统文化和西方文化中的各种思想和理论均采取"既尊重、又改造"的"本体性否定"态度①。当中国现代知识分子对自己信奉的西方民主观、个体观、自由观等也能采取"仅仅是尊重"的态度时,自己的思想便在由尊重而形成的"非膜拜的、可审视的"状态中孕育出场了;当中国现代知识分子同样对中国传统儒、道自由思想也采取"尊重"的态度时,20世纪的新文化运动"反叛传统"和"弘扬传统"之误区也将因为都不符合"尊重而审视"的态度而得到纠正。因为所有现成的政治、经济、文化自由的理念,无论是中国的还是西方的,尽管其中可能有很好的能让我们赞赏和认同的内容,但对一个具有"穿越现实"品格的中国现代知识分子而言,它们都不一定是对解决"中国当代独特的自由问题"真正有效的思想内容,"中国当代独特的自由问题"就成为一个不是以西方观

---

① 参见拙著《本体性否定》,浙江工商大学出版社2008年修订版。

念和理论进行实践、也不是传统思想的弘扬和坚守就能解决的理论面向。比如,既有中国文化的整体和谐性、又不失西方文化的个体独立性的"整体性自由世界",就是一个中国式现代化必须面对并解决的观念创造问题,这显然是中国传统思想和西方理论都不可能解决的"理论原创性的中国问题"。由于谈独立性、创造性不可能造就"天人合一"式的和谐,而西方的"天人对立"又不符合中国文化的整体和谐特性,所以中国当代天人关系的理论实践,就是一个对两者均需要进行创造性改造的理论原创工作。这个工作本身在文化之本的观念层面上就是"最高的自由实践"。基于这样的最高自由之期待我们就应该意识到:一种既定的思想和理论能让我们有所启发是一回事,但它们能否解决现代中国自己的特殊文化问题则又是另一回事。由于我们在"反传统"中缺乏对西方"以个体为单位"的民主政治的必要的"尊重之审视",在"回归传统"中也同样缺乏对传统"以情感为单位"的伦理政治"尊重而不限于"的"改造态度",这就使得现代中国知识分子——无论是企图"西化"的还是坚持"中化"的——总体上是处在观念的依附和选择状态而成为思想和理论上的"不自由之身"。中国当代知识分子虽然呼吁理论原创,但却在实践中鲜有对中西方思想同时进行批判和创造性改造的努力;虽然赞赏理论的自主性,但学术研究上还是自觉地依附既定的中西方理论并满足于对其进行当代阐释而不是理论性批判,其实就是这"非自由之身"的种种体现。这意味着,"穿越现实"的中国现代知识分子,必须学会把"政治体制现代化问题"与"自由观念的中国现代创造问题"联系起来思考,才能在根本上突破20世纪以降的中国知识分子在中西方思想之间的矛盾和徘徊状态,改变基于这种状态而呈现的"情感大于理智""抒情大于理性""阐释大于原创"的现象——这样的状态和现象,说明中国现代知识分子依然没有突破传统文人被规定好的观念依附性造成的廉价自由状态。

其次,中国现代知识分子在20世纪新文化启蒙中所倡导的"自由"观,是否是受传统世俗功利和享乐原则支配,是一个未被基于上述最高自由而追问的理论问题。杜威当年在指责"旧个人主义"的弊端时认为:"旧个人主义的全部意义已经萎缩为一种金钱尺度与手段",

第五章 论"穿越"

"那些被认为属于倔强的个人主义的美德可以高声赞美,但无须什么远见卓识便能一眼看清,真正受重视的是在谋利的商业中有利于成功的活动相关的东西"①,这未免会让人想到中国在"反传统""反封建"中展示的人文自由理想图景,是否本身就受制于中国人"温饱、享乐"这些世俗化的生活图景?这里面有一个关键的理论问题:反传统之"反"本身所体现的对传统的"批判性精神状态",不能等同于"反之结果"中依然会包含这样的批判性精神状态。从20世纪80年代文化启蒙热到90年代市场经济状况下知识分子对文化启蒙热情的消退,从中国学术界抨击世俗到沉湎于今天以量化科研追求为手段的世俗化利益,就可以看出中国知识分子其实是把西方式的超现实的自由精神"工具化",用来服务于"世俗化享受生活图景"的,这使得中国知识分子百年来在自由问题上的愤世嫉俗,一定程度上其实是与这种理想图景的难以实现相关。中国当代知识分子因为市场经济给自己带来的"相对舒适生活"而放弃了价值追求的"超世俗方位",就更加凸显出这样的问题:除了物质生活富裕等世俗性幸福,中国现代人在现代文化上究竟还需要什么?这种需要与世俗性幸福应该是怎样的区别性关系?这些已经成为让中国人文社会科学工作者集体失语、无法面对的问题。由于20世纪90年代中国的人文精神大讨论没有区别"轻视日常""尊重日常""沉湎日常"的不同性质,且在价值取向上具有"轻视日常"的西方超越现实的人文精神的倾向,这就不利于中国学术界在理论和思想层面上于"重义轻利"与"重利轻义"之外建立起"尊重利益而不限于利益"的中国式现代穿越世俗利益现实的新观念。

也就是说,"穿越现实"以"深层的个体性理解"与"表层的群体性理解"的张力提供了这样一种实践的可能:追求世俗享乐属于"表层的既定群体性理解",而不满足于世俗功名利禄则属于"深层的未定个体性理解",这两种理解形成的张力即体现为一种中国现代自由精神。一方面,"不满足于世俗幸福"是一种通过个体不同的对世俗生活的

---

① 见《新旧个人主义:杜威文选》,孙有中、蓝克林、裴雯译,上海社会科学出版社1997年版,第91页。

"理解"体现出来的,苏轼对个人欲望的"难在去欲"①的平常心理解就是一例。这是一种理性的自由而区别于中国传统意义上个人欲望不能满足的抒情性怨言,体现为一种与西方"个体自主性"可以接轨的现代性。所以,从众性地追求世俗性幸福是"可得到尊重"的,但从众性地理解这种追求则是"不自由"的或"弱自由"的。由于理解是可表达也可不表达的,所以这种自由就成为一种相对于世俗化从众行为的或潜在或显在的精神性自由。这样不同的对世俗幸福的理解性自由一定程度上可以制约、消解从众性的富裕和享乐追求造成的"单质化""趋同性"社会风尚,从而为中国现代文化形成"超越世俗性幸福"的文化奠定坚实的基础。同时,如果中国现代自由文化鼓励理解的个体化和形成的观念的多元化,并将此与自我的最高实现联系起来,那么,文化作为个人和单位利益追求的工具的状况就会得以改变,文化就会不以利益追求为目的而使得自身就是现代人的目的之一。对这种目的的理解是:诚如浙商的冒险性得到中国商人的敬佩、苏轼作品的启示性得到古今中国读者的喜爱一样,以理解世界为方式的个体文化性自我实现,是一种不同于利益满足的快乐之充实。利益满足之世界是以"获得"为性质,而文化理解上的自我实现是以"贡献"为性质的。前者以快乐和郁闷为其正负功能,后者则以充盈和空虚为其正负功能。对郁闷的焦虑,会在利益满足时得到缓解,而对空虚的填补,则只能是个体通过贡献给世界的独特理解启示社会而完成。因为世俗利益世界必须得到尊重,而心灵充实世界又与人的真正幸福相关,所以快乐与幸福就成为不同而对等的人生结构,也成为社会风尚的对等性文化结构——其间的张力,便可谓中国当代人生的自由结构。这样的结构,将改变今天中国无论是国家利益、地区利益、单位利益还是个人利益的中心化结构,也将同时改变中国传统文化视修身、成圣为本从而轻视人的享乐追求的中心化结构,成为一种二元对等的文化结构。在这样的新型自由文化结构中,政府将不再单纯以急功近利的经济效益为评估单位和个人工作的尺度,而是同时会提倡个体的观念独创,强调理解的个人化给世界

---

① 林语堂:《苏东坡传》,陕西师范大学出版社2006年版,第135页。

带来的启示,并将这样的启示视为自由的最高文化境界。对学术界而言,大同小异的学术研究、共识化的学术观念只是被安排在受尊重的位置,而观念的独创、理解的个人化带来的可争议化局面,将会成为中国现代文化创造不可或缺的基础。这样的文化结构,必然会改变今天中国人无论是知识分子还是老百姓的思维从众化、欲望世俗化、文化传统化的文化心理结构,形成一种功利性快乐和影响性幸福并存、对等的新型现代东方文化生活。

第六章　文学对观念现实的穿越

一　文与道：百年中国文论的流变及问题

中国文学和文艺理论的现代化究竟意味着什么，是缠绕中国学者和作家一个多世纪的重要话题。这个话题迄今尚未过时的原因在于：20世纪中国文艺理论家建构的各种文艺理论，我认为均没有在观念和理论上解决中国文学如何既保持中国文化的"整体性""通透性"特质、又区别于"文以载道"工具性生存的问题。因为要具备中国文化特性，就需要区别于西方以二元对立思维为前提的关于文学的理解方式，其核心在于谈文学本体和文学独立的时候，决不能从诸如对立于社会现实内容的"艺术即形式""纯文学""自律论"上手，也不能从法兰克福学派的"对抗理性现实"的"批判美学"上手，因为前者很容易用对象化思维将"文学性"视为一种"有确定文学边界"的存在，从而破坏中国文化所讲的整体性，后者容易导致文学与文化、文学与政治、文学与社会、文学与大众的"对立""对抗"状态，从而违背中国人文所讲的人与世界的亲和性。另外，我们又要警惕这种"整体性"思维使得我们不自觉地将"儒家仁爱之道"转换为"西方文化之道"但却不去改变"顺从、服务文化和时代之道"的工具化性质，尤其需要警惕选择、认同一种"道"并且只是对这种"道"进行个性化的、与时俱进的阐释所造成的"低程度文学创新"之状况，从而开启什么是"文学的高程度创新"之新途径，并把"高程度"和"低程度"之关系纳入"中国式当代文学观"建设的思考。

在中国文论史上，"文"是主要作为文化经典之"道"的延伸物来看待的。刘勰的《原道》《宗经》作为《文心雕龙》的纲领性内容，其"道沿圣而垂文，圣因文而明道"的道、圣、文的顺延与承接之关系，不仅为后

第六章　文学对观念现实的穿越

人提出"文以载道"的文学观奠定了基础,而且也产生了将文学的性质和功能看成"本乎道,师乎圣,体乎经,酌乎纬,变乎骚"(刘勰《文心雕龙·序志》)的文学服务文化的思维方式。经过西方进化论的启发,中国晚近国力的衰落被中国知识分子认为是由于中国文化的落后,而经济和制度在根本上是文化的产物——这个时候中国知识分子不大去思考为什么中国文化同样曾经造就了强大的盛唐时代之问题——这自然也引发了对儒家文化经典的批判,因为文学是文化的枝节,所以中国古典戏曲、律诗、文言文均被视为传统文化不适应现代文化的符号而遭到厌弃,从而开启了视西方文化经典为"新圣",视西方电影、小说、话剧为新文化的体现的历史时期。与此同时,严复对历史进化论的传播,经过胡适的文学进化论的阐发,最后形成了今天中国古代文学、现代文学和当代文学的学科分类,这里隐含的"传统——现代"并且以西方文化发展为参照的思路,成为判断中国现代文学和文艺理论的总体价值坐标。这一坐标在解释中国文学"文变染乎世情"的与时俱进的方面是有效的,中国现代文艺理论也由此走向了一条对世界开放的、与西方文论接轨的发展道路,其意义在于中国现代文论不再故步自封而以世界和天下为单位思考自己的现代化问题。在这条总体价值取向的感召下,有王国维之于叔本华的生命哲学,鲁迅之于厨川白村的"苦闷的象征"。周作人基于西方人道主义的"人的文学"以及当代文学钱谷融先生重新提出的"文学是人学",20世纪80年代前后的人道主义大讨论,也都是其产物。

然而一个重要的文艺理论问题也被这样的文艺理论现代化遮蔽了:《文心雕龙》直接面对的即是儒家影响力在齐梁时代的衰弱而导致文坛"矫讹翻浅""楚艳汉侈"之文学创作问题,其目的在于"还宗经诰""正末归本",而中国现代文艺理论面对的同样是因儒家文化衰落而产生的一系列文化和文学问题。按理说中国现代文论本来可以趁西方文化的影响这一机缘,对《文心雕龙》的"宗经"思维产生根本性的"批判与创造"的理论实践,然周作人的"人的文学"由于急于传播西方的人的观念,看似是对儒家经典的批判和挑战,但由于"征圣"的思维方式并没有改变,结果,一旦西方之道难以落实在中国文化的土壤中,中国文学就还是会回到中国文化对文学的规定中——王国维后期转向经学研究、文学为抗战服务、文学为阶级斗争服务、文学为改革服务等"载道"文学观重新出现就是很好的说明。本来,文学顺应文化现代化要求表现西方文化观念,对文学来说就像表现传统文化观念一样正常,但文学自身的问题却不能停留在顺应传统文化或西方文化之道上,而应该在"文对道既顺应更突破"中来展开"中国文学何以独立"之问题的思考,如此才能真正与讲究生命力、创造力和反思力的现代性接轨。这个问题从另一方面看也很简单,《红楼梦》的艺术魅力不在体现了儒、道、释等文化思想上,鲁迅《伤逝》的艺术魅力和启发性也不体现在对西方个性解放之道的遵从上,这说明优秀的文学是以突破文化之道,进而模糊文化之道为己任的。如果中国现代文学理论看到文学反对封建之道又依附西方文化之道的怪圈,将文学自身独特的、启示性的、丰富的"意蕴世界"看成与中西方文化之"道"是有突破性张力的关系来探索,中国现代文艺理论就会注意到鲁迅的《伤逝》展现出的那种"表层内容赞同个性解放、深层内容质疑个性解放"的意蕴张力和意蕴层次,从中提炼出"文"与"道"的新的中国思路,即鲁迅的"虚妄"既是对传统之道的突破也是对西方之道的突破,并且因此也可以发现《红楼梦》既尊重又突破儒家之道,既尊重又突破道家之道,从而才找到文学魅力的立身之本。遗憾的是,从周作人的"人的文学"、胡适的文学进化论等开始,一直到"反映论""审美反映论""形式论""生命论""解构论""反本质主义",中国现当代文学理论百年来在基本原理上均受制于西方文艺理论的思路,注定只能与这样的中国文学独立的问题擦肩而过。如此,中国现代文论在解释中国近百年文学走向现代化但经典作品既不能与古代"四大名著"媲美,也不能与20世纪西方文学经典媲美的问题上,就显得力不从心。这种力不从心当然就会影响到中国现代文艺理论的独创性和原创性品格。

应该说,从王国维引进康德的"主客体"思维探讨"有我之境"与"无我之境"始,到中国现代文艺理论用"主体——客体""本质——现象""反映——被反映"的认识论思维讨论中国文学问题,一直到20世纪80年代的"主体论""方法论""本质论"和21世纪的"反本质主义"

第六章　文学对观念现实的穿越

文学思潮,中国现代文论的发展基本受制于西方文论二元对立的认识论思维模式和话语。这种制约的长处是:中国文艺理论工作者通过对西方文艺理论知识的学习和训练,一定程度上可以疏离传统经验论和感悟性的把握世界的方式,通过"本质论"的文学理解突破传统文论工具性的"文以载道"文学观——尤其是 20 世纪 80 年代"艺术即形式"的西方文学本体论的倡导、"纯文学"概念的使用,对促进中国文学由王国维开始就追问的"超功利"性思考,是有积极意义的。尽管"艺术即形式"的新潮文论最后偃旗息鼓,但这对提醒中国文艺理论工作者要建立中国式的文学本体论,仍然有桥梁意义。特别是有学者依据马克思、黑格尔的意识形态理论提出"审美意识形态",通过强调文学的审美功能,一定程度上稀释了"文学为政治服务"这样的文学观,文学理论自身的审美语境才可以因此而建立。正是在此意义上我认为,不管"意识形态""反映论""形式论"在多大程度上已出中国文化特性之左右,即便在知识论意义上中国当代文艺理论参照西方理论来完成自己的建构,应该说也是中国文论融入西方文论构成共同对话场域的前提。

但我想提醒的问题是:西方理论家之所以质问中国的"新左派"为什么要用法兰克福学派理论在中国说话而不建立自己的理论,主要就是想说理论从来没有世界通行的范例。马克思主义理论即便在西方影响很大,到了现代也仍然要通过法兰克福学派对"劳动异化"问题的改造以及对马克思基本观念范畴的改造等,才能对当代的"理性异化"问题产生影响。所以中国当代文论工作者用"本质"和"反本质"来讨论文学理解问题,用"主体"与"客体"来讨论作家与世界的关系问题,用"对抗、拒绝社会内容"的"纯文学"来讨论中国先锋文学,从而使中国现代文艺理论的"中国文化特性"——即"生生""根与叶"之整体性、有机性、通透性——也同样处在被遮蔽的状态,自然也就不可能提出以中国文化特性为背景的独特的文艺理论问题。

在哲学上这意味着,《易经》八卦图所显示的阴阳渗透之整体性是中国文化的重要特性,这种特性使得中国文论对文学的理解从来就是非本质性的、非边界性的、非实体性的、非确定性的,一如张少康、刘三富所说的"主张言志、载道的偏向主理一派……主张缘情、抒写性灵的偏向主情一派"①,即"情"与"理"的"相互渗透、偏向程度"的差异构成中国式文学理解的特点。清人王夫之提出"曲写心灵"(王夫之《夕堂永日绪论内编》),自然是针对"发乎情,止乎礼义"(《毛诗大序》)的说教性诗歌风尚,然对"兴观群怨"的强调,说明王夫之依然没有将儒家之理作为对立面。所以"缘情说"作为不同于"载道说"的主张,不是渗透了儒家的亲情等人伦之理,就是渗透了道家的自然情趣之理,所以在根本上中国文论中"情"与"理"的较量实际上只是不同的"理"在较量——成语"人同此心,心同此理"说的也是"心"和"情""理"的密切关系。如果说"细雨鱼儿出,微风燕子斜"写的是道家美学的"恬淡"闲情而不是"真性情",建安七子的"狂放"同样也不能理解为"真性情",而是被儒家礼仪所挤压又被道家所释放的一种文化性情感,郭沫若的《天狗》抒发的则是西方现代生命美学制约下的生命激情。既然"情"与"理"无法真正分离,那么"载道"与"缘情"都不能确立文学与非文学的真正边界,也不可能确立文学实体性的本质。如果五四以后的中国文艺理论工作者能意识到这个问题,中国现代文艺理论在"情"与"理"的关系上就应该提出这样的文学问题:既然"情"总是渗透了各种文化性的"理",那么文学要依赖"情"来保持文学与文化的区别,便只能依靠作家个体化理解的"理"来规定"情"的独特品格,正如贾宝玉的"真情"既不是"纯情"也不是"性爱之情",而是很难被文化观念所概括的一种"特殊之情"一样,这样的"情"才是构成文学区别于各种现实文化观念之所在。如此,"独特理解的情"与"共同理解的情"才可能构成文学与文化关系的"现代性问题",并由此完成对传统文论"情"与"理"之争的现代思维方式和提问题方式的转折。以此类推,如果中国文化讲究"源"与"流"、"根"与"叶"之有机整体关系的意义被中国现代文艺理论所重视,中国现代文学的语言、文体、创作方法和技巧作为叶应该派生于怎样的根与道这一问题,就会同样作为一个重大的文艺

---

① 张少康、刘三富:《中国文学理论批评发展史》(下),北京大学出版社1995年版,第293页。

第六章 文学对观念现实的穿越

理论问题被提出。用"西方之器盛中国传统之道",或用"中国传统之器盛西方之道"的中国现代文学创作问题就可以被有效地纠正,如果我们意识到白话小说的语言问题在根本上是我们缺乏中国式现代文化之"道"作为文学的"根",意识到引进西方创作方法或进行文学批评方法的变革离开"道"的创造必然失败,意识到"意识流"在乔伊斯那里不仅是创造手法而且也是世界观……那么,中国现当代文学、文学理论和文学批评,可能就会是另一番格局。

二 为何是"文以穿道"?

囿此,我提出"文以穿道"文学观来代替"文以载道"文学观,就不是用一个完全无关于"文以载道"的西方式文学观为原理基础来进行中国当代文学观建设,更不是从传统文论中发掘诸如像"缘情说"那样的概念来做现代阐释,而是针对"文以载道"的"文学依附性局限",通过改造"文对道的单纯承载"关系,达到"尊重道和改造道的统一",使当代中国文学观既可以与"现代性"的"自由""疏离"的本质内涵打通,也可以落实在古今中国文学经典的"独创性经验"上。

具体说来,不管西方理论界多数学者是把"现代性"理解为"自由"与"合理性",还是像吉登斯在现代制度层面上将现代性的性质理解为"脱域"(disembeding)、"时空分离""反思性"[①],抑或是像哈耶克那样将自由主义理解为相对于"人造的秩序"(a made order)那样的"各种自生自发的秩序"(spontaneous order)[②],"**尊重个体权力的制度理性**""**尊重个体生命力的非理性**""**尊重个体创造力的超越理性**",可以理解为是贯穿"现代性"各种理解的一些基本内容。而且,这些基本内容不仅是从西方理论家的言论中传达出来的,更重要的是从西方现代体制、生活现实和文化成果中体现出来的。无论是现代经济制度对个人自由

---

① 〔英〕安东尼·吉登斯:《现代性后果》,田禾译,译林出版社2000年版。
② Hayek, *Studies in Philosophy, Politics and Economics*, London: Routledge & Kegan Paul, 1967, p.71.

竞争和私人财产的保护,还是现代政治制度对个体权力的尊重,以"个体"为单位思考社会的各种关系,应该是现代性的基本出发点。而"个体"的"生命"所包含的潜意识、性冲动、感性经验以及哈耶克所说的"非理性设计"的"自发"和"无知",不仅是突破"高于生命的理性"的力量,导致尼采的"价值重估"、柏格森的"生命意志"和伊格尔顿的"反本质主义",而且也产生了使吉登斯的"反思性"得以可能的对人的创造力的推崇,使得20世纪西方各种思潮、观念和主义因为这样的创造性而"林立"之规模超过了以往任何历史时期。虽然对个体权力、生命力和创造力的推崇使得西方传统理性遭受了前所未有的冲击,使得全球和谐安宁的理想在这种冲击下离我们更加遥远,但是中国的现代化要有效地以自己的传统文化优势对今天的世界发挥影响力,一定程度上就必须以尊重个体生命力、亲和个体创造力的姿态进入全球现代性的共同生活,然后才谈得上建立中国式的重视个体生命力和创造力的东方文化之魅力的问题。即儒家文化之所以在今天的中国成为一种"仅仅是理论上的存在"或"调节心灵的存在"而非"可干预现实"的存在,原因就在于"不尊重生命力""漠视创造力"的儒家文化,无法告诉人们在"生命力""创造力"已被唤起的今天,除了"节制欲望"和"淡泊欲望"之外是否还有其他新的途径给人启示,也无法告诉我们在世俗享乐满足后人还应该干什么。因此在肯定"欲望""生命力"和"创造力"的基础上如何建立世界的平衡与和谐关系,才是一个中国可影响东亚、也可影响西方的至关重要的理论原创课题。重视这样的课题,中国当代文学创作和文学理论,就有一个从"承载"东西方"观念之道"的生存状态,转变为依靠文学性力量突破各种"观念之道"从而履行"文学自身的生命力和创造力"之使命。最为重要的是,文学自身的生命力和创造力,不仅应该衔接上传统借"缘情"来反抗"礼教"的血脉,突出中国人情感中蕴含的生命力,而且在"情理统一"的意义上,还必须将这样的突破落实在有作家自己对世界的"道"之理解的基础上,"生命力"对"既定的理"之突破和"创造力"对"个体化之理"的建构才可以得到统一,突破既定的"理"之"生命力"才可以在作家"创造自己的理"中得以安放,从而改变"情在而理亡"但"情又没有独立的力量可以

第六章 文学对观念现实的穿越

抗衡理"的汤显祖式的悲剧状态,也才可以从中国传统文艺理论的"情理统一"命题转变为"普遍的情受个体化的理支配"之新命题。

不仅如此,上述关于中国当代文学观体现"个体""生命力"和"创造力"的思考,还必须从中国传统经典文学有没有自己的"个体""生命力"和"创造力"展现的文化经验入手,才能发现"个体""生命力""创造力"在中国文学中存在的方式及其需要解决的问题。如果这样的经验可以打通西方现代性的基本内容,那么中国文学观的现代性就不是一个凭空产生的问题,而是中国传统文学的上述经验没有得到中国古代和现代文论充分揭示的理论盲点问题。这个问题意味着,从王国维借叔本华哲学写《红楼梦评论》开始,中国文学理论的现代化,就踏上了一条简单依托西方文学理论评点中国文学而与中国经验不同程度脱节的批评之路。无论是王国维的"生命哲学",还是周作人基于西方人道主义理解的"文学是人学",抑或20世纪80年代的"文学即形式"和90年代后的"文学解构论""反本质主义",等等,均存在着无视中国文学的文化特点以及"中国式的个体、生命力、独创性存在方式"的问题。这种无视的结果,一方面使得中国现代文艺理论与中国文学自身的文化经验处于貌合神离的状态,使得像"形式论""解构论"这样的文学观无法切入中国文学创作中的"作家个体化理解世界的贫困"之问题,另一方面又不能对中国当代文学观进行具有"尊重载道又能突破载道"的文化整体性原创思考,书面上西方各种文学观走马灯与现实中"载各种道的文学创作"的分裂性存在,自然使得文艺理论失去了中国作家、研究生和大学生的兴趣。这里的一个关键问题在于:如果我们说中国传统文学是压抑人的生命力和创造力的,是缺乏个体独立品格的,那么杜甫、李白、苏轼、李清照的创作是不是也可以被这种压抑所说明?如果可以说明,中国古代文学的辉煌就是一种与现代性基本无关的原因造成的,中国文学告别传统经验才能走向现代化,就是合理的推论;如果很难说明,中国古代优秀作家和作品就应该蕴藏着中国自己的生命力和创造力实现的经验,深入研究《易传》的"生生"、姚鼐的"阳刚阴柔"和刘勰在《文心雕龙》中所说的"典雅、远奥、精约、显附、繁缛、壮丽、新奇、轻靡"这些"以风格概念显示个体、生命力和创造力"中存在的问题,就是至关重要的。也就是说,中国古代文论也注意到个性差异和风格差异等个性化问题,然而由于"载道""宗经"思维造成作品在深层意蕴上存在着"类型化""从众化"的理解世界之现象,这就使作家不自觉地会在创作实践中产生完全遵守、有限遵守以及突破儒、道、释观念的"程度差异"之问题,并最终造成了像可以被儒家文化概括的杜甫和儒道释均难以简单概括的苏轼的"独创性差异"之现象。所谓"独创性差异",不仅是指作家"风格差异""语言差异"等体验和表现方式的差异,而且是指作家理解世界的差异——这是一种依附道、选择道还是改造道、化解道进而进入"独特的道之体验世界"的差异。这种"意蕴差异"体现为作家受"儒""道""释"观念制约的"强与弱"。这种独创性的"强与弱"由于依托中国特有的文化结构,还可以获得一种中国文化上的"统一又不统一"的价值张力现象支撑。即表现在政治哲学上,会产生中国多民族国家在保持各自民族习惯、信仰和理解世界上可以统一于国家权力的政治结构,表现在生活哲学上会产生中国人"表里不一"的行为方式和处世方式,表现在文学评价上也同样会产生一些中国文人社会地位高但人格和作品评价却不一定高之现象……忽略这样的"强与弱"之张力性整体关系在"中国式文艺理论"研究中的重要性,就会造成中国现代文学创作和文艺理论只能在西方文学之道间转换的现代史,也必然至今也解决不了中国文学创作的"非文学性——教化性"之顽症,理论上也就不可能回答中国现代优秀文学与世界一流作品的独创性差异究竟在哪里这一"中国当代文学问题"。

于是,由现代性所呼唤的个体、生命力和创造力统一而成的独创性追求和中国文化艺术所提供的整体性、渗透性经验,就共同催生出"文以穿道"中的"穿"具有如下三个基本特性。一是"穿"是"穿越"的意思,是以"穿过对象"为其性质的,这就使得它不以"打倒对象""轻视对象""抛弃对象""拒绝对象"为前提,所以明显区别于儒家"膜拜——拒斥"思维所形成的"反传统""轻视世俗""告别80年代"等否定性概念。"穿越"以"尊重穿越对象并由此与穿越对象构成一个整体性世界"为其首要性质,符合中国文化对世界的"亲和态度"和全球化时代不同文化的"共存需求",有利于建立中国现代文化对世界的"非霸权

第六章 文学对观念现实的穿越

性""非教化性"而不只是影响、渗透世界的天下概念和主体形象。二是"穿越"以"穿过对象带走对象材料"为其基本方法论之一,这就具有把现实的和历史的文化从"观念性存在"化为"材料性存在"的"性质改造"的意味,并形成"穿越"的"批判与创造统一"的工作性质。所以"尊重对象"是前提,"利用对象作为材料"是方法,目的则在于"性质上改造对象"。在实践效果上,这样就相通于中国文化所强调的现实性、具象性、延续性,可以避免由西方二元对立思维所导致的抽象性、纯粹性、形而上性和断裂性,并纠正20世纪中国现代文学与文化运动受西方二元对立思维影响所产生的与社会现实文化和历史文化断裂的"非中国性"之问题,同时也建立起"批判——性质改造"的新型否定观。三是由于"穿越"的意识、能力的强与弱,"穿越"就具有"张力"和"程度"的意味,从而既可以与中国文化所讲的"通透性"衔接,使中国当代文学观与中国文化的"生生"打通,也可以弥补传统文化"生生"哲学、"通透"艺术所揭示不够的"创造独特的对世界的理解"之缺憾,应对中国现代文化面对世界拿不出"中国现代独创性作品和产品"之问题。在理论上,更可以一方面区别西方以"实体性存在""对象化存在"为思维方式的"文学"观,另一方面又可以将儒家道德性的"修身"转化为具有现代意味的"自我创造是一种程度之努力",突破20世纪中国学者或依附传统文化或依附西方文化的徘徊状态从而缺乏"观念原创"之瓶颈。"文以穿道"就可以作为区别于传统的"文以载道"的"中国式当代文学观",参与东方和世界现代文学理论之对话。

三 "穿道"之初:突破现有文化观念后的个体化意蕴敞开

在否定主义文艺学中,"穿道"是"亲和尊重现实观念但又不限于此从而改造现实观念,最后向作家个体化对世界的理解努力的过程"。在"穿道"之初,作家会表现为虽然认同时代和文化之道,但又质疑这种"道",从而打开读者深刻理解世界的途径。

自孔子在《论语》中强调"君子谋道不谋食"以来,"道"一直是中国知识分子所追求的价值理想和价值内容。如果孔子将"道"更多理解为社会政治秩序和伦理规范,孟子将"道"理解为心性修养的工夫,老子将"道"理解为一种无所不在的"游"之生存智慧的话,那么,"道"与现代文论所说的"意识形态"合流后,则可以理解为一种被中国主导性意识形态或中心化哲学思潮所规定好的价值理想和价值内容,"道"的"可观念化表达"是其基本特征,并形成文化现实的主导方面——"观念现实"。从"阳关大道"到"邪门歪道",从"革命道理"到小品演员黄宏说的"修鞋的道","道"都是一种可以表达的观念和原则,是要求人们去遵守的一种观念性存在。而荀子和刘勰在阐释"文与道"的关系时,以"文章者道之器"的说法引发《文心雕龙》"原道""征圣""宗经"等"文学从属于道"的基本理念,可以包涵中国文学迄今为止的"文与道"的基本关系。20 世纪西学东渐以降,当中国现代知识分子把"道"在现代化意义上转换为西方价值理想与内容时,文学自然就被理解为对西方文化之道的承载。于是,新文化和新文学运动就将一个重要的文学理论问题遮蔽了:那些既难以被儒、道、释之"道"所解释、也难以被西方现代人文之"道"所概括的作品,应该用什么样的文学观去解释呢?遵循现有文化观念和文学观念写出的作品,反而不如突破文化观念和文学观念写出的作品成就高,从而形成了遵循现代个性解放之道的巴金与质疑现代个性解放之道的鲁迅在"文学性"上的区别,在文学理论上应该如何解释呢?在"文与道"的关系上,如果我们把"道"理解为"既定的现实"之"观念化现实"的话,"穿越道"就具有"尊重现有文化观念、突破现有文化观念、改造现有文化观念"努力之意味了。这种努力意味着:文学表达作家对既定的"道"的尊重、认同和个性化理解,是正常的、自然的,但一个优秀的作家肯定不会满足于这样的尊重、认同和个性化理解而体现出自己的质疑,进而生产自己对世界的理解或体验,并由此外化出独特的作品情节、人物和意蕴。我把致力于这样努力的文学创作,称为"文以穿道"。

举例而言,20 世纪中国作家对"人学"的理解,是以西方现代生命哲学和人道主义哲学为依托的。周作人在他 1918 年写的《人的文学》一文中,要求新文学"用人道主义为本,对于人生诸问题,加以记录研究",通过人的文学来"养成人的道德,实现人的生活",比较典型的是

第六章 文学对观念现实的穿越

依据西方的生命观和人文观,即个人主义的生命观。所以他针对《水浒传》做出的"非人文学"之判断,依据的便是西方的人的观念,要求的也是中国文学应该载"西方之道"。所谓《水浒传》与《聊斋志异》《西游记》《三笑姻缘》"这几类全是妨碍人性的生长,破坏人类的平和的东西,统应该排斥"。周作人这个时候不会考虑用"人道主义"写的作品与用"儒道主义"写的作品,谁好谁坏,因为问题不在于"人道"和"儒道"本身,而在于作家如何对待"人道"和"儒道"。《水浒传》是"写强盗的非人的文学",但历代读者之所以喜欢这部作品,却不是因为写了强盗。一方面,如果不是走投无路,梁山好汉不会聚在一起"杀富济贫"做强盗,所以中国的农民起义某种程度上都是"逼良为盗",这样的"强盗"很大程度上应是褒义判断。另一方面,周作人仅看到《水浒传》中的好汉今天抢这个,明天杀那个,却没有看到"宋江打方腊两败俱伤"中隐含着作者对"梁山起义"从开始就"原则不明"的质疑,这种质疑通过招安后梁山好汉树倒猢狲散的凄凉充分体现出来,并给整个作品的"替天行道"打上了一个很大的问号。如果说"人的文学"最重要的是"作者的态度",那么《水浒传》作者的态度就既不是在赞赏"强盗",也不是在用"人的态度"写梁山好汉。比之周作人不是简单化地依据西方"人道主义"观念要求文学,就是依托中国道家之"道"写"品茶玩古"的小品文,我更倾向于认为:《水浒传》既不是用人道主义的"人的观念"写出来的文学,也不是完全符合儒家观念写出的文学,而是虽然表现了儒家的"忠、孝、义"、但却通过梁山好汉被招安后走向荒凉的情节对儒家的"忠、孝、节、义"持怀疑的态度,并因为这怀疑成就了作品的意味深长。《水浒传》中"劫富济贫""性格各异"的英雄故事固然是作品艺术魅力的来源之一,但作品中的宋江在"为何上山"到"为何下山""是否打方腊""如何面对招安"等方面与梁山弟兄们格格不入的一面,则是作品深层意味的来源,并且与梁山好汉的传奇构成一种"穿越的张力"。这种张力,才是引导读者突破儒家观念化内容、启发读者从怀疑的立场去看待梁山泊农民起义的通道。所以领略《水浒传》的文学魅力,如果我们仅仅关注梁山好汉如何"杀富济贫"、鲁智深如何拳打镇关西这些可被儒家"弃恶扬善"观念统摄的材料化内容,你就很难发现作家对梁山好汉"替天行道"的英雄壮举与"替天子行道"混同起来的悲剧之产生的警示意味。这种意味,一定程度上已经打开了作家对世界"可个体化理解"的空间,也引导读者进入了一个意味深长而又莫可名状的体验性理解空间。

无独有偶,当梁实秋先生把文学的本质理解为"表示出普遍固定之人性"①并把它作为"道"要求作家去表现,就既解释不了卡夫卡对人性"孱弱惶恐"的新理解、新启示,也解释不了苏轼、曹雪芹突破儒、道、释的作品诞生之现象。而张爱玲之所以没有像周作人那样选择西方人道主义观念来写她的《金锁记》《倾城之恋》,是因为对曹七巧这样的女性进行西方人道主义意义上"非人性化"的批判,是一件太过容易的事情,因为通过残害别的女性来抵抗被社会残害的命运之曹七巧,与鲁迅对"吃人与被吃"的循环性的揭示有相通之处——这已经不是一种简单的批判就可以解决的复杂的中国问题。所以鲁迅的"虚妄"与张爱玲的"苍凉"的相通之处,在于这种没有具体观念可以把握,也没有具体出路可以明了的"虚妄"和"苍凉",很难被现有的西方之道和中国传统之道所概括。如果有学者硬要将这种关于世界的体验与现代主义对世界的"绝望"和"悲观"的看法联系在一起,那么同样容易混淆以"绝望"与"悲哀"概念出场的内容差异和性质差异。即从陈子昂"前不见古人、后不见来者"的"自怜的绝望"开始,到刘禹锡《秋词》里的"自古逢秋悲寂寥,我言秋日胜春朝。晴空一鹤排云上,便引诗情到碧霄",这都是不能被"绝望""悲凉"这些大概念所能说明的立意,写悲凉意境的作品就存在着深层意味的重大差异。鲁迅虽然赞赏过尼采和施蒂纳,但并没有完全接受他们颠覆破坏一切传统价值的"超人精神""自我扩张",这就使得鲁迅通过既怀疑西方离家出走的个性解放,也怀疑中国文化是吃人的文化这种"双重批判",将自己放逐到"中国的新人是什么"的"体验性拷问世界"中,这种拷问,也绝不是"希望""昂扬""战斗"等概念可以概括的,因为这些概念同样也可以概括《青春之歌》这样的作品。所以当你说不清"应该具体怎样"的时候,一切概念和抒

---

① 梁实秋:《浪漫的与古典的:文学的自律》,人民文学出版社1988年版,第116页。

第六章 文学对观念现实的穿越

情性的"希望""昂扬"其实都是空洞无力的。如果说西方现代"荒诞"来自于西方现代人对现实的超越但又不知道自己究竟希望过什么样的"更理想"的生活的话,那么,鲁迅式拷问的文学意义就在于:子君们"反叛压抑个性的家庭",在中国只不过是"又进入另一个压抑个性的家庭"而已,因为家庭内外在中国由于儒家伦理的渗透而构不成性质上的根本区别,所以在我们面前是没有现成的路可走的。但无路可走仍然必须往前走——这就是鲁迅式坚定的"虚妄"之处,并隐含着中国人走路方式必须走"原创"之路的意味。同样,张爱玲虽然是以批判姿态介入中国女性身上的种种问题,但却不是用西方女性主义观念来简单介入——被迫害的曹七巧摧残亲人,曹七巧的女儿将来就不会做吗?因为中国吃人的文化竟然让许多人乐此不疲,甚至也能让张爱玲感到日常化的亲切,那么不被迫害也不迫害人的人是怎样的呢?这样的人该如何才能产生呢?张爱玲显然回答不出这样的问题,这才是她的"荒凉"产生之根本,并唤起读者同样沉重的思考。这一世界毫无疑问是穿越既定的中西方之"道"从而"无解"的。我之所以肯定鲁迅与张爱玲有自己对世界独特理解的"努力",即在于上述问题没有任何现成的中西方之"道"可以面对和解答,只能召唤我们用全新的思考去面对。这种"不能解答"所生成的意味与"可以解答"的意味之关系,就是一种"穿越关系"——因为它已经穿越了既定的文化观念进入了一个深刻而独特的体验性意味空间,我就将此理解为作家的"文以穿道"之初的努力。

也就是说,以人道主义观念去创作的文学可以是"现代的人的文学",但这"人的文学"是不是就是"现代文学的文学性境界",已经被追逐西方式现代性的中国文艺理论、文学批评和文学创作集体忽略了。中国现代文艺理论家如周作人、梁实秋等一批学人的一个共同局限,皆在于把这个"现代化"理解为"表现人生命状态的文学",而没有考虑到"文学如何像现代人那样实现生命敞开和创造力高度实现相统一的生存"这一更关键的问题。结果,中国新文学虽然承载了西方诸多现代人文观念和生命观念,虽然受启发于西方吸收了许多西方文学形式,但因为没有能创造自己的文学观和文学理解,文学创作和理论的生存性质基本上还是"文以载道"的延续,并直接造成后来的"文学为抗战服务""文学为政治服务"等工具性文学生存现象,从而暴露出五四新文化运动在"文学革命""文学现代化"问题上思考的肤浅性。如果儒家对文学的要求是"载仁义之道",西方人道主义对文学的要求是"大写的人之道",那么这样的不同要求也许与文学内容的"传统"和"现代"有关,但与中国文学在"文学性"上的现代自觉并无多少关系。这种"文学性"的现代自觉是指:中国传统文论只在"妙笔""神韵""栩栩如生"层面上所谈的"文学性",在解释中国文学经典通过作家"个体化理解"突破儒、道、释对文学的潜在制约方面,是远远不够的。这种不够所揭示的问题,正好是中国现代性对"个体""独立性""创造力"在深度上揭示不够而依赖有现成答案的西方现代观念所致。即中国现代文学的使命,需要突破传统文论只在"风格"和"修辞"上谈"文学性"从而无力解释文学经典在对世界理解上的独创性之格局,才能完成中国古代文学"工具化生存性质"的"现代转换",将中国古代优秀经典"不自觉地穿越道的经验"化为现代作家"自觉穿越道的意识和实践"。文学表现现代生命内容和人道主义内容,可以作为"文化的现代化"要求去干预文学,但不能作为我们对文学性质的"现代理解"去对待。"文学的独立"绝对不能等同于"文学表现独立的人格形象",而是指作家的创作必须受"独特的理解世界"这一最高的创造性境界所支配,通过怀疑一切既定的时代文化观念来实践对这一创造性境界的追求。

四 "穿道"之后:作品文化表象后的个体化理解建立

由于上述"突破中西方之道"的文学作品在"文与道"的关系上究竟意味着什么被中国现代文学理论研究忽略,"文以穿道"的观念自然就不会被中国现代文艺理论研究发现和创造出来,也必然会使中国文学批评家依附在西方诸如"艺术即形式""自律论"上来谈对抗和超越"文以载道"的问题。王国维所倡导的"一切之美,皆形式之美"[①]这种

---

① 王国维:《王国维文集》第三卷,中国文史出版社1997年版,第32页。

第六章 文学对观念现实的穿越

审美超功利观,为什么和后来偃旗息鼓的新潮文学有血脉关系,原因就在于中国作家和文艺理论家从未对这个"独立的艺术在中国能不能指纯粹形式"产生中国作家自己的现代性质疑和理解。即美除了表现在艺术形式中,也体现在思想、语言、行为、体验和生活中,这是由中国文化的"整体性""互渗性"决定的审美现象,是由《易经》六十四卦奠定的"整体的、通彻的"的文化宿命使然。所以王国维所说的"钟鼎、碑帖、古籍"这些文物,对其的欣赏也与社会文化内容息息相关——它们不可能只是诉诸视觉效果的装饰画。如此一来,中国文化中所有的"独立形象"其实都是在"整体"中来显现的。不仅贾宝玉的"女儿都是水做的"是混迹于有些污浊的"大观园"中,苏轼的《琴诗》也是混迹于他自己的"细捻轻拢,醉脸春融,斜照江天一抹红"这样艳情诗和"洞房清宫,寒热之媒,皓齿蛾眉,伐性之斧"①这种道家式的"忘欲"短句的;同样,鲁迅的独立品格也是在"香汗、臭汗"这些以从众化思维写的杂文中慢慢显现出来的。所以中国文学的"本体性"和"独立性",只能在这种整体中用"穿道张力"的思维方式才能发现。在这里,否定主义文艺学借鉴中国古代文论强调的"象外之象""言外之意""弦外之音"的通透性、流溢性文化特点,以此区别西方二元对立的"对象化""确定性""纯粹性"的文学思维,但又强调"个体化理解"作为"通透"的张力,从而又区别于传统文论的"象外之象"仍然被禅宗和道家境界所统摄的"类型化境界",就会得出如下结论:借用"言外之意"作为方法,中国文学的独特意蕴常常不是直接表现出来的,而是隐藏在作品表层意象内容之后的存在,是一种"非独特形象后之独象""一般性意味后之独特意味",需要我们用"顺藤摸瓜"的方式才能挖掘到。掌握这样的本体思维奥妙,"形象""意象"还是"形式"的辨析和讨论就不太重要了。如果我们硬要用"形式"这个概念去把握中国文学作品,那也是一种"多层累"结构,是一种既考虑"整体性"又兼顾"独特性"的"复合形式"观。这种形式观,既然不是任何西方形式主义可以解释的,我的看法就是最好不用"形式"概念去看待中国文学。

---

① 林语堂:《苏东坡传》,陕西师范大学出版社2006年版,第135、188页。

我之所以认为鲁迅的《伤逝》是一种典型的"穿道性作品结构"，是因为这样的结构更易于表现中国文学内容的整体性和通特性。即作品的表层意象、意蕴某种意义上是符合传达西方观念的时代要求的，可被现代性的一般文化要求所把握，但这并不影响作品的深层意蕴具有突破、质疑表层意蕴的独特意味，并和表层意味构筑了一种"不限于"的穿越之张力。如果用"文以载道"的观念去看，我们就容易看到《伤逝》符合"现代性"的、反封建的一面，但如果用"文以穿道"的观念去看，我们就更可以看到《伤逝》怀疑、突破现代性之道的一面，并且只有看到后一面，你才会发现作品意味的独特启示给读者阅读心理产生的震撼。就《伤逝》中的子君、涓生敢于离家出走追求自己的个人幸福而言，他们与巴金《家》中的觉慧，以及与粉碎"四人帮"后最早的话剧《于无声处》一样，形式和意念上很大程度上均受易卜生《玩偶之家》中的"娜拉出走"的影响，都可以获得现代"个性解放、反封建之道"的阐释——如果仅仅在这个层面上理解《伤逝》，那该作品就是与《家》同样的作品，也无法区别《伤逝》和《家》在文学价值上的差异，就会以"文学共同性"解释遮蔽"文学独创性"解释。所以只有当你透过表层的"反封建"内容，看到《伤逝》完整情节所传达的"离家出走"但"爱之无所依附"造成的悲剧，你才会把握到鲁迅对"如此个性解放"的深刻质疑，体会到"只有重新建一个新的爱之有所附丽的家园"才是子君们的真正出路这一深刻的意味。然而，肯定鲁迅的《伤逝》具有"文以穿道"品格，不等于鲁迅在"穿道"上就已经达到了很高的程度，也不等于我们就可以把《伤逝》与《红楼梦》这样的作品相提并论。这是因为，"穿道"的最终目的是应该建立作家自己对世界的独特理解，并把这样的理解化为可以阐释的独特形象、形式、意境和意味，这是《红楼梦》《罪与罚》有作家自己对世界的独特理解可以阐发的重要特征。比较起来，鲁迅的《伤逝》之所以主要是"问题小说"（虽然这个问题比一般的"个性解放"更深刻），但由于作者是以质疑"个性解放"观念在中国的有效性出场的，那么在"否定主义文艺学""批判与创造的统一"的意义上，作家只能说在"穿道"的道路前行了一半，更重要的一半，则在于回答"中国的娜拉在没有新家园的前提下该怎么办"的问题，并将其化为作家对

第六章　文学对观念现实的穿越

"人国之人"(即现代中国新人)的哲学性理解,塑造出不同于贾宝玉那样的"中国现代新人",鲁迅的文学成就或许就会更高。也许这样的要求对鲁迅而言可能有些苛求,但如果我们不对具备这样可能性的鲁迅进行这样的苛求,就更不可能对中国现代其他著名作家产生这样的苛求,中国文化的现代之路该如何建立,就更不可能得到文学意义上的解答;也许这样的苛求是对中国当代作家而言的:我们如何在尊重鲁迅的前提下穿越鲁迅?

这就正好反衬出中国现代文学在艺术总体成就上不及中国古代文学之处。不少学者常常在苏轼作品"集儒、道、释之大成"这些表层的艺术内容面前止步,运用的就是"文以载道"的思维方式,潜台词是苏轼载儒、道、释之道且集大成。但集儒、道、释之大成或集儒、道大成在很多古代作家身上都有程度不同的体现,苏轼这种"集大成"为什么不是破碎的、左冲右突的经验性融会而是有机的、有独特哲学意味的集大成?这种"集大成"背后的"独创性的对世界的体验和理解"是什么?这种"独特的理解和体验"有没有对儒、道、释思想审视、批判和改造的性质从而显示出苏轼自己的"天人观""世界观"?而正是这样的"天人观""世界观"使苏轼区别于李白、辛弃疾、陶渊明、李清照的创作特点?因为只有"文以载道"而没有"文以穿道"意识,《念奴娇·赤壁怀古》中的"江山如画,一时多少豪杰"和"大江东去,浪淘尽,千古风流人物",便只能被一些学者解释为既有儒家"政治理想落空的悲哀",又有道家"悲哀之中的一种超脱"[①]的"且儒且道"之缠绕,但却不能推进到"悲哀"和"超脱"后面的"深层之意象"中去——苏轼有没有"悲哀"和"超脱"概括不了的"立意""立象"?比如在这首词中,苏轼有没有"天人分离而对等"之哲学理解突破儒家的"天人合一"之立意?人类命运与自然律令、男人英雄与少女出嫁,是不是各有自己的律令而没有高低主从之别?从而更接近荀子的"明于天人之分"?但仅有"天人各有律令"的意识还不够,"天"与"人"是怎样的分立关系才是更重要的。苏轼既区别于李后主之感伤,也区别于李白之潇洒,更区别于辛弃疾之执

---

① 叶嘉莹:《唐宋词十七讲》,北京大学出版社2007年版,第269页。

拗的文学奥妙,是不是在"一樽还酹江月"和"早生白发"的关系中可以看出"从容、平和"的端倪? 这种端倪是不是可以引发这样的"独特意味"——苏轼落难黄州时见溺死婴儿的风俗,挺身而出,上书当地政府,这是儒家"达则兼济天下,穷则独善其身"所不能概括的人生与人格形象。"穷也兼济天下"表明苏轼已有突破"儒家忧患""道家超脱"意识形成的一种"独特存在"作为他理解世界的支撑。这种"存在"之所以区别于"宠辱不惊,看庭前花开花落"的平静心,是因为苏轼有自己审视世界而又平等对待世界任何人事的信念——审视使他对世界充满问题意识和批判意识,平等使得他的这种批判突破了儒家人伦等级的束缚,所以是一种我称之为"天人对等"的独特性存在。苏轼在我看来之所以是具有"穿道"品格的作家,是因为这种"独特存在"不是对抗儒家、道家之道的,也不是脱离儒家、道家之道的,而是深化并改造了儒、道之道从而有了自己的"道"之理解、"道"之意味。苏轼真正不朽的地方是在这里。

所以"文以穿道"的深层含义是:"穿道"之后的文学,不是无关于文化的"纯文学场所",而是成功地将所有的现实文化从属于作品深处独特意蕴的一种"文化材料性存在",对这个世界的任何"文化材料性提取",都可以视为对作品的"非文学性掠夺"。鲁迅所说的读《红楼梦》"经学家看见《易》,道学家看见淫,才子看见缠绵,革命家看见排满,流言家看见宫闱秘事"之情况,正好把中国人习惯"文以载道"式的阅读以及这种阅读远离《红楼梦》的独特魅力之弊端揭示了出来。亦即《红楼梦》虽然是一部百科全书,但百科全书无助于说明《红楼梦》的文学魅力和意蕴独特性——无论是"阴阳"还是"宫闱秘事",无论是"排满"还是"诲淫",其实都不足以说明《红楼梦》的核心人物贾宝玉的"穿越品格"所建立起来的独特新人之意味,而只是作品表层文化意象的"各取所需"。比如,从警幻仙子秦可卿的"性爱自由"去看,作品无疑有对社会和家庭封建伦理"突破"的一面,你从这一面可以得出作品"反封建"的内容。但是之所以贾宝玉是对秦可卿的"穿越",是因为贾宝玉通过他与秦可卿的"梦中意淫"穿越了"性",展开了贾宝玉独特的、既有生命欲望又十分诗化的人生:"爱——梦——意淫"一体化的

第六章　文学对观念现实的穿越

人生。"意淫"之所以对自由化的性解放、享乐化的性放纵都构成了"穿越",是因为"性压抑"和"性自由"是相辅相成的同一种"逆反性"文化,而《红楼梦》深层内涵的代表人物贾宝玉则不受这种文化所约束。特别是,"意淫"的"非占有性"和"欣赏性",还蕴含着对美丽少女的人性原初意义上的怜爱与尊重,从而改变了"男尊女卑"的儒家文化,这使得"意淫"除了一定程度上肯定生命欲望外,还具有与东方含蓄性和现代平等性打通的性质。由于贾宝玉不同于中国文学作品中的任何男性主人公骨子里对女性的轻视,所以,梁启超关于《红楼梦》的"诲淫"说就可谓儒家功利性的"观念材料肢解"。因为仅仅是"红楼一梦"的"意淫",在"君子动口不动手"的传统中国,谈不上"诲淫诲盗"之功效,更无法与《金瓶梅》的淫乐相提并论。这种情况,至少说明"红学界"没有去发现作品"用现有的中西方观念所概括不了"的独特内容,是一个学术争论双方都可能存在的问题。如果你只是看中文学中的"观念材料",就会得出伊格尔顿的看法,认为文学根本无法区别"意识形态",但如果你根据作品的深承立意,你就可以说这是一个所有文化观念都不能准确概括和解释的世界,我们在贾宝玉身上感觉到的"概括的尴尬",正好可以说明这一点。

五　穿道张力为什么会消解观念？

如果人类划分世界的欲望直接源于人类与自然的分离是可感知的,那么,不同性质的生存领域的划分就直接牵涉到人类生活的意义问题。我们自然可以用伊格尔顿的思维说这样的划分也受制于某种权力和意识形态[①],但如果我们说人类的所有文化、所有意识形态均受制于"自然法则"对我们的"不同支配"(比如环保问题作为今天全球共同的意识形态),那么所有的"意识形态"是否均不能在根本上区别"自然法

---

① 在《二十世纪西方文学理论》中,伊格尔顿反复强调:"文学理论实在不过是种种社会意识形态的一个分支,根本没有任何统一性或同一性而使它可以充分地区别于哲学、语言学、心理学或文化和社会思想。"〔英〕特里·伊格尔顿:《二十世纪西方文学理论》,伍晓明译,北京大学出版社 2007 年版,第 179 页。

则"呢？如果我们将"受支配"与"突破受支配"混为一谈，将人"超越生死"的努力与"受生死支配"混为一谈，就会得出"人只不过是动物的一种"的结论。为了避免伊格尔顿的逻辑使我们进入"人类文化虚无主义"的状况，明确这样的问题就是十分重要的：文学受"哲学、语言学、心理学或文化和社会思想"这些意识形态的支配是一回事，文学通过种种方式突破这种支配又是另一回事。西方式的"纯粹形式""文学性语言"的突破也许并不成功，但这并不意味着我们不可以换一种方式来进行"文学突围"的努力。这种突围的最佳结果即优秀的文学"穿道"后是作为"非观念化的独特体验世界"而存在的，从而和作品的观念化内容构成"穿越张力"。

当我们说"人类世界"不同于"自然世界"的时候，一般总是以"文化"为单位去看待这两个世界的区别。这意味着我们已承认除了以观念形态、文化形态存在的"人类世界"外，还有"非观念化"的、"可直观"的"自然界"作为"自己不会说话但可以对人敞开的世界"，这是艺术可以成为区别于"观念化的文化世界"而成立的一方面原因——艺术作为一种特殊的文化单位，可以在这里作为"人造的自然世界"来对待。自然世界的一个根本性质即"生命有机性"并通过动植物的生命结构体现出来。在这种结构中，"根与叶"的有机性和派生性关系是最为突出的一种结构。人类文化科学上的"技术嫁接"之所以是对自然生命的破坏，是因为出于利益追逐在根本上破坏了这种结构。其结果，不仅导致了人类日常生活中价值低廉的"人造蔬菜"对"有机蔬菜"的遮蔽，而且导致了艺术领域"方法和技术引用"对艺术整体性的原生态的破坏。

在此意义上，优秀的艺术某种意义上就可以作为人类文化世界中的"人造的自然世界"并且遵循"根与叶"的规律来对待这样的破坏。其具体表现是：有机性的"根与叶"之关系不同于可分离的"道与器"之关系。由于"特定的根"生长出"特定的叶"，所以文学的"根"作为作家的个体化的对世界的文学性理解，必然只能塑造出特定的人物形象、作品意味和意境，也必然会产生特定的创作方法和手法——所以创作方法在根本上是不可能被随便嫁接的。这就是通过作家"梦中意

第六章 文学对观念现实的穿越

淫——怜爱少女"的理解塑造出的贾宝玉,必然在小说中是一个因为尊重女性而可爱、因为欲望女性而本真、因为常常做梦而审美从而又无现实之用的形象的原因,所以我们必须把《红楼梦》中的人物、情节、意境看作"展现出来的作家个体化对世界的文学性理解"。"个体化的文学性理解"之所以不是一个简单观念,是因为任何观念都可以抽离出这个艺术形式,换一种艺术形式和内容去表达,而"个体化的文学性理解"之所以是独创性作品的"根",是因为换一种艺术形式和创作方法,就已经不是原来的"根"。这一点适合解释一切优秀的文学经典。比如,《老人与海》为什么会发生老人与鲨鱼搏斗而不管成败的情节?这是西方作家总是把"人与自然"进行"对抗性理解"导致的。彻底的对抗也包含对抗失败的命运,如果失败了就放弃对抗,那就不是"对抗性的文化"而是"把对抗作为工具"的中国文化思维。因为把"对抗作为工具",也会把"妥协作为工具",两者联系起来就形成中国人的"文化智慧"。所以中国文学作品既不可能有人与自然冲突的情节展开,也不可能有人与人始终对抗的情节展开(《水浒传》中的招安就是一例)。分分合合,正好反映了中国文化的这一问题。所以埋怨中国当代文学不像西方作品有震撼人心的崇高力量是没有用的。海明威的《老人与海》与王蒙的《布礼》的最大差别,就在于前者的"桑地亚哥精神"是通过情节展示出来的,而且根本不需要作家出面在叙述中表达观念性的看法,而后者的"九死未悔"则是通过叙述而言说的,是一种游离于情节的主人公观念意志表达;情节展示的"理解"很难用"不屈不挠""九死未悔"等概念准确概括,所以用"桑地亚哥"精神来称谓只是一种比喻性的、描绘性的说法,不可能代表对这种精神的观念性把握。后者今天看来之所以很难给人留下深刻的记忆,原因正在于王蒙一方面对世界的哲学理解是各种观念的"杂糅并蓄",骨子里是道家的生存智慧穿梭其间,这必然导致王蒙对意识流只能是作为一种技术来运用,造成王蒙创作不可能像乔伊斯那样"表里如一"。王蒙的现实信念是对党和事业的忠诚,但这种忠诚之所以没能走向"人的哲学"的思考,不仅因为忠诚只是在"人与人"之间展开思考而缺乏"人与自然"的维度,而且最重要的是作为理念已经演变成"道"与"器"(创作手法)的可分离关系。这使得王蒙可以用传统小说写法的《最宝贵的》表达忠诚,也可以用现代小说写法的《布礼》来表现忠诚,所以"根"与"叶"是分离的。这种可分离性,暴露出王蒙在对忠诚的理解上只是一种观念,而不是人与世界结构关系中的一种理解。既然是"选择一种观念",就可以"不断选择"从而构成"与时俱进"的不断反思、不断改变自己创作观念的状态。依赖或满足这样的创新,中国当代文学就不可能再产生苏轼这样的独创性作家和《红楼梦》这样的经典作品。

"穿道张力"之所以可以消解"观念世界",是因为文学作品中的任何"观念内容",不仅像自然界生物那样处于相互依赖、相互制约的生命关系中,而且在与作品独特意蕴的关系中发生"不再是这些观念本身含义"的变异,从而只能由我们的体验来把握。如果我们不尊重这种体验而是依赖观念,就会导致对作品真正的独创性内容粗陋的、隔靴搔痒的把握效果。这一点,突出地表现在《红楼梦》的"似儒而非儒""似佛而非佛"的艺术体验内容之中。国内有学者认为《红楼梦》的哲学精神是"思凡模式与儒家世俗哲学""悟道模式与佛道宗教哲学""游仙模式与道家生命哲学"的"三重复合模式"①,我认为就属于一种"观念化"把握作品的哲学意味,这属于"文化性解读"而不是"文学性解读"。观念化的把握会把《红楼梦》不符合儒家哲学的内容,很容易看作另一种观念运行的结果,如"悟道模式以及与此相对应的佛道宗教哲学的出世精神是对思凡模式以及儒家世俗哲学的第一次否定和超越"②,从而把超出儒家、佛家和道家哲学的哲学意味放逐了。在《红楼梦》中,贾政的功名教化、贾母的宠爱护短、王熙凤的治家管理以及贾宝玉对大观园主宰者的依附,当然是符合儒家规范的。然而我之所以认为作品突破了儒家"齐家""教化"的"平天下"和"修身"之性质,是因为从"文学性"去看,贾宝玉这个尽情展示自己的喜怒哀怜、食色情欲的大观园的审美灵魂,不仅通过贾母的怜爱让大观园所有的人都围绕着这个只喜欢"意淫"的人转,而且还使得王熙凤协理宁国府,具

---

① 梅新林:《红楼梦哲学精神》,华东师范大学出版社2007年版,第64、104、170页。
② 同上书,第103页。

第六章 文学对观念现实的穿越

有了深层的看护这审美灵魂的意味,所以《红楼梦》中对儒家文化认同的一面只是"材料",而在结构上和性质上是从属于看护"清纯的女儿国"及其代表人物贾宝玉的,这种"看护性""呵护性",无疑是批判和消解儒家观念的。所以《红楼梦》不是"也有认同儒家"的一面,而是借儒家一面来认同作家梦中的女儿世界的。同样,贾宝玉所代表的女儿世界的核心内容也不是佛家"出世归真"所能概括和解释的。《红楼梦》虽然以宝玉出家、宁国府破败为终结,但这种佛家"出世"的安排在作品中仍然是被工具化对待的。一是佛家会把宝玉沉浸在女儿国中的欢乐看作"人生的迷途",而作品真正的审美指向正是在这女儿国的现实性梦幻与欢快中,所以宝玉出家可以看作这梦幻的破碎而引起作家的悲叹,王国维的"解脱"一说就失之皮相。因为没有真正入"儒家之世"的宝玉,也不具备看破红尘而出家的性质,所以被和尚拐跑的宝玉出家,说不定什么时候又会跑入另一人间温柔乡,这才符合无所专注和执拗、无所谓迷途与清醒、只喜欢女孩子清纯世界的贾宝玉之性格,也正因为此,宝玉才会被贾政说成"另类"——"另"不仅是相对于儒家,也同样是相对于佛家的,所以对这样的"另类",贾政是无法概括的。以此来看,宁国府这个清纯的女儿世界是因为在现实中既无法安放在儒家的"修齐治平"、也无法安放在佛家的"看破红尘"中因而无任何现实之用而破败的。破败在现实中是悲剧,但在审美和艺术性上,在文学与文化的不同性质要求上,则把"美必然是短暂的、不可重复的"肯定性性质衬托出来了。也可以说宁国府不破败就无以表现这一清纯的女儿世界的美丽。

那么,《红楼梦》在"似儒而非儒""似佛而非佛"中是否走向了道家超越性欲的"至情"了呢?我认为也没有。正如贾宝玉对少女的爱是突破了单纯的"色欲"一样,超越"色欲"的贾宝玉也不是单纯的"纯情""纯爱"。宝玉不仅与秦可卿梦中交欢,与袭人初试云雨,与碧痕一起洗澡弄得满屋子水,而且对宝钗雪白的膀子同样想入非非……这种随时可有性也随时可穿越性的"性情",既不是皮肤之欲,也不是纯粹之情，而更符合否定主义伦理学所说的"健康"①。所以空空道人所说的"因空见色，由色生情，传情入色，自色悟空"就既不能做逻辑关系解，也不能做循环关系解。因为贾宝玉最独特的状态是既随时亲空、亲色、亲情也随时非空、非色、非情的，所以这是浑然一体的生命自然状态，而不是理性和观念可以定于一尊的状态；是突破既有文化观念的状态，而不是在既有文化观念可以选择某一种文化去解释的状态。也正因为这样轻度的"去文化"性状态，以"意淫"为性质的贾宝玉所怜爱的女儿国，只是让我们在艺术体验中感觉别具一格，但我们很难在文化上准确概括这样的别具一格，《红楼梦》的艺术魅力，正是因此而生成。

需要说明的是，优秀的、成功的"穿道"性作品在艺术接受中是"文学的启示"，而"载道"性作品文化观念解读则是"文化的启发"，不成功的"穿道"作品则会使"文化的启发"遮蔽"文学的启示"。"文学的启示"之所以不同于"文化的启发"，是因为"启示"并不引导读者走向"观念的接受"，所以多半不具备现实之用。"文学的启示"由于解决不了人的任何现实问题和社会问题，所以它们只能成为夜空中的发光体，但不会产生什么轰动效应。这就是《红楼梦》从来没有像新时期文学中的《伤痕》《班主任》产生那样大的轰动效应的原因。优秀的文学和艺术之所以是"非现实性的"，是因为艺术给人们带来的启示，在瓦解既定的文化观念之后让读者走向更为丰富的"可能性世界"——这个世界因为它的体验性和模糊性，是一种读者可以不断参与的永恒过程，因此永远不会现实化，也永远不可能被一个观念所穷尽，并因此与文化现实和作品的表层文化意象构成性质上"并立"的状态。而"文化的启发"则是一种观念的转换，比如从儒家的人的观念到西方现代人文观念、从"依附群体的个体"到"为个体服务的群体"、从"忧患性的自我"到"欲望化的自我"，就都是这样的观念转换。以观念的转换为目的的文学，常常是作为文化启蒙的工具存在的，发挥的更多是文化启蒙的功

---

① 参见拙文《论健康人格与完整人生——否定主义美学的人文实践之一》，《江西社会科学》2006年第11期。

第六章 文学对观念现实的穿越

能,这就是易卜生《玩偶之家》与巴金的《家》的共同性。所以在否定主义文艺学中就属于"穿道"程度不高的作品。这样的作品会给人们的思想带来震荡,但只要人们能够接受新的观念,这样的震荡就会过去。在人们需要个性解放的时代,人们会提起这样的作品,但在个性解放不成问题的时代,这样的作品就会成为一个历史性文本,而很难成为一个超时代的、具有恒长的文学魅力的文本。所以无论是20世纪90年代中国文坛重温"红色经典",还是80年代热议五四新文学,很大程度上均与时代的文化需要有关,而与文学的文学性魅力并无多少关系。如果有读者说,文学史上为作家作品的"定位"给怎样解释?它们能离开"观念性定位"吗?比如巴尔扎克对"拜金"的批判,卡夫卡对人的"渺小"的揭示,是不是观念性的揭示?文学批评当然是性质和观念,因为文学批评尽管看重艺术体验和感受,但其本质是现实化的观念行为和文化行为,是把艺术体验和感受作为工具的,所以文学批评与文学理论在"性质"上是不同于艺术的。艺术与文学的生命力和魅力,可以不靠文学和艺术批评而流传,但文学批评却不能依赖在艺术性的模糊启示上,而必须用观念化的语言将文学作品的"独创点"予以清晰表达和揭示。这种表达和揭示,与读者欣赏艺术的魅力是两回事。所以尊重文学的文学性和文学魅力的文学批评,会给好文学的"独特的体验空间"留下一席之地,并以这样的一席之地来批判性地看待作品中的文化观念和现实中的文化观念,文学批评存在的意义即在此。

需要补充的是,"文以穿道"之所以不能理解为"穿越古今中外所有的道",是因为作家只是对制约和影响他的"道"有穿越的使命,而对不能影响和制约他的"道",则没有穿越的必要。对于受儒家、道家文化制约的中国作家,没有必要去穿越中东的伊斯兰教和日本的神道教;对于不受儒家影响和制约的西方作家,他们的独创性也没有必要建立在对中国哲学的了解和批判上,因为他们不可能用异域的观念去看待世界、描绘世界。总体上说中国当代作家必须穿越各种西方文化观念,是因为百年来西方文化对中国文化的影响是不正常的——即一些中国作家喜欢用西方的世界观和文学观去从事文学创作,从而丧失了"个体化理解世界"的意识与能力。当然,也不是说一个中国作家必须穿越西方所有的意识形态和文学观念,正如西方近代文化更多是影响中国中年作家、西方后现代观念则主要影响中国青年作家那样,对很少受西方古典主义影响的80年代后作家而言,在知识的层面上了解古今中外文化思想是一回事,他会不会用奥古斯汀和莎士比亚的观念去从事创作则又是另一回事。所以对韩寒这样的青年作家来说,他没有受"文学是神圣的事业、作家是人类灵魂工程师、作家加入作协是一种荣耀"这样的意识形态影响,自然就不会用一种"教化""启蒙"和"专业作家"的口吻对社会说话。如果说韩寒这样的作家也有"文以穿道"的责任的话,则主要体现在他如何在对世界的理解上区别张悦然、郭敬明这些同类型、同辈分作家。"文以载道"在中国之所以是一种文化,就在于每一代作家常常以自己的价值认同去"轻视""告别"上一代或另一批作家,却不习惯对自己的"价值认同"也采取"尊重又不限于"的"穿越意识"。韩寒"一个独立的作家不能加入组织"①的看法我是赞同的,因为中国作家在"组织关系"和"人际关系"中确实不易生长自己的独特性,但是更为重要的是与自己认同的、而且朋友们粉丝们也可能认同的意识形态保持"穿越张力",才是在创作上避免落入类型化的根本。在此意义上,"文以穿道"所需要"穿越"的"道",主要不是指作为文化宝库而存在的"古今中外的思想史",而是指制约自己看待世界、影响自己从事创作的观念、方法和思维方式,是影响自己走向"文学独创"的最亲切、也最致命的敌人。所以我认为:王国维当年写《红楼梦评论》的时候如果能对自己信奉的叔本华、康德、席勒的哲学和美学思想有所"穿越",在写《人间词话》时能对古典意境所依托的道家和禅宗美学有所"审视",在"审美"问题上避免与"形式主义"混同,在"爱玩"问题上避免与道家的"无为"混同,王国维的艺术创造和理论创造,肯定会达到超过今天我们所能看见的作品的成就。

---

① 韩寒:《作协一直是一种可笑的存在,我决不加入》(http://book.sina.com.cn/news/a/2007-11-09/1025223654.shtml,2009-5-31)。

六 穿越观念现实的文学意义

说到"文以穿道"对中国当代文学的意义,首先,我想请读者将视线投入中国的近邻——日本。如果说日本文学艺术在近百年的现代史中已经产生了黑泽明、东山魁夷、川端康成、大江健三郎、村上春树等一批影响世界的经典作家,这些均与没有多少传统文化优势的日本作家杰出的现代创造力和高品质文本追求密切相关的话,那么,中国现代文学艺术与日本相比在影响世界方面的差距,中国作家队伍、作品数量成规模化但原创品格低所形成的反差,就构成了"文以穿道"旨在首先激发中国当代作家突破一般文学创新、追求对世界有独特哲学性理解之境界的创作意义。

这意味着,中国作家如果不能激活思想和理论的原创力面对世界,而是满足于像胡适那样在中西方文化观念之间抒发自己的困惑,或像朱自清那样面对破碎的荷塘怀念古代审美意境,或像贾平凹那样或通过《静虚村记》沉湎于道禅境界,或通过《秦腔》漠然描述了无生机的土地从而不断调整自己的创作理念,或像王蒙那样以道家哲学为基础来兼糅各种创作技法之所谓创新……那么,中国当代文学就不能以自己的现代独创品格自立于世界文学之林,也不能对"中国现代文化主体建设"予以文学方面的贡献。这种缺憾,将不能体现中国作家面对西方和日本一流作家真正的自信心,也体现不出中国作家对"中国式现代文化创造"的责任。在这里我想说明的一个问题是:有不少学者和作家认为:苏轼、曹雪芹这样的经典作家是自发自然产生的,而古代文学的辉煌是以几千年的中国文学发展为保证的,所以要让近百年的中国现代文学产生这样的经典作家,在中国这样一种注重积累的文化中是不现实的要求。我认为,这样的看法一方面忽略了中国古代文明的演变形态与现代文明演变形态的性质差异,即现代文明是一种全球竞争的文明而不是可以允许中国封闭、自由自在发展的文明,所以在"天下"单位不一样的前提下,现代一百年的时间与过去一千年的时间是等值的;另一方面,这样的看法忽略了苏轼、曹雪芹这样的作家一种不依赖"文以载道"的个体化努力,是不可能被中国传统哲学和文学理论所概括和发现的,所以中国传统文学中的"文以穿道"是一种隐形的、未符号化的存在,只能通过他们的作品含蓄地表达出来。这也意味着,如果一个作家不将"批判现有的道、创造自己的道"的意识激发出来,中国当代文学再过一百年也不一定能出原创性作家。最重要的是,中国现代文艺理论要从传统的"教化民众"的功能转变为"启示世界"的功能,是与中国现代文化必须在未来世界走向上拿出"中国看法"之要求同步的,而且也是可以与西方后现代"反思理性的有限性"意识打通的,这就使得"文以穿道"作为中国当代文学观,必须提到重要的议事日程上来。

其次,"文以穿道"建立起不同于传统"文与道"关系的现代性理解,使"文与道"这一中国传统文论命题通过性质和结构的改变得以应对西方文化观念和文学观念对中国文学的理论性制约。有学者认为从荀子、扬雄、刘勰,到韩愈、柳宗元,皆奉行韩愈学生李汉在《昌黎先生序》中概括的文与道的关系:"文者,贯道之器也。"(《〈昌黎先生集〉序》)应该大致不错。虽然欧阳修强调"文与道俱",反对重道轻文,讲文的相对独立,虽然朱熹强调"道者文之根本;文者道之枝叶",认为"文"是"道"的派生物,不可做"载道""明道""贯道"之分离解,但共同问题皆在于没有突出"道可进行个体化理解"之问题,也没有意识到作家的"个体化理解之道"由于文学与文化的性质区别,也不同于"道的观念化"表达。所以在根本上没有意识到"道之独创可生长独特的文"之问题。比较起来,清代章学诚在《辨似》中说的"盖文固所以载理文不备则理不明也,且文亦自有其理"[①],本来是有可能生发出作家自己的理对"六籍之理"的突破性理解的,然由于章学诚没有承接朱熹的"道根文叶"之思想,"文自有理"就多指文学创作自身的规律,而难以包涵作家"个体化理解世界"之意。所以,由于到清代结束的中国古代文论均没有提出"文以穿道"之思想萌芽,这就使得中国现代文论在"文与道"的关系上,一方面没有摆脱"文对道"的表达关系,使得20世

---

① (清)章学诚:《文史通义》,上海古籍出版社2015年版,第107页。

第六章 文学对观念现实的穿越

纪的中国文论与其说在反对"文以载道",不如说只是在"启蒙西方之道",故"文"的"贯道""明道"性质并没有根本改变;另一方面,由于"文"与"道"的对立思维,文学理论家们在强调"文"的独立性时,又由于脱离了"文自身的道"的思考,致使文学独立过于停留在文体、技术与修辞上,文学多与好看和赏心悦目有关,而与"竟然可以如此理解世界"的启示和震撼缺乏关联从而失之于轻巧和浮浅。如此一来,不仅全球化背景下的中国问题容易演变成以西方原理为基础的"中国阐释""中国特色"从而不能发出"中国自己的现代原理之声",而且中国当代文论步伊格尔顿之后尘想消解"什么本质"也都是不可能说清的事——因为20世纪的中国文论,本来就在原理上没有真正诞生过中国自己现代的对文学的"本质理解",其"消解"也只能是西方原理的转换与选择。或者说一个没有理论批判与创造能力的文艺理论界,是没有资格谈理论上"消解什么"的。

再次,"文以穿道"的文学观还可以为中国当代文学理论停留在经验层面上的"何为文学经典"问题提供一种与"中国当代文学创作问题"相关联的解答。这种关联是指:从鲁迅、巴金、郁达夫、张爱玲、周作人、孙犁这些现代著名作家到金庸、王蒙、贾平凹、莫言、王安忆、余华这些当代著名作家,谁也不能说他们(她们)的作品没有文学上的创新与自己独特的风格,也不能说他们(她们)的作品没有产生影响中国和东方以及向世界展示中国现代文学创作成就的功能,甚至我认为鲁迅的《孔乙己》《伤逝》、张爱玲的《金锁记》、金庸的《鹿鼎记》、孙犁的《荷花淀》、莫言的《红高粱》等,已经初步具备与世界一流作家对话的水平,这种水平突出体现在对西方现代意识形态、主流意识形态以及我们通常看世界的思维方式的不同程度的"穿越"上,从而使得他们的作品的创新不仅体现在风格和文体上,而且体现在看待世界和理解世界的方式上。然而,当《狂人日记》与《孔乙己》放在一起,当《天龙八部》与《鹿鼎记》放在一起,当《红高粱》与《檀香刑》放在一起时,它们是不同风格而文学价值等值的作品,还是在独特的理解方面有差异因而文学价值也有差异的作品,甚或鲁迅、巴金、郁达夫、张爱玲、周作人各自的代表作究竟是文学风格的差异还是文学价值的差异……这些就成为我们理解"何为文学经典"问题的关键。如果我们在风格和艺术圆熟的意义上理解经典,中国现代和当代文学就应该经典星罗棋布,每个作家都可以选出一两部代表作——像贾平凹的《废都》《秦腔》就都可以列入其中;如果我们选择后一种理解,那就意味着有风格的、有影响的作品,不一定就是文学经典,同样,有风格、有重大影响的作家,也不一定就是最优秀的作家。文学经典理论不是一个对历史与现实持"否定评价"还是"肯定评价"的问题,也不是一个"经典成为可能应该交给时间去检验"的问题——如果我们说20世纪中国文学经典不容乐观,那这样的评价可能不是对每一个认真从事文学创作的作家负责,而是对文学的独创性境界负责,因而也是对"中国什么样的文学才能影响全世界"这个问题负责;如果简单地说20世纪的中国没有文学经典,也同样可能不是对文学的独创性境界负责而只是在认同西方文化的前提下"对西方作家负责"——甚至会把西方的三四流作家与学者当作一流作家与学者来膜拜。在此意义上,否定主义文艺学以"文以穿道"来看待经典之问题,就不牵涉对历史是轻视还是尊重的问题,也不牵涉"厚西薄中"之问题,而是提供一种可以打通古今中外的公正而严格的尺度,避免经验化的、感受化地谈经典问题。特别是,"能流传下来的作品"同样也不是衡量是否经典的尺度,因为"流传下来"至少要区分是"在历史常态下流传"还是只能"在特定历史时期走红"这个问题。像每当进入反封建、反传统时期,我们都会提及《狂人日记》和《家》,但这种提及显然是用时代文化要求的眼光去看待文学使然,所以不会去看作品的文学魅力和文学性问题,解读上也多半观念性解读为主;反之,《伤逝》则是一篇很难被时代和意识形态所利用的一部作品,因而也是一部从未真正走红的作品,但是在文化上无论是激进派还是保守派,都可能从中会对自己坚信的理念产生质疑性的深思,并通过这样的深思让我们对文化时代要求产生"有距离的审视"的艺术效果。这种效果,才是否定主义文艺学所认定的"经典"之艺术接受效果。

第七章 文学对生活现实的穿越

一 如何理解"生活现实"？

"生活"这个概念确实是太大了，以致"生活无处不在"这个说法一直成为文坛的常用语之一。如果"意识形态"可以成为政治生活，"概念"可以成为时尚和品牌生活，那么我们区分"文学与观念现实"的意义还能有多大呢？就像有人说文学本身也是一种文化，怎么能说"文学与文化"这个命题一样，如果文学本身也是一种生活，怎么能把"生活"作为对象来讲自己与它的关系呢？

也因为此，很多文艺理论家便绞尽脑汁，从"文学是一种特殊的生活""文学是一种特殊的文化"来说它们的关系。但是"特殊性"是否能够成就"文学与生活""文学与文化"的关系命题，"特殊到什么程度"才可以成就这样的命题，却依然没有很好地解决。这就像说非洲人很"特殊"但再特殊也都是"人"一样，我们只能将"非洲人"与"亚洲人"做比较，怎么能拿"非洲人"与"人"进行比较呢？像"文学"与"科学"这样具象思维和逻辑思维特性反差过于明显的命题似乎好办，两者之间的比较不会有太多的疑问，但是如果文学用"审美"作为特性，"科学"用"非审美"作为特性，两者的区别就又会模糊起来。因为科学家在科学发现和探索中也有审美发现，艺术家在具象思维中如果模仿别人自然审美创造的品格也很虚弱，那么我们就不好用"审美"来说"文学"与"科学"的区别，甚至也不好说"审美"是文学艺术与其他文化范畴的区别。比如，如果生活今天已经一定程度上审美化了，那么拿"文学是生活的审美反映"这样的判断就无法与"今天的生活"做比较。如果一定要比较，那就必须论证"今天的生活中有审美但性质不是审美，而文学中有生活但性质在审美"才行。但迄今为止中国的当代文艺理论似乎并没有从"性质"与"材料"的区分来考虑可比性问题。什么是"性质"与"材料"的区别呢？比如我们将"美"或"审美"做忘我的、创造性的体验与沉醉规定的话，那么"审美"就既不是科学的性质，也不是文学的性质，当然同样也不是生活的性质。因为这样解释审美，审美就是一个无处不在的、但又是非常不容易出现的人生创造的境界。或者说，"审美"可以作为"材料"出现在任何文化领域，也可以作为"材料"消失在任何文化领域。出现在任何文化领域，审美就可以给她所在的领域带来高品质的原创性文化，否则，审美缺席的领域就只能模仿、依附其他领域或其他地区相同领域的审美符号从而不再具有审美的意义。所以，上海陆家嘴被称为"东方的曼哈顿"，这种评价严格说来已不是审美评价，而是美国文化全球化的评价，根本上是对美国文化的审美或在宽泛意义上是对西方文化的审美。这样的建筑在中国的大城市再多，中国的城市也不会有自己的"美"。美必须是自己的美才能成为美，根本上就是文化身份的标志，也是东方人能成为东方人的前提。

  这就意味着，要保持一个概念与另一个概念的可比性，要使得"文学"概念与"生活"概念可以发生真正有价值的动态关系，唯一的做法就是规定你想比较的概念之内涵，或者尽量缩小你想比较的概念内涵，使得"文学"与"生活"的关系进入一种有限定的、特指的关系中。否定主义文艺学之所以选择了"文学对生活现实的穿越"以区别"文学对观念现实的穿越"，那就意味着"观念生活"以观念为支配地位，而"生活现实"中观念则处非支配地位。即文学所面对的"生活现实"不应该是一种观念理解和指导下的现实，如"阶级斗争生活"或"改革开放生活"，也不是一种概念或品牌制约下的现实，如类型化、时尚化的"超女生活"、品牌性的"苹果生活"；推而论之，当然也同样不是以"人道主义观念"或"现代主义观念"进行文化启蒙的生活，抑或以这样的观念为指导的"文学创作生活"。即我在这里所说的"生活现实"，应该是指受观念直接支配的生活之外的生活，至少是指受观念支配不太明显的生活。虽然在根本上观念已经以文化渗透的方式不同程度地隐藏在我们最基本的日常生活之中，使得纯粹的"非观念化生活"似乎并不存

第七章 文学对生活现实的穿越

在——我们在老百姓的日常生活中无时不感到由传统文化观念所起的支配作用(如日常消费的节俭观念,婚姻的门当户对观念等),但显而易见的一个事实是:人类身体所发生的一切常常会突破理性和观念的控制而体现出欲望化的力量,人类各种理性把握世界的方式之基础恰恰是非理性的基本元素,而人类赖以自豪的理性文化的生存方式恰恰需要自己的对立面——情感文化构成与自己的互动状态……正是欲望、感受、情感这些"生活现实"最基本的、最原始的、最本真的方面,构成了否定主义文艺学所要讨论的"文学与生活现实"中的"生活"之基本内容。

"欲望"之所以是"生活现实"最基本、最优先的内容,是因为"欲望"决定着"生活现实"之原始的内容:生存性。"生活"首先意味人的生存性,是指包括人类生命在内的所有生命的共同求生存本能,是不为人的理性文化所能完全左右的、因而常常突破理性文化限制的生命最顽强的力量。《吕氏春秋·贵生》首先提出六欲的概念:"所谓全生者,六欲皆得其宜者。"后来有人把这概括为"见欲、听欲、香欲、味欲、触欲、意欲",佛家的《大智度论》将"六欲"解释为色欲、形貌欲、威仪姿态欲、言语音声欲、细滑欲、人想欲,基本上可以囊括"欲望"的诸方面内容。其中应该以"色欲""嗜欲""意欲"为根本。正是因为这样的力量几乎可以与理性文化抗衡,才构成文学所面对的生活之丰富而复杂的矛盾性内容,甚至很大程度上决定了文学可以独立存在的理由——文化领域里的所有上层建筑,只有文学是直接拥抱、亲和、表现生活中的矛盾、冲突性内容,而哲学、科学、伦理、教育、政治则竭力简化、提炼乃至回避这些矛盾性内容,如果文学能够做到正视这种冲突的复杂,正视蒙田在他的《论人性无常》中所揭示的"崇高的行为有时来自自私的动机"[①],那么在文学理论上就叫做"文学直面生活现实",反之则可谓"文学回避生活现实"。中西方艺术的一个根本差异,就是像西方《007》这样的英雄影片中总是要插上主人公的情欲结局,并把人的英雄行为作为最后满足自己的情欲的方式,而中国艺术总是随时准备为

---

① 〔法〕蒙田:《蒙田随笔集》,刘烨编译,中国电影出版社2005年版,第181页。

"大义"牺牲和泯灭人的情欲。此乃"直面生活现实"与"轻视生活现实"之差异。

"感受"也同样如此。作为人类认知世界、把握世界的方式,"感受""感觉""感性"常常是作为知性、理性的基础被人们所理解的。康德在《纯粹理性批判》中认为感性认识是由感性材料和人的先天的直观形式构成的,"当我们被一个对象所刺激,它在表象能力上所产生的结果就是感觉。经过感觉与对象相关的直观叫做经验性的直观。而经验性的直观未被规定的对象叫做现象"①。冯契主编的《哲学大辞典》也认为"感觉"是"物质的刺激向意识的最初的转化……属于认识的初级阶段"②,其共同点在于感觉、感性、感受往往是外在物质世界与人的感官发生的第一性关系的意识内容,从而具有了"生活现实"最基本的"人与物质世界的原始认知关系"的意味。无论人类认知世界的能力多么发达,作为基于感官的对世界的初步反应内容并没有明显的改观,所以害怕黑暗和死亡的人总是多于喜欢黑暗和死亡的人,压抑个性与欲望的体制和观念总是让被压抑者不愉快也千年未变,一定程度上揭示着人的感觉和感受世界的超时代之稳定。我们对世界的感受、感觉是依赖身体感官的,这一点似乎没有什么错,但比之于詹姆斯的"身体变化直接遵循对刺激事实的感知……我们对它们发生时的那些同样变化的感受就是情感"③的将身体、感受与情感混淆的言论,我更愿意将感觉和感受放在依赖身体对世界的直接把握但又区别人的情感、意愿和思想等决定主体行为的位置。这样的位置使得感觉和感受变得复杂起来。有时看起来它受听觉、触觉、肤觉和身体状况支配,有时又受主体情感和心境支配。所以当一个人早上感觉自己心情很好的时候,你确实不知道他(她)是因为昨晚睡得好,还是因为最近自己比较顺利因而常常心花怒放。也因为感觉处于这样的模糊地带,文学会经常光顾

---

① 〔德〕康德:《纯粹理性批判》,邓晓芒译,杨祖陶校,人民出版社2004年版,第834页。
② 冯契主编:《哲学大辞典》,上海辞书出版社1992年版,第1639页。
③ William James, *Principles of Psychology*, Cambridge: Harvard University Press, 1983, pp. 1065-1066.

第七章　文学对生活现实的穿越

这一地带甚至就在这上面建立自己的家园——并与科学家、学者等依赖分析、推理、思辨等理性化的工作方式明显地区别开来。

更主要的是，文学之所以常常被学者们理解为"情感把握世界的方式"，是因为人的"生活现实"区别于动物的"生活现实"之处，正在于人具有在本能和理性之间所特有的情感活动。情感活动一方面受制于人的求生存本能的满足（如肉体性快感产生的心理感受），另一方面又受制于人的理性文化对人的快乐本能的抑制（如文化造成的痛苦和悲伤的情感），同时也受制于人类文化对本能的提升（如宗教性的圣洁的、崇高的情感）。这也使得"情感活动"是人类生活现实中最为丰富的、复杂的、交叉性的精神生活。无论是西方的"移情说"还是中国的"缘情说"，无论是古罗马诗人尤维利斯的"愤怒出诗人"还是中国新时期文学的"伤痕文学"，文学常常在表现内容上更为注重生活现实中的情感内容，这是因为人的情感生活虽然在根本上受制于人的理性活动，使得"合情合理"成为中国人的基本思维方式之一，但也因为常常反抗理性约束而带有矛盾性、冲突性和价值自足性，这就是汤显祖提出"情在而理亡"的原因。无论是哈姆雷特的抑郁，还是维吉尔的困惑，抑或曹禺《雷雨》中蘩漪的自虐，成功的情感表现总是会突出人物内心世界的矛盾性、冲突性，从而最为充分地展示"生活现实"比人类"文化现实"远为丰厚的内容。这在一定程度上也是"生活之树常青"的原因。"青"，毋如说是人的生命力最为顽强纠结的象征之意，而"情感生活"正是最能体现人的生命力纠结的领域。

这就意味着，否定主义文艺学视野中的"生活现实"，主要是由人的欲望、感觉和情感活动所构成的复杂的生存价值世界，是包含人的本能又以人对本能突破的反映内容为结构的空间和时间统一的世界。一方面，欲望、感觉和情感组成的复杂现实更接近人的"日常生活"中的所想所为，而"日常生活"的生存性又决定了其突破生存性的张力文化较为稀薄，所以由"日常生活"所规定的"生活现实"比较接近"世俗现实"。"世俗现实"的基本性质是欲望满足的快乐和不能满足的痛苦，在中国，还应该加上"满足于'欲望满足'的平庸"以及"习惯于欲望不满足的麻木"，这使得"生活现实"里中国人的感觉与情感，也多从属于这样的"世俗现实"之性质。20 世纪中国文学"人的解放、民族救亡之呐喊"与"怒其不争于这样的抗争"的文学现象,多可以解释这样的性质。另一方面,由于中国文化阴阳渗透的整体性特点,"生活现实"与"观念现实"的边界并不是很清晰的,毋如说"生活现实"是"自然现实"与"观念现实"的中介环节。既然如此,"生活现实"在"材料"的意义上当然就是可以无所不包的了。即"生活现实"中会有冲动,也会有思想,会有本能,也会有文化,会有饮食男女,也会有精神情操……但这些似乎什么都有的符号,均从属于生活现实的求生存性、愉悦性、循环性。而且为了不改变这样的性质,"生活现实"同样会把看似可以与自己区分开来的文学纳入自己的世界里,这就产生了文学从属于生活的生存性这样工具性的中国文学特点,也产生了"国家富强个人富裕文学便无足轻重了"这一中国当代文学现象,其共同点均在于中国现当代文学总体上"满足于生活的生存性"而缺乏"文学对生存现实的穿越性",从而在根本上没有形成"文学对等于生活"进而确立自身的独立性。换句话说,"文学穿越生活现实"这一命题,恰恰是为了针对中国未来的文学能突破生活的生存性这一典型的"中国问题"的。

二 如何理解"尊重生活现实"?

由于"穿越"的基本含义在于"尊重现实又通过个体化理解改造既定现实的结构、从而建立起不同于既定现实的个体化世界"①,所以"穿越生活现实"这个命题决定了否定主义文艺学并不将文学放在"轻视世俗生活""忽略世俗生活""认同世俗生活"上,也不放在西方意义上的"疏离生活现实""对抗生活现实""优于生活现实"上,从而确立起一种"尊重、拥抱生活现实又在性质和意味上不同于生活现实"的文学与生活关系的理念;并且,由于中国文化的整体特性,又可以在文本中建立起"表层的生活现实内容多群体化理解、深层的内容多作家个体化理解"之意味张力。

---

① 参见拙文《文学穿越现实导论》,《当代文坛》2010 年第 5 期。

第七章 文学对生活现实的穿越

"尊重生活现实"首先意味着作家应该视人的欲望、感觉和情感的表现和抒发为正常的状态,只要这种表现和抒发是建立在尊重他人和世界的基础上。一个作家哪怕在小说中有大量的性描写,对于文学来说都不能以"写得太多"为理由而拒绝,因为写多写少不牵涉欲望表现是否正常的问题;同时,欲望常常具有突破现实伦理的特征,无论这欲望是否付诸实践,尊重欲望就是要尊重这种突破现实伦理的特征从而显示出欲望世界的本性,并与受现实伦理控制的欲望区别开来(受现实伦理控制的欲望本质上属于观念化生活)。哪怕是像小说《洛丽塔》那样写一个40岁的男人对一个十几岁的少女的性爱心理,也同样不能视为不正常、不道德。文学虽然不是以展现性爱内容为目的,但必须特别注意对小说中的欲望和情感不要简单化地予以现实道德性的评价。对文学批评来说,特别需要对卫慧的《上海宝贝》那样的性爱快感的展示持一种理解的态度,而不是直接加以"大逆不道"之评判。由于当代市场经济状况下很多人对个人利益的追求,是来源于传统文化对个人利益的轻视,所以我们必须理解一个被捆绑过久的人一旦松绑当然就会放松身体的现象。这就是说,"尊重生活现实"不是指尊重被压抑的欲望生活、被忽略的感觉性生活、被扼制的情感生活,而是指生活根本上就是由人的欲望、感觉和情感活动的个人化支配构成的,如果压抑、忽略和扼制它们就会使生活现实产生异化,直接导致放纵性沉湎。在根本上,人的欲望、感觉和情感是所有生命的共同本能,对本能的正视和尊重,恰恰是避免"压抑本能"与"放纵本能"两种不正常现象的主要渠道。在此方面,文学经典《红楼梦》以大量儿女亲事、家庭琐事、男女爱事所展现的世界,应该说是尊重生活现实和世俗现实的一个典范——曹雪芹没有将这些事情视为无聊之事,没有用儒家教化态度进行伦理评判,同时也没有用欣赏的态度写贾府的男女老少,反而让其成为构筑他的红楼美学世界不可或缺的有机性的、中性的材料,是使得《红楼梦》成为中国古代最优秀的长篇小说的重要原因。

另外,由于生活现实是由欲望、感觉和情感所组成,所以"尊重生活"也意味着不能以回避欲望、感觉和情感的态度从事文学创作,尤其不能以回避欲望、感觉和情感与人的理性文化、伦理文化的冲突来从事文学创作。在此方面,中国当代文学由于相当长一段时期以"写出生活的本质规律""时代火热的生活""改革开放生活"这种意识形态化的观念对待生活现实,自然在文学创作中就存在着公式化、概念化、主旋律化的写"生活现实"的问题。骨子里其实是儒家"圣性追求"被做了当代"革命追求"遮蔽人的"日常需求"之结果。在此方面,小说《艳阳天》、电影《火红的年代》没有欲望、爱情只有革命意识和阶级斗争观念的作品可谓代表,而蒋子龙的《乔厂长上任记》也只是将爱情作为改革生活的点缀。并没有直接尊重并展示乔光朴的爱情心理、性爱冲动以及由此带来的和其改革实践的矛盾与冲突。所以在新时期文学中,回避"欲望、感觉和情感"的表现只是在于将欲望、感觉和情感作为"材料",这样,欲望、感觉和情感与文化生活、观念生活的矛盾及冲突就不能得以展开。电影《生死抉择》中李市长在妻子受贿时"轻视欲望的处理"与"尊重欲望的处理"的差异表现在：前者会简化李市长的矛盾心理,让李市长不假思索就做出了抉择；后者则会强化、扩展李市长的内心冲突,并将这种冲突作为影片的重心。其核心问题在于文学是否正视和表现人的名利欲望以及因此带来的和理性产生的纠结、冲突。在中国当代文学中,还有一种情况是道家的"清心寡欲"哲学对生活中欲望和感情及其与理性文化矛盾的过滤,很大程度上是不同于儒家轻世俗的另一种生活本真内容异化的体现。指出这一点并不是说受道家文化影响就没有优秀的文学作品,而是说道家哲学"恬淡"美学对生活矛盾的类型化的"忘欲"处理,已经不能应对以承认个人欲望和私利为前提的现代人的生活,也不能应对以这样的生活为前提的现代"欲望横流"之诊治的问题。即诊治"欲望横流"的问题不是一个传统意义上的"淡忘欲望"的问题,而是一个引导现代人进行创造性追求使之"顾不上追逐欲望和利益"的问题。所以"菩提本无树,明镜亦非台。本来无一物,何处染尘埃？"是将淡忘现实欲望发挥到超凡脱俗境界的典范。这样的诗词固然可以被生命力本来就很孱弱的中国读者所欣赏,但这无疑不是中国现代性所需要的"尊重欲望和世俗"的审美追求,也很难通过中国现代读者的认同走向西方读者。

以尽量亲和的态度展现生活现实的内容,会使得作家所尊重的生

第七章 文学对生活现实的穿越

活现实内容既是构成作家"个体化世界"中的丰厚材料,使得欲望、感觉和情感是不可随意剔除的文学有机性元素,又可以构成作品最原生性的表现内容,进而使读者直接与本真的欲望、感觉和情感生活发生原初性的共鸣,优秀的作家然后可以借此去做引发读者启示的工作。在这一点上,日本作家黑柳彻子的《窗边的小豆豆》[①]是尊重孩子最本真的欲望、感觉和情感的杰出作品,并迥然区别于中国很多教化性的儿童文学。黑柳彻子笔下的小林校长是一个极其尊重孩子"冒里冒失的天性"并能引发这种天性中可以成为"好孩子"因素的教育家。因考试不及格而退学、上课被窗外宣传艺人和燕子吸引而站起来打招呼的小豆豆,在中国的教育观念和机制下不会被认为是听话的、守纪律的好孩子,但小林校长却认为小豆豆是好孩子,原因是,他明白孩子的这种还没有被文化规范的欲望、感觉和情感,是孩子成为创造性人才极为珍贵的生命资源。其中,小林老师布置孩子们中午各自从家里带"海的味道、山的味道"做午餐,是既尊重孩子的天然感觉,又能培养孩子想象力的经典一课。孩子们可以尽情想象海的味道和山的味道是什么样,并让自己的感觉和欲望均处在敞开状态。这样的状态,就像"巴学园"的上课是让孩子们任意选自己感兴趣的课程在同一时间同一教室展开一样,这种多种兴趣并立的状况正是这种孩子的欲望、感觉和情感的体现。孩子的兴趣、欲望和喜欢。也因为此,巴学园成为培养了许多后来成为著名艺术家、作家和科学家的童年乐园,《窗边的小豆豆》一书也因此成为全世界成年人返回童年本真的欲望、感觉和情感的渠道,成为日本历史上销量最大的畅销书和20世纪全球最有影响的作品之一。《窗边的小豆豆》对中国当代作家最大的启发可以理解为:一是无论作品中的人物是孩子还是成人、普通人还是英雄、敌人还是友人、领导还是职工,文学创作首先应该具有"去身份""去文化"的写作意识,才能尊重并展现笔下任何人物最潜在的欲望、感觉和情感。即便写英雄人物的大义凛然,也必须首先触摸作为人性共有的围绕七情立欲产生的疼痛、恐惧、矛盾、犹豫、悲伤、快乐,即便英雄人物的素质可以克制这些

[①] 〔日〕黑柳彻子:《窗边的小豆豆》,赵玉皎译,南海出版公司2011年版。

生活资质,也必须写出人物对这些生活体验的把握和矛盾过程,此即为尊重人的"生活现实"。在此方面,不仅中国的儿童文学作品与《窗外的小豆豆》存在明显的差距,中国刻画英雄的作品也与《巴顿将军》《加里森敢死队》这样的美国电影存在着明显的差距。二是一部作品作家如果不能做到让笔下每个主人公都能展示自己的本真欲望、感觉和情感,也应该像小说《西游记》那样安排笔下的重要人物具备本真的欲望、感觉和情感,从而与其他人物组合成"欲望"与"理性"的矛盾关系、冲突关系。也就是说,《西游记》如果没有好吃懒做、喜欢女色的猪八戒消解严肃的圣性主题和杀戮性的英雄主题,这部作品就会成为一部不折不扣的教化性文学作品,也不可能获得历代读者特别是青年读者的喜爱。也就是说,猪八戒与唐僧、孙悟空、沙僧的关系,其实就应该是任何人物其理性、圣性、英雄性、平凡性与欲望性的复杂关系。抹去了猪八戒,也就是不尊重人的欲望、感觉和情感在生命中的本真存在,也就是不尊重艺术中的"生活现实",自然就不可能获得读者的亲和感而只能让人敬而远之。

三 如何理解"改变生活现实的结构"?

"穿越生活现实"其次的义务,就是作家必须把生活现实中的欲望、感觉、感情等内容全部化为材料重新布局,并靠作家"个体化对世界的理解"来建立其作品的独特结构,并产生生活中从未有过的艺术意味。生活材料之所以需要与作品的整体结构相关联得以改变其原来的性质,是因为不唯此就很容易被作为"很像现实生活"的解读。文学艺术作品一旦被做了"很像现实生活"的解读,就不能视为艺术上的成功。

因为在明清现实生活中,《红楼梦》似的大大小小贾府可谓星罗棋布。贾政作为古代大家庭的意识形态中枢具有绝对的权威,其儿女和丫鬟也都是从属于男性家长的权威做功名利禄、三从四德之人生努力的,即便有贾母这样的老太太的溺爱呵护,宝玉也拗不过其父贾政令其读书做官的大腿,而其丫鬟们也都逃不脱被公子哥随意欺辱和玩弄的命运。但由于曹雪芹以贾宝玉成天只喜欢在清纯的女儿堆里玩耍为新

第七章 文学对生活现实的穿越

人的全部审美坐标,这样就一改生活现实的君臣父子、男尊女卑、长幼有序之家庭结构,变成**子父臣君**、**女尊男卑**、**幼为长序**的"大观园"之文学性家庭生活结构,从而不仅将生活现实中的价值秩序颠倒过来,而且通过贾宝玉这个尊重、怜爱、沉溺清纯女孩的男性主人公塑造,又赋予这颠倒的价值秩序以"不在意现实功利"的审美内涵,使得"穿越生活现实"具有了"改造生活现实结构——建立自己的非现实性生活结构"的意味。如果将"改造"做"改变、创造"解,那么"改造生活"就是"创造独特的生活世界"的同义语,曹雪芹就是创造了一个现实中不存在的、文学史上也不存在的独特文学世界。反之,王建的《赛神曲》那种"男抱琵琶女作舞,主人再拜听神语""使尔舅姑无所苦""但愿牛羊满家宅"的诗句,其结构和立意基本上是生活现实的写照,以生活之俗而俗,故缺乏启示读者的力量,所以就谈不上作家对生活现实的穿越,也谈不上是"改造了生活现实"。

首先需要指出的是,《红楼梦》素有"生活的百科全书"之称,但"生活百科"却说明不了《红楼梦》的文学价值。《红楼梦》确实有所谓才子佳人、宿命佛礼、宫闱秘事、社会风俗、琴棋书画、美食烹饪、园林建筑,应有俱有。仅就畅游于生活和社会知识之海而喜欢《红楼梦》自无不可,但如果"研究中医的把《红楼梦》作为养生读本,企业管理培训师把大观园作为'培训基地',甚至元妃都被作为嫁入豪门的范例"[①],那么这些解读均可以是一种"盲人摸象"式的文化对艺术的工具性肢解,但唯独解释不了作品的艺术魅力、艺术启示等文学性内容。这种肢解通过对已经艺术化了的红楼世界的"现实生活材料"之还原,可津津乐道于贾母喝的老君梅养生茶的营养成分,宝玉为什么喜欢喝女儿茶又喜欢喝六安茶,黛玉喝的合欢花浸的烧酒竟然可以治病,而袭人感冒喝米汤是否也可以被我们效仿……但却看不到这些考究而精到的铺陈其实是在从各种角度哄抬贾府的雍容、闲适、繁盛,看不到这样的雍容、闲适、繁盛目的是在衬托贾府盛极一时的衰败之悲凉。也就是说作家百

---

① 徐洁:《解构主义下〈红楼梦〉的当代解读:生活百科全书》,《钱江晚报》2010 年 7 月 2 日。

科全书式的使用生活习俗和知识材料,目的决不在生活材料展示和知识炫耀本身。曹雪芹将生活百科放在一个浓缩的小世界里来淋漓尽致地展现,是围绕着"养生—死亡""富贵—衰败"的循环立意来的,这与作家写"真爱—悲剧"的立意是相辅相成的。精美的饮食、精致的建筑、精巧的工艺像作者精心写就的生活细节一样,在大观园中不是让读者来欣赏其美妙绝伦的,而是让读者最终悲叹其昙花一现的。所以贾母这位讲究养生、散步、不愠怒的祥和老太太,却是最早离开人世的;林黛玉吃了那么多补药补酒,还是不敌嫉妒性的真爱对生命的致命摧残,甚至就是为了将这摧残的帷幕能多拉开一些给读者看的;而那个里里外外泼辣能干的家庭主持王熙凤,最后竟然连自己的孩子也没有能力抚养就裹尸他乡而去……今天的读者自然可以对《红楼梦》中的生活百科进行任意切割,但这种现实功利性的切割,正好是对曹雪芹匠心独运地理解红楼世界与生活现实的关系之遮蔽与遗忘——这样的"非文学性"的解读越多,曹雪芹就会越发孤独和绝望,而《红楼梦》也就会在众人的谈论中越发失去其经典含义。

其次,曹雪芹对生活现实内容的改造之所以可以理解为"对生活现实的成功穿越",是因为曹雪芹对人、人生、世界、审美做了属于自己的独特理解。这种理解既不是儒家的,也不是道家的,同样也不是禅宗的,当然也不简单是集儒、道、释之大成的[1],这才使得贾宝玉这一经典人物形象因为很难被中国传统文化观念所准确概括而显示出似儒非儒、似道非道、似禅非禅的独特意味。具体在欲望、感觉和情感上,那就是贾宝玉是"有欲但不在欲""有怜惜感又不仅在怜惜""有爱情但又不是纯情和专情"的对女孩呵护,使得贾宝玉与生活现实中的这些文化元素拉开了明显的距离,并因此显得是个"怪物""另类"。贾宝玉的"怪"和"另"不是体现在"欲望""感觉"和"情感"中谁为中心、何者程度高低、成分多少上,而是以呵护、尊重整个清纯的女儿世界之心将"欲望""感觉"和"情感"都作为材料来对待的。贾宝玉不是用"纯情"

---

[1] 参见拙文《文以穿道——论文学对观念现实的穿越》,《社会科学战线》2010年第11期。

第七章　文学对生活现实的穿越

"自然之情"来统摄"性欲""性感",是因为"纯情"与"自然之情"也被主人公的"意淫"所统摄,而"意淫"又受制于贾宝玉对女性世界的尊重呵护之"心",所以无论是"性欲"还是"怜惜感",抑或是男女爱情,均受制于这样的"心"。因为"心"用在此上,当然就会无心于功名利禄,也无心于此世享乐。如此,贾宝玉会让每个女孩都喜欢,也会让专注"爱情"的林黛玉"愤怒"和看重"功名"的薛宝钗"焦虑"。或者说,任何用极端性价值尺度和思维方式去看贾宝玉的人,都可能会对贾宝玉"怒其不争"。贾宝玉的"新人"之"新"正在这种"不争"。这是曹雪芹用个体化理解世界改造现实社会的欲望、感觉和情感的杰出体现。

　　强调这一点,对世界观上和审美观上从众性、依附性、趋同性极强的中国作家和文学批判家,具有如下的警示意义:一是作家单纯依附主流意识形态来理解文学世界,就会使20世纪"十七年文学"中的优秀作品《李双双小传》和40年代的优秀作品《小二黑结婚》,不能按照作家自己的"爱情"观去创造性地安排笔下人物的生活。《李双双小传》和《小二黑结婚》尽管乡土气息浓郁、人物性格鲜明生动,但致命的缺陷在于:赵树理没有看到小二黑所依赖的新生政权本身也可能携带着传统伦理文化,这会使得自由恋爱的小二黑婚姻和爱情的道路曲折维艰;而作家李准由于没有将李双双的个性解放与"大跃进"对个性的遮蔽区别开来,自然就使得李双双与喜旺的个性被纳入类型化的文学模式之中,使得两篇乡土气息浓郁的小说没能突破政治模式。二是回避主流意识形态但如果选择了中国传统儒、道、释文化观念,将必然使得90年代写《秦腔》的贾平凹对农村土地的流失是一种惋惜的、漠然的心情,从而缺乏现代性启示。《秦腔》中作家的"土地"观依然是传统土地观延续的原因,在于土地没有被作家进行现代性的新理解,城市的土地与农村的土地在中国是否有性质的区别,也没有进入作家的视线。贾平凹对土地消失的沉默态度看似区别于其他中国作家,但其实更多是他在不少作品中已传达的禅宗"不思善不思恶"的漠然态度使然。即《圆悟录》所云"以铁石心,将从前妄想见解、世智辩聪、彼我得失,到底一时放却,直下如枯木死灰,情尽见除,到净裸裸赤洒洒处,豁然契证"。将禅意作为看待世界的方式固然显示出贾平凹的"别具一格",

但这"别具一格"却缺乏作家的"个体化理解世界"对禅意的突破,所以在根本上《秦腔》依然不能说是对乡土生活现实的成功穿越。三是将社会现实生活中的"爱情从属于利益和欲望"之运行法则移居于艺术世界之中,因没有编导自己对"爱情与欲望"关系的独特理解而只能给读者共鸣,这就是轰动一时的电视剧《蜗居》存在的"缺乏启示"的问题。《蜗居》的轰动和叫座与这部电视剧切中了中国老百姓在买房问题上的痛楚和挣扎有关,这是这部作品亲和老百姓的日常生活的长处所在。但这部作品在改造生活现实的性质与结构上却存在以下问题:除了金钱与房子,海藻爱宋思明的什么不仅海藻是不清楚的,编导也同样是不清楚的。因为这种不清楚,编导除了安排宋思明车祸死亡外,其批判性并没有针对这个问题给读者以交代,同时也必然忽略海藻与小贝可能存在的爱情关系。关键是,如果爱情在中国不能撇开利益,那么不限于利益的情感究竟是什么,是每一个编导必须有自己独特理解才能创作一部好作品的。中国编导回避这样的问题,根本上是因为中国文艺理论也同样没有挑明"个体化理解世界"对一部有启示性的好作品的重要性。这不仅关系到作品的意味是否深刻,也关系到作品的情节结构是否能饶有意味、独创性地展开。

四 文学对欲望性生活的穿越

让我们先来看看生活现实的最基础的内容:欲望。文学该如何对待它才能够成为好的文学,是我们讨论这个问题的出发点。如果不是在"好的文学"或者"文学性强的文学"的意义上讨论这个问题,文学当然怎么对待欲望生活都可以——无视、压抑人的欲望生活当然也可以写出文学作品,堆积欲望当然也可以写出刺激人的感官的准黄色小说。

一般说来,人的欲望可以分为本能的快感、任性的快乐、安定的幸福这三个方面。这三种欲望有时候是分离的,有时候又是统一的。本能欲望不断得到满足的人不一定幸福,甚至也不一定快乐——快乐与快感是有区别的,前者精神性内容多,后者身体性内容多。当代人本能满足的快感和感官的享乐某种意义上超过了以往任何历史时期,但心

第七章 文学对生活现实的穿越

灵的不安全不幸福感却是普遍的①,说明这三种欲望是可分离的。当然,如果我们把本能满足、任性的快乐和感官的享乐就当作幸福也未尝不可。中国老百姓丰衣足食即为幸福,历代权贵者将权势、金钱和女色的合一的享乐作为人生幸福的目的,也可以说明这三种欲望在中国人身上是可合一的,其性质在于人的快乐和幸福均受生存欲望满足和感官享受所支配。

《金瓶梅》应该是中国古代文学中写性欲最有影响力的小说,也是在文学上最有争议的小说,自然在"文学穿越生活现实"上值得解剖。以传统伦理的眼光判断西门庆是"天下第一大淫棍"、潘金莲是"天下第一淫妇"是最容易的,但这样的判断明显是轻视欲望现实的态度所致。同样,《金瓶梅》的文学价值之所以也不在于"写出了社会的千疮百孔"②这种以"伦理失范"的眼光展开的批判,是因为借"人欲横流"来写文化的衰落社会的堕落,李伯元的《官场现形记》、吴趼人的《二十年目睹之怪现状》也可谓典范,贪官污吏、讼棍劣绅、奸商钱房、洋奴买办、江湖术士、洋场才子、娼妓娈童、流氓骗子同样在这样的作品中得到了揭示和抨击,所以仅此不足以揭示《金瓶梅》的独特之处。作为中国第一部以权贵日常生活为内容的文人小说,作品虽然大量写豪门中男女的淫欲之事,但却未必在文学的意义上是小说的"污点",原因即在于:作家一方面正视明末主流价值解体后人只能退回日常生活追逐金钱和身体欲望,另一方面又认为中国人私人空间的欲望放纵和享乐追求是中国人生活的本真内容——说《金瓶梅》是"淫书"者,其实只是不愿正视自己骨子里的享乐欲望罢了。小说中尽管大量写西门庆的巧取豪夺、欺男霸女、纵情声色,但却是以无褒无贬中性立场如实反映欲望现实的真实面目,哪怕"潘金莲醉闹葡萄架"这样的性放纵场面,也是在非如此便不能反映性放纵生活之本来面目的立场上写的。对不习惯正视自己的放纵欲望因而遮掩这样的欲望的读者,西门庆和潘金莲光

---

① 参见《不安全感:中国人当下的精神世界》,《南方周末》2006年7月18日;《当代人婚姻幸福感极限缩水至三年》,《北京科技报》2007年5月29日。

② 和运超:《我看古典小说之〈金瓶梅〉》,http://bbs.culture.163.com/bbs/sanwen/182203.html,2011-9-16。

天化日下当然是很"变态"的，但潘金莲、李瓶儿、春梅、王六儿、如意儿、孟玉楼等众多女性之所以愿意被西门庆进行性虐待和把玩，不是因为她们真的就成为寡廉鲜耻、人伦沦丧的坏女人，也不是因为她们原来不是良家妇女，而是人的享乐欲望在不合理的文化和制度压制下不正常地释放自己，会使曾经的受害者转化为沉沦者。"淫何以可能"的源头恰恰在于视性享乐为万恶之源、把性快乐放在"见不得人之处"的中国传统主流文化，并造成了《金瓶梅》的"淫乱"这样一种中国传统文人隐秘的、乐此不疲的、异化的"声色文化"。也就是说，"压抑——享乐——放纵"，构成了《金瓶梅》去伦理观念后原生化的中国男人和女人日常欲望的基本结构与基本内容，其实一直是中国人潜在的幸福追求的主要内容。我认为，这是一部最为典型的正视而不鄙视、面对而不无视中国人隐秘欲望享乐和幸福的写真小说。

　　但文学对欲望生活现实的尊重和揭示，之所以需要警惕对人的各种欲望单纯的欣赏性描绘、渲染，又需要警惕作家以群体化的伦理观念对之进行不加反思的评判——无论这群体化观念是中国传统的还是西方现代的——是因为单纯的欲望宣泄、渲染和反映，只到唤起读者对欲望的快感体验和欲望的想象性满足并同样产生宣泄为止，难以区别黄色文学的阅读效果；而警惕以传统的伦理观念、审美观念评价作品，就是警惕写欲望生活的文本落入教化性的"劝"和"戒"而失去文学丰富的启示功能，使文学突破不了成为文化工具的格局。特别是对只盯着人体绘画生殖器部分欣赏的读者，很可能只喜欢看《金瓶梅》性爱和性虐待的描写，而对作品整体结构显示的作家深层批判意向视而不见，如此，再好的写性文学也会产生"淫书"的功效；另外，对一个以传统伦理观念看待小说并要求小说写得干干净净的读者，也会纠结《金瓶梅》中大量露骨、淫乱的性描写而认为其不堪入目，从而同样不愿意从文学意蕴上去思考小说的深层提问。这两种文学解读方法，均是只抓住作品的"欲望生活材料"而没有从"作品整体结构"进行理解的结果，也就是说没有用"作家如何用个体化理解去穿越欲望生活"的眼光去看待作品所致。所以在写欲望化生活或者以此为主导的文学创作面前，文学批评与文学理论存在的理由，便是帮助和引导读者从世俗化的、现实观念化的文学阅读中突围出来,力争使读者产生"不限于快感""不限于教化"、还有文学性的总体启示功能在后面的阅读功效。这也意味着,文学理论和文学批评对社会现实的责任,既不是放任作家认同身体快感的写作,也不是捍卫现实伦理道德的文学监督,既不是简单颠覆"大叙事"的"小叙事",也不是重新又回到"大叙事"制约"小叙事"的循环,而是从欲望快感与现实伦理中"穿越"出来进入文学自己的"启示性世界"中,文学才能与生活欲望和现实伦理区别开来走向文学不可被文化替代的"文学性世界"。

所以,当有的学者将"金""瓶""梅"放大到社会批判层面解释为"今""平""没"暗示明朝天下的灭亡①的时候,或者认为"梅"寓意"霉"②的时候,我认为这种社会学和伦理学的过度阐释,已经违背了作家以还原欲望生活真相对抗文化生活假象的初衷,也将作家对欲望世界可能具有的穿越性纳入意识形态的思维窠臼之中。即在文学上强调对"纵欲"的穿越性理解,不应该是宋明理学"存天理、灭人欲"的"节制为正当"性理解,当然也不是明代刘宗周在《学言》中说的"欲与天理,只是一个"的"欲便是理"的理解③,而应该将突破儒学"节制情欲"之理解与审视"欲即是理"之后的独特"启示",作为文学性理解"欲"的最高境界与坐标。《金瓶梅》的意味不是一个简单的"世戒"④可以概括的,因为"世戒"多是以儒家伦理规范人的欲望为"戒"的,人应该过怎样的生活答案是现成的,这自然回答不好《金瓶梅》中的男女"何以

---

① 见凤凰网论坛:http://bbs.ifeng.com/viewthread.php? tid=3729257###,2010.7.9。
② 李金坤:《〈金瓶梅〉书名寓意新诠》,《文史杂志》2008年第2期。
③ (明)刘宗周:《刘子全书》(1—6),华文书局股份有限公司印行1968年版。笔者认为:"欲即是理"是一个很笼统空洞的提法。"欲"有"纵欲"与"常欲"的区别,而"常欲"也同样像人的饭量一样有大小、强弱之别。所以"常欲"同样不可能做强弱、大小性规定。"性享乐"与"性放纵"同样有别,"性享乐"是在性上面体验快乐,而"性放纵"则是指对"性享乐之沉湎"。宋明理学诸家,对此尚缺乏细致的辨析。
④ 东吴弄珠客《金瓶梅序》云:"然作者亦自有意,盖为世戒,非世劝也。如诸妇多矣,而独以潘金莲、李瓶儿、春梅命名者,亦楚《梼杌》之意也。盖金莲以奸死,瓶儿以孽死,春梅以淫死,较诸妇为更惨耳。借西门庆以描画世之大净,应伯爵以描画世之小丑,诸淫妇以描画世之丑婆、净婆,令人读之汗下。盖为世戒,非为世劝也。"此序在万历词话本《新刻金瓶梅词话》中,落款为"万历丁巳季冬东吴弄珠客漫书于金阊道中"。

纵情声色"的问题。其实,小说中多次出现的"金瓶插梅"之道具提示以及西门庆和他的女人们一个个奸死、孽死、淫死的情节,是大有深意的。即《金瓶梅》一方面通过对欲望放纵的倾心描绘颠覆传统伦理的虚假与压抑,另一方面又用众多女性如梅花插在西门庆用金钱和权势作成的"金瓶"中短暂开放的悲戚,提出了一个中国传统小说中均没有过的挑战性问题:人的欲望生活如何才是既快乐又不悲悯的?这部小说虽然写了西门庆的权势欲、金钱欲、淫欲等多种欲望,但"权势欲"和"金钱欲"只是"淫欲享乐"的工具,尚不具备独立的意义。"享乐"之成为"放纵人生"的原因,在于人生追求不能全部成为"享乐追求",而应该是不经意的、自然出现的快乐,所以不通向死亡的"享乐性人生"是什么,除了儒家、道家哲学所给定的"节制"外还应该有怎样的可能?这样的问题其实就已经隐含着作家对西门庆和其女人们纵欲生活的潜在批判。这种潜在批判隐含着的问题,不仅《金瓶梅》中的男男女女是不可能回答的,就是众多指责《金瓶梅》是"淫书"的正统读者,可能也同样是难以回答的。如果儒家圣性道德管束人的欲望的无力性已被历史所证明,作品中"两袖清风舞鹤,一轩明月谈经"这些对联已被悬挂它们的主人公的色欲行径不断嘲讽,那么,我们该如何建立起人的欲望生活与文化生活相协调的新格局,才是《金瓶梅》给我们提供的隐喻性的个体化理解之意味所在。以这样的理解意味反观《金瓶梅》的声色世界,也同时反观历代文人对《金瓶梅》的评价状况,我们就可以获得一种《金瓶梅》中的男男女女生活有问题、而后人对他们的评价也同样有"非文学性"问题的启示。所以《金瓶梅》是以独特的问题传达出作家对欲望生活和儒家伦理观念的同时穿越的,并在文艺理论上给"文学穿越欲望现实"提供了一个典型的文学范本。

这就是说,文学对欲望现实的穿越,重在让读者如何理解欲望,而不在仅仅让读者体验欲望,尤其不仅仅在由欲望描绘产生的阅读快感和刺激;理解欲望也不是让读者走向中国传统伦理或西方人道主义式的理解,而是走向作家自己对欲望世界的拷问。一方面,作家对欲望世界的独特拷问不是脱离和拒绝中国传统伦理和西方观念,而是将它们改造为思想材料使之从属于自己对世界的理解,达到一种"意味后面

第七章 文学对生活现实的穿越

还有意味"的阅读效果,所以《金瓶梅》的"劝诫"顶多只是作品的表层意味,而深层意味则在于作家的个体化独特提问;另一方面,对欲望世界的拷问也不是作家单纯的对"性"的理解性体验,而是将人的性生活与其他欲望生活联系起来,将人的欲望生活与人生的快乐和幸福联系起来,这种拷问才会同时具有人生哲学和美学的深刻意义,这也就是《金瓶梅》为什么会让读者产生"世态污浊""人生悲凉"之悲叹的原因,文学才会成为一种"个体化拷问"的"世界",而不只是一个"问题小说"。如此,写欲望生活的文学才会成为文学性意义上的"好文学",而不再是现实道德意义上的"谴责小说"或颠覆现实道德的"欲化小说""宣泄小说"。

五 文学对感觉性生活的穿越

说到"感觉性生活",首先需要区分的是广义的生活中由感觉、感受材料与依赖感觉、感受所建立的世界。前者有欲望、感觉、情感、观念、思想,比较接近文学批评中常用的"宏大叙事"意义上的"时代生活",这样的生活总体上受时代主导性观念或主流意识形态所制约,对日常生活具有指导性和抑制性;后者是以感觉、欲望和情感为支配地位的生活,多体现为对时代意识的对抗或悬置,从而更为接近日常生活只依赖感觉、欲望和情感的那部分生活。随着西方理性文化中心的解体和中国传统伦理制约力的式微,随着市场经济全球化对人的身体、欲望和感觉的释放,注重以感觉、感受为支配地位的生活,已经不仅成为现代人生活的基本性质,而且也成为当代文学艺术表现方式与内容的重要方面。

感觉性的生活当然也受时代和文化的潜在制约,古代中国作家对生活的感觉受伦理的潜在制约,感觉世界的内容相对稳定与清晰,而当代中国部分作家受传统价值解体后现代生命哲学的潜在制约,感觉生活则比较纷乱和繁杂。李绅的《悯农二首》"锄禾日当午,汗滴禾下土"的农夫明晰的日常劳动感受,与穆时英在《上海狐步舞》的"上了白漆的街树的腿,电杆木的腿,一切静物的腿……把擦满了粉的大腿交叉地伸出来的姑娘们"的纷乱感觉,只是一个感觉的时代差异的问题。同时,感觉和感受更多具有人的心理、感悟力、经验差异等个体性特点,从而常常影响看似很共性化的身体感官性内容,这就是我们常说的个性化感觉,比如我们说"郊寒岛瘦"就是如此。但是感觉的时代差异与个性化差异是一个常态现象,感觉和感受的"千人一面"是一个非常态现象,但都不一定能与"好文学"发生关联。这就提出了一个作家如何用个体化理解"穿越感觉"的"文学性"问题。

与文学尊重人的欲望生活一样,文学尊重和表现作家笔下人物的日常感觉,是文学穿越生活的首要环节。这种尊重使得文学与那种从政治化、道德化的粉饰和扭曲日常感觉的"感觉生活"区别开来,使读者产生亲和喜爱作品内容和人物的艺术效果。20世纪中国文学受西方启蒙文化和革命意识形态所制约,发展到中国当代"十七年文学",在尊重人的日常生活感觉方面呈现出越来越稀薄的创作走向。所以无论是茅盾的《子夜》还是曲波的《林海雪原》,无论是周立波的《山那面人家》还是蒋子龙的《乔厂长上任记》,甚至高晓声的《李顺大造屋》,日常的喜怒哀乐、饮食男女、痛感与快感,均被纳入主流意识形态的要求下做了"超越日常"的"感觉革命化"处理,从而在很大程度使这些小说失去了直面本真生活的资质而影响了艺术魅力。这种情况到了新时期的《美食家》《烦恼人生》等小说出现才有所改观。《烦恼人生》写主人公印家厚一天从上班到下班的无奈的日常生活感受,非常强烈地得到了与印家厚一样的大量底层工薪阶层读者的艺术共鸣,因此被称为"新写实文学"的代表作。准确地说,这是一篇写老百姓"感受一天处处不顺心的生活"的小说。印家厚从早晨起床给儿子开灯的狼狈感,到送儿子过江的上班拥挤感,再到发奖金也不能吃西餐的失落感,遇见幼儿园老师想起自己的女朋友的怅然感,以及最后无钱也没有办法找领导改善房子的哀叹感……可以主题性地揭示当代人日常生活的窘况和无奈。直面和尊重这样的日常感受,应该是中国作家写出优秀的日常感觉化小说的很好契机。

如果说《西游记》里的猪八戒对西天取经无所用心却专情于睡觉、吃饭和美色,在意味上起到了对严肃取经主题所代表的"宗经文化"的

第七章 文学对生活现实的穿越

消解作用,从而因为展示了日常世俗感受与宏大圣性追求的内在矛盾而丰富了作品的内涵,那么,对于写生活感觉为主的小说,如何穿越生活感受而给读者理解世界的独特启示与丰富体验,就成为日常生活感觉转化为"艺术性的感觉结构"之关键,属于"文学穿越感觉性生活"的要求。这让我想到了莫泊桑的小说《项链》:骆塞尔太太被自己的天真善良所害,会给追求华贵感和富贵感的穷人一生带来怎样的启示意味呢?骆塞尔太太为自己一晚上的尊贵感付出了自己一生屈辱感的代价该如何理解?人生的付出与得到的永恒秘密是否就在其中?这正是《项链》这样一个喜剧性的悲戚故事的艺术奥妙。也许,用《项链》来考察《烦恼人生》未必合适,因为《烦恼人生》的作者本来可能就是立志去展示日常生活的原生态,不准备在其后传达作家怎样的主观倾向和深刻的社会性意味,这也是现代写实小说与传统写实小说的区别所在。然而,为什么"新写实小说"在今天被评论家和读者反复提起的状况已不复存在?为什么说到《烦恼人生》《风景》等曾经引起人们共鸣的小说今天已经很难给读者深刻的影响,而提到《项链》——即便记不住骆塞尔太太这个名字——人们也会记得那个辛苦一辈子用真项链还假项链的悲戚人生的喜剧意味?这就牵涉到"共鸣是不是中国好小说的主要特征"之命题。否定主义文艺学之所以认为"共鸣"只是中国小说与读者产生亲和力的"内容"问题,是因为"共鸣"牵涉不到给读者突破文化教化之"启示",也无以在根本上与生活中的感觉内容相区别。《烦恼人生》的文学性局限,一方面正是在于将观念化的"教化"混同于"启示"从而回避了"启示"的努力,另一方面又将小说主人公对生活的无奈感受混同于小说应该具有的意味,放弃了小说启示的努力。小说的"启示"既不在于写实小说塑造时代典型,也不在于写实小说用人道主义观念批判社会不公,而在于在"故事"和"感觉"后面是否蕴含着作家对人生的独特而深刻的理解,并通过小说的结构体现出来。《烦恼人生》的问题不在于每一时空、每一细节日常感受的逼真性、共鸣性,而在于每一时空、细节之间的结构在平铺中并未产生"不限于无奈感"的意味,也没有让"无奈感"与主人公的其他感觉(如惊喜感、愉快感)构成张力,从而在根本上不能改变"无奈感"之基本意蕴,当然就没有办法产生丰富的意味。如果说猪八戒的"愚性"是与唐僧的"圣性"和孙悟空的"智性"展开艺术性关系的,骆塞尔太太的美感、富贵感、惊喜感是与艰辛感、失落感、悲泣感相互缠绕的,那么印家厚的问题就在于对生活的感受过于单一和重复,给人一个始终有气无力面对生活的印象,使得作家根本没有机会在人物对生活的复杂感受之间传达自己独特的对日常生活的理解,当然就缺少独特的启示性意味让读者能记住印家厚对生活感受的不可重复性,从而离真正的好小说之要求有一定的距离。

就作家以自己的感觉建构小说世界而言,穆时英的《上海的狐步舞》应该是受日本新感觉派作家中河与一《冰雪舞厅》影响而产生的作品。以"纷乱的感觉"表现上海从黑夜到天明的生活:林肯路暗杀、刘有德畸形家庭、刘小德与母亲(情人)舞场狂欢、一地砸死一人、华东饭店赌场龌龊、街头妓女拉客、珠宝掮客与刘颜蓉殊厮混、天明之前的街道……这些类似万花筒式的感觉镜头很像《冰雪舞厅》的混浊、疯狂、迷乱世界的缩影,在真实性的意义上是一个被金钱、享乐、堕落所支配的迷乱世界在作家脑海中的投影。这样的小说固然与现代中国很多写实性的、故事性的小说构成明显的区别,但这种区别总体上是方法上的、技术上的区别,而在对世界的理解上尚无本质的区别。即:写实小说家如果不能在清晰的情节和故事后面传达出作家自己对世界的独特理解,而是依赖时代意识写作,其意味就不能突破中西方现有作品所传达的意味;而依赖感觉写作的作家看起来是珍视了作家的主观感受,但在这感受后面没有独特的"有意味的感觉结构"来支撑,作家的感觉背后就可能被"纸醉金迷""堕落城市"这些流行的现代城市文化批判观念所占领,然后通过"上海是地狱上的天堂"这样的观念来点题,从而产生"仅就杀人抢劫、妓女拉客、工地事故、卖身还债"这些细节何以就成为"地狱"的疑问——因为这样的场景在今天的大都市也经常会发生。本来,日本新感觉派小说认为感觉是唯一的真实,作为一种艺术观应该是一种创新,但感觉再敏锐、再细腻、再逼真,那都是对生活现实的一种主观反映,而不一定是直观创造。因此感觉性小说要传达出一种基于艺术创造才能产生的独特的意味,就必须依赖"感觉的结构",将各种不相干的、杂乱的感觉性内容材料化而背后有小说的"意味秩序"

第七章 文学对生活现实的穿越

说出最后的意味。这样的结构之秩序的建立,就叫"文学对感觉性生活的穿越"。"穿越感觉"的小说,作品就不再是现实中的感觉的印象堆积、铺陈,而是通过独特的编排形成的"这一个"世界。事实上,中河与一的《冰雪舞厅》与横光利一的《头与腹》,之所以在文学对感觉现实的穿越中更胜一筹,不是因为他们总体上也受过西方心理分析、意识流等创作方法的影响,而是他们利用了心理分析注重世界内在冲突的理念并创造性地理解这种冲突所致。《冰雪舞厅》主要不在于写作家感觉疯狂、窒息而糜烂的舞厅,而在于以军官出于透气冲动打碎玻璃后立时被屋外刀刃般锐利的冷空气所击倒,"洁白的雪片从圆屋翩翩起舞而下""灯罩经过突然的冷却发出清脆的声音,纷纷爆裂"、舞厅"瞬息间被冰雪封冻"这些感觉世界的骤然转折所建立的"感觉的反转结构",传达出一种"热即冷""狂热即死寂"的哲学理解,这种意念不仅可以指向现代城市的荒淫与空虚,也可以指向每个人人生中的疯狂与失落的瞬息为伴之体验,并可供读者做各种阐发与体验,从而成为一种文学的人生隐喻空间很大的符号。而横光利一之所以为日本新感觉小说的最优秀的作家,是因为他的《头与腹》在"感觉的秩序"建构中似乎更胜一筹:面对因为故障而停开的特快列车,熙熙攘攘的乘客从众性地跟着尊贵的绅士乘上返回出发地的列车;故障很快排除后,继续飞速前进的特快列车中只有一个所有乘客都嘲笑过的头缠布手巾的乘客。这既是一种"从众的滑稽、荒诞与悲哀"的感觉性启悟,也是一种"无所用心的等待往往通向胜利的目的地"的体验性理解,更是一种"个体行为在东方文化空间中的微弱境遇"之思索,同时还是一种"人的大脑力量不如身体的力量"之咀嚼,从而使得一个简单的乘车剪影产生独特而丰富的空间意味。

就中国文化的整体特性和通透特性来说,感觉、感情和欲望更多是交织成一个有机的世界,单纯以感觉去看世界、用感觉建构小说世界的情况在中国尚不多见。这就是新感觉派小说在中国只能是现代文学史上的一个创作流派的原因,也是它很难产生持续的文学影响的原因。但如果侧重感觉建构世界的中国作家能注意到上述问题,这样的局面或许能有所改观。因为用"天堂—地狱"的观念看世界,《上海的狐步舞》的作者就看不到城市的"自由和快乐"的元素正是现代中国人死活也要待在那里的原因,而只能看到拥挤在城市的人为生存常常要付出"龌龊和堕落"的代价,中国大都市处于阵痛时期的现代化历程的更为复杂的精神面貌,也就不会从小说文本后面产生。所以在根本上,文学的价值又不完全是靠轰动和影响大小决定的,而是以可被后人持续阅读、谈论"那后面的独特丰富的意味"所决定的。

六　文学对情感化生活的穿越

在以理性和伦理为主导的各种文化生活中,"情感"常常被作家和艺术家作为对抗各种理性和伦理的工具并寄予了肯定性的、审美性的文化理解。无论是《牡丹亭》《西厢记》《白蛇传》,还是《安娜·卡列尼娜》《罗密欧与朱丽叶》《苔丝》,以爱情为标志的人的日常生活大量涌现在作家的审美表现内容中,通过感动历代读者而给人带来艺术就是情感表现的印象。不少作家和文艺理论家也一直坚持艺术就是"情感表现""情感认识"的看法。无论是勋伯格说的艺术是作家情感的"自我表现"①,还是苏珊·朗格针锋相对的"发泄情感的规律是自身的规律而不是艺术的规律"②,主张情感要通过形式来表现,抑或托尔斯泰的"一个人有意识地利用某些外在的符号,把自己体验过的感情传达给别人,而别人为这些感情所感染,也体验到这些感情"③这样的文学观,都是以肯定情感生活为前提的关于艺术本质的理解。

当日本学者浜田正秀把情感生活分为"生命的情感"(如死亡的痛苦)、"感觉的情感"(如风和日丽的愉快)、"心情的情感"(如成功的喜悦)和"精神的情感"(如崇高和正义的庄严)④时,情感生活的不同性

---

① 〔美〕彼得·斯·汉森:《二十世纪音乐概论》,孟宪福译,人民音乐出版社1987年版。
② 〔美〕苏珊·朗格:《情感与形式》,刘大基、傅志强译,中国社会科学出版社1986年版,第9页。
③ 〔俄〕托尔斯泰:《托尔斯泰文集》第14卷,人民文学出版社1992年版,第174页。
④ 〔日〕浜田正秀:《文艺学概论》,陈秋峰、杨图华译,中国戏剧出版社1985年版,第19—22页。括号内为笔者阐释。

第七章　文学对生活现实的穿越

质相对地说已经清晰起来。但这些不同性质的情感是相对独立的并立关系还是可以相互统摄的关系？如果浜田正秀把文学放在"精神的情感"之中，崇高、正义、牺牲的情感确实就容易统摄其他情感生活，这几种情感就是不对等的。当我们把崇高、正义、牺牲的精神当作人类品格的理想境界时，我们确实容易推崇具有悲壮感的《离骚》《西西弗斯》等各种英雄类型的作品。而当我们不对作家的价值追求进行辨析的时候，崇高和牺牲精神就会被纳入主流意识形态的要求和理解中，我们今天也就会依然将《红岩》和《青春之歌》纳入表现情感生活的最高境界的作品之中，以英雄的大义凛然的气概克服对死亡和酷刑的恐惧感、痛苦感，就成为中国当代文学常见的情感关系模式。这种状况，必然和我们对古今中外很多以写个人化情感生活著称的经典作品（如日本作家黑柳彻子的《窗边的小豆豆》、纳博科夫的《洛丽塔》）在理解和体验上相冲突——后者并不是表现崇高和正义的情感但同样受到读者的喜爱、作家的青睐，更不用说陈子昂的《登幽州台歌》和李清照的《声声慢》这类传达人的孤独和悲秋感情的经典作品了。这就提出了一个问题，文学性意义上的"好作品"，本不在传达作家崇高的情感、精神的情感为最高境界，而在于在浜田正秀所划分的这四种类型的情感后面是否有作家独特的启示意味传达给读者。如果有的话，写西湖愉快的作品会写成苏轼的"若把西湖比西子，淡妆浓抹总相宜"这样的千古名句，如果没有的话，同样会把英雄的正气写成模式化的"革命样板戏"，只有教化功能却无启示功能。所以同样是写"伟人"，很多作品均比不上茨威格的《世间最美的坟墓》写老托尔斯泰墓地的那篇千字散文：那种"真正的伟大是遗忘伟大"的意念所凝结成的不起眼的平凡丘冢，比起很多伟人豪华壮观的陵寝更能给人启示和震撼——这样的作品，在中国现当代文学中几乎是难以寻觅的。其原因，正在于我们的文艺理论单方面强调文学表现崇高的感情而不去追问后面是否有作家独特的对世界的理解，当然也就会忽略生活中平凡的情感同样可以被作家写出隽永、震撼人心之作的情况。

众所周知，汤显祖的《牡丹亭》在中国戏曲史上可以称为写爱情最自然、最执着、最浪漫、最神奇也最感人肺腑的一部经典之作，在"临川四梦"中赢得"天下女子有情,宁有如杜丽娘者乎"(《牡丹亭记题词》)之美誉。作品通过人与鬼、现实与梦幻的交替来刻画杜丽娘背叛封建礼教与习俗的"情"之炽烈与执着,是《牡丹亭》艺术上的最大特点。本来,以"春景""春梦"而产生的男女性爱之情,应该是人的最为正常的生命之自然的生活,但作者以"行来春色三分雨,睡去巫山一片云"的高唐神女式的性爱来衬托杜丽娘的"幽媾"之梦,无疑是将人的正常生活通过审美化的处理来对抗"存天理、灭人欲"的封建伦常;目的在于反对封建礼教"以淫乱之名消除人的本能欲望""以男尊女卑泯灭女性正常而主动的性爱欲求"的残忍和虚伪。如果说,在表现和肯定"有欲之情"或"以欲为情"上,《牡丹亭》与宋玉《高唐赋》《神女赋》中的高唐性爱神女和曹植《洛神赋》所写的洛水女神宓妃都是同一类型的作品,那么可以说,《牡丹亭》不仅是前辈作品肯定性爱的集大成之作,而且在表现"性爱为情爱之本"上因为直接对抗封建礼教的"伦理之情是性爱之本",是比前人之作达到了空前的深度的。即便如《西厢记》的"愿普天下有情人皆成眷属"的爱情观,也尚未达到《牡丹亭》的"性爱欢乐为爱情之本"的理解深度。在此意义上,说《牡丹亭》是对《高唐赋》《神女赋》《洛神赋》和"临川四梦"其他作品的"穿越",实不为过。不仅如此,汤显祖以性爱之日常生活对抗封建伦理教化的生活,采取的正是否定主义文艺学所倡导的"对观念现实的穿越"之创作方法。即杜宝作为父亲对杜丽娘产生的是现实性的、正统性的影响和制约,杜丽娘的母亲作为性爱之神"魏朝甄皇后嫡派"的化身,对杜丽娘产生的则是梦幻的、鬼魂的"另一个世界"的影响和制约。在现实中和家庭中,杜丽娘是"并不见你向人前轻一笑"的遵从礼教者,而在梦幻的鬼魂世界中,则是"忽慕春情,怎得蟾宫之客?"进而自由的撩云拨雨,达到"以真境绘梦境"(沈际飞《题邯郸梦》)的境界。而作品采取的"现实—梦境—现实—梦境"的结构,正好表现的也是"梦境"对"现实"的"穿越"努力。虽然作者最后借皇权保佑杜丽娘的"美梦成真"未免虚弱无力,但这样的虚弱无力正好表现了真正尊重日常生活现实的艺术和情感在中国文化现实中是一种弱势的、边缘化的存在状况,从而某种意义上凸显了艺术区别于文化现实的"心灵依托之功用"而不是现实功利性的

第七章 文学对生活现实的穿越

价值。

然而,比之于《红楼梦》以看护清纯女性建立起来的一个不需要进行外部反抗的自足世界,《牡丹亭》的"现实—梦幻—现实"的情节结构,又显示出汤显祖无法在情欲世界内部建立一个独特的可运转世界。即"情欲为本的爱情"是作家对抗封建礼教的独特价值理解,但如果不能被作家进行个体化的再理解进而建立一个可对付礼教文化的新的结构化世界,那么它自身不是被现实力量摧毁,就是只能借皇权这样的现实力量来暂时维持,"托梦""借鬼"的孱弱现象就只能永远循环下去。一方面,在梦幻和鬼魂世界,作家只能照搬现实的法庭对杜柳的爱情来审判,唯一的区别是判官最后同情了杜丽娘,这说明"梦幻"只是用来做现实中做不到的事,而不是用来做完全不同于现实世界的事。梦幻世界是用来弥补现实世界之无力,而不是对现实世界的改造和重构,这一定程度上降低了梦幻世界对抗现实世界的力量,使得梦幻世界不能对等于现实世界。也就是说"情欲为本"与"情欲能在属于自己的世界生长",是两个性质不同的概念,而杜丽娘要实现与柳梦梅的百年欢好,仅靠爱情感化判官是远远不够的,因为感化只能是在尊重情欲的前提下才有可能,如果面对压抑、无视情欲合理性的判官,"感化"是无济于事的。这就提出一个问题:封建礼教之"理"有严重的"轻欲"之问题,不等于中国就不需要建立能呵护情欲之爱的现代之"理",而这个问题,可能是单反面强调"情在而理亡"的汤显祖思考世界的盲点。这样的盲点,使汤显祖难以突破传统的"情理对抗"的思维方式去建立看待世界的新视角,而这正是《红楼梦》对"欲望之爱"和"礼教之规"同时疏离的原因所在。另一方面,即便杜丽娘与柳梦梅的情欲之爱可以在现实世界中实现,单靠由"春色"所唤起的两性生命激情,缺乏超越生命激情的精神、心灵和文化的契合,也缺乏维持生命激情的物质条件和文化滋养,便会出现鲁迅所说的"只有生活着,爱情才有所附丽"的问题。这里的"生活"既指物质的生活,也指文化的生活。亦即杜丽娘的"可知我一生爱好是天然"的"天然",究竟在内涵上有多少区别于性爱自由的成分,是一个戏曲在情节发展中并没有明确交代的遗漏。这两个方面,均牵涉作家在"情欲为本"之后是否有穿越情欲的个体化理解作为深层的思考。这种思考不仅关涉社会如何对待他们的情欲之爱，也关涉他们如何对待自己的情欲之爱。情欲之爱需要一定的文化、社会的呵护才能生根、开花、结果，正是鲁迅的《伤逝》这样质疑"个性解放"的作品更深刻的现代性启示所在。

情感生活在中国除了有从属于被封建伦理压制的生命欲望之抗争这一类型，更常见的表现则是从属于儒家的"天下""国家""乡土""亲情"这些超越男女私情的"伦理化情感"，在中国古代诗词中特别表现为国愁、乡愁、家愁和个体的寂寞之愁。杜牧的《夜泊秦淮》与张继的《枫桥夜泊》在抒发国愁和乡愁的七绝诗中都是名篇，但这两首诗在独特性与丰富性为文学性的标准下是否有高低之分，据我掌握的资料来看，文学研究界似乎并没有作过充分辨析。整体上看，两者均用"夜泊"和"到客船"、"犹唱"和"乌啼"形成静中有动的意境，且都以作者的"愁绪"为境中之意。然"烟笼寒水月笼沙，夜泊秦淮近酒家。商女不知亡国恨，隔江犹唱《后庭花》"偏向描述和议论，而"月落乌啼霜满天，江枫渔火对愁眠。姑苏城外寒山寺，夜半钟声到客船"则偏向写意和写境。从两首诗的第一句也可以看出这种差异："烟笼寒水月笼沙"是描述兼形容，"夜泊秦淮近酒家"则几近叙述；而"月落乌啼霜满天"是一种所指不确切的心理体验，"霜满天"也不可能被现实经验所证实，这说明《枫桥夜泊》在改造现实真实感受为主体心理体验感受上更为主动。这样的主动，也说明《枫桥夜泊》更具有改造现实真实和现实性感受的文学性意义，从而容易产生不限于现实主义的描述和批判的意味。结果我们就看见，《夜泊秦淮》在"愁情"的立意上是"亡国恨"，且批判了以"商女"为代表的日常酒色生活对国仇家恨的漠然。与杜甫的"朱门酒肉臭，路有冻死骨"一样，它们都属于可以纳入主流意识形态的对现实社会问题的批判。由于"亡国恨"不是从诗的意境中含蓄传达的而是诗人"点明"的，这自然也就影响了《夜泊秦淮》可能具有的更丰富的意味之传达。比较起来，《枫桥夜泊》的"江枫渔火对愁眠"的"愁"，在张继的流浪背景中可能主要指的是乡愁，但在这首绝句中却模糊为国愁、乡愁、家愁和个人寂寞之愁皆有可能，从而为读者提供了更丰富的体验和想象空间。这明显属于诗人对现实性的乡愁的艺术性的虚化改造。而且,这里的意味丰富的"愁"不是抒情主人公直接抒发的个体的愁绪,而是通过"江枫"和"渔火"的相伴而眠与"月落乌啼"和"霜满天"形成的意境在读者的想象中体验出来的,这就离艺术最好不正面点题而是通过情节、故事、意境、意绪自然传达出意味的本性更近。如此,《枫桥夜泊》的"愁情愁绪"就不会在国愁、乡愁、家愁还是个人的寂寞之愁间划分界线了,自然也就会被有各种情感需求的读者从各自角度理解而体现出诗意的丰富。所以,如果说李清照更多是个人寂寞之情,杜甫更多是百姓忧患之情,辛弃疾更多是国恨家仇之情,那么张继的这首诗就穿越了各种具体的愁情而更多形而上意味,成为亲和各种具体的愁情又不限于各种具体愁情之作,也因此成为写"愁情"的古代绝句中更具独创性之作。

七 "穿越生活现实"的中国意义

基于西方宗教和文化性的二元对立之传统,西方文艺理论和美学理论自康德强调"审美无功利"始,到现代主义文论家贝尔的"艺术即有意味的形式"[①]的提出,对立于生活现实的文艺理论一直是西方文化的主潮,并遮蔽了圣西门、傅立叶、杜威等的艺术与生活的统一性观念。而随着理性权威在西方后现代哲学中被质疑,随着文化多元论在全球化境域的兴起,随着个体艺术创造力的普遍提高和市场经济对人的快感和欲望生活的解放,高于或分离于生活现实的艺术形态和文艺理论,在21世纪的今天同样被西方"回归日常生活"的美学和文艺理论所冲击,并影响到今天的中国文艺理论和美学建设。很多学者步西方美学的"心理学转向""语言学转向"和"生活论转向"之后尘,不断调整和改变自己的文学观、文学研究范式和文学研究命题,看起来是一种与时俱进的创新,但其要害我以为是对中国文学的现代化究竟要面对什么"中国问题"没有形成"中国式理解"而导致的,其核心问题即在于:中国要不要建立一种性质上区别于生活现实但又是中国式的文艺理论。

---

① 〔英〕克莱夫·贝尔:《艺术》,薛华译,江苏教育出版社2005年版,第5页。

也就是说,否定主义文艺学既不赞成用西方对立于生活现实的艺术独立观在中国文化语境中谈艺术与现实的区别,也不赞同当代流行的艺术与生活统一的"日常生活艺术化、审美化"①,因为前者不是中国式的艺术独立观,后者不能应对中国文学对文化的依附性导致的原创力贫弱之问题。这两个问题并做一个问题就是:艺术分离于现实正是中国文学现代化针对传统"艺术混同、依附于现实"的题中之意,就像艺术生活化是西方针对"对立、脱离于生活的艺术"之问题的题中之义一样。

首先,中国文论延续至今的"艺术高于生活"之命题,以及由这样的命题引申出来的文学教化、启蒙大众的文学功能,不能混同于"艺术与生活在性质上相区别"之问题,即不能混同作家利用生活经验和材料通过自己对世界的独特理解建立自己的文学性世界的问题。在作家、诗人、知识精英与权势和权力一体化的中国,文学艺术借伦理道德和意识形态的优越性和中心化地位,其性质是伦理道德、意识形态和西方文化观念对中国生活现实的指导性、规范性,而文学艺术是作为一种形象语言从属于这种指导和规范的,并构成中国古代文学和现代文学的工具性存在性质。这种指导、规范和启蒙根本上不是艺术与生活的区别,而是伦理、意识形态与文化观念对生活现实的居高临下的统摄关系。这种关系就像老师对学生的授课关系一样,学生通过老师的道德教育和知识传授,最终可以成为和老师一样有知识和道德的人。无论是五四个性解放的文学还是新时期宣扬西方人道主义观念的文学,文学借西方现代文化观念对中国大众的启蒙,不能理解为艺术与生活的分离和对立,而应该理解为文化观念对生活现实的引导、改造,使得生活现实意识形态化。文学艺术之所以给人显示出高于生活以至"对立于生活"的印象,只是因为文学艺术借文化观念的权威性造成的假相。文学艺术与生活分离是真相还是假象,在于文学艺术是模糊、消解乃至

---

① 近年来,国内不少学者参与"日常生活审美化"的讨论。从以往文艺理论和美学立足宏大叙事轻视日常生活的角度看,亲和日常生活将使文学内容更为贴近生活现实。但其宏大叙事的文学与日常生活叙事的文学构成对立的状态,有可能忽略了两种文学共同存在的作家原创力匮乏的问题。而解决这样的文学问题,是否定主义提出"文学穿越观念现实""文学穿越生活现实"这两个命题的出发点。

第七章 文学对生活现实的穿越

质疑作家所认同的文化观念以便打开一个去观念化的启示空间,还是在作品中比较清晰地传达了某种文化观念以便限制读者对此的另类解读。前者会使批评家或读者对作品的观念性提取变得困难——至少会使观念性的提取挂一漏万从而溢出了观念化世界;而后者则会使人们很容易从作品解读出某种文化观念——并且很难解读出丰富的文化观念。所以文学艺术与生活现实分离的标志,在于其独创性文学的"非观念化"性质而不在于一般文学的"先进观念"性质。中国文学从儒家的圣性教化、道家的生存智慧到现代的阶级斗争观念、现代人道主义观念、后现代主义观念的布道,中国当代文艺理论从苏联的"文学反映论"、克罗齐的"直觉即表现"、贝尔的"艺术即有意味的形式"到伊格尔顿的"反本质主义"、杜威的"艺术即经验"的话语转换,一直没有解决中国式的"文学分离于生活现实"之问题,用以告别传统的"文学高于生活现实"之命题,就像中国人文社会科学始终没有解决"中国式的个体独立、学术独立"之问题一样,我们怎能又跟随西方的"回归日常生活"的理论再一次遮蔽这一问题的严峻性呢?回答这一严峻问题的紧迫性,即否定主义文艺学提出"文学穿越生活现实"的"中国意义"之一。

其次,生活现实确实以它的欲望化、感觉化和情感化显示出它与观念现实、文化现实的程度性疏离,但这种疏离依然不是"文学与生活的区别",更不是"生活对文学的颠覆"。因为从高于生活的文化云层返回日常生活之后,文学艺术依然存在以下问题:作家的创作如果受欲望、感觉和情感的支配而不受理解世界的独特性支配,文学将因为欲望、感觉和情感的"大同小异"而降低文学的原创与独创之品格,从而产生同样"大同小异"的文学。这又比较接近杜威所说的审美的敌人是"单调乏味""对惯例的服从"[1]的问题了,也比较接近本·李默尔所说的在日常生活中"目睹了最具有革命精神的创新如何堕入鄙俗不堪的境地"[2]。日常生活中人的欲望、感觉和情感之所以是大同小异的,

---

[1] John Dewey, *Art as Experience*, New York: The Berkley Phblishing Group, 1934, p.40.
[2] 〔英〕本·李默尔:《日常生活与文化理论导论》,王志宏译,商务印书馆 2008 年版,第 5 页。

是因为放逐文化观念对生活的支配后,这个世界就不会形成因为文化差异而产生的差异和对立,人的欲望、感觉和情感就会偏向受生存欲望和生命本能的支配,体现出同质化、重复化需求的倾向。换句话说,艺术在去文化后彻底回归日常生活,传统文论中所说的艺术创造、独创和原创将因为缺少区别于生活的文化鼓励,而受制于日常生活的欲望与需求的同质化钳制。一方面,中国人的日常生活欲望喜欢在攀比、模仿中进行从而造成类型化、从众化的生活,有房有车有存款有奢侈品几乎成为每个公民的共同生活理想,买房热股票投资热将有钱和没钱的人皆如漩涡般地吸引进去——这样的生活必将形成影视和媒体中泛滥成灾、大同小异的所谓"穿越剧""穿越小说""相亲节目"①等;另一方面,日常生活中也会发生各种稀奇古怪的事情:佛山2岁女孩悦悦两次被车碾,"非诚勿扰"拜金女、温州动车追尾而民营企业主外逃、矿难不断发生而国民司空见惯政府无能为力……这些令人惊异的事件正好说明我们的生活现实已经被同质性的"趋利性追求"左右,并正在形成一种可以无视他人生命的不安全社会。所有对利益的批判和超越在今天的中国也就没有了真正的倾听者,甚至就连批判世俗的声音有时候也会异化为趋利的工具。因此从趋利趋同到行为方式趋同,已构成了中国日常生活的基本状况——这与中国现代文化与西方文化的趋同走向不谋而合。所以,文学回归日常生活并不能真正解决文学的大敌——趋同性创作之问题。文学不仅需要对文化观念保持审视的姿态,而且也要对同质化的日常生活保持价值审视张力,才能真正形成中国现代性文学的相对独立的位置,这是否定主义文艺学提出"文学穿越生活现实"的"中国意义"之二。

再次,将艺术等同于是艺术家的事,似乎是"日常生活审美化"倡导者质疑传统文艺理论居于象牙之塔的一个充分理由,但这样的理由之所以是可再质疑的,是因为传统文艺理论和"生活艺术化"理论都没

---

① "文学对生活现实的穿越"与当下影视和媒体的所谓穿越小说、穿越剧是完全不同的概念。任何名为"穿越"的作品如果不能提供作家对世界、历史、人生的独特理解,便只能落入时空性的、动作性的理解之中而降低其文学性、艺术性之品格。

第七章　文学对生活现实的穿越

有找到理解"文学之所以为文学""艺术之所以为艺术"的关键所在。即文学艺术既不仅仅是作家艺术家的事,也不是人人参与就可成其为自身的事。文学艺术成其为文学艺术,不仅仅是一个借形象和抒情表达自身的事,更重要的是要有创造性和独创性形象世界构建能力的事。如果中国作家和艺术家与网络文学中的每个网民在这种能力上都存在问题,那么文学艺术只属于文学家和艺术家,还是回归给每个想借形象表达自己的网民,性质上其实并没有多少区别。因为当年的"大跃进"民歌就是每个中国人几乎都参与进去的事,其结果是留下了多少能称为好文学的作品呢?文学艺术不是参与的人是少数还是多数的事,而是无论是少数人还是多数人都应该具备文学创造能力的事。否定主义文艺学之所以将文学理解为"对现实的穿越",将"文学性"理解为"对现实穿越的程度",正在于这是将文学艺术理解为"借形象语言构建有独特意味的世界之努力"的过程。文学艺术作为构建独特形象世界的努力程度,命定了文学艺术不是借形象语言表达自己就可以成就自身的,也命定了不是有过专门知识熏陶的少数人就能够成就这样的能力,当然也命定了不是每个人有修辞和表达能力、有艺术感觉和感受就可以自诩为作家和艺术家了。严格说来,文学艺术在中国既不仅仅是作家艺术家的事,也不是人人均可以从事和参与的事。如果中国作家和艺术家不同程度受儒家"和而不同""多样统一""变器不变道"的创新观制约,在创造性问题上就存在"依附、选择一种世界观然后进行个性化感受、阐释"的"低程度创新"之问题,这样产生的文学艺术作品,严格说来就真的不比网络文学的成就高多少。同样,网络文学今天当然是鱼龙混杂的,这种鱼龙混杂正好揭示出这样的问题:网络写手如果具备独特理解世界的能力和努力,他们就当之无愧地可以被世人尊敬为优秀的作家,如果只能模仿其他经典作品,那么他的声誉和地位就和只能模仿西方文学的中国专业作家一样,也就不能赢得尊敬。这意味着真正的文学艺术是让人尊敬的,而不是会写小说和诗歌就能堂而皇之混迹于作家和艺术家的队伍。这反而会衬托出中国民间因为受文化束缚程度较低可能会有创造高手的情况——四大名著作为通俗文学的出场转变为今天的经典文学,或许可以说明问题。艺术不是高于生活的职业艺术家的事,也不是生活在日常生活中嘲笑艺术家写得不好就能成为艺术家的事。不仅在过去,而且在今天和未来,文学艺术都是任何人都可以从事但不是任何人都能够称职的事。阐明文学艺术的这种创造性张力作为文学艺术之根本,摆脱文学艺术是作家的还是每个人的话题纠结,是否定主义文艺学提出"文学穿越生活现实"的"中国意义"之三。

第八章　文学穿越文学现实

一　为什么提出"文学现实"？

"文学现实"是否定主义文艺学所设立的一个新的文艺理论概念，相对于"观念现实"和"生活现实"而存在，构成作家穿越全部现实生活的一个重要方面。提出"文学现实"这个概念主要出自以下四个方面的缘由：

一，如何理解文学理论的"中国现代性问题"，是一切致力于中国当代文艺理论建设的学者首先必须清晰回答的问题。离开了这一基础性问题，以中国传统文论为基础吸收西方文论元素的文论建构，还是以西方文论为原理吸收中国传统文论元素的文论建构，都可能会因为"原理"与"问题"的错位而异化为文艺理论的知识性游戏，成为阻碍中国当代文学创作获得原创品格之根本症结——即原创性既是现代性生活鼓励个体创造性生活的要求，也是中国文化获得现代转型必须对传统文化进行创造性改造的要求，同时也是中国文学家如何通过创造获得独立品格的要求。如果说西方的"艺术即形式"针对的是"文学如何区别非文学"之问题从而告别被文化规定的社会现实内容，中国的"文以载道"针对的是"文学如何成为承载思想之工具"之问题从而完成儒家教化天下的使命，"文学是人学"针对的是"不尊重人性、人情、人欲"之问题从而确立文学感动读者的人道主义功能，"审美反映论"针对的是"文学如何审美性地而不是概念性地表现和反映生活现实"之问题从而增加艺术的感染力，"反本质主义"针对的是"文学是否存在超历史、超地方的文学本质理解"的问题从而撼动文学本质理解的跨时代的稳定性，那么"中国文学的现代问题"究竟是属于上述某种文学观可以概括的问题，还是外化出上述问题的一种"我们尚未察觉的问题"，就成为中国当代文学理论建设是否具有原创性的关键。也就是说如果"原创性理论"必须基于"原创性问题"才成为可能,那么否定主义文艺学提出"文学现实"这个概念,首先针对的就是中国当代作家和文论家不能同时对中西方文学作品、观念所构成的文学现实进行全面审视、批判的问题,其内涵是中国作家和文论家不能满足于"选择一种文学观去颠覆另一种文学观"的"伪批判",也不能满足于对西方文学作品和观念的依赖、拼凑、裁剪,从而走不出由现有中西方文学所构成的现实。如果中国文学理论的现代化根本上是一个衔接中国文化的和谐与通透精神但又区别传统文论的"观念原创性"问题,而中国文学的现代化是一个中国作家不是把西方作家的文学经验当作自己仿效的对象的问题,那么中国当代文艺理论就必须创造不同于传统"载道""缘情"也不同于西方"模仿""表现""形式""解构""反本质主义""艺术生活化"的概念和范畴。只有为此而努力,中国当代文学理论才可以形成与西方文论和中国传统文论"并立"的对话状态,也才可以在根本上对"中国现代文化的软实力"影响全球做出文艺理论方面的贡献。

二,中西方现代经典作家与以往经典作家的超越性、批判性关系,在中国当代文艺理论研究中的被忽略,是导致中国现当代作家只能"选择经典、膜拜经典、参照经典"进行创作的原因,如此才造成了百年来中国作家走不出既定经典框架的创作格局。一方面,经典作家之间的关系研究由于文艺理论的忽略而被学界安排给"古代文学研究""外国文学研究"和"现代文学研究",成为单向度的"作家创作特点的比较"研究,经典作家之间最重要的"如何相互超越的关系"被遮蔽了,导致文艺理论不能给作家超越以往的经典提供一定的理论性帮助;另一方面,中国不少作家由于文化上习惯宗经、释经、择经,在创作状态上其自我价值更为依赖群体和权威的承认,在生存方式上也依赖作家协会及各种组织,同时又依赖于固定的读者群,这就使得中国作家常常不仅受时代意识所制约,而且也容易受自己崇拜的作家所制约。一个很典型的反差现象就是:巴尔扎克以后的西方杰出作家,关心的是怎么超越巴尔扎克的问题,如此才有普鲁斯特《追忆似水年华》的诞生,也才有

第八章　文学穿越文学现实

海明威一生都在同马克·吐温、福楼拜、司汤达、屠格涅夫、托尔斯泰、陀思妥耶夫斯基、契诃夫、莫泊桑、莎士比亚、果戈理、托马斯·曼、莫扎特、但丁、塞尚、凡·高等死去的大作家和大艺术家"比高低"的状况,而超越马克·吐温的努力,其结果就是新的巴尔扎克和马克·吐温的诞生,这就是海明威何以成为可能的奥妙。而中国作家的情形是:茅盾、陈白尘、曹禺、萧红、李准、王蒙、刘心武等几代人,谈的都是如何受《红楼梦》滋养①,并以仰视的心态谈论这种滋养。20世纪80年代的中国新潮作家虽然不谈受《红楼梦》滋养,但却手捧法国新小说家格里耶、阿根廷作家博尔赫斯等作家的小说爱不释手,只是将膜拜对象转化为西方现代作家,膜拜经典的心态并无丝毫改变,这就构成了中国作家与西方作家在面对文学现实时两种完全不同的创作状态。于是在中国作家的创作谈中,我们很少看到中国中年作家谈曹雪芹的局限,也很少看到年轻作家谈卡夫卡、博尔赫斯的局限。由于西方文化强调个体至上,所以这个问题对西方作家来说不太重要——即便前人的创作再辉煌,一般都不会形成对西方作家的自我约束与自我丧失——二元对立思维使得西方作家始终会以主体或个体的眼光去看待世界,而不会产生膜拜、依附既定经典的文学创作现象。而西方文学本体论由于其宗教二元对立的文化关系,文学的创造性和原创性是内在于这样的关系的,所以文学理论可以不强调文学对文学现实的超越,作家们也会自觉地追求文学的独创性。但在中国,如果文艺理论不将"经典作家之间的超越性关系"所构成的"文学现实"作为重要的研究对象,就不可能对有原创追求的中国作家如何超越以往的文学经典有所启示,文艺理论就不可能对中国当代文学的原创性发生有效的影响,作家所有的创造性追求就会被限制在"方法""文体""才情""技巧""文体""修辞"等领域而不能给读者以文学的震撼,并且始终对经典作家如何独特地理解世界茫然无措。

三,中国"晚生代"作家对待鲁迅这样的独创性作家也不是谈其文

---

①　参见王兆胜《〈红楼梦〉与20世纪中国文学》,中国作家网,http://www.chinawriter.com.cn/56/2007/0109/928.html,2011-10-31。

学性方面的局限,而是不同程度以一句"鲁迅是老石头"将之简单抛弃了,从而暴露出当代作家对古今中外文学经典构成的文学现实之不尊重。如此,由以往全部经典所构成的文学现实,不是形成对作家原创追求的一种难以承受的负担,就是失去了对当代作家必要的、材料性的养分。这种"舍弃某种经典"的对文学现实的态度,正好暴露出中国作家在"文学超越"和"文学批判"问题上的文化性贫困。根本上,这是以儒家伦理情感化的"膜拜——拒斥"态度对待文学经典现实的结果,说明中国当代文艺理论还没有为作家和批评家建立起一种现代性的对文学经典现实的理性化态度。文学创作如此,文艺理论的状况也是如此。从王国维推崇叔本华哲学写《红楼梦评论》开始,到鲁迅谈厨川白村的"苦闷的象征"以及向青年说"不看中国书",一直到当代新潮文论提出"文学即形式"全面否定中国的"文以载道",中国现当代文学理论都不同程度地处在拒斥和忽略中国传统文论情感性的状态。"PASS 北岛""PASS 刘再复",是文艺理论界与晚生代作家和"PASS 鲁迅"一样的无视中国既定文学理论现实的情感化行为。这种缺憾一是造成中西方文学、文论"非此即彼"的文学创作和文艺理论状态,中国现代文学和文论常常是以失去中国文化的特点来体现其"现代性"的;二是"非此即彼"的思维方式没有得到纠正,会直接导致 21 世纪中国当代文学研究在反思西方文学和文论中重新导入"国学膜拜""以中国传统文论为根基"的新的异化状态。这表现在以忽略文学独创性、文学独立性为前提的中国传统文论是否可以成为中国当代文论的"原理基础",并没有被深究,而"尊重而不是依附既有文学和文论"的态度和意识,一直没有在中国当代文艺理论建设中被正视。这样一来,我们就不会把中国当代文艺理论放在一个与中国传统文论和西方文论"可平等对话"的审美期待中来谈理论建设,也不会把中国传统文论与西方文论放在同样重要的"现实平台"上来予以尊重、审视和改造。文艺理论只能在"膜拜西方经典"和"膜拜中国经典"这两种同构逆反思维中徘徊,当然也就始终会沉沦在"舍弃即批判"的"低程度创新"状态中不能自拔。

四,中国当代作家今天应该"面对什么而写作",已经成为一个新

第八章 文学穿越文学现实

的文学创作问题摆在我们面前,迫使中国作家必须突破依凭天赋、聪明、才情进行创造的文化惯性,也必须突破作家依赖生活经验、生活经历就可以创作的状态。一方面,既定的文艺理论一般总是会强调作家"面对生活而写作",并认为文学创作离开"日常生活""时代生活"便成为无源之水。这种面向对纠正文学作品无病呻吟、玩弄技巧以及缺乏生活质感、气息等问题是有意义的,但对于纠正中国作家世界观、文学观、创作模式大同小异因而作品缺乏独特的启示和震撼力等问题,却是无效的。其原因之一,正在于中国作家不同程度对由以往全部文学经验所构成的"文学史世界"——无论是主流的文学史还是边缘的文学史——的忽略。这种忽略不是"作家必须同时是学者"的知识性、素养性问题,而是今天的作家是被文学史熏陶出来的因而不得不考虑自己可以给文学史增加什么的问题。中国现代文学史上鲁迅、张爱玲、金庸的创作之所以成就相对突出,正在于他们的作品往往渗透了古今中外的文学经验和文学元素,而不是只渗透西方文学元素或中国文学元素,但无论是中国元素还是西方元素,他们的作品总体上只是材料性存在,其独特性是很难被中西方文学材料所概括的。另一方面,今天各民族、各时代的文学作品,已经通过文学教育、文学传播等各种途径构成今天的作家被裹挟于其中的全球化文学世界,不熟悉这样的文学世界,要在已经全球化的文学境遇中确立自己的独特创作位置,将会变得更为困难。面对全部古今中外文学史所构成的"文学现实"而写作,就成为今天的中国优秀作家必须具备的一种创作准备和创作状态。海明威说,"作家应当什么书都读,这样他就知道应该超过什么"①,虽然这对中国作家来说并不一定就意味着能超越所读之书什么,但今天一个优秀的作家必须熟悉各民族文学、哲学和社会科学思想,才能进一步确立自己的超越对象,这是一个在浩如烟海的文学现实中确立自己的前提。为此,今天的作家将比以往作家自我创造性的实现更为困难,也是一种沉重的现实。

---

① 参见董衡巽编选《海明威谈创作》,三联书店1985年版。

二 穿越文学观念现实

由于文学主要由作家的文学创作所构成,所以穿越文学观念现实主要是指作家面对各种文学观组成的文学世界,应该怎样去建立属于自己的对文学的理解。这种理解与既定的文学观念现实(包括理论家的文学观和作家的文学观)应该是一种"尊重又突破"的关系。

应该说,文学观念现实在西方主要指由文艺理论家提出的像"艺术即模仿""艺术即表现""艺术即形式""文学解构说"这样的文学观世界,在中国则主要是指"诗言志""文以载道""缘情说""性灵说""文学是人学""文学反映论"以及其他文学观组成的观念历史。这些文学观念现实一方面受所产生的文化和时代制约,受主流哲学观念和意识形态所制约,并且就是这种制约的产儿;另一方面,又可以看作文论家对所处文化、时代的文学创作状况的把握、引导和批判的结果,具有突破文化和时代制约的意义。所以"缘情说"既可以看作儒家道统抑制情欲的力量式微的结果,又可以看作文学家强调作家的情感因素突破"灭人欲的儒学"之结果。某种意义上,后者是更为重要的。从根本上说,作为文学基本知识的文学观通过文学教育影响着一代又一代中外作家,使得中国现当代作家生长的文化环境,很大一个方面就是由既定的中西方文学观念形成的文学理论知识教育,组成作家从事文学创作的"文化场"。这样的文学观念教育常常是通过对古今中外的文学作品的解读构成的,即文学作品往往是被文学理论知识所解读、所阐释、所过滤的,与文学观念现实构成时代性的、大概念的文化和文学内容,自然就会产生《红楼梦》的价值主要在于"反封建"的解读。在这样的共同性的、大概念的解读和传播中,文学作品最具独创性的特征和内容常常会被遗漏,读者、作家和批评家在艺术体验中最模糊不清然而又最有魅力的内容往往隐而不察,从而造成中国当代文学批评对文学作品评价和分析上的共性化,也造成当代中国文学教育因其大同小异而无法有效应对文学的独创性问题。于是我们看到,巴尔扎克的《人间喜剧》被解释成"法国社会的一面镜子",但"反映"和"镜子"是否是巴尔

第八章　文学穿越文学现实

扎克在文学性上最具独创性的特点，则无法被深究；而司汤达、雨果的作品是否就不能说成是法国资本主义上升时期的"反映"和"镜子"，也无法被深究。与此同时，卡夫卡的《变形记》被解读成法兰克福学派意义上的"对现代资本主义异化的批判"，但毕加索那幅立体的、破碎的、变形的划时代作品《亚维农的少女》，是否就不能被解释成对资本主义异化的"反抗"，则同样冥而不察。以此类推，同样是抽象的形式，毕加索与蒙德里安的差异，究竟是艺术风格的差异，还是对世界艺术理解的差异？这种差异是否使"艺术即形式"这样的概念放在他俩身上对其他艺术家们来说可能均没有任何启示作用？至于中国的古代戏曲《牡丹亭》作为"缘情说"的代表作，与《红楼梦》中的"缘情"区别在哪里？这种区别是否涉及汤显祖与曹雪芹对艺术、美、爱情理解上的重大差异？这种差异甚至是否也影响了两部作品在艺术性或文学性上的价值高低？如果回答是肯定的，这两部作品就不可能被"缘情说"这样的文学观所解释。也正是在此意义上，我们常常会听作家说他们对文学理论并无兴趣，或者对操持文学理论工作的文学评论家们在内心深处不以为然。因为优秀的、杰出的作家会有自己对文学、小说、诗歌的理解。这种理解虽然不至于是对抗时代的主流文学理论的，但至少是突破了主流的文学观念和文学理论的——我把这样的现象理解为"作家对文学观念现实的穿越"。

　　这里需要提及的是捷克作家昆德拉的小说观。这位现代欧洲小说代言人著名的"小说是存在的勘探"的论断，道出了小说家与他面前的全部文化历史的"穿越关系"，其意义已经超过了小说家的文学观与理论家的文学观之关系。昆德拉之所以一再强调自己是小说家而不是"持不同政见者"，是因为"存在的勘探"在昆德拉这里意味着"拒绝与任何政治、宗教、意识形态、道德、集体相认同的立场"。这种拒绝使得小说亲和的是不确定的、反讽的、荒诞的、幽默的、可能的生活，而与由逻辑的、规则的、确定的全部意识形态与文化保持距离。由于既定的文学观总是一定的哲学观下的产物——如"摹仿"在根本上是柏拉图的哲学观的产物——这就使得小说家的文学观要完成与理论家的文学观的区别，就需要对赖以支撑的哲学观有所突破。正是在此意义上，昆德拉欣赏的小说故事是:一个男人和一个女人互相暗恋并等待着向对方倾诉衷肠。有一天他俩去树林里采蘑菇,两人都心慌意乱,沉默不语。也许为了掩饰心中的慌乱和沉默的尴尬,他们开始谈论蘑菇,因为一路上始终谈论着蘑菇,最终失去了表白爱情的机会。昆德拉认为小说不是展开一个逻辑性的因果故事,不是展示人们由思想、设计所进行的走向确定性的生活,而恰恰是暴露其中的尴尬、不确定和荒诞之处,这就使其小说观中的存在带有对全部理性文化的疏离。一方面,昆德拉的"存在"受海德格尔的影响,并且可以看作对海德格尔诗性的、体验的、具有敞开性的"存在"的亲和与认同,这意味着作家的文学观其实并不脱离时代的哲学观和文学观,而且某种程度上受时代的哲学观制约——这种地方性甚至可以从昆德拉的"欧洲视野"及其针对欧洲理性文化现实谈小说看出——这符合"穿越现实"的"尊重亲和现实"之意,显示出作家对文学理解的时代性和地方性;另一方面,昆德拉的小说观又为海德格尔的存在论增加了存在哲学所不具有的小说特有的内涵,如以反讽、幽默、玩笑、荒诞作为对文学性内容不确定性的特有理解,在昆德拉《玩笑》等小说中体现得淋漓尽致,这必然使昆德拉说出"人们一思索,上帝就发笑"的话,强调对理性化的"思之现实"的悬置。而"一部小说,若不发现一点在它当时还未知的存在,那它就是一部不道德的小说"①,则揭示出小说创造性发现的特性,这也是海德格尔"沉沦"与"澄明"同在"在"的结构中容易遮蔽"创造性澄明"的地方。只不过海德格尔的使主客体理性认识得以诞生的"澄明之在",在昆德拉这里则是创造和发现被理性文化遮蔽的"不确定性生命之存在",并由此构成对海德格尔存在论的深化与改造的"穿越"张力。

昆德拉的小说观同时也不是"摹仿""表现""形式""解构"这些著名的西方文学观所可以解释的——昆德拉在解说卡夫卡的小说时公开说他不喜欢小说风格的抒情化,认为小说不是现实的反映,这当然使昆德拉的小说观与浪漫主义的抒情性文学观和写实主义的反映性文学观区别开来,但更为关键的是,昆德拉的小说观也穿越了他同时代的后现

---

① 〔法〕米兰·昆德拉:《小说的艺术》,上海译文出版社 2004 年版,第 7 页。

第八章 文学穿越文学现实

代主义文学观——解构主义,从而使他在后现代小说家中——比如相比较写《哈扎尔辞典》的帕维奇、写《小世界》的洛奇、写《等待戈多》的贝克特——成为不可替代的小说家。一般说来,反对"逻各斯中心"由二元对立思维所构成的全部理性文化,很容易使我们把昆德拉看成解构主义小说家,而昆德拉小说观对世界开放的、模糊的态度,确实也容易让我们将其与解构主义主张的文本意义的不确定性和开放性画等号。就此而言我们可以说昆德拉总体上像认同海德格尔一样是认同解构主义对世界的态度的,这可以视为作家与时代主导性的文学观的亲和关系。然而,昆德拉强调小说是对存在的"勘探"和"发现",不能被混同于后现代哲学对"深度模式"的消解,也不同于海德格尔所说的对"在"的"去蔽"。当昆德拉认为男女的爱情悲剧在于"只谈蘑菇"时,当然可以视为消解了理性主义的关于爱情悲剧在于"社会干预"的深度模式,但"只谈蘑菇"却不能被理解为"无深度""无意义",也不能被视为简单回归日常生活的身体、感觉和经验。因为"只谈蘑菇"意味着昆德拉发现了以往全部理性文化看待爱情所忽略的一个重要领域:决定男女爱情能否结出果实的关键不在于当事人以外的任何社会因素,也不在于男女双方共同的思想和志趣,而常常在于双方共同的"恋爱心理错位"。在恋爱中男女双方"羞于启齿"的"内心慌乱",既是爱情在场的表征,也是爱情常常失败的原因。或者说,恋爱中男女双方如果没有爱情的"内心慌乱"而直接"表白爱情",有时候倒可能因为"去文化性"使男女双方走到一起。这意味着"爱的羞怯"有时候反而是爱情的真正杀手。昆德拉将此作为他的一种"存在的勘探",是对社会学意义上的"深度"的反拨,也是对非社会学意义上的"深度"的开掘。仅就"小说的发现"来说,这是不同于后现代的平面的、复制的快感化写作的。也正是在小说是发现的意义上,昆德拉的小说观可以与全部欧洲小说给人的创造性启示打通,从而成为一种具有跨时代、跨主义的对文学创作的理解。也因此,昆德拉的小说观才可以说是自己独特的对小说的理解,并因此而穿越了时代的文学观。

比较起来,中国当代作家和读者之所以喜欢提及昆德拉的小说观,其原因一方面在于中国作家很少直接谈自己的小说观、文学观,正像中国文艺理论家和批评家很少谈自己的文学观一样,满足于谈论古人和西人的文学观正好暴露出中国当代作家和评论家建立自己的文学观之不自觉;另一方面的原因就是中国作家的文学观、小说观基本不出中外哲学观、文学观、小说观,难以像昆德拉谈小说这样给人眼前一亮的感觉,从而使中国作家和评论家"穿越中西方既有文学观"的意识并不自觉。在根本上,没有自己的小说观和文学观,就不会有自己的文学理解和创作方法,也很难产生独特的文学形象和文学意味。比如,周作人和孙犁的文学观是"任其自然"的文学观,受道家恬淡美学所制约,未被扭曲和粉饰的自然表现是其文学境界,但这与汪曾祺的文学观并无本质区别,总体上是自然流水的散文体文学观,且把文学观和文学风格、文体放在一起来谈,甚至是从散淡的文学风格和文体来理解文学,于是,在以"自然"所理解的"人性"上就暴露出这样的问题:古希腊裸体雕塑之美与孙犁笔下的"荷花淀"是否是同一种自然和人性之美?"不加粉饰"能否说明周作人所欣赏的古希腊裸体艺术?后者中的生命力之刚健、遒劲是否在中国的自然人性中并未出场过从而也不可能出现在孙犁的柔性之美、汪曾祺的恬淡之美中?因此,即便用"自然人性"这个概念,在不同的文化中也是内涵不同的。如果中国作家不注意到这样的区别,就依然会用中国道家所理解的自然之内涵,去理解世界上所有以"自然"和"人性"出场的哲学概念和文学概念,从而也就很难谈出现代意义上的"自然"和"人性"对"生命强力"的崇尚,中国当代文学艺术的"自然"和"人性"就突破不了传统"柔弱无力"的美学窠臼。

三 穿越文学创作现实

某种意义上,作家没有自己的文学观或小说观,可能是没有公开谈论自己的文学观或小说观,但不一定就没有对文学或小说的理解,也不一定不能通过文学创作来体现这样的理解。比较起来,作家通过文学创作来体现自己对世界与文学的理解,可能远远超过直接谈论文学观或小说观。而且,作家如果有自己的对文学和小说的理解,但没有通过文学创作来最终体现,那么作家观念性的文学理解就要打很大的折扣。

第八章　文学穿越文学现实

这意味着"文学现实"不仅是指文学观念现实,还应该囊括一切文学艺术创作之现实,很大程度上这也是作家主要面对的文学现实。很多作家不一定去看文学理论著作,也不一定知道古今中外的文学观或者知道的并不多,但很少是不看文学作品的,也很少不知道、不熟悉古今中外的文学名著。因此,面对一切文学作品尤其是经典作品如何展开自己的文学创造,才是关乎自己的文学创作如何具有独创性、原创性的问题。这是我对"现实"的一种不同于现有中西方文艺理论的理解。作家莫言认为:中国当代文学创作最大的问题就是"趋同化"写作[1]。所谓"趋同",就是中国青年作家不仅阅读资源相同(如都喜欢西方现代派作品)、思想资源相同(如都接受西方现代主义影响)、生活体验相同(如改革的沉重、精神的迷茫),而且对世界的理解也基本相同(比如都以"轻利"为前提谈精神升华,都或相信历史进步论,或信奉历史悲观论),等等。这就使得"文学独创性"落实在什么上面,成为一个模糊不清的理论问题。由于文学独创性问题没有在西方近代、现代文艺理论中得到专门深入的阐发,由于布鲁诺意识到原创的重要性但却笼统地将原创归结为个人的"竞争力"与对前人的"修正"[2],这就使得"文学独创的方法"某种意义上成为文艺理论的空白。特别是反本质主义之后的西方后现代文艺理论虽然意识到"什么是好文学"比"什么是文学"更为重要,但对"好文学"的研究依然还是一个相对贫瘠的理论领域。因此,否定主义文艺学面对"作家如何穿越文学创作现实"这样的命题,不仅是为了解决中国当代作家的"趋同性"写作,也是针对西方

---

[1] 莫言:《文学创作的民间资源——在苏州大学"小说家讲坛"上的讲演》,《当代作家评论》2002 年第 1 期。
[2] 布鲁诺的六种"修正比"分别为:1."克里纳门"(Clinamem),意思为诗的误读或者有意误读;2."苔瑟拉"(Tessera),意思为"续完和对偶",即有针对性地对前驱诗的续完;3."克诺西斯"(Kenosis),意思为"重复和不连续",即破碎与前人的连续运动;4."魔鬼化"(Daemonization)或者"逆崇高"(The Counter Sublime),意思为朝着个性化方向的"逆崇高"运动,是对前驱之"崇高"的反动;5."阿斯克里斯"(Askesis),是一种旨在达到孤独之自我净化;6."阿波弗里达斯"(Apophrades),意为"死者的回归",到了这个"修正"境界,后来诗人的成就似乎可以使得前驱诗人退居次席。参见哈罗德·布鲁姆《影响的焦虑》,徐文博译,江苏教育出版社 2006 年版,第 5—6 页。

后现代文艺理论"什么是好文学"的问题而言的,进而尝试发出中国文艺理论家自己的声音。

"穿越文学现实",首先是指一个作家应该突破"将时代集体审美趣味作为自己的记忆"的创作状态,也应该突破"依附自己崇尚的作家"之创作状态,这种突破对中国以"某某年代"为标记把握作家创作特征的文学思维方式,具有重要的改变意义。在中国当代作家中,50年代出身的作家偏向于宏大叙事性创作,与俄罗斯19世纪文学、法国批判现实主义文学和革命文学的影响是密不可分的。《山楂树》《莫斯科郊外的晚上》《安娜·卡列尼娜》《欧也尼·葛朗台》不仅是这代作家喜欢的作品,同时也是他们看待世界和文学的审美尺度。于是,"自然""圣洁""纯朴""勇敢""坚强"等,作为文学艺术的审美内涵,构成了50年代出生的中国作家的集体记忆——谁要是怀疑这些概念的审美意义,肯定被怀疑。我们从路遥的《人生》、张炜的《古船》中均可以看出这样的确定性的审美记忆。而50年代出生作家的强大的创作阵容,也影响到60年代、70年代出生的作家,以致使中国当代作家在整体上对突破这种宏大叙事的经验,总是会抱怀疑的态度——"晚生代"作家和"韩寒现象"在中国主流作家中的"另类"地位或许可以说明问题。其间隐含着这样一个问题:作家是否到对集体记忆和审美性审美经验的个人化处理为止,而不允许有根本上突破的文学性努力?亦即被文化和时代制约的文学是无可厚非的,但20世纪中国作家不是容易崇尚易卜生和尼采们,就是容易推崇托尔斯泰和高尔基们,要么就是眼里只有卡夫卡和博尔赫斯们,而基本上没有对上述作家同时进行审视、怀疑从而建立中国作家自己的十分个人化的文学理解和审美趣味。其原因正在于中国作家一方面容易受"文学现代化——文学西方化"思维制约,另一方面则容易受自己喜欢和崇拜的作家的制约。

我之所以比较推崇鲁迅,正在于他在强大的西方文学影响下,始终保持对中国文化艺术整体上的亲和性,同时也没有拒绝各种外国文学素养。对鲁迅来说,俄罗斯古典作家果戈理等,苏联同路人作家左琴科,苏联无产阶级作家绥拉菲摩维支,东欧作家显克微支,北欧作家易卜生,德国作家尼采、黑塞,西欧作家莎士比亚、乔伊斯,南欧作家但丁、

第八章 文学穿越文学现实

塞万提斯、日本作家厨川白村、夏目漱石、美国作家爱伦·坡、海明威、印度作家泰戈尔、普列姆昌德,等等,他均有所尊重、认同和涉猎。这体现为鲁迅对既有中外文学作品"杂取诸多"的汲取意识上,从而最终使得我们看不出鲁迅最好的作品究竟受哪国或哪个作家文学影响最深。只有在这个意义上理解鲁迅的"拿来主义",才可以与"模仿某某作家"的依附性创作区别开来,也才可以与中国作家总体上依附西方文学经验的状况区别开来,并且使得我们根本不能用20年代、30年代、40年代的作家来概括鲁迅作品,甚至也不能笼统地用"启蒙文学"来概括鲁迅。重要的是,鲁迅对外国各民族文学持一视同仁的尊重、拿来态度的原因,是他有自己的"改造国民性"的中国问题,也有《中国小说史略》《汉文学史纲要》等研究中国文学的著作做支撑,更在于他在《孔乙己》中所体现的具有中国文化特性的"不慌不忙"之从容上,中国问题、中国学识、中国特点,成为鲁迅消化吸收外国文学资源的重要立足点。于是他的语言、文体、思想、方法,像张爱玲的情绪和意念、金庸的故事和人物一样,成为典型的中国文化的产物,并足以消化他们所受的西方和东亚各种文化、文学的影响。虽然我们从《狂人日记》中可以看到果戈理《狂人日记》的形式因素影响,但《孔乙己》则完全消化了这些影响。一个中国作家应该以中国经验、中国问题来突破西方和其他地域文学的重压,以中国古代文学的丰富素养、中国文化整体的、通透的经验来化解这些重压,便成为中国当代文艺理论建构的重要议题。面对和尊重全部中西方文学经典的写作,就构成"作家穿越文学现实"的重要内容。

由于"穿越文学现实"是"改造既定文学现实"的意思,"穿越"就不是指学习以往中西经典作品的艺术经验,也不是以自己的个性化理解阐发这些经典经验,而是以自己对中国现实问题的独特理解,消化、改造这些艺术经验,使既定的文学经验化为自己作品中的材料或元素,最后使读者看不出这些经验的直接影响,并改变这些经验原有的艺术意味和文化功能,产生以往文学所不具有的意味和功能。所以问题的关键还不在于你要尊重所有的文学经典,而在于你是否能最终突破它们对你的制约,构建一个与它们性质不同的"个体化世界"。这样,"穿越经典"的过程就是一个接近它们又能突破它们的过程,也是一个杰出的作家最后眼里已没有经典的过程。

　　在这里,鲁迅的《孔乙己》与《儒林外史》的关系,具有穿越既定文学经典的方法论的意义,也具有突破自己喜欢的作家作品的意义。鲁迅自己没有谈过这两篇作品的关系,但他不可能不清楚《儒林外史》在反对封建体制以及反思中国知识分子问题上的重要意义,他在《叶紫作〈丰收〉序》一文中称赞"《儒林外史》作者的何尝在罗贯中之下",可见吴敬梓对鲁迅的影响并不一般。《儒林外史》被看作刻画被科举制度毒害了的知识分子的文学典范,其中一些人物如范进、马二等的可怜、迂腐、虚伪,是作为吴敬梓刻画的庄绍光、迟衡山等正面知识分子形象的对立面出场的。这些正面知识分子给读者的印象并不深刻,是因为作品的重心是揭露封建科举制的问题。所以《儒林外史》是停留在中国传统文化内部通过肯定什么来否定什么的,这是一种变器不变道的批判,没有触动封建体制的根本,可以说是《儒林外史》的社会批判不深刻之处。由于这样的局限,《儒林外史》的"讽刺"就是一种对体制内不正常现象的抨击,没有从科举制走向对封建政治和文化体制本身的批判,也没有走向"真儒"的另一面常常是在捍卫这种体制之批判,也就是没有走向对中国士人本身的观念与思想的批判。而看鲁迅的《孔乙己》,我们确实可以从孔乙己穿长衫爬着走路的迂腐、穷酸,和得意于茴香豆的"茴"有几种写法的可笑,看出《儒林外史》之迂腐知识分子对鲁迅笔下孔乙己的某种影响。然《孔乙己》之所以能对《儒林外史》有所突破和改造,并使我们看不出后者对前者的影响,其关键就在于:一是鲁迅已不把希望放在中国传统知识分子内部,这种对中国知识分子彻底的绝望使得鲁迅笔下根本没有知识分子的"新人",并通过"孔乙己之死"隐喻着中国知识分子之死,这是鲁迅式对中国传统文化必须做根本改变的理解,也意味着中国知识分子必须整体重塑,关键是中国知识分子的"道统""学统"都必须根本改变;二是孔乙己的突出特征是已失去生命活力的麻木,所以已不可能有范进中举的疯癫和马二对女色的兴趣,更不可能有对自身状况的审视,并与周围同样因麻木而快乐的看客们组成了令人绝望的文化结构和社会环境,这是鲁迅对中

第八章 文学穿越文学现实

国人生命状况的整体独特理解之显现。失去生命活力的僵死与麻木竟然能让大家快乐,这是比生命的死亡更令人悲哀的文化境况,显然更属于现代性的对世界的理解;三是孔乙己的落魄,在整体上暴露出中国文人与社会发展脱节的"知识无用"之问题,也在整体上暗示了现代中国知识分子以西方知识为依托的新的"无用"之问题。上述三点,构成了《孔乙己》在中国文学史上前无古人后无来者的独特地位。所以可以说《孔乙己》穿越了既定的中国传统文学现实,也改造了与其很相似的《儒林外史》,并与《红楼梦》一样,具有不可重复性。饶有意味的是,鲁迅以《孔乙己》还突破了自己所信奉的厨川白村的"苦闷的象征"的文学观。厨川白村所说的"一面经验着这样的苦闷,一面参与着悲惨的战斗"①也许一定程度上可以概括鲁迅的象征主义作品《野草》,但是概括《孔乙己》却是十分牵强的。这也说明作家即便没有谈论过自己的文学观,但其作品未必就不能言说作家自己的文学观,而且是一种比他赞赏的文学观可能更具备存在性的、因而也更深刻的文学理解。正是由于这些因素,所以我们可以认定《孔乙己》是鲁迅作品中的经典,当然也是20世纪中国文学的真正经典。

同样,巴赫金清晰地描绘了陀思妥耶夫斯基对果戈理的"穿越"过程:"陀思妥耶夫斯基好像是实现了一场小规模的哥白尼式变革,把作者对主人公的确定的最终的评价,变成了主人公自我意识的一个内容。陀思妥耶夫斯基早期作品《穷人》和《同貌人》,比起果戈理的世界,即《外套》《涅瓦大街》《狂人日记》的世界,内容上并没有发生什么变化。但是这内容相同的材料,在作品各结构要素之间如何分配,情形就全然不同了。过去由作者完成的事,现在由主人公来完成,主人公与此同时便从各种可能的角度自己阐发自己;作者阐明的已经不是主人公的现实,而是主人公的自我意识,也就是第二现实。整个艺术视觉和艺术结构的重心转移了,于是整个世界也变得焕然一新,其实陀思妥耶夫斯基几乎没有给作品带来什么真正新鲜的、为果戈理所无的材料","在果戈理视野中展示的构成主人公确定的社会面貌和性格面貌的全部客观

---

① 《两地书·二四》,《鲁迅全集》第11卷,人民文学出版社2005年版,第19页。

特征,到了陀思妥耶夫斯基笔下便被纳入了主人公本人的视野,并在这里成为主人公痛苦的自我意识的对象……因此,主人公全部固定特点,虽然内容上依然如故,但当从一种描绘转向另一个角度时,就获得了截然不同的艺术作用:它们已经无法完成和结束对主人公的塑造,无法构筑出一个完整的主人公形象,也无法对'他是谁'的问题做出艺术上的回答。我们看到的不是他是谁,而是他是如何认识自己的。"①于是,果戈理的文学世界改造成为陀思妥耶夫斯基的世界,仅仅由于后者的视角发生了根本的变化,那就是由"他是谁"改造为"他是如何认识自己的",宛如海德格尔将西方哲学的"存在是什么"改变为"存在何以可能"一样。这种提问题方式和对问题的思维方式的转变,常常会使现有的材料发生重大的意味改变。所以,以"独特世界"著称的作品中不是没有既定文学与文化世界的"共同"材料,而是通过对世界的"个体化理解"这一内在理念创造独特的情节和故事使共同的材料产生不曾有过的意味。在此,"共同"是指既定的材料、思想、形象,而不同的却是"问题""视角"或"结构"。"穿越"使得作家对既定的文学材料、思想、形象有了重大改造,也对人类共同的问题做出了独特的理解与发现。这种理解意义上的独特与发现,是构成一个伟大作家和经典作家的前提,并因此也回答了中国当代为什么缺乏伟大和经典作家的问题。

四 穿越文学思潮现实

提起文学思潮,人们总是会想起像现实主义、浪漫主义、象征主义、结构主义、解构主义这些概念指称的西方文学思潮,也会想起中国明代的复古运动、晚近的白话文运动、新文化启蒙、抗战文艺、改革文学、人道主义思潮、纯文学、生活艺术化等具有时代特征的文学倡导,文学思潮因此成为一种属于特定时代或时期的文学运动。由于中国文化的整体性、通透性,文学思潮在中国常常又受制于政治思潮从而形成中国文学思潮的依附性特点。由于这样的特点,从文学思潮去把握文学作品

---

① 张杰编选:《巴赫金集》,上海远东出版社1998年版,第4、2—3页。

第八章 文学穿越文学现实

的价值,在中国又具有从政治思潮去把握文学作品价值的特点。这就产生了一个非常突出的文学问题:能被纳入某某思潮的文学作品,不一定就是被读者喜爱并能经受文学史经验的好作品,而那种难以被纳入某某思潮的作家和作品,却常常因为具有丰富和模糊的文学魅力世代相传。在文学批评中,一旦某某作品被评论家用"某某主义"进行概括,作品最具有文学魅力和文学性内容的部分,往往被简化和遮蔽了,而难以被"某某主义"概括的作家和作品,不是常常被文学评论所忽略,就是被文学评论笼统理解。因此要挑明一种属于"文学性"的文学批评,就必然牵涉"文学穿越文学思潮"的问题。

应该说,1957年茅盾发表《夜读偶记》①,试图把中国文学史简化为一部现实主义与反现实主义的斗争史,就已经很难解释自己的《子夜》中最具有文学性的那部分内容了。作者认为,被剥削阶级的阶级本能及其斗争的性质,规定了它对文艺的要求和任务,从而产生了现实主义的创作方法;而剥削阶级为了巩固自己的剥削地位和剥削制度,它的文艺总是歌颂剥削阶级的恩德、剥削制度的永恒,这就形成了各种各样的反现实主义创作方法。这种因意识形态决定文学思潮、文学思潮又决定文学作品价值的思维和评价方法,典型地体现了20世纪50年代以后中国作家与评论家关于文学的评价模式。但令人尴尬的是,《子夜》的主人公吴荪甫则很难被定位于"剥削阶级"或"被剥削阶级"。吴荪甫面对工人可以说是剥削阶级,但作为民族资本家面对买办资本家赵伯韬,似乎又是被帝国主义所剥削的。如果从反抗剥削阶级之历史进步力量的角度理解现实主义或社会主义现实主义,那么吴荪甫的身份就是模糊的。也因为这样的模糊,吴荪甫的失败就与工人罢工和农民暴动的失败是同构的,逻辑上推导不出只有民族资产阶级在中国才是失败的结论。甚至另一个民族资本家杜竹斋最后的胜利也不能说就是胜利,因为在投机中导致的胜利同样会在投机中失败,甚至买办资本家赵伯韬的暂时胜利也不能说就是最终的胜利。在根本上说,吴荪甫的失败和杜竹斋的投机性胜利、赵伯韬的暂时胜利,都不能

---

① 《夜读偶记》,初刊于《文艺报》1958年第1期,见《茅盾全集》第25卷。

简单推导出资本主义在中国必然失败的结论,也都不能揭示只有无产阶级在中国才能取得现代化意义上的胜利的真理。什么"主义"才是代表中国现代化的进步力量,因为无产阶级专政在1949年后的惨痛教训,迄今也没有在根本上得到理论和实践并行的解决。如此一来,从反抗剥削的进步力量来理解现实主义或社会主义现实主义,由于《子夜》在"进步"上的莫名性而很难定位,《子夜》就无法被归为现实主义还是反现实主义;吴荪甫的命运和作品的价值指向,就成为一种复杂而丰富的存在。茅盾的作品这种与其理论构成的错位,其实就是文学对文学思潮穿越的势态。即文学思潮是归类性的,而文学内容恰恰是反归类或模糊归类的,并且作家自己也可能尚不自觉这样的模糊。

从具体的创作方法上说,《子夜》一直被评论界认为是一部革命现实主义的代表作。瞿秋白在《〈子夜〉与国货年》中干脆认为《子夜》是"中国第一部写实主义的长篇小说"①。其依据大概是通过塑造吴荪甫、朱吟秋、周仲伟等民族资本家,赵伯韬、尚仲礼等金融买办资本家,封建地主曾沧海、冯云卿以及唐云山、李玉亭等资产阶级政客、教授、律师、医生和交际花,还有何秀林、朱桂英、陈月娥等30年代的女工形象,揭示出无产阶级革命前夜社会错综复杂的阶级矛盾和光怪陆离的社会现实。然而这种复杂社会关系的总体性写实观,却无法应对以下文学问题的挑战:一是除了吴荪甫是性格相对复杂的人物形象,赵伯韬的荒淫、工人领袖张阿新的可爱,都因为丑化或简单化而成为作家观念化想象之产物,不属于严格的现实主义和写实主义创作。由于真实性和复杂性才是写实主义的命脉,所以这部小说严格说是真实复杂与虚假简单参半、写实与非写实参半的。二是茅盾意识到"我们是想把旧的做研究材料,提出他的特质,和西洋文学的特质结合,另创一种自有的新文学出来"②,这里面蕴含着一定的文学原创意识,值得肯定。但由于茅盾总体上认同了马克思主义的辩证唯物主义和历史唯物主义观念,认为"中国在帝国主义的压迫下,更加殖民地化了",小说因此具有"反

---

① 瞿秋白:《〈子夜〉与国货年》,见1933年4月2日和4月3日《申报·自由谈》。
② "小说新潮"栏宣言,《小说月报》1920年第1期。

帝"和"反对资本主义"等革命主题先行的创作理念,民族资本家、中小资本家、金融资本家、买办资本家就是这样的阶级分析的产物,这就使得"自有的新文学"并未成功,从而与严格的现实主义必须以作家自己的世界观看世界的要求脱节,并因此开启了无产阶级革命小说的先河。如果走作家自己的世界观看世界的路数,那么对无产阶级革命及其世界观也同样是可以审视的,如此才可能具有文学的原创性和现实主义对现实的全面批判性。三是《子夜》的现实主义因素集中体现在"吴老太爷看上海"等细节上的真实,而吴荪甫的命运也确实一定程度上反映了民族资本家在中国的历史性状况,但仅此还是一种"政治意识"看小说始然。即用这样的眼光看小说,《子夜》会变为单纯地反映社会的阶级斗争而索然无味。如果从文学性角度看《子夜》,吴荪甫的妄想、英雄、欲望、怯懦、颓放组成的复杂心理和性格结构,才是这个人物可以站立起来的主要支撑点,并使现实主义的概括挂一漏万。因为"妄想"和"英雄",是吴荪甫太太眼里"20世纪机械工业时代的英雄、骑士和'王子'"这种西方浪漫主义文学特征与中国人好大喜功的奇特产物。吴荪甫的"平原上烟囱如林,火车在奔跑,十几条公路"与中国的"大跃进"想象并无本质区别,也说明这只能是中国式浪漫主义或异想天开。而正是这种很容易狂放和奇想的英雄,一旦遭遇失败就会很容易颓放、沮丧转而过声色犬马、感官疯狂的生活——这与其说是西方现代主义的颓废,不如说是中国文化中儒家入世克制欲望与失败后纵情酒色、放浪形骸传统的现代翻版。所以吴荪甫严格说来是中国传统文化、西方浪漫主义和现代主义文化的混合物。这种混合与奇特,用一种现实主义和写实主义来把握,怎么不会遗漏文学作品最丰富、复杂、独特的体验性内容呢?或者说,用"某某主义"所标明的文学思潮来把握文学作品,结果恰恰是用共性化的文学思维遮蔽了独特存在的文学性内容。长此以往,文学最具有可读性的矛盾性、冲突性内容,就不可能进入文学批评的视野。

这就牵涉文学理论上的一个关键问题:剥削与被剥削的政治意识和思潮、进步与反进步的时代意识和思潮、写实与非写实的创作方法意识和思潮,都不可能把握文学作品的文学性价值和内容,而只能把握文学作品的政治内容、社会内容、创作手法内容,而这些内容都只能受制于作品复杂的人物内心结构以及作家对世界的总体理解所产生的独特情节结构所生成的意味。挖掘这种复杂和独特,才应该是文学批评化解政治的、社会的、时代的内容的核心所在,也才是文学批评的主要职能。吴荪甫作为中国民族资本家的失败,表面上似乎可以说明民族资本家作为剥削工人的阶级不可能代表时代的进步力量,但最让读者感兴趣的内容,却是主人公西方式的现代性想象、魄力与不知如何实现、施展这想象和魄力的巨大反差,也是中国士人的狂放与沮丧的感性生存所构成的文化性逆反。这种反差和逆反通过吴荪甫的一次次失败暴露其深层文化心理结构上的"狂热—颓败"之缺陷,才是作品最具有文学性内容的核心所在。吴荪甫的典型意义,不仅在于反映了中国民族资本家有这样的缺陷,而且在不同程度上也体现了其他各阶级人物的相似缺陷——我们甚至可以想象赵伯韬失败后也会与吴荪甫一样气急败坏、沉湎声色。而上海这样的大都市,在吴老太爷眼里也是这种"疯狂—糜烂"的文化结构。这种心理结构之所以不是社会学、政治学可以解释的,是因为这是作家发现的中国人在现代化进程中所暴露的先天性文化素质与心理缺陷,是一种章乃器先生所说的"先天不足,后天失调"的畸形文化人格。这种人格既是导致吴荪甫们吞并工厂获得短暂成功的原因,也是吴荪甫们最后败于赵伯韬们的原因;既是吴荪甫们可以煞有介事剥削工人的原因,也是最后被这种剥削击垮的原因。或者说,这种病态的文化结构其实不同程度地渗透在各种人的各种社会关系中,如此才使得《子夜》的世界混浊不堪。如果从隐喻的意义上,这种混浊不堪在当代市场经济条件下也随处可见。权贵者和依附于此的商腕们不同程度上有吴荪甫们的胆大雄心,而其豪华与光影背后我们不是都能发现其纸醉金迷的颓废生活?温州民商们的欠债逃逸,与吴荪甫失败后的试图自杀,性质上也很难有根本的区别。茅盾由于有这样的文化病态人格作为小说最核心的文学性发现,才会展现出社会复杂的阶级关系和矛盾关系,所有浪漫的、写实的、理想的、欲望的古典主义和现代主义因子才可乘机得以安置。这就是文学性对社会性、政治性的统摄关系,也是文学性对文学创作方法的统摄关系。评论界之所以可以在《子夜》中发现浪漫主义(如"子夜"意味着人类新理想的诞生)、现代主义(如吴老太爷眼里光怪陆离的上海世界)、象征主义(如作品开头描绘傍晚沉落的夕阳)的各种因子而又争辩不休,原因概在于"只见树木,不见森林"或"只见森林,不见森林何以可能"。其研究方法是在文学中"挖掘思潮与方法之材料",而不是"用文学独特的立意与结构去统摄思潮与方法材料"。简单地说,"子夜"放在这样的病态文化心理结构所造成的社会结构中,就具有"等不来的子夜"的意味,而吴老太爷眼里的上海,则是这种文化心理与社会结构肆意横行的结果。以其观之,"沉落的夕阳"才是小说的根本象征要旨。

指出茅盾《子夜》评价中存在的"思潮"遮蔽"文学性内容"的问题,并不意味着20世纪初和80年代以后的中国文学评论就不存在上述问题。毋如说,从文学思潮角度评价作品的文学性价值,或者把文学作品的价值纳入文学思潮的评价方式,不同程度忽略文学作品中作家的"个体化理解世界"产生的独特意味与形象对各种文学思潮的突破,依然是中国现当代文学评论的主流。其中最突出的是以人性和人道主义思潮与观念解读中国文学经典造成的对文学独创性遮蔽之问题。周作人当年将《水浒》归结为强盗类小说,就是从人道主义思潮与观念看作品的典范。这样固然可以看出宋江杀妻、石秀逼杨雄杀潘巧云、李逵杀小衙内中存在的不尊重人性、生命、女性的问题,但却看不出作品独特的文学性结构对包括替天行道、弃恶扬善的农民起义的深层质疑。这种质疑是从作品的情节结构中传达出来的,而不是从"武松怒杀蒋门神""武松怒砍潘金莲"这样的精彩细节中看出来的。即"武松怒杀蒋门神"将张都监妻二侍女都杀了也存在不尊重生命的"草菅人命"之问题,但由于放在质疑农民起义失败的气氛中,这样的"杀"也就会传达出与细节本身相悖的意味。这样的"悖",就是作品文学性内容支配人道主义或反人道主义内容的关键。因为在根本上,《水浒》的文学性意味只是在表达对农民起义世界的怀疑,但没有给出是否符合人道主义的答案。所以文学性意味常常是模糊的、非观念性的,但是却通过其特定的穿越对象传达出独特的意蕴——由除奸除恶所构成的农民起义,为什么会产生凄怆荒凉的悲剧性结果呢?仅仅反贪官,仅仅除恶霸,仅仅除奸臣,忽略产生贪官、恶霸和奸臣的土壤,甚至忽略梁山好汉们自身的"义气"中所存在的观念和素质问题,在中国真的是有希望的吗?

五 文学与文学:中国式的文学本体论

众所周知,西方的文学本质论和文学本体论,因为派生于西方古代哲学的"存在即实体"、近代哲学的"存在即我思",分别展现为"艺术即模仿"和"艺术即表现"。前者强调艺术对客体世界的依附和还原功能,后者强调艺术对主体世界的抒发和表现功能。而马克思主义的"实践"与海德格尔的"存在"一道,分别构成西方现代哲学超越主客体哲学和文论的标志,也将西方的本体论哲学上升到消解主客体二元对立的整一性哲学和美学的思路上来,故对注重整体性文化的中国当代文艺理论的影响最大。与此相关,作为西方近现代文艺理论的中介,克罗齐的"艺术即表现"已经蕴含着"表现即形式"的西方形式主义和后来的结构主义文论的萌芽。贝尔的"有意味的形式"的形式本体论与雅各布逊的结构语言学一道,则与逻辑实证主义的"划界"、结构主义的"自足"问题相关,并继续承接了二元对立哲学的思路,试图将艺术与社会现实内容分离而建立起现代性的西方纯文学本体论。这种"艺术即形式"的艺术观通过对"文学与非文学的区别"的提问,完成了对西方传统文论"文学是什么"的提问方式的现代转换,其文学依靠形式获得自身独立的品格,导致了中国20世纪80年代"新潮文学"的产生和"纯文学"的讨论,亦激发起中国当代文论告别传统"文以载道"工具性文学观的现代性冲动。只是,从新潮文论和"纯文学"讨论在中国的偃旗息鼓来看,从新潮文学并没有产生今天看上去依然意味深长的文学力作来看,并联系五四时期穆时英、施蛰存的新感觉派小说其探索价值大于文学价值来看,以对立于社会现实内容和生活现实内容为标志的西方现代文学本体论,在以下两个方面是不适合中国式现代文学本体论建设的:

一是由于中国八卦文化的整体性,无论是经济基础还是上层建筑,

第八章　文学穿越文学现实

无论是政治与文学还是伦理与文学，抑或日常生活与文化领域、老百姓与权贵和知识精英，都只能理解为是八卦构成的整一世界中的符号或材料。乾代表天，坤代表地，坎代表水，离代表火，震代表雷，艮代表山，巽代表风，兑代表泽，这只是《易传》的自然性解释，作为可以扩展为六十四卦的根符号，它们完全可以隐喻人类文化的各种存在物，如此才可谓天人合一或天下一家。所以不仅文学与政治、伦理、教育、科学、经济在中国无法进行二元世界的对立性分离，文学生活与日常生活、战争生活、革命生活也无法进行边界清晰的分离，更不用说文学活动、文学批评、文学理论与文学创作之间的关系了。20世纪中国文艺理论和文学创作的现代化，其中一个根本的误区，就是以西方二元对立思维下的二元论来谈文学的现代独立、文学的纯与不纯、审美的超功利等问题，在文化上又依托儒家伦理情感性的"膜拜—拒斥"之思维，这就不仅使得西方文艺理论不可能在中国土地上生根，而且又通过文艺思潮的演变使得非独立的、不纯的、功利的文学常常卷土重来。其根本原因，在于中国现当代文艺理论家关于"中国式文学本体论"的思维方式没有考虑到"中国文化的整体性"，即没有考虑到"本体"与"非本体"在中国是一个整体世界中的存在，相互间不存在对立的、脱离的、边界性的关系。即没有意识到"本体"在中国不是实体性的、对立于另一个实体的存在，而是联系一个实体和另一个实力的"张力"性存在。如果用"形象"来给文学定性的话，那么就不能说"形象"是文学的本体或本质，而是"象外之象""象后之象"之间的张力才具有"中国式文学本体论"的意味。"象象"而不是"形象"，才能保证中国式文学本体论的整体性、非对立性特征。

　　二是中国八卦文化又是通过太极的"阴阳互渗、互动"来保持一种整体内部的动态性、差异性，所以中国文化是既讲"整体性"又讲"通透性"的。如果我们像儒家和道家哲学那样将"太极"理解为"道""天""仁"来规范八卦和六十四卦，那么这个世界是"多样统一"或"天人合一"；但是如果我们将"太极"理解为一种八卦之间的相互影响、渗透与互动关系，那么八卦又具有内在的"多元对等"之意味。即"太极"对八卦的"统摄"造成的整体世界是表面的，是一层意思，"太极"作为八卦的相互"渗透""互动"则是深层的,又是另一种意思。在后一种意义上理解八卦和太极,八卦就是内在性质不同、并立的关系。这样,八卦的内在对等与八卦的外在整一就是一种张力性关系。于是,太极在外在的天人合一中是对八卦统摄性的"通透",在内在的天人对等中是影响性的"通透",而在内在与外在的关系中则是"制约"与"穿越"的"互动"关系。即"天人合一"对"天人对等"是"制约"性的关系,而"天人对等"对"天人合一"则是"亲和又不限于此"的"穿越"关系。用《水浒》来说事的话,那就是小说中"忠孝节义"的内容与儒家构成"合一"的状态,且梁山好汉等性格思想迥异但都受制于宋江的"替天行道"的招安思想;但作品深层的解构意味则构成了对表层文学内容的"穿越"态势,从而产生了文学"启示"突破文学"教化"的文学性力量。在"表层内容"对"深层内容"的制约中,文化是制约文学的从而文学的本体和独特内涵都是被遮蔽的、非敞开的;而在"深层内容"对"表层内容"的穿越关系中,文学的独特性内容开始出场所以文学的本体开始呈现出来。但文学的表层内容并不外在于文学的深层内容,而是也被深层内容统摄和改造的,从而产生"意味逐渐深化、变化"的阅读情况。这样的情况就是中国式文学本体内容的显现方式。

也因为此,中国式现代文学本体论研究的就不应该是西方边界性的、实体性的"文学"与"非文学"的"区别"问题,而应该在尊重西方文艺理论问题的基础上,重点研究"文学"与"文学"的"区别程度"问题,即形成"非文学——准文学——文学——好文学"的文学性区别张力。尊重西方文学本体论的"文学"与"非文学"的区别,是指在文学与非文学的关系中会发生文学性变化,即很大程度上会发生从非文学的"观念"走向文学性的"观念模糊"的变化,"观念"与"理性化接受"有关,而"观念模糊"则与"体验化咀嚼"有关。因为"理性化接受"与"体验性咀嚼"之间同样不存在"边界",所以什么是"观念模糊",也不存在明显的边界。故我们在"体验性咀嚼"中依然可以提取观念性材料,就像在对贾宝玉的解读中,我们会提取"儒""道""佛"之观念材料一样,但却会觉得这种提取挂一漏万而解释不清贾宝玉独特丰富的内涵。如果不强调文学与非文学有"程度上的区别",中国作家和评论家们就会满足于"观念性提取"而不再考虑"观念模糊"之问题,当然也就不可能突破传统文学"观念教化"的窠臼,也难以解释经典文学的独创和丰富性究竟是怎么回事。

然而,文学与非文学的区别之所以在中国文论中不是最重要的,除了因为"阴阳渗透"使得我们无法在根本上为文学与非文学在中国划界外,更重要的是因为,中国文学的文学性问题,因为"宗经""载道"的几千年驯化而成为国人的集体无意识,"人格依附""思想传承""作品模仿"等成为中国作家和评论家隐而不察的文学习惯和实践方式,从而使得中国文学的原创性和独创性始终没有在中国古代文论中敞开,也没有在中国现当代文论中得到强调。五四新文学的"文化启蒙"与古代文学的"儒、道、释"教化之所以在文学性问题上如出一辙,是因为作家对既有哲学观、道德观和文学观等各种观念的质疑和批判没有在文艺理论中被重视,而只是在完成中西方的观念置换;作家自己的世界观或个体化对世界的理解,也没有作为远远大于"个性""风格"的概念被中国现当代文艺理论所阐述,从而使得中国作家和文艺理论家满足于对西方文学观的个性化阐释。其结果,必然使得中国现当代文艺理论满足于引进西方哲学观和文学观而不具备观念原创性。其学术研究、交流和争论,多半是阐释的不同所进行的交流,却鲜有对西方文艺理论的批判并在批判中直接提出中国文论家自己的文艺理论问题和解决这些问题的独特的概念、范畴。如此一来,文学穿越文学现实的"文学"与"文学"的关系问题,就必然成为中国当代文艺理论思考自己的文学性、本体论问题的重中之重。也就是说,中国当代文艺理论界只有把突破既有中西方文学观念、方法和形式的束缚作为中国当代文学的原创问题来对待,文学的本体论才能与文学的原创性相关联。这种关联,远之可以突破"文以载道"对中国作家的不自觉约束从而产生作家自己的"道之理解",进而鼓励作家自己的文学观对"载道""缘情"的超越,近之则可以突破西方古典主义、近代人道主义和后现代反本质主义各种观念、思潮、作品对中国作家的诱惑与沉湎,从而直接逼现出作家的"原创性"对西方文学的批判张力,中国式文学本体论的核心内容才能够真正出场。

重要的是,"文学"与"文学"的关系,将直接突破西方文学本体论的思维方式,从而建立起中国文艺理论关于文学本体论的"提问方式"和"解答方式",进而参与全球化语境下中国当代文论与西方后现代文论的平等对话。近年来,随着拉康的主体间性理论、伊格尔顿反本质主义文论在中国的兴起,罗蒂的关系主义文论也引起中国和东亚其他国家学者的注意。但否定主义文艺学之所以对西方包括反本质主义、主体间性、关系主义文论持审视的态度,是因为西方上述文论是以西方已经成熟的主体、实体和个体为前提来讨论超越的问题,这与中国没有二元对立文化为支撑的、主体和实体均不成熟的依附性生存状况不可同日而语。阴阳、张力、程度和境界,在中国也都是一种可以不断拓展的无边界、无实体存在的状态。也因此,文学穿越文学现实是一种价值张力或理解性张力,不能混同于事物与事物之间的关系性存在。所以,百多年来中国现代文艺理论的最大局限,即是没有自己的区别于西方的现代文艺理论问题,也没有区别西方的现代文艺理论提问方式和思维方式,这不仅造成20世纪80年代新潮文论和"纯文学"讨论不出西方文论框架的格局,也造成现代文艺理论自主性缺乏的状况,更造成中国现代文化软实力贫困的"文艺理论不能输出"之窘况。究其原因在于:文学问题看上去是一个超国界、超民族的问题,古今中外文学经典全世界虽然都可以欣赏,而中国文学现代化问题也肯定绕不开对西方现代文论的学习和研究,但是正如对"人是什么"这个全人类共同关心的哲学问题不同文化和民族有不同的提问方式、解答方式一样,文化的差异正表现在对共同的人类问题设计不同的提问方式和解答方式。所以,如果古希腊哲学偏向于提问"人是什么",中国儒家文化却偏向于提"人应该怎样",那么,有五千年文明史并且曾经影响世界的中华文化,如何像西方文化那样从古希腊哲学的"存在是什么"向现代的"存在何以可能"进行转换,是关系到中国现代文化能否区别于传统文明的关键。既如此,在文学本体论上区别于西方文论的提问方式是重要的,而区别于中国传统文论"文学做什么"(文载道,诗缘情)的提问方式,也同样是重要的。由于中国古代文论总体上是在风格和文体上谈文学与文学的差异,这就不可能将文学与文学的差异问题上升到文学本体、文学独立和文学原创层面上来。司空图的《二十四诗品》将文学作品和作家的差异限制在有限的几种风格类型中,不仅难以解释苏轼、鲁迅这样的作家之文学独创性问题,而且也阻碍了文学原创的无限可能性。因为在"郊寒岛瘦"这样的风格性文学评价中,只有"怎么寒、怎么瘦"才可以把握到作家的原创性和独创性问题。如果我们将卡夫卡和鲁迅与孟郊都放在"寒"的风格中,他们之间不同的"寒"才牵涉不同文学在对世界理解上的根本差异。只有面对这样的差异,文学的本体论才能与文学的原创性紧密相连。这样的相连,显然是中国古代文论和西方现代文论在文学差异问题上的空白。填补这样的空白,即构成否定主义文艺学的"文学本体论"所研究的内容。这样的研究,某种意义上也可以纠正西方反本质主义文艺理论消解文学本质但又对文学独创性问题缄口不语的尴尬。

第九章 文学穿越现实的结果

一 "独创性文学"的提出

　　文学穿越现实后的结果是什么呢？那就是"独创性文学""独创性作品"的诞生，该怎样理解这个"独创性文学""独创性作品"呢？严格说来，文学性程度不高，独创性文学（尤其是与世界一流作品相当的好作品）不多，是中国当代文学、艺术创作的一个容易让人尴尬的问题。在新世纪探讨这个话题尤其重要。这不是我们愿望上要抓艺术质量、推动文学繁荣的问题，而是我们在理论上还不一定真正明白什么才是优秀的艺术作品从而不知道怎么抓艺术质量的问题，是一直在把"非文学性的内容"或文学的技术性问题作为衡量文学的主要标准的问题，是对于真正文学性标准我们还停留在感觉和经验层面上没有深入追问的问题。

　　提出"独创性文学"这个问题的意图在于：在过去文学的工具化时代，或者在今天的市场经济化时代，如果我们的文学研究关注这个问题并有理论上的突破，文学受政治和经济的制约现象就可以得到缓解，文学就可以突破意识形态和商业效应对文学的要求，从而实现自己的独立品格。文学是写"大叙事"还是"小叙事"，文学是"中心的"还是"非中心的"，文学是"精英立场"还是"底层关怀"的，文学是"顺应文化启蒙"要求还是"无关文化启蒙"要求，等等，这些讨论就会显得无足轻重。

　　为什么只有"独创性文学"才可以突破文化、意识形态和市场经济对文学的束缚彰显文学的独立，而差的、平庸的作品却不能呢？

　　这是因为只有最优秀的文学才可以凸显出文学在根本上是属于与文化对等的"另一个世界"的性质，而一般平庸的作品却可以被文化性

第九章 文学穿越现实的结果

观念和要求所统摄(如"个性解放"之启蒙);也只有优秀的作品通过其艺术魅力的散发,才能够淡化文化对文学的现实性、观念化制约的功效,将读者引向非现实性的艺术境界中去——而且是自觉走向这一境界。在这一点上,我认为顾城的诗《一代人》,典型地暴露出我们受文化制约的"集体无意识问题"。那就是这首诗缺乏一种"穿越黑暗现实"的"文学性意识"。如果说"黑夜给了我黑色的眼睛,我却用它去寻找光明"是一种文化和意识形态对文学的要求的话,光是后悔"我为什么遵从这一要求",很可能导致"我可能把新的文化理念和意识形态当作光明"的现实性选择,也得不出"我该用什么寻找光明"的思想追问。黑色的眼睛是文化、政治给了你的,那是命定的,但一个人的眼光可以穿越黑夜,那是主体自觉的努力行为。没有主体自觉的穿越,你就无法在文化层面上解释为什么在"四人帮"时代有顾准和张志新出现,在文学层面也解释不了为什么沙皇专制时期俄罗斯有一批世界级的作家出现——黑暗的现实和优秀的文学并辔而立,正好可以说明文学性所造就的"眼光"可以穿越文化黑夜,建立起一个有自己性质存在的世界。主体的"眼光性穿越"在这里之所以可以类比文学的文学性,正因为文学性强的好作品可以不受文化和时代的"制约",而只受文化和时代的"影响"。也可以说"文学性"是影响性的,而"文化性"是制约性的。自由的创作只能说明文学的生存状态的健康,但不可能带来文学的原创。对文学的原创而言,"快感化写作"同样是应该警惕的,因为快感同样会制约作家放弃对世界独特理解的努力。所以,在经济和商品文化的制约下,日本作家并不多,关心文学的就那些人,可是为什么出现了大江健三郎、村上春树这样杰出的作家呢?原因也在于他们以自己对世界的独到理解形成的"眼光",是穿越了市场经济时代的文化之诱惑的。所以过去我们的时代很重视文学,我们每个人写出来的差不多都是"大跃进民歌",而今天哪怕只有几个人在搞文学,如果重视文学对文化的穿越,里面照样可以出村上春树这样的作家。尤其是,今天的文学艺术似乎是边缘了,但近段时间韩剧热,每天有上亿的观众。这时,文学是中心的还是边缘的呢?所以我认为,今天的文学研究不必再仅仅去研究"文学是什么",也不必再费尽心思考察文学的生存状态是中心的或者不是中心的,而应该转到"什么是好文学"这样的问题上来,并通过"好文学"散发的艺术魅力去产生"中心"与"边缘"均难以说明的艺术效果①,同时把这样一种艺术境界作为价值坐标,落实到我们的文学理论研究和批评实践中去。

二 "独创性文学"是"根与叶"的有机生命体

如果用植物来做比喻的话,那么我认为一部好作品一定是作家以自己独特的对世界的哲学性理解作为"根",然后生长出自己的形式和创作方法之"叶"的。"根"和"叶"是有机的生命体,言下之意是说,文学作品的任何创作方法和技巧,文学作品中的人物、故事、情节和气氛,既不是独立的存在,也不能嫁接和模仿,而必须由作家对世界的独特理解"生长出来"。文学的"形式和内容"应该改造为"根和叶"的关系,"根"在于作家有自己对世界的独到理解,这种理解生长出来的是枝朵和花叶,而不是概念性内容。所以"形式和内容"两分法无法解决艺术作品的有机性问题,更容易导致作品基本意味和表现方式因嫁接而破碎进而失去其审美性。

我这样说的理由在于:无论是东方的文学作品,还是西方的文学作品,无论是理性化的作品,还是非理性化的作品,优秀的作品在"根与叶"的有机性造成的"不破碎"这一点上,是异曲同工的。

我们知道陀思妥耶夫斯基的《罪与罚》,里面的大学生拉斯柯尼科夫杀了一个老太太。作家通过这件事情,对现有道德提出了质疑。这个质疑在今天还能强烈震撼我们的思想。大学生质问道,世上的伟人都是罪犯,因为他们破坏现行规则。拿破仑杀了那么多人,你们说他是伟人,我杀了一个坏人老太太,你们说我是坏人,是罪犯,该怎么解释?法官很难解释,我们恐怕也很难解释。我对陀思妥耶夫斯基关于善的

---

① 在否定主义文艺学中,艺术魅力既不是"中心"的也不是"边缘"的。"中心"与"边缘"是就现实功效和生存位置而言的,而艺术魅力不可能产生现实功效,中心化的文学与边缘化的文学也都可能会产生艺术魅力。有很强艺术魅力的作品,对"精英读者"与"底层读者",触动的效果是同样的。

第九章　文学穿越现实的结果

理解是:善是成功者的解释,因此成功者之间的解释使善具有相对性,而这种相对性是形成作家"复调"创作方法的重要哲学基础。事实确实如此。我们设想一下,如果"四人帮"当年阴谋得逞,"四人帮"还是我们今天所看待的"四人帮"吗?我们更多的人会怎么说话呢?"如何说善""如何说恶",由此成了一个问题。很多信心百倍说善说恶的人,均可以从中得到启示。我想这种质疑就是一个优秀作家必要的行为。就是对任何你所相信的观点,都可以而且应该去质问并由此提出自己的理解,而这正是中国作家最为缺乏的优秀资质。我想陀思妥耶夫斯基就是在这样的质疑中产生自己的哲学性理解的。这样的哲学性理解是他作品中的根,然后生长出他的"复调"之叶的。所以"复调"绝不仅仅是一个创作方法,这是一种世界观,世界在他的质疑中成为一种"多声部"并列的场所。所以读经典的作家作品,绝不能仅仅停留在创作方法的层面去理解,也不能仅仅吸取他们的思想,而是要"如此去思考"问题,才可能突破经典作家给我们的束缚。

我常常为《红楼梦》被一遍遍改编为影视剧而惋惜。真正优秀的电视剧像小说一样,是不需要重拍、重写的——我们的作家怎么可能重写小说《红楼梦》呢?[①] 按照我的"穿越现实"的理论,要问我们的编导是如何理解贾府的豪华与破败的,如何理解贾宝玉的,就很困难。这就是电视剧《红楼梦》与《大长今》的差距所在。学术界普遍的理解是:《红楼梦》是明清社会反封建的象征,但这样的理解,无法解释它为什么会成为经典,也无法解释它究竟独创在哪里——中国晚近以来反封建的作品何其多也,从《儒林外史》到《家》《春》《秋》,哪部作品没有反封建性?我的问题是:曹府破败,为什么不能说明曹雪芹对皇族家庭解体的遗憾呢?电视剧为什么不能立意在我们对这个家庭解体后贾宝玉的无处安身而感到遗憾和心疼呢?我们的编导又是如何理解贾宝玉只喜欢在女孩堆里厮混这样一个"玩童"呢?贾宝玉那样喜欢和清纯的女孩子"玩",真的是一种"游戏人生""不务正业"的贬义吗?缺乏这些追问,我们的《红楼梦》就很容易变成了美食和美色的摆设,只是热

[①] 各种《红楼梦续集》文学性上均不如《红楼梦》,也说明真正的经典是不可模仿的。

闹一场，作品就因为没有独特的立意使人物、场景、美食、美色、诗赋之间缺乏关联，更不用说通过这些关联让人从中获得不同于小说《红楼梦》的启示。在小说中，贾宝玉的独特和丰富来自于儒、道、释均难以解释，而电视剧《红楼梦》同样难以突出这种"难以解释之意味"。

又比如朱自清的《荷塘月色》，没有人怀疑它是20世纪中国文学的经典作品，但在审美的完整性上依然还是存在"审美意境破碎"的问题，这种"破碎"暴露出作家对世界基本理解上的茫然。这样的细节是我们在评价该作品时应该注意的：那就是荷塘里水绿的荷叶与周边鬼蜮一般的灌木丛构成的反差，使主人公非常惆怅。那时候主人公就想起了古典诗词里面那个和谐恬淡的意境。我想说的是，一个审美者内心深处不可能是惆怅的，所以惆怅只能是为美的破碎而惋惜，可审美的已经不是荷塘所在的现实，而是古典恬淡和谐的意境。不仅如此，作为一种象征，这也是今天的知识分子一谈民族的优越感，只能到传统中寻找的原因。因为古代的文学与文化、古代的人生与现实是高度合一的，儒、道是一个完整的结构，没有这种破碎感。20世纪中国文学经典的匮乏、优秀作品中存在的问题，均来自于这样的破碎。这样的破碎不同于西方现代文学抒发现代人对世界的紧张感和冲突感。因为无论是《古希腊神话》还是《尤利西斯》，无论是卢梭还是尼采，紧张与冲突正是西方"此岸"与"彼岸"二元对立之宗教文化的结果。这样，写人与世界紧张感的作品，在西方反而是和谐的。而我们的破碎的突出体现，就是王蒙笔下的倪吾诚（《活动变人形》中的主人公）：头脑是西方的，身体是东方的，如果中国式经典作品存在这样的问题，就更不用说一般的作品了。

为什么20世纪的中国文学总体成就不如中国古代文学？这不是20世纪中国文学才百年的时间问题，也不是意识形态对20世纪中国文学的束缚使作家心有余悸的问题，也同样不是中国传统文化自晚近以来走向衰落的问题，而是在文学上从王国维开始我们就走向了"对世界理解之破碎"。王国维的"破碎"就表现在用西方的哲学解释中国文化、中国文学，而不是用自己对世界的独到理解来对待艺术。这就产生了错位，导致西学不可爱的困惑，最后终于使他放弃了理论，转向经

第九章 文学穿越现实的结果

学研究。王国维的整体形象的破碎,也涵盖了中国知识分子在20世纪的命运。比如80年代我们搞文化启蒙,用西方理论重新对社会进行启蒙,90年代又回归传统儒学和国学,这条路大致相似于王国维的转换,我认为是思想破碎的结果。不仅老舍、曹禺是这样,李泽厚、王元化先生也同样存在"多次思想反思"之"破碎"问题。反过来,鲁迅的突出成绩,也是因为经过信奉"进化论"到对此怀疑,最后避免了王国维式的中西徘徊,把自己对世界的独到理解放在"虚妄"处,通过创作《孔乙己》《阿Q正传》这样较为通彻而有独特意味的作品,从而保存了自己价值依托和价值批判之"最后的清晰与完整"。

三 "独创性文学"的"根"是哲学性理解而不是观念

把作家对世界的基本理解定为文学之"根",有一个理论问题是十分关键的,这就是这个"根"是一个简单的观念,还是一个带有敞开性的哲学性理解?

首先,在否定主义文艺学的思路中,一个观念可以找到多种载体和表达,而一种哲学性理解则决定了这种理解只有特定的艺术形式和创作方法才可以最佳地表达出来。哲学性理解之所以不是一个简单观念,是因为任何观念都可以抽离出这个艺术形式,换一种艺术形式和内容去表达,而哲学性理解之所以是"根",是因为换一种艺术形式和创作方法,就已经不是原来的"根"。在整体上,《西西弗斯》《老人与海》这些西方作品为什么容易传达一种人类学意义上关于人的哲学性理解? 这与西方作家善于通过表现人与自然的对抗来关联结构作品、展开情节有关。而中国作品的"恬淡"美学意蕴和人皈依自然的哲学,则不可能有人与自然冲突的情节展开,所以埋怨中国当代文学不像西方作品有震撼人心的力量是没用的,关键在于如何理解人与自然的关系。在个案上,《老人与海》与王蒙的《布礼》的最大差别,就在于前者的"桑地亚哥精神"是通过情节展示出来的,而后者的"九死未悔"则是通过叙述而言说的;情节展示的"理解"很难用"不屈不挠""九死未悔"等概念准确概括,所以用"桑地亚哥精神"来称谓只是一种比喻性的、描绘性的说法,不可能代表对这种精神的观念性把握。后者今天看来之所以很难给人留下深刻的记忆,原因正在于:一方面,王蒙对世界的哲学理解是各种观念的"杂糅并蓄",骨子里是道家的生存智慧,这必然导致王蒙对意识流只能是作为技术之杂的一种"因素"——意识流作为一种充满形式感的创作方法已经降格为一种技巧。另一方面,王蒙的现实信念是对党和事业的忠诚,但这种忠诚之所以没有能和海明威《老人与海》的"桑地亚哥精神"打通,使忠诚走向"人的哲学"的思考,不仅是因为忠诚是在"人与人"之间展开思考,而且最重要的是作为理念已经演变成"道"与"器"(创作手法)的可分离关系。这使得王蒙可以用传统小说写法的《最宝贵的》表达忠诚,也可以用现代小说写法的《布礼》来表现对真理和信仰的忠诚,所以"根"与"叶"是分离的。这种可分离性,暴露出王蒙在对忠诚的理解上只是一种观念,而不是人与世界结构关系中的一种理解。

其次,哲学性理解是通过突破各种既定观念使其意味既独特而又难以言说,如果一定要用概念去言说,那也是丰富的多种言说,带有不确定性。《红楼梦》中的贾宝玉之所以是中国文学史上一个不可重复的独特艺术形象,正在于贾宝玉身上所蕴含的作家对世界理解所形成的关于"新人"的意味,不是一个简单的观念所能概括的。这种"非概括性"首先是"剥离性"的,无法通过儒家、道家、道教、禅宗对人的要求来解释,也不是"玩世不恭""沉湎女色""纨绔子弟""败家子"等负面性观念可以解释的,更不是"轻视女性"这一中国正统男权话语可以解释的。具体说来,贾宝玉是一个无能者,即不读书做官,报效国家,和儒家的东西不太沾边。他是文学史上少有的尊重女性的男主人公形象。这种尊重在其他三部名著中都没有。所以大家看《水浒传》,看《西游记》,女人都是"异化"的。在《水浒传》中,不是像孙二娘似的男性化的英雄形象,就是潘金莲那样的淫妇,没有正常的女性形象,而宋江连自己的老婆都杀了,他尊重女性吗?到了《西游记》中,只要女人一显示出吃喝玩乐的欲望,那孙悟空看过去便是妖精了。贾宝玉这个不近"儒"不近"道"的人最后出家,是被和尚拐跑的,所以释的看破红尘也说明不了贾宝玉。因为他被拐跑,也可能会跑回来。所以确实如贾政所说,这活宝是一个"另类",概括他会很困难。

这种"不是什么"的剥离法很类似鲁迅在对传统和西方道路的战斗中体验他说不出来的"新文化"和"立人",这种"双重拒绝"保证了鲁迅的"虚妄"具有原创性的价值指向,这种指向在 20 世纪的中国作家中,可以看作一种独特的文化性的哲学理解。如果鲁迅的文化批判使命不是那样强烈,也许可以在普遍的人性深度上更上一层,对整个人类的启示,就可以突破"孔乙己""阿 Q"这类囿于文化批判领域的形象。

再次,哲学性理解是"文学的启示",而观念则是"文化的启发"。这不仅因为"理解"可以在体验中孕育,而且文学的"启示"也不同于文化性的"思想启发",并因为这种"不同"而发挥"文化启发"不可替代的功能。"思想启发"是观念性的,是一种观念到另一种观念的"转换"。比如从儒家的人的观念到西方现代人文观念、从从属群体的"个体"到群体为"个体"服务的"个体",从"忧国忧民的自我"到"欲望化的自我",就都是这样的观念转换。观念的转换之所以只是"启发",是因为它让人们只是换一种观念并接受新的观念。观念之间因为不同也会给人带来冲击,但这种冲击只是人们获得新知的"思想震荡"——只要一种新观念能让人们体会到比以往观念的优势,这种震荡就会过去。所以文化性的"思想启发"只是让人们从"一种观念现实"到"另一种观念现实"。这样,"思想启发"总体上就是"现实性的"。而文学和艺术之所以是"非现实性的",是因为艺术给人们带来的启示,在瓦解既定的文化观念之后并不将读者引向一个新的观念,而是让读者走向更为丰富的"可能性世界"——这个世界因为它的体验性和模糊性,永远不可能被一个观念所穷尽,而是可供不同读者做不同的体验和理解。所以艺术的启示是一种读者可以不断参与的永恒过程,也因此永远不会现实化。在这一点上,艺术具有"准宗教"的功能。可能有读者说:那么文学史上为作家作品的"定位"该怎样解释?巴尔扎克对"拜金"的批判、卡夫卡对人的"惶恐渺小"的揭示,是不是观念性的揭示?文学批评当然是性质在观念,因为文学批评尽管着重艺术体验和感受,但其本质是现实化的观念行为和文化行为,所以文学批评与文学理论在

"性质"上是不同于艺术的。艺术与文学的生命力和魅力,可以不靠文学和艺术批评而流传,但文学批评却不能依赖在艺术性的模糊启示上,而必须用观念化的语言将文学作品的"独创点"揭示清楚。但这种"独创点",与读者欣赏艺术的魅力是两回事。也因此,文学批评与文学创作是"不同而并立"的,因不可能相互替代而被我们同时需要。就像人们既需要文学也需要文化一样。

四 "独创性文学"让文学批评尴尬

在中国文学史上,我认为苏轼是优秀作家的一个代表。我把他的创作归纳为"穿越现实"。"穿越现实"是尊重现实又改造了现实,不受现实的约束,从而建立一个有自己哲学理解的艺术世界。所以苏轼不对抗"文以载道",他不像"竹林七贤"反对"载道",但是"载道"说明不了他的作品。在他的作品中,儒、道、释的材料都可以找到,但是我认为他不是儒、道、释的集大成,这样一种说法太空洞,就像我们说黑格尔是集前人之大成一样,你说明不了黑格尔的"绝对精神"是怎么诞生的。集大成的思维是文化研究的思维,是挖取材料的思维,它说明不了"苏轼是何以成为苏轼"的。所以在这个问题上,苏轼让所有的文学批评感到尴尬。

他的《琴诗》"若言琴上有琴声,放在匣中何不鸣?若言声在指头上,何不于君指上听"可以作为这一尴尬现象的集中体现。这首诗用"天人合一"和"天人对立"都很难解释,也不是两者的集大成。既不是人对天的皈依,也不是人对天的支配,同样也不是大而无当的"天人和谐"①,而是"天人分离又对等"的"关系本体论",它更接近我们现在的"主体间性"的理论。我觉得这首诗和那首《题西林壁》,读出来都是能给人以启发的。"不识庐山真面目,只缘身在此山中",我们

---

① "天人合一""天人和谐"的笼统性,在于如何解释"一"与"和谐"。"水往低处流"是人与自然的和谐方式之一。人征服天造成的暂时统治性稳定也可以形成和谐的状况。否定主义所说的"不同而并立"也可以是一种和谐。所以我认为:说"天人和谐"如果不能说出"和谐在哪里",那就基本上等于没有说,或者只是感觉性地说,而不是理论性地说。

第九章　文学穿越现实的结果

为什么反传统反不了？那是因为我们都在"此山中"反传统。比如"文革",是用传统的一方面来反传统的。而进入21世纪,很多知识分子选择以"西方的山"为视角来看传统,称中国文化为"黄土地文化",现代化就是要进入海洋文化。而鲁迅的杰出在什么地方呢？他站到了传统的山和西方的山之外。鲁迅认为海洋文化和中国传统文化都有问题,都不是他理想的新文化之出路所在。所以,鲁迅最大的贡献是在没有路的地方走出路来。所以鲁迅的笔下没有正面新人,他不会像巴金一样写觉慧这样的个性解放者,因为他发现,觉慧离家出走后能去哪儿呢？哪里没有封建性呢？他最后还是要回去的,而且回去以后的境况可能比过去还糟,于是他写出了《伤逝》和《在酒楼上》。这种理解是20世纪中国文学史上独一无二的。这个独一无二的立场作为鲁迅体验着的美,孔乙己、阿Q、吕纬甫就这样被发现出来、写出来了。所以鲁迅的杰出在于他对世界有独特的价值坐标。

所以文学经典艺术经典的形象是现有观念很难概括的,一概括就感到牵强,但也因此它能给你以启示。同样与贾宝玉有相似性的就是金庸《鹿鼎记》中的韦小宝。韦小宝也是现有观念很难概括的,他不像很多侠士杀了很多人,但侠士都服他,这就很有意思。我们看电视剧《水浒传》里"武松怒杀蒋门神"的时候,一定觉得很带劲。可是在这带劲中"草菅人命"的问题就被遮蔽了。蒋门神害人了,你可以把他杀了,但为什么把张都监家里妻儿女侍都杀了呢？为什么非要血溅鸳鸯楼呢？小说中的武松说"一不做,二不休,杀了一百个,也只是一死",这里面没有问题吗？非正义是不是都应该杀呢？我这样说不是要武松怎么怎么做,而是我们的编导应该用什么观点来看"血溅鸳鸯楼"这个事件。所以看完真正有价值的艺术作品,是在快感之外,更多的是沉思和启迪,这就"穿越快感"了。韦小宝不轻易杀人,只杀过一个鳌拜,但是所有的人都服他。这是对"侠士杀人"的穿越。所以这是金庸看破中国文化、也穿越了《笑傲江湖》和《天龙八部》以后写的作品,意味着金庸对世界有了一种自己的理解。这样的一种独特理解,在现有的文学批评辞典中是超出了我们的概括能力的,所以这部作品才带有启示性。

这种理解在《笑傲江湖》和《天龙八部》中已经隐藏下来了,那就是杨过、乔峰武功高强的原因就在于他们"不依附于任何门派"。而我们更多的人太依附于某种门派了,所以不依附于任何门派却又可以把它们化为自己的材料,就是我所说的一个穿越的状态,他就可以自成一个世界,韦小宝就是这样一个人。你可能不喜欢他,但这不属于文学性判断,我们喜欢"阿Q"吗?喜欢"孔乙己"吗?喜欢"地下人"吗?喜欢"格里高利"吗?我们不应该争论喜欢不喜欢,因为喜欢不喜欢与道德判断有关,而与文学性判断没有必然关系。

几年前轰动性的影视作品《泰坦尼克号》和《廊桥遗梦》,让人感动的东西,也正是让我们的艺术批评感到尴尬的东西。这两部片子是什么让我们感动呢?其中首先在于我们应该如何理解"第三者"。我之所以不赞同笼统地说"第三者",正在于这个概念不能分辨审美和非审美性质。《泰坦尼克号》和《廊桥遗梦》有一个共同的特点,就是两部电影的主人公都是第三者。我们为什么会被第三者打动呢?这个问题对我们现有的观念是一个很大的挑战。而且这两个第三者有一个共同的特点,就是他们都是流浪者。我觉得这和美的产生是有关的,就是只有不太为生存利益所累的人,才能产生真正的审美状态,才会产生真正的爱情,也才不会为现实法则(包括婚姻)所束缚。你为什么所累,就会用"得到"和"失去"的思维方式来思考问题。我更想指出的是,中国的女性更容易用"得到"和"失去"来思维,用男性是不是愿意为她付出来看他是不是爱她。反过来,花花公子式的杰克为什么会为露丝去牺牲?为什么杰克不像露丝的男朋友一样,去和她抢海上仅存的小木板?这个问题我们能回答吗?回答不好这个问题,我们就不具有说"花花公子"的权利。我曾给学生提过这样一个问题:《钢铁是怎样炼成的》中的保尔和《泰坦尼克号》中的杰克,你更倾向于选择谁?可能不是简单就能选择好的。我想说的是:他们的共同点就是两个人都愿意牺牲,不同点是:一个是可以把握自己的牺牲的,一个是很难把握自己的奉献的。保尔是为共产主义牺牲,杰克是为爱情牺牲,前者可能我们很难把握,而后者相对容易把握。一种有意义的牺牲,自己应该始终把握得住,而且终身无悔。所以关键在于你是否有一个属于自己的信念,去理解和把握自己的牺牲。一般说,战争的双方都可以把自己的战争解释为正义的,站在自己的一方,也都可以被称为英雄。但是这样的英雄其实是可以反思的。"普罗米修斯"大家认为是英雄吧,大家有没有想过他和美国式霸权的关系呢?"普罗米修斯"最大的特点是敢于"盗天火"。"盗天火"其实正是西方式侵略的文化源头。人类可以向自然去盗天火,自然也就可以向其他国家去盗资源。因为自然资源的分配今天是国家化的。如果普罗米修斯可以反思,保尔是否也可以反思呢?这种反思直接牵涉我们今天如何评价《钢铁是怎样炼成的》这样的作品。

五 "独创性文学"对等、平衡于现实的文化功能

在否定主义文艺学中,"好作品"可以让人获得与现实世界"不同而并立"的平衡感。如果人在一个痛苦多于快乐、压抑多于释放、无意义感多于有意义感的世界生存并发展下去,这种平衡感就是极其重要的。其基本含义可以大致体现在以下三个方面。

一是"好作品"可以让一个民族在"文化虚弱""文化认同危机"的状况下获得"心灵的满足感"和"自我价值感",已经成为中外文化与文学史上一个较为普遍的状况。且不说像获诺贝尔奖的作家奈保尔在文化上是一个连"文化身份"都不明确的"文化流浪者"——如果他不从事文学写作,可能一辈子都不可能获得西方的承认与世界的尊敬——应该是一个典型的"文化虚弱、文学自信"的个案,即便就中国现代文化史上而言,中国人因国力虚弱、为西学是从造成的"文化自卑感",一旦将眼光放到文学上,便马上开始恢复一些自我感觉了。这不仅因为中国的古典诗词对世界的影响,已远胜于儒、道哲学,即便20世纪的鲁迅、张爱玲、金庸获得世界的承认度,可能也超过梁启超、胡适、金岳霖这些哲学上还缺乏原创品格的学者,更不用说近年中国的电影和小说在世界获得各种奖励的数量,已远超过中国的学术(尤其是人文社会科学)。虽然20世纪以降的中国文学,因为"文学依附文化、政治"的传统,在"好文学"的质量和数量上,还难以和中国古典文学相媲美,使

得中国作家和评论家常把"文学危机"归罪为"文化危机",乃至越过文学问题去直接讨论"文化认同危机",却没有想到文学家的使命只是通过"好文学"的自信,给"文化不自信"的民族增加平衡感。但毕竟,因为文学的"另一个世界"的性质会常常顽强地、不自觉地突破文化经验的束缚,这就使得落后、不自信的民族,会因优秀文学而产生自信,从而证明了"文学感"与"文化感"是可以分离的。当然反过来也可以说明,文化和经济强大的民族,不一定就能在文学上找到自豪感与自信心,也不一定就能在文学上"保持"自豪感与自信心。加拿大、澳大利亚这些经济发达的国家,至今也没有产生对世界有重大影响的作家,"后现代状况下"的欧洲文学,也不能与20世纪以前的辉煌相比,都在说明一个道理:文学与文化,是性质不同、虽"相互影响"但并不"相互决定"的"两个世界"。既如此,作为中国"搞文学的人",就没有理由因为中国文化影响力的式微而"自卑",当然更没有理由因为文学接受了西方"先进文化"而"自得"——这两种心态,在我看来均与"文学问题"无关。

二是"好作品"可以因为让人"离开"现实中"二元对立"现象所造成的"不平衡",在"二元对立"之外建立与世界的"二元对等"的关系。所谓"二元对立"思维,是以"有、无""消、长""强、弱""对抗、从属""中心、边缘"等以矛盾运动所构成的永远无法平衡的思维去思维。我可以说,中国现代文学研究者,基本上使用的都是以上述哲学思维支撑的"东方与西方""传统与现代""中心与边缘""精英与底层""雅与俗"等思维在进行学术讨论和文学批评,却没有注意到如下现象:政治的"中心"与"边缘"、文化的"西学"与"中学",是一个掌握不好平衡感的让人永远摆脱不了焦虑和担忧的现实世界,所以儒家的"中庸"只能是一种暂时的生存策略和无法实现的审美理想,更多的人只能落入"儒道循环""中西循环"并最终还是不能"安心"而要"看破红尘"(或精神出家,或回归身体),这正好反衬出王国维与鲁迅不同的命运:王国维在"西学"和"中学"之间不能获得平衡感最后自杀,而鲁迅对"西学"和"中学"同时持批判态度并通过《孔乙己》等作品安身立命;20世纪多少中国知识分子为"文化启蒙"焦虑、奔走,从不介入这些问题的张爱玲、金庸却只是写"让人喜欢并给人启迪的作品"而心态安然。再进一步类推:鲁迅如果不受现实中各种"对立""不平衡"问题的困扰而只是创作他的"给人启示"的小说,可能不至于那么早离世。而我们今天历数20世纪被中国人引以为豪、被西方人承认的鲁迅作品,为什么不是《丧家的资本家的乏走狗》而是《孔乙己》呢?那就是因为,所有从属于现实"二元对立"纷争并依赖这些纷争写的作品,最后都会因为矛盾运动的法则而消失,所以这样的作品可以以其功利性让产生它的作家获得名利,但不可能给这个作家带来"安身立命"的感觉,所以20世纪中国读者基本可以承认的最优秀的作家鲁迅、张爱玲、金庸等,均不是"反封建""个性解放"等文化启蒙观念可以解释的,也不是"精英与底层""雅与俗"这些立场和概念可以解释的,如此,这些作家才可以突破现实的"二元对立",通过"二元对立不能解释的文学世界之建立",不仅成为他们个人安身立命的支柱,而且也成为现代中国人在世界范围内相对于"文化不自信"的"自信砝码"。在此意义上,"好作品"不是因为"对抗现实"而显示文学意义,而是"不同于现实"而让人心灵获得区别于现实的价值依托而显示意义。

三是通过"平衡于现实"的思路,对"好作品"的研究有可能使文学理论建立起关于文学和现实关系的新观念,也可能促发中国和谐文化通过现代改造形成新的内涵。无论是国内的文化研究还是文学研究,这样的新思路的意义体现在:如果文学不是像中西方文艺理论那样,将文学与现实的关系概括为"模仿和反映现实","抒发和宣泄现实的痛苦","服务于现实的政治和文化要求","通过文学的纯粹形式功能摆脱现实的社会内容","借文学的感性解放功能对抗和颠覆理性现实","以某种人文观念通过文学批判现实的假、恶、丑",等等,那么通过"好文学"与现实是"两种性质的存在"的理论阐发,通过文学不是"对抗现实""服务于现实""疏导现实苦闷""自娱于现实"等内容的强调,文学与现实的新的关系将具有这样几点意义:(1)有助于促发"中国文学独立"不同于西方文学独立的理论建设。即中国式的文学独立,不是通过"纯粹形式"获得的,也不是通过摆脱"政治干预"(政治干预不干预文学,并不是影响"好作品"产生的主要原因)获得的,而是通过"好作品""亲和现实又不限于现实"的文学启示获得的,所以"独立"在中国不是实体性的、对立于现实的存在,而是理解性的、尊重现实的"张力性、程度性存在"。(2)由于"好文学"的"启示功能"不能直接作用于现实,所以文学在中国并不具备西方那样的"制约现实"的功效。或者准确地说,越是好的文学,制约现实的功效越弱。这样,"好文学""启示功能"的存在,就是"丰富现实"的存在,而不是"反抗现实"的存在。这有助于改变文学充当各种意识形态工具的地位,也有助于与那种"文学已产生现实功效"的评价区别开来。虽然这样不可能在根本上改变文学被工具化看待和要求的"中国状况",但可以对这样的状况起到"稀释作用"。(3)通过文学"平衡于现实"的理论拓展,有助于赋予中国"和谐"文化与"天人合一"的观念以当代性。由于西方的"创造"观具有"优于现实"的意念,从而使"创造"可以凌驾于"他创造"之上,这就使得西方的艺术与现实观,虽然是"不同"的关系,但却是"不对等"的关系,所以这不符合中国的文化精神。为此,由"对等"所构成的"平衡性和谐",一方面尊重了"创造"与"他创造"分离的二元关系,另一方面又以"各有利弊"的解释,通过彼此尊重来保持一种亲和关系。"亲和但不一体",就成为中国文化在处理人与自然、人与国家、人与社会、人与自我的新的二元关系。

六 独创性作品作为"文学的个体化世界"

对文学而言,"穿越现实"之"现实"很大程度上是指"观念化现实"。一个作家如何完成从观念的"个体化理解"向非观念化的"个体化世界"的转换,是使得作家的"个体化世界"最终与学者观念形态的"个体化理解"区别开来的关键。在这个问题上,中国古代哲学的"道与器"在命题上是得失参半的。老子所说的"朴(道)散则为器"(《道德经》),《周易》所说的"形而上者谓之道,形而下者谓之器"(《周易·系辞上传》),虽然阐明了道为隐、器为显和"道在器先"的思想,对今人"变器不变道"或"变道不变器"的分裂之言行仍有启发和纠偏意义,但问题在于:

第九章　文学穿越现实的结果

　　一是"器"的物化性、载体性、事物性，其内涵与外延均过于宽泛，不仅难以区别非文学的"器"与文学的"器"，也难以区别好文学之"器"与差文学之"器"。所以"器"是指"物品"还是指"作品"？我们又如何区分"器"的独特性与模仿性？就是文学理论的关键问题，这样的问题必然会提出"什么器"之问题。而"道"的无言性、内在性、准则性，不仅使得中国作家容易将对"道"的把握停留在"意会"层次，降低其言说品格和理论品格，而且使得"道"容易被作为异己化、群体化的"共识"来对待，自己理解的"道"或自己创造的"道"就被遮蔽了、忽略了。如此，就容易使得"器"与"道"成为类似"瓶"与"酒"的可分离关系，"器"与"道"便可以任意组合、装载。这样，本来应该是有什么样的"道"就会派生出什么样的"器"的"整一性"就容易被破坏。所以我主张用"道是根、器是叶"的"根与叶"有机性二元思维，来代替非有机性的"道与器"之二元范畴，以便更贴近文学的有机整体性，阻塞 20 世纪中国文学常见的以西方之器传达中国之道或以中国之器传达西方之道的创作之路。因为只有有机性之整体才能被称为"世界"。

　　二是老子所说的"散则为器"的"散"，《周易》所说的"圣人有以见天下之赜，而拟诸其形容，象其物宜，是故谓之象"（《周易·系辞上传》）中的"拟"，尚未明晰"道"走向"器"的方法。"散"由于缺乏内在规定性而容易被做各种解释，"拟"则很容易被解释为"象"对"道"的"模拟"，并衍化为"形式"对"内容"的"传达"，这样就容易中断"道在器先"和"根为叶本"之血脉，更难以提示"道与器"的方法论。由于我主张"个体化理解"与"个体化世界"是"根与叶"的关系，这就使得其间的方法是"生长""派生"或"诞生"的关系，而不是"表达""传达""装载"的关系。因为"生长"不仅规定了"根与叶"的性质一致性，而且还规定了"枝叶"对"根须"的变异性、茂盛性、生动性。所以"对话"与"复调"不仅是陀思妥耶夫斯基的世界观，而是也成为其作品的艺术形式和创作方法。也就是说是"非统一性的对立"的世界观派生出陀思妥耶夫斯基的"复调""多声部"的创作方法与艺术表现形式，是使得陀思妥耶夫斯基的作品能成为"个体化世界"的主要原因。比较起来，我认为王蒙熔各种艺术手法于一炉来传达一种中国式的忠诚信念，不仅证明王蒙缺乏自己独特的世界观而依附在道家哲学上，而且也缺乏自己独特的创作方法。当然这个问题不仅是王蒙的，作为一种文学创作问题，在中国作家的创作中具有普遍性。

如此，一个作家世界观层面的"个体化理解"作为文学创作之根，在文学作品中就不能是一种"观念性存在"，而应该是已经"生长"出来的"具象性存在"。而评论家之所以只能通过"具象性存在"触摸、提炼出一种"观念性存在"（所谓追本溯源），是因为评论语言本身的性质就是理性化的语言——作品价值的高低只能用理性化的语言来描述与判别。即便是中国传统感悟式、印象式批评，也是一种带有艺术色彩的理性化语言。所以评论家与作家的思维路径是相反的。这意味着，评论家如果提炼出卡夫卡作品的"个体化理解"在于"惶恐"，是评论家对其作品文学之"根"的把握，它不能代替对卡夫卡文学形式之"叶"的体验和把握——因为对文学形式只能描述、分析而不能被涵盖。同样，如果我说顾城的《一代人》存在着"被给予"的思维、从而遮蔽了自我的眼光，那么"黑夜给了我黑色的眼睛，我却用它寻找光明"就是一部未完成的作品。那就是知青应该用自己独立的眼光穿越黑夜，而不应该是仅仅懊悔时代造成了自己的盲从。因为如果19世纪沙皇的黑暗统治时期，果戈理、契诃夫等一批杰出的作家可以穿越黑夜，那么中国作家为什么就甘于被"四人帮"的黑夜遮蔽呢？但显然，我只能从思想上指出顾城的思维和思想障碍，却不能代替顾城克服这一障碍"生长"出自己新的诗句和意象。所以"生长"只能是作家自己的事情。评论语言只能说，"生长"的过程中肯定包含着作家的想象和虚构活动，但却不能帮助作家设计出这一想象和虚构应该是怎样的。评论只能分析作家作品现有的形式、形象中存在着的"个体化理解"贫困之问题，但却不能设计出形式、形象来"解决"这些问题。

另一方面，能称之为"世界"的事物，已经具有"独特"与"丰富"的含义。对前者而言，比如我们如果说"地球"是一个"世界"，那意味着地球在宇宙中是一个独一无二的存在。因为迄今为止未发现其他星球有动植物生存，更不用说有类似人类的高级动物生存的星球存在。虽然有迹象表明外星人和外星生命可能存在，但到目前为止还没有被科

第九章 文学穿越现实的结果

学与我们的现实经验所充分证明。所以"地球"作为各种生命活动的场所,被称为"世界"是成立的。"世界"就成为各种生命活动场所的代名词。即便是外星人,也被人类想象为是一种近似人类的存在形态——这种有生命体的存在就成为一种独特的存在。另外,对地球内部而言,人类的特殊标志,就是他是一群可以建立起对宇宙和自然界的各种"理解"的动物群,以区别于其他所有的只能依据"本能"活动的动植物群体。我们可以把这种"理解"称为"文化";也可以说人类是一个与大自然"不同"的世界,而大自然同样是以"无理解"从而区别于人类的一个世界,人类与大自然就成为两种性质不同的世界。这种不同,还包括人应该区分自身的两种世界:一种是本能的、欲望的、循环的生命世界,一种是创造的、人为的、独特的世界。依此类推,人类产生以后,西方文化和东方文化之所以能称之为不同的"世界",也是因为由《圣经》和《易经》所奠定的世界观和思维方式具有"独特性",世界七大宗教也就可以成为七大文化世界。而莎士比亚、陀思妥耶夫斯基、曹雪芹、鲁迅等之所以可以说他们建立起自己的世界,也同样在于其对世界的理解具有独一无二性,是对文化和艺术之共同理解的穿越——这种理解不仅是思想性的,也同样是艺术形式的。这样,人类相对大自然是一个"个体化世界",文化相对于其他文化是一个"个体化世界",莎士比亚和曹雪芹也是因为穿越了既定文化的束缚而创造了各自的"个体化世界"。

对后者而言,能称之为"世界"的事物,又具有"丰富性"。地球作为"世界"的丰富性,不仅体现在它的自然物种的千奇百态,而且体现在人类文化的风情万种。而文化的丰富性又与自然界的丰富性交相辉映,让人流连忘返。文化的丰富性因为人的创造性与可能性介入,可能将比自然界的丰富性更具有审美意味。这一方面表现在:《圣经》和《易经》的丰富性,体现在被不同的文明进行不同的解说,所以西方古代文明的"教会"、近代文明的"理性"、现代文明的"生命",都可以理解为是《圣经》中"彼岸"的不同化身;而中国古代文明的儒、道、释思想,以及围绕"道""理""气""心"等中心范畴所做的成百上千种解释,则可以理解为对"八卦图"的再解释,从而形成了丰富的思想文化。由此,文化的丰富性就体现为它的不断展开性,体现为被后人进行的无穷解说,一如孔子的言论、莎士比亚的戏剧与曹雪芹的小说可被读者进行无穷解说一样。所以我们无论是进入中国文化,还是进入"红楼世界",都可能像刘姥姥那样被其丰富的内容所迷住。所以我们应该用"世界"来把握丰富、可以不断展开的事物。而文学又是区别于其他文化丰富性事物的一种特殊丰富事物,其特征不仅在于其多阐释性,而且在于其生动的具象性、可感性、可体验性。文化是因为包含各种可感的"物化形态"而成为"世界"的,而优秀的作品是因为有各种形象、形式而成为"世界"的。并且文学作品的形象和意象因为比现实中的文化物象更生动、更传神、更富有意味,从而更能体现"世界"之魅力。所以我们之所以不能说爱因斯坦的"相对论"是一个"世界",是因为"相对论"是一种原理和规则,还不是可触摸的现实世界本身,也不容许有各种解读。所以抽象的事物主要是一种观念,只有当一种观念和现实事物的具象性和丰富性融会在一起时,并被派生多种解释时,才具有"世界"之含义。

但是我之所以用"个体化"来修饰"世界",原因则在于:一个作家可以依附既定的文化世界与文学世界来写作,也可以以突破既定文化世界与文学世界的态势来写作,从而呈现出学习经典、依附于既定世界观和疏离经典、穿越既定世界观这两种创作路向。前者可划分为基本依附和非基本依附两种情况:基本依附体现为对既定文学经典、文化思想从内容到形式的模仿,这不仅在初学创作者那里比较普遍,而且在中国作家中也比较普遍——初学写作者是模拟,为政治服务是载道,而依附西方文学与哲学则是膜拜;但非基本依附者则较为普遍——它主要表现为在世界观、道德观和文学观上没有多少自己的看法,而或依赖中国传统思想、或依赖西方各种人文主义,但在感受、体验和表达方式上有自己的个性特点——《边城》与《受戒》的异同即是一例,洪峰的《奔丧》与加缪的《局外人》之异同是又一例,这样的作品总是让人想到既定的文学世界。如果说中国古代文学中不少以"教化"为目的的文学虽然不乏个性风格、但宗旨在于传达正统儒、道、释思想,那么中国现代文学的问题,就表现在以文化思想启蒙为目的,传达西方人文主义、现

第九章　文学穿越现实的结果

代主义等思想观念。如此一来,不仅中国当代自己的思想和主义难以建设,文化创造始终难以落在实处,而且中国现代文学的经典作品,无论是在数量还是质量上,均难以与古代文学的辉煌相媲美。所以"个体化世界"这一命题,正是针对20世纪中国文学整体上是西方文学世界的"辐射"这一问题、从文学受各种现实制约太深的关系中提出的。其意义在于:一个作家受既定中西方文化世界和经典文学世界的制约与影响是必然的——无论你是自觉还是不自觉,也无论你是承认还是不承认,当你想摆脱这种制约与影响的时候,"个体化世界"的建立就成为你与既定世界穿越关系的审美依托,成为提醒你不断向着自己的文学创造而努力的终极目标。

　　需要补充辨析的,是"个体化世界"不等于"个性化写作"和"私人化写作"。由于"个性"是一种天然的范畴,"文如其人"也是指每部作品所传达出的作家的天然个性,所以"个性化世界"只是相对于"众口一腔"的雷同化、公式化写作,才具有拨乱反正、恢复健康的意义——这也就是20世纪80年代的文学相对于"文革"文学和"十七年文学"的意义。但恢复个性以及人性,并不是文学的最高境界。因为从任何作家身上我们都可以发现个性,但只有从经典作家身上,才可以体验到个性化写作所囊括不了的更为深广的内容。所以研究莎士比亚和曹雪芹,个性和风格的研究已经承载不了他们。因此,无论是中国传统的"婉约"与"豪放"的风格研究,还是司空图的"二十四诗品"研究,相对于文学经典研究,均是远远不够的。另外,"个体化世界"也不同于近年流行的"私人化写作"。由于"私人"只是相对于公共事务等宏大叙事的一个概念,并且阐明的是一种时代性变化的内容,所以"私人化写作"只是囊括个人欲望、兴趣、日常生活、身心感受等内容的时代性写作,而不是我所讲的可以穿越这些内容的文学性写作。这样,"私人化写作"只是指写作内容的变化,而不牵涉文学价值的高低。所以写"私人生活",不仅有《红楼梦》与《金瓶梅》之区别,而且写宏大叙事,也可以有《永别了,武器》与《红日》之区别。当代青年作家李洱的《花腔》,依我看已经穿越了"私人"与"公众"这一二元对立的命题,显示出可喜的文学性努力。这种努力,应该说是穿越上述二元对立的努力。

下 编
"文学穿越现实的程度"及实践

第十章 论中国式当代文学性观念

一 "中国式文学性"出发:从"生生"到"境界"

说到文学性,我们马上会想到雅各布森的"文学之所以为文学"的文学性的思维方式,也会想到俄国形式主义的"陌生化""奇异化"等关于文学性的具体阐述,当然,伊格尔顿的"没有确定的文学性"等"反本质主义"文学性观念,也会相应进入我们的视线。因为文学性是一个外来概念,也因为"文学理论现代化——西方现代文论参照"已经形成了中国现代文艺理论的主导性价值取向,所以中国学者一般不大会从中国文化出发去思考这个概念的"中国自己的思维方式",同时也不大会从中国文论入手去考虑这个概念既相通于西方又区别于西方的提问方式,更难以从中国文学自己的创作经验和问题中去提取"文学性"的中国式内容,在实践中,自然会产生以西方文学性观念描述、评价中国文学时的隔靴搔痒或生搬硬套等弊端。

比如,中国当代文艺理论充斥着大量的"文学与现实""文学与政治""文学与文化"这样的"二元关系"命题,但很少有文艺理论著作和教材去论证这"二元关系何以可能"的问题,感觉、经验之模糊必然使得"二元关系"在中国似是而非。很多学者喜欢用"文学与文化"的"互动"来界定这样的关系,却从不去思考"互动"必须以"性质上区别于文化的存在物"才能展开。因为黑格尔是以"对立统一"来谈"主体与客体""现象与本质""形式与内容"之间的"互动、辩证"关系的,所以西方的主客体之"辩证法"在根本上是不同于中国的没有对立可言的"阴阳渗透"的。而中国文论家仅以"审美""情感""形象""虚构"这些"可从属文化要求"的"特点"来说事,何种程度上能与文化构成有区别的"互动"关系,是一个要中国现代文艺理论家进行深入分析和论证的重大理论问题。更重要的是,由于"文以载道"使得中国文学一直是"可被利用也可不被利用""可被中心也可被边缘"的"弱势存在",即便中国现代文学通过文学抗争来"反封建",用文学的"现代观念"去"动"文学的"传统观念",那也只是在用西方文化去"动"中国传统文化而已,性质上是在文化给定的空间中的"文化之动"。很少有文艺理论家考虑这样的问题:真正属于文学自身的"动",因为文学的"体验特性"和"模糊意识形态"[①]的功能,是既不可被中国传统文化观念所简单概括,也不可被西方文化观念简单概括的,从而使得文学在"既动"传统文化"也动"西方文化后进入"真正属于自己的世界",这才是"互动"可以发生的前提。

提出上述"中国问题"的原因就在于,从《毛诗序》的"在心为志,发言为诗"开始,"诗言志"就体现出中国文化一种特殊的"生生"思维——"志、言、诗"是一个外化性流程,而不是"内容与形式"的可分离关系。这种"生生"与老子和庄子的"道"论,体现出中国文化讲究的"整体性""通彻性"文化特质。这种特质,不应该随着中国文艺理论的现代建设而遗忘,更不应该被西方二元对立的本质论思维所遮蔽。因为老子在《道德经》中说的"道生一、生二、生三、生万物"与庄子《齐物论》中的"夫道未始有封,言未始有常,为是而有畛",强调的都是"变异而不对立""浑成一体而没有割裂";而《易传》所说的"一阴一阳谓之道",也可以引申为"文学与文化"的相互缠绕和渗透,但这不是以二元对立为前提的"互动"——即中国文化没有割裂的事物构成"相互关系"。虽然《易经》有"形而上者谓之道,形而下者谓之器"之说,但由于"道"与"器"之间并不是"形上"与"形下"的对立关系,而是"源流"关系,所以中国没有西方文化意义上的纯粹的形而上存在,而是渗透在"器"里的"道"之存在,性质上是一种整体性存在。儒家的"亲亲"思维展开的"亲疏远近"、文学的"言意之辨"展开的"象外之象",其"差异性"都是在"整体性""通彻性"中来展现的——再远的人、再不一样的事物,都是中国"整体世界"的一部分,再"不一样的象",都是隐藏在

---

① 参见拙文《论文学的"中国式现代理解"》,《文艺争鸣》2009年第3期。

第十章 论中国式当代文学性观念

"现有的象"之中的。这样的思维方式，必然使得中国文学的"文学特性"是在"文化整体性"中来谈的，要强调文学的"独立性"和"本体性"，也必须以"在文化中慢慢渗透出独立性""在文化中慢慢生成其本体性"的思维方式去考量。因为这样的"独立性"和"本体性"表面上很多时候是看不出来的，所以中国文学无论怎样发展，都不可能是一种"实体性存在""对象化存在""确定性存在"，当然也不可能是一种"本质化存在"，而只能是一种"张力性存在"，以"整一"为前提的"非整一"存在。"实体性存在"会形成"形式"这样的"对象化"符号，而"张力性存在"是不可能有一个"确定的点"来作为"文学标志"的。"实体性存在"的"形式"会形成文学与现实的"对立关系"，而"张力性存在"则是"亲和现实又不限于现实"的渗透关系、穿越关系。所以在中国即便有本体论，也应该是张岱年先生所概括的"本根论"①思维——"根与叶"既是一种有机整体，也是一种生长、展开的整体，它们共同构成"本体"，而不能仅仅将"根"理解为"本源之本体"。"根与叶"是这样，"道与器""道与万物"也是这样，文学的"根"（作家的个体理解和体验）与"叶"（作品的表现内容与形象）自然也不例外。所以中国式的"文学性"思维，也应该是这样的张力性、有机性、展开性的思维。这种思维，明显区别于西方以"二元对立"思维为前提的"内容与形式之对立统一"命题。

无独有偶，在中国文化和文论中，还有另一个维度支持我们从"张力"这个视角去把握文学性问题：由于老子的"涤除玄鉴""致虚""守静"和庄子的"心斋""坐忘""齐物"等，与儒家的"修齐治平"一道，强调"体道""养心""至诚"的"修炼"工夫，这种"工夫"构成了中国人生努力和艺术努力的"程度高低"的思维。这种"程度高低的思维"，不仅使得中国人的"做人"是一种"人格境界高""人格境界低"的价值判断系统，也使得中国传统文学理论必然会在文学价值问题上产生各种"境界"说。刘勰的"温柔敦厚"、王士禛的"神韵说"、沈德潜的"格调说"、王昌龄的"意境说"、王国维的"境界说"、叶燮的"才、胆、识、力"、司空图的"思与境偕"等概念，都与文学"境界高低"的判断相关。可惜

---

① 张岱年：《中国哲学大纲》，中国社会科学出版社1997年版，第6页。

的是,因为西方现代生命哲学和个体哲学对道家"恬淡意境"和禅宗"清静意境"的冲击,也因为20世纪中国文化在这样的冲击下导致的破碎,这种从"文学境界高低"去考察文学性问题的思路,已经被中国现当代文艺理论所遗忘。这种遗忘之所以是经验性的而不是理性化的对待,是因为中国人在现实生活中依然使用"人格境界高下"的判断,而文学中"文学境界高下"的判断,要不然就混同于"人格境界高下",要不然就不复存在。特别是,由于"境界高低"被混同于"意境有无",既然不存在"意境",当然也就不必谈"境界";儒道"修身养性"哲学有局限,自然人的"修炼境界"也就被抛弃;现代人的本真生命受到的重视,我们就不会去想生命的价值有没有"高低"这个问题。于是,"文学境界高低之张力"的问题,自然被让位于"文学是中心还是边缘"这样的与"文学性"根本无关的功利快感之问题。因为简而言之,文学在中心不一定就有好的文学,文学在边缘也不一定就没有好的文学。其他诸如"文学是否现代性"问题,"是否启蒙"问题,其实也都不是影响"文学性高低"的关键问题。

一般说来,"境界"可分为"文化境界"与"文学境界"。"文化境界"主要指儒、道哲学对人的要求通过修炼所达到的程度,并分别大致体现为儒家的"圣性"追求和道家的"平淡"追求,王国维所说的"有诗人之境界,有常人之境界"[①]也是指的这种境界。而"文学境界"则分为两种情况:一种是指文学凭借"象"(景)传达"特定的意"构成文论家认为的理想状态,比如"意境"[②],刘禹锡所说的"境生于象外"之状况,就是指"意境"有"象外之象"之含义;所以"文学之境"不同于"环境""心境""情境"这些"境况之境"。魏晋玄学时期,王弼、郭象、僧肇以"无""空""静"这些"可超脱于物"之哲学理念来理解"境",使"意境"常常有空灵感、虚化感、静谧感,在以道家、禅宗为美学主导的中国,常常混同于"境界之高"。比较起来,文学家在表现情感、形象、意绪过程

[①] 《王国维文集》,北京燕山出版社1997年版,第43页。
[②] 以"象""境"为境界的依凭,比较适合解释中西方传统文学,而"不限于象、境"则可以囊括20世纪中西方的现代文学,所以综合地说文学可以分为"形象境界"(叙事类)、"情感境界"(抒情类)和"意绪境界"(意识流类、抽象类),这里的"境界"为"独特"之意。

第十章 论中国式当代文学性观念

中所达到的艺术上的完美性(如王国维所说的"隔与不隔"以及"意"与"境"的"相融"),反倒被遮蔽了。由于中国文学在根本上受文化的制约,所以"文学境界"常常是被"文化境界"所规定而不一定自觉的,具体地说就是被儒、道、释哲学思想所规定而自以为是在谈文学境界的。王士禛的"神韵说"依附于空灵冲淡又内含生气的"玄学、禅学",沈德潜的"格调说"依附于"厚人伦、匡政治"(沈德潜《重订唐诗别裁集序》)的儒家伦理,而王国维也常常是在"意境"意义上说"境界",所以总体上也受老庄禅美学支配,其标志之一就是王国维多以中国古典诗词来验证他的"境界",而没有结合西方文学说"境界","词以境界为最上"就很难与"文学以境界为最上"通约了。

另外,中国文化在"境界"问题上所体现的"现实等级与评价等级"的"不一致",又有助于我们思考"文化境界"与"文学境界"的"不尽统一",由此展开"文学境界"对"文化境界"的突破。这种情况体现为:1.**在现实地位等级和人格修养等级的关系上**,儒家由"三纲五常"所建立的"政治等级"是维持社会稳定的重要方式,某种程度上也包含着价值判断——"君"自然应该比"臣"人格境界要高,"圣人"的境界自然是"常人"所不能及。但实际的情况是:我们在现实中从来没有遇见真正意义上的"圣人",说明超凡脱俗的"圣人"不可能成为现实化存在,在今天"尊重日常"的现代化的意义上也没有必要设置这样的"圣性"存在;更为普遍的情况是:社会政治等级与个人修养的"品性高低"是两回事,说明"做人"与"做官"是不成正比的。君子、家长和丈夫的地位高,但人文品性不一定就比臣子、孩子和妻子高,宫廷诗人地位高,但写出的作品人文价值和文学价值都未必高;所以钱谦益是柳如是的丈夫,但人格境界和民族气节均比不上柳如是;王安石政治地位、政治能力均高于苏轼,但对百姓体察的人文品格却不如苏轼。由此来看,作家的社会地位和文学史地位,不一定与作家的文学贡献成正比,"文学性"理论应该更关注后者。2.**在文学的意识形态和意义形态的关系上**,看一部作品是否反映重大社会问题,是否符合主流意识形态要求,是否体现出儒家意义上的"忧患",是否具备"现代意识"……这些都是"文化对文学的要求",这些可以体现出一定的时代内容,而以这样的内容为前提,对艺术的要求就限于"生动""栩栩如生"等所谓"审美表现",多数学者就是在此意义上理解恩格斯的"较大的思想深度和意识到的历史内容,同莎士比亚剧作的情节的生动性和丰富性的完美的融合"①(即美学与历史的统一)。由于"审美"和"生动"在此有工具化倾向,所以"教化"是文学的性质和目的,这就无法触及"艺术模糊意识形态、穿越社会本质规律"之问题。即"文学境界"要看作家在表现"文化对文学要求"的内容中,有没有作家自己的异质性理解和体验"渗透""穿过"这些内容,从而使文化观念因难以概括这样的内容而弱化、消解其教化功能。所以以"日常叙事"消解"宏大叙事",以"尊重女性的贾宝玉"消解"以贾政为代表可被主流文化支撑的男性生存群体"、以"女儿都是水做的干净"消解"视女人为泄欲工具"和"男尊女卑"的等级文化……正是《红楼梦》的"文学性境界"之显示。3. **在文论依附和文论独立的关系上**,从刘勰强调文学的"温柔敦厚"开始,王士祯的"神韵说"、沈德潜的"格调说",总体上皆从属于道家的"道气论"和儒家的"仁义论",使得中国文论家常常将做人的"文化人格之境界"混同于"文学优秀之境界",导致文学为文化境界服务的工具化性质,这与中国现代文论要求文学表现"历史进步论""个性解放""悲剧意识"并以此衡量文学价值的思维,是基本一致的。然叶燮强调"才、胆、识、力"并将"识"放在首要,多少触及"文学境界"区别"文化境界"之根本。一个作家没有自己的"识",便不可能形成自己的"文学境界"。所以如果我们看不到文论有"从属儒、道化理解"和"突破儒、道化理解"之别,有"从属现代性要求"和"突破现代性要求"之别,就不可能区别"文化性"对文学的"载道"要求与"文学性"对文化的"穿道"要求,也不可能意识到"文学性"只是在"突破文化性"中才真正开始自己的"境界"追求的。所以当欧阳修为"山林者之乐"与"富贵者之乐""不能兼得"而痛苦因而徘徊在道、儒哲学之间时,苏轼则以"君子可以寓意于物,而不可以留意于物"(《宝绘堂记》)突破了道家的"超于物"和儒家的"入于物",展现出他独特的"游于物之外"之思考:"寓意于物"的"寓"是"赋予理解"的意

---

① 《马克思恩格斯选集》第 4 卷,人民出版社 1972 年版,第 343 页。

第十章　论中国式当代文学性观念

思,而"留意于物"的"留"则是"停留"的意思。既"赋予"而又不"停留","穿越物"到"物之外"就成了逻辑推论。也正是在这个意义上,苏轼突破了儒家"膜拜—拒斥""物"的思维,也突破了道家"超脱—淡忘""物"的意识,从而为自己的作品奠定了对"道"有自己的个体化理解的根基。

　　因此,如果说"生生"是中国文化的纵向运动、时间运动,那么"境界"就是中国文化的横向运动、空间运动。要让这两个概念成为中国式现代文学性观念建设的重要依凭,我们要看到这两个概念共同的"整体性""过程性"和"高低性"之特点,必须在"中国式现代文论"中体现出来,从而突破西方以"二元对立"为前提的"本质论"思维;另外我们又必须注意到,这两个概念在中国人丰富的文化实践和文学实践中,经常会遇见"阐释的尴尬"和"价值差异"之情况。即在中国文化资源中那些很难被儒、道、释所概括的人、事、文,很可能就蕴含着中国人的现代价值和文学性价值,只不过受"宗经"思维所限,学者们常常会用儒、道、释哲学去牵强地概括它们,一旦很难概括,它们就会成为"模糊的存在"而成为文艺理论与批评的盲点。而回避这些盲点,就像一些学者总是回避"理论难题"①一样,同样说明中国学者是受道家"游于缝隙"之思想和既定知识框架制约的。因此,出于这两个概念虽然是"中国式"的,但却不一定是"中国现代式"的原因,对这两个概念进行局限分析和结构改造,就成为否定主义"中国式现代文学性"观念提出的关键。

二　"中国式文学性"审视:"生生""境界"对"独创"的遮蔽

　　由于中西方文论命题、概念和范畴的根子在哲学,由于"意境""气韵"这样的古代文论范畴离开"玄学"和"禅宗"不可能成为文学观念,

---

①　这样的理论难题,在中西方文化冲突中俯拾即是。如既不是西方的"天人对立",又不是中国传统的"天人合一",那么"天、人"关系应该是怎样的呢?既不是西方"对抗群体的个体",又不是中国传统"依附群体的个体",这样的"个体"应该是怎样的呢?既不是西方的"法制至上",又不是中国的"温情至上",那么"情与法"的关系应该是怎样的呢?等等。

所以如果我们不从哲学入手对中国古代文化概念进行局限分析和改造，中国任何古代文论范畴就都难以具有"现代之用"——那种就文艺理论本身来完成现代转换的做法，已被"中国古代文论的现代转换"证明难有实际成效。

就"生生"而言，否定主义文艺学所提出的哲学质疑是："生生"思维可以解释阴阳二气交感生万物，可以解释男女结合孕育了小生命，甚至也可以解释中国文化为什么延续到今天，但"生生"思维的性质则是"形态"有变、"成分"有变，"性质"和"基因"则是稳定的、承传的。所以生命再怎么运动变化，核酸、蛋白质和DNA都是稳定的，也没有出现"异于自然性"的物种，文明的"生生"则是指，无论时代发生怎样的变异，支撑这个文明的主导性世界观和思维方式则不会变，在中国就表现为儒家经典不会变，而只是对经典的阐释发生变化。我想强调的是：问题并不在于古人发现"气""道"是"生万物、变万物"的动力，而在于中国古代哲学将这种动力用来解释人类的产生、文明的产生甚至特定伦理的产生时，就暴露出以"万物之生的自然性创新"来代替和要求"文明之生的人为性创造"之倾向，亦即以"生生之道"来统揽一切，必然遮蔽"不同性质的创造"乃至将"不同性质的变"纳入"同一种性质的变"中。

首先，中华文明一直是在包容、同化异质文化的"生生"传统中发展到今天的，而不太会去考虑今天的"文化现代化"是不是像当初"引佛入禅"进入儒道文明有机体中的问题。这个问题之所以重要，是因为中国传统文明的变迁是在不触动文明的内在结构和儒、道基本观念上进行的，所以可以以儒、道思想去"吸取"其他文化思想，并且只能选择"可同质、可同构"的他文化思想。这样，印度"佛学"在与"儒、道"为伍时，不太符合儒家、道家的内容——如"怪力乱神"（《论语·述而第二十》）的思想——自然就被筛选掉了，而看"空"现实的一面，自然可以与道家"游"之哲学合谋。这样，真正起作用的就是"儒、道化的佛学"——"禅宗"不是构成对儒、道学说的挑战，而只是儒、道人生失败后的"寂清"补充，从而使得以儒、道为中国文化主体之地位更加稳定。这种稳定不是"文明有机体的新的创造"而是"原有文明有机结构的丰

第十章　论中国式当代文学性观念

富"。"创造"必须改变"儒、道"循环的结构,并且用异质性思想冲击儒、道观念后产生能引领中国文化突破专制性体制和依附性文化的新的思想系统,而"丰富"则是在不触动"儒、道"循环的文明系统的前提下使得这种系统更具有张力和弹性。中国学界之所以喜欢用"创新"这个概念而有意无意回避"创造"的严峻性,正在于我们只要"吸取新思想材料"就可以称为"创新",而且是"吸取"与本文明思想系统没有根本冲突的思想材料的"创新"。所以这种创新必然是"低程度创新"。反之,今天"中国现代文明"所讲的"创造性",已经不是"吸取""可同质化的异域思想"以"丰富自己的思想系统"的问题,而是要解决西方的"个体权利""个体生命力""个体创造力"这些与儒家、道家思想之间"不同质"的思想冲突问题,才能提供解决这种冲突的"东方方案"给全球以独特的现代性启示,并因此使中国现代人安身立命。这样一来,从"佛学东渐"到"西学东渐",就形成"生生—独创"的文化发展结构。传统的"生生"也就不再能承担今天"中国创造"的使命。

其次,《易经·序卦》中的"有天地然后有万物,有万物然后有男女,有男女然后有夫妇,有夫妇然后有父子,有父子然后有君臣",就是这样的缺陷之表征。在这样的"生生"推论中,不仅"男女、人类"是"天地之气"运行的产物,而且"君臣、父子"也是"天地之气"的产物,我们的疑问就不能不产生了:如果西方的"人人平等"也是天地之气"化生"的结果,那么是什么"气"造成了"君臣父子"与"人人平等"的"伦理区别"呢?又是"什么气"造成了世界"七大宗教"的文化差异呢?如果文化伦理的区别是"不同的气、道"的产物,那么这个"气、道"就不可能是"生天地""生万物"的"气""道",因为"生天地""生万物"的"气""道"只能有一个;如果同一种"气""道"会产生不同的文化和伦理,那么在"生生"过程中必然有"人为的创造性"进入而改变"变器不变道"的性质。所以,当我们用自然性的"化""生"之气来解释文明发展与变革时,一方面我们就难以解释《易经》《易传》究竟是自然之"气"运行的结果,还是中国古人在生活实践中通过自己的思想创造形成的;另一方面,中国文明史以"万变不离其宗"的性质在延续古人的基本原理,所允许的"变"只是对古人原理"阐释之变",是否与自然界的运动变化性质很难有根本区别？正是这种"性质无区别"的"低程度生生之创新"，不仅造成了中国哲学只能对儒家经典进行"不同阐释"的历史，也造成了中国现代文化原创性理论和产品同时稀缺之现实。如果自然性"生生"保持的是"基因"，变化的是"形态"，而文明的"生生"保持的是"基本观念和思维方式"，变化的只是"阐释"和"运用"，那么要解决这个问题，中国当代哲学就必须建立一种"生生—独创"这种我称之为"从性质不变走向性质有变"的"穿越现实的程度"思维。

同样，中国文论受"生生"的"变器不变道"制约同样遮蔽了"独创"。清人叶燮以"才、胆、识、力"合一为文学的完美状态并将"识"放在首位，所谓"四者无缓急，而要在先之以识"（叶燮《原诗·内篇》），这虽然是对的，但"作家独特的识"则没有被突出，这与儒家"学而不思则罔，思而不学则殆"（《论语·学而第十五》）对"怎样的思"没有被追问是一样的。"识"与"思"之所以可能成为一个含混的概念，是因为没有强调出"批判创造性的学、思、识"，而且是对儒家《易传》《论语》"批判、创造的学、思、识"，从而可以产生不同于《易传》和《论语》的世界观。所以我对"学而不思则罔，思而不学则殆"的改造是："学而不思则罔，思而不批则殆"①——只有在缺少批判创造性思考的时候，事情才会被慢慢耽搁(殆)。所以，"宗经"思维突出"温习和消化"之"思"，而否定主义哲学所讲的"本体性否定"②，则是在尊重"温习消化之思"的基础上，通过"不满足于"这样的"思"之张力，将"批判创造之思"凸显

---

① 参见拙著《穿越中国当代思想》，江苏教育出版社2007年版，第205页。
② "本体性否定"是作者否定主义理论中的本体论和方法论。其基本含义是"批判与创造的统一"。主要包含三方面内容：一是"本体性否定"以尊重所有现实的态度出场，不是轻视现实、优于现实、超越现实和回避现实的传统中西方否定哲学对现实的态度，从而一定程度上保证了"本体性否定"与现实关系的亲和性和整体性这一中国文化特征。二是"本体性否定"以"不满足于现实"来表明否定者对现实"性质上"而不是"材料上"的离开，这种"离开"是由否定者独特的对世界的理解产生的，所以批判性的离开与独特理解的产生不可分离。这样的张力为"穿越现实"。三是"本体性否定"所产生的"独特理解的世界"，与原有的世界是"不同而并立"的关系，由此展开人类与自然、文化与文化、文明与文明、艺术与现实"不同而并立"的"天人对等"关系，区别于西方的"天人对立"和中国传统的"天人合一"。详见拙著《穿越中国当代思想》（江苏教育出版社2007年版）和《否定主义美学》（修订本）（北京大学出版社2004年版）。

出来。这种凸显,可以视为对儒家观念的结构性批判改造。"学""思""批"就缺一不可,成为性质不同于原来"学""思"组合的结构。比较而言,梅尧臣强调"若意新语工,得前人所未道者"则值得注意。因为"得前人所未道者"的"识",有可能意味着"独特之识"。只不过梅尧臣的"得前人所未道者"的"识",并不一定是在世界观意义上或哲学观意义上讲的,而很可能是在"阐释学"意义上说的。如果是在阐释学意义上说的,刘勰的"温柔敦厚"、王士祯的"神韵说"、沈德潜的"格调说",便都可以说是"得前人所未道者"。但这些"未道",总体上还是依附于"中庸""气论"和"敦厚"的,所以在哲学上就做不到"独识"。但如果不强调世界观意义上的"得前人所未道者",今天中国知识分子可以做到"得中国前人所未道者"的"识",但有可能是依附西人的"识"来完成的。20世纪中国知识分子都在"创新",但都是以西方"道"之观念为依托,这样的"有新意"之"识",不可能走向全球化背景下的"中国创造",也不能面对今天全球化背景下的"中国问题"。这个问题,突出表现在中国当代文学理论和文学批评界长期争论的"模仿"与"独创"之问题中,由于受西方"形式"论和中国传统"生生"之局限,多数学者喜欢在"一个作家是否受前人影响"下讨论"独创"问题,然后用"世界上根本就不存在纯粹而绝对的'独创'"①来质疑之,但论争双方往往不涉及"作家对世界的独特理解产生作品的独特立意"才是"独创"之根本。"独创"不是在作品的内容如情节、细节、气氛、技巧、生活内容等层面考察的,也不是在纯粹和绝对的"形式与内容都独创"的意义上考察的,因为前者不涉及作品的性质和结构,后者则是二元对立的西方思维方式所致。所以孙犁先生说"没有《金瓶梅》,就没有《红楼梦》"②,也许可以解释没有《金瓶梅》就不会有《红楼梦》的"生活内容",但却解释不了"没有《金瓶梅》未必不会有贾宝玉这个人物的'独特的立意'"。只有"独特的理解世界"才能使"才情、胆量、情节、人物、氛围、细节"等"文学内容"赋予"独创性品格",也才能使围绕贾宝玉身

---

① 李建军:《模仿、独创及其他》,《南方文坛》2009年第2期。
② 《孙犁全集》第八卷,人民文学出版社2004年版,第107页。

边的人产生没有贾宝玉所不一样的意义。很可惜,这个问题成为中国古代、近代文论家思考"识""意新"这些命题所"不及"的局限,也成为中国当代文学批评家依赖西方意义上的"纯粹独创"之局限,从而构成"生生—独创"整一性的"断裂"。

从"境界"论而言,这种"局限"同样表现在王国维的文论上。由于王国维在"识"的问题上受叔本华、康德、席勒哲学的制约,受西方主客体思维所影响,谈"境界"过于关注"有我之境"与"无我之境"、"造境"与"写境"之类型探讨,没有注意到以"独特地理解世界"来穿越"有我"和"无我"、"造境"和"写境",故难接触到"文学境界之高格"要害在于是否能写出"不同的、独特的境界"。因为丧失独创性的"有我"和"无我",可以呈现"意境类型化"之弊端。所以《红楼梦》中湘云对诗的"寒塘渡鹤影"与林逋的七律《山园小梅》中的"暗香浮动月黄昏",尽管"境"有色调和景况的差别,但"意"则相似于"清寂"。关键是,王国维举例宋祁的"红杏枝头春意闹"之"闹"字奥妙,却不可被"有我""无我""造境""写境"的差异所解释,当然也不仅是钱锺书在《通感》中说的"是把事物无声的姿态说成好像有声音的波动"①这样的解释,而是李渔在《窥词管见》中所说的"余实未之见也"的"别具一格"的意味。但与李渔嘲笑"闹"作为点睛之笔不同的是,我以为"生命欢腾之闹"在有"别胡闹"之训诫的儒家文化中,是有朝着"独意"发展可能的,它至少可以说明"在闹中"是中国人最欢快的时空之意,因此也是最有可能与巴赫金的"狂欢"接轨的"中国式本真生命整体状态"。以此类推,"最高境界"的作品也不是王国维所说的"故能写真景物、真感情也,谓之有境界"(《人间词话》)。因为"感情"从来是受"理性"制约的,"人同此心,心同此理"说的就是这个道理。什么是"真"本来就受制于"什么样的理",中性的"心"和"感情"从来找不到存在的例证。"文革"前十七年的中国人的感情之所以不能说是"假感情",是因为"真感情""假感情"从属于你如何理解"理"。子君离家出走的"反叛性"和杜十娘怒沉百宝箱的"反叛性",虽然情节、细节不一样,但只有

---

① 钱锺书:《七缀集》,上海古籍出版社1994年版,第64页。

第十章 论中国式当代文学性观念

"情对抗理"而不考虑"情只有依托新的理才能被保护"的思维方式是一样的,结局自然也都是悲哀的。所以这也同样是《牡丹亭》作者汤显祖倡导的"情在而理亡"所"不及"的领域——"怎样的情从属怎样的理",将直接推出"独特的情感—独特的理性"之张力问题。

因此,王国维谈"境界"多从古代文学作品出发,有意无意地回避了中国和其他东方各国近现代文学艺术创作,没有考虑到通过强调"独创"是可以恢复"意境"与"境界"之新的建构的。与王国维的思维方式一样,20世纪中国文学艺术之所以缺乏"意境",是因为中国作家艺术家在中西观念之间徘徊、冲突,不能以自己的世界观改造中西方世界观,而不是"意境"不适合中国现代文学艺术创作的问题——当我们一说到"意境"只能想到古代"意境作品","意境"当然是不适合现代中国的——这一点,最充分地体现在朱自清《荷塘月色》中。作品中的主人公面对荷叶与周围鬼蜮般阴森的灌木丛产生的惆怅,进而想到中国古代"恬淡意境",说明"意境"已不在眼前的"破碎"景色中,这种眼前景色与古典审美意境的分离,不仅使得中国现代艺术家谈"意境"只能回到古代艺术意境中去,而且使得中国现代文学艺术均成为从属于现实挣扎的"思想碎片""情感碎片"和"作品碎片",文化的破碎必然造就文学的破碎。事实上是:当中国现代艺术家不是像李可染先生那样通过怀念古典"柔弱的荷花"去弘扬传统,就是像郭沫若那样直接宣泄生命的激情来反叛传统时,日本现代画家东山魁夷却以其"静谧、纯朴、幽冥"的"新意境"作品,再一次获得处在痛苦中而心灵破碎的东方现代人的审美青睐,从而建立起一种东方式的"独境"。在东山魁夷画笔下,你不能再用"画中有诗"来描述,因为那是比诗更为博大的心灵圣洁而宁静的世界,抒情的因素和诗意似乎已在其中隐匿;你同样也不可能在东山魁夷的画作中去发现中国艺术常有的"情趣"和"神韵",因为生命在东山魁夷笔下已具有宗教般的静谧和庄严,你当然更不可能从东山魁夷的画作中领略中国文人诗画"无力蔷薇卧晓枝"的柔弱和"千山鸟飞绝"的死寂,因为东山魁夷笔下永远密集而笔直的树干和道路,在蓝、白、绿相间的轻淡和朦胧的色调中,使得你无法不将其与一种生命朴素的坚执、命运的幽冥相联系。这种将单纯的生命融入自然化为宗教性的静谧产生的意境,既与东山魁夷对世界的日本式的东方性理解相关联,也与一个优秀艺术家能以现代人的意识重新理解自然与生命的关系相关联。所以东山魁夷可以给我们这样的启示:像玄学和禅宗那样构筑的"意境"虽然逝去,但这并不意味着以和谐宁静为文化性追求的东方人,不能通过新的哲学理解和审美体验构筑不同于中国古典意境的"意境"。东山魁夷的"独境"之成功,使得他在日本绘画界具有了像电影界黑泽明影响世界的意义,也使得中国当代作家和文艺理论家早就应该反省这样的问题:问题并不在于现实生活中已经没有诗意存在,也不在于我们更多地体验着中国现代人在中西文化冲突中的矛盾、挣扎和痛苦,而在于艺术如果以"独特地理解世界作为最高艺术境界",它就不能写实性地就矛盾写矛盾、就痛苦写抒情、就平淡写无聊、就革命写豪情、就身体写快乐,更不能在中西方思想之间徘徊来从事艺术创作,而应该形成这样的"文学性""艺术性"理念:由"独特理解"所奠定的"独特世界",这个世界可以是"意境化"的,也可以是"非意境化"的,可以是"形象性"的,也可以是"情绪性"的,可以是"梦幻性"的,也可以是"写实性"的,这些分类其实并不重要,重要的是有了"独特理解世界"穿越"写什么",传统的生活和意念、写意和白描、语言和技法,就完全可以获得现代独特的意味。所以五四新文化运动所不屑的"山林文学""鬼神文学",在鲁迅笔下照样写出了《铸剑》《采薇》,而中国现代艺术家所不屑于追求的"意境",照样可以在日本的东山魁夷那里获得"现代性"品格。

三 "中国式文学性"观念:
文学穿越现实的"生生/独创"之程度

在"否定主义文艺学"中,"文学穿越现实"①意味着对一切现实存在的"尊重、穿过、改造"。"现实"在这里可以指称"一切现有的文化观念和文论观念",也可以指称"一切现实生活内容"。"尊重现实"是指

---

① 参见拙文《论文学对现实的"穿越"》,《文艺理论研究》2004 年第 1 期。

第十章 论中国式当代文学性观念

对既定的现实观念和现实内容的"亲和"与"尊重",不采取"拒绝"和"轻视"的态度,"穿过、改造现实"是指作家以自己独特的对世界的理解突破既定现实的性质和结构、并通过局限分析利用原来的材料和新材料建立自己的现实结构,从而构筑起文学的"另一个世界"。就"生生"和"境界"而言,"穿越现实"就是"尊重又不满足于'生生''意象'从而逐渐通过结构改变走向'独创'"之"程度思维"①。其中,"逐渐走向独创性的结构改变"是指:就像儒家哲学是逐渐积累而成的一样,"创造"或"独创"在中国也受"生生"的"过程论"影响。中国文化语境下的"创造"或"独创",不是西方二元对立文化催生出的"某个早晨诞生了尼采"那样的"革命性创造"和"划时代转折",更不是对象化、本质化存在的"纯粹形式"和"文学性语言",而是慢慢生长出来的、在"非独创性意味背后"需要我们用"穿越现实"的方式才能把握的一种"隐性独立存在"。这种"隐性的独立存在"是传统"生生"思维所不及但并不断裂的一种存在,从而体现为一种"生生—独创""意境—独境"的整一性的"创造程度"和"创造张力"。

首先,作为文化范畴之一的艺术与文学,如何与文化产生"独立关系",一直是中国现代文艺理论的一个难题。而在中国语境中希图建立起西方式的"上帝的事情上帝管""恺撒的事情恺撒管"的文学与文化"互不相干""互相对立"的关系,是中国文学理论现代化过程"依附西方"产生的最大思想误区。因为这既违背了《易经》八卦图所展示的中国文化整体性、互渗性之特点,也不符合"生生"思维所体现的通彻性和连带性,更不符合中国独创性作家与作品的实践经验,而且至今也没有一个学者充分论证过其可行性。那就是,中国独创性作品与非独创性作品,甚至独创性作品的内部结构,都是截然不同于尼采、凡·高和陀思妥耶夫斯基那种西方意义上的"横空出世"之独创的,也是不同于毕加索那种"纯粹形式"的。鲁迅虽然写过《伤逝》《在酒楼上》等有独创性的作品,但《狂人日记》明显受西方人文观念的制约,从而使他

---

① 详见拙著《本体性否定——穿越中西方否定理论的尝试》,浙江工商大学出版社2008年版。

脱离不了"听将令"的文化惯性。这使得鲁迅在中国现代文学史上的崇高地位，至今还是停留在"文化批判之战士"的理解层面上，也是鲁迅可以笼统地概括为"属于现代性追求"的作家之原因，中国作家创作的复杂性，也正来自"生生—独创"的整一性结构看你偏重哪一方去把握。很少有学者去研究鲁迅在文学独创性问题上"面对人道主义的人在中国也很困惑"这个课题。所以在"反封建"之响亮的意义上，人们总要提到《狂人日记》，但是透过鲁迅说"中国文化吃人"的痛快，"中国人为什么喜欢被吃"这一更深刻的问题，则被鲁迅"尚未往前走一步去质疑的遗憾"而放逐了。鲁迅的"文化性伟大"在于他说"我也吃过人"，但鲁迅的"文学性遗憾"，则在于他看不到中国人的"文化性依附"使得中国人永远不能脱离"被吃且麻木得快乐起来"的宿命。而"中国的现代新人"，如果不与这样的宿命"共处同一整体"来思考，且用"生生—独创"的思维方式去思考，恐怕是永远难以得出思想的洞见的。在此意义上，《狂人日记》与《伤逝》，也就可以用"生生—独创"的"文学穿越现实的程度"去解释了。《伤逝》在文学性上的价值自然就高于《狂人日记》。

与此同时，这种"生生—独创"的张力在中国经典文学作品中最具有独特品格的人物身上也能体现出来。在《红楼梦》这样公认的经典作品中，贾宝玉典型地体现出这种"非独特—独特"的共有性张力。"非独特"是指贾宝玉身上有很多可被现有文化观念概括的内容。比如"软弱""依赖""玩世"和"不具责任感"等，都是很难作为"新人"的支撑点的，也是很难被读者进行审美认同的。但有了这些"非独立性"的内容，作为人物形象的贾宝玉，反倒拉近了与读者的距离而成为具有亲和性的人物，这就使他身上最具独立性的品格与内容，不是"对立"于"非独立性"的文化内容的，而是渗透、穿过文化性内容的。为了把握这样的内容，文化批评与文学批评一样，需要穿过外在或表层的文化性内容，才能挖掘到最深处的"独立性内容"。这种独立性内容，在鲁迅身上是穿过他的"战士的战斗"才能捕捉到的"面对虚妄的充实"，而在贾宝玉身上则是穿过"玩童""不争气"才能捕捉到的"尊重并怜爱女孩之纯净"。所以我强调"中国式的独特形象、独立思想、独立人格"，

第十章 论中国式当代文学性观念

就是指这样的不是直接作为"对象"站立在读者面前的"独特",而是要通过很多不属于"独特"的形象和内容——宛如我们在隧道里穿行或挖掘一般,才能最终把握到的。这种思维方式也适合我们判断中国古代作家价值的高下。如钱谦益和柳如是,如王安石与苏轼,他们在人的品格上既不能说是"对立的",也不能说是"正确与错误"之关系,而是受专制和主流意识形态约束的"强和弱"的问题,这一问题只能是"人文程度"问题而不是"有没有人文精神"的问题。"程度"性眼光使得人的品性成为一种"可高可低"之动态,所以也更能展示出民族品格上钱谦益从"怯懦"走向"坚强"的生命过程,反之,有较高人格境界的人,也会因为一时怯懦而体现出人格的犹豫。依此类推,君子和小人也是如此:小人并不是任何情况都是考虑私利的,君子也不是任何情况都是考虑大义的,其人格品性都不可做"确定性"理解和规定。

受此启发,中国在全球化状态下的"文化独立"品格,就必须具有这样的思路:中国引进大量的西方文化和技术是正常的,唯此才能与西方构筑一个共同平台,形成"四海之内皆兄弟"之整体。但这"平台"和"整体"有"用西方的方式构筑"和"用中国自己的观念构筑"之别。用"中国自己的观念"也有用"传统的自己"和"现代的自己"之别。"现代的自己"目前尚未真正产生,而"传统的自己"之所以在"全球化"面前是无效的,是因为每一种文明的古老文化"本身就独立于现代性",所以古老文明的"独立"是不受现代性约束的独立,自然就不是"全球化状况下中国如何融入西方又不被西方文化同化"的"独立",也不是西方化或全球化面前中国文化如何独立之问题。即我们今天所讲的"中国式独立",是以一个民族进入"现代化"和"全球化"这一平台而又能以自己所创造的观念和思维方式处理这些全球共同内容并且同样可以走在世界前列为标准的。为此,"中国式的文学性"思路的启示性就在于:中国引入西方观念、语言、技术和产品,是中国文化一向可以容纳百川的显示,是一件再正常不过的事情。但我们应该做的事情不是像改革开放初期有些人那样"抵制开放",或以"民族的传统性"拒绝引入西方文化,也不是像"西化派"那样认为中国所有的问题西方的理论均可以解决,或依附西方原理去寻找"中国特色",而是在表面相似的生活(观念、技术、生活方式等)背后能看出中国人具有与西方不一样的处理共同生活的"独特思路"和"独特观念"。比如,中国诚然可以像西方那样建立一个法制社会形象,但"法学"的以西方法学为依托,在中国这样一个"合情就合理"且"理与情是一个整体"的文化中,是不可能做到"情感的事情让情感处理""违法的事情让法律处理"之分离的,更难以建立"以法制情"这种"合理就合情"的法制天下。如此,才有一个"中国式的法学"观念原创之问题放在我们面前。面对这样的问题,才是真正面对"全球法制状况下的中国式独立"之问题。

其次,这种"程度"或"张力"之所以在"独创性的人和作品"面前体现为"不及",是因为这种"不及"在阐释学上首先是指一种"阐释的尴尬"。"阐释的尴尬"不是完全不能解释,更不是那种用西方"形式主义"文学观解释中国作品所产生的"文化性错位",而是只能解释作品从属文化要求的观念、内容、风格和技巧等部分,但却难以涵盖作品背后深层的立意和灵魂。准确地说,"阐释的尴尬"是只能用传统给定的"思想"去解释作品的内涵而又"言不尽意"。"言不尽意"在这里不是指"只可意会,不可言传"的"体验",而是指"用现有观念不能言传、也很难意会准确的一种独特意味",这种意味,才是"文学性"的最高境界。

中国现代经典文学"价值差异",突出体现出在文学研究上很多学者"文学性"思路之"不及"。由于五四新文学运动更看重"传统文化之道"向"西方文化之道"的转变,并以这样的转变所体现的"现代性"来看待"文学是否经典",这就不可能看重对"传统文化之道"和"西方文化之道"均具有质疑性的作品,当然也就不会在此意义上看重文学的"文学性程度"。在此方面,巴金的《家》和鲁迅的《伤逝》之关系,可以做最好的说明。巴金的《家》的主旨可以视为西方"个性解放"观念和易卜生"娜拉离家出走"的中国版,所以无论在文化观念上还是艺术形式上,都没有离开"对既定文化观念和艺术表现方式的依附",这样的创作,其性质就属于"生生"思维所产生的"创新"——即离不开现有作品之参照,或者说,是把"正常的文学影响"异化为"情节和立意的模仿"。如果你看重以西方观念对中国传统观念的"道之间的批判",自

第十章 论中国式当代文学性观念

然就会看重《家》的"新意识形态"功能。这种功能在国内,影响了更多的青年走上革命的道路。但如果你看重文学突破意识形态的功能,看重文学对传统文化之道与西方文化之道的"双重质疑"后所打开的"深刻的启示性空间",你就会认为鲁迅的《伤逝》更具有"独创性"品格,这种品格便是对"生生"的突破。所以比之觉慧"告别封建家庭",鲁迅则通过子君和涓生离家后的"走投无路",对任何现有的"个性解放之道"产生了质疑,这种质疑必然产生鲁迅笔下人物的"圆圈命运"——从哪里来,还回到哪里去,唯一的差别就是主人公比原来的境况更糟。如果说,鲁迅在《狂人日记》中说"中国文化吃人",还具有以西方人道主义为批判尺度的倾向,那么到了《伤逝》和《在酒楼上》,鲁迅则通过"既怀疑西方离家出走的个性解放","也怀疑中国文化是吃人的文化"这种"双重批判",将自己放逐到"中国的新人是什么"的"体验性拷问世界"中去了。这种拷问的文学性意义在于:在中国,"反叛一个压抑个性的家庭"只不过是"又进入另一个压抑个性的家庭"而已,因为家庭内外在中国构不成根本区别——这正是中国文化"整体性"使然。同时,因为中国吃人的文化竟然让许多人快乐,那么不吃人的人是怎样的"中国人"呢?这才是一个唤起读者启示性思考的文学意味世界,而且不可能轻易地给出任何解答。但是,鲁迅这样的"创造"品格,之所以又没有脱离《家》所给定的文化语境,是因为鲁迅只是在巴金思考停住的地方又"往前走了一步",这就使得中国文学"文学性实现"的方式,是"生生"与"独创"共处于一种张力之内,中国文学的独创性,只是"更深入了一步"而已。但这种"更深入了一步",因为突破了现有观念的束缚而使得文学的性质发生了"质"的变异——鲁迅无论是在对世界的理解上,还是在人物命运的安排上,甚至在文学的文体和语言上,在中国所有的现代作家中,均突破了现有的文化观念和文学形式所给定的阐释空间,从而体现出"独特的境界"而具有"充分的文学性"。

所以,"中国式文学性"之所以是"穿越现实之程度",在"生生"之意义上讲的文学创作的整体性、通彻性,在"独创"之意义上讲的是文学批评在批评实践中的"不及"和"尴尬"。整体性、通彻性使得"中国式文学性"不具备西方式文学性思维的"确定性"特质,所以我们无论是用"审美性"还是"形象性""形式性",都不可能把握中国式文学性思维的奥妙,这就是步西方文学理论后尘的中国当代文艺理论发不出"中国声音"的原因所在。同时,中国当代文艺理论之所以不涉及"独创"问题,是因为西方文学理论不可能在中国文化意义上讲"独创",从而不可能有任何理论能对"中国式独创"有恰当的说明,同时还因为,我们没有一种"不及"的意识来对待用现有文化和文学观念所难以把握的中国作家和艺术家的独创性内容,从而将文学批评的重心放在中国作家如何突破儒、道、释和西方文化观念之束缚进而给我们以启示上。当然这也会造成中国文艺理论"文学经典"理解上的混乱,造成中国文学批评"文学史书写"中的"弱文学性"立场而不自觉。由于受"生生"思维制约的中国文学,在几千年的发展中更多体现为"变器不变道",所以一方面"器"可以理解为"文体变革"(小说革命)、"表达方式变革"(白话文革命)和"创作方法变革"(意识流革命),另一方面"道"可以理解为"儒道释对文学的统摄不变"以及"文以载道的从属性不变",这必然使得中国传统的文学性思想在解释独创性作品的时候,除了"个性"和"风格"之外找不到更深入的观念来表现。这样,建立"生生—独创"和"形象—独象"的文学性程度思维,就可以较好地解决作家"个体化的理解世界突破既定世界观"这一"最高文学性程度"之问题,为中国文学批评的"文学性判断"确立"价值坐标"。

四 "中国式文学性"提问:准文学、差文学、常态文学、好文学

指出这样一个问题是必需的:中国现代文艺理论强调"文学独立"以突破"文以载道"之束缚,作为与"中国现代个体和自由"建设相辅相成的工作,应该是中国文艺理论现代化的目标之一,意义十分重大。然中国文艺理论家依附于西方文学理论关于"文学独立"的观念,将"文学是什么"作为文艺理论的提问方式,在理论上以"文学区别非文学"的"特性"作为文艺理论的建构努力,希望通过"文学本质"的追问来突

第十章 论中国式当代文学性观念

破文学工具化格局,我认为从一开始就踏上了使中国现代文论丧失"中国文化特性"的歧途。

这种歧途体现在:中国现当代文艺理论,迄今没有一种文学观,是能够把"文学"与"非文学"清晰地区别开来的,而不能完成这样的区别,最后可能连"在中国什么是非文学"也说不太清楚。这不仅表现在"文学是人学"这一迄今仍有意义的文学观,也表现在"文学是审美认识""文学是情感认识""文学是形象认识""文学是虚拟世界"这些比较有代表性的文学观念中。反思这个问题不是因为以伊格尔顿为代表的"反本质主义"思潮在中国成为近年的思想时尚,而是因为雅各布森的"文学之所以为文学"的"文学性"的思维方式和伊格尔顿的"没有确定的文学性"的思维方式,均不是在中国文学的"文学性程度"上展开思考的,也就是说不是站在中国文化特性上思考"文学性"问题的。这表现为:1.在中西方文学共同的意义上,宗教也是虚拟世界,所以文学的"虚拟"本身确实无法真正区别于宗教——文学只能就"虚拟什么"来说事;而文学中的"可观念化"内容,使得伊格尔顿的"文学理论实在不过是种种社会意识形态的一个分支"[1]有一定的道理;中国的"文以载道"之传统,更可以确证文学对意识形态的从属性质,要分析文学"对立"于意识形态的特征,确实是很困难的,所以"文学是人学"在根本上可以理解为是强调人道主义意识形态的文学观,而不能作为"文学"与"非文学"的分水岭。特别是,雅各布森仅就"文学性语言"来论证文学与非文学的边界,被伊格尔顿在多种场合抓住像"这糟糕的像虫子爬的书法"这样单独的句子是不是文学语言来做文章,而日常生活中充斥大量的"文学性语言",使得我们确实无法靠这种语言来作为文学的"本质特征"。2.在中国文学的文化特性上,"象"思维是中国的文化性思维,而不只是"文学的思维";所以有学者根据艺术强调形象性的认识,说中国文化精神是"艺术精神"[2],虽然有些"本末倒置",但

---

[1] 〔英〕特里·伊格尔顿:《二十世纪西方文学理论》,伍晓明译,北京大学出版社2007年版,第179页。

[2] 参见徐复观《中国艺术精神》,商务印书馆2010年版。

也不为过。中国人接受一种事物，要"看得见摸得着"，即所谓《易传》的"观物取象"；接受一种观念，要凭"寓言"和"故事"，即所谓《易传》的"立象以尽意"。中国人构筑社会、家庭和个人发展的未来，是用可观性的"理想图景"来展现的，中国人批判一件事物，也是要历数对方可观性的"种种劣迹"（"迹"也是"象"的另一种表达）。所以这种"形象思维"和"形象认识"，在根本上是中国人把握世界的方式，然后再派生出中国文学同样性质的把握世界的方式，很难作为"文学"区别"非文学"的界线。3."情感认识"则是中国人"象思维"必然产生的附属的文化特性，即有"观物取象"，必然会有"托物言志"与"借景抒情"——在物、象、景面前的抒怀，不只是诗歌创作的手法，也不只是中国诗人之所为，而就是中国人"现实性"生活的基本内容。这种内容突出地体现为"合情即合理"——当感情共鸣和经验习惯占上风的时候，"不讲道理"是可以被默许的，因此才会发生一个村的村民为犯了罪的村长集体开脱的事情。理由可以只是一点，村长是为了全体村民的利益而犯罪的，而"村民的利益"显然又体现了村民感情所隶属的儒家的义理，儒家义理又是对国家、村家、私家等级性亲情生活的总结。这种相互渗透缠绕的文化现象，不可能生发出对立于"情"的"理"，这大概也是"情理"能成为一个词并且"情"成为"理"的前缀之原因。既然如此，中国文学能称作"情感认识"，中国文化为什么不可以同样称作"情感认识"？也由于文化与文学的整一性，"反抗剥削和压迫"究竟是一种"文化性感情"还是"文学性感情"？无论是在现实生活中还是文学生活中，你都是很难分清的；甚至也正因为这种"整一性"，文学作为"文以载道"的工具，文学作为承载"西方之道"来"反传统""反封建"，也就被视为正常的了。在这种"反"中，我们确实不可能分清哪种是"文学之反"，哪种是"文化之反"。依此类推，中国文化讲"以情感人"，中国文学批评讲"情感性共鸣"，其实都是"重情"思维的具体体现。4.比较起来，文学作为"审美认识"和"审美把握"，就更不能作为文学区别于"非文学"的"本质特性"去理解了。因为美不独在形式，也在思想、语言、行为、体验和生活中。尼采可以为自己发现"超人"理论而激动，恋人可以通过日常语言交流而爱上对方，科学家可以为符号和数字发现

第十章 论中国式当代文学性观念

而审美沉醉,追星女孩所说的"我爱他的与众不同"也同样蕴含着一定的审美体验……说明的都是"审美符号无处不在"的道理。反过来,因为不是所有艺术都能唤起人的审美体验,比如"公式化、概念化作品",比如"毕加索的作品",比如文学青年初学写作时的作品,都不能与审美直接画上等号。所以"艺术只有在产生艺术美的时候",才是美学研究的一个方面,美学研究的"对象"同样可包括思想、观念、情感、情绪、符号乃至生活本身,所以"艺术"不能与"审美"画等号,审美远远大于艺术,这是一个基本事实。特别是,如果我们承认"创造性"和"独特性"是审美的主要特性,那么公式化、模仿化的作品,也就更不能与"审美"画等号了。"文学性程度低"的作品,因为作家在对世界的理解上依附既定的世界观,其"可审美的程度"自然也是低于经典作品。所以审美现象的无处不在和审美程度的高低,都使得中国现代文艺理论不可能将文学作为"审美认识"或"审美意识形态"去对待,自然也就不能将"审美"作为文学与非文学的边界。

也因为此,否定主义文艺学以"准文学—差文学—文学—好文学"的提问方式,作为对西方"文学—非文学"提问方式的"穿越"。既然是"穿越",就意味着否定主义文艺学对"文学—非文学"之提问首先采取尊重的态度,然后通过"准文学—差文学—常态文学—好文学"之提问来解决"文学—非文学"难以解决的问题。首先,"程度论"默认中国人对"具象"和"情感"的推崇使中国文化具有一定的"艺术因素",但"艺术因素"还不能等于"艺术性质",也不能说中国文化是"艺术的"。这就跟生活中我们虽然说"文学性语言"但不能说"生活就是艺术"一样。"具象"和"情感"作为"因素"还是作为"性质",是完全不一样的。"具象"和"情感"之所以在现实文化生活中是"因素",是因为现实生活是以"生存性""利益性""观念性"为"性质"的,"象思维"和"情感认识"是服务这种性质的,所以在"文学性程度"的意义上,"形象因素"因为是"最低的文学性存在"而使得它所依附的对象在性质上异于文学的性质,我将这种性质称为"准文学"(即不是严格的文学)。因为"文学"具有离开"生存性""利益性"和"观念性"的取向,并以"存在性""心灵依托性""模糊观念性"为自己的"性质生成",使得文学从"现实之用"走向"弱现实之用"再到"无现实之用"。比较起来,服务于现实之用的"形象因素"虽然不能简单地说是"非文学",但至少可以说是"准文学"或"有文学因素的文化"——如果你将文学只是理解为一种形象化手段,这"准文学"也可以作为"文学"来对待;如果你将文学理解为有自己性质的世界,这"准文学"便还不是真正的"文学"。"文学"之所以在否定主义文艺学这里解释为"穿越现实","文学性"之所以解释为"穿越现实的程度",是因为"有无现实之用"也是一种"程度"而形成"有、弱、无现实之用"的张力。当现实中的"形象因素"和"情感因素"逐渐取得支配的权力并化为"结构"成为形象世界和"情感世界"的时候,文学作为"因素"才转化为"性质",文学才成为文学。这个时候,文学才与"生存性""利益性"和"观念性"产生疏离效果。一般说来,读者的兴趣在"结构"和"性质"(故事、情节、人物)时,作品就是文学,当读者透过形象直接接受意识形态观念、并通过这种接受产生现实利益冲动时,作品就不能作为严格的文学。所以同样是母亲抱着一个孩子的街头广告,如果你只是通过画面接受"妈妈只生我一个"这一广告语,这广告就是宣传品,画面只是"形象因素",但是如果你把母亲和孩子的形象设计得十分可爱而有个性,这可爱和个性因为构成一个自足的世界让观众可以不在意其广告语,这广告就初步可以作为艺术对待;如果再进一步把广告语拿掉,这画面便可能成为真正的绘画。其间的奥妙就在于:"可爱和个性"的画面开始在某种程度上既区别现实化形象也区别同类宣传性广告而具有"疏离性",所以是否能让观众专注于画面本身,对这画面的要求就是是否具有"穿越现实"的品格。"广告艺术"之所以是一个不准确的概念,是因为广告可能成为不了艺术,也可能成为弱艺术性的艺术,也可能成为有较强艺术性的艺术。广告本身不能说明是不是艺术,正如"便盆"本身不能说明是不是艺术一样——关键是看你是否会像杜尚那样对待它使它"穿越实用之便盆"。所以从"准文学"(形象和情感因素)到"文学"(形象和情感世界),是一种整体性的"穿越现实程度"的"强弱"而已。这样的理解,既区别于西方本质论对"确定性"的寻求,也区别"反本质主义"在中国可能导致的放弃对中国文学"文学性"之理解,同时又突破了中国传统文论在这

第十章 论中国式当代文学性观念

个问题上的模糊理解。

否定主义文艺学之所以提出"差文学"和"弱艺术性艺术",是因为在中国这样的容易将文学工具化的文化环境中,多数作家是以服务于现有中西方文化观念的传达和现实生存需要而自觉理所当然的,这就产生了中国当代文学艺术创作的一大问题:"政治的一致"会形成"文学的一致",而文化选择的一致也会消解"文学穿越现实的程度"。对前者而言,《艳阳天》和《金光大道》在情节设置和人物结构上的相似性,说明文学即便以"故事"和"情节"出场,这些故事和情节也是在演绎"极左的意识形态"。这就产生了这样的矛盾:在故事和情节的意义上它们是文学,但在故事和情节的公式化、雷同化的意义上它们又是"文学性很弱"的文学。尤其是英雄人物、正面人物、反面人物和无性人物的意识形态规定,使得那个时期衍生出的《万年青》《虹南作战史》《火红的年代》,连"中间人物"也不复存在,即便存在,也是彼此雷同的"中间人物"。这种"公式化的故事情节"之所以在否定主义文艺学中被强调为"低文学性"或"差文学",是因为其文学性只在于"故事化地说观念"从而区别于政治的"观念化说观念",但这故事与情节之间因为构不成"穿越文学现实"的关系,而成为"低文学性"作品。指出这一点,是因为这一现象至今仍然是中国当代文学艺术和学术的严重问题——只要我们翻阅中国学术刊物上从论题到论证方法再到论证结果之大同小异的论文,只要我们正视中国学术各种明目张胆的抄袭和变相抄袭,就可以一目了然。所以提醒"文学必须与文学不一致",就是中国现代文艺理论必须强调的"文学性"之基本点。

我尤其想说的是,在"差文学"与"好文学"之间,是以"文学"体现出来的"常态文学"。"新时期文学"某种意义上便是"常态文学"。"常态文学"是"个性的复苏"或"生态化文学"。它体现为:尽管一个作家可能没有自己的哲学,在世界观上或认同传统的儒、道、释哲学,或认同西方的人道主义、现代主义甚至后现代主义的世界观,甚至也可以先后选择不同的世界观作为自己评价世界的价值坐标,但如果他有丰富的想象力和鲜明的个性,他有生动地描绘世界和编造故事的才华,并且依赖这些表达他自己对某种世界观的理解,就可以突破模仿、雷同的创作状况,以极富个性化的表达方式来建造自己的艺术世界。领略这一层面的艺术魅力,主要不在于你从中获得怎样的独创性启示和震动,而在于作家的表达方式具有审美创造意义而能让读者陶醉与共鸣。所以人们之所以喜欢沈从文和汪曾祺的作品,主要不是从中获得苏轼和鲁迅作品那样的启示,而是在同样以道家"恬淡""纯朴"美学为基础上分别展现出"上善若水"和"上浓若淡"的审美世界。这种有差异的美,既来自两人不同的个性,也来自对道家美学的不同阐发和体验。沈从文更多惆怅而感伤的人文特性,使得他往往在悲剧性情节中立意,而汪曾祺则更偏重用民间春联式的欢快单一的眼光去看世界,后者自然在文体上就更轻松随意。但无论是沈从文还是汪曾祺,他们作品的美均来自表达方式与理解世界的有机统一。即以纯朴、善良、恬淡地理解世界为"根",必然生长出他们自然性的像溪水一样流淌的语言之"叶"。比较而言,王蒙也是以道家为理解世界之根的,只不过王蒙是以"道"的"无孔不入"来阐发他的"宽容"和"杂糅"之艺术理解和艺术风格的。这种理解和风格,在当代中国作家中也是特色鲜明的。仅就此而言,王蒙、沈从文和汪曾祺都处于"文学性"的同一个层面上。只不过前面说过,以"生生"为特点的"道",在解释人的独创性上是"不及"和"尴尬"的,所以沈从文、汪曾祺智慧性地回避了"中西观念"冲突这个难题,使他们的作品保持了审美有机性品格,而王蒙则试图在中西文化的正面冲突中用他"无孔不入"的"道之机智"来打通,就难免留下作品"表里不一"(即传统的理性和现代非理性的表现手法的整合)的破碎之嫌。这种破碎,无疑影响了王蒙作品的审美性。在根本上说来,相对于"十七年"中国当代文学不正常的、弱文学性创作状态,新时期文学恢复其"常态"是值得批评界肯定的,但这种"肯定"应该是有分寸的,绝不可轻易用独创性要求较高的"辉煌"和"经典"等概念去把握中国当代文学。相对于文学批评已经用情感化态度对中国新时期和后新时期文学[①]

[①] 从"文学性"的角度,"新时期"和"后新时期文学"的分类,依然是"文学依附文化和时代变迁"产生的,这种分类如"古代文学"和"现代文学"分类一样,不可能涉及"文学性高低"之问题。而满足于这样的分类,是造成中国当代文学"文学性"研究被遮蔽的原因之一。

第十章 论中国式当代文学性观念

撒过去太多的赞词,我认为中国当代文学批评现在更需要把中国当代作家放在世界一流作家的平台上,来检验其在"文学性"上"缺少什么"。这种高标准的检验,必然使得中国当代文艺理论必须正面回答"文学性"的最高境界——什么是"好文学"之问题。

也正是在上述意义上,我们可以根据冯小刚近年最叫座也叫好的作品《集结号》,来看其在"艺术性"上还缺什么。我个人认为,《集结号》是冯小刚近年最好的作品,但放在世界一流电影平台上就存在重大缺陷。不少观众认为,看《集结号》会想起美国大片《拯救大兵瑞恩》的"情节"和韩国影片《太极旗飘扬》的"血腥场面",这是不错的。本来,一部作品在细节、部分情节和材料上与其他作品有相似性,应该是可以理解的,只要整部作品是建立在导演自己独特的立意上,作品是有可能具备独创性的。有些遗憾的是,《集结号》中所颂扬的兄弟感情和团队精神固然可贵,但很容易与张艺谋的《一个也不能少》在立意上产生相似性,观众想看到导演是如何创造性地理解中国文化的"兄弟感情"和"团队精神"的,就可能会失望。依此类推,把战争场面拍得再惨烈,情感写得再感人,如果整个影片的立意不能突破现有的战争观和人伦观,那就不可能达到"感动后给人启示的独创之境界",而这样的境界,正是日本导演黑泽明所能达到的艺术境界。只要你注意到黑泽明《八月狂想曲》中两个老太太一句话也不说地对坐半天,就会为"老朋友的交流是不需要说话的"这一内涵而深深震撼着,并为"战争还在沉默中延续"这样的战争观而感到黑泽明的深邃。一个细节尚能如此,整部影片的立意更自不待言。而"《集结号》像《拯救大兵瑞恩》"的评价之所以在中国导演这里可以不以为耻反以为荣①,正在于中国的艺术理论缺乏"独特理解世界才能产生独创之境界"的理论,而中国导演以"像什么"为荣,正说明中国艺术界只能出"模仿秀""拼凑别人的情节和场面而自足"这种"境界平庸"之状况。在根本上,一部战争片是由导演如何理解战争和人性为根基的,所有的情节、细节和氛围,都应

---

① 见"冯小刚回应《集结号》模仿'大兵':说相似是表扬",http://ent.itus.cn/movie/china/n63730.shtml,2009-3-17。

该是由这根基"生长"出来的"枝"与"叶"。所以在"情节"和"场面"上拼凑别的影片的"枝"和"叶",可能会产生一时的轰动,但却经受不了艺术史的最后检验。为此,中国式的当代文学艺术理论必须设置从一般的、生动的、个性化的"意象""意境""意绪"到"独象""独境""独绪"的"程度",并以后者作为文学和艺术批评褒奖的最高准绳。如果中国文学和艺术达不到这样的境界,中国文学和艺术批评就不得不是"批判性的、问题性的"评价和研究了。我认为,只有这样的评价和研究,才是中国文学艺术批评对作家和艺术家的真正的爱。

五　结语

这就是说,反思百年来中国文学批评在文学的价值判断上很多是"意识形态判断""道德性判断""现代性判断"等"弱文学性判断",就是当前"中国式文艺理论创新"的首要工作。但是这种反思如果不能同时建立起"什么是强文学性、中文学性、弱文学性之判断",而是满足于近年时尚的"文化研究"只针对文学作品内容进行描述和文学生产机制进行分析,一旦文学批评恢复其判断功能,我们就还是会回到以"意识形态""道德伦理""现代性"等"弱文学性判断"为主的判断模式中去。而中国当代文学批评满足于"中国作家的一般创新变化但从不去追问这些创新是否达到独创境界",由此而产生的批评家对作品的"情感化理解共鸣"以及作家和批评家"相互褒奖、认同"所构成的廉价繁荣,自然就不可能正视中国当代文学放在世界一流作家的平台上"究竟缺什么"之问题。因为同样是以形式为本,同样是写意识流,同样是放弃主观判断,同样是写性,同样是写流水账,同样是写革命和战争,中国作家的作品为什么就达不到给全世界读者以"首创的启示和震撼"的程度呢?不愿意正视这个问题,或者把这个问题简单推给中国的文化落后或创作还没有真正自由,我认为我们就永远难以找到"中国为什么没有卡夫卡、昆德拉、村上春树"的真正原因——因为要谈文化落后,奈保尔的殖民文化比我们更糟糕;要谈创作自由,19世纪沙皇专制时期的状况可能更糟糕。问题的关键不在这里,而在我们的

第十章 论中国式当代文学性观念

观念和思维方式本身就没有"创造程度"的意识,我们在"文学性境界"上本身就没有确立起一种"高、中、低"之理论自觉,从而也就不能在任何文化环境下致力于这样的境界努力,更谈不上在"高文学性境界"面前养成一种"保持低调"的心理状态。

我认为,中国当代文学批评只有面对这样的状态,才能找到自己真正的位置,形成自己可以和世界对话的真正的文学性批评语言。也正是在这个意义上,我认为由"文学性境界"和"文学性程度"所构筑的"意象",有点像"文学性山峰"——如果我们在"文学性"问题上总体还处在"半山腰"的位置,文学批评是希望作家朝山顶爬行,还是看着山脚说:中国当代文学已经很不错了呢?

第十一章　文学穿越现实的程度

一　文学性与穿越性

在否定主义文艺学中,"艺术"在专业的意义上可能不等同于"文学",但"艺术性"却不存在着区别于"文学性"的特征,它们都指的是"艺术和文学实现自身所达到的程度",因而在性质上也可以说"艺术"与"文学"不存在根本的区别。文艺批评如果不能够帮助文学艺术实现这个"程度",而只是满足于解释作品,其存在的依据可能就是有限的。

应该说,"艺术性""文学性"一词在文艺评论中是经常被使用的,诸如"思想性与艺术性的高度统一",尤其在新潮文论中常被使用,诸如"文学性语感"[1],却鲜有文艺理论教材与词典,对其做过专门的解释,也鲜见有人对其做区别于"艺术"概念的专门研究。除了《现代汉语词典》将"艺术性"解释为"通过形象反映生活、表现思想感情所达到的准确、鲜明、生动的程度"[2]以外,除了卡勒将"文学性"解释为"新颖性、完整性和虚构性"[3]这些似是而非的、自己感觉也没有解释清楚的结论以外,或许对"艺术性"的理解,人们本身就受制于对"艺术"的理解,甚至干脆就被等同于对"艺术"的理解。所以人们在使用这个概念的时候,或者受传统文论的影响,将"艺术性"等同于"生动的形象",或者便是受西方形式主义文论的影响,指的是文艺区别于文化和政治等

---

[1] 蓝棣之、李复威主编,李洁非、杨劼选编:《寻找的时代:新潮批评选萃》,北京师范大学出版社1992年版,第191页。
[2] 《现代汉语词典》,商务印书馆2002年版,第1491页。
[3] 〔加〕马克·昂热诺等主编:《20世纪文学理论综论》,史忠义、田庆生译,百花文艺出版社2000年版,第27页。

"非文学语言"的特质。前者将"艺术性"仅仅理解为一种"表达",后者将"艺术性"在语言学的意义上理解为"语言即世界",这样一来,就容易忽略这个特质在展开过程中的"创造程度的差异"。即"生动的形象"和"整体的形式"很可能在内蕴方面是大同小异的、重复性的,因此它们不可能成为"艺术性"和"文学性"的最高体现。而"创造程度的差异",则不仅是检验经典和非经典的一个试金石(经典和非经典都可以有"生动的形象",也都可以有"文学性语感"),也是区分生存性艺术(即功利性、快感性艺术)与存在性艺术(即非功利性、审美性艺术)的分水岭。这个问题,显然是受传统写作和现代写作所困的中国当代文学所忽略的问题。因此,像新潮文论那样强调"形式是否纯粹"作为"艺术性"和"文学性"的标准[①],就很难解释如下情况:中国的"纯粹形式"小说与西方的"纯粹形式"小说在文学性实现程度上是有差异的。比如虽然都重视"怎么写",但马原的《虚构》、洪峰的《极地之侧》无论如何难以与格里耶的《橡皮》并驾齐驱。"形式作为目的"也很难解释"不以形式为目的"的传统写作为什么也有优秀文学作品的问题,如陈子昂的《登幽州台歌》、张继的《枫桥夜泊》,与李清照的《声声慢(寻寻觅觅)》和杜牧的《泊秦淮》就有文学性的差异。"形式作为目的"更难以解释"怎么写"究竟是技术性的还是世界观意义上的——西方不是所有的形式小说都具有充分的"文学性",如同样具有"迷宫"特征,格里耶与博尔赫斯就具有文学性程度的差异。

如此一来,对"艺术性"和"文学性"的理解,就与不同文化、不同时代对"文学"的理解不尽一致。我们可以说"文学观"与"艺术观"有"摹仿""表现""形式""解构"之异,但我们不能说"文学性"和"艺术性"也存在着文化与时代的差异;我们不能说哪一种文化、哪一个时代的文学是否有"文学性"和"艺术性",而只能说哪一种文化和时代的文学艺术,其艺术性与文学性实现得较为充分。其原因就在于:文学观和艺术观体现着不同文化、不同时代的作家对"他们所处的生存现实"的

[①] 蓝棣之、李复威主编,李洁非、杨劼选编:《寻找的时代》,北京师范大学出版社1992年版,第188页。

"本体性否定",并通过不同的文体、内容、表达方式和创作技巧体现出来,所以才有达·芬奇的《蒙娜丽莎》和凡·高的《向日葵》这两种艺术形态的差异,也才有了西方传统写实画与中国传统写意画的差异……而文学性和艺术性,则不受这种文艺形态与内容的差异的束缚,体现着作家们穿越这种束缚、创造自我世界所达到的程度——所以这里的"本体性否定",是通过"形象—个象—独象"三个层次体现出来的。这样,所谓"艺术性"和"文学性",就通过对"生存和概念现实—雷同的艺术表现现实—既定的群体理解的艺术现实"这样三种综合现实的"本体性否定"得以展现其实现的程度的。所以无论是中国的文艺作品还是西方的文艺作品,也无论是古典文艺作品还是现代文艺作品,真正经典的、优秀的文艺作品,不是依托在是否载道、是否写实、是否形式自足上,而是通过否定上述三种现实所达到的境界来确证的。因此,"艺术性""文学性"就有与"艺术观""文学观"不同的致思路径,并构成了否定主义文艺学对古今中外文艺经典和一般文艺作品的解释方式。由于中西方文论或者忽略对"文学性""艺术性"区别于"文学观""艺术观"问题的探讨,或者以"生动的形象""形式本体论"来代替对"文学性""艺术性"问题的探讨,这就使得否定主义文艺学成为首次面对并试图解答这一问题的文艺理论。

否定主义文艺学之所以十分关注这个问题,还因为20世纪中国文学作品繁多但经典匮乏。这意味着,"对现实的本体性否定"作为艺术性的实现过程,不仅包括一个作家摆脱各种逻辑思维之束缚,走向"形象"世界的过程,而且也体现了一个作家穿越"共同理解、不同表达"(即"个象")的普遍艺术现实,建立从内容到形式均具有独特意味之世界的努力——作为作家最高的艺术性境界,"独象"就既不是一个"生动的、有个性的形象"可以解释的,也不是一个"自足的形式"可以解释的。比如,以形象和有个性的形象来体现艺术性的作品,在20世纪中国作家看来不成问题,但以"独象"为支撑点的"艺术性"和"文学性",20世纪中国作家与理论家却难以真正面对。因为就20世纪中国文学家来说,除鲁迅、钱锺书、张爱玲等作家对这个问题有不同程度体现之外,中国确实找不出像萨特这样的集哲学家和文学家于一身的作家,自

第十一章 文学穿越现实的程度

然也找不出像陀思妥耶夫斯基、卡夫卡、博尔赫斯、昆德拉等"由自己的思想派生出自己的文学世界"的作家。这当然衬托出20世纪中国艺术家与作家们的普遍缺陷——我们对艺术与现实的"本体性否定"关系尚不自觉,而多将经典或缺问题推给了"天才匮乏"与"政治束缚"。更多的作家,于是便以自在写作和功利写作的快感,来代替自为写作和创造写作的美感。长此以往,必然使我们的文学和艺术处在彼此重复、自我重复的水准。这个局限以及对这个局限的不敢正视,不仅制约着中国现当代文学艺术与世界对话的能力,而且也制约着中国现当代文艺理论与世界对话的整体能力。

二 形象世界:对生存形状和概念现实的穿越

在文艺理论教材与辞典中,对"形象"一词的解释,中西方基本上是大同小异的。英国的罗吉·福勒倾向于"把文学看成一种能在读者心中唤起生动的图像(即'形象')的媒质"①,并把有"丰富内涵"与"意象"等同。而由蒋孔阳主编的《哲学大辞典·美学卷》,则以为形象"是艺术区别于科学、政治、哲学、道德、宗教等其他意识形态的一种特殊存在方式","艺术形象塑造的水平历来是评判艺术性高低的标准"②。尽管"形象"可分为"具象"与"抽象"两种,表现手段可分为文学语言、造型线条、音乐旋律等,"形象塑造的水平"是什么不得而知,但这都不影响"形象"作为具体可感的掌握世界方式的性质、功能。应该说,文学和艺术发展到今天,尽管后现代艺术制造了诸如"观念艺术"等似乎是反艺术的艺术,但只要没人公开消弭艺术和理论的界限,它们也就都没有在根本上改变艺术原始的、可感的"形象"性质。而"意象"与"形象"的等同或干脆由"意象"代替"形象"③,则可以比较好地将艺术的形象与现实生活中的"形体"区分开来——即艺术中的形象有意味,而

---

① 〔英〕罗吉·福勒:《现代西方文学批评术语词典》,四川人民出版社1987年版,第129页。
② 蒋孔阳主编:《哲学大辞典·美学卷》,上海辞书出版社1991年版,第390页。
③ 参见童庆炳主编《文学理论教程》,高等教育出版社2004年版,第230页。

现实中的形象没有意味。这当然都是一些对"形象"理解和阐释上的问题,关键是:"形象"为何会被作为文学艺术的基本性质?这种性质是因为什么而产生的?其规定性和界限又如何?它们又如何制造了"形象"作为"艺术性"的边界,使得我们不能满足于将"艺术性"的理解定位在"形象"上?——比如,当我们说一部作品的艺术性强还是弱时,究竟想说的是什么?这些问题,是以往的文艺理论可能有所忽略的。

这就是否定主义文艺学想阐明的:"形象"作为人类活动的基本特征,首先来自对"生存现实"的"本体性否定"——但这个时候的"形象"还没有成为艺术独立的特性,所以"形象"这个时候既是艺术性的,也是文化性的;其次当"生存现实"被"概念"所充斥之后,"形象"则来自对"概念现实"的"本体性否定",并构成艺术区别于文化现实的特性。

就前者而言,原始图腾和洞穴壁画可以说是迄今为止最早被发现的"形象",并被用来证明人类"摹仿"生存现实活动(如狩猎和娱乐)的例证。由于对早期人类来说,任何摹仿都只能是"形象性"的摹仿——原始人不可能在什么都不知道的情况下产生摹仿冲动,也不可能先有摹仿冲动后有形象设计,所以像亚里士多德那样说艺术起源于人的摹仿本能,其实并没有触及艺术和形象产生的根本,毋如说,"形象"只不过是由摹仿本能"制作"出来的。至于人为什么会产生这种"制作摹仿性形象的本能",这才触及艺术的根本。也就是说,由于艺术史上有摹仿性艺术、抒情性艺术、形式性艺术这些不同的艺术类型,也由于"摹仿性形象"(再现)和"抒情性形象"(表现)均具有不同而并列的性质,这就使得我们追问艺术形象及不同类型艺术形象的产生时,应该使用"什么产生了摹仿性形象""什么产生了抒情性形象"的提问方式。这个追问直接导致了这样一种思维方式:如果我们没有任何证据来说明"什么"产生了原始图腾和壁画形象,也没有任何实物来说明原始形象产生的过程(所有的证据与实物都已经是"形象"的载体),那么我们就只能从"摹仿性形象"与"自然界"的关系中来进行思想性的比较把握。如果摹仿本能以及形象制作是人特有的属性,而自然界的

第十一章　文学穿越现实的程度

任何动物均不具备这样的能力与属性,那么我们就可以把这种关系看作"本体性否定"的关系,人也就因此而成为能创造与既定世界性质不同的世界的动物。人、图腾以及图腾中所显现的对世界的摹仿性内容,因此也就成为史前人这种"本体性否定"的产物。另外,因为"形象"所代表的艺术世界在性质上只是与自然界的性质"不同",所以我们不能说人、摹仿、图腾、形象优于自然界——没有图腾和形象制作的自然界,只不过是以自然性方式来显现自己的"形象"罢了。艺术形象作为对原始生存现实"本体性否定"的结果,由此只具有"离开—另建"的含义,而不具有对既定世界"征服""克服"的含义。

由于"形象"和"形象摹仿"秉承着人对既定现实的本体性否定,因此既定现实的一切形状、形体便也同样与艺术意义上的"形象"区别开来了。这种区别,使得"形象"在某种意义上成为"意象",并且需要以人的"创作"为前提。虽然用来进行"形象创作"的材料可能是人工制品(颜料、纸张、笔墨等),也可能是天然物品(树木、泥巴、自然界观),甚至可能是人自己的身体(躯体、形体、动作),但这都不影响"形象"的"创作"性质,以及由这种创作所显现的"意味"。近年有学者干脆用"甲事物代表、暗示着乙事物"的"象征"来指代意象[①],便是对"形象"的"意象"功能的直接强调。表面上看起来,洞穴壁画的"狩猎"形象可能完全来自对白天狩猎的模仿,并因此可以得出"文学是生活的反映"之结论,但实际上,壁画中的"狩猎",其意味却不在狩猎本身,而在于让人可时时领略人区别于动物的本领。因此,现实中的狩猎,目的在于猎食与获取,以便肌体的生存;而艺术中的狩猎,目的则在于领略和欣赏人的这种"可以狩猎"的特性。由此一来,不同的形象便具有不同的特性,并由这个特性引发人的想象。不用说《拾麦穗》这幅典型的写实性绘画传达出一种人的劳作特性,从而区别于狩猎壁画,即便一幅黄山"迎客松"的摄影形象,其目的也不在于让我们"看"黄山的迎客松,而在于追求一种现实中的迎客松所不具备的意境,并由此构成一幅图片是否是艺术的划分标准——不同的"迎客松"摄影也就在追求一种不

[①] 参见严云受、刘锋杰《文学象征论》,安徽教育出版社1995年版。

同的意境……这些例证不仅在说明艺术形象是一种意象,而且还在说明其意味与现实形状的不同。这种不同,不仅在说明现实形状没有"意味",而且还在说明"现实形状"的功利性目的,是不同于艺术形象的"意味"的。这就使得"形象创作"与"意味传达",均体现出对生存现实和生存形状的"本体性否定"——形象与意味,在与现实生存的"不同"关系上,便是一致的。

于是,当既定现实由人的文化果实——比如人的理性思维所构成的"概念现实"来占据的时候,"形象制作"和"形象思维"这个时候就必然体现出对"概念现实"的"本体性否定",并由此显现出"形象"作为艺术特性的稳定性——只要有理性思维存在,我们就不必担心这种特性会失去,黑格尔意义上的"哲学"对"艺术"的替代就是不可能的。问题在于:艺术为什么会将自己的特性建立在对"概念现实"的"本体性否定"上,而不是对概念现实的认同、克服、扬弃等"辩证否定"上?我的看法是:"概念"是以对世界清晰的认识性把握为目的的,这种把握显示出对原始图腾的"本体性否定"——人类从此又多了一种掌握世界的方式。因此当人类把自己定位在"探究世界"时,"概念"就成为人类生活和发展的主导性现实,而艺术及其形象,由于从原始图腾开始,其功能就并不显现在促进社会的发展上(艺术发达从来不与国力强盛成正比),所以艺术始终是以一种原初的、感性化的、具象化的存在,显现着自己"独特世界"的含义,并成为一种不同于文化现实的"另一种"现实,发挥着不同于理性现实的功能,以使人获得在两个世界"不同而并立"的平衡感。所以艺术特性定位在形象上,实在是人在普遍的概念现实中需要获得离开概念的轻松感所致,而不是说:形象优于概念,或具有对概念的对抗性质。另一方面,形象对概念现实的"本体性否定",之所以不是对概念现实的克服或扬弃,原因即在于形象世界中不是杜绝概念,也不是概念与形象扬弃式的杂糅,而是如克罗齐所说的,"混化在直觉品里的概念,就其已混化而言,就已不复是概念"[①]的性质上的改造。因此哪怕艺术品中充斥了大量的观念性议论(如昆德

---

① 〔意〕克罗齐:《美学原理》,朱光潜译,外国文学出版社1983年版,第8页。

第十一章 文学穿越现实的程度

拉的《生命中不能承受之轻》),但只要整体性质还是具象性的,那就不会损害艺术的形象特性。这也正是《班主任》《人啊人》这类反思作品的问题所在——后者常常有思想大于形象的倾向。这样,形象对概念的"本体性否定",就包含着将概念材料化、非性质化的意味。所以"否定"在这里不是拒绝"概念"而是改造"概念"的意思。"本体性否定"一方面使得形象世界与概念世界不同而并立,另一方面又在自己的世界中改变着概念世界的性质,使之从属于自己的性质。

问题在于,"形象"是艺术基本的、普遍的特性,而不是艺术的较高特性。就像每个人均有理性思维而习以为常一样,每个人对"形象"的喜好以及基本的"形象制作"能力,也同样是习以为常的。这就是一个小学生也可以写出一篇具有形象性的散文或小说,但却与经典作家的作品相距甚远的原因。因为"形象"所否定的生存现实和概念现实,是我们每个人都必然面对的,因此它只能代表艺术的"类特性"——就像我们每个人面对自然界都因为有理性而显示出区别自然的特性一样——我们只是在和自然的关系中,才可以说每个人都是人,我们也只是在面对生存和概念现实时,才说"形象"具有艺术性。由于"类特性"的否定对象是有限的,所以对艺术而言,"形象"所达到的艺术性的程度也就是有限的。这种有限性一是表现在:由于人的模仿本能和依附性作祟,"形象"可以在复制和雷同化中丧失艺术的"本体性否定"特性(如诸多《红楼梦》续集),更由于政治和文化制约的因素存在——如中国的"宗经"传统和道德教化功能,则造成"形象"还可以千人一面、众口一腔的形态出现,使这种特性的丧失达到登峰造极的程度——这突出表现为中国极"左"思潮下的"高大全"式的英雄形象。因此我们不能说这类文艺作品没有"艺术性",但这艺术性因为没有使作品相互之间构成各种差异关系,而只能说是极其贫弱的。这种有限性其次表现在:由于"形象"和"意象"是一体化的,所以雷同的形象必然使其象征意味也是如出一辙的。"文革"时期八个样板戏宣传的均是"无产阶级必胜"的思想是一例,当代娱乐艺术其快感形式和意味的复制也是一例——我们同样不能说它们没有艺术性,但这艺术性的意味,因为其非创意性而十分有限。

也因为此,否定主义文艺学不主张依据经典艺术的标准来指责其没有艺术性,但可以阐明其艺术性显现在一个较低的水平线上。因此,艺术不能满足于不是概念思维和现实形状而成为自身,还必须对雷同的艺术现实进行"本体性否定",从而建立起一个个"个性化形象"世界。于是,这就导致以往文艺理论忽略的一个范畴——"个象"的提出。

三 个象世界:对趋同的艺术表现现实的穿越

作为"个性化形象"的简称,"个象"在传统文艺理论中是作为"风格"与"个性"体现出来的,并成为对"形象"的补充。一方面,在当代文艺理论教材中,"文学意象"之所以与"文学风格"分离为两个范畴①,明显暴露出我们关于"艺术性"与"文学性"的思维方式,是一种"对象性"思维而不是"过程性"思维的局限——"对象"在这里便是"形象",而"风格"与"个性"不是对形象的提升,而只是"形象"的一种外化和特色,这就将"形象"放在了"艺术性"的本体地位,而将"个性"放在了"艺术性"的从属地位。如此一来,"个象"自然也就不会作为高于"形象"的一个"艺术性"范畴被重视、被阐释,也不会作为一个区别于"形象"的独立范畴被对待。这样阐释"艺术性"的文艺理论,自然也就回答不好雷同化的"文革文学"是否具备"文学性"的问题,也解释不好新时期千姿百态的文学区别于"文革文学"的性质,是否是"文学性"意义上的区别。另一方面,《现代汉语词典》在解释"艺术性"时,虽然涉及形象反映生活、表现思想感情所达到的准确、鲜明、生动的"程度",涉及形式、结构、表现技巧完美的"程度",但由于这个"程度"缺乏"个性化"的规定,这就使"准确、鲜明、生动"和"技巧完美",根本上不知该落实在什么上面才能成为"可能",从而使"程度"暴露出空洞的毛病——比如,"准确"是指写作技巧上的词能达意?还是指应该表现出主流意识形态所规定的社会生活内容?抑或和现实的活生生等同?"鲜明"是指典型化还是指个性化?是人物性格鲜明还是作品的整体意蕴鲜

---

① 蒋孔阳主编:《哲学大词典·美学卷》,上海辞书出版社 1991 年版,第 390 页。

第十一章 文学穿越现实的程度

明？意蕴鲜明的文学不一定是好作品，而好的文学作品却不仅仅是塑造人物性格的，由性格鲜明、生动的人物性格所组成的《水浒》，其"文学性"却不一定高于性格并不十分鲜明和生动的《红楼梦》……这一系列问题，都使我们对"完美程度"这个概念，必须进行进一步的追问：它是指"形象"区别于现实的程度，还是符合现实的程度？是指形式与内容的完美统一，还是指形式与内容的创造性统一？"完美"是指典型化的表现及其技巧的圆熟，还是指个性化的、有缺陷的表现？再进一步说，"艺术性"较强的作品，究竟是体现在"完美化"的程度上，还是体现在"个性化"的程度上？

显然，否定主义文艺学提出"个象"范畴，不仅是对"个性"在传统文艺理论中从属地位的超越，而且还是对传统文艺理论将"艺术性"定位在"形象完美"的非个性化思维的超越，这样，"个象"就是对由"形象"和"完美形象"所组成的雷同的艺术表现现实的"本体性否定"。其基本含义为："个象"允许作家对世界的基本理解是相似的，但要求作家对现实的感受和表达是千差万别的。因此"个象"可称之为艺术世界的"多样统一"——这个特性，是针对艺术文化的同一性而言的。

首先，"个象"之所以比"形象"更能体现出艺术区别于现实的程度，是因为"形象"可以在人的模仿本能下被复制、进而形成一种无差异的艺术文化现实。这种无差异的、雷同的艺术文化现实，不仅造成对艺术生态的破坏，而且还制约着艺术进一步实现自身。"无差异"是一种文化现象——人的"人为性"既可以产生和现实的重大差异，从而告别自然界，也可以因为文化的权威性而产生雷同化的现实，从而加速文化现实的衰老。我将这种现象理解为"巨大差异"与"无差异"之间的平衡。所以"无差异"是人类"本体性否定"不可避免的负面成果，也是人的依附性心理的极端显现。需要说明的是："无差异"不是绝对的相同和等同，而是指艺术形式和表达方式的雷同性（诸如八个样板戏的情节和题材是不一样的，但艺术结构和形式则是雷同的）。我们也不能简单地说"无差异"是后现代艺术的一个基本景观，而应该说是人类任何文化、任何时期都可以出现的一种艺术现象——只不过这种现象在今天特别突出而已。如果说中国古代文学的"婉约"与"豪放"是通过类型划分来显示无差异状况,"文革"的"高大全"式千篇一律的文学形象是无差异的一种状况,那么我想说,在个性可以显现的五四时期和新时期中国文坛,同样可以有雷同与重复的文学现象出现,这不仅表现在徐枕亚《玉梨魂》与小仲马《茶花女》的大同小异上,也表现在莫言的《高粱殡》《高粱酒》对《红高粱》的自我重复上。这种重复不仅削弱了中国五四新文学的文学性,而且也使得莫言这样较为出色的作家,在"红高粱世界"的重复中呈现滑坡的趋势,更使得"文革文学"有被人们称为"无文学"的可能。因此"雷同"可以定位在或意蕴、或形式、或风格均基本相同上。这种"雷同"可称为艺术的异化形态——它不仅使艺术世界失去其个性纷繁的自然性,而且也会进一步制约艺术的创造性。因为任何创造性的艺术,都是在个性舒展的状态下成为可能的(尽管个性不等于独创),所以我们很难想象经典艺术会产生在一个雷同化的艺术土壤之中。这使得"个象"往往成为"形象"和"独象"的中介。因此,如果宏观地说西方文艺的经典多于中国文艺的经典,那首先是因为西方文化重视个性与自由;如果说中国古代文学在封建专制下也有经典,那首先是因为经典作家一定程度上既能摆脱教化的普遍性、也能摆脱"婉约""豪放"的类型化要求、坚持个性化创作状态之结果。所以不用说陈子昂的《登幽州台歌》与曹雪芹的《红楼梦》在个性上不是"婉约"或"豪放"所能解释的,即便孟郊之寒与贾岛之瘦,也不是"婉约"与"豪放"所能解释的。进一步而言,如果我们说新时期文学比"十七年文学"的成就要高,那显然是指新时期文学的"个性化形象形式",无论是在数量还是质量上均远远高于后者,并使得新时期文学创作呈现为令人眼花缭乱的、丰富的格局。这使得新时期文学的文学性及其艺术成就,主要是针对"十七年文学"雷同化的艺术表现现实而言的。如果说,由于人类已经告别了自然界,不再可能回到史前来与自身的文化构成"本体性否定"关系,那么当刘勰说"各师成心,其异如面"(《文心雕龙·体性》)时,虽然其内涵是强调自然性,但其意义却在文化性上——建立一个不同于自然界的文化性自然世界,原则上是既区别于无理解的自然界,也区别于以雷同和重复为要求的文化性世界的。

另外,"个象"之所以比"形象"更能体现出文学性和艺术性,还在

第十一章　文学穿越现实的程度

于"个象"可以减弱主流意识形态对文学制约的程度，或构成其"潜在写作"①状况，或构成"边缘写作"状况，或构成其"私人写作"状况，形成中国当代文学追求其文学性的特点。虽然"形象"在一些文艺理论著作中也被定位在"共性和个性的统一"②上，但由于在理论上"共性"被理解为"本质"，"个性"被理解为"现象"，这样在实践中"共性"支配"个性"乃至消弭"个性"便成为当然——这个情况，自然使得中国当代文学(尤其是"十七年文学")一些至今还能打动人的作品，其生动的文学形象，总体上是处在一种"工具性"的地位，履行着"载道"的使命，其文学性就因为并不自觉而有限。而否定主义文艺学之所以提出"个象"，则在于"个象"的思维方式不同于黑格尔式的"共性和个性的统一"，而是以"个人"为逻辑起点，看一个作家摆脱思想共性和艺术共性所能达到的程度——不能摆脱思想共性、但不同程度可以摆脱艺术共性，便是"个象"。而"潜在写作""边缘写作"和"私人写作"，便是"个象"的不同显现方式。虽然提出"潜在写作"的陈思和是从"民间立场"来阐发这个概念的，并且在解释像《李双双》和《铁道游击队》这类影片时，不失为一种观照其艺术性的角度，但在根本上说来，我以为"民间"意义上的"潜在写作"，一方面在解释持"不同政见"的作家(如索尔仁尼琴)的"边缘写作"上可能是牵强的，在解释价值中心解体后的"晚生代""私人化写作"上可能也是牵强的，致使这一概念的可解释度还不太大；另一方面，《李双双》和《铁道游击队》的艺术性，是体现在民间的生动性、原生性上，还是体现在作家的个性化艺术处理上，生动的、打动人的作品，是否就是艺术性高的作品("晚生代"小说都不是能打动人的作品，博尔赫斯的作品也是)，仍都是可以而且需要讨论的。我的看法是：无论是民间生活，还是不同政见，抑或私人感受，其实都是艺术可凭借的材料，而还不是艺术性本身。艺术性必须经过作家的个性化艺术处理才能显现——这种显现可能是生动有趣的，也可能是阴郁沉闷的，更可能是文质彬彬的；可能是很民间的，也可能是很文化的。如果

---

① 见陈思和一系列阐发"民间立场"的论文，综合报道见《文论报》2000年第15期。
② 蒋孔阳主编：《哲学大词典·美学卷》，上海辞书出版社1991年版，第390页。

说民间混浊的内容被作家个性化地过滤为清新的《李双双》,那么"李双双"这一热爱集体的"热情"形象,就既有所区别于民间的"质朴",也有所区别于意识形态的"教化",成为一个比较个性化的人物。因此准确地说,艺术性的视点既不在"庙堂",也不在"民间",当然也不在"广场",而在于作家如何个性化、艺术化地处理这些材料。这种处理在解释"晚生代"这样的小说时也同样有效——同样是写性的坦然,朱文的"肆意"与韩东的"尔雅"显然不可同日而语。更不能简单地说,他们因为坦然地面对了性,而具有了文学性——因为"晚生代"小说家基本上都能坦然地面对性,就像李准那一辈的作家都有集体主义精神一样——"性"与"集体主义精神"在文学中都是材料,而"肆意""尔雅""热情"则是作家的艺术个性。

在此意义上,民间生活、不同政见以及私人感受,可以对抗主流意识形态,但只有艺术性才能将我们领入一个与此不相干的世界中去。所以否定主义文艺学的基本观点是:艺术不对抗现实,而是再造一个世界。"个象",便是艺术再造世界过程中的一个阶段。

四 独象世界:对理解世界的"共性"和"他性"的穿越

这意味着,假如《李双双》是以"个象"来显示与一般图解政策的形象性作品的区别,那么比照茹志鹃的《百合花》,比照鲁迅的《孔乙己》,乃至比照昆德拉的《生命中不能承受之轻》,其区别又在哪里?这种区别是否依然只是"个性"区别?还是包含着其他更深层次的区别?它们又在何种程度上影响着"艺术性"问题?

由此我便想引入"经典"作品,作为"艺术性"达到较高层次的参照。如果说,《百合花》在中国当代"十七年文学"中可称为一个"经典",而《李双双小传》作为"经典"却很勉强,那么我以为奥妙就在于:两部作品虽然都以打动人取胜,但前者是以"人性深度"打动人,后者则以"个性魅力"打动人,"人性深度"体现着作家对世界较为独特的"发现",而"个性魅力"则只能体现为作家对世界较为本真的"表现"。这使得"新媳妇"在形象的鲜明、个性的生动上远不如李双双,但在中

第十一章 文学穿越现实的程度

国当代文学或缺的、超越阶级、思想、性格冲突的人性关怀的意义上,却给人一种心灵上的震颤之感——反衬出李双双嬉笑怒骂、打情骂俏的外在性以及在关键时候背叛丈夫的政治可能性。因此可以说,"新媳妇"表面是苍白的,内在世界是生动的,而李双双表面是生动的,内在世界则可能是苍白的。这使得《百合花》以韵味取胜,《李双双》则以热闹取胜,两者在艺术生命力上的差异便不言而喻。同样,如果我们说鲁迅的《孔乙己》可以称为20世纪中国文学的经典,《百合花》恐怕则难以承担这样的命名,原因就在于:《孔乙己》通过一个20世纪中国知识分子的典型塑造,不仅蕴含着作家对中国知识分子扭曲的人性异化之批判,而且也体现出作家对中国文化衰落问题的独特体悟:"孔乙己大概的确是死了"不仅隐喻着中国知识分子今天已经名存实亡,而且也隐喻着一个真正知识分子不在场的民族,又焉能不是虽活犹死？因此,当孔乙己被众人嘲笑,而这种嘲笑却没人嘲笑时,鲁迅的内心深处是在滴血的。这种滴血的震颤,一定程度上就超越了茹志鹃们对世界的人性乐观性感动——不是这个世界需要"新媳妇"这样的人性美,而是这样的人性美面对由孔乙己、阿Q、闰土及其看客们组成的世界时,依然也会被嘲笑的。这样,深刻的中国问题,就不是一种人道主义的问题,而是中国现代的人不成为人、那成为人的人又不知道在哪里的问题。我想,由于这个问题至今也没有解决,所以《孔乙己》对我们的深刻启示以及由这深度派生出的艺术感染力,便产生着跨世纪的、深远的艺术效应。

这样,从《李双双小传》到《百合花》,再到《孔乙己》,这之间所显示出的"文学性"的差异,我就将其称之为从"个性"走向"个体"、从"个人风格与感受"走向"个体化理解与体验"的程度差异。"个体化理解与体验"便成为"艺术性"和"文学性"的较高境界。走向这样一个较高境界的过程,便是一种"形象—个性化形象—不同理解构成的形象"的过程——我将最后的"形象"称为"独特的形象形式世界"。在"象"可分为具象和抽象的意义上,这个世界又可以简称为"独象"。言下之意,《李双双小传》在"文学性"上的一个重要局限,在于作家没有穿越主流意识形态对世界的理解,所以人物的个性和鲜活性反而有助于这种理解(后进转先进)的扩张,作品也就只有外在生动之效,而不具有内在启迪之功。其"文学性"就因为没有脱离传统的"工具化"窠臼,而损坏了作为整体的艺术世界的个体性。而《百合花》优于《李双双小传》的地方则在于:作家一定程度上摆脱了主流意识形态对世界的要求,将对世界的理解点切入了"新媳妇"内心深处的人性触角,从而就具有了超越时代局限的艺术力量。这个理解点不仅取决于作家对战争的发现,取决于作家对战争中的人的一种"穿越政治"的理解——当我们每个人面对他者的伤残和死亡时,人性总会召唤我们用珍爱生命的方式对待之,从而化解政治的、阶级的、私人的、男女的诸种恩恩怨怨,而且还反衬出中国当代文学艺术的巨大空缺——对人性本能的轻视。然而,《百合花》之所以又难以在20世纪世界文学范围内被称为"经典",原因则在于前有鲁迅、郁达夫、钱锺书对中国现代人性异化问题的更为深刻的揭示与批判,后有苏联的《第四十一》等小说对"超阶级"的人性的深刻展示,进而反衬出茹志鹃对人性美还停留在"感知"的层面。这种感知作为一种"个体化理解",也就还没有像鲁迅等人那样,上升到文化批判的哲学层次,更本真地触及中国人生命状态中存在的振聋发聩的问题。或者说,《百合花》的"个体化理解"还停留在对政治的穿越上,而鲁迅等人在《孔乙己》《阿Q正传》中所体现的"个体化理解",已开始了对中国文化的穿越性思考、体验。从政治走向文化,再从文化走向人类,"个体化理解"的"程度"由此体现。

不言而喻,如果说20世纪中国文学艺术与西方文学艺术的差距体现在哪里,那么我想说,正是在"个体化理解"的程度上,我们很多作家不能从文化批判走向人类批判,进而也就不能对中国文化的问题进行独到的理解。如果说,20世纪80年代中期的新潮文学作品中存在着"个体化理解"的缺失,那么我想说,20世纪诸多重要的作家,如巴金、茅盾、沈从文、无名氏、王蒙、汪曾祺、贾平凹等,也不同程度地存在着"个体化理解"的缺失——这不仅影响着中国20世纪文学艺术的"艺术性",也影响着20世纪中国文学艺术的世界级经典作品的诞生。就前者而言,我们从新潮文学的代表作家残雪、余华的早期小说中,可以看到他们对世界的一种阴翳性感受,其笔下世界常常可怖而冷酷,并被

第十一章 文学穿越现实的程度

用来进行文化批判和理性批判。但这种批判之所以还没有达到陀思妥耶夫斯基的"地下人"、卡夫卡的"变形人"这种可以涵盖西方现代文明形象的层次,是因为他们缺少一种将笔下人物放在中国文明衰落的背景下来观照的亲和眼光,倒更像西方非理性哲学视角下的产物。这反衬出鲁迅"绝望"中的"希望"的中国意味(鲁迅批判"孔乙己"和"阿Q"并不是站在西方立场上),也反衬出西方经典作家在将"感受"提升为"理解"时的明显的哲学优势。同样,在中国当代文坛已十分走红的沈从文和汪曾祺还缺少什么,在他们的"单纯"中不缺乏对现代文明批判的眼光,但缺乏对中国现代文明穿越"纯洁和污浊"进行复杂分析的眼光,他们不缺少中国的价值立场和民族特性,但他们缺乏对"儒道释"价值也进行反思的姿态,进而也就不能在审美取向上区别于阮籍、陶渊明、孟浩然等古代作家,从而就不及鲁迅的"独立"所达到的"文学性"的程度。这就得出一个结论:"本体性否定"不仅要求中国作家与西方人的世界观保持审视的张力,而且也要求和中国传统的价值观保持审视的张力,并在其中塑造出真正独立的人物形象、产生真正与众不同的艺术意味。所谓"独象",其含义正在这里。而贾宝玉、阿Q的经典意味,也正在这里。

这就导致这样一个推论:由于"形象""个象"和"独象"所否定的"现实"不同,所以"艺术性"和"文学性"是随着所否定的现实的"拓宽"和"增加"而要求越来越高的——"独象"便成为很多作家难以逾越的批判性鸿沟。由于否定主义意义上的"批判"不是"打倒、克服、取消"之意,而是"发现既定现实局限",并且只有在"发现既定现实局限"之后才能确立自身的存在,这就使得由"个体化理解"支撑的"独象",必须建立在对既定的世界观和艺术中的世界观进行局限发现的基础上。如果说,陀思妥耶夫斯基的"复调"小说和"地下人"世界的诞生,是仅仅靠灵感、才气和生活积累,而不是靠对上帝的怀疑区别于他之前的所有作家、靠对自己心灵体验确认这种怀疑的话,那么陀思妥耶夫斯基将永远只能在莎士比亚和巴尔扎克的树荫下乘凉,"复调"和"地下人"也就不可能诞生——就像中国思想史上,我们看到很多人在老子和孔子的树荫下乘凉一样。所以,如果说鲁迅有什么特别,其文学性又体现在哪里,那也就是他既不想在老子和孔子的树荫下乘凉,也不想在西方人道主义、现代主义思想树荫下乘凉,从而将自己的"个体化理解"进行了审美性悬置。虽然鲁迅毕生也没有正面说出他对中国现代"人"的哲学性理解,从而最终也没有达到像陀思妥耶夫斯基那样的境界,但显然,鲁迅符合"本体性否定"的批判意识,至少保证了他在20世纪中国文学史上的最高位置。有必要说明的是:这种批判并不是无名氏那样的"宇宙全圆"式的中西融会之理想,不是用"天人合一+天人对立"来显示和既定的中西方思想的区别。因为"天人合一+天人对立"因理论的内在冲突而不具备现实的操作性,所以它不是一种自成系统的理论或思想,因此也就不是一种"个体化理解"。这自然导致无名氏笔下的"印蒂"形象,在文学性上的失败——除了苦苦地探求中国文化的一种完美出路,"印蒂"并没有多少独特的内涵和特征可供我们把握。毋如说,这只是作者探求中国文化出路的自传性文本和形象演绎。

否定主义文艺学之所以将"独象"作为艺术性的最高境界,是因为艺术从它起源时,就与文化一道,在自然界中是一个"独特的存在"——劳动、巫术、游戏等不管是作为文化的标志,还是作为艺术的标志,其意义就显现在它们已经是融入了人类的理解的一种特殊的存在形态。这使得艺术在开始就有人类的"理解"贯注,并因此和"无理解"的自然界构成性质不同的"本体性否定"关系。而艺术与文化便因为这种关系而成就为一个"个体化世界"——既然是一个"个体化世界",与众不同的独特性和世界的丰富性便油然而生(我想这也是我们将自然界称为"地球"、而将人类称为"世界"的原因)。所以在与自然界的关系中,说人类的艺术文化世界就是一个"独象",并不一定就是牵强的。这之后,当艺术从文化中独立出来、自身成为一个"独象"时,一方面纯粹的艺术史由此开始(历史就是开始于"独象"的诞生,人类史也是如此),另一方面艺术也开始产生区别于文化的"个体化理解",这就是"诗言志""艺术即摹仿"等艺术观的诞生。或者说,艺术对自身的确立是由属于自己的"理解"而确立的。而当独立的艺术产生后,"独象"便就只能依托在经典作品之中,并通过经典作品显示和艺术自

第十一章　文学穿越现实的程度

身的区别——这个区别相当于人与自然、艺术与文化的区别。因此,在都贯穿"独象"的意义上,我将人类、艺术、经典称为"个体化理解"的三个阶段。"经典"与"独象"密切相关,由此便具有了深刻的文化背景。

也因为这种文化背景,"独象"在与自身以外的文化和艺术现实关系上,就具有了在根本上将对象从性质改造为材料的含义。宛如人类的劳动、巫术和游戏活动中有求生存意志、但性质已不在求生存本身,宛如艺术中蕴含着丰富的文化内涵、但性质已不在文化一样。以"经典"为标志的"独象",由于其形象是由"个体化理解"派生出来的,这就使它基本意蕴的独特与凭借材料的他性可以并行不悖——无论这"材料"是指思想内涵还是指人物形象。比如,说鲁迅的《伤逝》有易卜生《玩偶之家》中"娜拉出走"的影子并不为过,说子君和涓生与巴金笔下的觉新、觉慧是一种"反叛家庭"的类型也未尝不可,但使《伤逝》独特的地方,却在于鲁迅揭示出廉价的"离家出走"的悲剧性命运,或许更深于那些不敢背叛封建家庭的少男少女们。所以,说鲁迅受西方人道主义影响未尝不可,但使鲁迅成为鲁迅的,却是中国的"人道"在哪里的不得而知——至少,由这种"个体化理解"构成的人物形象,在中国20世纪文学史上,是不可重复的。

关键是,否定主义文艺学意义上的"个体化理解",与文化上的"个体化理解"具有不同的含义。那就是,艺术的"个体化理解"是由"独象"展现出来的"世界",而不是隐藏在这个世界中的某一个观点。形式为内容服务,以及思想大于形象的问题,正在于其思维方式是将艺术的形式与内容看作"瓶与酒"的可分离关系,其结果,一种思想可以用不同的形式表达,而同一种艺术形式,也可以表达不同的思想。这样的例子在中国当代文学艺术中不胜枚举。我想说的是:对作家而言,"个体化理解"是一种艺术结构,而艺术结构本身就是形象化的。所以,"看客"与"看"以及主人公不觉得"被看",在《孔乙己》中既是一种艺术结构,也是一种由这种结构传达出来的对世界的独特理解。也因为此,"个体化理解"在艺术中因为"结构"化而包含着丰富的内涵。经典作品之所以有多解性,正因为批评一方面只能用概念语言撷取艺术结构,从而与艺术欣赏对艺术结构的把握区别开来;另一方面,批评语言只能撷取这些丰富内涵的某些方面，来证明这种撷取不同于包含丰富内涵的艺术结构本身。"艺术性"强的作品，不是因为作品中有"情节"和"故事"，而是因为有独特的艺术结构使"情节""故事""人物"传达出独特的意味、意绪——这一切，均要看一个作家摆脱既定艺术结构、艺术理解所达到的程度。所谓创造性，说的就是这个。

五　在文学性的金字塔面前

由此，我们就可以说，"艺术性""文学性"的实现是一个过程。我将这个过程比拟为"艺术性、文学性的金字塔"——追寻"艺术性"和"文学性"，就是在建筑"金字塔"或攀登"金字塔"——一座文学艺术的"金字塔"。

这意味着，在文学艺术世界中，艺术性、文学性实现最为充分的作品总在少数，而多数作品的"艺术性"与"文学性"总是存在着这样那样的问题。因此，"形象—个象—独象"就体现为"金字塔"的三个基本层次——写出形象性作品是最容易的，写出有个性的形象的作品是次容易的，写出独特的形象的作品是不容易的。但"金字塔"作为一个整体又告诉我们，"金字塔"的建筑者如果没有完成"塔尖"的施工，"金字塔"也就不复存在；一个作家如果不将攀登"金字塔"塔尖作为目标，那么他要攀登"金字塔"做什么？建筑意义上的"金字塔"意味着这项工程的历史辉煌性，也意味着一个作家开始创作时就必须有一个"金字塔"模型设计，并且有将这模型化为现实的努力——既然他已经开始建筑"金字塔"的底座，他就应该付出毕生努力来完成"金字塔"的全部工程。否则，不仅他的创作一生是残缺不全的，而且仅有一个基座也将形同废墟——这就是很多作品在历史上什么也留不下来的原因。特别是，这项工程进入塔尖施工阶段，将是最为艰难的，需要耗费作家的努力也最多，而历史是难的、美是难的意义也正在这里。如果说，不少作家在此之前可能没有意识到"艺术性"的追寻是一项"金字塔"工程，从而满足于依附现成的世界观来或进行形象表达、或进行个性化的形象表达，那么从此以后，作家放弃"塔尖"（独象）的努力，便可谓知难而退

第十一章 文学穿越现实的程度

了。在否定主义文艺学中,一方面我将知难而退的作家归结为追求名利等快感性写作便满足的作家,另一方面我则将知难而退的作家,归结为没有意识到"本体性否定"的作家——尤其是没有意识到"艺术性"之整一性、多层次性的作家。因为,不具备创造能力或"个体化理解"的能力,首先是没有意识到"批判—创造"努力之重要性,在价值观、道德论等方面还具有依附性而不是批判性思维方式所致。这样,"本体性否定"在此就具有提醒作家逐渐摆脱各种既定思想和艺术所缚的意义。

反过来,"艺术性""文学性"之所以是一座"金字塔",还因为艺术的最高境界——"独象",是建立在"个象"和"形象"的基础上的,并以"个象"和"形象"的雄厚为前提。这一方面是说,一个时代的经典艺术,离不开众多平凡的艺术的孕育,从而构成了经典艺术不可或缺的尊重与穿越对象,否则,经典艺术便失去了它的资源。尽管我们不可能反过来说:一般艺术越是雄厚,越是有可能产生经典——中国当代文学艺术作品纷繁但经典或缺的现状便是明证。但我们也可以说,正因为中国当代文学艺术作品纷繁,我们今天才可以提出"更上一层楼"的要求,这是顺理成章的事情。与此同时,艺术史和文学史也应该以"金字塔"结构来描述经典艺术和平凡艺术之间的关系,或讨论平凡艺术中存在的问题,或讨论经典艺术是如何汲取平凡艺术之养分并加以创造性改造的。前者我们可以比较陈子昂的《登幽州台歌》、李清照的《声声慢》在艺术理解上依附禅宗文化的问题,后者我们可以讨论陈子昂如何将李清照的"凄清"改造成中国文人诗中难得的"孤独感"的问题。这还意味着,儒学之于孔子,如果没有前人的思想素材之积累,是难以成为可能的,尽管前人思想的积累并不一定能导致儒学的产生;而鲁迅笔下的人物形象给我们的亲和力,如果没有"杂取诸多"的素材汲取,也难以成为可能——尽管关键问题不在于汲取,而在于改造成为独特的人物形象。对一个作家而言,这不仅意味着凭空创作出经典作品是不可能的,还意味着即便是一个有经典地位的作家,也不是所有的作品都是经典,更意味着一个平凡的、不出名的作家,也有可能创作出经典。特别是,如果将"艺术性"的提升看作一个由"本体性否定"构成的系统,我们对一般作品和经典作品的批评与研究,从此便具有了价值方位和操作方法,我们既可以讨论经典艺术是"如何成为可能的",也可以讨论一般艺术"为什么只是一般艺术"等问题。如此一来,"艺术性"就成为一个批评与研究系统——所谓文艺理论的现代化,意义其实就在这里。

第十二章　文学穿越现实的创作方法

一　文学经典启示怎样的独创方法

一般地说,文学创作方法是指特定文化在特定历史时期贡献的具有普遍意义的创作方法,如浪漫主义、写实主义、象征主义等。这些创作方法更多把握的是作家创作方法的群体性、时代性和文化性特征,可以不同程度地渗入作家的各种文学创作之中,但如果仅仅从这样的创作方法去理解作家的创作,文学的独创性和原创性就很难从创作方法上得到说明。而"文学穿越现实"不仅是一种文学观,"文学穿越现实的程度"也不仅是一种文学性观,在否定主义文艺学中,它们同时也是作为一种"如何生产独创性作品"的文学创作方法提出的,或者是作为文学本体论和方法论统一的理论问题提出的。这种创作方法一方面指称的是像陀思妥耶夫斯基的"复调"、乔伊斯的"意识流"等非常个体化的创作方法,与作家独特的理解、表现世界有关,同时又指称经典作家对既定的、类型化的创作方法的利用与改造关系。

首先,穿越现实的创作方法,是产生在现有文学研究在解释文学经典时可能存在的"独创方法之盲点"上。即无论是现实主义还是浪漫主义,抑或象征主义,它们或许可以解释不同文学经典共同具有的创作手法,但却很难说明作家是如何创作有独特立意、独特结构、独特启示的作品的。这个问题,尤其体现在像《红楼梦》《水浒传》《西游记》的文学创作方法研究中。《红楼梦》一向被许多学者认为是现实主义创作的伟大作品,意指作品以贾、史、王、薛四大家族为背景、以宝、黛、钗的爱情和婚姻为悲剧线索,通过塑造贾宝玉、林黛玉、薛宝钗、王熙凤、晴雯、袭人、史湘云、贾母、刘姥姥等经典人物形象,描绘了贾家荣、宁二府由盛而衰的过程,揭示了封建社会的历史发展必然趋势。但这样的创作方法,同样可以用来评价《水浒传》。说《水浒传》是以宋哲宗时高俅等奸臣当道逼迫农民起义为背景,通过梁山好汉聚义梁山、劫富济贫、替天行道的故事情节,以宋江、武松、鲁智深、吴用、李逵、林冲等众多人物形象的成功塑造,展示了封建社会农民起义由盛及衰的悲剧过程,也同样是合适的。显然,这种现实主义的评价,无论是立足于作家对现实的总体态度是否符合关于历史发展的意识形态,还是着力于细节的真实、典型人物的塑造,都是作家创作中不同程度会涉及的手法,与作品文学价值的高低、文学意味的独特,并不存在必然联系。作家如何创作贾宝玉这样的"既有性欲冲动又不失对女性的尊重"的新人?梁山好汉深层的悲凉意味与替天行道的壮举究竟是怎样的关系?现实主义创作方法所讲的"真实、典型化、社会批判"并不能解答。同样,用浪漫主义的创作方法,你会发现宝黛爱情的超世俗性、宝玉意淫的浪漫性、女娲补天遗石成宝玉的奇幻性以及"大观园"存在的虚幻性,但同样不能揭示作家对新人的独特理解是怎样的(即宝玉之"玉"究竟是怎样的审美内涵,灵石下凡"受享"之"享"是怎样的审美意味),也难以解释作家为什么要让贾府中的男女老少围绕一个既无现实之用、也不太符合现实伦理、但又不是超凡脱俗的贾宝玉来展开情节结构。而这样的情节结构如何产生,才是规定种种浪漫细节之独特意味的方法命脉。同样,用象征主义视角发现"绛珠仙草"的"还泪神话"会隐喻一段悲泣的爱情故事,但也无法揭示宝、钗、黛的爱情与婚姻故事所隐含的复杂意味——那种游离于钗、黛之间的意味,才可以衬托出贾宝玉既无真正的爱情能力也无现实的婚姻能力的"另类"性。高尔基在谈到巴尔扎克、屠格涅夫、托尔斯泰、果戈理、契诃夫等作家时讲道:"在伟大的艺术家们身上,现实主义和浪漫主义时常好像是结合在一起的。"[①]高尔基注意到现实主义和浪漫主义只是作为不同的创作手法可被经典作家同时运用,就像我们注意到《红楼梦》有现实主义、浪漫主义和象征主义各种因素,但决定作品独特结构和意味的根本性创作方法却不是这

[①] 〔苏〕高尔基:《论文学》,孟昌、曹葆华、戈宝权译,人民文学出版社1978年版,第163页。

第十二章　文学穿越现实的创作方法

些具体方法本身。依此类推,《西游记》编排师徒四人西天取经的故事、孙悟空的七十二变以及大闹天宫、妖精想吃唐僧肉的荒诞不经,虽然都是浪漫主义的创作方法,但是这些创作方法依然无法揭示《西游记》师徒四人所代表的四种价值取向、社会关系所形成的独特结构和复杂意味。孙悟空除暴抗恶、对天圣虚伪性的揭示以及始终摆脱不了唐僧无形的紧箍咒,体现出英雄性和反抗性在中国的最终悲剧性命运,而猪八戒作为世俗享乐人格对唐僧的圣性人格、孙悟空的英雄人格、沙僧的依附人格的同时深层消解,则意味着作品深层的日常生活化取向。这种圣性和反抗性交织、英雄性和世俗性交织、虚假性和本真性交织的复杂创作结构,才是作品真正富有意味和魅力的精华内容。如果离开了这种复杂结构所编织的复杂人物关系,手法再浪漫、细节再离奇,还是会从属于中国文化的主流教化视文学为工具的创作传统,从而使《西游记》失去了独特的文学价值。因此,研究作品这种独特的复杂的人物关系和价值关系的结构是何以成为可能的,才是对《西游记》最根本的创作方法的理解。"穿越现实"作为文学创作方法的提出,正是基于对这种理解的探究。

其次,陀思妥耶夫斯基的"复调",是文学史上著名的个人化的创作方法,对这样的创作方法何以可能的探讨,也就从另外一个角度提出了文学经典成为可能的独创方法之问题。

所谓复调(polyphony),本是指欧洲 18 世纪(古典主义)以前广泛存在的一种音乐体裁,它与和弦及十二音律音乐不同,没有主旋律和伴声之分,所有声音都按自己的声部行进,相互层叠,构成复调体音乐。但陀思妥耶夫斯基产生"复调"创作方法是一回事,这种创作方法是否在其他艺术形式中早已存在、或能否被其他小说家和艺术家成功运用,则是另一回事。其中,将"复调"仅仅看作一种"众声合唱""多声部"的手法,用来表现并不存在真正的"多声"世界,是将"多声部"仅仅作为一种创作手法的作家很容易走入的误区。如果说王蒙当年用西方非理性的"意识流"手法来表现理性化的"忠诚"主题(《布礼》)是这种误区的表现形式之一,那么高行健的《野人》在戏剧形式上的创新也难以遮掩这样的问题:生态问题、寻找野人、现代人的悲剧、《黑暗传》,只是观察同一性质世界的四种视角,而不是性质不同的对立的世界。由于《黑暗传》只是现代人在审视自己的缺陷时反观历史的产物,所以现实性的遗忘自然和审美性的回归自然,其实就都是现代性生活的有机组成,构不成性质上彼此真正对立的关系。这与陀思妥耶夫斯基创作出的心理性的、个体化的、价值对立的"双重人格"和"多声部"的对世界的理解,是不可同日而语的。无论是《穷人》中的杰弗什金,还是《双重人格》中的高略特金,抑或《罪与罚》中的拉斯柯尼科夫,其共同点,都是"我是虱子"与"世界的破坏者"双重人格对话与冲突的产物。陀思妥耶夫斯基的世界之所以是一个疏离中心价值指向的世界,是因为他笔下的人物行为,均是出于主人公在"犯法的伟人"与"犯法的伟人的工具"的思想矛盾。在《罪与罚》的结尾,拉斯柯尼科夫与索尼雅走向西伯利亚向上帝忏悔,又意味着作家还开辟了一个与"伟人和凡人"无关的宗教性的新世界。这意味着拉斯柯尼科夫的内在世界是一个有可内省的多种自由理念支配的"多元行为"世界。特别是,陀思妥耶夫斯基对世界的复调式理解,还在哲学和伦理学上获得具有逻辑力量的支撑,从而使得作家与人物的复合性世界观具有坚实的逻辑思辨力量。拉斯柯尼科夫责问法官:拿破仑杀了那么多好人,你们为什么却说他是伟人?这一问住法官问题的唯一解答,就是拿破仑是一个成功的杀人犯。"善"于是只与"权力"相亲。这个世界上不同的权力自然使"善"的世界成为"多声部"世界。"复调"不是希望消除"多声部"展开的"众声喧哗",而是承认权力的永恒存在从而展开"永恒的搏斗"或"对话"。所以德国学者赖因哈德·劳特谈到陀思妥耶夫斯基时认为:"这些哲学理论由一个或几个小说人物为代表,并体现在他们之中。哲学思想的代表都力求彻底思考自己的这一思想,照着思考的结果去塑造自己的生活和行为。"[①]陀思妥耶夫斯基的创作方法是:心灵是思想诞生的中心,所以写人物的心灵世界更为重要;心灵凭借思想付诸实践,人物的实践则构成小说的基本情节与意味。这既不是巴尔扎克的"批

---

① 〔德〕赖因哈德·劳特:《陀思妥耶夫斯基哲学》,沈真等译,东方出版社1996年版,第9页。

第十二章 文学穿越现实的创作方法

判现实主义"可以解释的,也不是莫里斯、厄普代克、欧茨等人的"心理现实主义"可以解释的。因为"批判"作为对现实的态度与"心理"作为作家理解世界的范围,并不涉及批判的性质与目的,也不涉及心理世界的内在结构。由于批判意识是所有现实主义作家的共同特征,运用"心理""意识流""荒诞"等手法也是现代主义作家的共同特征,所以这些创作手法并不直接导致以"多重人格对话"为基础的作家对世界的基本理解,也难以派生出"多重人格"的文学形象和人物内在价值结构。只有在心理的、独白的、冷酷的、荒诞的世界中去思考这个世界的内在结构的形成,才是陀思妥耶夫斯基作为独创性作家何以可能的创作方法问题。

所以,"穿越现实"是在现有创作方法之外存在并且规定它们的一种比较特殊的创作方法。由于以往的文学理论更多关心的是时代性的、共同性的创作方法,研究的是作家可以普遍运用的创作手法,这种特殊的创作方法在中国当代文学理论中一直处在被遮蔽的研究状态。

二 突破阶层和时代提出个体化问题

一个作家的世界观和创作方法有密切的关系,有众多创作现象可以说明。但作家的世界观和创作方法是受制于所处的阶层、时代,还是受种于作家对社会现实"独特问题感知",却是一个未被深究的文学问题。独创性作家与一般作家的区别,也正在于其对世界的"问题意识"是否完全受制于时代、阶层所提供的"问题视域"。任何作家都受一定的意识形态制约,但优秀的作家却能突破这样的制约对时代意识形态和自己所处生存状态的生存渴盼构成审视的张力。文艺理论不但要注意到这样的现象,而且要研究这样的现象之何以然。也就是说,探究什么问题的欲望,成为作家世界观产生的原始逻辑起点。而提问题的方式和提问题的内容,会直接牵涉作家因为要解决这样的问题展开的对世界的"如此思考",也因此会决定作家特定世界观的形成。

首先,作家所提的"问题",与作家对生存境遇的"独特感受"相关,并受制于作家的心理、性格、秉性等很个体化的内容。这些内容常常突破作家的生活阶层对作家的生存要求。陀思妥耶夫斯基出身于社会底层没有错,但社会底层的苦难只是陀思妥耶夫斯基"复调"产生的场域,并不是复调小说产生的根本原因。翻译陀思妥耶夫斯基小说的金岳霖先生认为:"正因为作者对社会下层贫民寄予了深切的同情,才能对人们的悲痛、苦难和屈辱作出如此深刻逼真的描写。"①这实际上是用概括托尔斯泰的方式来理解陀思妥耶夫斯基,或者是用现实主义精神来理解陀思妥耶夫斯基了。因为"深刻、逼真"只反映作家对生活的认识和熟悉的程度,并不能揭示作家对这些生活的独特提问产生"这样的深刻"。托尔斯泰塑造"精神与肉体搏斗"的安娜·卡列尼娜,是不会导致对主人公所持"爱情至上"的立场和作家自己的宗教美学进行反思的,从而仅仅把"问题"理解为"不合理的社会制度如何改变"。而库切在他的《异乡人的国度》中所说的事实,一定程度上则可以解释陀思妥耶夫斯基"为什么现实会如此"的问题性心理动因:陀思妥耶夫斯基作为一个"不得不为了挣工资而写作"的作家,《罪与罚》和《白痴》的成功却"平复不了他心头低人一等的感觉",虽然陀思妥耶夫斯基骨子里认为屠格涅夫和托尔斯泰已属于过去的时代,但他们"在评论界的声誉(以及每页文稿所获稿费)都比他高,他嫉恨这些对手"②。因此,一个由嫉妒心理开始的作家,由此就追问嫉恨是如何形成的:为什么上层人物无能却仅仅因为在上层就可以拥有意义和鲜花?而底层小人物优秀却仅仅因为在底层就成为被侮辱和被损害的人——而且没有权力为自己辩驳——其逻辑依据在哪里?陀思妥耶夫斯基要探究的问题是产生不平等的思想根源,而不是把不平等本身作为问题——当然也不会把不平等归结为社会制度与上层人物的人性之恶。陀思妥耶夫斯基由自己的生存境遇之疑惑感受,展开的是关于世界不平等的生存法则是如何形成的逻辑追问,这才是导致作家对世界是一个"多声部纠缠"的意识之萌芽。所以,《地下室手记》中的"地下人"——作为

---

① 〔俄〕陀思妥耶夫斯基:《罪与罚》序言,岳麟译,上海译文出版社2004年版,第5页。
② 〔南非〕库切:《异乡人的国度:文学评论集(1986—1999)》,汪洪章译,浙江文艺出版社2010年版,第158页。

第十二章　文学穿越现实的创作方法

作家最典型的人物形象——在"我是个有病的人"与"我是个凶狠的人"两种自我意识之间徘徊不定,很大程度上就是在底层靠写作挣工资的陀思妥耶夫斯基对上层稿酬优厚的屠格涅夫不服气而展开思索的文学结果。也就是说,"嫉恨""不服气"是一种心理状态,但"嫉恨""不服气"的原因探究,则是一种思想问题的追问活动。这种把不服气的生存感受转化为思想性的原因分析,才是陀思妥耶夫斯基的"文学问题",也才是陀思妥耶夫斯基突破"为底层而写作"的关键——"同情贫民的苦难""揭示上层的虚伪""消除贵族与平民的不平等"等传统批判现实主义内容,才会与陀思妥耶夫斯基的"文学问题"分道扬镳。

比较起来,托尔斯泰虽然出身于伯爵家庭,但同时又受原始宗法田园生活制约,其对生活的感知受制于庄园和谐恬静的氛围,从而走上了一条与陀思妥耶夫斯基不同的对"社会问题"认知的道路。陀思妥耶夫斯基出身于平民家庭但没有走上单纯地"平民解放的反抗道路",是因为陀思妥耶夫斯基疏离了自己的平民立场而转化为作家的"个人立场",托尔斯泰虽然崇尚过西方文明但却没有完成对自己所生活的原始宗法田园理想的疏离,这就使得托尔斯泰一直是从宗教的、庄园的、和谐的社会生活理想来观照现实中的不平等问题、苦难问题,是以自己贵族的生活作为社会生活的理想了,从而将列文式的"道德自我净化""贵族平民化"作为解决这些问题的手段。忏悔精神不仅由此构成了托尔斯泰的人格精神,也构成了他笔下一系列主人公的精神历程——更重要的,也由此构成了托尔斯泰小说的情节结构——《复活》中的聂赫留朵夫最为突出地体现出托尔斯泰"忏悔人生"的"道德净化"特点,通过玛丝洛娃,读者经历了从纯爱、伤害、悔罪到复活的人生全过程。也因为此,体现出了托尔斯泰的"不以暴力抗恶"的总体性世界观。但也正因为在对世界的认知上托尔斯泰尚缺乏疏离贵族庄园生活的视点,在创作方法上,托尔斯泰的创作就不像陀思妥耶夫斯基那样更具开辟一个现代主义时代的原创性特点,从而在整体创作格局上属于19世纪,不及后者对20世纪现代主义文学更具有影响力。

其次,作家所提的问题是否独特,还与作家是否自觉突破时代思潮看问题的方式有关。如果说生活的阶层、地位是一个作家生存的小环境,那么时代思潮的影响就构成了作家生活的大环境。这两个环境的相辅相成,决定了一个优秀的作家要形成自己的世界观,不仅需要在对小环境的生活中发现属于自己提出的"大问题",而且也需要突破大环境看世界所给予自己的思维框架、视点、坐标,才能真正形成"个体化的问题"。优秀的作家常常不仅具体地丰富了时代性问题,而且能让读者对时代性的大问题生成审视的张力,在大问题之外生成新的独特问题,从而一定程度上"穿透"了时代的大问题。

  这样的情况在俄国和中国现代启蒙作家中表现得比较充分。高尔基虽然也出身社会底层,但他受无产阶级革命观念和思想解放思潮的制约,将文学的"问题"和社会的"问题"理解为"底层的解放"以及"人的尊严、牺牲、奋斗"精神之唤起。高尔基通过《鹰之歌》《海燕之歌》《母亲》等一系列作品,将"让暴风雨来得更猛烈些吧"的奋斗牺牲精神作为世界的审美坐标,在特定时期确实具有感召人心的作用。然而,由于"战斗"是一个时代性观念,一旦遭遇无产阶级的暴力革命问题,就必然会产生《不合时宜的思想》这样的对无产阶级暴力专政予以质疑的作品。其原因或许在于:当高尔基没有对有意义的杀人和无意义的杀人以及杀人的方式进行深层的哲学追问时,所有的"革命""战斗""牺牲"的意义,就可能会产生轻视生命、个性、人性等一系列问题。如果说,高尔基没有在创作方法上形成如陀思妥耶夫斯基那样独特的创作方法,在于高尔基并没有对自己看问题的那些由思想解放、时代思潮所提供的价值坐标产生"问题性追问",那么,不少中国现当代作家没有自己的世界观和创作方法,其根源也同样在于没有自己独特的角度来对待"剥削与被剥削""底层与精英""平等与不平等""传统与现代""中国与西方"等一系列时代性的理论命题,当然也就会在"什么是中国式的现代化""什么是中国文学的现代化"等命题上依附于西方话语,产生"中国问题海外提"这样持续近百年的"问题失语症"。

  中国文学界一般都认为鲁迅的《伤逝》《在酒楼上》《孔乙己》为中国现代文学的经典作品,但为何这些作品可以成为20世纪中国文学的独创性作品,在创作论上的研究应该说是被忽略的。用鲁迅自己所说的"杂取诸多"的典型化创作方法和貌似普遍适用的"批判现实主义"

第十二章 文学穿越现实的创作方法

创作方法,就是这种浅尝辄止研究的体现。因为"杂取诸多"只是典型化创作方法的一般手法,但确乎难以解释以吕纬甫为代表的中国现代知识分子的启蒙循环与个性解放的悲剧是怎样形成的,也很难解释"孔乙己"这个被中国普通老百姓嘲弄的、其现实功能早已消亡的悲哀形象是怎样塑造出来的。即"杂取诸多"无法回答"以知识为其生存方式的知识分子为什么被人打断了腿"这样的批判内容,批判现实的态度也无法回答鲁迅为什么会有"启蒙的循环"的发现。而我们强调鲁迅在中国现代文学中的独特性,强调《在酒楼上》《孔乙己》的深刻性、丰富性,恰恰是要在创作方法上回答这样的独创、深刻与丰富是何以可能的,也就是要在现实主义、浪漫主义、象征主义等各种创作方法之外将"独创性发现何以可能"的方法揭示出来。实际上,鲁迅之所以能创作以离家出走体现个性解放悲剧的子君和涓生,是因为鲁迅对五四时期普遍的以反叛封建家庭为方式的"个性解放"以及"我的人生我做主"的自由激情持怀疑态度。这样的怀疑一方面与鲁迅自己的兴奋、彷徨及痛苦的个性经验和心路历程有关,另一方面则由审视时代思潮的个体化创作立场的自觉有关,并提升为"娜拉走后怎么办"这一尖锐的中国现代文化建设之问题。个性解放之后的中国青年消沉、堕落的现实,诱发鲁迅对五四启蒙的中国现实的独特观察和发现,才是这种独特形象诞生的奥妙。中国青年的消沉和堕落诚然可以证明个性解放的悲剧现实,但并不能直接提出"娜拉走后怎么办"之问题——作家完全可以将消沉和堕落归结为中国青年人的素质问题。事实上,鲁迅确实也通过闰土和祥林嫂揭示过中国人的麻木、愚昧等问题。但这样的改造国民性问题之所以还不深刻,是因为愚昧、麻木不能导向"如何改造国民性"之问题。即用西方个性解放和恋爱自由观念并不能直接解决这样的问题。所以鲁迅发现了一个更尖锐的"中国问题":铁屋子打破后如果不能盖上新屋子,可能还不如让他们待在原来的屋子好。子君之死与吕纬甫从批判《女儿经》到教授《女儿经》这种比死还要糟糕的悲哀,就是"还不如待在原来的屋子好"的说明。而这"新屋子",却在那"无路之路处",是"沉默中感到充实的"东西。易卜生的《玩偶之家》和巴金的《家》《春》《秋》之所以不及鲁迅的这些作品内蕴深刻,正因为鲁迅所发现的问题,是一个仅仅赞同个性解放、坚守情感自由的作家所不可能发现的问题。顺着这样的问题去思考,才会有鲁迅上述小说独特的悲剧性循环情节和"不幸、不争"①的人物塑造。鲁迅之所以没有依附时代思潮不断转换自己的创作风格,之所以能经过相信进化论和尼采哲学之后确立"在没有路的地方走出路来"的审美指向及新文化价值坐标,始终以严峻的姿态批判中国文化的负面性和追随西方文化启蒙的廉价性,原因概在于他对自己所发现的问题的认定没有改变。

言下之意,一个作家如果对文学和社会问题的认知随着时代的变化而变化,正好说明这个作家是没有自己的"问题发现"的,当然也就谈不上根据这样的问题建立独特的世界观、文学观、小说观,也就不会生成由这些观念所制约而产生的独特的情节、故事、人物和意味。

三 改造宗教与文化建立个体化理解

如果一个优秀作家是以自己的"个体化问题"向世界生发疑问,那么接下来的环节,便是根据这样的疑问产生作家自己的世界观,或独特的对世界的理解——这种理解是作品具有独特的艺术意味的前提。我在这里简称为"个体化理解"。其中,创造性地理解和改造自己所认同的文化观念,是避免认同某种文化观念、满足对这样的观念进行个性化阐释的重要方面。作家通过批判改造自己所认同的文化观念,也可形成作家"个体化理解"中容易被批评家进行观念性阐释的内容,其关键点在于"穿越"所要求的"尊重、认同、批判、创造"缺一不可。其结果是尊重、认同的内容使经典作品保持与既定文化、艺术的联系,而批判、创造的内容又使经典作品形成其独特性,此可谓经典的认同性和批判性的统一。

19世纪著名的神学家霍米亚科夫曾提出"教会名为统一的、神圣

---

① 鲁迅:《坟·摩罗诗力说》,人民文学出版社1980年版,第73页。原文:"衷悲所以哀其不幸,疾视所以怒其不争。"

第十二章　文学穿越现实的创作方法

的、聚合的(全世界的和普世的)使徒教会"的看法,其中多教统一的"聚合性"概念,曾被某些学者认为是陀思妥耶夫斯基"复调"的来源。这是比较典型的从作家所认同的文化出发来考察作家的创作源泉的研究。但这样从作家的创作中寻找相近文化渊源的思维方式,一直无法解释同样受宗教文化制约的作家为什么没有成为陀思妥耶夫斯基的问题。托尔斯泰、普希金都受俄罗斯东正教的深刻影响,但为什么唯独陀思妥耶夫斯基产生其独特的"多声部"文学创作?同处一个时代,为什么陀思妥耶夫斯基认识到个人的痛苦是个人内心世界多种观念永恒冲突的结果,而托尔斯泰却只愿意去找"道德净化"的社会性共同幸福之路?这就需要从作家主体所感知的社会问题、文学问题及其解决问题的路径去探寻了。比如,对陀思妥耶夫斯基而言,只有对他所认同的东正教教义、对"爱和自由"进行创造性理解,才可能生成他"复调"性的世界观,并使之具有哲学、伦理、政治、教育等多重意义。对鲁迅而言,只有对他自己所认同的进化论、超人哲学、人道主义也采取创造性理解与改造的态度,才会生成鲁迅"在没有路的地方走出的路才是真正的路"的"个体化理解",也才能基于这样的理解反观出中国知识分子和农民的各种"廉价的、麻木的生存状况"。

首先,陀思妥耶夫斯基对宗教的认识,是以他的"不平等的世界是怎样生成的"哲学问题来体现他对宗教文化的穿越的。与托尔斯泰坚定地走宗教和谐恬静之路不同的是,陀思妥耶夫斯基把宗教内在的不和谐性开掘出来,与这样的"分裂性世界何以可能"的问题有直接关系。把《罪与罚》和《白痴》联系起来,我们就可以看出陀思妥耶夫斯基对宗教的矛盾性理解与阐发。如果说,《罪与罚》通过拉斯柯尼科夫与索尼雅走向西伯利亚向上帝忏悔,传达了作家宗教之爱的救赎信念,那么,在小说《白痴》中,梅什金不但没能用宗教帮助娜斯塔西娅,反而害死了她,梅什金自己也成了真正的白痴,则传达出陀思妥耶夫斯基对宗教救赎的怀疑。这使得陀思妥耶夫斯基的内心矛盾没有因为宗教而得到解决,反而通过对宗教内在矛盾的发现加强了他的"分裂的世界自有分裂的道理"的哲学理解。宗教所要求的归属性与陀思妥耶夫斯基最终无法归属,正好体现出陀思妥耶夫斯基自己的哲学思想对宗教的改造:分裂是永恒的,而一切和谐都是暂时的。"复调"的哲学基础由此便获得了宗教的支撑,但这毫无疑问是被陀思妥耶夫斯基进行创造性理解的宗教,是经过他的哲学追问改造过的宗教。

其次,陀思妥耶夫斯基的小说中总是充满暴力的主题、暴力的人物性格、暴力的人物心理,或者说这样的主题和性格构成了"复调"的重要的"一元",这无疑与陀思妥耶夫斯基对宗教的另一种分裂性理解有关,那就是"上帝在场"与"杀戮上帝"是同在的。"上帝在场"时候宗教撒落的是"爱"的整一性光泽,爱的整一性力量,而"杀戮上帝"并不是反宗教,而是宗教所宣扬的"自由"的一种体现。所以,东正教的爱与自由是一种悖论。爱应该给每个人以自由,但每个人的自由又使整一性、归属性的爱无法实现,从而和谐与宁静最终也不可能,并因此使抽象的爱之整一在现实面前难免无力。此外,新教与天主教在陀思妥耶夫斯基时期的对立,也使得陀思妥耶夫斯基认为实际上存在着"上帝在场"的宗教和"杀戮上帝"的宗教。因为两种都以宗教面目出现。所以赖因哈德·劳特认为,"陀思妥耶夫斯基把新教看作是倾向和导致无神论的宗教。新教的产生,仅仅出于对天主教的否定"[①],而且这种否定,是以天主教存在为前提的。宗教世界教派林立,在根本上也是对上帝、存在、不朽等问题产生不同的理解所导致。陀思妥耶夫斯基小说中总有两种对立的声音构成主人公的内在结构,至少也是与宗教世界中上帝有不同种存在方式所奠定的。如果"杀戮对方的上帝"来自作家对现实中各种虚假上帝的认识,那么拉斯柯尼科夫杀掉放高利贷的老太太,也同样可以推出宗教性的理由。

再次,由于"杀戮上帝"的宗教出现,这就形成了陀思妥耶夫斯基对上帝存在的一种独特理解——"另一个世界"。上帝原本是人们心中一种至高无上的存在,无论是信仰上帝还是反对上帝,都没有改变人们的这种看法,所以对待上帝的一般心理应该是虔诚的。赖因哈德·劳特指出:上帝在陀思妥耶夫斯基这里就像万事万物普遍联系一样,这

---

① 〔德〕赖因哈德·劳特:《陀思妥耶夫斯基哲学》,沈真译,东方出版社1996年版,第206页。

第十二章　文学穿越现实的创作方法

种普遍联系只是一种预感的、心理性存在。所以人与上帝的接触也是心理的接触。这直接导致陀思妥耶夫斯基在心理世界中来理解现实世界和上帝。上帝只是与万事万物一样是人们心理中的"另一个世界"。小说《卡拉马佐夫兄弟》中临死的佐西马长老就会有这样美妙的时刻:"我的生命即将终结,我知道,也听到了。但是在剩下的每一天中,我感到我的地上生命已和新的、无尽的、不了解的、却已十分临近的生命相接触……我的心中……高兴得流泪……"在作家这里,这就是人们与上帝相遇的方式。但这种方式并不是人们被上帝拯救的方式,而只是一个世界与另一个世界的关系,与"我是虫子"和"我是复仇者"并无二致。所以这个世界才是"多声部"的、"无中心"世界。宗教和上帝作为"另一个世界"的特殊性,只是相对于与现实对立的世界而言。所以人总是在濒临死亡时才容易接近这个世界。佐西马长老的高兴和激动竟然在濒临死亡时才产生,正好说明"多声部"与"复调"是可以将死亡世界也包容进来的。由此,陀思妥耶夫斯基的"个体化理解"才是一种包括宗教在内的关于"世界"的哲学性理解。宗教的非中心化存在、内在矛盾性及其对抗性力量,由此成为作家"多声部"世界理解性的深层结构。

这个问题表现在鲁迅的"个体化理解"中也是如此。鲁迅思想中有三种重要的文化渊源:尼采哲学、魏晋风度、佛老思想,所以刘半农评价鲁迅有"托尼学说,魏晋文章",大致可以成立。"穿越所认同的文化"对中国现代作家而言,常常是"尊重中西方文化"之义——中国文化对中国作家的制约与影响常常是作家不自觉的,而西方文化对中国作家的制约与影响常常是自觉的、被意识到的。所以穿越文化不是指作家用西方文化批判中国文化,也不是用中国文化去批判西方文化,而是要在这"双重创造性批判改造"中形成作家的"个体化理解"。对中国作家而言,这当然是有困难的,但唯其困难,才显示出独创性方法的特别之处。

就鲁迅对尼采思想的穿越而言,尼采颠覆理性文化传统的批判性精神的"强力意志",演变为鲁迅的"精神界之战士",可以作为鲁迅受尼采哲学影响的文化内容。但尼采的"超人"是有具体内涵的新人,精神充盈而优越,生命强力宛如水从瓶中不断溢出,而鲁迅的"立人"是说不出具体内容的、只能通过批判说其心中所"是"的虚妄性存在之人。尼采的"超人"是难以实现的新人,而鲁迅的新人则是还没有设计出来的人——鲁迅所有的批判,只是为了这个设计而已。鲁迅的改造是把尼采的"超人"架空了,从而更多具有后现代式的审美批判意义。这使得鲁迅是"沉默时才感到充实"的人,而不是尼采开口即显现的自我赞美与陶醉。关键是,尼采的超人是具有专制性的少数优等人,是比较纯粹的个体存在,而鲁迅的"立人"是为了建立"人国",所以鲁迅是借个体抗争建立一个新的文化群体。鲁迅对笔下士人、青年、农民、启蒙者群体性的"哀其不幸,怒其不争",说明他将尼采的个体精神改造为中国文化的以个体战斗为工具的整体精神了,因此他可以成为中国现代思想文化和文学的"旗手",才有"冷对千夫指"是因为"甘为孺子牛"的献身精神。所以由说不出新的个体组成的"人国"为标准的对传统与西方的同时审视,才是鲁迅的审美价值理解。

就鲁迅对佛老思想的改造而言,鲁迅喜欢读华严、唯识等佛经不假,所购所读书籍也多为此类。但是与他的导师章太炎想以佛法救中国不同,读《高僧传》《四十华严》等书只是鲁迅让自己沉静下来的方式。鲁迅曾对许寿裳说:"释迦牟尼真是大哲,我平常对人生有许多难以解决的问题,而他居然大部分早已明白启示了。"[①]而鲁迅《影的告别》中的"于浩歌狂热之际中寒,于天上看见深渊。于一切眼中看见无所有"等,大概也确实可以看出佛教四劫轮回虚无观对鲁迅的影响。但鲁迅《野草》中的关键词并不在"虚无",鲁迅小说的深刻之处也不在"轮回"。鲁迅对佛学有所改造的最有创造性之处在于蕴含希望的"虚妄",鲁迅批判启蒙者的"循环"最深刻的地方在于"启蒙本身有重大问题"。"虚妄"就不是"有"也不是"无"同样不是"有无之间"可以说明的。不如说,鲁迅真正的"新人"不是现有的"有"可以说明的,也不是现有的"无"可以说明的,而是要通过"创造"诞生的。所以这样的诞生也意味着鲁迅要告别先前他自己崇奉的"拿来主义"。所有拿来的或

---

① 许寿裳:《亡友鲁迅印象记》,广西师范大学出版社2010年版,第49页。

第十二章　文学穿越现实的创作方法

拿来后拼凑的,都不是鲁迅心中真正的"希望所在"。这样的一种"虚妄",是不同于佛学的"以涅槃离一切差别相"之"虚无身"与无因无果的"虚空法界"的。根本上,佛学是不讲人的创造性的"虚空",而鲁迅是借"虚"讲人的创造还未果的状态。

就鲁迅对魏晋文化的创造性改造而言,鲁迅与嵇康都生在文不聊生的乱世,都"非汤武而薄周孔",文风都辛辣、讽刺、刚嫉,宁愿覆折也不改自身正气,多次认真校勘《嵇康集》,写《魏晋风度及文章与药及酒之关系》之文,也就成为鲁迅对中国历史最黑暗时期与最英勇的战士发生精神共鸣的实证。这也可以视为"穿越文化"首先要求的"选择所认同的文化"之意。然如果说鲁迅以当代嵇康自况,这同样又贬低了鲁迅在中国文学史上独特的价值。余英时在他的《五四运动与中国传统》中说"言平等则附会于墨子兼爱,言自由则附会于庄生逍遥"①,无疑传达了中国现代知识分子将西方文化嫁接到中国传统边缘文化上的一个重要特征,也由此可以说明鲁迅比魏晋文人因多了西方思想资源所形成的不同。但鲁迅之所以经历从"拿来"到"创造"的心理历程,又说明鲁迅不同于其他现代中国作家因为中西文化嫁接所形成的"王国维式的悲剧"——"嫁接"不改变中西文化的既定观念与内在结构,难免生硬、破碎,因不具备实践功能而被嫁接者放弃,而"创造性理解"却需要对中西方文化观念奠定的精神内容做同时的批判努力——不管这种努力是否最后能成功,但却会至死不渝。鲁迅虽然在人生多辛苦、被利用、遭践踏、多孤独、承虚妄方面与嵇康的"人生譬朝露"(《五言诗三首·其一》)和阮籍的"忧思独伤心"(《咏怀八十二首·其一》)发生共鸣,但是竹林七贤还是一个群体,鲁迅却是孤军奋战;群体意味着从众性的对世界的价值理解还存在,这就是对老庄哲学的认同。而鲁迅虽然亲和魏晋文化,但最后像狼一样的只能"钻进草莽,舔掉血迹"且不需要任何人安慰,意味着鲁迅已突破集体性的边缘化抵抗状态,而进入老庄的"任自然"根本概括不了的个体化存在状况。那种不再受生存痛苦情感所支配的独立状态,已经吸收了魏晋文化所不具备的西方现

---

① 余英时:《中国思想传统的现代诠释》,江苏人民出版社1998年版,第283页。

代个体独立的思想。但鲁迅比竹林七贤更痛苦又更伟大的地方在于这个"现代中国个体"还没有诞生出来，不是用西方个体思想就可以在中国行得通的，所以这是一种"创造的艰难无法对人言说"之痛苦。在中国士人不是选择儒家就是选择老庄、禅宗的中国，这才是鲁迅"一个朋友也没有"、独自舔伤的根本原因。《野草》之所以是鲁迅"个体化理解"的实践，在鲁迅作品中处在至关重要的位置，就因为只有凭借这样的"个体化理解"，他才能回答他的"娜拉走后怎么办"之中国问题；而回答这样的问题，也就必然会设计子君回家郁郁而死与吕纬甫回乡教书精神潦倒的情节。一句话，鲁迅是通过发现各种不符合他创造性的个体新人之文化问题，来展开他小说的人物、情节、意绪的构思的。这样的过程，当然不是批判现实主义或浪漫主义、现代主义创作方法可以说明的。

四 利用艺术资源创造个体化结构

从"个体化问题"的提出到"个体化理解"的应对，"穿越现实"的文学独创方法已展现"三段式"的主要方面，剩下的，就是这种"个体化理解"如何通过作家利用和改造自己喜欢的艺术资源呈现出来——即在内的"个体化理解"如何以"个体化结构"外化，而这样的外化又要求将以往的文学艺术资源化为自己作品中的材料。这里之所以用"呈现"这个概念，是说"个体化理解"的表现不是观念、概念和议论的性质，所以"个体化理解"不能用文化的、理论的形态去理解；这里之所以用"个体化结构"一词，也因为"结构"是一个可以囊括形式、故事、情节和人物关系等在内的总体性概念。

一般说来，作家的艺术构思、情节设计、人物塑造，与作家的文学成长和熏陶的历史、环境有关，与所阅读、所受教育特别是作家所喜欢的作品有密切关系——中国20世纪80年代的新潮作家喜欢法国新小说派的作品，就像20年代穆时英等作家喜欢日本新感觉派小说一样。除此之外，作家关于文学和艺术的记忆、经验、审美情趣，常常是由可涉猎的、由主流意识形态引导的文学和艺术作品决定的——这就是在只能

第十二章　文学穿越现实的创作方法

阅读《红岩》《林海雪原》《钢铁是怎样炼成的》等作品中成长的作家，常常只能塑造革命英雄人物的原因。即便写出人情味的《百合花》、写出生活气息浓郁的《李双双小传》，还是脱不了时代的印记。中国当代之所以难以产生鲁迅这样的作家，是因为当代作家基本上是以时代的阅读趣味去接触有限的艺术资源，难以像鲁迅那样接触各种文学艺术资源。没有广泛的文学资源作为材料吸收，也没有自己喜欢的作品让自己经历"从模仿到穿越"的过程，当然在文学的想象和虚构方面，就不可能产生独特的人物、情节、故事和意境。

众所周知，欧洲的民间"狂欢节"是西方作家重要的文化与艺术资源，除陀思妥耶夫斯基以外，歌德、莎士比亚、塞万提斯、拉伯雷都受欧洲民间狂欢文化的影响。巴赫金认为陀思妥耶夫斯基的"复调"产生在于欧洲传统狂欢节，原因在于狂欢的基本精神是新旧、正反、美丑共生的双重性，与"复调"有相通性。但是当拉伯雷只得到巴赫金"人民性""世俗性"的赞誉时，一个重要的文艺理论问题就产生了：为什么相对于"狂欢节"这样的艺术性文化资源，仅仅是陀思妥耶夫斯基产生了"多声部"的复调小说结构，而不是莎士比亚、塞万提斯、拉伯雷？莎士比亚的戏剧也有"众声对白""新旧、美丑同时涌现"的戏剧布局，为什么不能简单地与陀思妥耶夫斯基的"多声部"相提并论？其实就是因为作家对世界理解的不同从而选择、利用、改造不同的艺术资源。欧洲民间"狂欢节"确实有新旧、正反、美丑、善恶、精英与平民、英雄与小丑同时涌现之状况，但是对其作为同一空间的丰富性却可以做"形态性丰富"和"实质性对立"两种不同的理解。莎士比亚偏向于前者，最著名的例子大约算《哈姆雷特》里俄菲莉亚葬礼前两个掘墓的小丑间的诙谐打趣和哼唱小曲，《李尔王》中李尔王发疯的痛苦与弄人冷静的谐谑的并存了。这是一种形态上的对狂欢之复调的理解，所以可以把世界理解为兼容并包的丰富，却不会去深究"发疯"与"谐谑"很可能只是"痛苦"的不同表现形式。这正如"爱"与"恨"的同时出现不能体现真正的"多声部"一样，只有"爱的世界"与"无爱的漠然世界"各自成理同时对话，才具有陀思妥耶夫斯基"复调"的意义。所以莎士比亚对世界的理解是"总体性的现象的丰富"，如卢卡契所说的是追求瞬间斑斓的戏剧效果①，但作家不去辨析各种貌似不同的声音是否是不同的世界观所致。如此，莎士比亚戏剧中人物的不同看法也就可能是同一种世界观的不同阐释。比较起来，陀思妥耶夫斯基对"狂欢"的利用，却是基于他对世界的"不同的世界观产生的不同实践之间的对白"为坐标的。所以用新旧、正反、美丑、善恶、精英与平民、英雄与小丑这些貌似对立的因素，无法概括陀思妥耶夫斯基的"复调"——如果新与旧、正与反是同一种世界观的不同阐释所致的话。就像"自私"者常常会以"大公"的面貌出现从而两者构不成真正的对立一样。"复调"并不是仅仅"同时并存"，还要看并存的理解和事物是否消解了出自一元化和总体化的"善"之观念，使并存的每一事物都具有了正当的意义，对话、对等才能真正展开。这使得陀思妥耶夫斯基之于"狂欢"，仅仅是借助了"狂欢之并存"的表层结构，但剔除了"狂欢"的"杂乱""兼容并蓄""新旧美丑冲突"之意，而使其作品的深层结构具有了"世界七大宗教并存"的意义。这样，陀思妥耶夫斯基实际上就是创造性地改造了"狂欢节"，克服了民间"狂欢节"不区分表层冲突与深层冲突、世界观之冲突与对世界观阐释之冲突的"界线模糊"问题，放在自己的"个体化理解"中予以筛选，从而使"多元并存"具有了"不同世界观对话"的崭新意义。这样的意义，正是陀思妥耶夫斯基区别莎士比亚、雨果等传统现实主义作家的关键所在。

正是在此意义上，说果戈理是陀思妥耶夫斯基创作的文学资源，似乎没有错，但最重要的是后者对果戈理进行的改造。如巴赫金所描述的："他把作者和叙事人，连同他们所有的观点和对主人公的描写、刻画，都转移到主人公本人的视野里，这样他便把主人公整个完善的现实，变成了主人公自我意识的材料。无怪乎陀思妥耶夫斯基让马卡尔·杰符什金去读果戈理的《外套》，让他读时要感觉到这就是写他自己的小说"②，"陀思妥耶夫斯基的早期作品《穷人》和《同貌人》……比

---

① 〔苏〕卢卡契：《论莎士比亚现实性的一个方面》，《莎士比亚评论汇编》（下），中国社会科学出版社1981年版，第490—491页。

② 张杰编选：《巴赫金集》，上海远东出版社1998年版，第3页。

第十二章 文学穿越现实的创作方法

起《外套》《涅瓦大街》《狂人日记》的世界,内容上并没有发生什么变化。但是这内容相同的材料,在作品各结构要素之间如何分配,情形就全然不同了"①。实际上,陀思妥耶夫斯基对果戈理的做法,就是他对欧洲民间狂欢节做法的延续,根本上这就是化眼前的存在为自己世界中的材料的"穿越现实"的做法。陀思妥耶夫斯基在材料上没有离开"狂欢节"与果戈理的小说,但在结构上却建立起文学史上所没有的"多声部"的"人与世界"的结构。不仅他笔下的主人公是这样,而且作者和他笔下的主人公的关系也是这样。他可以化为"地下人"的"我是虱子"与"我是复仇者"这两种存在者的对话,也可以化为走向"另一个宗教世界"的拉斯柯尼科夫与他原来生存的两种世界的对话,而且这种对话不可能走向统一,而是无穷展开的。这样的可以无穷展开的不同对等的文学结构,实在是陀思妥耶夫斯基的哲学性的对世界的"个体化理解"外化的产物。只是在这外化和呈现自己的世界观过程中,"狂欢节"的"丰富与杂乱的并存"这一欧洲很多作家都注意到的艺术文化资源,才进入了陀思妥耶夫斯基的视线。所以这是方法对资源的统摄。

中国作家鲁迅,也同样是通过"穿越果戈理等作家的小说"来展现其小说结构的。鲁迅对俄罗斯古典作家、苏联作家、东欧作家、北欧作家、西欧作家、南欧作家、日本作家、印度和菲律宾作家都有所涉猎②,其代表作《狂人日记》与《阿Q正传》受果戈理和陀思妥耶夫斯基创作的影响,是自不待言的。如果《狂人日记》和《阿Q正传》真有鲁迅的独创性,这种看上去既像又不像的原因,就应该在文艺理论的创作论中获得解答。在题目、体裁、形式、细节,写社会黑暗、被迫害、被扭曲发狂等方面,鲁迅的作品对果戈理的《狂人日记》都有认同和模仿,这使得《狂人日记》还不能算是独创性强的作品。但由于有"未诞生的新人"做对理解世界的审美尺度,这就使鲁迅可以突破果戈理的"狂人"立意,不仅将封建制度下的人理解为"吃人的人",而且对于将来不吃人的理想

---

① 张杰编选:《巴赫金集》,上海远东出版社1998年版,第4页。
② 参见王吉鹏、李春林主编《鲁迅与外国文学关系研究》,吉林人民出版社2003年版。

社会是什么,却说不出来,从而迥然区别想当"西班牙皇帝"的果戈理笔下的小人物之"狂人"。这意味着鲁迅的独创性在于对"狂人"内涵的一种中国性的、创造性的改造,也意味着突破了果戈理纯粹的"压抑个人——个人"的个人主义的狂人英雄框架,建立起一种"吃人的人——不吃人的人"的狂人英雄框架,并使得"不吃人的人"也具有一种大于"个性解放""个人主义"的内涵。所以根本上,在艺术表现的形式上,鲁迅借用了果戈理的《狂人日记》之概念、符号、精神特征,却赋予这一概念、符号、精神特征与果戈理不一样的内涵,从而达到了"穿越果戈理"的艺术功效。重要的是,鲁迅还将包括主人公在内的叙事人也放在"吃人的文化"之中,从而唯一外化出吃人世界的,只是那不在场的"不吃人的人"。这就使鲁迅的《狂人日记》的批判性具有更广泛而深刻的自我反思意义。"我也曾经吃人"因此也成为中国现代启蒙作家所不具备的"自我批判之现代启蒙者"的象征,通过模糊"启蒙者"与"被启蒙者"的界线,突出了真正能够担当中国现代启蒙者的角色的,是那"还没有创造出来的新人"之意。如此,鲁迅就在果戈理的小说形式之内,又建立起一种"吃人的社会——发现吃人的狂人——狂人也吃过人——未来不吃人的人国"的深层的小说意味结构。

五 穿越现实的方法与直觉、想象

如果"特定问题——特定理解——特定结构"作为"穿越现实"的有机性"三段式"的文学独创方法可以成立,那么这种创作方法与文艺理论中我们所熟知的创作方法概念、范畴,应该是一个怎样的关系呢?特别是与也强调创造性的文论概念和范畴应该是怎样的关系呢?

在以往的文艺理论中,"直觉"是与文学创造方法最为密切的概念,并可以扩展到"灵感""神思"等中西方文论概念。就克罗齐所说的"直觉知识可离理性知识而独立"[①]言之,"直觉"的创造性显然是相对

---

① 〔意〕克罗齐:《美学原理·美学纲要》,朱光潜、韩邦凯、罗芃译,外国文学出版社1983年版,第8页。

第十二章 文学穿越现实的创作方法

于对理性文化的创造而言的,所以区别于否定主义文艺学理性化设计的"穿越现实的方法"。克罗齐更将"直觉"与"表现"统一起来,认为"每一个真直觉或表象同时也是表现,没有在表现中对象化了的东西就不是直觉或表象"①,实际上是通过将"直觉""想象""形象"合一,将"直觉"作为文艺理论的本体论概念了。作为与长期积累偶然得之的"灵感"的区别,"直觉"一般被理解为省略了推理过程而对事物的底蕴或本质作出的直接了解和揭示。其表现形态是一种对事物和事物意蕴的瞬间把握。就像托尔斯泰从监狱女看守长那里听到的有关罗查利的故事,从而获得写《复活》的灵感一样,直觉是作家突然从某一事物中获得与形象相关的意蕴领悟的创作状态。直觉作为一种非理性活动,在科学家的理论发明中也存在活动,以至于爱因斯坦说"真正可贵的因素是直觉"②。对这个概念我的提问是:直觉本身的创造性、奇异性是否就能保证作家作品的独创性、原创性?

谈到这个问题可能先要说一下爱因斯坦。爱因斯坦虽然推崇直觉在科学发现中的重要性,但是我们往往会忽略爱因斯坦的"直觉"是处在一个怎样的"人与世界"的关系中。当牛顿将物质的"惯性质量"等同于"引力质量"归结为某种巧合时,爱因斯坦却认为其中存在着可以取代牛顿定律的通道,这就是他的"第三假设"和"第四假设"之直觉形成的原因——对"巧合"的质疑以及对"通道"的理解期待。爱因斯坦只有在对欧几里何定律不足以描述世界的认识的"问题发现"上,其"直觉"才有助于他提出"第三假设"和"第四假设",这种假设就是他广义相对论的雏形。进一步说,爱因斯坦只有在发现一切关于实在的知识都来自经验,又归于经验这一牛顿力学产生的原因之怀疑的基础上,才有假设的"数学模型方法"的理论创新。"直觉性的假设"与"经验"没有必然关系,这是爱因斯坦所说的"原理性理论"的"理论发明",而不是依赖经验的"理论发现"。爱因斯坦的"只有大胆的思辨而不是

---

① 〔意〕克罗齐:《美学原理·美学纲要》,朱光潜、韩邦凯、罗芃译,外国文学出版社1983年版,第15页。

② 许良英、范岱年编译:《爱因斯坦文集》第一卷,商务印书馆1976年版。

经验的堆积，才能使我们进步"①，挑战的实际上是整个物理学界已成常识的科学创造方法。"怀疑既定的理论及方法——直觉（假设）——通过数学模型分析形成理论"，是爱因斯坦独特的理论发明的方法。这种方法与"穿越现实"的"独特问题—独特理解—独特形式"是有相通之处的。反过来也可以说，满足于在"经验归纳""逻辑推理"以及一切既定的科学研究方法之中寻觅，满足于科学研究只是"发现奥妙"而不是"猜想新理论重新解释世界"，正是很多中外科学家不可能完成爱因斯坦那样的理论原创之关键。很多科学家是在牛顿经典力学以及经验、归纳、逻辑的框架中从事科学研究，其直觉的产生就不可能有爱因斯坦这样的划时代突破。爱迪生在浴缸中直觉电灯泡的发现，就是一种工具理性的创造，这种创造是不可能达到改变人的世界观的层次的。这意味着，直觉像灵感一样，是从属于科学家是否具有"穿越既定的理论和研究方法所构成的现实"之意识的。而"穿越现实"的深和广，直接牵涉"直觉"原创程度的高和低。

　　文学创作中的直觉与科学创造中的直觉是相似的。苏轼的"所可知者，常行于所当行，常止于不可不止，如是而已矣。其他，虽吾亦不能知也"②，可以作为苏轼的创作谈，也可以作为苏轼所理解的创作中依凭直觉的创作现象。苏轼更有"荔枝似江瑶柱""若把西湖比西子"的"取象类比"法，来显示他在两种不相干的感觉和形象中产生瞬间关联的"直觉"创作现象，可作为对"行于所当行""止于不可不止"的具体注解。由于这种关联不是推理的、逻辑的，所以也可以理解为中国文学的"象思维"与"直觉"的相通关系。但"荔枝"为什么会类比为海鲜干贝类的"江瑶柱"，"西湖"为什么会被苏轼比为淡妆浓抹总相宜的"西子"，这就牵涉苏轼对世界的独特理解了。"西湖"与"西子"的直觉类比之所以不同于杨万里的"毕竟西湖六月中，风光不与四时同。接天莲叶无穷碧，映日荷花别样红"，是因为杨万里的"西湖荷花"与刘禹锡

---

① 许良英、范岱年编译：《爱因斯坦文集》（增补本）第一卷，商务印书馆2009年版，第757页。

② 许伟东主编：《东坡题跋》卷一，人民美术出版社2008年版。

第十二章　文学穿越现实的创作方法

的"西湖悬玉钩"、罗隐的"若教生在西湖上,也是须供使宅鱼"一样,其对自然世界的理解,是与对人类世界的理解相分离的;这样就不可能产生人与自然共生的独特意味。而林升的"山外青山楼外楼,西湖歌舞几时休。暖风熏得游人醉,直把杭州作汴州",虽然也是写西湖的名句,但是不出诗人对杭州文化"歌舞靡艳"之理解,所以将"杭州"与"汴州"直接性地取象关联,其立意就未免落俗。这个问题,一直到郁达夫写"武夷三十六雄峰,九曲清溪境不同。山水若从奇处看,西湖终是小家容",也没有幸免。将"武夷"与"西湖"的下意识关联,得出"西湖终是小家容"的印象,实际上遮蔽了西湖的审美特质了。诗人和作家只能在城市之间和山水之间进行"取象类比",正好说明大部分作家理解自然世界和自然的文化意蕴,内容和模式都是相似的。即自然之奇、自然生活之趣、自然所承载的当地文化意识形态,等等,是即便比较优秀的作家,也很难突破的"人与世界"的理解之坎。

这一方面说明,作家的任何创作"直觉"所取之象,都离不开对世界的文化性、审美性理解,这与作家的个性和天性有关,更与作家后天如何对待文化性、群体性的理解有关。林升写西湖的诗虽然因抨击当时临安的醉生梦死、虚假繁荣而具特色,但是其价值立场和价值理解,与唐代韩愈、柳宗元发起的古文运动批判六朝艳冶淫靡的文风,甚至与杜牧《泊秦淮》中的"商女不知亡国恨,隔江犹唱后庭花"一样,并无对世界理解上的明显差异,从而在根本上构成中国古代诗词抨击时弊和世风的一种类型化创作。"西湖—暖风—汴州"之直觉的取象关联,就难出这种政治伦理批判类型之左右。另一方面又说明,当大部分作家对世界的"直觉"难以突破由儒、道、释所构成的文化思维框架时,只有少部分作家能够以"个体化理解"来潜在制约自己对世界的"直觉"。从苏轼直觉性地将"西湖"关联"西子""西施"来看,这不仅是一种最为自然的"同处一地"的瞬间取象,而且是一种"自然之美"与"女性之美"相映成趣的意象关联,更重要的是,这还是一种本真的穿越时空、穿越文化的朴质之美的取象关联。"直觉"在苏轼这里不仅突破了其他诗人写西湖的文化定式,而且成为承载苏轼"美在浓妆文化与淡妆文化均说明不了的本真灵动"的"个体化理解"的方式。联想到苏轼

"大江东去"中的"小乔初嫁了"那种能使"樯橹灰飞烟灭"的英姿美力,我们就更可以看出作家的一种"去文化、去权势的本真生命力"的审美理解。如果没有这样的"个体化理解"与"从众性的作家理解"构成穿越的张力,苏轼是很难将"西湖"与"西子"关联,更难将"西子"与"淡妆浓抹总相宜"相关联的。其"直觉"的"取象类比"就很难具有独特的意味。

与直觉相辅相成的是想象。在乔治·科林伍德那里,想象是"思维活动与单纯的感觉心理生活接触的交点"①,而"思维活动",在一般的理解中也就是我们常说的由此形象出发,涉及彼形象、在延展中所思索的形象不断变化的心理性创造活动,属于"形象思维"活动。所以科林伍德对想象的解释与对"形象思维"的解释似乎没有根本的差异。黑格尔说"真正的创造活动就是艺术想象活动",想象是"一个伟大心灵和伟大胸襟的想象"②。但"伟大胸襟"是否等于"有创造性"?经典作家与一般作家的创造性在想象问题上应该怎样区别?黑格尔没有更深入的论述。中西方文论在"想象的创造性"上停留在笼统的、概念的感知层次,不能不与经典美学家的抽象论述有内在关系。

想象与直觉的共同点均在于拒绝逻辑思维,但不同点则在于"非瞬间"与"瞬间"的对形象性事物关系和意味的把握。作家创作中的"想象"与通过"形象思维"建立自己的文学世界基本上是同构的,而"想象力"与"直觉力"一样,则是一种建立形象世界的能力。这样的能力,当然具有一定的创造性。在陆机所说的"精骛八极,心游万仞"(《文赋》)的意义上理解"想象力"和"想象的创造力",那是在突破理性文化束缚的"心造的自由形象世界"意义上而言的,其关键词在"形象的自由组合"上。但是在这个层面上理解"想象的创造性",我们无法鉴别一个有个性风格的作家与独创性作家在"想象的创造能力"上的重大差异,也无法清晰地、有说服力地解释曹雪芹这样的作家是"如

---

① 〔英〕乔治·科林伍德:《艺术原理》,王至元、陈华中译,中国社会科学出版社1985年版,第175页。

② 〔德〕黑格尔:《美学》第一卷,朱光潜译,商务印书馆1979年版,第50页。

第十二章 文学穿越现实的创作方法

何通过想象建构独特的红楼世界"的。或者说,"红楼世界"不是陆机的"精骛八极,心游万仞"的自由想象可以解释的,是因为曹雪芹的"女娲——顽石——宝玉——女儿"的想象张力和"太虚幻境——贾府盛世——贾府破败"的形象张力,不仅是"天上与人间""神话与现实"的奇特想象张力,而且是传达作家独特的理解世界的有意味的张力。其中,"女娲补天"造福于人类的故事,绝不是作家信手拈来的奇想符号,而是在隐喻现实世界中"清纯的未婚少女"是补现实污浊之天的审美力量,或者说是相对于现实伦理文化、男权文化的中国新文化的审美符号——中国文化现实对"女娲补天"的异化,才是污浊的根本原因。所以,现实世界中被男权随意奴役的"清纯未婚少女",某种意义上就是现实世界中的"女娲"生存境遇之化身。这是曹雪芹要"想象""女娲补天"与"红楼世界"关系的原因。与此相关的是,正如"女娲补天"得有工具一样,女娲炼石补天遗漏的一块石头下凡,就成为现实中有灵性的宝玉。其石的冥顽性,正好象征着宝玉呵护女孩补传统文化之天的执着性。所以"补天"的女娲精神就是作家对现实的批判精神的拓展。这是为什么作家要用"女娲"的另一层原因。这样的原因,是曹雪芹对世界的独特理解所展开的独特结构。这样的结构是统摄"想象符号"的。还有一方面,因为宝玉是女娲补天遗漏下来的"通灵宝玉",这就不能不使现实中以贾母为代表的权势文化像审美性地敬仰"女娲"一样呵护着贾宝玉。但宝玉之"灵"是一个"另类"且无法概括,原因在悲叹中的顽石因一僧一道谈尘世情缘惹动了凡心请求僧道帮助下凡,以及宝玉"衔玉而生"的奇想,使贾宝玉身上的"灵性"既通于道禅文化,又多了与生俱来不受任何文化侵染的"自然之生命灵性",这自然的"灵性"又不是"本能"和"纯情"可解释的,而是或"本能"或"纯情"、或"怜惜"或"尊重"女孩子的一种情感存在,这才是"奇怪的孩子"贾宝玉真正独特的奥妙所在,且在中国文学史上独一无二。这样的"灵玉",实在是受曹雪芹对世界的"个体化审美理解"所致。于是,由这样一个没有现实生存能力的经典人物统领的"红楼世界",当然只能是现实中的"太虚幻境"。正如"女娲补天"是一种神话传说一样,曹雪芹构筑的"红楼世界"当然也只是另一种神话——红楼一梦的现实短暂性,正好映衬出"女娲神话"的现实无力性,也因此才能像神话一样千古流传。

所以,"直觉"与"想象"一样,其创造性只是突破规范的力量,但不一定能产生基于作家对世界的独特理解所产生的独特意味。在此意义上,仅仅说"想象"与"直觉"受作家的理性积淀制约,是不可能解决独创性的价值取向问题的。一个简单的例子是,《聊斋志异》的奇事怪想已经够突出的了,但因为作家的总体立意不出传统伦理、因果报应和佛教思想左右,这就使得作家奇特的想象力无法落在《红楼梦》那样的独特意蕴上,当然也就无法与《搜神记》等志怪小说在独创性方面构成根本区别。

第十三章 文学穿越现实的批评方法

一 文学批评独创性尺度的提出

"文学独创性"是在人们的文学阅读和评价经验中存在的、用于把握一部作品是否具有不可重复性、一个作家是否具有伟大创造力的判断概念。这个概念虽然没有得到古今中外文艺理论家相对统一的正面解释,但似乎并不妨碍人们在实践中使用这个概念,作为对文学作品文学价值的最高赞美。因此,文艺理论如何理解这个概念、文学批评如何以此为文学价值坐标进行实践,就是本章所要面对和解决的问题。

梳理西方文学批评理论史我们就会发现,在古希腊时代,艺术家只是模仿现实,并受诸如音乐中的规定曲调所制约,只有诗人才与创造性相关。柏拉图在其《理想国》中告诫说:"其一,诗人制造出新的东西,造就出一个新的世界,而艺术家则只是摹仿。其二,诗人并不像艺术家那样受到规律的束缚。"[1]如此一来,"制作、制造"在古希腊时代就接近今天我们所讲的"创造"和"独创",属于诗人的专利,艺术家则不然。《荷马史诗》的作者作为诗人应该享有这样的特权,启示我们理解"创造"与"经典"的基本关系——"经典"是少数的,"创造"也是少数的,多数人只是像艺术家那样在摹仿世界。从古希腊时期少数诗人的"创造"特权,到基督教时期上帝于虚无之中创造世界,"创造"接近康德那种难以认识的"物自体"。"物自体"具有可望而不可说的神性意义,直接造成近代以来人们将"创造"与"灵感""直觉"相联系。也正是在这个意义上,"独创""灵感"等很难具有一般人也可以掌握的方法,当然

---

[1] 〔波〕符·塔达基维奇:《西方美学概念史》,褚朔维译,学苑出版社1990年版,第333页。

也很难在文学批评上派生出相应的批评实践方法。

近代以来,无论是哲学家黑格尔,还是文艺理论家布鲁姆,抑或写过《论独创性作品》的英国诗人爱德华·杨格,均没有在正面清晰解释过"什么是文学的独创性"。黑格尔虽然说过"独创性揭示出艺术家最亲切的内心生活"①,但每个作家均有不同的经历、体验,"亲切的内心生活"也更多指涉的是作家创作体验的真实性,这使得"独创"在黑格尔那里很容易与别林斯基所说的"在真正艺术的作品中,所有的形象都是新颖的、独创的"②相混同,与每个作家都有的个性并无区别。布鲁姆虽然在《西方正典》里讨论过"原创性",认为"任何一部要与传统做必胜的竞赛并加入经典的作品首先应该具有原创魅力"③,但是他没有深入解释"什么是原创",而只是说原创来自于作家的"个体的自我",认为"个体的自我是理解审美价值的唯一方法和全部标准"④。这样的一种抽象的对"原创"的理解,意味着我们依然要对"个体的自我"进行进一步解释,否则我们就不好说哪位作家是"没有个体的自我"的,甚至也不好说哪位作家"个体的自我是不充分"的,文学批评家们当然也就不好用"个体的自我"作为文学批评比较清晰的价值尺度。布鲁姆虽然接触到"个体的自我"是在"艺术家对艺术的斗争"⑤中产生的方法论问题,但"斗争"一词实在像"个体的自我"一样,是一种经验化的、感受化的表述,类似于海明威对传统作家比高低的态度,什么是方法论意义上的"斗争"依然不太明确。爱德华·杨格虽然认为独创性作品"扩展了文学的理想国,给它的疆域增添了新的省份"⑥,但除

---

① 〔德〕黑格尔:《美学》第一卷,朱光潜译,商务印书馆1979年版,第373页。
② 〔苏〕别林斯基:《别林斯基论文学》,穆旦译,新文艺出版社1958年版,第6页。
③ 〔美〕哈罗德·布鲁姆:《西方正典:伟大作家与不朽作品》,江宁康译,译林出版社2005年版,第5页。
④ 同上书,第16页。
⑤ 同上书,第109页。
⑥ 〔英〕拉曼·塞尔登编:《文学批评理论——从柏拉图到现在》,刘象愚、陈永国等译,北京大学出版社2003年版,第156页,另参见 Vincent B. Leitch (General Editor), *The Norton Anthology of Theory and Criticism*, W. W. Norton & Company. New York. London, 2001:426-437。

第十三章　文学穿越现实的批评方法

了模仿和复制性作品,哪一部作品没有"扩展了文学的理想国"? "新的省份"又该如何解释呢?在根本上,文学独创性作品之间的关系是否是"省份"之间的关系? "省份"是否能解释文学独创性的内容?这些也都是可存疑的。由于"省份"与"省份"之间性质可以是相似的,所以文学世界的版图还不如用"文化"或"民族"的差异来标明,更能体现一种事物与另一种事物的性质区别。因为"文化"和"民族"是以不同的信仰、价值理解来体现其区别的。

这意味着,在西方文学独创性作品层出不穷的空间中,西方文学理论家对"独创"的解释,依然还是具有经验和感受化的特点,与中国诗人穆旦说的"诗应该写出'发现底惊异',就是要写出前人未有的独特经验"①之经验性看法,并没有根本区别。这种经验性的对文学独创性的理解,一定程度上制约了文学批评家以"独创"为标准对不同的文学作品进行文学性分析,造成了中国当代文学批评界人人赞同独创但人人都很难以独创为尺度来评价文学作品的现实——即在分辨有个性风格的作品、文体和手法有拓展创新的作品、作品意味史无前例等问题上,是模糊不清的。于是,文学独创性作为批评尺度,就需要我们对上述经验化的理解进行如下具体的深化性阐发。

一是文学作品之所以能自成一个世界,是因为构成世界的关键在"结构"。宛如"太极图"的"阴阳交互"是中国古人看待世界的"结构"一样,批评家只有将文学作品的情节、故事、形式、意境、人物关系等作为文学世界的"结构"来理解,并考察其是否在文学性中起决定性作用,才是判断该作品是否具有独创性的标尺。文学作品即便使用大量的现实材料,即便借鉴前人的文学创作观念、方法、技巧、故事、人物,只要作家是将其作为自己作品"结构"中的"材料"来处理的,就不会产生"继承前人的文学资源怎么是独创"的文学疑问,也不会产生"文学独创遥不可及"的喟叹。"结构"在此不是形式主义、结构主义文学中的抽象形式,而是任何作品中都需要有的"骨骼"。这样的"骨骼"不仅决

---

① 穆旦:《致郭保卫的信(二)》,引文见曹元勇编《世纪的回响·作品卷 蛇的诱惑》,珠海出版社 1997 年版,第 223 页。

定着作品在文学史中的意蕴是否独特,而且决定了作品中的"人物""细节""感情""景物""议论"是否同样具有独特的功能。布鲁姆的"个体的自我"在此意义上,就应该深化为"文学史中不可重复的独特结构",穆旦所说的"独特经验",也必须化为"文学史中不可重复的独特结构所奠定的独特经验"。"自我""自我的经验"、给文学的疆域中多出来的"省份",是由这样的"独特结构"支撑的,才具有"不同世界观、不同性质的文化"的意义。举例而言,莫言的《红高粱》之所以在20世纪中国文学史中是具有独创性的作品,不在于它引入拉美的魔幻现实主义创作方法,打破现实与超现实的界线,也不在于它引入大量民间奇幻习俗和故事增加文化特性,同样也不在于宣泄人的野性力量,展现中国人的自我暴力,而在于作家将这些文学的、历史的、民间的"材料"均纳入他的"幼稚、戏谑—成熟、严酷"的文学结构和美学结构之中,从而不仅产生了罗汉大爷被割了耳朵头部显得非常简洁的精湛细节,而且产生了儿童捉螃蟹般好玩的抗日伏击场景,更产生了残酷又戏谑的人狗之战、人人之战交错的情节设计——乃至"我爷爷""我奶奶"们的自我残杀,也是这个既龌龊又快乐、既悲壮又可怜的审美世界的一部分,从而呈现莫言自己所认为的人性复杂难以定义的状况。这种打破成人和儿童、好人与坏人、英雄与土匪、人类与生物界线的情节、人物、细节、场景的结构,是中国当代文学和现代文学所没有的,也是中国古代文学中所鲜见的。

二是对批评家而言,要在文学史中把握其不可重复性,还要看"结构"后面是否传达了支撑这结构的作家独特的哲学性理解——并且经受得起文学史的检验。哲学性理解是一种可陈述、描述和阐释的把握。哲学性理解由于是对整个世界的看法,所以也可以称之为世界观的一部分。"独特的对世界的理解"是"独特的结构"的"根","独特的启示"是"独特的结构"产生的阅读功能。"独特的结构"是作品呈现给读者的印象,可以进行描述与分析,但难以体现此作品区别于既定作品的性质,所以对作品中作家的世界观进行概念性的把握、对作品中的哲学性理解进行陈述和阐释性的提炼,就显得比较重要。我们之所以需要通过"复调"确认陀思妥耶夫斯基的独创性,通过"精神胜利法"确认

第十三章 文学穿越现实的批评方法

"阿Q"的独创性,原因也在于此。如果说"幼稚—成熟"所形成的"稚拙"是莫言独特的美学结构,那么"任何生命既是英雄好汉又是王八蛋"的人性观、生命观,就是莫言对世界的哲学性理解了。我们不得不承认,只有莫言才会将我们常见的英雄和八路军写得"人狗不分",也只有莫言才会将土匪和野狗写得时而血气方刚、时而慈祥万端,从而区别于我们见过的中国文学史上对一切"正面人物"和"反面人物"的伦理性评价,也区别于文学史上中国作家对"敌人"的"丑陋"性描绘。这种哲学性理解,甚至决定了作家后来在写《檀香刑》对刽子手凌迟犯人的技艺性欣赏——杀戮生命的技艺有时与烹调的技艺,实在很难区别,这正是莫言对中国人生命麻木状况的惊人发现。因此,对莫言的哲学性理解进行"人狗不分"的哲学概括,我们就可以更深刻地理解莫言所说的他写的是"人性"的内涵所在——人性绝不是高于动物性和野蛮性的存在,也不是包容它们的存在,而是根本不能"定性"的存在——莫言笔下的"人"像莫言笔下的"狗"一样,可以变幻各种角色,展示各种生命状态,或野蛮、或野性、或温情,这才是"人狗不分"的深意所在。顺着这样的路数,我们就可以将莫言的创作放在一切对"人"有确定性理解的文学作品中来把握莫言的独创性了。

三是对一个作家、一部作品的独创性认定,还需要放在时空坐标中去考察其独创能否面对全球化时代的文学世界,从而使得独创性显现为"独创程度的差异"——独创性强和独创性弱——成为一个不是"有独创"和"无独创"可以言说的问题。如果一个作家、一部作品的独创性仅仅只能面对本土文化的文学世界,那就会因为独创空间有限而不能称之为世界一流的文学。这一点,对没有受西方文化和文学制约的中国古代文学,应该不是一个问题,但对中国现当代作家而言,如果其独创只是凭借西方文化和文学的优势与中国传统文学构成区别,这样的独创就必须打上很大的折扣;如果中国现当代作家在中国语境下的独特理解,在西方哲学和文学那里可以找到出处和渊源、并且在整体上并没有突破其立意,那么我们就必须对现当代中国作家慎用"独创"这个词,而应该建立"创新"与"独创"这样有区别的评价概念。正是在这个意义上,我们应该清醒地认识到莫言的文学创作还存在如下两个缺陷：一是个体化理解世界最高的是个体化的哲学性理解，但莫言对人性复杂的理解，在西方作家那里基本上是一种常识。蒙田的《论人性无常》就早已涉及人的英雄壮举与自私性的统一性问题，更有陀思妥耶夫斯基在暴力中探讨人性的悖论之问题，这与莫言的"英雄好汉与王八蛋"的组合，是有相通之处的，总体上不出相对性理解世界之左右。二是莫言获诺贝尔奖的原因在于"魔幻现实主义与民间故事、历史与当代"的结合，在创作方法上汲取的是拉美作家的创作经验，这就与"独特的创作方法派生于独特的世界观"的原创性要求有一定的距离，也是莫言与陀思妥耶夫斯基、马尔克斯的差距所在。正视文学创新上的这一问题，也就正视了"独的程度"的问题，我们才能给中国当代最优秀的作家在世界文坛上以准确的定位。这样的定位，不仅会使中国当代作家保持清醒的头脑，而且也会使中国当代文学批评走向理性的成熟。

二 独创性文学批评面对的中国文学问题

以独创性为坐标的文学批评方法，是以文学原创性和独创性为文学性的坐标，对林林总总的文学作品进行原创性、独创性进行理解、分析与评价、定位的文学批评方法。否定主义文艺学提出这样的文学批评方法，是从以下三个方面来理解当代中国文学的原创性、独创性问题的。

由于20世纪的中国文学批评很大程度上是以"西方现代文化启蒙"为主导的，这就使得中国文学批评界在"文学现代化"这面旗帜下，对"文学批评"和"文学性批评"一直缺乏概念上的区分，或者说在"文学批评"这个总体概念下缺乏"文学突破文化观念束缚"的"文学性程度"研究，从而没有在根本上改变中国传统文学批评将文学从属于文化观念的教化性质、载道性质。文学无论是从属于传统伦理之教化、承担批判社会道德失范的责任，还是从属于西方人道主义现代主义、承担思想启蒙之责任，其性质总是在"变幻文学所承载的文化之道"层面上进行的，所涉及的文学性内容，也总是停留在形象、情感、风格、修辞、技巧的层次无法深入。这就导致了20世纪的中国文学批评总是在"从承

第十三章　文学穿越现实的批评方法

载传统文化到承载现代文化"的文化性框架中运行,或者是在"去文化判断""回归原生性的现实"(新写实文学)的框架中进行。文学批评满足于将文学作品作为"阐释的对象"挖掘其中文化的、政治的、伦理的、社会的内涵,抑或只是消解这些内涵,却不大关注真正优秀的文学其意味总是"溢出"这些思想内涵之"瓶"的,也不是停留在身体和欲望的真切抒发层面上的,当然也就不会对文学"溢出的部分"做深入的研究——文学还有没有区别于形象、情感、技巧、风格的层次?文学属于自己的独特内容,究竟是文化之道可以解释的,还是难以解释的,也因此没有进入"文学性批评"研究的视线。曹雪芹、鲁迅、张爱玲作品中那些既不能被儒、道、释文化思想所概括、也不能被西方人道主义、现代主义思想所概括的内容,便一直成为20世纪中国文学批评的实践盲点。

中国当代文学批评关于上述作家作品独创性内容把握上模糊的弱点,使得文学批评家们一谈文学的文学性,便只能将目光投向西方的"文学自律的形式批评"和"纯文学",以西方的二元对立思维来理解那种实体性或边界性存在的"文学性";当这种"纯文学"不能在中国文化现实落根,"文化批评""反本质主义"这些西方后现代文学批评话语,就又作为对"纯文学""纯粹形式"的话语纠偏而出场。但无论是在西方实体性存在的意义上理解"文学性"和"文学本质",还是在"反本质主义"的意义上质疑"文学性"的合法性,其实均错位于"不破坏整体性又能保持独立性"的"中国式文学性特性",更错位于中国文学经典的独创性经验。文学批评理论在中国的思潮迭起,常常只能成为不能面对中国自己的文学性问题的"理论自娱""批评自娱",中国当代文学批评对文学创作独创性问题影响力的丧失,就会是历史的必然。

其次,由于中国古代文学批评理论受《易传》"阴阳互动"的"生生"哲学制约,文学区别于文化的独特性质没有得到中国式的二元论追问,以"传神""神韵""个性""风骨"这些基于"气""生生"和"变器不变道""多样统一"的概念来解释中国的"好文学",因为涵盖面大且太具印象的模糊性,从而也就在根本上很难解释清楚中国经典文学的独创性和原创性究竟在哪里。不仅明清"四大名著"的原创性难以被"个性""风格""传神"等概念所把握,就是苏轼、陈子昂、张继、鲁迅这些优秀作家作品的独特内容,也很难被"神韵""传神""个性"这些文论范畴所解释。苏轼的《传神记》虽然对形神关系做过论述,但在《净因院画记》中又提出"常形"与"常理"的问题,认为"世之工人,或能曲尽其形;而至于其理,非高人逸士不能辨。与可之于竹石枯木,真可谓得其理者矣。如是而生,如是而死,如是而挛拳瘠蹙,如是而条达遂茂,根茎节叶,牙角脉缕,千变万化,未始相袭"①,强调作家对世界的深邃之理解才是"未始相袭"之根本,加上苏轼的"画以适吾意而已"(《书朱象先画后》)和"论画与形似,见以儿童邻"(《书鄢陵王主簿所画折枝二首之一》),可谓对"常形"与"常理"的"吾意"之规定,也是对他自己作品之"神"后面有"吾意"的绝好注解。即"形神"之"神"受"什么理"制约,才是文学创作"未始相袭"的关键,这是中国古代文论本来可以生长出自己的独创论的很好资源。遗憾的是,清人王士祯的"神韵说",虽然指涉了文学意味的"言外之意","象外之象"之动态张力,也涉及文学意味的模糊性和难以言说性,但却以"清淡闲远"的风神韵致为诗歌的最高境界,这就难以指涉中国独创性文学在"意味"上"独特性"对"清淡闲远"的突破。不注意这样的突破,就很难有苏轼气势磅礴的"大江东去"和陈子昂的"念天地之悠悠,独怆然而涕下"的孤独感产生,而"春眠不觉晓,处处闻啼鸟"(孟浩然《春晓》)的"神韵",就会与"人闲桂花落,夜静春山空"(王维《鸟鸣涧》)的"神韵"难以有明显差异,反而容易被归到道家"闲情"美学和禅宗"寂清"之"意"中去。这样的文学批评和艺术批评的直接后果,就是现代中国山水诗画,一旦要谈"意境",总不出古代文人画的"清、寂、静、空"之道禅美学之限定。中国现代"意境"艺术,就难以进入尊重生命强力的现代生活中被激赏,而更多是作为古代审美艺术被观照。其关键点,即在于无论是"形"还是"神",无论是"情"还是"理"、"虚"还是"实",中国古代文学批评和现代文学批评,一直没有将"独特的形、神、情、理、虚、实"之问题揭示出来,用来影响中国本应该突破传统意境的现代艺术创造,对"意境"的"虚静"产生独特的现代理解。而《金瓶梅》《红楼梦》《琴诗》

---

① (宋)苏轼:《东坡画论》,山东画报出版社2012年版,第3页。

第十三章 文学穿越现实的批评方法

《登幽州台歌》这些不能被类型化的文学批评所把握的独特意味,自然也就会在中国当代文学批评中缺席。文学批评如果不正视"理""意""神"的内涵独特性与不可重复性之问题,文学就突破不了受"文化教化与启蒙"制约的格局,中国文学的"文学性"问题,就始终只能停留在"老百姓喜闻乐见"的修辞、风格层次上被讨论,或者停留在写作的"到位""谙熟""妙趣"程度上被理解。"独特的技术、方法、语言、意味何以可能"的问题,与作家"独特的世界观(独特的'理')何以可能"的有机关系,这些"中国式的文学性批评问题",就会被文学批评界不自觉地放逐。

再次,受西方后现代反本质主义思潮之影响,文学经典的理解和认定再次成为问题,其争议一直成为近年中国文学批评话语的一道风景线。无论是认为经典具有超时代、超文化、超地域的稳定性和永恒性,还是如伊格尔顿所说的文学经典受权力、意识形态、历史和地方性的限制,不可能具有超时代的永恒性、超地域的普遍性,中国当代文学批评理论对经典的论争与反思,一直是受西方文学批评理论发展所左右的。如此,中国文学批评理论界对"文学经典"的研究,就没有形成一条基于中国文学经验的、去政治化、去文化化的关于"好文学"的独特而稳定的理解,也没有形成中国现当代文学批评基于中国文学经典经验的价值坐标和批评方法。因为我们即便参照弗勒的"官方经典""个人经典""潜在经典""遴选的经典"和"批评的经典"①,也还是不能描述中国文学自己的基于"阴阳渗透"所致的整体性、动态性的文学经验。一方面,儒家的入世精神使作家常常选择官方话语,道家的出世精神又常常使作家选择民间话语,这两种话语的相辅相成,其实是两种政治性生活方式的相辅相成,制约着所有个体性趣味的选择,真正个人的、潜在的和批评家趣味所诉说的经典,在中国或者是隐匿的,或者是边缘化的,甚至是不存在的。因为即便是孔子的《论语》,在中国的魏晋、明末、五四和"文革"时期,都可以成为经典的对立面而受批判,就更不用

---

① Alastair Fowler, *Kinds of Literature: An Introduction to the Theory of Genres and Modes*, Cambridge: Oxford University Press, 1982, p.214.

说唐诗宋词、四大名著也曾经在"文革"时期作为封、资、修的文化被扫荡了;甚至今天的学术界、文学界公认的经典作家苏轼,也会因为"重理"而被"重情"的作家和批评家们"去经典化",超稳定性的文学经典经验在中国很难做长时间的稳定性去理解,使得在中国文化语境下关于"文学经典是否是超稳定性的、永恒性的存在",基本上是一个得不到文学经验验证的命题。

另外,即便是纯粹的地方戏曲,如京剧、昆曲、越剧、东北二人转,其艺术影响力今天看来也是辐射海内外的,并不亚于中国古代文学经典对世界的影响力。而同样的地方戏秦腔、河北梆子,其影响力却远不及前者,说明"地方性"也构不成对"艺术性"的限制,"什么样的地方性"才是"艺术性"的关键问题? 由此成为一个更重要的问题。如果在同样的政治文化背景下有关经典的理解,决不在戏曲的"地方性"而在戏曲的"艺术性"的话,那么经典的"地方性"就同样是一个文学理论的浮泛命题。这就跟同样是"变形绘画",毕加索的现代画与儿童稚嫩的图画,其差异绝不是"个体趣味"可以解释的一样。经典在中国的存在方式不是以时间或空间为单位的,也不是以官方或个体为单位的。无论是主流意识形态所确立的中国文学经典(如"红色经典"),还是文学批评家们根据现代性所确立的经典(如"启蒙经典"),常常只是对经典的丰富意蕴进行单一化阐释的结果,而没有考量使文学作品成为经典的"独特的结构"和"独特的意蕴"对"单一的意味"的潜在制约、突破。比如,《红楼梦》在20世纪的中国被主流意识形态确立为"反封建",在王国维那里被确立为"爱情悲剧",在胡适那里解释为"自传说"……但这些解释之所以都不是《红楼梦》的经典性和文学性所在,是因为"反封建"的文学作品明清以降有很多,那么《红楼梦》区别于《官场现形记》等反封建的明清小说的特质是什么? 区别于同样是写爱情悲剧的《桃花扇》的艺术特质又是什么? 区别于同样有自传痕迹的《儒林外史》的独特性又在哪里? 贾宝玉是一个最亲切又最难概括的文学新人,《红楼梦》真正让读者爱不释手的文学魅力,就不可能是"反封建""爱情悲剧""自传"这些评价可以把握的了;该作品超越阶级、党派、疆域、男女老少被海内外读者同时喜爱的原因,也就不是评点派、索隐派、

第十三章　文学穿越现实的批评方法

题咏派、考证派的"家世、自传之类的红学研究"能够触及的了。中国当代文学批评在评价中国现当代长篇小说时无法以《红楼梦》提供的文学性经验为尺度去分析得失,也同样来自于我们对基于中国经验的文学经典理解上的不深入。所以,美国学者布鲁姆虽然认识到"一切强有力的文学原创性都具有经典性"[①],但如果我们不能对"原创性"和"独创性"有一个比较清晰的中国式理论性界说——诸如文学的原创性与文化的原创性区别在哪里?《红楼梦》的文学性与《桃花扇》《牡丹亭》的艺术性区别在哪里? 那么,就可能导致我们将真正的原创性作品混同于一般创新的作品,也不太可能在"中国文学经典""中国文学独创"和"中国式文学性"之间建立起中国式的当代文学批评理论。

三　理解作品:完整的结构性把握

任何对作家作品的分析和评价,首先应该建立在对作品比较贴切的理解上,这似乎是文学批评的一个基本常识。但"什么是贴切理解""贴切理解是否可能",却并不一定得到过文艺理论的深究。

我们知道中国 20 世纪五六十年代观念先行解读作品的评论状况,曾经作为新时期文学批评恢复感悟力去贴近作品的质疑对象,而恰当地理解作品,也因此被等同于批评家对作品的原初性感受。但感悟和印象似地解读作品,是否就算是准确地理解了作品? 伽达默尔"前理解"[②]和姚斯"审美经验"[③]的提出,使这一问题重新显得复杂起来。即在对作家作品的理解上,无论我们怎样努力,由传统观念、现代观念和作家批评家审美经验构成的"前理解",总是在不知不觉地制约着作家的创作,也同样制约着批评家对作品的理解。比如将莫言的作品解释

[①]　〔美〕布鲁姆:《西方正典:伟大作家与不朽作品》,江宁康译,译林出版社 2005 年版,第 18 页。

[②]　"解释开始于前理解",见 Hans-Geory Gadamer, Wahrheit und Methode, J. C. B. Mohr (Paul Siebeck), Tüebingen, 1986, p.272。

[③]　〔德〕姚斯、〔美〕霍拉勃:《接受美学与接受理论》,周宁、金元浦译,辽宁人民出版社 1987 年版,第 334 页。

为"暴力和野性"的展示,其实并不完全是作品给我们的原初感悟和印象,而是因为中国文化积累了大量的民间反抗和血腥杀戮的经验,使得我们容易从写暴力的作品中读出这样的内容,批评家也会不自觉地用这些经验去阐发作品的内容。但西方的读者却更愿意将莫言的作品理解为"华丽诡异的想象",喜欢偏重于形式和技巧性解读。即便对中国读者而言,"暴力和野性"的普遍性理解,也有可能遮蔽像《红高粱》这样的作品的另一方面内容:如果你带着文化批判的观念去理解莫言,你更会注意到"高密乡的今天依然是残砖碎瓦"在作品中的结构性意义,从而将作品的基本内容理解为对民间血腥和暴力的审视怀疑。血腥和暴力就不是作品的基本内容,而只是一种基本材料。"暴力和野性"从属于作家怎样的思考,才能构成莫言小说的基本内容。如果你带着人类学的悲悯眼光去理解莫言,《红高粱系列》《檀香刑》又可以被解读为民族苦难的再现:无论是抗日还是与野狗搏斗,抑或自己人杀自己人,他们正好构筑的是民族苦难的画卷,野性和暴力在其中,同样只是材料和工具的意义。

这使得我们在上述几种理解中去讨论哪一种理解"更贴近莫言作品本身的内涵",就显得困难了,也使得准确地理解作品、贴近作品,更多的是一种审美愿望而不是批评的现实。因为此,以独创性为坐标的文学批评方法,并不坚持以准确、贴切地理解作品为批评实践的前提,也不以追求对作品的标准性理解为鉴赏的目的,而是尊重批评家出于各种经验、观念、思维方式展开的对作品不同的体验和理解,甚至也尊重意识形态化的对作品的解读——即便毛泽东将《水浒》解读为"《水浒》这部书,好就好在投降。做反面教材,使人民都知道投降派"——也可以成为对作品的一种基本理解而得到尊重。基于一千个读者就有一千个哈姆雷特是文学理解的正常状况,独创性的批评方法在理解作品的问题上,更多考量的是这样的理解是否是对作品的"完整的结构性理解",而不看重对"作品结构"进行断章取义的"价值判断";看重的是"结构性理解"是否具有多层次性、多意味性,而不主张对"作品结构"进行简单把握的表层性理解。因此,"完整、深入的结构性理解",是否定主义文艺学在理解文学作品问题上的基本原则。

第十三章 文学穿越现实的批评方法

就第一种情况而言,"结构性理解"强调对作品的情节结构、故事结构、人物关系结构等用陈述性语言描述其基本内容,但不主张对其基本内容进行受前理解左右的肢解性理解,尤其不主张以这样的理解作为对作品基本内容的把握,并且将价值判断问题放到下一步的文学性判断空间之中。以对《水浒》的解读为例,这包含以下三个理解的要点。一是对《水浒》基本内容的理解,不能仅仅看"鲁智深拳打镇关西"这样精彩的"细节性情节",然后得出作品表达的是"弃恶扬善"的儒家伦理内容。尽管"细节性情节"在对作品内容的理解上十分重要,但这仍然属于以偏概全的理解。以"弃恶扬善"的观念去看作品,或者从生动有趣的角度去看作品,很可能会与作品的整体内容对非整体内容的统摄擦肩而过。"细节性情节"虽然可以受评论家的尊重和喜爱,但一定要放入作品的"整体性情节"中去考察,我们才会发现梁山英雄们"弃恶扬善"的"义",其实是从属于"哥哥就是梁山的天"的"兄弟之义"的,而这样的"义"又与"君臣""父子"等等级性的"伦理之义"有着血缘性的关系。这两种"义"在《水浒》的情节结构中是矛盾性的展开从而种下了悲剧性种子,才涉及对作品完整内容的理解。二是我们也不能仅仅觉得一百零八个好汉陆续聚义梁山,惩治高俅和恶霸,是在表现"农民起义反贪官替天行道"的内容,因为这也仅仅把握的是作品的"局部性情节内容","官逼民反民不得不反""杀富济贫""替天行道"即便是作品的重要内容,也不是《水浒》的完整内容。也就是梁山的"天"是从属于中国的"天",才是《水浒》真正完整情节所展示的"天之结构",从而与前两种"义"的关系相辅相成。既然如此,作品完整的情节结构,就应该从"上山聚义、惩治恶官、恶霸、打方腊"到"受招安、英雄离散、药酒赐死"为止。如果从这样的情节去理解"细节性情节"和"局部性情节",那么作家对"弃恶扬善""杀官济民"的农民起义的整体态度,就显得复杂起来。《水浒》从轰轰烈烈到悲凉凄怆的审美气氛之转换,则强化了作家对如此的农民起义的价值拷问。这种拷问既不是对农民起义的赞颂可以简单解释的,当然也不是因为农民起义最后投降统治者从而批判之可以解释的,甚至也不是农民起义有先天局限性可以解释的——因为其局限正联袂着其长处,所谓"局限不存长处焉附"也。而文学的独特性也正是在那"不是之外"之处,从而显得意味深长的。

就第二种情况而言,所谓对作品内容的表层性理解与深层性理解,是说作品的表层性内容易受既定的文化时代性制约,甚至也受主流意识形态所支配,这应该是一般文学作品创作的常态。尤其是中国式的文学创作,就更容易体现出作家受上述内容制约的一面,使得我们很容易从中国古典名著中读出很多儒、道、释可以解释的内容。诸如《西游记》中的"唐僧取经"、《三国演义》中的"权术智慧"、《金瓶梅》中的"淫死训戒"、《红楼梦》中的"色空色空",等等。这些对作品内容的理解构成了文学研究中我们一般常见的解读方法,但问题在于阅读者并没有继续对作品的内容进行深层次理解,忽略了用"象外之象"的通透性思维去挖掘作品具有独创性意味的深层内容,从而形成文学批评和文学研究理解作品的浮泛性问题。而独创性的文学批评解读作品,则要以作品是否有深层意味构成对表层意味的突破、质疑和批判来完成对作品全部内容的理解。

所谓深层内容的理解,其一是指容易被阅读者所忽略的情节在作品内容理解上的重要意义。由于作品的表层内容和与此相关的显在情节往往占据了读者对作品理解的主导性方面,所以其深层内容就会被阅读者作为显在情节的延伸来对待,甚至被忽略不计。如果这样的情节与显在情节相左,还会导致后人删改作品情节以迎合主导性情节的情况,被忽略的、不被重视的情节对主导性情节的消解、质疑的意味,就得不到很好的张扬,最终会导致对作品完整内容的残缺性甚至相反性理解。《红楼梦》的后续情节几经删改暂且不论,仅就对《水浒》的评价中,宋江率梁山好汉招安后打方腊,就一直是作为农民起义的局限性被理解的,这就意味着作品显在情节中梁山好汉替天行道的行为是作为肯定性内容不被怀疑的。"局限"只是"肯定性内容"的"缺点"而已。但如果我们重视梁山好汉招安后打方腊在《水浒》中重大的转折意义,如果我们看重的不是武松单臂擒方腊的英勇,而是看重舍生忘死也不知道为什么擒方腊的可悲,我们就会发现"招安—打方腊—赐死"的情节在作品中不仅是作品显在情节的延伸,而且是以深层结构和意味建

第十三章 文学穿越现实的批评方法

立起作家对农民起义的复杂、矛盾因而是隐性怀疑的看法。那就是"民"对"贪官"的反抗为什么会导致"民"对"民"的厮杀,这是否意味着"民"对"贪官"的反抗本身就存在着认识盲目性的问题?"恶"的定义以及"如何对待恶"是否是一个更为复杂的问题——宋江率梁山好汉最后与高俅等共处一堂,即揭示出这样的问题——而这些问题又是作家本人无法解答的,甚至也可能是让历代评论者感到困惑而回避的。于是,梁山好汉的英雄行为与这英雄行为在文化上的意义存疑,才成为我们对作品完整内容的较为准确深入的理解。

所谓深层内容的理解,其二是指作品内容看上去在情节结构上并没有"表层"与"深层"的区分,也没有情节结构上的转折构成内容上的转折,但其表达的意味却有"表层理解"和"深层理解"之别。古人用"韵外之致""象外之象"来表达这样的多层次理解,是指在阅读者的体验中存在着一种可以借助想象再创造的意象,非此不可能被捕捉到。这种借助创造性体验完成对作品内容深入理解的情况,也同样应该纳入如何准确地、全面地理解作品内容之中。虽然这种再创造性理解会因为阅读者的不同而存在着理解的差异,但是"深层理解"正好通过理解的差异,将作品内容的丰富性显示出来。即准确地理解作品不是指阅读者要确立共同的对作品的理解,而是应该有差异地体验理解作品的内容,完成对作品内容丰富性的体认。

譬如,杨万里的"毕竟西湖六月中,风光不与四时同,接天莲叶无穷碧,映日荷花别样红"(《晓出净慈寺送林子方》),其表层形式是说明性描述,并不能告诉读者"别样红"是怎样的红,"不与四时同"又是怎样的独特,但留给读者的却是巨大的想象和体验性空间,并且只有依赖于读者的创造性体验才能完成对作品内容的理解。如果读者不能对"别样红"与"无穷碧"的关系进行创造性的想象和理解,调动自己的与"万绿丛中一点红"相关的审美经验,或者不能对"映日荷花"进行丰富的想象和意境玩味,这首诗提供给读者的理解空间,就是十分有限的了。这种作品的主要内容在其深层理解之中的现象,也同样体现在叙事类作品中。在一般的情况下,我们对《西游记》中孙悟空形象的理解,因为其助师父唐僧西天取经的路上除妖抗魔的行为,且有大闹天宫、反抗天庭的造反历史,很容易将其定位在伦理化的弃恶扬善的英雄理解上。加上七十二变的神艺超群,孙悟空的形象在流传中已经不同程度被读者进行了神化性的理解和欣赏。在否定主义文艺学中,这些均属于对作品的表层性理解,无助于发现《西游记》的独创性所在。需要读者借助体验和想象的深层理解表现在:孙悟空为什么会大闹天宫?又为什么会协助师父西天取经降妖除魔?这些追问是决定孙悟空最后被招安做官的关键性问题,也是决定我们理解孙悟空所降妖魔在根本上都是如来佛手下的蟹兵虾将因而本质上是同类的原因——作家对孙悟空这样的形象取审视和批判态度,也因此是作品更为深层的内涵。长生不老、做官享福、扼杀人欲,不仅是孙悟空与封建统治者的相通之处,且因为其武功超群,就更加具有了做封建统治者工具的倾向。这样的工具性英雄,既使得孙悟空最后被统治者收编有了充分的依据,也给孙悟空的英雄性,打上了一个"为自己不明确的目的进行服务"的折扣。但众多对《西游记》的研究,包括对《西游记》改编的电视剧,其实都没有在这个层面上去理解孙悟空,也没有在这个层面去研究孙悟空与其他人物形象的关系,这样,《西游记》在阐释学上的浮泛性,便在所难免。

四 分析作品:文学要素如何促发了结构的生成

从理解作品的内容到分析作品的内容,是文学批评方法的一般过程。有的时候,理解作品也是在分析作品,而分析作品又确实是在深入地理解作品。否定主义文艺学之所以强调分析作品与理解作品的区别,是将分析作品作为理解作品的逻辑推进来对待的,也是将分析作品作为理解的内在结构来对待的。分析,就是分析所理解内容的复杂关系,也是分析这样的复杂关系如何生成了作品的独特意蕴,或为什么没有生成作品的独特意蕴。分析作品因此就比理解作品更具有理性化的特性。分析作品作为文学批评方法的重要环节,直接决定了读者和评论家将来对作品的文学价值评判,是否有坚实的理性化、科学性把握的基础。

第十三章　文学穿越现实的批评方法

与一般文学批评方法强调分析作品中人物形象的个性特点、作品的思想内容和社会意义、作家的创作技巧和修辞、作家的创作风格有所不同的是,独创性的文学批评方法体现为分析什么因素促成了作品独创性结构和意蕴的生成,又是什么阻碍了这种生成。同时,独创性批评方法也强调分析作品的表层结构与深层结构的关系,或者预设这样的关系分析作品何以缺乏其深层的独创性结构。

首先,独创性批评方法强调分析作品中的人物、细节、知识、情感、议论、修辞、叙述等如何从属或推动了作品独特情节结构的生成、发展,而不主张孤立地分析作品中的上述各种要素,哪怕细节再精彩、人物性格再生动,也不宜单独地欣赏性分析。其论题的设置一般是"××对推动作品情节结构形成的作用",重点是要考察人物、细节、知识、情感、议论、修辞、叙述在作品情节结构中的作用与功能,特别要考察这种作用是否有对作品独创性形成予以促进的意义。

如果是人物分析,独创性批评更多是从人物关系的角度来考察这种关系对作品的结构、意蕴生成之作用。如此,《红楼梦》中贾宝玉等人物形象的分析,就不仅不能与我们对作品中的建筑、饮食、诗画的分析分开,更重要的是要将其与作品中的其他主要人物形象做关系性分析,才能通过人物形象的分析把握作品结构上的意味。即文学评论不仅要将贾宝玉放在大观园的女儿世界中分析其对女儿清纯世界的种种呵护、怜爱,而且要将贾宝玉所代表的新文化与父亲贾政所代表的官场文化、贾母所代表的伦理等级文化联系起来,才能看出作品结构是怎样的。我们于是就会发现:宝玉制约贾母、贾母制约贾政、贾政制约宝玉,正好隐含了作品"循环制约"的结构关系:贾政制约宝玉代表着封建意识形态文化对清纯的女儿世界的统治,这种统治根本上是女儿世界悲剧的根源,也因此构成了宝玉的反抗对象。在这样的结构中,宝玉及其女儿世界得不到肯定性评价,其审美性是被无视的。但贾母的存在却成为中国传统日常伦理文化的象征,发挥着对封建统治文化的潜在制约以及对宝玉女儿世界的深层呵护的作用,宝玉是贾母的心肝宝贝,在此是有隐喻意义的。这种意义,正好把女儿世界的现实悲剧命运转化成审美的独创性、短暂性和绚烂性,发挥出震撼人心灵的启示作用——

真正的美、真正的爱情就是悲剧性的、短暂性的、没有现实功利意义的。所以贾母的存在不是可有可无的,而是平衡贾政世界与宝玉世界并使后者保持对前者的消解性、批判性的关键人物,同时也意味着宝玉所代表的审美世界,一定程度上也是依存于中国传统伦理文化而存在的,决然不是对立于中国传统伦理的存在,甚至也不是截然对立于中国政治文化的存在,其中隐含着中国的审美性必须有现实性力量呵护的和谐意味。"中国式的审美"就不是西方对抗性的、独立性的审美符号可以解释的了。

如果是细节性分析,独创性批评一定要甄别像莫言《红高粱》中"我奶奶"被流弹击中飞翔起来的细节,与《百年孤独》中"坐毯升天"的细节,存在着怎样的功能差异,从而把细节看作与情节和结构紧密联系的分析环节。细节是由作家对世界的独特理解而派生的枝与叶——细节像作品中其他各种元素一样,是不好随意模仿和挪用的。这并不是说莫言的创作受马尔克斯的影响有什么不好,也不是说一个作家不能借鉴他人创作的细节,而是说要看一个作家借鉴其他作家的创作细节,有没有对他人的创作手法进行改造。在《百年孤独》中,马尔克斯使用"坐毯升天"的细节也好,还是马孔多小镇被龙卷风刮走的情节也好,均是现实中不可能存在的情景,从属于作家的"现实与超现实并没有分别"的魔幻现实主义对世界的理解,所以这样的细节和情景都是作家对世界的理解展开的结果,十分自然。比较起来,莫言对世界的理解总体上是在现实的层面上展开的:理解世界和人的稚拙性、残酷性和循环性,自然会产生罗汉大爷双耳被割去头部显得非常简洁的细节,也会产生野狗散去只剩下游击队员王文义一堆白骨的恐怖一幕……这些细节无疑给莫言对世界的理解以极好的帮助。而奶奶被流弹击中飞翔起来,如同《透明的红萝卜》中黑孩手中的红萝卜画了一个抛物线掉进清澈的池塘里,却属于莫言式的"苦难中也有浪漫"的对世界的理解,属于另一种性质的细节运用。这样的细节看似没有前面的细节有震撼力,但却因为给残酷的世界增加了温煦的张力,形成人性和世界复杂的关系反差,便使得残酷更加残酷,温煦更加温煦,且两者的关系又是彼此渗透和不确定的,构成了莫言作品对生命的冲突性和复杂性的审美

第十三章 文学穿越现实的批评方法

理解。这意味着,不同的细节之间的关系,同样可能隐含着作品的结构性关系。细节在作品中不是可有可无、随意改变的存在,而是作品结构向读者传达特定内容和意味的存在。

其次,独创性批评方法不仅注重把握经典作品的表层结构和深层结构的差异,并且通过这种差异深入理解作品,而且可以预设这样的结构差异来分析一般作品——看一部作品何以没有形成作品的表层结构、意蕴与深层结构意蕴的复杂纠葛,考察是何种因素造成了作品的表层结构和意蕴对后者的遮蔽进而造成文学性、艺术性的缺陷的。

就中国当代文学创作和艺术创作而言,创作者从属于时代意识或传统观念对待笔下的人物关系、甚至与笔下人物处于同一层次思考生存问题,忽略作品中一些可生长性的人物关系亮点对主导性情节结构的挑战性关系,进而不能形成作品复杂的、多层次意蕴,是独创性文学批评方法进行文本分析首先关注的环节。轰动一时的电视连续剧《蜗居》,在此是一个很好的可分析对象。《蜗居》的成功之处,在于真实细腻地反映了当下中国人普遍具有的因为购房住房问题而产生的生存焦虑,其主导性情节也是将婚姻、爱情、工作从属于这样的生存焦虑而展开,真实地反映了中国人生存的从众性和享乐性幸福观,并服从于中国民众的一般常识和观念:生存快乐是首要的、生存标准是攀比的。由此去构筑作品的故事和作品的表层结构,是作家和艺术家尊重文化现实与日常生活现实的体现,自然会引起观众的强烈共鸣。然独创性文学批评决不限于上述作品结构的把握,而是要看到作品中的异质性人物和细节对作品主导情节可能构成的挑战,作品才会具有突破"生存是首要的、从众的"启示意义。这样一来问题就产生了,从作品故事来看,导演和编剧可能忽略了对大学毕业生海萍、苏淳与拒绝拆迁的里弄老奶奶的区别,他们应该产生这样的理解性追问:首先,除了为生存问题而奔忙是可理解的对象,中国的大学生应该展开怎样的人生追求,才能具有为自己负责也为中国负责的知识分子品格?这样的知识分子品格,在多大程度上可以突破世俗性的、从众性的生活从而区别于一般老百姓?作品中人物的群体性功利追求与超功利追求又会形成怎样的复杂关系、从而使作品涵盖更独特的问题与更丰富的内容?其次,在海藻、宋思明和小贝之间,导演和编剧忽略了"吃红烧肉就很满足"的小贝以及建立在这种满足上的人生追求,其爱情和婚姻生活会与宋思明代表的奢侈性婚姻爱情生活形成怎样的区别?这种区别对突破功利性的人生精神追求,会具有怎样的审美启示?生存的各有所好体现的自然丰富性,与虚荣的、奢侈的、攀比性生活的区别,会使中国当代人的爱情和婚姻生活产生怎样复杂的冲突?由这样的冲突展开作品表层结构与深层结构的张力,是不是作品艺术性充分实现的标志……由于编导忽略了现代人自我创造的人生追求与世俗从众化的享乐追求的区别,忽略了生存的丰富性奠定的爱情婚姻对奢侈享乐性爱情婚姻的突破,这就不可能形成《蜗居》的表层结构、意蕴与深层结构、意蕴之复杂关系。由于作品中的所有人物都在为住房问题而奔忙和焦虑,所有情感和精神生活均从属于这样的奔忙和焦虑,作品就在让观众共鸣时不能获得改变这样的生活的启示。也由于导演和编剧没有从根本上理解人生的不同性展开的冲突,便只能安排宋思明车祸死亡以及海藻子宫摘除这样的简单化结局处理,但这样的处理,同样难以对千万个还活着的宋思明、身体健康的海藻的人生产生重要的启示意义。

　　独创性文学批评方法因此就具有以下的分析原则:文学批评不仅要注意作品中的异质性因素和深层结构是否展开矛盾,还需要对这样的异质性因素和深层结构进行更深层的个体化追问,才能保证这些异质性因素与深层结构不被现有的文化观念所统摄。对中国当代文学和艺术来说,用中国传统的异质性观念和西方现代观念挑战作品的主导性观念,是作家容易做到的,但这仍不具备独创性品格。如果编导用清高的儒家君子人格塑造小贝的形象,或者是用西方意义上的超功利观念将小贝塑造成一个不食人间烟火的新人,这样的异质性人物塑造及情节展开同样不是独创性意义上的深层意蕴,而这,正是五四新文学一批以"个性解放""反叛封建家庭"为标志的文学作品的共同症结,也是20世纪90年代一批以"身体写作"反叛传统"大叙事写作"所暴露的问题,当然同样也是以西方自由、民主、现代与后现代思想从事文学创作所存在的问题。这意味着,展开作品深层结构与表层结构的冲突,还只是独创性文学批评的一般要求,分析深层结构和意蕴是否具有作家独

第十三章　文学穿越现实的批评方法

特理解世界的品格,才是作品文学独创性的终极要求。秉持这一要求去看韩国宫廷剧《大长今》,我们就可以看出该剧与中国以《甄嬛传》为代表的宫廷剧的如下区别:《大长今》的深层立意不仅在于弱者对强权和恶势力的斗争,而且在于长今不是诉诸人与人的权力斗争,长今之美在于她的创造性人生追求在任何地方均可以生根开花,并构成了闵政浩爱长今的独特方式——让她做她想做的事,从而影响和感动身边包括中宗皇帝在内所有的人。比较起来,《甄嬛传》不仅停留在人与人的权力斗争谋划上,没有展开甄嬛与好朋友沈眉庄、十七阿哥的故事,而且也先后让沈眉庄与十七阿哥死去,中止了对"友情"与"爱情"在宫廷中存在方式的追问,其结果,就产生了后者是甄嬛权力斗争牺牲品的效果。本来,在十七阿哥爱甄嬛的什么、沈眉庄为什么会与甄嬛是最好的朋友问题上,编导是可以展开深层的、独特的思考的,从而使这一条深层结构不仅与表层人与人的权力争斗的情节展开复杂的关系,而且可以通过沈眉庄对友情的独特理解、十七阿哥对爱情的独特追求,最终影响了取得宫廷最高位置的甄嬛——如果甄嬛在皇太后的位置上比以前生活得更痛苦,作品的深层情节和独特立意,就会使观众不仅共鸣和喜爱这部作品,而且可以获得受启示受震撼的艺术效果。

五　评价作品:全球视野中的个体化理解诊断

文学批评对文学作品的评价,是继理解和分析作品之后必须遇见的环节,也是文学批评的终极环节。如何在文学性的意义上评价作品,如何通过这样的评价对文学作品进行具有文学史意义的恰当定位,同样构成了独创性文学批评在方法论上与一般文学批评在文学评价上的同中之异。而且,独创性的文学批评不仅应该有效地评价优秀和经典的文学作品,对一般的乃至文学性较弱的作品,也应该是同样有效的。

其一,要实现上述意图,文学批评首先要建立"面对全部文学世界进行评价"的空间意识,才能对一部作品是否有文学独创性进行准确的定位。"面对文学世界",首先是指批评家面对由自己的全部文学知识和阅读积累所构成的文学场域,将对一部作品的价值判断与这种场域构成潜在的比较关系。这不是要求文学批评家必须熟悉世界各民族的文学史才能进行文学价值判断,也不是要求批评家必须阅读这些国家和民族的文学作品才能进行价值判断,而是要求批评家应该突破就一部作品本身进行价值判断的评价模式。虽然文学阅读、理解和分析主要是针对该作品进行的,但对该作品进行文学价值判断,就只能是空间性的文学世界的判断——判断《牡丹亭》的艺术价值,就只能将作品放入言情类的中外文学艺术作品中进行潜在比较,才能有效,否则我们就无法知道《牡丹亭》哪些方面是独创的、哪些方面不是独创的。另一方面,批评家也要避免就一部作品在该作家、该民族的文学史中的地位进行价值判断的习惯定式——这样的定式虽然比孤立地进行文学判断好得多,但仍然不能在今天全球化的文学境域中构成独创性的文学价值判断。所以今天要判断《红楼梦》的悲剧性是否具有文学独创的意义,不仅应该就中国文学史来进行价值判断,还应该将其与西方爱情文学的悲剧性如《茶花女》《罗密欧与朱丽叶》等经典悲剧性言情作品做关联性比较,才能对其进行有效的文学评价,也才能突出宝玉的爱情悲剧其实来自于"不是对某个具体女性的爱"的根本特质。

把一部作品的文学价值放到由自己的全部文学知识所构成的"文学世界"中去进行价值比较,看起来虽然对批评家是要求高了一些,但这是与独创性的文学创作对作家要求也比较高同步的。在文化交流全球化的今天,全部文学知识所构成的"文学世界",自然是指由古今中外文学作品特别是文学经典所构成的"文学世界",批评家将一部作品放入这样的"文学世界"中去评价,很大程度上是一种"关系评价"或"比较评价"。这种"关系评价"和"比较评价"不同于比较文学研究方法的地方,在于对一部作品的文学独创性判断,不是就该作品与某一域外文学作品进行某方面内容的异同评价,也不是把握两种文学作品的文化差异性,而是一种"寻找相似性中外文学作品的独创特征然后进行独创性判断"的评价。这是一种凭积累和经验进行直觉性文学比较所进行的"与既定文学作品的独创差异在哪里"的价值判断。虽然不同的批评家文学知识和阅读经验的不同,构成了他们对"文学世界"认知和感受的差异,从而使得"关系评价"和"比较评价"也存在着评价的

第十三章　文学穿越现实的批评方法

差异,但这样的差异产生的争议,正好使得批评家对一部作品独创性的认知可以展开相互的交流、商讨与对话,形成批评的健康生态——丰富文学作品和文学经典的评价格局。

其二,文学批评家面对"文学世界",再进一步就是选择"同类作品进行独创性甄别"。由于"文学世界"中的作品星罗棋布、五花八门,批评家只能是针对与要评价的作品有相似内容、立意的文学作品去进行比较甄别,才不至于在丰富的文学世界面前无从人手。由于相似内容和立意的文学作品是最容易构成对作家创造性劳动的钳制的,所以也是批评家在评价中必须考察的重要环节。所谓"同类作品"中的"相似内容",是指文学创作内容、体裁、叙事、抒情的相似性。如评价《红楼梦》,可以将其与古今中外写爱情类的文学作品相比较进行价值甄别,这样就可以将甄别对象缩小了许多;在写爱情类作品中,还可以进一步将《红楼梦》与叙事类爱情作品相甄别,这样又可以将纯粹抒情类的诗歌、散文悬置起来;如果想进一步缩小甄别范围,还可以将其限定在日常生活中的爱情叙事作品,将写战争、革命的爱情故事悬置起来。这样,评价《红楼梦》的爱情内容,就可以在描绘男女情感欲望交往的文学作品中进行。这样的划分和归类之所以有必要,一方面是因为爱情类作品仍然是一个较大的范围,我们在实践中很难将一部作品与所有的爱情类作品相比较、相甄别,所以缩小爱情类作品的题材范围是有必要的;另一方面,爱情与日常生活、战争和革命的不同关系,其实直接影响到作家对爱情的不同理解和呈现,所以写日常生活中的爱情,一般不会与写战争中的爱情相重复。爱情、性爱与日常吃喝玩乐的亲和关系,和爱情、性爱与宏大叙事的政治性冲突关系之区别,使得我们一般不会将《红楼梦》与《日瓦戈医生》去做甄别判断。如果说贾宝玉与女儿国的关系突出的是男性如何怜爱和尊重女性的问题,那么日瓦戈与革命的疏离关系,突出的则是一个将爱情作为实现自己自由的知识分子命运,是个人和时代的关系问题。这两种不同的关系,决定了《红楼梦》与《日瓦戈医生》本身就不是同一种类型的作品。这样,与《红楼梦》容易重复的,还是以男人与女人在日常生活中的关系为基本情节的作品——《西厢记》《牡丹亭》《金瓶梅》这类写家族儿女情长男女欲望故事的作品,就应该进入文学批评的比较视线。这样,我们对《红楼梦》的独创性价值甄别的空间就缩小了许多,其评价也就容易许多。进行这样的同类作品的甄别,我们立即就会发现《红楼梦》区别上述其他作品的两个根本性特点:《红楼梦》是一个以女性为主体的世界,男性是围绕清纯女性生存的,这个特点注定了红楼世界的悲剧性,这是《红楼梦》区别中国其他爱情叙事作品的重要特点。不仅如此,《红楼梦》中塑造了一个怜爱、尊重女性的男人形象,这是一种中国其他爱情类作品所没有的"男性对女性的呵护之爱",而不是张生与崔莺莺、杜丽娘与柳梦梅那样的特定男性与特定女性的爱。这两个特点,直接决定了《红楼梦》在中国叙事类文学作品中的独创性和不可重复性,也决定了《红楼梦》在中国叙事类爱情和性爱作品中的独创性。

比较起来,《西厢记》《牡丹亭》《金瓶梅》则是以男性为主体且不尊重女性人格的作品。以男性为主体,便必然会产生《牡丹亭》那样的女儿的爱情幸福可以冲破家庭男性束缚、但依然要依赖皇权男性才能"圆梦"的故事展开,也必然会使作家塑造出最终自己的爱情幸福需要得到家庭父权认可的杜丽娘这样"情在理亡尚不彻底"的女性形象。也必然会产生虽然情感专一但根本上还是依附于功名富贵的柳梦梅这一具有普遍性的男性形象。这样两种"依附",使得汤显祖在理解男女爱情幸福的问题上,并没有在根本上突破传统伦理文化和父权、夫权文化的制约,也没有将婚姻团圆与爱情实现当做不同性质的世界去理解——婚姻的现实性和稳定性,与爱情的超现实性、不稳定性,决定了《牡丹亭》和《西厢记》的作者都不可能将爱情的实现建立在婚姻悲剧的基础上,所以也就不能深刻地理解"情在而理亡"的爱情生存性质,根本上是不依赖由伦理和现实法则所规定的婚姻的,也不依赖父权和皇权的宽容和感动的。这样的差异,使得《红楼梦》真正实现了"情在而理亡""情不依赖理的呵护"从而在爱情与伦理的理解上具有独创性,而《牡丹亭》和《西厢记》等"临川四梦",则在世界观上属于"情冲击理""情反抗理"、根本上还是寄希望于"理"的作品,在世界观、审美观上其艺术独创性自然就弱于《红楼梦》。汤显祖在艺术创作上看重作品的"立意"是对的,但由于没有意识到艺术家的"立意"是可以突

第十三章 文学穿越现实的批评方法

破、改造现实伦理法则的,没有意识到"春梦"的产生不依赖现实伦理法则、"春梦"的实现又怎么可能依赖现实伦理法则之逻辑关系问题,这就必然使他步入晚年潜心学佛之路。而佛学的生存选择,正好证明了作家没有在现实伦理法则之外找到自己存在性心灵价值依托的道路。虽然《牡丹亭》比《西厢记》有浪漫主义创作方法和现实主义创作方法之别,在爱情的描绘上比《西厢记》更奇幻和撼人心魄,但总体上,这还是属于创作手法的问题,根本上杜丽娘与崔莺莺都属于依赖传统伦理和男权文化而生存的"勇敢的女性"。

以此观之,文学批评对文学和艺术作品的独创性判断,最终是考察同类作品在文学史上突破现实哲学观、伦理观、审美观和文学观、艺术观所体现的程度差异,从而给予较明晰的"独创程度"之定位。对20世纪以降的中国文学创作而言,突破现实哲学观、伦理观、审美观和文学艺术观,最困难的不是以西方的哲学观、伦理观、审美观和文学艺术观突破中国传统的哲学、伦理、审美和文学艺术观,而是同时对中西方既定的哲学、伦理、审美和文学艺术观进行突破,"独创性"这个概念才能够真正出场被文学批评家所使用,然后分化出"独创性强""独创性弱"这样有区别的概念。一般说来,用西方个人主义观念和个性解放观念突破传统的家族观念和群体观念是相对容易的,而对中西方观念同时进行审视则是不容易的。巴金先生的代表作《家》之所以不能说是"独创性强",就因为作家秉持西方个性解放观念塑造"离家出走"的主人公觉慧,并没有考虑到中国的独立个体对"家"的寄生性问题。这种"寄生性"很大程度上维护的是中国文化的整体性、群体性。但中国文化还有"通透性""灵动性"等生存智慧,这样的生存智慧,会使得中国的独立个体并不一定要采取"娜拉出走"的方式来实现自己的独立意志,反而可能会选择大哥觉新那样的生存方式,然后在自己内在的、隐秘的空间里去尊重自己的思想和意志。换句话说,觉新和觉慧如果结合,才会使真正的"中国现代新人"产生。这个问题,毫无疑问被鲁迅认识到了,所以他才会在自己的笔下审视以个性解放、个人启蒙出场的子君、吕纬甫等。这样的审视,必然使鲁迅不会给笔下的人物设置圆满的结局,也不会轻易给自己笔下的人物设置廉价的"出路"。毋如说,鲁迅是以真正的"独创的立场"来体现自己的审美理解的,也是以"独创的立场"来对中国传统文化和现代启蒙文化进行审视的。鲁迅虽然没有像曹雪芹那样塑造出贾宝玉这样的新人形象,但这样的"独创的立场"无疑使得鲁迅在中国现代作家中是最具备独创品格的作家,使得鲁迅可以将爱情不放在依附传统伦理上、但必须有所"附丽"才能生长这一新的独特理解上。这实际上也间接地回答了贾宝玉如果离开大观园、杜丽娘如果得不到父权与皇权的认可,他们的爱情该如何生活这个问题。鲁迅的价值不在于他提供给我们的答案,而在于他将不能正面回答的答案放在"需要独创才能产生"的空间中让我们去思考。这就是鲁迅在中国现代作家之所以最具有独创性的奥妙所在。

第十四章　文学穿越论视角下的中国文学创造史观

一　中国文学史写作的"文学性自觉"之问题

作为中国文学批评的一个重要领域,中国文学史研究无疑构成了文学理论是否可进行有效实践的检验平台。作为史学的一个分支,中国文学史当然要与历史的观念紧密相连并且是特定历史观的实践形态;而作为文学的历史,文学史不仅要描述和分析一般文学现象的发生发展,更重要的是要具有"文学性"的意识从而把握文学区别于文化实现自身所达到的程度,即既要分析文学因为时代和文化的变化而产生的变化,又要分析文学的发展变化是否具有文学自我实现的意义。文学的自我实现在此是指作家的创造不同于文化创造的属于文学自身的内容。相对于文化的观念创造,文学的创造是弱观念或非观念性的,相对于文化观念的群体认同,文学的创造是以作家个体化理解为基础并且通过形象话语展示出来的内容。这样,文学吸纳文化观念将之改造成作家的个体化理解并通过情节、故事、人物关系、意境所展示出来的文化难以概括的内容,是"文学性自觉"的基本体现。

近三十年来,中国文学史的研究虽然突破了20世纪80年代以前以政治和社会学考察文学的模式,推动了文学史研究和写作走向多元梳理,但其共同的问题在于文学史的观念和方法基本上还是从文化的视角来考察文学的内容与价值,或者从受制于文化的文学思潮演变来描述中国文学,一定程度上对作家如何突破文化和文学思潮的视角重视不够,对文化观念难以把握的、属于文学自身独特而丰富的"文学性内容"研究不足。章培恒主编的《中国文学史》以感情和人性视角对文学的观照,对强调伦理规范情感的儒家、淡泊欲望的道家文化,应该是一种有"文学性"意义的突破——因为感情和人性在伦理文化面前往往是被束缚、被规范的存在物——尊重这种存在物,是文学恢复健康肌体的正常要求。然而,尊重人的感情和欲望的作品可以获得思考文化问题的读者的共鸣,释放受文化钳制的人性内容,却未必可以给读者以启示从而在思想层面也疏离于文化,造成《牡丹亭》突出男女性爱却未能突破男权文化的思想局限,产生《家》突出"个性解放"却未能思考"离家出走后的觉慧如何安身立命"之思考的局限——这种与"什么样的理""个性如何安顿"密切相关的问题,当属于"文学性"所要求的作家个体理解世界的范围。这也意味着:《红楼梦》不仅是重情重个性的作品,而且还是突破"情在理亡""理在情亡"的作品,是以作家独特的"尊重怜爱所有清纯生命之理"来规范"情"从而使"情"也意味独特的作品。这反映出"文学性"的最高境界不仅是尊重情感和人性、而且需要作家独创性地理解情感、人性,才能真正完成文学对文化的穿越。同样,袁行霈主编的《中国文学史》也是强调从"文化影响文学"的角度来梳理文学史。虽然也提及"文学本位"和"文学魅力",但理论上并未展开论证这个问题,更没有从这个角度去考察分析文学变化中的文学价值,从"玄学对文学的渗透""佛、道两家对唐文学的影响""乐府民歌对李白绝句的影响"等标题就可以看出其文学史描述的是文学受影响的部分,而突破影响的部分便难以把握。其原因即在于:文学受文化影响产生的事件,与文学不受这种影响制约的"文学本位"的努力,其实是两回事。一旦文学史不重视后者,胡适的白话小说、郭沫若的《女神》,便只能从文化和政治的角度去肯定其创新价值,从而遮蔽了"文学性"的价值分析,读者也就不可能对历史上的重大文学事件、作品与"文学如何突破文化影响获得独立品格"产生互动性理解。

比较起来,海外宇文所安主编的《剑桥中国文学史》,将唐代文学囊括五代和宋初,应该说是在"文学性"考量上迈出了"文学分期不等于朝代分期"的可喜的一步。然以"唐代文化"去进行文学分期依然属于"文化制约文学"的思维,往往把握的是各种文学生成的文化性语境,如手抄本书写、宫廷书写、印刷文化书写等。"文化语境"理解使得我们对"经典"的认识具有受文化和时代制约的不确定性和宽泛性,但

第十四章 文学穿越论视角下的中国文学创造史观

如何在"文学性"的意义上突出作家对文化语境和时代规范的穿越,使得像"四大名著"这样的作品即便不被明代正统文学所认可,也依然可以在民间文学世界中被确立,依然还是"文学文化史"未能解决的问题。这使得为西方读者了解中国文学的文化特性而完成的《剑桥中国文学史》,似乎并不能完成中国文学杰作为什么与莎士比亚有同等文学价值的认知——这种认知,属于古今中外伟大作家共同的"如何独创性地理解世界并突破文化与时代性理解"的问题。

在此意义上,木心的《文学回忆录》是一个非常难得的别立新宗。木心以注重狂热、自由、不稳定的"酒神"精神为坐标创立了"古今中外一体化的文学史",不仅突破了以朝代和文化分期的文学史架构,放眼中西方文学,而且一定程度上触及了文学具有超越文化现实的"文学性"问题。木心不仅将先秦诸子散文当"诗"去对待,而且也不能宽容司马迁对儒家文化接受的那一面,从而使得被木心激赏的文学作品相对于既往的文学史狭窄了许多,但却凸显了木心的文学观更为接近文学疏离文化之本体。这一结果多少来自木心将作品的文学性价值放在了与文化理性对立的那一面。"歌德是伟人,四平八稳的——伟人是庸人的最高体现。而拜伦是英雄,英雄必有一面特别超凡,始终不太平的"①,法国小说家中要论到伟大,首推巴尔扎克。他的整个人为文学占有②——木心的这些看法非常有个人见解,但对"不太平的拜伦"因喜欢而不再追问其是否有独特的思想启示,使得他同时也忽略了"歌德"这样的"四平八稳的作家"是否有自己独特的思想启示——尽管这种启示不一定是观念形态。也即"超越现实"这个问题是放在"不稳定的生命超越状态"上,还是放在作家"通过独特的对世界的具象理解来从根本上超越文化"上,成为一个木心有所忽略而需要我们深入思考的文学性问题。

造成中国文学史很难以"文学性""文学本体"进行实践的原因还在于:"文学性"和"纯文学"这两个概念虽然是中国文艺理论和文学批

---

① 木心讲述:《文学回忆录》(下册),广西师范大学出版社2013年版,第513页。
② 同上书,第567页。

评近几十年的热点话题,但文艺理论著作和文学史教材对此正面涉及、深入讨论并不多,说明中国文学史尚未对"文学性视角下的中国文学史"有高度的研究自觉。其原因可能归结于我们在"文学性"观念上过于依托西方文论。雅各布森提出的"文学性"概念,目的在于区别文学与非文学,在于借"形式"把文学从社会历史内容中剥离出来,这种"边界性"思维是西方宗教二元对立思维"超越现实"的产物,很难描述中国边界不清楚的文学与社会、文学与文化的相互渗透的关系,中国"不纯"的各种文学经典也很难得到理论性揭示。如果用"具象"和"形象"来指称文学,中国人把握世界的方式本身就是"象思维",文学批评也是印象式批评,日常话语往往也借助形象描述来说明道理(如"不打不相识""眼睛是心灵的窗户"),这种把孔子和庄子也称为"中国艺术精神"[①]的文化,在否定主义文艺学中属于最低文学性程度的"准文学"[②],用西方"文学与非文学"所说的"文学性",就很难揭示中国文学需要揭示的缠绕性文学问题。郭绍虞先生的《中国文学批评史》曾经使用过"纯文学"来指称"缘情"说并进行中国的纯文学描述,认为魏晋南北朝时期的"批评家往往称之为性情或性灵。这是文学内质的要素之一——情感"[③],这样一来,"杂文学"中的很多好文学就被忽略了,而"缘情"类文学作品的文学性差异也无法甄别。无论是《水浒》《金瓶梅》,还是《孔乙己》《阿Q正传》,其实都不是"缘情"可以概括的,现代《女神》和《再别康桥》的情感创造差异也无法通过"感情"的"真与假"予以甄别。"纯文学"无论是指陈钟凡意义上的"小说、戏曲"[④],还是指郭绍虞所说的"情感",其实都难以描述分析中国无严格边界的文学以及文学性价值的差异。

中国学者之所以热衷于言说"纯文学""文学自律"等概念,可能是希望借助这些概念突破文学服务于文化和政治的工具化状况,寻找并

---

① 徐复观:《中国艺术精神》,见第一章"由音乐探索孔子的艺术精神",第二章"中国艺术精神主体之呈现——庄子的再发现",华东师范大学出版社2001年版。
② 见笔者的《论中国式当代文学性观》,《文学评论》2010年第1期。
③ 郭绍虞:《中国文学批评史》,商务印书馆1934年版,第120页。
④ 陈钟凡:《中国文学批评史》,中华书局1927年版。

第十四章　文学穿越论视角下的中国文学创造史观

确立文学独立或文学本体的现代化路径,但这种努力之所以功效有限,在于中国文学经典自己的文学性经验没有得到理论概括,进而就难以提出中国自己的"非边界的文学性问题",结果也就不可能产生中国自己的文学性观念。在中国无论是"载道"的"杂文学",还是"缘情"的"纯文学",都不是西方超越社会现实内容的"文学性"和"纯文学"可以把握的。中国人"情在而理亡"的"情",本身就是因为伦理问题而产生的,所以不可能是"纯情"。而"情理统一"的"理",也是在与"情"打交道的过程中把"情"化为自己可控制的"材料"而凸显自己的权威性的,怎么可能是"纯理"呢?不如说,"情"与"理"的相互缠绕,使得中国的"文学性问题"既不能从"情"也不能从"理"、当然也不能从"情理对抗、统一"的角度来思考。中国文学创造经验下的文学史观之所以需要提出"文学穿越文化"这个命题,既是把中国文学的文学创造性问题放在中国文学的文化整体性中考察,一方面强调文学对文化的"尊重表现"和"内在创造"上,赋予中西方文论所没有的"文学穿越文化"的含义来避免西方的边界性文学提问方式,同时又赋予"创造程度"以"弱创—创新—创造—独创"的文学自我实现弱与强的张力,既突破西方文论实体化和二元对立的"创造"观念,也突破"载道"和"缘情"(理与情)的对立,建立一种以"文学创造程度"为尺度来考察这两类文学穿越文化观念所能达到的境界,试图产生一种不仅是对作品、而且是对文学与文化时空关系所构成的中国文学史都能进行有效分析、评价的"文学性的中国文学史"或"中国文学创造史"。

二　穿越文化、时代、思潮、地域制约的文学创造史思维

说到"文学穿越文化""抽象否定,具体肯定""形象否定,内容肯定""观念认同、创作错位",是中国优秀叙事文学《红楼梦》《西游记》留给文学如何对待政治伦理文化宏大叙事的创造经验,也是苏轼、鲁迅对待文学思潮的穿越经验。"穿越"在此是"既认同表达、又审视改造"的含义。是一种整体性和独特性兼顾的中国文学创造经验。这种经验直接造成了"中国文学创造经验下的文学史论"将文化、时世、思潮、地

域"抽象化""面具化""错位化"处理的文学史思维。文学史不再单向地从文化、时代和思潮角度去考察作家创作内容与风格是如何形成的，而是通过"文学中的文化"与"文学外的文化"的比较考察作家自己的文学世界是如何创造出来的，从而通过这种创造强力构成作家文学创造与文化、时代和思潮"互动"的格局。也就是说，文学按照文化的要求去与文化产生互动关系，往往是文学的表达层面、情感层面去"互动"，其思想内核依然是文化的，而文学穿越改造文化建立起作家的个体化理解并产生相应的创作方法和独特内容后，才能与文化产生对等性的互动关系。

文学史著作在分析《红楼梦》的产生时，往往要从作者所处时代、作者身世诸方面去寻找诸如曹雪芹父亲被雍正革职抄家后破败、曹雪芹沦落到"举家食粥酒常赊"（敦诚《赠雪芹圃》）等原因，虽然这似乎解释不了同样"囊无一钱守"（程晋芳《寄怀严东有》）的吴敬梓为什么写出完全不同的《儒林外史》来，也解释不了命运多舛的苏轼始终达观的文学创作。说《红楼梦》肯定与曹雪芹出生、身世和时代有关，当然不会有错。至少，没有豪门贵族的生活体验，大观园不可能刻画得如此细腻动人、金碧辉煌；没有曹家衰败的现实体验，大观园莫名被抄家也就显得无厘头。但是，即便我们能在《红楼梦》中找到曹雪芹的很多现实经验，《红楼梦》能成为伟大作品的原因也不在其中。作品开头所说的"何我堂堂须眉，诚不若彼裙钗哉"这种与豪门贵族家家都有一批地位低下的丫鬟并无关系的审美发现，才是《红楼梦》伟大之所在，那就是：地位最低下的一群弱小女孩子，才是那个世界最美文化的藏身之处。因此，《红楼梦》将身世、时代、文化进行虚化处理，正是作家将"文学外的文化"转化为"文学内的文化"的创造方式。这表现在：1.贾府抄家后破败的简略化处理，意指文学性的奥妙并不在贾府由盛而衰的所谓反封建性这条线索，而在短暂存在的"大观园"竟然绽放过如此清纯美丽的花朵。2.贾府故事发生的时代地点的模糊处理，创造出"假作真时真亦假"的梦幻虚境，意指《红楼梦》没有必要作为一个特定完整的明清贵族故事去看，"大观园"可以放在中国任何历史时期去解读，其文学意味是针对"男尊女卑"之中国文化的。3.对贾宝玉明贬暗

第十四章　文学穿越论视角下的中国文学创造史观

褒,是中国式审美的生存智慧。说宝玉"腹内原来草莽",明里认同的是中国知书达理文化,实际肯定的是宝玉那种传统的书和理所不容的爱怜所有清纯女子之情。"另类"是贾政说宝玉的一个贬义词,但这其实是作家对宝玉爱心独特的绝对赞美。大观园内外的正人君子们几乎没有关于贾宝玉的好话,肯定的正好是身份低贱的丫鬟们对宝玉的喜爱,从而把大观园内这些短暂开放的审美花朵具象可人化了。所以,《红楼梦》的"文学内的文化"是"怜爱弱小生命的女娲文化","文学外的文化"则是男尊女卑、生命被操控在权力者手中、无常且悲催、逼着人装疯卖傻歌功颂德的文化。比较这两种文化的不同,就是在肯定作家的创造性对文学外的文化、时代、生活的改造,也是文学史在分析作家创造与文化和时代的关系时需要重点展开的内容。

这就提出了一个关于文化、时代与文学创造关系的问题:如果"文学外的文化"是支持文学进行个体化创造的文化,难道"文学外的文化"与"文学内的文化"也是对立或疏离的吗?诸如唐代的李世民,由于以平等的观念看待民族之间的关系,一定程度上也会衍生文学、经济、文化的平等和儒、道、佛哲学平等的执政理念,从而很大程度上造就了盛唐多元并包的博大气象,这当然是唐代诗歌繁荣的重要文化政治基础。尤其是"以诗取士"制度的建立,使大批有才华的青年脱颖而出,造成了贞观时期"文学化的政治",客观上模糊了文学与文化、政治的边界,对唐代诗歌繁荣当然有很大的促进作用。然而,文学史在铺陈这样的历史事实时,依然还是要有"文学外的文化"的意识,才能甄别出"文学内的文化"是否具有创造性。换句话说,儒、道、佛虽然在唐代多元并立,但是作家无论是选择儒家、道家还是佛家,都不一定能产生创造性的文学。比如,杜甫的哲学观念总体上还是对儒家哲学的认同,《三吏》《三别》不出儒家居高临下对贫民的忧患。由于其个体化的哲学意识并不明显,所以其沉郁的风格也受其世界观制约。同样,李白一生是在"忠君"与"怨君"、儒家和道家之间徘徊,既有"尊尊亲亲,千载百年"(李白《任城县厅壁记》)的主张,又有"牛羊散阡陌,夜寝不扃户"(李白《赠清漳明府侄聿》)的小国理想,从而使得后人评价李白时,只是惊叹他奇异的想象力,而不会把"独创性"冠之于他。这就是后人赵翼在其《论诗》中说"李杜诗篇万口传,至今已觉不新鲜"的原因。至少,李杜在唐诗中的杰出的地位,并不在于其包含思想意蕴独创性。比较起来,苏轼虽然似乎没有李杜在中国诗歌史上那样的风光,也似乎难以被意识形态性的评价所利用,但这正好把苏轼的因创造性而隽永的特性衬托出来了。苏轼把儒家的忧患改造为对所有生命的尊重关怀,且对生死有"日日新"的达观看法,对万事万物有"各有其志"的独立性认知,这就使得我们用儒、道哲学去概括其代表性作品时感到隔靴搔痒。苏轼的文学创造根源是《东坡易传》中的"多元非统一"哲学创造,这是现有的中国哲学和文论很难概括的且具有现代意义的内容,其创作启示我们要从"中国文学创造经验"的角度梳理好唐代文学和唐代政治文化的关系,就不能轻易地下"唐代文化多元—唐代文学繁荣—唐代文学创造辉煌"的结论。简单地说,繁荣的文学不一定就是创造的文学,而寂寞的文学倒有可能因太具有创造性而不能被世人所领会认同。文学史上,张爱玲不就是这样的命运吗?

　　文学观念、思潮与作家创作的非统一状态,也是文学史撰写中经常会遇见的情况。文学史与文学批评史不同的地方,在于需要以创作为坐标来审视这种不统一,从而体现出文学创作对作为观念存在的文学思潮的突破。由于中国文化的整体特性要求作家对各种意识形态保持一定的观念和价值认同——无论这种认同是否自觉——这就使得中国作家的创造性和弱创造性作品不仅是潜在的,而且是鱼龙混杂的,需要文学史家细致地分析甄别。在此方面,中唐古文运动的发起者韩愈就是一个代表。韩愈一方面在儒学的旗帜下主张"文道统一",从而体现出"文以载道"的传统,另一方面针对骈文的弊端,则主张回到三代两汉行文单句的散文文体,导致后来颇多争议的"以文为诗",影响了苏轼"以诗为词"的产生。但唐宋八大家虽然集结在古文运动的大旗下,苏轼更多还是在文体的意义上认同这种回溯性的诗文革命,文学观则谈不上认同"文以载道";而欧阳修的散文比较接近"道统",词则偏轻快、清新,以较浓的人情味疏离"道统";至于王安石,则基本上是言行统一,把文学看成政治抱负的工具,以至于在《奉酬永叔见赠》中说"欲传道义心虽壮,强学文章力已穷"……均说明八大家其创作与观念之

第十四章　文学穿越论视角下的中国文学创造史观

间的复杂关系。具体就韩愈的创作而言,《示儿》和《师说》是符合儒家家庭伦理和师道尊严的,这体现出韩愈文学观与文学创作的言行一致,但是其《马说》的"千里马常有,而伯乐不常有"、《进学解》中的"行成于思,毁于随"、《送孟东野序》中的"大凡物不得其平则鸣"等,则是不尽符合儒家道统的,更不用说"天街小雨润如酥,草色遥看近却无"(《早春呈水部张十八员外二首》之一)与儒家"道统"基本上是无关的。如果说后人记住韩愈的诗歌名句不在《示儿》和《师说》中,而在韩愈言行不统一的创作中,那么《马说》中个体是否被伯乐赏识对于其是否成才并不重要的看法,就比《师说》更为符合文学经典的创造性要求,而人们传颂"天街小雨润如酥,草色遥看近却无"时,也不会去想这是否符合儒家道统的问题。亦即好的文学艺术之所以可以安身立命,完全来自于作家对世界的理解是否可以突破文化观念来建构自己的"非观念化意味体验世界"。把这样的情况放在现代文学作家鲁迅身上,也可发现鲁迅虽然某种意义上认同厨川白村"苦闷的象征"的文学观,但是他笔下的吕纬甫的"启蒙的悲哀"已经远远超越了厨川白村所说的压抑、梦、生命力层面的"苦闷"[1],更不用说孔乙己、阿Q、祥林嫂这些令人绝望窒息的人物形象给读者的感知,怎是一个"苦闷"了得?

　　另外,作家所生活的地域环境所形成的文化风俗,对文学创作当然会有一定的影响,这些影响往往通过细节、性格、氛围、场景、语言等体现出来并由此构成作品之间的风格和情境差异。贾平凹的小说不太可能产生在江南水乡,陆文夫的"糖醋现实主义"也不可能产生在黄土高原,这是因为一方水土养一方人。但是,以往的文学史家可能忽略了的问题是:"秦腔"和"糖醋"其实都与作家的创造性没有直接关系,作家利用"秦腔"和"糖醋"想表现什么、理解什么、启示读者什么,才可能与创造性有关。这就是强调湘西苗家纯朴风情滋养了沈从文和他笔下单纯善良的翠翠,却不一定能解释湘西画家黄永玉笔下像仙人掌那般酱红色的荷花也是因为湘西文化的浸染一样。沈从文的"清纯翠翠"与黄永玉的"酱紫荷花"是派生于湘西土壤,还是与作家创造性的理解世

---

[1]　〔日〕厨川白村:《苦闷的象征》,鲁迅译,江苏文艺出版社2008年版,第19—30页。

界有关,才是文学史理论应该关注的主要问题。由于"酱红色仙人掌般的荷花"包含黄永玉对中国柔性文化在近代被殖民化历史中挣扎和抗争的一种独特理解,所以这种意象就不可能仅仅用"湘西匪性文化"能够解释。甚至清纯而无力的翠翠如果在苗家现实生活和历史生活中有很多,那也就不能成为对沈从文创造力的赞美。就像穆时英很上海很灯红酒绿,但同样在上海创作的鲁迅却"一点也不上海"一样,这里提出的是一个作家的文学创造达到一定程度就可以穿越地域文化给定的空间的问题:灯红酒绿是上海都市文化现象,而"资本家的乏走狗"却是鲁迅对上海文人的性质辨析,属于作家对世界的创造性理解之内容。曹雪芹的《红楼梦》只专注于红楼世界的独特建构,所以也不可能在情节设计上体现北京风格或者南京风格。鲁迅的《风波》由于重心在围绕辫子问题展开人物关系,所以风土人情场景就被淡化下去,以至于小说是否写的是浙江绍兴的水乡也并不重要。赵树理之所以被冠以"山药蛋"、贾平凹之所以"太秦腔",原因正在于他们创作的重心有时候会醉迷于地域文化的细致展开,反而容易忽略更重要的故事情节和人物关系所揭示的"作家如何独特地去理解和表现世界"的努力。缺少这样的张力,作家便很容易满足于呈现和描述地域风情并因此流连忘返,除此之外作家还能提供什么独特的内容便有些模糊。由于一个作家建立"个体化的文学世界"的能力越强,就越是容易通过作品的情节、故事、形式、意境来吸引读者的审美注意力,而生活材料和人物习俗等地域氛围便越是可能被稀释而变得不重要,这就使得强调作家创造性的文学史需要突破"地域风俗—作家风格"的思维视域,建立"理解独特—突破地域"之新思维视域。

三 中国文学创造史的"大分期"和"小分期"

应该说,作为文学自身发展的历史性脉络,要体现出"文学性"梳理的意义,如何接近"文学的分期"而不是"政治、文化影响文学的分期",是首先应该解决的文学史理论问题。由于文学史论在中国文化语境下探讨"什么是文学自身的发展和分期"尚不太自觉,这就使得既

第十四章 文学穿越论视角下的中国文学创造史观

有的中国文学史在分期问题上体现出以下若干种"弱文学性"现象：

一是以"朝代更替"作为为文学史分期的基本依据，以"五四(辛亥革命)""建国后""新时期"等来标示文学的发展变化，这在政治起决定性作用的中国文化语境下，是一种被大多数文学史研究者所接受的文学史分期方法，而且一定程度上可以体现出朝代和政治变革对文学制约的一面(如五四的"反封建"、新时期的"人道主义")，但由于这种制约更多体现出的是文学表达内容的变化，文学观的变化、文学性要求的变化便很难从这样的分期中体现出来。文学自身有没有内在的发展变化区别于政治文化方面的变化，往往被这样的文学史分期所遮蔽。

二是以"文体演变"为文学史分期，体现出"先秦散文、汉赋、唐诗、宋词、元曲、明清小说"这样的发展脉络，应该说略微向"文学自身的发展"推进了一步。由于《易传》所解释的"八卦"受"阴阳太极"和儒家"仁义"所规定，"变器不变道"成为儒家为主导的政治文化对文学创新的要求，这就使得中国文学的变化往往停留在"载体"（文体）和"表达"（修辞）层面上，很难触及文学观念、文学本体的根本变革，所以这样的文学史分期虽然可以说客观上能把握中国文学发展"技术性变革"的一面，但有没有从"文学文体到文学本体的变革"这样的问题，便很难受到文学史家的重视。

三是基于"描述文体变化现象的历史"而不是"挖掘文学独立自觉的历史"的困难，木心的《文学回忆录》干脆回避了文学分期问题，直接从时间纬度勾勒了"作品星丛史"。这样做的好处是让读者直接接触到古今中外的文学经典，并通过对作品的分析给读者"不同的文学如何超越文化"的文学自由精神之启示，但其缺陷在于难以把握文学自觉与文学独立问题在历史长河中的演变轨迹，所以很难说是严格的文学史。

因此，文学穿越论下的中国文学创造史"大分期"观念建立的是"文学艺术原生化时期"（新石器—殷商文化—春秋—先秦）、"文学艺术工具化和反工具化交替演变时期"（秦汉—魏晋—南北朝—唐宋—元代—明清—五四—新中国成立后—新时期）、"1985年后文学本体论自觉努力"这样三大历史时期。这样三大历史时期体现三种不同性质的文学存在;文学与文化的原始平等与合一;文学从属伦理政治文化要求和对这种要求的突围;文学区别于文化的性质在哪里?

文学艺术原生化时期 体现出文化起源时期文学艺术的一种原生化自由平等品质,可以在殷商出土文物以及各个文化区域考古中找到验证。一是"殷商文艺的生命初觉"是指诗歌尚未从艺术、武术、歌舞分化出来的"女娲—殷商"时期,是中国文学尚未受到儒家伦理等级规范的文学艺术原生之生机勃勃的时期,故产生了青铜器、甲骨文、武术、神话传说、乐舞、玉雕这些中国文化令人自豪的伟大创造,也产生了《尚书》中难能可贵的"民为邦本"的轻君思想,尊重百姓的生命和生命力使这段时期的文学艺术文化具有了"中国式的现代化文化资源"的意义。这是多数中国文学史著作在"中国文化—儒道释文化"思维方式下很难发现的文化艺术资源。这一段文学艺术资源成为日后中国作家不断恢复生命力记忆从而走向尊重生命的文学创作的文化基础。二是"西周—春秋"时期,虽然周天子代表的儒家礼仪开始建立,但由于内部分权,文化结构基本是多元平等的。《诗经》中的"风""雅""颂"并立可为其代表。"温柔敦厚"的诗歌风范与"大雅""小雅"比较接近,但"风"却具有尊重世俗生活和生命力的倾向,《诗经》因此成为多元并立的文学范本。三是先秦诸子散文思想平等争鸣互动时期,为日后中国作家个体思想的形成提供了多元的思想文化准备,尤其是孟子、荀子、墨子、杨朱等人的思想,因为或衔接殷商民本思想、或倡导"天人相分"思想、或坚守"无差等之爱"或"贵己、保真",而与文学独立所要求的多元平等、对等的思维方式更为接近。

文学工具化和反工具化时期 是以儒、道哲学为主导文化规范文学艺术以及突破文学这种规范的相互缠绕,在突破工具化的文学艺术时期文学的文体自觉、想象自觉、情感自觉、人性自觉、个性自觉开始产生。这就使得中国文学创造史之"小分期"尊重周作人的《中国新文学的源流》[①]文学史描述,但也有所区别。这本书虽然是从五四新文学何以可能的角度梳理出"言志"和"缘情"两种波浪型运动的文学资源,但

---

① 周作人:《中国新文学的源流》,华东师范大学出版社1996年版。

第十四章 文学穿越论视角下的中国文学创造史观

至少是从文学的角度对中国文学思潮具有"阴阳互动"规律的一种梳理。虽然钱锺书批评这两种文学观念是彼此渗透、边界并不清晰的①，认为周作人如果将"言志"改为"载道"更为恰当，但是"言志"和"缘情"的波浪型交替，倒是可以给文学史分期进一步向文学本体接近提供某种启发。即如果我们将"言志、载道"作为儒家和道家文化规范文学的时期，将"缘情、性情"作为文学突破儒家规范的时期，中国文学史的分期就会呈现另一种面貌。不仅朝代更替的文学史分期会被突破，而且文体演变的文学史分期也会被突破，更重要的是，由文化决定文学是否自由的思维方式可以被突破。诸如"初唐、中唐、晚唐"就会呈现不同的文学面貌。这一分期的特点：一是"文学工具化"在中国文学发展中的交替演变，使得五四新文学运动和新时期文学并没有在根本上突破"载道"的框架，文学现代性只是更多承载西方文化观念而已；二是在"文学反工具化"时期存在着文学借情感、人性和个性来获得独立品格的努力，但依然没有解决文学区别于文化的"理"是什么的问题。三是文学反工具化时期虽然具有模糊和跨越朝代分期的倾向，但仍然具有受不同文化不同程度制约的问题。

所谓"文学工具化"时期，主要是指文学的目的是为文化和政治的意图服务，文学的性质具有明显的观念教化的特点，文学的表达方式符合文化和政治所给定的要求，文学自我实现的空间往往限制在表达和修辞层面的文学时期。"文学工具化"时期文学创造的张力受到不同程度的抑制，但依然存在可圈可点的文学力作，其中的奥妙就在于作家"穿越文化政治"的创造意识和方法是否自觉萌生。之所以不能在一般的意义上得出"文学工具化"时期文学创造力虚弱的结论，是因为关键还在于作家创造性追求是否展现与如何展现。在中国文学史中，这样的历史时期大致可以包括这样五个历史时期：一是"秦皇—汉武"文学从属于歌功颂德政治要求时期，《子虚赋》《上林赋》可为代表，并开历代歌功颂德文学之先河，但"乐府民歌"却有以质朴性突破颂歌文学的张力；二是"唐宋古文运动"重新提出"文以载道"时期，恢复儒家道

---

① 钱锺书：《中国新文学的源流》，《新月月刊》第4卷第4期，1932年11月1日。

统对文学的规范,代表性人物是韩愈和柳宗元。但唐宋八大家的文学创作与文学主张常常错位,从而提出作家文学创造对文学观念和思潮的突破性问题,韩愈自身的创作也丰富复杂需要辨析;三是"清代文字狱时期"一百四十余年文学荒芜但《红楼梦》一枝独秀,从而提出政治高压与文学独创的复杂关系,并提出非文学化的环境是否是阻碍文学创造的主要力量的问题;四是"清末—民国"文学从属于民族救亡和西方文化启蒙要求的时期,梁启超的"小说界革命"、陈独秀的"文学革命论"、胡适的"白话文革命"、巴金的个性解放小说《家》均为其标志性的思潮和作品。但个性解放的思潮并没有产生"贾宝玉"这样独特的文学形象,反而产生一批相似的反叛封建家庭离家出走不知去哪里的个性解放者,其间悖论饶有意味。而白话文学总体成就至今并没有超过古白话小说,也说明这样的革命并没有涉及文学创造性问题。鲁迅、张爱玲质疑、疏离个性解放的西方文化启蒙要求,反而获得了文学创造的张力,也因此提出:"小说界革命""白话文革命""文学革命"真的是"文学本体观念的革命吗"?

所谓"文学反工具化"时期,同样应该理解为文学的表现方式到表现内容自觉的历史性过程。这样的过程不一定是线性的,而可能是曲线或回溯性的。从理论上说,文学的自由和独立,主要表现为文学突破文化和政治束缚所显现的努力得到文化的默许从而显得相对多元、自由和丰富。这种多元、自由和丰富,不仅体现在文学内容突破文化和政治的要求,也体现在文学表现形式突破文化和政治所规定的审美风范,当然也体现在文学对既定的文学观念和内容突破后的不可重复性,从而呈现出"**魏晋文学的文体自觉**""**唐宋文学的想象自觉**""**明清文学的人性自觉**""**五四文学的个性自觉**"这样四种历史分期。一是被学界称为"文学文体的自觉"之魏晋时期,经过曹丕《典论·论文》强调文之不朽和陆机《文赋》对文体、文思、文词的推崇,文学初步具有了某种独立的品性。竹林七贤虽然总体上没有突破道家玄学思想而存在个体化理解世界不够的局限,但人生和创作个性的显现一定程度上还是对文学可以疏离权力的后世作家产生了一定的影响,文学也终于从汉代宽泛的学术中突围出来成为一门独立的学科门类。萧绎对"情灵摇荡"的

第十四章 文学穿越论视角下的中国文学创造史观

强调,陆机对"诗赋欲丽"的强调,都可以是对"文学文体自觉"的一种验证。二是唐宋的"文学想象自觉"时期。创造力在此不仅指文学的文体、情感和修辞表达,而且指作家的文学想象力所建构的理解性世界,达到了中国古代文学的高峰。以李白和苏轼为代表,他们将唐宋诗词构建奇特意味世界的想象力发挥得淋漓尽致,以致后世再难以企及。这一方面得益于唐宋宽松多元的政治文化使得文学工具化状态弱化,也得益于唐宋文学家在唐宋政治生活和日常生活中均具有较高的地位,苏轼、欧阳修、王安石、韦应物、刘禹锡等诗人和政治家兼具的身份,使得唐诗宋词具有将个人对世界的想象、理解深入到黎民百姓的日常生活、政治生活和自然生活中去的倾向,从中不仅可以发现殷商文化关怀生命和先秦文化思想多元的文化渊源,具有"回溯—整合"的特性。三是元明清文学时期,这是中国商业文化兴起调动民众的日常欲望从而建立起一个"文学人性自觉"的时代,这种自觉为中国文学注入了一定的现代性内涵。无论是猪八戒对吃喝玩乐的兴趣解构唐僧的宏大叙事,还是贾宝玉对女孩子的意淫怜爱,抑或西门庆沉湎于淫欲享乐,乃至缺少七情六欲的梁山好汉最后的凄凉失败,这些男性主人公与女性主人公杜丽娘因为性爱冲动产生的春梦一道,使得中国文学进入对儒教轻人欲的虚伪文化进行全面审视批判的时期。正是这样的批判,建立起五四"打倒孔家店"得以可能的文化性土壤。虽然清代文字狱给这一时期的文学自由套上过枷锁,但曹雪芹在朝代、地点以及内容上的含混其词和真真假假,则给我们提供了文学如何穿越时代意识形态的上好经验,从而把写得好不好的问题只归于作家的创造力和创造方法,并在"载道"阶段作家是否就载意识形态之道的问题给出了智慧性的解答。虽然康熙、雍正、乾隆大行文字狱,但是政治上的禁锢没有波及文学对人性欲望的展示,所以仍然可以将元明清时期算作文学内容的人性自觉时代。四是"文学的个性自觉"时期,是指受西方人道主义思潮和个性解放思潮的影响产生的五四启蒙文学所展示的"我的人生我做主"对个体意志尊重的文学创作时期,在时间上可以延续到20世纪80年代。所以从鲁迅的《伤逝》到刘索拉的《你别无选择》,这种突破既有文化规范的个体解放意识是贯穿始终的。由于这种文学形象更多是受西方个体主义鼓动影响而产生，所以无论是子君、涓生还是森森、孟野，由于只是被生命活力和个性所唤醒，他们就都还不能思考在中国文化环境中个体如何自我实现才能安身立命的问题，也就是个体如果没有自己在人生追求、生活方式等方面的独特理解，被激发的生命和个性冲动，是没有办法抵御既有文化和社会规范的挤压的。这也就是个性解放在中国往往是悲剧的原因。所以这一段时期的文学还不能考虑从"个体何以独立"到"文学何以独立"的问题。

文学本体自觉化时期 开始考虑文学区别于文化的独立性是什么，而且必须思考中国式的区别于西方"纯文学"的独立基础是什么，这样一个历史时期才刚刚开始。"当代文学的本体自觉"是20世纪80年代后的文学思潮，这是一个对文学如何突破"文以载道"有理论自觉的时代。虽然这一段时期的文学本体自觉总体上是依附于西方形式主义、结构主义的"纯文学"理论，缺乏中国自己的文学独立经验的挖掘和理论提炼，使得"新潮文学"并没有在"形式"上留下可以作为"中国经典"的优秀作品，而且随着"新潮文学"的沉寂，文艺理论继续"中国文学本体论"的探索也寥若晨星，但是"文学本体"问题的提出，毕竟使得中国文学的自觉进入了一个现代性转折的历史性阶段，并因此突破了王国维等中国现代学人在"文学内容"上思考中国文学现代性问题的框架。就这段时期文艺理论"问题提出"的意义远远大于"成果实绩"的意义而言，基于中国文学创造经验的"中国式文学本体论"与"中国式文学性"等命题的提出，可以作为21世纪的中国文论界对这个问题的持续深入的探索。

四 独创、潜创、依创、弱创的文学创造史分类

以"文学创造程度的高低"来进行文学史分类，必然会突破以散文、诗词、曲赋、小说进行文学文体分类的模式，这对已经习惯进行文体分类的读者而言，可能是一个不容易接受的过程：文学史如果不再侧重于告诉读者中国文学文体发展演变的知识，那么究竟要告诉读者关于文学的什么知识呢？或者打个比方说，文学史是要告诉读者文学在历

第十四章　文学穿越论视角下的中国文学创造史观

史发展过程中换了多少件衣服、搬了多少次家,还是要告诉读者文学的大家庭中文学家们哪篇作业写得好,哪篇作业写得一般甚至比较差呢?作业写得好,是否与作家的名气和地位成正比呢?中国文学创造经验下的文学史,正是要突破以作家论作品、以作家名气论作品、以当时影响力论作品的框架,旨在以作品关系为方法,建立独创、潜创、依创、弱创的文学分类原则。

所谓"独创性文学",是指作家对世界已经具有自己的哲学性理解从而生长出在文学意蕴、意境和人物及表达上均具有独一无二品格的作品,独特的创造不是显示在作家的个性和风格上,也不是显现在文学的表达和修辞上,而是体现在作家对世界的整体理解上,所以独创性作品必然给读者以不可被替代的思想性启示。这样的作品既指作家的个体创造,也可以指上古早期的集体创造。就传说、散文、诗词、小说四种文体举例而言,上古神话《山海经》以"女娲补天"和"夸父逐日"为代表,突出体现了中国文学起源作品对生命的关怀和生命力的礼赞,这是在儒道文化下温顺的生命形象和舍生取义的英雄形象均无可比拟的。其区别在于前者是在人与自然的关系中显现的,后者则是在政治伦理框架中显现的。肯定生命和生命力之所以在上古神话中可以集中发现,是因为殷商重贾重开源而周代重农重节流,体现出生命拓展和生命守成之两种不同性质,并使得殷商求雨奉神的乐舞也就不同于周代等级森严的"六舞"。比较起来,先秦诸子散文之所以以庄子的《逍遥游》为文学上品,是因为庄子的"无所待"思想,既突破了儒家"阳上阴下"的等级之待,也突破了老子"负阴抱阳"的低调之待,从而获得一种"无己、无功、无名"的精神自由独立状态。虽然庄子的"无己"也顺带将自我的创造力给放逐了,但在儒、道哲学均不强调人的自我思想创造的前提下,"无待"是可以作为中国古代文人对自由的独特理解来看待的,也可以生长出具有独立品格的中国"自待"哲学,在功能上有助于穿越儒、道所强调的依附性文化。在星罗棋布的唐诗宋词中,苏轼最有代表性的作品《琴诗》已经具有我所概括的"天人对等、物我合作"的"天人并立"的哲学思想,苏轼在《前赤壁赋》中对"物各有主"的强调,在《孙莘老求墨妙亭诗》中说"短长肥瘦各有态",也加强和验证了这种哲学在中国文学史中的独特性。而在儒家的"雅趣"以及逆反性的"俗趣"之间,杨万里的"乌臼平生老染工,错将铁皂作猩红"(《秋山》)创造的"谐趣",以尊重日常生活的态度体现出生命在压抑的文化状况下积极突围的活泼方式,可以作为"中国式幽默"的审美风范而具有独创性贡献。而《红楼梦》的文学独创性之所以在四大名著中例为首位,且文学性价值也超过《牡丹亭》,在于曹雪芹不仅突破了"男尊女卑"的文化,一定程度上也突破了"女尊男卑"的文化,在中国文学中第一次将审美之花安插在地位卑微的丫鬟们单纯可人的心灵上,而将受男性世俗功利文化浸染的已婚女子排除在外。弱小单纯的生命,成为宝玉秉承女娲的使命下凡人间的看护对象。这种不仅关怀生命而且关怀弱小单纯生命的"泛爱",不是今天我们词典中的"大爱"和"小爱"能够关照到的,也不是男女的"专情"可以解释的,并因此才成为中国世俗文化最为需要补其"窟窿"的稀有之"宝玉"。

从字面上去理解,"创造的文学"应该有各种层次的创造,"独创"可以被包揽其中,创造程度很低的"思想拼凑",也可以打着"创造"的旗号,所以必须给内涵过于宽泛的"创造"赋予特定的文学性所指。那就是:"潜创"是一个低于文学独创的概念,一般是一种具有文学独创审美指向但是还没有通过情节、人物、意蕴正面建立起一个以作家独特思想为基础的文学世界的作品。具有创造品格的作家和作品已具有质疑既定文化和文学观念以及由这些观念制造出来的现实的意识,并且通过情节、人物、意境等来表达这种质疑,从而使作品具有或隐或现的创造性意旨。首先,这个世界可以是一个独特的问题,具有让读者很难有答案的再创造思考的空间。魏晋曹植的《七步诗》"本是同根生,相煎何太急"的文本内容是珍视兄弟情谊,而创造性问题则是"利益"与"亲情"应该如何安放才不损害双方。这是一个伦理学迄今也难以回答好的问题,并一直引领着读者进行创造性思考。《水浒》提出了一个读者迄今也难以回答的问题:当兄弟之义与忠诚之义发生矛盾的时候,牺牲兄弟之义才是历代农民起义悲剧的根源。忠义堂的"忠、义"二字应该如何并列,才是小说的创造性提问所在。《金瓶梅》既批判了儒道"仙风道骨"文化在西门庆书房的虚伪性,又批判了西门庆和他霸占的

第十四章 文学穿越论视角下的中国文学创造史观

女人沉湎淫欲享乐的死亡性,从而提出了"中国人的健康欲望应该怎样"的创造性问题。其次,"潜创性文学"在作品意境上也可让读者创造性想象其"韵外之旨",从而突破作品的原生含义。陈子昂的《登幽州台歌》的内容在考证解释上可以指涉作家不能遇见开明圣君的怀才不遇之伤感,但创造性的意象则是中国个体将自己放在"不承前、不启后"的孤独境地,形成与"千山鸟飞绝,万径人踪灭"的死寂禅境截然不同的人格独立之意象。作为"一扫六代之细弱"①的诗人"独怆然而涕下",既可以说明中国个体对群体的某种依念尚存,也可以是为自己的这种孤独状况而悲壮感叹,比李清照、李煜抒写个体寂寞和情感怨恨类型的诗歌多了一份"我只能站在这里"的大气和壮阔,开启了独立苍凉的、为后世张爱玲这样的作家所发扬的审美传统。再次,"潜创性作品"还具有多种阐释的丰富意蕴,突破单一的文化意味和艺术意境,很难使文学批评用某种确定的审美概念去把握。张继的《枫桥夜泊》,其"夜半钟声到客船"的丰富意旨,具有突破如《泊秦淮》国恨家仇单一性意味的意义,人的各种愁绪均可以从中体验和阐发,从而穿越了单一性的文化观念和艺术所指而具有创造品格。张若虚的《春江花月夜》是以"复合意境"发现了海潮和明月共生的哲理,又引申出"人生代代"与"江月年年"共存的慨叹,最后落在"思妇"和"离人"在月光下彼此眷念的普遍共鸣,可囊括母子、夫妇、男女各种情感关系,宛如海潮、明月、人生、情感的共生,从而以丰富、大气、宁静的磅礴之美,超越唐诗宋词众多单一化的触景生情之意境而位居"潜创性文学"之丰富性之首,并一改"相思之愁"为"相望之美",建立起一种独特的超越伦理的审美文化。

比较起来,"依创性作品"则是指作家依附既定世界观、文学观,但在对其理解上具有自己个性风格、表达方式的作品,"创新"是新在"阐释和表达的个性化",属于风格范畴。一部文学史,个性化、风格化创新的作品是多数,独创和潜创的作品相对较少,应该是比较正常的状况。中国古代文论往往是在"个性"和"风格"层面上讨论创新,也符合

---

① 刘克庄《后村诗话》说"唐初王、杨、沈、宋擅名,然不脱齐梁之体,独陈拾遗首倡高雅冲淡之音。一扫六代之纤弱,趋于黄初、建安矣"。

这样的状况。个性和风格意义上的创新,不只是司空图的《二十四诗品》那样用"含蓄""豪放"等就可以归类的。辛弃疾的悲壮、岳飞的激烈,均已突破了"豪放"所能言说的内涵而显出"创新"的差异。这种差异是作家阐释观念的视角不同而导致。如果说苏轼是以人与自然对等的哲学和大气沉静位居文学性之高格,那么,辛弃疾和岳飞则以雪耻国辱为人生基本使命,其"抒豪情"的诗歌品位仍然使其创作具有一定的"载道"性。"忧国之道"的相似性约束了二人诗词丰富的阐释空间,其创作个性便只能体现在情感表达方式的用力上。除《破阵子》的一泻千里,辛弃疾还有《摸鱼儿》的婉约细密,所以自成"蕴藉悲壮"的风格;而岳飞的"怒发冲冠"到"壮志饥餐胡虏肉",则使其爱国感情达到无以复加之强烈激越的程度。"三十功名尘与土"揭示了岳飞的愤慨可能与功名幻灭有关,但感情强烈更多与"壮志未酬"的志向有关。从文学丰富性的尺度去看,自然辛弃疾作品的文学价值要高出一筹,而岳飞的《满江红》可被作为工具利用的可能也高出一筹。这样,可超越忧国忧民的形而上意味空间,因为两位作家感情的过于强烈单一而被填塞。当然,比较突出的问题,是在儒、道之间徘徊的诗人和作家,这就要看诗人和作家在这样的徘徊中是否有创造自己的思想的努力。文学史认定杜甫的儒家式忧患相对容易,但认定李白是否与杜甫的文学价值相当,就略为复杂。以中国文学创造经验为标准的中国文学史,不会因为李白是儒、道杂糅而认定李白的价值高于杜甫,也不会因为杜甫与儒家文化相对一致就认定杜甫文学价值高于李白。如果《望庐山瀑布》的奇幻与《早发白帝城》的飘逸背后很难提供出耐人咀嚼的独特诗意,我们就可以说这是李白缺乏自己对世界独特的哲学性理解所致。这种缺陷,在当代作家王蒙、汪曾祺、贾平凹的作品中也可看出端倪。由于这三位作家基本认同的是道家文化,所以在文学性上是属于"阐释性创新"的作家:王蒙是从"杂糅"的角度切入,汪曾祺是从"欢快"的角度切入,贾平凹则是从"忧柔"的角度切入,如要在这种风格背后再探寻到作家独特的思想启示就比较困难。由于只有在突破道家文化的维度上才可能涉及文学创造价值的差异,这就将莫言对世界理解的独特追求凸显出来;莫言对人的理解已经以"人的难以定义"突破了中外各种关

第十四章 文学穿越论视角下的中国文学创造史观

于"人是什么"的定性理解,这才使得莫言笔下的人不仅野蛮、稚拙而且荒唐、可怖,从而启发读者思考究竟该怎样理解中国人。所有的暴力和对暴力欣赏的展示,只不过是莫言这样的理解需要借助的手段、材料和背景,这当然使得莫言的创造性价值指向与鲁迅、张爱玲处于同一思考层次。

当然,中国文学史的写作同样要照顾到文学创造性较弱的作家作品。"弱创的作品"这个概念的提出,基本可以指涉那些在世界观和文学观上沿袭前人的哲学观念、文学观念和创作方法的作品,也指涉中国现当代作家模仿西方作家而缺少批判改造所创作的作品。前者指涉中国古代文学大量的传播儒道哲学并进行教化的作品,后者指涉五四文学在人道主义观念意义上的"拿来主义"之新教化。"弱创"在观念上之所以是"教化"的特性,是因为这种特性往往让读者接受的是观念,这种观念常常以群体性和时代性观念的宣传为目的,就必然弱化了文学"去观念"的体验特性和丰富意旨。一方面,"弱创"体现了著名作家创作的不平衡性,揭示这种不平衡,意在突破文学史"以作家论作品"的评价习惯,通过突出作品的复杂来揭示作家创作的文学性之复杂。苏轼的"惟愿我儿愚且鲁,无灾无病到公卿"传达的是老子的谦卑观念,韩愈的《示儿》教化的则是儒家读书做官观念,两位作家自己的教育观念并未出场,文学穿越文化的张力自然就不具备。这说明同一个作家的不同作品有文学创造的程度差异,也说明只有独创的文学,没有独创的作家。作家的代表作文学价值高,不等于所有作品文学价值都高。在文学创造最为活跃的唐宋时期尚有"弱创"的作品,就更不用说在文学创作模式化的"当代文学十七年"时期了。这也说明文学创造相对自觉的时代,也会产生创造性很弱的作品。另一方面,"弱创"体现为以文学时代性、现代性追求代替文学的文学性追求,五四时期作家以宣扬"摧毁旧世界、创造新世界"的反传统时代精神和西方人道主义思想来代替自己对世界的独特理解,其实正是中国作家缺乏对中国文化现代化进行创造性理解的典型体现。郭沫若的《女神》承接了儒家"膜拜—打倒"的情绪化思维方式,不仅要抛弃传统的"旧皮囊",而且要创造一个"新太阳",但却不去触碰"旧皮囊"旧在哪里、"新太阳"新在哪里这些更为根本的问题,更未对"今后该我为空间的霸王"进行理性化的审视,以为靠着这样的激情就可以建设一个新世界,正好体现的是中国历代农民起义以"打倒"为方法、以称霸为目的反现代性的革命观念。郭沫若在"创造"观念上没有自己独特的创造性理解,是使得这首诗缺乏诗的韵味、诗的语言几近于呐喊从而成为现代"弱创的文学"之代表的重要原因。而巴金的《家》和胡适的《终身大事》基本上是"易卜生主义"宣扬的个性解放的中国版,其反叛封建家庭的激情与郭沫若的"打倒旧世界"的精神是一致的,并且构成五四新文化运动"反传统"的基本性质,也造成中国文化现代化缺乏基于中国文化自信的思想和理论的最大创造的历史与现实。这种悲剧,只有鲁迅通过《伤逝》揭示了出来,那就是新的文化家园如何建立,比打碎锁链更为重要。但《伤逝》的影响力不如《女神》和《家》,正好说明中国读者因为千年的文学伦理教化喜欢的已经不是文学性的沉思而是伦理性的评价,从而反衬出五四时期影响越大的作品离文学创造性可能越远的问题。

从创造程度的差异给中国文学在历史发展中进行分类,一方面是因为优秀的作家会从以往的诗歌、散文、小说、戏曲乃至政论文中吸取养分和启发,使得其创造的资源是多方面的,其审视的对象也是多维度的,苏轼这种作家的哲学观念创造也渗透在他的诗词、散文和哲学论文之中,故这种创造性不宜从文体角度进行分析。另一方面,中国的阴阳太极文化也很难分辨出具有边界性的非文学与文学、艺术与文学、哲学与文学、历史与文学、词与骈文、诗与画、戏曲与说唱、小说与散文等。这使得先秦诸子百家既可以作为哲学文本也可以作为文学文本去鉴赏,司马迁的《史记》既是历史文本也是文学文本,更不用说苏轼的"诗中有理"和王维的"诗中有画"了。当然,尝试从创造程度的差异给中国文学作品进行分类,同样避免不了在理解独创、创造、创新、弱创上可能存在的因人而异之情况,使得在具体作品的分析和遴选上难以避免可争议性。但这种特性,正好将中国文学创造史的多元化写作可能凸显出来,因此这里对独创、创造、创新和弱创的定位只是文学穿越论的理解和定位,这种定位还可以在学界的讨论中调整,逐步走向科学化、共识化。

第十四章　文学穿越论视角下的中国文学创造史观

五　结语

文学穿越论下的中国文学创造史,不再仅仅是将文学的创新空间限定在"文体、技巧、修辞等表达世界"层面,而是看到优秀的作家作品已经通过独特的对世界的哲学性理解与以儒道释为标志的中国文化观念构成了"对等、互动"的格局,或者说优秀的文学已经通过作家的创造性尤其是独创性努力建立起一个与主流中国文化可以对等互动的"文学性的启示世界",文体、技巧、修辞等"表达世界"层面的内容只是这种理解的派生物。由于儒、道、释文化占据中国文化的主导性和支配性地位,中国具有创造性品格的文学内涵便只能是内在于或潜在于文化的存在。这样,中国文学创造史就具有重新发现中国文学经典的深层独特意蕴和被边缘化的文学创造性作品的意义。

与此同时,由于作家一生的文学创作受文化制约和影响的强弱有所不同,所以即便是一个优秀的作家在不同时期不同状况下其创造性也是不平衡的。这种不平衡使得中国文学创造史将以作品为中心来考察作家创作的复杂性。这种"以作品论作家"的研究方法,会使得苏轼这样的优秀作家也可能存在独创、创新和弱创并存的情况。这样,文学史的书写不仅有助于读者将对作家的崇拜转换为对特定作品的欣赏,也有助于将文学史上被边缘化或者处在较低评价层面的作家浮出水面。像张若虚和张继这种的只有一两篇代表作的作家,反而可能占据中国文学创造史的较高地位。关键是,以作品论作家,还会产生从作品之间的继承和批判关系来考察作家是如何继承和批判的研究。不仅苏轼的《东坡易传》如何继承并改造《易经》《易传》和《道德经》《楞严经》的研究将在文学史中呈现,而且鲁迅的《孔乙己》如何继承和批判《儒林外史》等前人作品的研究也将通过作品之间的比较性研究呈现出来,并体现出中国文学创造史区别于以往的中国文学史的基本思路。当然,这种设想如何能有效付诸文学史的实践,还有待于学界有识之士共同探讨。

在中国文学创造史中,中国古代文学史、中国现代文学史、中国当代文学史的划分也将被突破。因为这样的划分依然是从文化和时代的变化所进行的文学史划分,不能突出中国文学发展贯穿始终的文化对文学的工具性要求,也难以突出中国作家是沿袭这种要求还是改造这种要求的贯穿始终的经验。换句话说,文学创造史不是告诉读者文学如何受文化时代的影响,而是告诉读者任何文化和时代变化其实都是文学创造的对象化材料。诸如金庸继承传统又逐渐走出传统塑造"韦小宝"这样的另类人物的问题,鲁迅欣赏魏晋文化又区别魏晋文人的问题,张爱玲的独立与启蒙文化和中国传统文学创造的关系问题,都需要在整体性的文学史中才可以得到研究。对于文学史的教学而言,整体性的文学史不仅可以避免古代文学专业、现当代文学专业研究生的知识和经验封闭性的问题,而且可以培养当代学者和作家面对整个中国文学而研究而写作的打通意识。这种意识的培养,是造就贯通古今、打通中外的优秀学者和作家的必备前提。